CORRESPONDANCE

DE

MM. DE DISIMIEU

Gentilshommes Dauphinois

1568-1713

DOCUMENTS ET LETTRES

des Rois Charles IX, Henri III, Henri IV, Louis XIII, Louis XIV ;
des Ducs de Bourbon, de Nemours, de Montmorency, de Lesdiguières, de Créquy,
des Princesses de la Maison de Savoie et d'autres grands personnages,

PUBLIÉES PAR

H. DE TERREBASSE

LYON   PARIS

LOUIS BRUN, rue du Plat, 13.   H. CHAMPION, quai Malaquais, 5.

M D CCCC XIII

CORRESPONDANCE

DE

MM. DE DISIMIEU

Gentilshommes Dauphinois

1568-1713

Lyon. — Imprimerie A. REY, 4, rue Gentil. — 63137

CORRESPONDANCE

DE

MM. DE DISIMIEU

Gentilshommes Dauphinois

1568-1713

DOCUMENTS ET LETTRES

des Rois Charles IX, Henri III, Henri IV, Louis XIII, Louis XIV,
des Ducs de Bourbon, de Nemours, de Montmorency, de Lesdiguières, de Créquy,
des Princesses de la Maison de Savoie et d'autres grands personnages,

PUBLIÉS PAR

H. DE TERREBASSE

LYON   PARIS

LOUIS BRUN, *rue du Plat, 13.*   H. CHAMPION, *quai Malaquais, 5.*

—

M D CCCC XIII

Les *Lettres* publiées en ce volume proviennent des archives de la famille Martin de Disimieu, en Dauphiné, parvenues, par voie d'héritage, aux représentants actuels de la lignée tombée en quenouille. Formées, dès le xvᵉ siècle, dans la maison forte de Disimieu, ces collections furent transportées, en 1807, au château de Saint-Jullin, par les soins de P.-M. de Chaponay, à qui elles avaient été transmises. La seigneurie de Saint-Jullin fut acquise de la maison de la Poype, en 1752, par Louis–Angélique de Disimieu, baron de Saint-Béron, chef de la branche cadette, dite de Saint-Béron, puis comte de Disimieu, héritier, en 1722, de sa cousine germaine, Marie-Angélique de Disimieu, comtesse de Verrue, avec laquelle s'éteignit la branche aînée.

— Louis-Angélique, comte de Disimieu, seigʳ de Saint-Béron, Saint-Jullin, etc., continua la filiation, épousa, 5 février 1729, Marie-Angélique de la Poype, et mourut le 27 septembre 1773, laissant :

1° Louis–François, dit le marquis de Disimieu, marié, 3 janvier 1760, à Catherine-Jacqueline de Noblet d'Anglure, d'où une seule fille, Louise-Angélique, morte avant son père qui, resté le dernier de sa maison, par testament du 4 décembre 1780, laissa pour héritier universel Pierre-Marie de Chaponay, fils de sa sœur ;

2° Jeanne-Thérèse de Disimieu, mariée, 24 janvier 1773, à Hugues-Humbert de Chaponay, seigʳ de Saint-Bonnet-de-Valclérieux, en Valentinois, d'où :

— Pierre-Marie de Chaponay, héritier de son oncle, Louis-François de Disimieu, et de sa grand'mère, Marie-Angélique de la

Poype, dame de Disimieu, qui testa le 3 janvier 1788, épousa Marie-Stéphanie d'Agoult, 17 mai 1819, d'où une fille unique,

Amicie de Chaponay, dame de Saint-Bonnet, Disimieu, Saint-Jullin, Montélier, etc., avec laquelle finirent les Chaponay-Saint-Bonnet; elle épousa, 3 avril 1843, Amédée-Athénulphe, comte de Monteynard, d'où :

a) Hugues-Joseph, comte de Monteynard, marié, 28 décembre 1871, à Marie-Sabine de la Croix de Pisançon, d'où deux filles ;

b) Pierre-Louis, comte de Monteynard, marié, 11 juillet 1876, à Marie de Michalon, d'où Bruno, et détenteur, par transferts successifs, des archives des Disimieu alliés à ses devanciers ;

c) Marie-Joséphine, mariée, 25 juillet 1866, à Louis-Joseph, marquis d'Arces ;

d) Marie-Clémentine, mariée, 7 avril 1869, à Louis, comte de Monts-Savasse ;

e) Marie-Isabelle, mariée, 25 juin 1869, à Paul, comte de Solages.

Louis-François, marquis de Disimieu, précité, fit dresser, en 1774, par des feudistes experts, un inventaire exact des archives des Disimieu, comportant en 217 rôles, sur grand papier, 1.254 numéros, notant sommairement les dossiers touffus, les sacs gonflés de procès, les épaisses liasses de partage, les terriers, les titres de famille et de propriété, les actes et correspondances privées, les documents et lettres d'origine royale et officielle, et autres robustes étais des intérêts et du renom des générations successives. La rémunération consentie à cette description, soit : prix taxé, 3.687 l. 7 s. 6 d., plus les droits de contrôle, 333 l. 19 s. 2 d., au total, 4.021 l. 6 s. 8 d., marque bien la richesse de cette mine dont nous n'avons exploré qu'un filon. Mr le comte Hugues de Monteynard, héritier du château de Saint-Jullin, fit, en 1888, don de ces précieuses reliques à Mr le comte Louis de Monteynard, son frère, qui les transféra en son château de Montélier, près de Valence, où elles ont trouvé un nouvel asile familial et une attention digne d'elles, car le châtelain, tout en mettant lui-même en œuvre, dans sa *Généalogie de la famille de Disimieu*[1] et diverses autres études, les pièces notables et utiles, se plaît, avec une courtoisie aussi obligeante qu'éclairée, à accueillir et à satisfaire les curieux de recherches héraldiques et des reliefs mystérieux de l'histoire de la patrie dauphinoise.

Pour meilleure intelligence des *Lettres*, il importe de marquer la situation de la famille et de faire connaître ceux de ses membres qu'elles intéressent. Les Martin étaient, anciennement, établis à Dizimieu, près de Crémieu, en Viennois, région où l'on trouve les traces des premiers ancêtres connus avec : Hercule Martin qui teste, 22 décembre 1392, en faveur de François, son fils, qui teste, lui-même, le 5 janvier 1412 ; « Joannes Martini », inscrit au rôle des nobles de Crémieu, 1450, qui acquit, par échange, d'André de Beaumont, 1453, la seigneurie de Disimieu, sous le nom de laquelle ses descendants furent désormais connus, etc. Race de gens d'armes taillant son illustration et sa fortune au cours des incursions et des guerres contre le Savoyard voisin, puis dans les compagnies de Jean de Poitiers, de Pierre Terrail, seigneur de Bayart, dans les armées royales, sur les galères de Malte, fidèle au roi, mais aussi à la foi de ses pères, pendant les guerres de religion. Les terres et seigneuries de Disimieu, Agnières (branche dite d', 1503-1596), Frontonas, Bron, Annoisin, Optevoz, Crémieu, Saint-Jullin, dans le Viennois, Saint-Béron en Savoie (branche dite de, 1658-1780), Sure et Cordieu, en Bresse, etc., l'érection de la terre de Disimieu en comté, 1613, le gouvernement de Vienne et du Viennois, les commandements militaires et les charges civiles attestent progressivement le crédit et la richesse des diverses branches. Leurs alliances avec les Beaufort, Beaumont, Luyrieu, Polloud, Grolée, Clermont, Maubec, Montrégnard, la Poype, Salines, l'Alée, Champrofond, Longecombe, Montvuagnard, la Chambre, Verrue, Cossé, d'Arvillars, Budos de Portes, du Púy du Fou, Chaponay-Saint-Bonnet,

[1] Comte L. de Monteynard, *Généalogie de la famille Martin de Disimieu..., 1392-1780 ; suivie de la Généalogie de la famille de Chaponay-Saint-Bonnet, 1354-1831.* Valence, 1913, in-4°.

d'Agoult, etc., leur parenté avec les Montmorency, Bourbon-Condé, Rouvroy de Saint-Simon, etc., donnent un juste et insigne éclat à leur noblesse et à leur état à la cour et dans leur province.

— Balthazard de Disimieu, seig^r de Sure et de Frontonas, vaillant capitaine catholique, gentilhomme de la chambre du roi, chevalier de Saint-Michel, épousa, 12 février 1548, Claudine, fille de Philibert de Clermont, seig^r de Vaulserre et de Saint-Béron, et de Jeanne de Montfalcon, dont la sœur aînée, Sébastienne de Clermont, épousa François de Grolée, seig^r de Viriville et de Châteauvilain ; il testa, 11 décembre 1582, et sa femme, 2 novembre 1595, et mourut en 1585, d'où :

1° Jean, seig^r de Sure, né le 26 décembre 1558, lieutenant de la compagnie de Laurent de Maugiron, tué à la prise de Givors, 1er juillet 1591 ; marié, 12 juin 1589, à Laurence, fille de Claude de Clermont, seig^r de Montoison, et de sa seconde femme, Louise, fille de Jean de Rouvroy et de Louise de Montmorency ; Laurence, restée veuve, sans enfant, ni jeune ni jolie, épousa secrètement Henri Ier de Montmorency, connétable de France, qui la trouva sous sa main, après la mort, 1599, de sa seconde femme, Louise de Budos, nièce, par Catherine de Clermont, sa mère, de la susdite Laurence, sa troisième femme ; le mariage fut régulièrement contracté, à Beaucaire, avec des dispenses du Pape, le 19 juin 1601 ; mais le connétable en fut vite las, se sépara et la relégua en son château de Méru ; elle n'en fut pas moins Madame la Connétable, dame d'honneur d'Anne d'Autriche, et mourut à Villiers-le-Bel, 29 septembre 1654, âgée de quatre-vingt-trois ans ;

2° César suit ;

3° Antoine, né en 1569, chevalier de Malte, commandeur de Villefranche-sur-Cher, mort en 1625 ;

4° Françoise, née 13 novembre 1549, femme de François-Philibert de Longecombe, seig^r de Peyzieu ;

5° Claude-Comtesse, née 22 août 1556, femme de Louis de Putrain, seig^r d'Amblérieu ;

6° Catherine, née 20 octobre 1551, religieuse à l'abbaye royale de Saint-Pierre, de Lyon, 21 janvier 1567 ;

7º-8º Claudine et Laurence, religieuses au monastère royal de Montfleury, près de Grenoble, 1574.

— César, né 19 juin 1565, comte de Disimieu, 1613, baron de Sᵗ-Béron, seigʳ de Sure, Frontonas, Agnières, etc., gentilhomme de la chambre du roi, s'attacha à la fortune du duc de Nemours ; maître de camp d'un régiment de gens de pied, gouverneur de Vienne, pour la Ligue, 1591, il livra cette place forte à Henri IV, 1595, qui, en récompense, le nomma gouverneur de la ville, des châteaux de Vienne et du Viennois, capitaine d'une compagnie de cinquante hommes d'armes de ses ordonnances, maître de camp d'un régiment d'infanterie, et lui fit don de 20.000 écus. Successivement conseiller du roi en ses conseils, 1611, grand maître des Eaux et Forêts du Dauphiné, 1625, bailli du Grésivaudan, 1632, César fut commis par Louis XIII, dès 1615, à la surveillance du jeune duc de Montmorency, son neveu, pourvu du gouvernement de Languedoc, à la mort du connétable son père, puis promu maréchal de camp, 16 décembre 1627. Par contrat du 20 août 1598, César de Disimieu épousa Marguerite, fille de Jacques de Budos, vicomte de Portes, et de Catherine de Clermont-Montoison, et sœur de :

A. Antoine-Hercule de Budos, marquis de Portes, lieutenant-général pour le roi en Gévaudan, vice-amiral de France, chevalier du Saint-Esprit, 1619, maréchal de camp, 1620, attaché à son neveu le duc de Montmorency ; tué au siège de Privas, 1629 ; marié, 1626, à Louise de Crussol d'Uzès, d'où : a) Marie-Félicie de Budos, marquise de Portes, morte en 1693, dernière de sa maison, laissant pour héritier universel Armand de Bourbon, prince de Conti, petit-fils, par Charlotte de Montmorency, sa mère, de Louise de Budos ; b) Diane-Henriette de Budos, marquise de Portes, première femme de Claude de Rouvroy, marquis de Saint-Simon, 24 septembre 1644, morte le 2 décembre 1670, âgée de quarante ans, ne laissant qu'une fille, Gabrielle-Louise, mariée à Henri-Albert de Cossé, duc de Brissac. La liquidation de la fortune des deux sœurs suscita de longs procès dont les sacs encombrent les archives des Disimieu.

B. Henri de Budos, comte de Saint-Prix, seig^r de Saint-Jean-de-Valeriscle, dit Monsieur de Saint-Jean, mari de Péronne de la Barre de la Forest, mort, 1651, sans laisser de postérité.

C. Balthazard de Budos, évêque d'Agde, 1629.

D. Louise, née le 13 juillet 1575, femme de Jean de Grammont, sieur de Vachères, 1591, et devenue veuve peu après, seconde femme de Henri I duc de Montmorency, 29 mars 1593, morte à Chantilly, 26 septembre 1598, mère de Henri II duc de Montmorency et de Charlotte-Marguerite, mariée, par contrat du 3 mars 1609, à Henri II de Bourbon, prince de Condé, d'où le grand Condé, le prince de Conti, etc.

E. Marie, femme d'Alexandre Guérin de Châteauneuf, baron de Tournel, en Provence.

F. Laurence, abbesse de la Trinité de Caen, 1598-1650.

César de Disimieu testa le 10 décembre 1617, et mourut au début de 1635, laissant :

1° Jérôme ou Hiérosme qui suit ;

2° Henri de Disimieu, tige de la branche de Saint-Béron qui a continué la filiation ;

3° Balthazard, chanoine du chapitre de Saint-Pierre, de Vienne, qui teste 22 octobre 1644 ;

4° Antoine-Hercule, chevalier de Malte, commandeur de Villefranche-sur-Cher et des Bordes, par provisions du 14 octobre 1633 ;

5° Abel, chevalier de Malte, capitaine d'une compagnie de chevau-légers, 21 mai 1638, mort 26 septembre 1655 ;

6° Claudine, femme, 10 mars 1617, d'Antoine de la Poype, comte de Serrières ;

7° Laurence, femme de Léonard d'Ormes, 26 mai 1646 ;

8° Catherine, abbesse de l'abbaye royale de Notre-Dame des Colonnes, à Vienne, où se retirèrent la comtesse de Verrue, sa nièce, et les demoiselles de Verrue, ses petites-nièces ;

9° Laurence, religieuse à l'abbaye royale de la Trinité de Caen, auprès de sa tante Laurence de Budos.

— Jérôme, comte de Disimieu, vicomte de Laudardière, etc.,
commandant une compagnie de chevau-légers, servit en Languedoc, à la Rochelle, en Piémont; gouverneur de Vienne, en
survivance de son père, grand maître des Eaux et Forêts de Dauphiné, 1635, bailli du Viennois, 1644, conseiller d'État, 1645, gouverneur de Crémieu, 1645, épousa, par contrat du 14 juillet 1636,
Anne, vicomtesse de Laudardière, fille de René du Puy du Fou,
marquis de Comberonde, et de Diane de la Touche; il testa le
6 mars 1653, et fut inhumé, à Vienne, le 19 du même mois, dans
l'église du monastère de Sainte-Claire, dit Notre-Dame des Colonnes, après son union à l'ordre de Saint-Benoît; ses enfants furent :

1° Pierre, mort jeune;

2° Gaspard, mort au berceau, 1646;

3° Marie-Angélique, restée seule héritière de la branche aînée
des Disimieu, épousa : 1° suivant contrat du 17 septembre 1654,
Maurice de la Chambre de Seyssel, marquis d'Aix, en Savoie,
mort juin 1660, dont elle n'eut pas d'enfant; 2° le 26 février 1664,
Alexandre-Girard Scaglìa, comte de Verrue, marquis de Caluse,
gentilhomme ordinaire et premier écuyer du duc de Savoie, dont
elle était veuve en 1673; d'où : Joseph-Ignace-Mainfroy-Auguste-
Jérôme, fils unique. Par son testament du 11 mai 1720, son fils et
ses deux petits-fils de Verrue étant décédés, elle institua pour
héritier Louis-Angélique de Disimieu précité, fils d'Antoine de
Disimieu de Saint-Béron son cousin germain, et mourut religieuse
à Notre-Dame des Colonnes, à Vienne, le 2 mai 1722. Sa correspondance avec les princesses de Savoie, dont elle avait été dame
d'honneur, a fourni à cette publication un précieux appoint accru
par des extraits empruntés aux Archives de Turin.

Tout en tenant un juste compte des charges et des alliances
dévolues à ces bons et vaillants gentilshommes, leur posture et
leur renom ne suffiraient pas, à eux seuls, à expliquer la multiplicité des témoignages de la considération des rois, si ceux-là
mêmes qui semblent dépourvus d'intérêt, à ne s'en tenir qu'aux
phrases de satisfaction ou de politesse, ne comportaient pas un
utile enseignement. Ces lettres, en effet, démontrent combien, à

cette époque de troubles et de révoltes, les rois tenaient à maintenir
une étroite entente avec leur noblesse, à stimuler son dévouement
et à lui inspirer attachement et confiance, tout en imprimant une
direction uniforme et propice à la politique ambiante, par des com-
munications fréquentes, parfois sans grande nécessité ou objet
apparent. L'aimable cour de Savoie fournira, une fois de plus,
grâce à la comtesse de Verrue, la preuve de sa délicate courtoisie
dans ses rapports avec ceux qui avaient l'honneur de prendre
liaison avec elle. Ces documents de source royale et officielle ont
été soigneusement classés et conservés, pour la plupart, en bon
état. L'épais dossier de la correspondance privée touchant à des
questions d'affaires et d'ordre intime, trop souvent oiseuses, a été
fort maltraité, par manque d'égards, et maculé par l'humidité; il
en a été extrait certains compléments et éclaircissements favorables à l'ensemble et quelques nouvelles.

Les missives émanant de la cour sont les meilleurs témoins
de l'orthographe coutumière pratiquée par les habiles scribes au
service des rois et des secrétaires d'État, parmi lesquels il faut
signaler le *secrétaire de la main* spécialement commis à contre-
faire l'écriture du roi dans l'apposition de la signature, de formules
gracieuses et même dans beaucoup d'*autographes* imposés par
l'étiquette ou les circonstances, comme le fait si bien remarquer
M. Berger de Xivrey, dans ses *Lettres de Henri IV*. Quant aux
lettres particulières, les dialectes, la mode et l'incurie ont inspiré
les variantes de leur orthographe, écho de la prononciation, à
l'égal du mépris des règles qui devaient, peu à peu, tendre à la
discipliner. Toutes ces fantaisies ont été respectées, sinon dans la
ponctuation et dans les abréviations qui ont dû être complétées
pour faciliter l'interprétation et la lecture du texte original.

Les historiens et les mémoires du temps ont, à l'ordinaire,
fourni la substance des notes historiques empruntées aux de Thou,
Dupleix, D. Vaissette, Le Vassor, du Cros, Videl, Chorier,
Guichenon, d'Aubais, le P. Daniel, Bassompierre, Richelieu,
Souvigny, Goulas, Catinat, Tallemant, etc. L'identification des
personnes et des familles a été poursuivie au travers des généa-

logies consacrées à la maison de France, par le P. Anselme, aux grandes maisons, par du Chesne, à la noblesse en général, par d'Hozier, la Chesnaye des Bois, aux provinces, par toute une bibliothèque héraldique, etc., sans négliger, particulièrement pour le Dauphiné, les sources manuscrites. Mais les tentatives n'ont point toujours été couronnées par le succès, car il est parfois malaisé de dépister le nom patronymique des gentilshommes dans le fouillis des fiefs et des terres dont ils s'appliquaient la dénomination inconstante, suivant les événements, les charges, ou les héritages. A défaut d'une précision échappant à ses efforts, le commentateur s'est borné, parfois à dénoncer une famille probable, parfois à en laisser persister l'enquerre.

L'ordre chronologique n'a pas toujours été rigoureusement observé, dans la suite des *Lettres*, et un certain nombre de pièces a dû être ordonné sous une rubrique spéciale destinée à en concentrer l'intérêt. Il est profitable de signaler, parmi les sources les plus avantageuses : les informations, spéciales au Dauphiné et, subsidiairement, au Viennois, constituant la partie essentielle de la majeure partie des *Lettres;* la réduction de Vienne et ses corollaires financiers ; le rasement de ses châteaux ; les querelles, entre gentilshommes, tempérées par l'ingérence du tribunal du Point d'Honneur; certaines missives de Charles IX, de Henri III, de Henri IV et de Marie de Médicis; sous Louis XIII, les campagnes de Savoie et spécialement celles du Languedoc largement traitées et corroborées par les lettres de Lesdiguières, de Montmorency, de Créquy ; diverses expressions de la politique ombrageuse du roi; d'amples et précis détails sur le mouvement des troupes apportant un utile contingent à l'étude de l'histoire de la cavalerie et de l'infanterie, sous leurs diverses formes, et relevant les noms d'un grand nombre d'officiers; des aperçus sur Louis XIV et sur la Fronde; sur les événements, les mœurs et le train de l'époque ; les gracieuses relations entretenues par les princesses de Savoie avec la comtesse de Verrue-Disimieu; sans faire montre des menues parcelles dont l'exiguïté n'infirme pas la valeur.

Mais, le plus souvent, la multiplicité de ces documents n'en accroît pas la netteté, car ils effleurent le sujet et laissent, au lecteur exercé, le plaisir de solliciter l'amorce et de ravir, à l'occasion, un joyau discrètement celé.

Cet essai de restitution du *curriculum vitæ* de quelques gentils-hommes dauphinois intéressera, certainement, la bienveillante curiosité de leurs compatriotes. On ferait, d'autre part, grand honneur à cette publication en la considérant comme un apport favorable à l'étude des faits, des hommes, des coutumes et des armées de l'ancienne France dont bien des pièces inédites et curieuses ne dépareront point les annales.

Château de Terrebasse, Isère, juillet 1913.

En un fleuron, sur le titre, reproduction réduite d'une pierre sculptée provenant de l'ancien château de Disimieu, ornant actuellement le fronton de la porte d'entrée de celui de Saint-Jullin et figurant un écusson aux armes :

Parti au 1ᵉʳ coupé en chef de gueules à 6 roses d'argent 3. 2. 1. qui est de Disimieu, et en pointe de gueules à 2 clefs d'argent passées en sautoir, avec une fleur de lis d'or, en chef, qui est de Clermont-Chatte ; au 2ᵉ, d'azur à 3 barres d'or qui est de Budos.

Philibert de Clermont, seigneur de Vaulserre et de Saint-Béron, père de Claudine, femme de Balthazard de Disimieu, appartenait à une branche cadette, venue, au xivᵉ siècle, de Geoffroy II, baron de Clermont, vicomte de Clermont-en-Trièves, portant simplement de gueules à 2 clefs d'argent en sautoir. La fleur de lis d'or était une concession du roi Henri II, à François de Clermont, baron de Chatte et de Crespol, représentant une branche différente. L'adjonction, sur cette pierre, d'une fleur de lis, semblerait provenir d'une fantaisie. Les Clermont-Montoison brisaient d'une pointe de diamant, en chef.

CORRESPONDANCE

DE

 MM. DE DISIMIEU[1]

I

A MONS^r DE DYZIMIEU.

Monsr de Dyzimieu[2], Ayant sceu, tant par la lettre que vous m'avez escripte que [par] le tesmoignaige de ce gentilhomme present porteur, le bon et louable debvoir que vous avez faict de vous employer au service du Roy monseigneur, en mon gouvernement, depuis le commancement de ces troubles[3], je n'ay voullu faillir à vous dire le contentement que j'en ay reçu, et de vous remercier de la bonne volonté que vous me faites paroistre avoir en mon endroict, que je veulx bien vous asseurer ne mettrez jamais à effect pour personne que vous trouviez plus affectionné à vous faire

---

[1] Les pièces, objet de cette publication, sont extraites des archives de M. le comte L. de Monteynard, au château de Montélier (Drôme). (Voir l'Introduction).

[2] Balthazar Martin de Disimieu, seigneur de Sure, de Frontonas et de Saint-Béron, en Savoie, gentilhomme ordinaire de la chambre du roy, 1557, chevalier de son ordre, 1568, servit fidèlement dans les rangs des armées catholiques et royales; se distingua au siège de la Mure, avec son fils Jean, sous les ordres du duc de Mayenne, 1580; s'attacha à Jacques de Savoie, duc de Nemours, comte de Genevois, gouverneur du Lyonnais, Forez et Beaujolais, à la mort duquel il assista, à Annecy, 15 juin 1585; il épousa, « le jour de caresme prenant, 1548 » (12 février), Claudine, fille de Philibert de Clermont, seigneur de Vaulserre et de Saint-Béron, et de Jeanne de Montfalcon, et sœur puînée de Sébastienne, femme de Jean de Grolée, seigneur de Viriville; il testa, le 11 décembre 1582, et mourut à Saint-Béron, vers la fin de l'été de l'année 1585, laissant neuf enfants. (Voir l'Introduction).

[3] Au début de l'année 1568, les troupes catholiques, sous la direction du baron de Gordes, lieutenant général pour le roi, en Dauphiné, s'étaient emparées de la Côte-Saint-André, 14 février, et de diverses places. La paix, publiée le 23 mars, en conséquence du traité de Longjumeau, fut rompue au mois d'août de la même année.

1

plaisir que je seray tousjours, en tout ce que j'en scauray en mon gouvernement, et d'aussy bon cueur que je prie Dieu vous donner, Monsr de
Dyzimieu, ce que desirez. A Paris ce ixe jour de mars 1568.

Le tout vostre meilleur amy,

LOYS DE BOURBON[1].

II

A MONS^r DE DIZIMYEU.

Monsr de Dysimyeu, J'ay bien entendu, par ce que m'a ordinerement
escript le s^r de Gordes[2], le bon et grand debvoir dont vous avez usé pour
mon service, durant ceste derniere guere, auprès de luy. En quoy vous
avez rendu très suffisant tesmoignage de vostre bonne volunté et affection
en mondict service, en laquelle je vous prie continuer, pour le singulier
contentement que j'en ai receu, le vous ayant bien voulu faire scavoir par
la presente et vous en remercier bien fort, avec assurance que, en l'occasion
que se presentera, je n'oublieray de le recongnoistre envers vous et les
vostres, de sorte que vous aurez occasion d'en demeurer satisffaict. Ce que
attendant, je prieray Dieu qu'il vous ay, Monsr de Dizimyeu, en sa saincte
et digne garde. Escript de Paris, le premier jour de may 1568.

CHARLES.

GOBLET.

---

[1] Louis de Bourbon, duc de Montpensier, né en 1513, mort en 1582, gouverneur du
Dauphiné, après la mort de son frère Charles de Bourbon, prince de la Roche-sur-Yon, suivant
lettres de provisions du 13 octobre 1565; gouverneur de Bretagne, 1569. — Son fils, François
de Bourbon, duc de Montpensier, lui succéda au gouvernement de Dauphiné, 11 décembre
1569, passa à celui de Normandie, 1588, et mourut en 1592. — Henri de Bourbon, prince
de Dombes, puis duc de Montpensier, son fils, lui succéda en Dauphiné, 26 mai 1588, en Normandie en 1592, et mourut en 1656.

[2] Bertrand-Raymbaud de Simiane, baron de Cazeneuves et de Gordes, lieutenant général
au gouvernement de Dauphiné, 1564, mort le 21 février 1578, miné par les chagrins causés
par la mort de son fils et de son gendre; il avait épousé, 1552, Guigonne, fille de Charles
Alleman, seig^r de Champs, et d'Anne d'Albigny, d'où : 1° Laurent, mort jeune; 2° Gaspard,
décédé à Montélimar, par suite de ses blessures, 25 février 1575, à l'âge de vingt et un ans;
3° Balthazard, tué en 1585; 4° Charles, tige de la branche de Pianesse; 5° Laurence, femme de
Rostaing d'Urre, seig^r d'Ourches, blessé dans une rencontre, entre Livron et Romans, mort
30 août 1577; 6° Marguerite, femme d'Antoine de Clermont, seig^r de Montoison. — Gaspard
de Simiane, seig^r d'Evenos (Gard), tige de la branche de Moncha, était frère de Bertrand-
Raymbaud précité.

III

A MONS^r DE DIZIMIEU.

Monsr de Diximieu, Pour voz vertus, vaillance et merites, vous avez esté choisy et esleu en l'assemblée des chevaliers, freres et compaignons de l'ordre St Michel, pour estre associé à ladicte compaignye, pour laquelle eslection, vous notiffie et vous baille de ma part le collier dudict ordre, si vous l'aviez agreable; j'envoye presentement memoire et pouvoir au s^r de Chasteauvillain [1] auprès duquel vous vous rendrez, et serez contant d'accepter l'honneur que la compaignye vous desire fere, qui sera pour augmenter de plus en plus l'affection et bonne volonté que je vous porte, et vous donnera occasion de perseverer en la devotion que vous avez de me fere service, ainsi que plus amplement vous fera entendre de ma part ledict s^r de Chasteauvillain, auquel je vous prie adjouster sur ce autant de foy que vous feriez à moy mesme, suppliant le Createur qu'il vous ait, Monsr de Diximieu, en sa saincte et digne garde. Escrit au chasteau de Boulongne près Paris, ce xiiie jour de juillet 1568.

CHARLES.

GOBLET.

IV

[*En marge :* Commission au s^r de Chasteauvillain de donner l'ordre de St Michel à Balthazard de Dizimieu, du xiiie juillet 1560. Veu Dugué.]

De par le Roy chef et souverain de l'ordre de monseigneur St Michel.

Nostre amé et feal le s^r de Chasteauvillain, chevalier dudict ordre, salut et dilection. Comme en l'assemblé des frères et chevaliers dudict ordre estant auprès de nous, le s^r de Diximieu ayt pour ses vertus et merites esté choisy et esleu pour estre assocyé en ladicte compaignye, au moyen de quoy, pour luy bailler le collier dudict ordre, à nous advisé depputer quelque grand et notable chevalier d'iceluy, savoir faisons que, nous considerant que nous ne pourrions pour cest effect eslire personnaige plus à

---

[1] François de Grolée, seigneur de Châteauvilain, baron de Viriville, en Viennois, mari de Sébastienne de Clermont, d'où postérité, fut tué à Moncontour, 1569; il était beau-frère de Balthazard de Disimieu. Le collier de l'ordre de Saint-Michel était encore une rare et précieuse récompense des services rendus par la noblesse; peu après, il fut avili, par les prodigalités de Catherine de Médicis, et mérita la dénomination de *collier à toutes bêtes.*

propos que vous, à ces causes et autres bonnes et grandes consierations
à ce nous mouvant, nous avons commis, ordonné et depputé, commetons,
ordonnons et depputons, par ces presentes, pour de par nous presenter et
bailler audict s^r de Diximieu le collier dudict ordre, et prendre de lui le
serment avec les cerymonies et conditions accoustumées, plus à plain decleré
en l'instruction que presentement vous envoyons, et generallement fere en
cela ce que nous mesmes ferions et fere pourrions, si presentement en
personne y estions, de ce fere vous avons donné et donnons plain pouvoir,
puissance, auctorité, commission et mandement.

Donné au chasteau de Boullongne lez Paris, le xiiie jour de juillet l'an
mil cinq cens soixante huict.

Par le Roy chef et souverain dudict ordre.

                                                                ROBERTET.

V

MONS^r DE DIZEMIEULX.

Monsr de Disemieulx, Pour vos vertus, vaillance et merites, vous avez
esté choisy et esleu des chevaliers frères et compagnons de l'ordre de
St Michel, pour estre assocyé à ladicte compagnye, pour laquelle eslection
vous notiffie et vous baille de ma part le collier dudict ordre, si vous l'avez
agreable. J'envoye presentement memoyre et pouvoir au s^r de Maugyron[1],
chevalier dudict ordre, auprès duquel vous vous rendrez et serez content
d'accepter l'honneur que la compagnye vous desire fere, que sera pour
augmenter de plus en plus l'affection et bonne volonté que je vous porte,
et vous donner occasion de perseverer en la devotion que vous avez de
me fere service, ainsi que plus amplement vous fera entendre ledict s^r de
Maugyron, auquel je vous prye adjouster foy, comme vous vouldriez fere
à moy mesme. Suppliant le createur vous donner, Monsr de Disemieulx, ce
que plus desirez. Escript au chasteau de Boulongne lez Paris, le xviiie jour
d'aoust, 1568.

                                                                CHARLES.
                                                                   GOBLET.

---

[1] Fr. de Grolée, s^r de Châteauvilain, empêché de donner le collier de l'ordre de Saint-
Michel à Balthazard de Disimieu, fut remplacé, en cet office, par Laurent de Maugiron, gouverneur de Vienne, sénéchal du Valentinois et Diois, ancien lieutenant général au gouvernement du Dauphiné, un des plus vaillants capitaines catholiques de son temps.

VI

Mon cousin, Je suis adverty du bon estat auquel est vostre compaignie, et parce qu'en l'occasion qui se presente d'aller à la Charité, le roy monseigneur et frere a resolu d'y envoyer ung bon nombre de forces, à ceste cause je vous prie, et en tant que desirez fere service au roy mondict seigneur, d'aller trouver en dilligence vostre compaignie pour vous rendre avec icelle, le plus promptement que faire ce pourra, la part où sera mons' le mareschal de Cossé, auquel j'ay escript faire estat de vostre compaignye, pour l'asseurance que j'ay que n'y ferez faulte, vous ayant pour cest effect, le roy mondict seigneur et frere, escript cy devant, et vous asseurez que vous et vostre compaignye recevrez tel et si bon traictement que vous aurez occasion de vous contenter et à tant, mon cousin, je prye Dieu vous avoir en sa saincte et digne garde. Escript à Angiers le xxv* jour de mars 1570[1].

VII

MONS. DE DIZIMIEU, CHEVALIER DE MON ORDRE.

Monsieur de Dizimieu, Aiant entendu le bon et grand debvoir que vous avez faict depuis que les affaires sont du côté de deçà, et que vous continuez chacun jour pour mon service auprès du s' de Gordes mon lieutenant general, je vous veulx pas celler le contentement que j'en ay, en vous priant de ne vous lasser, mais de continuer avecq la mesme affection que vous avez jusques icy. Estant asseuré que, selon les occasions qui se presenteront pour vostre avancement, je vous feroy par effect paroistre le desir que j'en ay, de manière que vous aurez, de vostre costé aussi, toute occasion de

---

[1] La date du 25 mars 1570 inscrite sur cette missive, à laquelle manquent l'adresse et la signature, et certaines indications permettent de l'attribuer au duc d'Anjou, frère de Charles IX, qui venait de prendre Saint-Jean-d'Angely, décembre 1569, et, de concert avec le roi, dont la présence est signalée à Angers le 29 mars 1570, concentrait, dans l'Orléanais, une armée, commandée par le maréchal de Cossé, destinée à menacer la Charité, place forte des protestants, et à arrêter la marche des princes qui allaient battre les catholiques, à Arnay-le-Duc, le 25 juin 1570.

L'intercalation de cette lettre, dans le dossier Disimieu, porterait à croire qu'elle est adressée au capitaine Balthazard de Disimieu, si l'appellation *mon cousin* était applicable à ce confrère en l'ordre de Saint-Michel?

demourer content de moy. Priant Dieu, Monsr de Dizimieu, vous avoir
en sa saincte garde. Escrit à Baillon, ce xviiie jour de juillet 1573.

CHARLES.

DE NEUFVILLE.

VIII

A MONS^R DE DISIMIEU, CHEVALIER DE MON ORDRE.

Monsr de Disimieu, M'aiant le s^r de Gordes mandé la reprinse qu'il
avoit faicte sur mes ennemys de la ville de Moretel[1], et que le principal
moien qu'il en a eu a esté de vostre assistance et de la noblesse et de gens
de pied que vous avez ramassé au pais, suivant la commission qu'en aviez
de luy, lesquelz luy avez amené sy apropoz et tellement disposez à me
servir, et vous particullièrement faict sy bon et notable service, que me
rendant par là et par la continuation de voz bons deportemens tres asseuré
du zelle et affection que vous portez à mondict service, je n'ay voullu
obmettre davantage à vous dire le contantement et bon gré que je vous
en ay, et vous prie de continuer et croire que, comme vous me servez avec
tel zelle et affection et qu'il m'en resulte tant de bon succez, je vous feray
paroistre et recepvoir les effectz de ma bonne vollunté en vostre endroict
par quelque recompense condigne à voz services et merites, comme j'auray
aussy à plaisir de fere, selon les occasions, la noblesse qui vous a assistés,
ainsy que je l'escriptz plus particullierement audict s^r de Gordes pour
vous en asséurer de ma part, priant Dieu, mons^r de Disimieu, vous avoir
en sa garde. Escript à Paris le xxxe jour d'avril 1576.

HENRY.

DE NEUFVILLE.

IX

A MONS^R DE DIZIMIEU, CHEVALIER DE MON ORDRE.

Monsr de Dizimieu, J'ay entendu de la Royne madame ma mère[2], à
son retour par de moy, le service et l'assistance quelle a receu de vous

---

[1] La petite ville de Morestel, arrondissement de la Tour-du-Pin (Isère), ayant été surprise
par les protestants, à la fin de 1575, de Gordes ordonna, à Balthazard de Disimieu, d'en faire le
siège, qui commença le 29 mars 1576; aidé par la noblesse des environs, il s'empara de la ville,
puis du château et de la tour le 7 avril suivant. L'historien Chorier dit que Disimieu eut des
marques de la satisfaction du roi par des lettres qu'il en reçut.

[2] Catherine de Médicis, après avoir traversé le Languedoc et la Provence, se dirigea sur

par delà, dont elle m'a bien voulu rendre tesmoignage, et de la singuliere affection que tousjours vous monstrez à mon service, affin d'accroistre de tant plus vostre recommandation en mon endroict, en quoy vous pouvez croire que me trouverez conforme à sa bonne intention pour vous recongnoistre gratiffié tant plus voluntier, quand l'occasion s'en presentera, n'ayant en moindre estime le service que luy font mes bons serviteurs que s'il estoit faict à ma propre personne. Et n'estant la presente que pour vous asseurer de ma bonne volunté, je prie sur ce le Créateur qu'il vous ait, Monsr de Dizimieu, en sa saincte garde.

Escrit à Paris ce dernier jour de novembre 1579.

HENRY.

DE NEUFVILLE.

X

MONS^r DE DIZIMIEU, GENTILHOMME ORDINAIRE DE MA CHAMBRE ET CHEVALIER DE MON ORDRE

Monsr de Dizimieu, Mettant en consideration que la premiere et principalle chose que je doibs rechercher et procurer, après l'honneur de Dieu, est le soullagement de mon peuple et subjects, et qu'il n'y a rien qui les puisse tant consoler et leur fere oublier les grandes afflictions, foulles et oppressions qu'ils ont senties et souffertes, que de leur fere la joye d'un asseuré repos, j'ay advisé de depputter et envoyer certains bons, dignes, notables et experimentez personnages zellateurs de la gloire de Dieu et du bien et tranquillité publique, par les provinces de cesthuy mon royaume, et mesme en celle de Dauphiné, pour veoir et visiter mesdicts subjects, scavoir et entendre comment les choses qui touchent le service divin et les charges et dignitez ecclesiastiques sont faictes et exercées, quels sont les depportements de la noblesse, et comment ma justice et mes finances sont administrées, aussy d'asseurer et fortiffier de plus en plus l'establisse-

le Dauphiné. Les sieurs de Maugiron et de Tournon se rendirent, au-devant d'elle, à Montélimar, « avecque bonne trouppe de gentilshommes », le 16 juillet 1579, et l'accompagnèrent jusqu'à Grenoble, où elle arriva le 22 juillet. Le voyage avait pour but d'apaiser les luttes entre les catholiques et les protestants et de donner satisfaction aux doléances du peuple. Mais la reine, quoique ayant mis en jeu toutes les ressources de sa diplomatie experte, ne put ni entrer en négociation directe avec le rusé Lesdiguières, ni imposer un frein aux progrès des armes huguenotes; elle eut même à subir les premières secousses des émotions populaires et dut quitter Grenoble, le 16 octobre.

ment de mon dernier edict de paciffication, estimant ne avoir rien qui fait plustost congnoistre le bien et le mal que se retrouve entre mondict peuple et subjects, que de leur fere visite par personnages d'auctorité, qualité et experience [1], dont j'ay bien voullu vous advertir par la presente qui sera aussi pour vous dire et prier que, lorsque mes commissaires seront sur les lieux et qu'ils vous en advertiront, vous vous trouviez près d'eulz pour entendre ce qu'ils proposeront et representeront de madicte bonne et droicte intention en cest endroict, et que teniez la main à l'execution d'icelle, autant que vous aymez la gloire de Dieu, le bien de mon service et le repos de cest estat. Priant Dieu, Monsr de Dizimieu, vous avoir en sa saincte garde. Escript à Fontaynebleau, le vi^e jour d'aoust 1582.

HENRY.

DE NEUFVILLE.

XI

Le DUC DE GENEVOIS ET DE NEMOURS, pair et collonnel general de la cavallerie legiere de France, gouverneur de la ville de Lyon, pais de Lyonnois, Forestz et Beaujollois [2].

Au s^r Desimieu salut. Estant requis et necessaire, pour le bien et service de la saincte unyon, de faire promptement mectre sus ung regiment de quatre compaignies de gens de pied francois du nombre de deux cens hommes chacune, nous à plain confians de voz sens, suffisance, experience et bonne vigillence au faict des armes, ensemble de vostre zelle et affection audict service. Pour ces causes vous avons commis et depputé, commectons et depputons par ces presentes pour faire en toute dilligence la levée dudict regiment, en ces quartiers icy, des meilleurs plus experimentez et agguerriz soldatz qu'il s'y pourra trouver, vous permectant à ces fins de faire battre le

---

[1] Lors de la tenue des états, à Grenoble, au début de 1583, Philippe du Bec, évêque de Nantes, les sieurs de la Roche-Pezay, d'Albin, Baillet et Le Comte, commissaires députés par la cour, déclarèrent qu'ils étaient porteurs d'une lettre du roi, datée de Fontainebleau, 6 août 1582, qui les chargeait de voir et de visiter la province de Dauphiné... Ils demandèrent aux états un don de 26.000 l., ce qui constituait la partie la plus importante de la mission des envoyés du prodigue Henri III.

[2] Charles-Emmanuel de Savoie, duc de Genevois et de Nemours, 1567-1595, joua un grand rôle au cours des guerres de la Ligue, principalement en Lyonnais, Forez et Viennois; il avait rêvé de se tailler un gouvernement indépendant, en ces pays, à la faveur des troubles. Il était fils de Jacques de Savoie, duc de Genevois et de Nemours, qui avait épousé, 26 avril

tambourg es lieux et endroictz sur lesquelz vostre pouvoir s'estend, où c'est que besoing sera pour l'effect de ladicte levée, pour après icelle faicte, estre par vous menée et conduicte la part qu'il vous sera par nous ordonné, pour le service de ladicte saincte unyon et exploictée pour icelluy, soubz vostre charge et conduicte comme maistre de camp que nous vous avons esleu, choisy et nommé dudict regiment, en faisant la levée toutesfois à la moindre foulle du peuple que faire se pourra. Mandons et commandons pour ces mesmes causes à tous officiers, consuls, manans et habitans qu'il appartiendra de ce nostre gouvernement ne donner aulcun empeschement à la levée susdicte, ains y prester toutte ayde et faveur en tout ce que de besoing sera, pourveu que ce ne soict que pour le passaige seullement par les endroictz où nous l'ordonnerons, et à ceulx de Vimy au Franc Lyonnoys[1] de faire fournir, par les habitans d'icelluy lieu et mandement, de ce qu'il fauldra pour les ustencilles necessaires, où c'est que vous dresserez et assemblerez ledict regiment, attendu que, comme dict est, il agist de l'exprès service de ladicte saincte unyon. Faict à Lyon[2], ce xixme jour d'avril 1589.

CHARLES E. DE SAVOYE.

XII

Le Marquis de St Sorlin, gouverneur de la ville de Lyon, pays de Lionnois, Forestz, Beaujollois, hault et bas pays d'Auvergne, Bourbonnoys, haulte et basse Marche, Combrailles

---

1566, Anne d'Est-Ferrare, veuve de François de Lorraine, duc de Guise, et mère de : Henri de Guise, dit le Balafré; de Louis, cardinal de Guise, tous deux assassinés à Blois, 1588, et de Charles, duc de Mayenne, devenu le chef de la Ligue à la mort de ses frères. La remise de Vienne à Henri IV porta le dernier coup aux ambitions de Nemours, qui mourut de chagrin, 13 août 1595.

Ces lettres sont adressées à César de Disimieu, second fils de Balthazard de Disimieu, mort en 1585, précité.

[1] Vimy, aujourd'hui Neuville-sur-Saône (Rhône). Cette petite ville fut unie au marquisat érigé, sous le nom de Neufville, en faveur de Camille de Neufville, archevêque de Lyon, suivant lettres du mois de juillet 1666.

[2] Le duc de Nemours, gouverneur et lieutenant général pour la Sainte-Union, fit, le 22 mars 1589, son entrée dans la ville de Lyon, qui s'était déclarée pour la Ligue, le 24 février précédent.

et bailliage de St Pierre de Moustiers, en l'absence de
Monsieur le duc de Genevois nostre frère[1].

Au sieur de Dizimieu, Maistre de camp d'un regiment de gens de pied
pour le service de la saincte Union catholique[2], salut. Estant requis et
necessaire commettre et deputer personnage suffisant et capable pour se
tenir dans la ville et eglise des Celestins de la ville de Vichy[3], pour avoir
l'œil et soing à la garde et seureté d'icelle, avec le nombre de soldatz que
nous y avons à ces fins ordonnez, à ce qu'il n'en puisse advenir aulcun inconvenient au prejudice du bien, repos du pays et de ladicte saincte unyon,
Nous, à plain confians de vostre prudhomie, scens, suffisance, experience et
bonne diligence en tel cas, ensemble de vostre affection envers nous. Pour
ces causes, nous vous avons commis et deputé, commettons et deputons par
ces presentes pour, avec les soldatz de vostredict regiment estre et demourer
à ladicte ville, avoir l'œil et soing à la garde et seureté d'icelle, y commander et ordonner, ainsy que congnoistrez y estre affaire pour sa conservation et de ladicte eglise. La solde des soldatz de vostredict regiment et la
vostre sera payé tant des deniers qui proviendront du Bourbonnoys, suivant
la capitulation de la tresve, que de celluy d'Auvergne[4], suivant l'estat qui
en sera dressé, à commencer dès le premier jour de ce present moys de
decembre, mandant et ordonnant es officiers, consulz, manans et habitans
de ladicte ville et autres qu'il apartiendra vous obeir et entendre en tout
ce qui concernera vostre charge, à peine de rebellion et desobeissance.
Donnés à Riom, le... jour de decembre mil vᶜ quatre vingts dix.

HENRY DE SAVOYE.

Par mondict seigneur : BARTHELEMY.

[1] Henri de Savoie-Nemours, marquis de Saint-Sorlin, né le 2 novembre 1572, frère puîné
de Charles-Emmanuel précité. L'exemple de son frère, aux titres duquel il succéda en 1595,
et sa parenté avec les Guise l'engagèrent dans le parti de la Ligue. Au mois de juin 1596, il
se rendit à l'obéissance de Henri IV, auquel il demeura fidèle, ainsi qu'à Louis XIII. Il mourut,
à Paris, fort bien en cour, le 10 juillet 1632. Il avait épousé, 14 avril 1618, Anne de Lorraine,
fille unique de Charles, duc d'Aumale.

[2] César de Disimieu, maître de camp d'un régiment de gens de pied, à l'armée de
Mayenne, fut fait prisonnier à la bataille d'Ivry, 14 mars 1590.

[3] La petite ville de Vichy avait été prise par les Ligueurs, sous la conduite d'Anne d'Urfé,
le 14 octobre 1590.

[4] En Auvergne, à l'exception de Clermont, 1589, toutes les villes avaient suivi l'exemple
de celle de Riom, qui s'était déclarée pour la Ligue, dès les premiers troubles.

XIII

CHARLES EMANUEL DE SAVOYE, duc de Genevoys et de Nemours,
pair et collonel general de la cavallerie legere de France,
gouverneur de la ville de Lyon pays de Lyonnois, Forestz et
Beaujollois, haulte et basse Auvergne, Bourbonnois, haute
et basse Marche, Combraille et St-Pierre le Moustier [1].

Au sr de Dixemieulx, salut. Comme, pour la manutention de la loy
fondamentalle et service universel de ce royaulme, il ayt esté besoing aux
bons francois d'opposer leurs armes à celles des hereticques et leurs
associez, et contre leurs pernicieux desseings dresser de grandes et fortes
arméees pour empescher qu'autre que catholicque, et par les voyes ordinaires
le roys de France ne peust empieter la couronne sans recepvoir le sacre
et prester le serment en tel cas acoustumé par les predecesseurs roys prenans
investiture de ce royaulme trescrestien; pour la conduicte desquelles armées
il soit expedient de commectre l'administration des principalles charges,
comme est maistre de camp, à notables et valereux personnages de la probité
et affection desquelz au party desdicts bons francois fidelles à leur relligion
et patrie l'on puisse avoir toute asseurance. A ces causes, pour la parfaicte
et entiere confiance que nous avons de vostre valleur, dilligence et experience

---

[1] Le duc de Nemours, dont la réputation avait grandi, au siège de Paris, était venu en
Lyonnais, au commencement du printemps, 1591, et s'y trouvant dans les conditions les plus
favorables à ses ambitieux projets, il y levait une armée de 10.000 hommes destinée à opérer
en Forez et en Auvergne.

Au même temps, Jean de Disimieu, fils aîné de Balthazard et frère de César, servait dans
l'armée royale, en qualité de lieutenant de la compagnie d'hommes d'armes de Laurent de
Maugiron, qui se fit battre, à Vif, par Lesdiguières, 25 avril 1588; il fut tué sur la brèche, à
l'assaut de Givors, 1er juillet 1591. — On lit sur un feuillet d'un livre de raison : « ... le sieur
de Disimieu (Jean) après avoir enterré le corps de son père Balthazard, aux Augustins de
Crémieu, 1585, s'en alla à Lyon trouver le baron de Rieux (Guy de Rieux, baron de Châteauneuf), qui le pria d'accepter la lieutenance de sa compagnie. Après, ledit sieur de Disimieu
s'en revint au Pont de Beauvoisin, là où, dès qu'il fut descendu de cheval, trouva un qu'on
nommait le capitaine Charmon qui se disait aussi lieutenant de la compagnie du sieur baron
de Rieux, pour l'occasion de quoi il y eut une grande dispute, audit Pont, et en mourut trois
ou quatre du parti dudit Charmon, et en fut blessé huit ou dix, et ceux dudit Disimieu se
surent si bien défendre qu'il n'en mourut point, sinon que ledit sieur de Disimieu qui fut blessé,
dont il en cuida perdre la vie. Passé quinze jours, il s'en alla au camp, là où fut fait l'apai-
sement de la querelle, en présence de MM. de la Valette et de Maugiron. »

au faict de la guerre, vous [avons] commis et depputé et par ces presentes commectons et depputons pour avoir la charge de maistre de camp d'ung regiment de gens de guerre à pied francois composé de douze compagnies, et cappataine *(sic)* particulier de l'une des dictes douze compagnies du nombre de deux cens hommes, desquelz vous leverez et mectrez sus incontinant des meilleurs et plus aguerriz soldatz que vous pourrez choisir et trouver, pour estre employez avec les unze autres compagnies tant à la garde et conservation des villes et places de nostredict gouvernement et ailleurs, ainsy que vous aviserez estre plus à propos; et par nous vous sera mandé et ordonné pour ladicte charge et estat de maistre de camp avoir, tenir et doresnavant exercer aux honneurs, auctoritez, estatz et appoinctemens qui y appartiennent. Mandons à tous qu'il appartiendra que, pour l'effect de ladicte levée, ilz ne vous donnent aucun empeschement, et à tous ceulx de vostredict regiment qu'ilz ayent à vous obeyr et entendre es choses touchant et concernant ladicte charge. En tesmoing de quoy nous avons signé ces presentes de nostre main, faict contresigner et y apposer le cachet de noz armes. A Lyon, le premier jour de may mil v^c quatre vingtz et unze.

CHARLES E. DE SAVOYE.

Par mondict seigneur : HOTMAN, secretaire.

XIV

Le 10 juillet 1592, le duc de Nemours était entré dans la ville de Vienne qui, grâce à ses fortifications, à ses châteaux, datant de l'époque romaine, et à sa position sur le Rhône, était considérée comme une place de premier ordre. Le duc, mis en prison par les Lyonnais, 21 septembre 1593, pour avoir trahi le roi et la Ligue, avait pu, après la réduction de Lyon, 7 février 1594, s'évader et se réfugier à Vienne, où il arriva le 27 juillet au matin. Il y leva une petite armée et porta la guerre dans le Lyonnais et le Forez, laissant la ville sous la garde de César de Disimieu. Resserrée par Lesdiguières et d'Ornano, dès le mois de mars 1595, puis par Montmorency, la place fut livrée aux royalistes le 24 avril suivant, par son gouverneur habilement ménagé et largement soudoyé. Nemours, averti de ces menées, avait résolu de se saisir de Disimieu, mais ce dernier sut adroitement se tirer de cette position critique et tenter une meilleure fortune, en faisant sa soumission à Henri IV. Le bruit courut que Disimieu avait empoisonné Nemours, mort à Annecy le 13 août 1595. « Charles de Simiane, étant à Paris en 1597, provoqua en duel Disimieu et le blessa grièvement », suivant Mermet, *Histoire de Vienne*. Il y a lieu d'observer que, d'après les lettres à cette date, le gouverneur de Vienne ne semble pas avoir pu, cette année-là, se rendre à Paris, tout en constatant que l'adversaire était bien dans son rôle. Charles de Simiane, auteur de la branche de Pianezze, dit le seigneur d'Albigny, après la mort de Nemours qu'il avait fidèlement servi, passa au service du duc de Savoie et devint lieutenant général, marquis de Roat et de Maret, etc., et épousa, 26 février 1607, Matilde, fille naturelle légitimée du duc Emmanuel-Philibert; il mourut le 18 janvier 1608.

Les phases de cette négociation sont établies par de nombreux documents intéressant, non seulement l'histoire particulière de Vienne, mais aussi l'histoire générale, car la clef d'or, maniée par la politique royale, ouvrit, dans les mêmes conditions, les portes de bien des villes rebelles.

[*Au dos*]. Articles envoiez et accordez tant par le Roy que Monseigneur le conestable, à Monsr de Disimieu avant la reduction de la ville de Vienne [1].

Le Roy accorde au s^r de Dizimieu, qu'en recognoissant sa Majesté et luy rendant obéissance, comme ung bon subgect est tenu de faire, Elle le pourvoira du gouvernement de la ville de Vienne et des chasteaux qui sont en icelle, et pareillement du pays de Viennois, avec une compagnie de cinquante hommes d'armes entretenus et ung regiment de huict compagnies de gens de pied de cent hommes chacune payées par sa Majesté, avec la survivance desdicts gouvernement, chasteaux, compagnies de gens d'armes et infanterie, au profict du chevalier de Dizimieu, son frere [2], dont sa Majesté promect par la presente luy fere expedier toutes les provisions qui seront necessaires.

Davantage, sa Majesté luy fera don de l'abbaye d'Esnay, laquelle il retirera de Monsr de Lyon, par recompense, et luy en fera passer la resignation, au profict de celuy qu'il nommera, sinon luy fera payer comptant la somme de vingt mil escuz, sans qu'il y ait aucune faulte. Pour thesmoignage et asseurance de quoy, sa Majesté a signé la presente promesse, à St Germain en Laye, le xxiie jour de novembre 1594.

HENRY.

DE NEUFVILLE.

[1] César de Disimieu, sous l'influence du connétable de Montmorency, son beau-frère, traitait donc, avant l'investissement de Vienne, avec Henri IV qui ratifiait, dès novembre 1594, les engagements pris en son nom, dont l'effet ne fut acquis que cinq mois plus tard.

[2] Anthoine de Disimieu, né en 1569, chevalier de Malte, 30 décembre 1580, commandeur de Villefranche-sur-Cher, procureur général de l'ordre, mort vers 1625.

XV

Articles accordés par Monseigneur le Conestable au s^r de Disimieu
commandant à presant à Vyenne que ledict seigneur promet
de fere agreer et ratiffier au Roy, ayant ledict s^r de Disimieu
remis la ville et chasteaux de Vyenne[1] soubs l'hobeyssance
de sa Majesté à laquelle il fera serment de fidelité.

Sa Majesté recepvra ledict s^r de Disimieu en sa bonne grace et, ce
faisant, luy accordera abolition, en bonne forme, de tous actes d'hostilité
faictz à l'ocasion et durant la presente guerre, et sera pareille abolition
acordée pour les gentilzhommes et autres gens de guerre quy se declare-
raient avec luy pour le service de sa Majesté.

Que toutes les trouppes de gens de guerre, tant de pied que de cheval,
estant dans Vyenne, pour Monsieur de Nemours, en pourront sortir en toute
liberté et seurté, avec leurs hardes, bagage, armes et chevaulx, et seront
conduictes, par ceux quy à ce seront ordonnez, hors le royaulme ou ès
places où commande Monsieur de Nemours, sans qu'il leur soit faict tort
ny desplaisir à leurs personnes et biens[2].

Le gouvernement de la ville de Vyenne et des chasteaux quy sont en
icelle et pareillemant du pais de Vyenois et de la tour de Saincte Colombe
et du bourg de Saincte Colombe, avec une compagnie de cinquante hommes
d'armes entretenus, et ung regiment de huict compagnies de gens de pied

---

[1] Le château de Pipet, Eumedium vel Pompeiacum, construit par les Romains, dominait
la cité de Vienne, dont l'enceinte de même origine s'appuyait sur les fortifications du mont
Arnaud, mons Arnauldi; du mont Salomont, Sospolium, Salutis mons; du mont Sainte-
Blandine, Quiriacum, ruinées en 1562, en même temps que celles du mont Saint-Just,
Crappum. Ces vestiges de la puissance romaine, entamés par les invasions des barbares, les
assauts du moyen âge et la main du temps, fournirent un dernier témoignage de leur résistance
au cours des guerres de Religion et de la Ligue. L'antique château de Pipet et celui de la
Bâtie, reconstruit, au XIIIe s., par l'archevêque J. de Bernin, constituaient alors la principale
défense extérieure de la ville. La tour de Sainte-Colombe, sur la rive droite du Rhône, en
face de Vienne, dont elle commandait le pont, avait été établie par Philippe de Valois, au
XIVe s. Quoique assise en Lyonnais, cette tour dépendait du gouvernement de Vienne.

[2] L'infanterie française, sous les ordres de du Cheylard, et les Italiens, sous ceux de
Vincentio, sortirent librement de Vienne, le 22 avril. Pierre de Sauvain du Cheylard avait été
chargé, par Nemours, d'arrêter Disimieu; plus tard, il servit sous Lesdiguières et fut nommé
maréchal de camp, en 1622; il avait épousé, 26 mars 1601, Jeanne, fille de Claude de Grasse,
comte du Bar, gouverneur d'Antibes, d'où cinq filles.

de cent hommes chascune payés par sa Majesté, avec la survivance desdicts gouvernementz, chasteaux, compagnies de gens d'armes et infanterie, au proffit du chevalier de Disimieu, son frère, dont sa Majesté luy fera expedier toutes les provisions necessaires.

Qu'il ne se fera en ladicte ville de Vyenne et fauxbourgz d'icelle aulcung exercice de Religion, sy ce n'est de la catholique, apostolique et romaine, ny en aulcung autre lieu du bailliage de Vyenois, sy ce n'est ainsy qu'il est permis par l'edict de l'an mil cinq cens soixante dix sept, confirmé par sa Majesté.

Faict à Lyon le vingt uniesme jour d'apvril mil vᶜ quatre vingt quinze.

MONTMORANCY. BELLIEVRE.
Par Monseigneur : CAILHAC.

XVI

Autres articles accordés par Monseigneur le Connestable au sʳ de Dizimieu :

Premierement

Sa Majesté luy faict don de la somme de vingt mil escus dont il sera payé sur les deniers de la douane qui se leve a Valence[1], à mesure qu'ilz se retreuveront, et ne peuront estre lesdicts deniers destournez ny emploiez ailleurs que ladicte somme de xx $\frac{e}{m}$ ne soie acquictée.

Plus sa Majesté fera don au chevalier de Dizimieu, frere dudict sieur de Dizimieu, de l'abbaye d'Esnay que sadicte Majesté retroira, par recompense, de Monsieur l'archevesque de Lion[2].

Plus est accordé audict sʳ de Dizimieu que l'on fera promptement conduire le canon à Vienne, pour forcer le chasteau de la Bastie qui luy sera remis pour la garde, comme il faict à celuy de Pipet, sous entendu qu'il

---

[1] Pour payer cette somme, on établit, par ordonnance du 6 mai 1595, un péage à Vienne, connu sous le nom de douane de Valence, qui subsista jusqu'en 1790.

[2] Pierre d'Epinac, archevêque de Lyon, 1574, conseiller du roi Henri III qui lui fit don des abbayes d'Ainay, de l'Isle-Barbe, de la Bénisson-Dieu, de Joug-Dieu, etc. Un des plus considérables et des plus fougueux partisans de la Ligue, il ne voulut jamais se soumettre à Henri IV, et mourut le 9 janvier 1599, à l'âge de cinquante-neuf ans. Anthoine de Disimieu ne fut point pourvu de cette abbaye et reçut en échange une somme d'argent. Le revenu de l'abbaye d'Ainay, à Lyon, était de 16.000 l.

aura esté prins. Et pour le regard des canons et munitions de guerre estant auxdicts chasteaulx et ville de Vienne, y demeureront pour la seureté et conservation desdicts chasteaux et ville, entendant sa Majesté de satisfere desus le s^r de Maugiron ès ce qu'il pouroit avoir pretention de se fere rendre lesdicts canons, lesquelz canons demeureront obligez audict s^r de Dizimieu pour la somme de [en blanc] qu'il pretend avoir prestée à Monsieur de Nemours. Faict à Lion, le xxie jour d'avril m v^c quatre vingtz et quinze[1].

MONTMORANCY. BELLIEVRE.

Par Monseigneur : CAILHAC.

XVII

Monseigneur le Conestable, en suyte des precedantes asseurances par luy données à Monsr de Disimieu, commandant à Vyenne, soubs la reduction d'icelle en l'obeyssance du Roy, a promis audict s^r de Disimieu de luy donner commission, soubs le bon plaisir du Roy, pour la levée des arrierages de ses contributions, et jusques à concurrance de la somme de trois mil escus tant seulement.

Comme aussy de luy bailler commission pour remetre le passage des voitures des marchandises, tant par eau que par terre, dans la ville de Vyenne, ainsy qu'il avoit esté acoustumé, soubs le payement des droits et daces quy seront mises sur lesdictes marchandises par le Roy, et auquel il promet fere confirmer ce dessus.

Faict à Lyon, le xxn^e d'apvril m. v^c quatre vingts quinze.

MONTMORANCY. BELLIEVRE.

Par Mondict seigneur : CAILHAC.

XVIII

A MONS^r DE DISIMIEU, GOUVERNEUR DE MA VILLE DE VIENNE.

Monsr de Disimieu, Je veulx bien vous tesmoigner par ceste lettre le très grand contentement que j'ay du signallé service que vous m'avez

---

[1] Le lendemain, 22 avril 1595, à minuit, les royalistes entrèrent dans la ville et à Pipet et, trois jours après, obligèrent le château de la Bâtie à capituler.

faict, vous remettant en mon obeissance, avec ma ville de Vienne. En attendant qu'il se presente occasion de le vous confirmer par telz effectz que l'ayez de vous en louer, comme j'espere et vous promectz qu'il adviendra le plus tost qu'il me sera possible. Cependant j'ay approuvé et ratiffié tout ce que mon cousin le Connestable vous a promis en mon nom, et en ay commandé les expeditions qui vous seront envoyées au premier jour. Et puisque vous avez si bien commencé, je m'asseure que vous continuerez et acheverez de me servir si fidellement qu'il n'est ja besoing que je vous en face recommandation. Doncques vous ayant derechef asseuré de ma bonne volunté et du plaisir que vous me ferez me depportant cy après de vos nouvelles, je ne vous feray la presente plus longue, priant Dieu, Monsr de Disimieu, vous avoir en sa saincte et digne garde. Escript à Fontainebleau le IIIe jour de may 1595.

HENRY.
DE NEUFVILLE.

XIX

[*Au dos*]. Commission d'une companie de cent hommes à M^{re} Cœsard comte de Disimieu, du 9e may 1595.

Henry par la grace de Dieu roy de France et de Navarre, à nostre cher et bien amé le cappitaine [*en blanc*] salut. Comme pour le bien de nostre service nous ayons advisé de lever et mettre sus quelques compagnies de gens de guerre à pied, chacune d'icelles composée de cent hommes de guerre, et en commettre la charge à certains bons et vaillans cappitaines desquelz l'affection et fidelité nous soyent cogneues ; à ces causes, à plain confians de vostre personne et de vos sens, suffisance, experience au faict des armes et bonne dilligence, nous vous avons donné et donnons par ces presentes la charge de l'une desdictes compagnies de gens de guerre qui sera composée de *cent hommes de guerre à pied*, comme dict est, lesquelz vous leverez et mettrez sus au plustost, si ja ils ne sont levez, des meilleurs plus vaillans et aguerriz soldatz que vous pourrez choisir et trouver, pour iceulx conduire et exploiter la part selon et ainsy qu'il vous sera par nous et noz lieutenans generault commandé et ordonné pour notre service, et nous ferons paier, vous et lesdicts cent hommes de guerre à pied, des soldes, gaiges et appoinctemens qui vous seront deubz et à eulx, d'icy en avant, selon les monstres et reveues qui en seront faictes par les commissaires et controleurs ordinaires de nos guerres à ce commis, par chacun moys, tant et si longuement qu'ilz seront sus pour nostre service. De ce faire vous avons donné et donnons plain pouvoir, puissance, auctorité, commission et mandement special par ces presentes, mandons et commandons à tous nos justiciers, officiers et subjectz qu'à vous, en ce faisant, soyt obey : car tel est nostre plaisir. Donné à Fontainebleau le ixᵉ jour de may l'an de grace mil cinq cens quatre vingtz quinze, et de nostre regne le sixiesme.

HENRY.

Par le roy : DE NEUFVILLE.

XX

[*Au dos*] Commission d'une compagnie de cinquante hommes d'armes des ordonnances du roy pour mʳᵉ Cezard comte de Disimieu, avec la survivance pour mʳᵉ Antoine de Disimieu son frere chevalier de Malthe et commandeur de Villefranche.

Henry, par la grace de Dieu roy de France et de Navarre, à tous ceulx qui ces presentes lettres verront, salut. Comme par les articles accordez avec le sʳ de Disimieu par nostre très cher et amé cousin le duc de Montmorancy pair et connestable de France, sur la reduction de nostre ville de Vyenne et des chasteaux d'icelle en nostre obeissance, il ayt esté entre autres choses promis et accordé audict sʳ de Disimieu une compagnie de trente lances fournies de noz ordonnances, au tiltre de cinquante, à la survivance de luy et du chevalier de Disimieu son frere, scavoir faisons que nous, à plain confians des sens, suffisance, loyaulté, preudhommie, vaillance, experience au faict des armes, bonne conduicte et dilligence dudict sʳ de Disimieu, et desirans l'honnorer des charges et estatz dont il s'est rendu digne, à icelluy pour ces causes et autres bonnes et grandes considerations à ce nous mouvans, avons donné et octroyé, donnons et octroyons par ces presentes signées de nostre main *la charge et conduicte d'une compagnie de trente lances fournies de noz ordonnances*, au tiltre de cinquante, pour icelle charge avoir, tenir et doresnavant exercer aux honneurs, auctoritez, prerogatives, preeminences, franchises, libertez, gaiges, solde, estat, entretenement et appoinctements accoustumez, telz et semblables que les ont et preignent les autres cappitaines d'hommes d'armes de noz ordonnances, à condition toutefois de survivance de luy et dudict chevalier de Disimieu son frere, sans que par le trespas du premier decedant ledict estat et charge puisse estre declaré vaccant et impetrable sur le survivant, auquel nous l'avons dès à present reservé et reservons par ces presentes. Si donnons en mandement, à nostre très cher et amé cousin le duc de Montmorancy pair et connestable de France, que dudict s[r] de Disimieu, prins et receu le serment en tel cas requis et accoustumé, il le mette et institue ou face mettre et instituer de par nous en possession et saisine de ladicte charge et conduicte de trente lances fournies de noz ordonnances, au tiltre de cinquante, et d'icelle ensemble des honneurs, auctoritez, prerogatives, preeminences, franchises, libertez, gaiges, solde, estat, entretement et appoinctemenz dessusdicts, le face, souffre et laisse jouyr et user plainement et paisiblement et à luy obeyr et entendre, et après sa mort audict chevalier de Disimieu son frere, de tous ceulx et ainsy qu'il appartiendra ès choses touchans et concernans ladicte charge. Mandons en outre à noz amez et feaulx conseillers les tresoriers ordinaires de nos guerres ou l'un d'eulx, à qui ce pourra toucher, que par le payeur qui sera ordonné en ladicte compagnie, ilz facent doresnavant, par chacun quartier, des deniers qui leur seront assignez pour le payement d'icelle, payer bailler et dellivrer audict s[r] de Desimieu, et après son decedz audict chevalier de Disimieu son frere, les gaiges et soldes, estalz et appoinctemens dessusdicts et, en rapportant par eulx ces presentes ou vidimus d'icelles deuement collationné, pour une fois seullement, avec quittance dudict s[r] de Disimieu et après son trespas, dudict chevalier de Disimieu, et les roolles des monstres de chacun payemens sur ce suffisantes, ainsy qu'il est accoustumé. Nous voullons, tout ce que paié aura esté à l'occasion susdicte, estre passé et alloué en la despence de leurs comptes et rabbattu de leur recepte et assignations, par noz amez et feaulx les gens de noz comptes ausquelz nous mandons ainsy le faire sans difficulté, car tel est nostre plaisir. Entesmoing de quoy nous avons faict mectre nostre scel à cesddictes presentes. Donné à Fontainebleau le ixe jour de may l'an de grace mil cinq cens quatre vingtz quinze, et de nostre regne le sixiesme.

HENRY.

[*Sur le repli*]. Par le roy : DE NEUFVILLE.

Enregistrées au greffe patrimonial de la cour de parlement de Daulphiné le xxi julliet mil vᶜ ɪɪɪɪˣˣ xv.

Le segond de juing l'an mil vᶜ quatre vingtz quinze à Lyon, ledict
sʳ de Dyzimieu a presté le serment en tel cas requis et acoustumé, entre
les mains de mondict seigneur le conestable, pour raison de ladicte charge
de cappitaine d'une compagnie de trante lances fournies des ordonnances
de sa magesté, au tiltre de cinquante, et moyenant ce, mondict seigneur l'a
mis en possession de ladicte charge par le bal des presentes. En foy de
quoy s'est soubsigné Montmorancy. Moy soubsigné secretaire de monseigneur le conestable present. Gailhac.

XXI

[*Au dos*]. Commission et ordonnance du Roy pour la levée de
7.3oo l. des arregages de contributions deus à monsieur de
Disimieu l'hors de la reduction de Vienne.

Henry, par la grace de Dieu roy de France et de Navarre, dauphin de
Viennoys, comte de Valentinois et Dyois, à tous ceulx qui ces presentes
lettres verront, salut. Scavoir faisons que nous ayant faict veoir en nostre
conseil la coppie des articles y attachés, soubz le contrescel de nostre chance-
lerie, accordez entre nostre très cher et amé cousin le duc de Montmorancy
pair et connestable de France, d'une part et le sʳ de Disimieu, d'autre part,
comme nous recognoissons l'entretenement desdicts articles utile et proffi-
table au bien de noz afferes et service, de l'advis de nostredict conseil,
nous avons le contenu en iceulx loué, aggreé, ratiffié et approuvé, louons,
aggreons, ratiffions et approuvons par ces presentes, pour ce signées de nostre
main, et voullons qu'ilz soient inviolablement entretenuz, gardez et observez de poinct en poinct selon leur forme et teneur, sans qu'il y soit contrevenu
en quelque sorte et maniere et soubz quelque pretexte et occasion que ce
soit. Si donnons en mandement à noz amez et feaulx les gens tenans notre
court de parlement de Dauphiné, chambre de noz comptes et tresoriers
generaulx de France audict pays, bailliz, seneschaulx et à tous noz autres
justiciers et officiers qu'il appartiendra, que lesdicts articles dont coppie
est cy, comme dict est, attachée, ilz facent publier et enregistrer et du

contenu en iceulx jouyr et user ceulx qui y sont comprins, cessans et fai-
sans cesser tous troubles et empeschemens au contraire. Car tel est nostre
plaisir. En tesmoing de quoy nous avons faict mectre nostre scel à cesdictes presentes. Donné à Fontainebleau le ıxᵉ jour de may l'an de grace mil
cinq cens quatre vingtz quinze et de nostre regne le sixiesme.

HENRY.

[Sur le repli]. Par le roy dauphyn : DE NEUFVILLE.

XXII

Henry, par la grace de Dieu roy de France et de Navarre, daulphin de
Viennois, comte de Valentinois et Dyois, à noz amez et feaulx les gens de
noz comptes en Daulphiné, tresoriers de France et generaulx de noz finances
au dict pays, salut. Par les articles acordez au sʳ de Disimieu, par nostre très
cher cousin le duc de Montmorency pair et conestable de France, sur la
reduction de nostre ville de Vienne en nostre obeissance, lesquelz articles
nous avons ratiffiez, nostredict cousin a promis audict sʳ de Disimieu de luy
expedier commission, soubz nostre bon plaisir, pour la levée des arreraiges de
ses contributions, jusques à la concurrence de la somme de troys mil escuz
tant seulement, qui est la moictié de six mil escuz sol, dont assignation luy
auroit esté baillée par le duc de Nemours, pendant qu'il tenoit et occupoit
ladicte ville de Vienne. Et d'aultant qu'en consideration du grand, memorable et recommendable service faict à nous et à ceste corone par ledict
sʳ de Disimieu en la reduction de ladicte ville de Vienne, tant s'en fault
que nous luy voulions aulcune chose diminuer de ce qui luy estoit deub
et acquis auparavant ladicte reduction en nostre obeissance, qu'au contraire
nous avons toute occasion de le luy augmenter et le faire ressentir de noz
graces et liberalitez dont il s'est rendu digne. A ces causes nous avons, de
noz grace speciale, plaine puissance et aucthorité royale, *permis et per-
mectons par ces presentes audict sʳ de Disimieu qu'il puisse lever ou faire
lever* par forme de contributions, sur les mesmes lieux et pendant tel
temps qu'il luy avoit esté accordé par ledict duc de Nemours, les troys mil
escuz restans desdictes contributions, pour fere en tout la somme de six
mil escuz, en ce compris les troys mil escuz dont nostredict cousin le duc

de Montmorency luy a faict expedier ses lettres de comission. Voulans tous les cottizez auxdictes contributions y estre contrainctz, par toutes voyes et manieres deues et raisonnables comme il est accoustumé pour nos propres debtes, deniers et affaires, nonobstant oppositions ou appellations quelconques et sans prejudice d'icelles pour lesquelles ne voulons estre aulcunement differé, car tel est nostre plaisir. Donné à Fontainebleau le ixe jour de may l'an de grace mil cinq cens quatre vingtz quinze et de nostre regne le sixiesme.

HENRY.

Par le roy dauphin : DE NEUFVILLE.

XXIII

A MONS^r DE DIZIMIEU, CAPPITAINE DE CINQ^{TE} HOMMES D'ARMES DE MES ORDONNANCES ET GOUVERNEUR DE MA VILLE DE VIENNE ET PAYS DE VIENNOIS.

Monsr de Disimieu, Le service que vous m'avez faict est si grand et memorable, que je ne le veux jamais oublier. Aussi m'est il arrivé en temps très opportun et à propos pour le soulagement de ma ville de Lyon et le repos de mes provinces de delà. J'ay veu bien volontiers la Montagne que vous m'avez envoyé, à qui j'ay faict bailler les expeditions tant de ce qui vous a esté promis, par mon cousin le connestable, que de ce que vous m'avez depuis faict demander. Ce n'est pas tout ce que je veux faire pour vostre contentement, car comme le service que j'ay receu de vous est digne de grande consideration, je desire qu'il se presente une pareille occasion de la recongnoistre. Je vous asseure que je le feray d'entière affection, ainsi que vous congnoistrez par effect, et que vous servez un bon maistre qui tiendra tousjours vos services en recommandation convenable. Et par ce que j'espère vous veoir dedans peu de temps et vous tesmoigner de bouche combien la resolution que vous avez prinse m'a esté agreable, je ne vous en feray la presente plus espresse, priant Dieu, Monsr de Dizimieu, qu'il vous ayt en sa saincte garde. Escrit à Fontainebleau, le xviie jour de May 1595.

HENRY.

DE NEUFVILLE.

XXIV

A NOSSEIGNEURS DE PARLEMENT.

Supplie humblement Cesar de Disimieu, cappitaine de cinquante hommes d'armes des ordonnances du roy. Sur ce qu'ayant sa majesté veu les articles accordez entre monseigneur le duc de Montmorancy, pair et connestable de France, et ledict suppliant, pour la reduction de la ville de Vienne et chasteaux d'icelle soubz l'obeissance de sadicte majesté, il les auroit agreés, ratiffiés et approuvés pour estre inviolablement entretenus, gardés et observés. C'est pourquoy ledict suppliant requiert humblement la cour iceulx fere publier, enregistrer et ordonner que, du contenu ausdicts articles cy humblement attachés soubz contrescel aux patentes de sadicte majesté, il jouyra et tous ceulx qui y sont comprins à la forme desdictes patentes deuement signées, scellées et contrescellées. Vous ferez bien. Chaboud[1].

N'empeschons. Faict ce 3 julhiet 1595. Boffin[2], advocat general.

Soit monstré au procureur general du roy. Faict en parlement le xxxe juing M Ve IIII^{xx} xv. Boryn[3].

Veues et soient enregistrées tant au greffe de ceans que chambre des comptes. Faict en parlement le xxi juilliet mil v^e IIII^{xx} xv. Boryn.

XXV

Il semble que de cottiser les lieux du bailliage de Vienne avant la reddition d'icelle ce seroit les surcharger, attendu que le general de la province doibt porter ceste despense de trois mil escus portée par les lettres patentes de sa majesté données à Fontainebleau, le neufvieme may dernier; neantmoins n'empechons que, par forme d'avance, ceste somme soit levée, suivant les conclusions prinses par les commis des estatz, du quinzieme du present, conformement au departement qu'en sera faict par celuy qu'il plaira à la chambre commettre, à la charge que ceux qui fairont ceste

---

[1] André Chaboud, procureur au parlement, membre du conseil de Grenoble, 1574.

[2] Félicien II Boffin, seig^r d'Argenson, avocat général au parlement, 1578, mort 1631; marié, 12 janvier 1584, à Urbanne du Vache, d'où postérité.

[3] Pierre-Symphorien Boryn, secrétaire-greffier du parlement, 1588.

avance en seront rembourcés par le general du païs, ou bien que, à la
premiere levée generale qui se faira, il soit mandé au recepveur du païs de
l'entrer et precompter à la decharge des communaultés qui auront faict
ladicte avance, en rapportant acquist dudict suppliant ou de celuy qui aura
de luy charge à ce que aegualité soit en tout observée. Par devant lequel
commissere ledict sieur suppliant declairera ce qui luy est deub, au vrai,
desdictes contributions et par quelles communautés. Que s'il se treuvoit
en avoir receup quelque chose, il sera precompté en diminution desdictz
trois mil escus. Faict ce xvij de juillet 1595. Gontard[1], substitut du procureur général.

XXVI

A NOSSEIGNEURS DES COMPTES.

Supplie humblement noble Cesar de Disimieu, cappitaine de cinquante
hommes d'armes des ordonnances du roy, que par les articles accordés
entre monseigneur le duc de Montmorancy, pair et conestable de France, et
le suppliant sur la reduction de la ville de Vienne ratiffiés par sa majesté,
est entre autres promis audict suppliant de lever troys mil escus des arre-
rages des contributions qui luy avoient esté baillés en assignation par le
seigneur duc de Nemours, pendant qu'il occupoit ladicte ville de Vienne.
Ensuyte de quoy sadicte majesté auroit d'abundant permis la levée desdictes
contributions, sur les mesmes, lieux que luy avoient esté assignez par ledict
seigneur duc de Nemours, comme plus amplement appert, lettres sur ce
expediées du ixe may dernier deuement signées, contresignées et scellées.

Ce considéré, le bon plaisir de la chambre soit vouloir veriffier et ente-
riner lesdictes lettres et ce faisant ordonner que le suppliant jouyra du
contenu en icelles, sellon leur forme et teneur estant cy humblement attachées, et ferez bien. Chaboud.

Soit monstré au procureur des trois estatz de ce pays et successivement
au procureur general du roy. Faict au bureau, le dernier jour de juing
mil v[c] iiii[xx] xv. Carles[2].

---

[1] Ennemond Gontard, substitut du procureur général, appartenait à une ancienne famille
des Baronnies.

[2] Antoine Carles, auditeur aux comptes, 1585, résigne 1598.

Le procureur des estatz employe la conclusion de payer de ce jour cy par extraict joincte. Faict à Grenoble, le xve julliet m ve iiijxx quinze. Servient[1] procureur des estatz.

XXVII

Les gens des comptes de Daulphiné conseillers du roy nostre sire, à tous ceulx qui ces presentes verront scavoir faisons que, sur la requeste presentée par noble Cezard de Dizimieu, cappitaine de cinquante hommes des ordonnances du roy, tendant à veriffication de lettres royaulx données à Fontainebleau, le neufviesme may dernier, pour le paiement des trois mille escus à luy deubz pour rezte des contributions de la garnison de Vyenne, avant la reduction d'icelle à l'obeyssance de sa magesté. Veu ladicte requeste presentée du dernier de juin dernier, au bas de laquelle a esté ordonné estre le tout monstré au procureur des estatz et procureur general, la conclusion dudict procureur des estatz du quinzieme du present, et autre conclusion du procureur general ceans du dix septieme du prezent, lesdictes lettres patentes signées Henry, et par le roy daulphin, Deneufville, scellées à simple queue de cire rouge, par lesquelles sa magezté veult et ordonne, pour les cauzes y contenues, ledict sr de Disimieu estre paié de ses contributions jusques à la somme de trois mil escus, pour les arreraiges des contributions à luy deubes avant ladicte reduction de Vyenne, et permis les lever ou faire lever par forme de contributions par les mesmes lieux qu'avoient esté auparavant ballés par monsieur le duc de Nemours, pour faire le parfaict des six mil escus qui lui estoient deubz pour lesdictes contribution, en deduction desquelz il auroit levé trois mil escus sur la commission de monsieur le conestable, suivant les articles du traicté de ladicte reduction de Vyenne, conclusions du procureur general et ce que faict avoir la chambre en enterinant quant à ce lesdictes lettres, ordonne que le suppliant sera paié des trois mil escus contenus en icelles, par forme

---

[1] Antoine Servient, seigr de Biviers, procureur des trois ordres de Dauphiné, dévoué à Henri IV qui le nomma conseiller honoraire au parlement de Grenoble, 1603; marié à Diane Bally, d'où, entre autres, Abel Servien, marquis de Sablé, procureur général au parlt de Grenoble, conseiller et secrétaire d'Etat, surintendant des finances, ambassadeur, etc., mort en 1659, qui avait jugé à propos de retrancher le t final de son nom.

4

de contributions et sur les mesmes lieux qui luy contribuoient, avant ladicte reduction de Vienne, et ce suivant l'assiete et departement qu'en sera faict par le premier des presidents ou maistres de ceans, sur ce requis ou se treuvans sur les lieux pour autres afferes, qu'est à ces fins commis, à la charge que ledict s᷉ de Disimieu declerera au vray, par devant ledict commissere, s'il a receu aulcune chose surtantmoins desdicts trois mil escus, et au cas que luy ou les gens de la garnison dudict Vienne en aient receu aucune chose, sera precomptée à la decharge de ladicte somme et de ceux qui auroient paié, et que ce payement ne se fera avant la my aoust et seront les communautez, que feront ces avances, rembourcées sur le general de la province, pour ce faire à la premiere imposition de taille qui se fera sur l'universel de cedict pais; les acquitz qui se treuveront sur ce passés seront prins pour argent comptant, par le receveur du pais, à la descharge des communautés, lesquelles seront contrainctes au paiement de ladicte somme par advance, comme pour les propres afferes du roy. Si mandons au premier huissier sergent royal dalphinal ou ordinaire commissere de la tresorerye de ce pais, sur ce requis, faire tous exploictz necessaires, de ce faire et de ce qui en deppend vous avons donné plain pouvoir, auctorité, commission et mandement special. En foy de… nous avons faict mettre le scel royal ausdictes presentes données à Grenoble au bureau, le xviii᷉ juillet mil v᷉ɪɪɪɪˣˣ quinze. Par mesdictz seigneurs des comptes, Pourroy[1].

XXVIII

Jean Daumont, comte de Chasteauroux[2], mareschal de France, gouverneur et lieutenant general pour le roy en Daulphiné, à tous ceulx qui ces presentes lettres verront, salut. Savoir faisons que ayant nostre cher et bien amé noble Cœsar de Dizimieu, cappitaine de cinquante hommes d'armes dudict sire, remis les ville et chasteaulx de Vienne à l'hobeissance de

---

[1] Paul Pourroy, seigneur de Cras, etc., receveur des états de la province, secrétaire de la chambre des comptes, 1593; maître aux comptes, 1627, mort en 1636; anobli par lettres de juin 1609; marié : 1° à Elisabeth du Faure, d'où postérité ; 2° à Ennemonde Pascal de Valentier.

[2] Jean d'Aumont, cᵗᵉ de Châteauroux, etc., chevalier des ordres du roi, maréchal de France, 1579, gouverneur du Dauphiné, 2 juin 1592, atteint d'une mousquetade, au siège du château de Comper, en Bretagne, mourut à Rennes, le 19 août 1595, à l'âge de soixante-treize ans.

sadicte magesté sous les articles acourdés entre nostre très cher & très amé
cosin le duc de Montmorancy, pair et connestable de France d'une part, et
ledict s^r de Dizimieu d'aultre, la coppie desquelz ayant sadicte magesté veue
en son conseil, elle auroit par ses lettres patentes, données à Fontainebleau le
neufviesme de may dernier année presente, signées de sa main et sur le
reply d'icelles, par le roy daulphin, de Neufville, iceulx loué, agreé, ratiffié
et appreuvé, et ordonné qu'ilz soient inviolablement entretenus et gardez,
sans qu'il y puisse estre contrevenu, en facon et sous quelque pretexte que
ce soyt, et à ces fins auroit par icelles mandé à noz amez et feaulx les gens de
ladicte cour de parlement et chambre des comptes, et tous aultres officiers
dudict pays qu'il appertiendra, de faire jouir et user du contenu en iceulx
articles ceulx qui y sont comprins, et faire cesser tous empeschemens
au contraire, de maniere que, à cest effect, icelluy s^r de Dizimieu se seroit
pourveu par requeste à ladicte cour de parlement, à ce qu'il luy pleust
vouloir faire publier et enregistrer iceux dictz articles, et ordonner que du
contenu en iceulx il jouira, ensemble tous les y comprins, suivant l'intention de sadicte magesté, et à la forme de sesdictes lettres patentes deuement
scellées et contrescellées, laquelle et aussy les presentes y refferées ayantz
esté monstrées à nostre amé le procureur general du roy, luy auroit aux fins
d'ycelles consenty ; enfin ladicte cour, par son decret mis sur icelle de ce jour,
auroit pourveu audict s^r de Dizimieu et ordonné comme sensuyt. Veues
et soient enregistrées, tant au greffe de ceans que chambre des comptes, si
donnons en mandement, au premier des huissiers de ladicte cour de parlement ou sergent royal delphinal sur ce requis, mettre, inthimer et signifier
le susdict decret envers qui il appertiendra et dont requis sera, de ce faire
te donnons pouvoir. En foy et tesmoyn de quoy, nous avons à cesdictes
presentes faict mettre et apposer le scel royal delphinal, en tel cas requis
et acoustumé. Donné à Grenoble en parlement, le vingt uniesme juillet м v^c
quatre vingtz et quinze. Par la cour, Boryn.

XXIX

Veu par nous tresoriers generaulx de France, establis en Daulphiné
et marquisat de Salluces, conseilliers du roy nostre sire, les articles
accordés par monseigneur le conestable au sieur de Disimieu, à la reduction

des chasteaux de Vienne soubz l'obeissance du roy, données à Lyon le vingt deuxiesme apvril mil cinq cens quatre vingtz quinze, signé par extraict Gailhac secretaire de mondict seigneur le conestable ; les lettres patentes du roy données à Fonteynebleau, le neufviesme may suivant, par lesquelles sadicte magesté auroit le contenu aux susditz articles loué, agreé, ratiffié et apreuvé, voulant qu'ilz soient inviolablement entretenus, gardés et observés de point en point, suivant leur forme et teneur, mandant à ces fins à la cour de parlement de cedict pays de Daulphiné, chambre des comptes et tresoriers generaulx de France audict pays faire publier et enregistrer le contenu en iceulx et de faire cesser tous troubles et empeschement au contraire et autrement, comme est contenu par lesdictes lettres patentes signées Henry et sur le reply d'icelles par le roy daulphin, de Neufville; requeste presentée à ladicte cour de parlement par ledict sieur de Disimieu tendant à publication et veriffication desdictes pattentes; consentement presté par le sieur advocat general du roy, du troysiesme julliet audict an, avec l'arrest de ladicte cour, mis au bas de ladicte requeste, du vingt uniesme julliet ensuivant, Nous, en tant qu'à nous est, avons consenty et consentons à la veriffication et entherinement desdictes patentes et articles y joinctz, suivant leur forme et teneur. Donné à Grenoble, le penultiesme julliet année presente mil cinq cens quatre vingtz quinze. Gratet[1].

Par comandement de mesditz seigneurs, Gatel.

XXX

Henry, par la grace de Dieu Roy de France et de Navarre, à nos amis et feaulx les gens de nos comptes, à Paris, salut[2]. Comme par les articles accordés par notre très cher cousin le duc de Montmorency, pair et connestable de France, avec le sieur de Disimieu, sur la reduction en notre obeissance de notre ville et chasteau de Vienne, il aye, entre autres choses, esté accordé audict sieur de Disimieu la somme de vingt mil escus sol, à prendre

---

[1] François Gratet, s[r] de Granieu, du Bouchage, etc., obtint, en 1581, la survivance de l'office de trésorier général en Dauphiné, dont son père Pierre-Jacques, s[r] de Granieu, anobli en 1594, avait été précédemment pourvu. Il avait épousé Laurence de Ferrus, d'où postérité.

[2] Les pièces XXX à LIII, en copies du temps, sont relevées sur un cahier comportant vingt feuillets.

sur la douane qui se levera en ladite ville de Vienne et bourg de Ste Collombe. A ces causes et conformemant auxdicts articles accordés, nous voullons et vous mandons que, par les Tresoriers de nostre espargne presents et advenir, et des deniers tant ordinaires qu'extraordinaires de leur charge et recepte, mesme ceulx provenant de ladite douane qui se levera en notredicte ville de Vienne et bourg de Ste Collombe, vous faites payer, bailler et delivrer comptant, ou assigner par leur mandemant portant quittance, au sieur de Disimieu, ladicte somme de vingt mil escus, de laquelle, en consideration du grand et recommandable service qu'il nous a faict en nostre ville et chasteau de Vienne, par la reduction d'iceulx en nostre obeissance, luy avons faict et faisons don par ces presentes, pour ce signées de nostre main, sans qu'il luy soit par vous aulcune chose desduite ny rabatue, du cinquieme denier affecté pour l'ordre et millice du Sainct Esprist, dont nous l'avons relevé et dispensé, relevons et dispensons par lesdictes presentes, rapportant lesquelles, avec quittance dudict sieur de Disimieu, sur ce suffisante seulemant. Nous voulons icelle somme de vingt mil escus sol, estre respectivement passée et allouée en la despense des comptes desdicts tresoriers de notre espargne et rabatue de leur recepte par vous gens de nosdicts comptes, vous mandons ainsy le faire sans difficulté, car tel est nostre plaisir, nonobstant que tels et semblables dons ne deubsent estre passés que pour la moytié ou les deux tiers, et quelconques esdicts, ordonnances, restrictions, mandemants, despenses à ce contraires. Donné à Fontaynebleau le neufvieme jour de may, l'an de grace mil cinq cent quatre vingt quinze et de notre regne le sixieme. Signé Henry, et plus bas de par le roi, de Neufville, et scellé du grand sceau de cire jaulne sur simple queue.

XXXI

Veu par nous, Tresoriers generaulx de France establys en Dauphiné, conseillers du Roy notre sire, les lettres patentes de sa majesté données à Fontainebleau, le neufvieme jour du moys de may mil cinq cent quatre vingtz quinze, par lesquelles sa majesté, conformemant aux articles accordés par monseigneur le duc de Montmorency, pair et connestable de France avec le sieur de Disimieu, sur la reduction de la ville et chasteau de Vienne soubs l'hobeissance du Roy, auroyt ordonné aux sieurs tresoriers de son

espargne que des deniers, tant ordinaires qu'extraordinaires de leur charge
et recepte, mesme de ceulx provenant de la douane qui se leve en ladicte
ville de Vienne et ès bourg de Ste Collombe, elle faire paier et dellivrer
comptant, au sieur de Disimieu, la somme de vingt mil escus sol., de
laquelle sadicte majesté, en consideration du grand et recommandable service qu'il luy a faict en la reduction des villes et chasteaux de Vienne en
son obeissance, ainsy que plus amplemant est contenu par lesdictes lettres
patentes signées Henry et plus bas, de par le Roy, de Neufville. A la verification et enterinement desquelles, Nous, en tant que nous est, avons consenty et consentons l'accomplissemant, sellon leur forme et teneur, et à
ces fins, mandons et très expressemant enjoignons, au reȼepveur commung
à la recepte des deniers provenant de ladicte douane, de payer et satisfaire
audict sieur de Disimieu, sur la nature desdicts deniers, ladicte somme de
vingt mil escus à icelluy ordonnée, et rapportant par vous quittance dudict
sieur de Disimieu, vous sera la party allouée et precontée, en la despense
de vos comptes, par nos sieurs confreres les gens de nos comptes de ces
pais, lesquelz prions ainsy le faire sans difficulté. Donné à Grenoble, le
penultiesme juillet mil v^c iiii^xx quinze. Signé P. Gratet, et audessoubs, par
mandemant de mesdicts seigneurs, Gatel, et scellé en placart de cire rouge.

XXXII

Veu par la Chambre les lettres patentes du Roy données à Fontaynebleau, le neufvieme jour des presents moys et an, signées Henry, et plus
bas, de par le Roy, de Neufville, par lesquelles ledict seigneur, conformemant
aux articles accordés par son très cher Cousin, le duc de Montmorency, pair
et connestable de France, avec le sieur de Disimieu, sur la reduction de la
ville et chasteaux de Vienne en l'obeissance de sa Majesté, veult et mande ladicte chambre que, par les Tresoriers de son espargne, presents et advenir, et des deniers tant ordinaires qu'extraordinaires de leurs charges et
recepte, mesme de ceulx provenant de la douane qui se levera en ladicte
ville de Vienne et faubourg de s^te Collombe, elle faire payer, bailler et
dellivrer comptant, ou assigner, par mandement portant quictance, audict
sieur de Disimieu, la somme de vingt mil escus sol., de laquelle ledict
seigneur, en consideration du grand et recommandable service qu'il luy a

faict en la reduction de ladicte ville et chasteaux de Vienne en son obeissance, luy a faict don, sans qu'il luy soit aulcune chose desduicte ny
rabatu pour le cinquieme denier affecté pour l'ordre et millice du Saint
Esprit, dont ledict seigneur le relleve et dispense, ainsy que plus au long
le contiennent lesdictes lettres ; la requeste presentée à ladicte chambre par
l'impetrant, tendant à fin de verification et enterinement d'icelles, conclusion du procureur general du Roy, auquel le tout a esté communiqué, et
tout considéré, la chambre, en enterinant lesdictes lettres, a ordonné et
ordonne que ledict impetrant jouyra du don de vingt mil escus porté par
icelles. Faict le vingt quatriesme jour de may, mil v⁰ iiii^xx quinze, et au
dessoubs est escript, extraict des registres dela Chambre des Comptes, signé
de la Fonteyne.

<h2 style="text-align:center">XXXIII</h2>

Maistre Claude Ferron[1], par nous commis à la recepte des deniers
provenant du droict de dace et douane mise et imposée sur les marchandises passant et repassant en la ville de Vienne et Saincte Collombe, tant
par eau que par terre, nous vous mandons et ordonnons que, des deniers
de vostre charge vous payer, bailler et dellivrer comptant, au sieur de
Disimieu, gouverneur pour le Roy audict Vienne et baillage de Viennois,
pour chacung moys, à commencer le premier du present moys, et continuer tant et si longuemant que ledict droict se levera, et jusques à ce
qu'aultremant y soit pourveu, la somme de cent cinquante escus que nous
luy avons ordonné et ordonnons, pour distribuer à quelques capitaines
estant près de luy, et qui l'assistent en la garde de ladicte ville et autres
occasions qui se presentent pour le service du Roy, n'ayant toutesfoys
nulle solde ny estats du Roy, et luy donner moyen de les appoincter,
afin que lesdicts se puissent tenir en bon equipaige, pour servir sa Majesté
et pour subvenir à d'autres paix qu'il est contrainct de faire, preniés
quittance dudict sieur de Disimieu, rapportant laquelle avec ces presentes,

---

[1] Geneviève de Lescot était veuve de Claude Ferron, en 1616. La famille Ferron, originaire
de Chatonnay, près de Vienne, était divisée en plusieurs branches, les unes d'ancienne
noblesse, ou anoblies en 1602, et les autres roturières.

tant seulement de ce que par vous aura esté payé et dellivré par cette occasion, sera passée et allouée en la despense de vos comptes desduict et rabattu des deniers de vostre recepte, par Messieurs de Comptes de Daulphiné que nous prions et, neantmoingtz, en vertu de nostre pouvoir, leur ordonnons ainsy le faire sans difficulté. Faict à Lyon le neufvieme jour de may, l'an mil v^c iiii^{xx} quinze.

XXXIV

Henry, par la grace de Dieu, Roy de France et de Navarre, daulphin de Viennois, comte de Vallentinoys et Dyois, à noz amys et feaulx conseillers les gens de nos comptes au pays de Daulphiné, salut. Notre amé et feal le sieur de Disimieu, gouverneur de la ville de Vienne et baillage de Viennoys, nous a fait remonstrer que jaçoyt que, par vertu et ensuite l'ordonnance de nostre très cher et très amé cousin, le duc de Montmorency pair et connestable de France, gouverneur et notre lieutenant general au pais de Languedoc, il ayt esté payé, par chacung mois, de la somme de cent cinquante escus, par le commis de la recepte des deniers provenant de la dace et imposition nouvellemant mise sur les marchandises passant et repassant par ladicte ville de Vienne et faubourg Ste Collombe, et iceulx employés aux effects destinés par ladicte ordonnance cy attachée, soubs le contre scel de nostre chancellerie et sceault, ledict sieur de Disimieu nous auroit faict entendre que procedant, par vous gens de nos comptes, à l'audition et closture du compte à vous presenté par Me Claude Ferron, recepveur par nous commis à la recepte des susdicts deniers, vous auriez faict difficulté d'allouer ladicte somme, et icelle avez rayée sur l'article du dernier compte qu'il a rendu par devant vous, contre nos voulloirs et intentions. Et d'aultant que nous voullons favorablemant traiter ledict sieur de Disimieu, après avoir faict voir à nostre conseil tant les susdictes ordonnances que aussy la radiation que vous faites, sur ledict compte, de l'advis d'icelluy et de nostre certaine science, pleine puissance et authorité royale delphinale, avons restably et restablissons icelle partye, vous mandons et très expressemant enjoignons allouer au comptable, puremant et simplemant, tout ce que se treuvera avoir esté payé pour ce regard, par les comptables, jusques à la fin du moys de decembre, année m v^c iiii^{xx}

seize, par vertu et ordonnance de nostre cousin, laquelle, en tant que de
besoing, pour faire cesser toutes difficultés, avons vallidé et authorisé,
vallidons et authorisons par ces presentes que nous voullons vous servir
de première, seconde et finable jussion, pour ceste foye tant seulemant,
sans tirer à consequence, dont, entant que de besoing est ou seront,
nous avons faict et faisons don au sieur de Disimieu, sans qu'il luy
soict retenu par vous aulcune chose du cinquieme denier que pourrions
pretendre sur le susdict don, et toutes autres restrinctions dont nous
l'avons relevé et dispensé, relevons et dispensons, par lesdictes presentes
signées de notre main, nonobstant aussy les causes qui vous pourrons
avoir meu de passer et allouer lesdicts payemenis, et toutes ordonnances
tant anciennes que modernes faictes sur l'ordre et distribution de nos
finances, restrinctions, mandemants, desfences, lettres à ce contraires; à
toutes lesquelles et à la derogatoire, nous avons derogé et derogeons, de
notre grace et authorité, comme dessus. Car tel est notre plaisir, donné a
Rouen, le seizieme jour de novembre mil vᵉ iiiˣˣ quinze et de notre regne
le huictiesme. Signé Henry, et plus bas, par le Roy daulphin, Forget;
scellé de cire rouge, sur simple queue.

XXXV

Les gens des comptes de Daulphiné, conseillers du Roy nostre sire, à
tous ceulx qui ces presentes lettre verront, salut, Scavoir faisons que sur
la requeste presentée par noble Cesar de Disimieu, tendant à veriffication
et entherinemant des lettres patentes de sa Majesté, par luy obtenues,
portant restablissemant de la somme de cent cinquante escus fournis chas-
cung mois, audict sieur de Disimieu, par monsieur Ferron commis à la
recepte des deniers de la douane de Vienne, en vertu de l'ordonnance du
sieur de Montmorency, connestable de France, pour les causes contenues
en icelle. Veu ladicte ordonnance, donnée à Lyon le neufvieme may
mil vᵉ iiiˣˣ quinze, signée Montmorency, et plus bas Gailhac, lesdictes
patentes données à Tours, le seizieme novembre mil vᵉ iiiˣˣ seize, signées
Henry, et plus bas par le Roy daulphin, Forget; laquelle requeste appointée
du vingt quatriesme apvril de l'année presente; conclusion du procureur

general du Roy dudict jour, signée Expilly[1], par lesquelles n'empeschent
la veriffication requise; veu aussy le compte rendu par ledict Ferron, cloz
le seizieme novembre dernier, auquel a esté rayé deux mil sept cents
escus payés pour dix huict moys audict suppliant, en vertu de la susdicte
ordonnance, et ce que faict avoir; la Chambre, attendu l'expresse volonté
du Roy portée par lesdictes lettres de restablissemant scellées, veriffiées et
entherinées, pour en jouyr par l'empetrant d'icelles, selon leur forme et
teneur et soict enregistrées. En foy de quoy, nous avons faict mettre le
scel royal delphinal desdicts comptes auxdictes patentes. Donné à Gre-
noble, au bureau, le vingt neufviesme jour d'avril mil v^c iiii^{xx} dix sept;
et au dessoubs, par Messieurs des comptes, signé Gamon, et scellé en
placart de cire rouge.

XXXVI

Henry, par la grace de Dieu, Roy de France et de Navarre, à noz
amez et feaulx les tresoriers de nostre espargne presents et advenir, salut.
Par les articles accordés par nostre très cher cousin, le duc de Montmorency, pair et connestable de France, avec le sieur de Disimieu, sur la
reduction de nostre ville de Vienne en nostre obeissance, lesquels nous
avons ratiffiez, il a esté promis audict sieur de Disimieu que les canons,
qui se sont treuvés en nostre ville de Vienne et chasteaux d'icelle, luy
demeureront obligés pour la somme de quatre mil escus qu'il pretend
avoir prestés au duc de Nemours; et d'aultant que nous desirons descharger lesdicts canons et faire payer, audict sieur de Disimieu, ladicte
somme de quatre mil escus, sur les deniers de la douane de nostre ville de
Vienne et bourg de Ste Collombe, en le traitant favorablemant, luy donner
d'aultant plus l'occasion de continuer la fidellité et affection qu'il nous a
faict paroistre à notre service en la reduction de ladicte place en nostre
obeissance. A ces causes, nous voullons et vous mandons que, des deniers

---

[1] Claude Expilly, un des plus importants personnages du Dauphiné, né à Voiron, 21 décembre 1561; avocat au parl^t, 1583; président à Chambéry, 1600; avocat général au parl^t de
Grenoble, 1604; conseiller d'Etat, 1608; président au parl^t, 1616-1627; président à Chambéry,
1633; mourut à Grenoble, 22 septembre 1636. De son union avec Isabeau de Bonneton, il
eut une fille, Gasparde, femme : 1° de Laurent de Chaponnay; 2° de Claude de Fassion.
« Il était curieux en la recherche des bons livres et sa bibliothèque fut conservée par sa fille. »

tant ordinaires qu'extraordinaires de vos charges, mesme de ceulx de la douane de nostre ville de Vienne et bourg de Ste Collombe, vous faites payer, bailher et dellivrer comptant ou mandemant portant quittance, audict sieur de Disimieu, ladicte somme de quatre mil escus que nous luy avons ordonnés et ordonnons par ces presentes, signées de nostre main, pour pareille somme par luy, comme dict est, prestée au sieur duc de Nemours, et rapportant ces presentes par celuy de vous qui aura faict le payemant de ladicte somme de quatre mil escus, avec quittance sur ce suffisante seulemant, nous voullons ladicte somme de quatre mil escus estre passée et allouée en la despense de vos comptes, desduitte et rabattue de vostre recepte, par nos amés et feaulx les gens de nos comptes, auxquels nous mandons ainsy le faire sans difficulté, car tel est notre plaisir, nonobstant toutes lettres et mandemants à ce contraires. Donné à Fonteynebleau, le quinziesme jour de may de l'an de grace mil ve mxx quinze, et de nostre règne le sixiesme. Signé, Henry, par le Roy de Neufville, et scellé de cire jaune sur simple queue.

XXXVII

Les gens des Comptes de Daulphiné conseillers du Roy notre sire, à tous ceulx qui ces presentes lettres verront, scavoir faisons que, sur la requeste presentée par noble Cesar de Dismieu, capitaine de cinquante hommes d'armes, tendant à la veriffication des lettres en forme d'acquict patent pour le payement de la somme de quatre mil escus que le Roy luy a accordé pour les causes y continues ; veu ladicte requeste presentée le dernier juing passé, au bas de laquelle a esté ordonné, au procureur des troys Estats de ce pays et au procureur general, la forclusion prise par les commis du procureur des Estats, du quinziesme du present, et celle du procureur general ; la Chambre a veriffié et entheriné lesdictes lettres, selon leur forme et teneur, ordonne que, suyvant icelles, ledict sieur de Disimieu sera payé desdicts quatre mil escus, des deniers de la douane establye à Vienne et faubourg de Ste Collombe, à la charge de preconter ce qu'il aura receu pour la reduction de Vienne, et que les canons, dont il est question auxdictes lettres, appartiendront à sa Majesté ; en raison de quoy, nous avons faict metre le scel royal delphinal à ces presentes. Donné à

Grenoble, au bureau, le dix huictieme juillet, mil v^c iiii^{xx} quinze. Signé par Messieurs des Comptes, Pourroy, et scellé de cire rouge en placard.

XXXVIII

Henry, par la grace de Dieu, Roy de France et de Navarre, daulphin de Viennois, comte de Vallentinois et Dyois, à nos amez et feaulx les gens de nos comptes en Daulphiné, tresoriers de France et generaux de nos finances establis à Grenoble, salut. Scavoir faisons que nous, desirant bien et favorablemant traiter nostre cher et bien amé, le sieur de Disimieu, et recongnoistre le grand et recommandable service qu'il nous a faict en la reduction de la ville de Vienne et du chasteau d'icelle en nostre obeissance, à icelluy sieur de Disimieu, par ces causes et autres grandes et favorables considerations, à ce mouvant, avons donné et octroyé, donnons et octroyons, par ces presentes signées de notre main, la somme de douze cent escus de pension, et icelle avoir et prendre sur les deniers de la douane de nostre ville de Vienne et bourg de Ste Collombe, pour d'icelle pension jouir et user, par ledict sieur de Disimieu, pour châcung an, et pour chacung quartier d'icelluy estre payé par les recepveurs de ladicte douane presents et advenir, et chacung d'eulx, en l'année de sa charge et exercice, et des deniers de la nature susdite ; à commencer du jour de la reduction de ladicte ville en nostre obeissance, et continuer de là en avant, sans qu'il luy soit besoing prendre ny obtenir de nous, chascun an, avec acquits, ny manquement, que ces lettres presentes. Voulant, à ceste fin, que ladicte somme de douze cents escus de pension soit, par vous tresoriers generaux couché et employé en l'estat que vous dresserez pour chacung an, audict recepveur de la douane, avec les autres charges estant sur icelle, pour en estre ledict sieur de Disimieu payé, ainsy que dessus est dict. Sy voulons et vous mandons que faisant ledict sieur de Disimieu jouir et user de cestuy nostre present don et pension, vous luy faites payer, bailhier et dellivrer comptant, par chacung an et par chacung quartier d'icelluy, comme dessus est dict, par les recepveurs de la douane, et chacung d'eulx en l'année de leur exercice, et rapportant, par chacung desdicts recepveurs qui payé l'aura, cesdictes presentes ou vidimus d'icelles deumant colla-

tionné, soubs scel royal, pour une foys seullemant, avec quictance dudict
sieur de Disimieu, sur ce suffisante seulement ; Nous voulons ce que payé,
baillé et dellivré aura esté, à l'occasion susdicte, estre passé et alloué en la
despense desdicts comptes, rabatue de la recepte desdicts recepveurs, par
vous gens de nos comptes, vous mandons ainsy le faire sans difficulté, car
tel est nostre plaisir, nonobstant que telz deniers feussent alienés, destinés
comme dons, bienfaicts et recompenses, deussent estre payés par les
tresoriers de nostre espargne et non autres et les ordonnances tant anciennes
que modernes faites sur l'ordre et distribution de nos finances, auxquelles
et à quelconques autres ordonnances, restrinctions, mandements, defenses
et lettres à ce contraires, nous avons pour ce regard derogé et derogeons
et à la derogatoire de la derogatoire y contenue par lesdictes presentes.
Donné à Fonteynebleau, le xvᵉ jour de may, l'an de grace mil vᶜ iiiixx
quinze, et de notre regne le sixiesme. Signé Henry, et plus bas par
le Roy Daulphin, de Neufville, et scellé de cire rouge en simple queue.

XXXIX

Les gens des comptes de Daulphiné, conseillers du Roy, notre Sire, à
tous ceulx qui ces presentes lettres verront, scavoir faisons que, sur la
requeste presentée par noble Cesar de Disimieu, capitaine de cinquante
hommes d'armes des ordonnances du Roy, tendant à la verification et
entherinement des lettres de don de la pension de douze cens escus, par
chacung an, sur la douane establie à Vienne ; veu ladicte requeste, les lettres
patentes données à Fonteynebleau, le quinziesme may dernier, signées
Henry, et plus bas par le Roy Daulphin, de Neufville, et scellées de cire
rouge, sur simple queue, par lesquelles le Roy, pour bien et favorablemant
traicter ledict sieur de Disimieu et recognoistre le grand et favorable service
qu'il a faict à sa Majesté en la reduction de la ville de Vienne et chasteaux
d'icelle en son obeyssance, a donné et octroyé, à icelluy sieur de Disimieu,
la somme douze cens escus d'or sol de pension, et icelle avoir et prendre
sur les deniers de ladicte douane de la ville de Vienne et bourg de
Sᵗᵉ Collombe, par chacung an, par quartier, à commencer du jour de la
reduction de ladicte ville, par les recepveurs de ladicte douane qui y sont

de present et seront pour l'advenir ; la forclusion du procureur des troys
estats de ce pais, auquel le tout a esté communiqué, le quinziesme du
present mois et an ; les conclusions prises par le substitut du procureur
general, du dix septiesme du present, par lesquelles il n'empeche le
payemant de ladicte pension, pendant que ladicte douane s'exercera, à la
charge que le tout ne puisse exceder neuf années, si tant le suppliant vit.
La Chambre a verifié et entheriné lesdictes lettres, pour jouyr ledict sieur
de Disimieu de la dicte pension de douze cens escus, par chacun an et par
quartier, sur ladicte douane de Vienne et bourg de Ste Collombe, suyvant
et à la forme desdictes lettres et estat qui en sera dressé par les tresoriers
de France ou generaux des finances, et ce pour neuf années, si tant il vit ;
et ladicte douane est exigée, à la charge d'en tenir compte ceant par ceulx
qui ont faict recepte, et de precompter par le suppliant ce qu'il en aura
receu, et que ladicte douane sera bailhée et affermée par le commissaire que
la chambre depputera, et ce que payé et déllivré luy aura esté par les
recepveurs ou fermiers, à l'occasion de ladicte pension, leur sera passé et
alloué à leur descharge et acquit, sans difficulté ; en foy de quoy nous
avons faict mettre le scel royal delphinal à cesdictes presentes. Donné à
Grenoble, au bureau, le xviii[e] juillet, mil v[c] iiii[xx] quinze. Ainsy signé par
messieurs des comptes, Pourroy, et scellé de cire rouge en placard.

XL

Henry, par la grace de Dieu, Roy de France et de Navarre, Daulphin
de Viennois, comte de Valentinois et de Dyois. A nos amés et feaulx les
gens de nos comptes audict pays, salut. Notre cher et bien amé le sieur de
Disimieu, gouverneur de nostre ville de Vienne, nous a faict dire et
remonstrer que le sieur du Puy St Martin[1] luy estant redebvable de quelques
deniers, luy auroyt baillé à recouvrer, sur les habitants de Montel[2] *(sic)*,

[1] Louis d'Urre de Cornillon d'Oncieu, seig[r] du Puy-Saint-Martin, etc., mari d'Antoinette de
la Baume-Suze, gouverneur de Sisteron, 1568 ; de Crest, 1585 ; lieutenant pour le roi au gouvernement de Provence, testa à Crest, 6 mars 1592, laissant pour héritier son fils aîné,
Antoine, seig[r] du Puy-Saint-Martin, etc.
[2] Montel, Montherevel (l. XLI). Montrevel, commune du canton de Virieu, arrondissem[t]
de la Tour-du-Pin. Cette décharge, en faveur des habitants, est une preuve, de plus, des
efforts du gouvernement de Henri IV pour tempérer les tristes effets des guerres civiles.

la somme de huict cens cinquante escus qu'ils debvoyent audict sieur du
Puy St Martin, par obligation pour des deniers sur eulx imposés lors qu'ils
tenoyent contre nostre service, pour partye du payemant de la compaignie
du sieur du Puy St Martin; lesquels habitants ledict exposant auroit pour-
suyvys en nostre cour de parlement de Grenoble, et pretendu estre deschargés
dudict payemant, à cause de la descharge generale que nous avons faict à
nos subjects, qui auroit esté cause que ledict suppliant se seroit de nouveau
adressé, audict chevalier du Puy St Martin, pour le payer d'icelle somme. A
quoy ayant fait difficulté, ce seroit entre eulx meu grand debat et conten-
tion, dont estant adverty, voulant obvier et metre fin à telz differents, et
les habitants demeurer deschargés de ladicte somme de huict cens cinquante
escus, nous avons ordonné que ledict sieur de Disimieu seroit payé de ladicte somme de mil escus, scavoir : lesdicts huict cens cinquante escus de
principal et cent cinquante escus pour les fruicts et interests, et ce sur les
deniers qui se levent et imposent sur les marchandises passant et repassant,
tant par eau que par terre, en nostre ville de Vienne et bourg de Ste Collombe.
A ces causes, desirant nostre vollonté estre en cet endroict effectuée, nous
voullons et vous mandons que, par Me Claude Ferron, par nous commis à
la recepte desdicts deniers, vous faites payer, bailher et dellivrer audict
sieur de Disimieu la somme de mil escus sol. de laquelle nous luy avons,
en tant que besoing est ou seroit, faict et faisons don, par ces presentes,
sans que, sur icelluy don, il luy soit auculne chose desduict, mesme
pour le quin que nous vous avons accordé sur les dons par nous faicts,
par nos lettres sur ce expediées dont, attendu que ce n'est un don pur et
simple, encore pour remboursemant, nous l'avons dispensé et deschargé,
dispensons et deschargeons, par ces presentes, rapportant lesquelles et
quictance dudict sieur de Disimieu, sur ce suffisantes, nous voulons ladicte
somme estre passée et allouée en compte dudict Ferron, et rabatue de sa
recepte, par nos amés et feaulx les gens de nos comptes, auxquels nous
mandons aussy le faire sans difficulté, car tel est nostre plaisir; nonobstant
que lesdicts deniers soyent destinés ailleurs et quelconques ordonnances,
mandemants, despenses et lettres à ce contraires, auxquelles et aux derogations des derogatoires d'icelles, nous avons derogé et derogeons. Donné
à Paris, le quatorziesme jour d'avril de l'an de grace mil v^e iiii^xx dix-sept.
Signé de Soldaigne.

XLI

Les gens des comptes du Daulphiné, conseillers du Roy, nostre sire, à tous ceulx qui ces presentes verront, salut; scavoir faisons que sur la requeste presentée par noble Cesar de Disimieu, gouverneur pour le Roy en sa ville de Vienne, tendant à veriffication et entherinemant des patantes de Sa Majesté, par lesquelles et pour les causes y contenues, luy ay accordé la somme de mil escus, pour prendre par les mains de Mᵉ Claude Ferron, recepveur des deniers de la douane establye en ladicte ville. Veu lesdictes lettres données à Paris, le quatorziesme Apvril, signées Henry, et plus bas par le Daulphin, Forget, et scellées du scel de la chancellerie, en cire rouge, par lesquelles ladicte somme de mil escus est accordée : scavoir, huict cens cinquante escus de principal, pour semblable somme que le sieur du Puy Sᵗ Martin debvoit audict suppliant, pour le payemant de laquelle luy auroit bailhé à recouvrer semblable somme des habitants de Montherevel, en Viennois, et cent cinquante escus pour les despants, frais, despence, dommages et interests sousferts à la poursuitte dudict payemant, demeurant, par lesdictes lettres lesdicts habitants de Montherevel deschargés desdictes dettes et obligations pour ce passées. Veu aussy la susdicte requeste appointtée entre eulx, avec les conclusions du substitut du procureur general du Roy, signées Oudart, dudict jour et ce que faict à voir; la Chambre, en entherinant ladicte requeste, ordonne que ledict suppliant jouyra du proffict et utillité desdictes lettres, sellon leur forme et teneur, et à ces fins sera payé de la somme de mil escus contenue en icelles, par les mains de Mᵉ Claude Ferron recepveur de la douane de Vienne; moyennant lequel payemant, lesdicts habitants de Montherevel demeureront bien et deument acquittés, tant envers ledict suppliant que le sieur du Puy Sᵗ Martin et tout autre qu'il pourroit appartenir, de lasusdicte somme de huict cens cinquante escus, despens, dommages et interests sousferts à la poursuitte dudict payement par devant la cour de parlement, revenant le tout à la somme de mil escus, contenus ès dictes lettres et obligations par eux passée, demeurant cassée et annulée et de nul effect, en rapportant par lesdicts recepveurs de la douane le present arrest et quictance sur ce suffisante seulement, ladicte somme de mil escus luy sera entrée et allouée

en la despense de ces comptes, sans difficulté, en payant par ung prealable
par ledict suppliant, ès mains de M⁰ François de Bourges¹, conseiller du
Roy, tresorier et recepveur general en Daulphiné, le droict de quin accordé par sa Majesté à ladicte chambre, par ces presentes et pour les causes
y contenues, lequel pour bonnes causes et considerations, à ce le mouvant,
ayant aussy aulcunemant esgard à sa quallité et nature de ladicte partye,
a. moderé la somme de cent cinquante escus, graces faites du surplus,
comme dict est, demeurant neanltemoingt le payemant desdicts huict cens
cinquante escus surci et arresté, entre les mains dudict Ferron, avec
inhibitions qui luy en sont faites de s'en desaisir, jusques à ce qu'il luy
apparoisse du payemant faict par ledict suppliant dudict droict de quin, à
peyne de luy estre rayé puremant ce qu'il aura acquitté au contraire, en
son propre et privé nom ; et sera le present arrest signifié à la communaulté dudict Montherevel, et icelle rapporter ensemblemant avec icelluy
arrest au compte dudict recepveur de la douane, et soict enregistré. Si mandons au premier huissier sergent royal et delphinal, sur ce requis, faire
tous exploicts pour ce requis et necessaire de ce faire tost donné pouvoir.
En foy de quoy, nous avons faict mettre et apposer le scel royal delphinal
à ces presentes. Donné à Grenoble, au bureau, le dernier may mil vᶜ ɪɪɪɪˣˣ
dix sept. Signé par nosseigneurs des comptes, Janon², et scellé de cire
rouge en placart.

XLII

Je Balthazard Gobelin³, conseiller du Roy en son conseil d'estat et
tresorier de son espargne, confesse avoir receu contant de Mᶜ Claude
Ferron et Pierre Gabet⁴ commis par sa Majesté à la recepte des deniers
qui se levent sur les deniers et marchandises, à Vienne, la somme de
quatorze mil escus sol., en francs, quatre mil sept cens escus, quarts et
demy quarts escus, sept mil neuf cents escus et douzains, quatre cents

¹ François de Bourges, issu d'une famille consulaire de Lyon, trésorier général en Dauphiné, 1568 ; résigne, 1607, en faveur de son fils Pierre.
² Geoffrey Janon, secrétaire en la chambre des comptes, 1593, résigne, 1616.
³ Balthazard Gobelin, trésorier de l'épargne, 1589, président en la chambre des comptes de
Paris, 1604 ; mari de Anne de Raconis, d'où postérité. Il vendit sa charge de maître des
requêtes 50.000 écus.
⁴ Pierre Gabet, comme son collègue C. Ferron, appartenait à une famille originaire de
Chatonnay, qui a marqué dans l'histoire du protestantisme, à Vienne.

escus, provenant des deniers de leur commission, et à moy ordonnée par
le Roy notre sire, pour convertir et employer au faict de mondict office,
de laquelle somme de xiiiᵉ͞m me tiens contant et bien payé, et quitte
lesdicts Ferron et Gabet et tous autres, tesmoing mon seing manuel cy mis
le neufviesme jour d'octobre mil vᶜ ııııˣˣ quinze, signé Gobellin, et au dos est
escript, enregistré au controlle general des finances, par moy soubsigné, à
Coussy, le dernier jour de decembre mil vᶜ ııııˣˣ quinze, signé Sublet.

XLIII

Henry, par la grace de Dieu, Roy de France et de Navarre, Daulphin
de Viennois, comte de Valentinois et de Dyois, à nos amés et feaulx
conseillers, les gens de nos comptes, et tresoriers generaux de France en
Daulphiné, salut. Comme pour la necessité de nos affaires, mesme pour
pourvoir à la reduction de notre ville de Vienne en notre obeissance, nous
avons esté contrainct de prandre des mains de Claude Ferron et Pierre
Gabet, par nous commis à la recepte et controle des deniers provenant de
l'imposition que nous avons ordonné estre mise, pour la reduction, sur les
deniers et marchandises passant par nostre ville de Vienne, la somme de
quatorze mil escus, dont nous leur avons faict expedier la quictance du
tresorier de nostre espargne, cy attaché, soubs le contrescel de nostre
chambre, pour les en rembourser, sur ladicte imposition, laquelle, pour ce
que vous pourriez faire difficulté de continuer jusques à leurdict remboursement, si vous n'estiez esclaircy de ce qui est sur ce de nostre vollonté et
interest, mesme que vous auriez faict difficulté, cy devant, audict Ferron,
de luy allouer partye de ladicte somme pour sondict remboursement. Pour
ces causes, nous vous mandons et ordonnons que, faisant par vous continuer ladicte imposition, jusques à leur parfaict payemant, vous ayez à passer et allouer, au conte desdicts Ferron et Gabet, la susdicte somme de
quatorze cents escus, et icelle desduire et rabattre sur la recepte d'iceulx,
sans y faire aulcun refus ny difficulté, declarant nostre volonté et interest
avoir esté et estre que ladicte somme soyt passée et allouée, par preferance,
à la partye par nous accordée, sur ladicte imposition, à nostre ville de
Vienne. Car tel est nostre plaisir, nonobstant quelconques ordonnances,
mandemants, deffanses et lettres à ce contraires, auxquelles et au dero-

gatoire des derogatoires y contenues, nous avons derogé et derogeons par lesdictes presentes. Donné à Folambrey, le dernier jour de decembre, l'an de grace mil v^c iiii^{xx} quinze, et de nostre regne le sixiesme[1], signé Henry, et plus bas par le Roy Daulphin, Forget, et scellé de cire rouge à simple queue.

XLIV

Les gens des comptes de Daulphiné, conseillers du Roy, notre Sire, à tous qu'il appartiendra, scavoir faisons que, sur la requeste presentée par Claude Ferron et Pierre Gabet, commis à la recepte des deniers qui se levent sur les marchandises passant et repasssant par la ville de Vienne, tendant à la verification et enthérinemant des lettres d'injonction de sa Majesté, portant remboursemant de la somme de quatorze mil escus sol. par eulx fourny et delivré au tresorier de l'espargne. Veu lesdicts reglements appointés du xxviie novembre dernier, et les conclusions du procureur general du Roy, au dos d'icelle, du vingt neuviesme dudict moys, signées Pellissier, lesdictes lettres données à Paris, le dernier jour de juillet, année presente, signées, par le Roy Daulphin, Forget, et scellées du grand scel de la chambre en cire rouge, par lesquelles sa Majesté ordonne auxdicts supplians leur remboursemant de ladicte somme de quatorze mil escus à prendre et retenir par leurs mains des deniers de leur commission. Veu aussy les precedantes lettres données à Follambrey, le dernier jour de decembre mil v^c iiii^{xx} quinze, signées Henry, par le Roy Daulphin, Forget, par lesquelles sa Majesté declare avoir esté contraincte pour l'asseurance de ses affaires, mesme pour pourvoir à la reduction de la ville de Vienne soubs son obeissance, prendre des mains desdicts Ferron et Gabet, comme commis à la recepte et controle des deniers provenant de l'imposition ordonnée estre mise, pour ladicte reduction, sur les deniers et marchandises passant par ladicte ville, ladicte somme de quatorze mil escus, en ayant à ces fins faict expedier la quictance du tresorier de l'espargne ordonnant par icelle leur remboursemant et de ladicte somme sur la mesme recepte, avec estimation d'icelle jusques à leur entier et parfaict payemant, et la quictance de ladicte partye de quatorze mil escus, du neuf-

---

[1] Henri IV signa, à Folembray (Aisne), le traité de paix avec le duc de Mayenne, et se chargea d'acquitter ses dettes.

viesme octobre mil v^c iiii^{xx} quinze, signé Gobellin, tresorier de l'espargne ;
autres lettres de confirmation données à Rouen, le vingtiesme jour de
novembre mil v^c iiii^{xx} quinze, signées Henry, et plus bas, par le Roy
Daulphin, Forget ; et l'arrest de desbottement sur icelle intervenu, pour
les causes y contenues, du douziesme du moys de may dernier, le tout y
par extraict rendu, avec le certifficat d'iceulx droict des originaulx, signé
Boyssat[1] vibaillif, Gallifet[2] greffier et Jolly, scellé du scel dudict siege cy
attaché, soubs le contrescel desdictes lettres d'injonctions, les originaulx
d'iceulx demeurant vers le sieur chevalier de Disimieu, et ce que faict à
voir. La chambre attandu l'expresse vollonté du Roy portée par lesdictes
lettres d'injonction et entherinemant, quant à ce que la requeste desdicts
supplians, ordonne qu'ils seront remboursés de la somme de quatorze
mil escus portée par icelle, et ce dans deux prochaines années, à concurrance de ce qui a esté accordé à la ville de Vienne, si plus tost le fond de
ladicte recepte ne le peult porter, et à ces fins leur est permis retenir ladicte
somme, par leur main, des deniers de leurdicte recepte, laquelle, en tant
que de besoing, suyvant l'intention de sa Majesté, elle a prolongé et continué jusques à leur parfaict et entier payemant, moyennant ce sa Majesté
demeurera deumant acquittée, enver le chevalier de Disimieu, des choses
à luy accordées par le traité de la reduction de Vienne verifié par ladicte
chambre, et ce qui se treuvera acquitté sur et tant moingt desdicts quatorze
mil escus, sera entré et alloué en la despanse et descharge des comptes desdicts supplians recepveurs susdicts, sans difficulté, en rapportant par luy,
en fin de payemant, acquit dudict chevalier de Disimieu de sa satisfaction
pour le contenu audict traité, à la descharge de sa Majesté ; et leur sont
faites inhibitions et deffenses expresses de ne payer ny acquitter aulcune
chose des deniers de leur recepte que par patantes et mandemants de
sa Majesté deument verifiées par ladicte chambre, à peyne de repeter
contre eulx, à leur propre et privé nom, ce qu'ils auront acquité au

---

[1] Pierre de Boissat, s^r d'Avernais, vi-bailly de Vienne, 1579, anobli, juillet 1586, savant hellé-
niste, aïeul de Pierre de Boissat, s^r de Licieu et d'Avernais, xixe membre de l'Académie, 1634.

[2] Gallifet, greffier à Vienne, appartenait à une famille originaire de Saint-Laurent-du-
Pont (Isère). Georges et Claude, capitaines châtelains, 1507-1557 ; Georges, notaire, 1509,
audit lieu ; Ennemond, avocat à Grenoble, 1539 ; Guillaume Galliffet, de St-L.-du-P., secrétaire-
greffier au parlement de Dauphiné, 1501-1514, mort 1519, semble être la tige des diverses
branches établies en Provence et dans le Comtat-Venaissin.

contraire ; et soit enregistré. En tesmoignage de quoy, nous avons fait mettre le scel royal delphinal au present arrest. Donné au bureau desdicts comptes estably à Romans[1], le xi° decembre mil v° iiii°° dix sept ; et au dessoubs, par Messieurs des comptes, signé Ricol commis.

XLV

Henry, par la grace de Dieu, Roy de France et de Navarre, Daulphin de Viennois, Comte de Valentinois et Dyois, à nos amés et feaulx les gens de nos comptes en Daulphiné, salut. Nos chers et bien amés, le sieur chevalier de Disimieu, m° de camp d'un regimant de gens de pied, et le sieur de la Montaigne, sergent major dudict regimant estant en garnison dans ma ville de Vienne et en ladicte province, nous ont faict remonstrer que, par les articles de la reduction de Vienne faicte en nostre obeissance, au moys d'avril mil v° iiii°° quinze, nous aurions ordonné l'establissemant d'un regimant dans ladicte ville, à la charge d'estre payé comme les autres troupes de gens de guerre en nostre province ; auquel payemant il auroyt esté pourveu, si ce n'est aux estats de m° de camp et de sergent major, qui auroyent esté obmis, à cause que, lors de ladicte reduction, l'estat de la gendarmerie de ladicte province estoyt faict et arresté, qui auroit occasionné nostre cher et bien amé cousin, le Mar°¹ d'Ornano[2], nostre gouverneur et lieutenant general en ladicte province, ordonner le payemant de l'estat de m° de camp au ch° de Disimieu et celui de sergent major audict de la Montaigne, suyvant notre intention et vollonté, sur les deniers provenant de l'imposition nouvellemant mise sur toutes sortes de marchandises passant et repassant par ladicte ville de Vienne et S¹° Collombe, pour n'y avoir aulcung fond en l'exercice des guerres sur quoy les pouvoit assigner, comme le payemant du nombre des soldats dudict regimant, et aussy qu'il appert par ces ordonnances du dix neufviesme decembre mil v° iiii°° quinze, par vertu desquelles M° Claude Ferron,

---

[1] La contagion régnant à Grenoble, la chambre des vacations puis le parlement vinrent s'établir à Romans, 1596-1598.

[2] Alphonse Corse, dit d'Ornano, du nom de sa mère, Vanina d'Ornano, femme du colonel Sampietro Bastelica, fut, comme ce dernier, colonel des Corses, au service de la France, et très affectionné au parti de Henri III et de Henri IV. Lieutenant général au gouvernement de Dauphiné, février 1589, confirmé dans cette charge, 16 novembre 1590 ; maréchal de France, 1595 ; lieutenant général en Guyenne, 1599 ; mort à Paris, 21 janvier 1610, à l'âge de 62 ans.

commis à la recepte de ladicte imposition, auroit payé audict chevalier de
Disimieu la somme de quatre cens escus sol. pour sondict estat de sergent
major, ce neantmoingt ils nous ont faict entendre que, procedant par vous
gens de nos comptes à l'audition, closture et affuntion du compte, à vous
presenté par ledict Ferron, des deniers de la recepte, nous aurions faict
difficulté d'allouer lesdictes sommes et icelles rayées puremant et simplemant, sur les articles du compte à vous en dernier lieu rendu, dont la coppie
est cy par extraict joincte et attachée soubs le contrescel de nostre chambre,
avec les coppies deumant collationnées desdictes ordonnances; et d'aultant
que nous desirons favorablemant traicter lesdicts sieurs ch^r de Disimieu et de
la Montaigne, en consideration de ce que dessus est, après avoir faict voir,
en nostre conseil, tant les susdictes ordonnances que la radiation par vous
faicte sur les comptes, de l'advis d'icelluy nostre conseil et de nostre certaine
science, pleine puissance et aucthorité royale delphinale, avons restably et
restablissons icelles partyes, vous mandons et très expressemant enjoignons
que, recepvant les comptes, vous allouer audict Ferron, puremant et simplemant tout ce qui s'y treuvera avoir esté payé pour ce regard, par vertu
desdictes ordonnances, lesquelles, en tant que besoing est, pour faire cesser
toutes difficultés, avons vallidées et aucthorisées, validons et aucthorisons
par ces presentes que nous voullons vous servir de seconde et finale jussion,
nonobstant les causes que vous pourroyez avoir meu de ne passer et allouer
lesdicts payemants, et toutes ordonnances, tant anciennes que modernes,
faictes sur l'ordre et distribution de nos finances, restrictions, mandemants
desfences et lettres à ce contraires, à toutes lesquelles et à la derogatoire de
la derogatoire, nous avons derogé et derogeons de nostre grace, pleine puissance et aucthorité que dessus, car tel est notre plaisir. Donné à Rouen, le
vingt huictiesme jour de janvier mil v^c iiii^{xx} dix sept[1], et de nostre regne le
huictiesme, signé, par le Roy Daulphin, de Neufville, et scellé de cire rouge
en simple queue.

XLVI

Les gens des comptes du Daulphiné, conseillers du Roy, notre sire, à
tous ceulx qui ces presentes verront, salut. Scavoir faisons que sur le requeste

---

[1] Henri IV se trouvait, au mois de janvier, à Rouen, où se tenait l'assemblée des notables,
la contagion régnant à Paris; il y reçut, de la reine Elisabeth, l'ordre de la Jarretière.

presentée par les sieurs ch^r de Disimieu et de la Montaigne, tendant à la verification et entherinemant des lettres patentes de sa Majesté portant restablissemant de la somme de six cens escus à eulx payé par ordonnance dudict sieur M^{al} d'Ornano, lieutenant general pour sa Majesté, en Daulphiné, pour leur estat de m^e de camp et sergent major du regimant de noble Cesar de Disimieu, rayé au compte rendu par Me Claude Ferron, recepveur commis aux impositions mises sur les marchandises passant et repassant par la ville de Vienne ; veu lesdictes ordonnances dudict M^{al} d'Ornano données à Sainct Marcellin, le dix neufviesme jour de decembre mil cinq cens quatre vingts quinze, avec les quictances au pied d'icelles par extraict attachées, soubs le contre scel, auxdictes patantes signées Regny, avec l'extraict de l'article et decret du compte dudict recepveur, par lequel appert de ladicte radiation signée de Lalain, notaire et secretaire du Roy, lesdictes patantes données à Rouen, le xxviiie jour de mars mil v^c iiii^{xx} dix sept, signées, par le Roy Daulphin, de Neufville, et scellées du grand scel de la chambre, de cire rouge, par lesquelles, et pour les causes y contenues, sadicte Majesté veult ladicte partye de six cens escus estre restablye et reprise audict compte dudict recepveur ; veu aussy la requeste desdicts suppliants appointée du xxiiiie apvril dernier, avec les conclusions du procureur general du Roy, au bas d'icelle, dudict jour, signées Expilly, et à ce que faict à voir. La Chambre, où estoyt le tresorier de France, attendu que telle despense doibt estre acquittée des deniers de l'exercice de guerre, comme a esté dict sur le compte, et que ceulx provenant de ladicte imposition sont destinés ailleurs, declare n'y avoir lieu de verifiation et soit enregistré ; en foy de quoy, nous avons faict mettre le scel royal delphinal desdicts comptes. Donné à Grenoble, au bureau, le douziesme jour de may, mil v^c quatre vingts dix sept ; et au dessoubs, par Messeigneurs des Comptes, signé Janon, avec un placart de cire rouge.

XLVII

Henry, par la grace de Dieu, Roy de France et de Navarre, à nostre amé et feal conseiller en nostre conseil d'estat et tresorier de nostre espargne, Me Vincent Bouchier, salut. Nous voulons et vous mandons que, des deniers de vostre charge, mesme de ceuls provenant de la douane nouvel-

lemant establye à Vienne et Ste Collombe, en Daulphiné, vous payer et dellivrer comptant, au sieur de Disimieu, gouverneur dudict Vienne, et ch^r de
Disimieu, son frere, la somme de vingt deux mil cinq cens quatre escus
six sols que nous leur avons ordonné et ordonnons, pour pareille somme
restant de L^m III^c l. dont ils auroyent esté, cy devant, assignés, par plusieurs acquicts et lettres patantes cy attachées, soubs nostre contre scel,
qui est audict sieur de Disimieu, gouverneur, XI^m CXLIX escus XXIII sols,
scavoir est II^m IIII^c IIII^{xx} XVII escus pour reste de XX^m escus contenus en un
acquict patant, du neufviesme may mil V^c IIII^{xx} quinze, verifié en la chambre
des comptes, à Paris, sur lequel luy auroit esté acquitté par les recepveurs
de la dite douane XVI^m V^c II escus L sols, et III^c escus par autre acquict du
seiziesme novembre mil V^c IIII^{xx} seize, sur lesquels ne luy a esté payé aulcune
chose, II^m VI^c XIV escus XXIIII s. pour reste de quatre mil escus contenu en ung
autre acquict du quinziesme jour de may mil V^c IIII^{xx} quinze, sur lequel
luy auroit esté payé XIII^c LXXV escus XXXVI s. II^m XXVII escus cinq soubs
aussy pour reste de X^m VIII^c escus à luy ordonné par autre acquict du quinziesme may mil V^c IIII^{xx} quinze, pour une pension de douze^c escus pour an,
dont luy en auroit esté payé VIII^m VII^c XXIIII escus X s., et par autre lettre
patante du quatorziesme jour d'apvril mil V^c IIII^{xx} XVII, dont ne luy en auroit
esté payé aussy aulcune chose, et audict sieur ch^r de Disimieu, XI^m III^c LIII
escus XVII s., aussy X^m IX^c LIII escus XLII s. pour reste de XIIII^m escus contenus en une quictance de Me Balthazard Gobellin, aussy tresorier de nostre
espargne, en date du XIe jour d'octobre mil V^c IIII^{xx} quinze, et acquict expedié
sur icelle du dernier jour de decembre audict an, sur laquelle il n'auroit esté
payé, audict ch^r de Disimieu III^m XLV escus XLIII s. et quatre cens escus pour le
parfaict de VI^c escus contenus en un autre acquict et lettres patantes datté
du XVIIIe jour de janvier mil V^c IIII^{xx} dix sept, sur lequel ne luy auroyt acquitté
que II^c escus, le tout pour les causes contenues et declarées en chacung des-
dicts acquicts originaulx cy, comme dict est, attaché soubs nostre contre
scel, rapportant lesquels avec ces presentes et quictances desdicts sieurs de
Disimieu gouverneur de Vienne, et ch^r de Disimieu, son frere, sur ce suffisantes où elles escheront; nous voullons ladicte somme de XXII^m V^c IIII escus
VI s. ou ce que sur icelle leur aura esté par vous payé et acquitté estre passé
et alloué en la despanse de vos comptes, par nos amés et feaulx les gens
de nos comptes à Paris, auxquels nous mandons ainsy le faire, sans diffi-

culté, nonobstant quelconques ordonnances, stil, rigueur de compte, mandemants, desfenses et lettres à ce contraires, car tel est notre plaisir. Donné à Poitier le xxv⁰ jour de may, l'an de grace mil six cens deux et de nostre regne le treiziesme. Signé, par le Roy en son conseil, faict et scellé de cire jaune sur simple queue. Et au dos est escript, enregistré au conseil general des finances, par moy soubsigné, à Poytier, le quinziesme jour de may, l'an mil six cens deux. Signé de Vienne.

<h2 style="text-align:center">XLVIII</h2>

Je Vincent Bouchier, conseiller du Roy en son conseil d'estat et tresorier de son espargne, certifie à tous qu'il appartiendra que les originaulx des acquits, patentes, arrests de verification et autres pieces, dont les copies sont cy devant escriptes, sont demeurées en mes mains, pour rapporter, à la reddition de mes comptes, acquict de la somme de vingt deux mil cinq cents quatre escus, six sols, mentionné au dernier desdicts acquits à moy adressés pour reste du contenu aux autres y attachés ; le surplus desquels a été acquitté par les fermiers et commis à la recepte de la douane de Vienne, au sieur de Disimieu, gouverneur dudict Vienne, et chʳ de Disimieu, son frere, y denommés, ainsy qu'il est particullieremant déclaré par ledict dernier acquict, en vertu duquel, j'ay seulemant payé et assigné, audict sieur de Disimieu frere, la somme de huict mil escus sol., en un mandat en parchemin, signé de ma main, daté d'aujourd'huy, montant de pareille somme, à l'acquict de Mᵉ Ambroyse Hubert, fermier de la douane nouvellement establye audict Vienne et Sᵗᵉ Collombe, en Daulphiné, et pour le surplus, montant la somme de quatorze mil cinq cens quatre escus, six sols, je leur en ay dellivré la presente certification, signée de ma main, pour leur servir, ainsy que de raison. Faict à Poitier, le vingt septiesme jour de may, mil six cens deux ; et à costé est escript, pour certification, signé Bouchier.

<h2 style="text-align:center">XLIX</h2>

Henry, par la grace de Dieu, Roy de France et de Navarre, à nos amés et feaulx conseillers, les gens de nos comptes, à Paris, et tresoriers de nostre espargne, presents et advenir, salut. Le sieur de Disimieu, gou-

7

verneur de nostre ville de Vienne, en Daulphiné, et le ch^r de Disimieu, son
frère, nous auroyent faict dire et remonstrer que, par le traicté faict avec
eulx, par nostre cher cousin, le duc de Montmorency, pair et connestable de
France, lhors qu'ils auroyent remis en nostre obeissance les ville et chasteaux
de Vienne, nous aurions accordé, à scavoir, au sieur de Disimieu gouverneur dudict Vienne, vingt mil escus, en don, par nos lettres patentes,
en date du neufviesme may, mil v^c iiii^{xx} quinze, susdict et deument verifiées
par vous, troys mil escus pour distribuer à quelques cappitaines estant près
de luy et l'assistant en la garde et conservation de ladicte place, à raison
de sept vingt dix escus par moys, despuis le premier jour de may quatre
vingt quinze jusques au dernier de decembre mil cinq cens quatre vingt
seize, suyvant l'ordonnance de nostre cousin et nos lettres patentes sur
icelle, du seiziesme novembre quatre vingt seize ; quatre mil escus qui luy
estoyent deus par le feu sieur duc de Nemours, et pour lesquels les canons
qui auroyent esté mis dans ladicte ville et chasteaux d'icelle luy demeureront en gaige, lesquels il auroit, en ce faisant, remis en nos mains,
suyvant nos lettres patentes du quinziesme may quatre vingt quinze ; dix
mil huict cens escus, à quoy montent neuf années de la pension de douze
cens escus par nous accordée audict sieur de Disimieu, par nos lettres
patentes du quinziesme may mil v^c iiii^{xx} quinze, verifiées pour lesdictes
neuf années seulement, et mil escus dont nous luy avons faict don, par
nos lettres patentes du quatriesme apvril quatre^{xx} dix sept, pour les causes
y contenues en icelles ; et audict ch^r de Disimieu, nous luy aurions aussy
accordé la somme de quatorze mil escus, pour lesquels nous luy aurions
faict expedier une quictance du tresorier de notre espargne, Me Balthazard
Gobelin, en date du neufviesme jour d'octobre mil v^c iiii^{xx} quinze, à
l'acquict de Mes Claude Ferron et Pierre Gabet, par nous commis à la recepte
des deniers qui se levent sur les deniers et marchandises de Vienne ; et
iiii^c escus pour son estat de m^e de camp du regimant de gens de guerre à pieds,
francoys, estant en garnison audict Vienne, suyvant l'ordonnance de nostre
amé et feal cousin le marechal d'Ornano, et nos lettres patentes expediées
sur icelle, en date du xxviiie janvier quatre vingt dix sept ; pour le
payemant particullier de toutes lesquelles sommes, nous aurions ordonné
qu'il seroit levé une nouvelle imposition sur les deniers et marchandises,
tant en ladicte ville que au bourg Ste Collombe, en Daulphiné, et faict

expedier, auxdicts sieurs de Disimieu freres, nos lettres patantes sur
chaculne desdictes partyes qui auroyent veu et deumant esté verifiées en
nostre chambre des comptes dudict pays de Daulphiné, en vertu desquelles
nos dictes lettres ainsy verifiées, il auroit esté acquitté plusieurs partyes
qui auroyent esté passées et allouées en nostre chambre des comptes de
Daulphiné, sur les comptes de ceulx qui auroyent esté commis de recepvoir
les deniers de ladicte douane de Vienne qui en auroyent faict les payements, en vertu de nosdictes lettres, sur et en desduction des sommes cy
dessus mentionnées desquelles il restoyt à payer, en l'année mil vi° deux
derniere, la somme de vingt deux mil six cens quatre escus sept sols, pour
les causes, selon et ainsy qu'il est particulieremant specifié par nos lettres
patantes du vingt cinquiesme may de ladicte année, lesquelles nous aurions
faict expedier de nouveau, auxdicts sieurs de Disimieu freres, adressantes
au tresorier de notre espargne M° Vincent Bouchier, par lesquels tresoriers
de nostre espargne, et en vertu de leur assignation et quictance, nous
voulons doresnavant les deniers de ladicte douane de Vienne estre payés,
laquelle, pour cest effect, nous aurions mis en ferme et icelle faict bailher
au plus offrant et dernier encherisseur, en vertu desquelles nosdictes lettres
patantes, ledict Bouchier auroyt assigné, à ladicte année derniere, lesdicts
sieurs de Disimieu, de la somme de huict mil escus, sur et tant moingt
desdicts vingt deux mil six cens quatre escus six sols, et pour le surplus
montant quatorze mil v° iiii esc. vi sols, il leur auroyt expedié la recti-
fication cy attachée soubs le contre scel de notre chancellerie, dont voulant
faire payer lesdicts sieurs de Disimieu, freres, pour les notables services
que nous avons receu d'eux, en la reduction de la ville de Vienne et autres
grandes et importantes affaires, nous mandons, à vous gens de nos
comptes, que vous ayés à proceder à la verification des presentes, selon et
conformemant nostre volonté et les precedantes lettres par nous expediées,
par toutes les partyes contenues en icelles, et ladicte verification faite à
vousdict tresorier de notre espargne, que des deniers de la ferme de ladicte
douane de Vienne, vous ayez à payer, bailler et dellivrer comptant ou assigner par vos mandemants portant quictance auxdicts sieurs de Disimieu,
freres, la somme de quarante troys mil cinq cens douze livres, six sols,
pour la valeur desdicts quatorze mil cinq cens quatre escus, six sols, qui
en restera acquitée et que sont contenus en ladicte certification du tresorier

de nostre espargne, Me Vincent Bouchier, rapportant laquelle et ces presentes, ainsy que dict est, veriffication et quictance dudict sieur de Disimieu,
sur ce suffisante ; ladicte somme de quarante trois mil six cens douze livres,
six sols, sera passée et allouée aux comptes de vousdict tresorier de nostre
espargne, selon le payemant qui en aura esté faict par chacung de vous
gens de nos comptes, auxquels mandons ainsy le faire, sans difficulté,
nonobstant quelconques ordonnances, restrinctions, mandemants, despances
et lettres à ce contraires. Donné à Fonteynebleau, le vingt huictiesme jour
d'apvril, l'an de grace mil six cens et troys, et de notre regne le quatorziesme. Signé, par le Roy en son conseil, de Beaulieu, et scellé sur simple
queue du grand scel de France, de cire jaulne. Et au dos est escript, enregistré au conseil general des finances, par moy soubsigné ; à Fontaynebleau, le vingt neufviesme jour d'apvril mil vi^c troys ; signé, de Vienne.

L

    Veu par la Chambre les lettres patentes du Roy données à Fonteyne-
bleau, le vingt neufviesme d'apvril, mil six cens troys, signées, par le
Roy, de Beaulieu, obtenues par le sieur de Disimieu, gouverneur de
Vienne, en Daulphiné, et le ch^{er} de Disimieu son frère, par lesquelles et
pour les causes y contenues, ledict sieur veult et mande, à ladicte chambre,
qu'elle ayt à proceder à la veriffication desdictes lettres, selon et conformemant à autres lettres patentes precedantes contenant pour toutes les
partyes y contenues, et au tresorier de son espargne présent et advenir,
la veriffication faite, que des membres de ladicte ferme de la douane de
Vienne, ils payent, baillent et delivrent comptant, ou assignent par mandemant portant quictance, auxdicts sieurs de Disimieu freres, la somme
de quarante troys mil cinq cens douze livres, six sols, pour la valeur de
quatorze mil cinq cens quatre escus, six sols, qui restent à acquictter de la
somme de vingt deux mil six cens quatre escus, six sols, y mentionnée,
contenue en la certiffication du tresorier de l'espargne, Me Vincent Bouchier, rapportant laquelle, lesdictes lettres ainsy veriffiées et quictancé desdicts impetrants, ladicte somme estre passée en la despanse des comptes
dudict tresorier de ladicte espargne, selon les payements qui auroyent esté
faicts par chacung d'eulx, pour ladicte chambre à laquelle elle mande

ainsy le faire, ainsy que plus au long le contiennent lesdictes lettres, la copie des acquicts, patantes, arrests et autres pieces mentionnées ès dictes lettres, en fin desquelles est la certification dudict Bouchier, du vingt septiesme may, mil six cens et deux, par laquelle il certifie que les originaulx de ces acquicts, patantes et arrests de verification et autres pieces dont les copies sont au dessoubs d'icelle transcripte, pour demeurer en ses mains, pour rapporter à la reddition de ces comptes, et que ladicte somme de vingt deux mil six cens quatre escus six sols, mentionnée au dernier des acquicts y transcripts à luy adressant, pour reste du contenu, aux autres y attachées. Le surplus desquels auroyt esté acquité par les fermiers et commis à la recepte de ladicte douane de Vienne auxdicts impetrants, comme il est declaré par ledict dernier acquict, sur lequel il auroyt seulement payé la somme de huict mil escus, en un mandement en parchemin, du xvii⁰ may mil six cens et deux, montant pareille somme, à l'acquict de M⁰ Ambroise Hubert, fermier de ladicte douane establye à Vienne et à Sᵗᵉ Collombe, en Daulphiné; et pour le surplus, montant ladicte somme de quatorze mil cinq cens quatre escus, six sols, luy auroyt delivré ladicte certification desdictes lettres, conclusions du procureur general du Roy; et tout consideré, la chambre en entherinant lesdictes lettres, a ordonné et ordonne que les impetrants jouyront de l'effect contenu en icelles, selon leur forme et teneur. Faict le douziesme jour de may, mil six cens et troys; et au dessoubs est escript, extrait des registres de la Chambre des Comptes, signé, de la Fonteyne.

L I

Je Raymond Phelipeaulx[1], conseiller du Roy et tresorier de son espargne, certifie à tous qu'il appartiendra, que les originaulx de la certification de M⁰ Vincent Bouchier, sieur de Beaumarchais[2], aussy tresorier

---

[1] Raymond Phélypeaux, sʳ d'Herbaud, trésorier de l'épargne, secrétaire d'État, mari de Claude Gobelin.

[2] Vincent Bouhier, sʳ de Beaumarchais, Charon, etc., trésorier de l'épargne, intendant de l'ordre du Saint-Esprit, 1599-1633, mari de Lucrèce Hotman, d'où Lucrèce-Marie femme : 1° de Louis de la Trémoille, marquis de Noirmoutiers ; 2° de Nicolas de l'Hôpital, marquis de Vitry, maréchal de France; et Marie, femme de Charles, duc de la Vieuville, surintendant des

de ladicte espargne, montant la somme de quatorze mil cinq cens quatre
escus, six sols, que, de l'acquict patent et veriffication intervenue sur icelluy, dont les copies sont cy dessus transcriptes, sont demeurées en mes
mains, pour servir à mon acquict et descharge de la somme de seize mil
livres que j'ay assignée aux sieurs de Disimieu freres, desnommés en
iceulx, sur et tant moingt de la somme de quarante troys mil cinq cens
douze livres six sols, pour la valeur desdicts quatorze mil cinq cens quatre
escus six sols, contenus en ladicte certiffication, et pour le surplus, montant la somme de vingt sept mil cinq cens douze livres six sols, je leur
en ay expedié la presente certiffication que j'ay signée de ma main, le
seiziesme jour de may, mil six cens troys. Pour certiffication : signé,
Phelipeaux.

<h3 style="text-align:center">LII</h3>

Henry, par la grace de Dieu, Roy de France et de Navarre, à nostre
amé et feal, conseiller en nostre Conseil d'estat et tresorier de nostre
espargne, M⁰ Estienne Puget [1], salut. Nous voulons et vous mandons que,
des deniers de vostre charge de la presente année, mesme de ceulx provenant de la ferme de la douane establye à Vienne et Sᵗᵉ Collombe, en
Daulphiné, vous payés, bailhés et deslivrés comptant, ou assignés, par
vostre mandemant portant quictance, au sieur de Disimieu, gouverneur de
Vienne, et à son frere le Chevalier, la somme vingt sept mil cinq cens
douze livres, six sols, que nous luy avons ordonné et ordonnons, pour
leur remboursemant de pareille somme contenue en la certiffication de
M⁰ Reymond Phelipeaulx, aussy tresorier de nostre espargne, à eux deue
et reste quatorze mil cinq cens quatre escus, six sols, restant de plus
grande somme, pour les causes mentionnées aux acquicts patents que leur
avons cy devant faict expedier, dont les copies sont cy attachées, soubs
le contre scel de nostre chancelier, les originaulx d'iceulx estant demeurés
en mains de Mᵉˢ Balthazard Gobellin, Vincent Bouchier et dudict Phelipeaulx, tresoriers de nostre espargne, pour leur servir de descharge, à la

finances. Lors des poursuites contre les financiers, Bouhier fut pendu en effigie, et n'en laissa
pas moins des biens prodigieux.
[1] Etienne Puget, sʳ de Pommeuse, fils d'un apothicaire de Toulouse, marié à Louise Pré-
vost, d'où postérité, mort vers 1639; il fut arrêté, 1607, pour rendre compte de sa fortune.

reddition de leurs comptes, des sommes par chacung d'eulx payées sur iceulx, et en rapportant cesdictes presentes avec lesdictes coppies de l'original de la certiffication dudict Phelipeaulx, estant en fin d'icelle, et les quictances desdicts sieurs de Disimieu ; nous voulons ladicte somme de vingt sept mil cinq cens douze livres, six sols, estre passée et allouée en la despance de vos comptes, et rabatue de vostre recepte, par nos amés et feaulx les gens de nos comptes, à Paris ; leur mandons ainsy le faire, sans difficulté, car tel est nostre plaisir, nonobstant quelconques ordonnances, restrinction, mandements, desfences et lettre à ce contraire. Donné à Paris, dixiesme jour de febvrier, l'an de grace mil vi^e quatre, et de nostre regne le quinziesme, signé, par le Roy, en son conseil, Forget, et scellé du grand scel de cire jaulne, et au dos est escript, enregistré au Conseil general des Finances, par moy soubsigné, à Paris le douziesme jour de febvrier, mil vi^e quatre. Signé, de Vienne.

LIII

Je Estienne Puget, conseiller du Roy en son Conseil d'estat et tresorier de son espargne, certifie, à tous qu'il appartiendra, que les originaulx de la certiffication de Me Reymond Phelipeaulx, aussy tresorier de ladicte espargne, montant vingt sept mil cinq cens douze livres, six sols, que de l'acquict patent expedié sur icelle, à nous adressant, dont les copies sont cy devant transcriptes, sont demeurées en mes mains pour servir à mon acquict et descharge de la somme de quinze mil livres tournois que j'ay assigné aux sieurs de Disimieu freres y desnommés, par mandemant signé de ma main, daté de ce jourdhuy, sur le fermier de la douane de Vienne, en Daulphiné, sur et desdicts xxvii^m v^c xii escus, vi sols, pour le surplus, montant douze mil cinq cens douze livres, six sols ; je leur en ay expedié la presente certiffication, aussy signée de ma main. A Paris, le neufviesme jour de may, l'an mil six cens quatre, pour certiffication, signé, Puget [1].

---

[1] Les pièces XXIV, LIII fournissent une suite de renseignements officiels sur le régime financier de l'époque mis en œuvre, soit par l'autorité royale, soit par celle des pouvoirs intéressés travaillant, conjointement, à ordonner les dépenses et à justifier la régularité du payement.

LIV

A MONS^r DE DIZIMIEU, cappitaine de cinquante hommes d'armes de mes ordonnances et gouverneur de ma ville de vienne.

Monsieur de Dizimieu, J'ay encore commandé au s^r de Champs[1], s'en retournant par delà, de vous asseurer du gré que je vous scay du service que vous m'avez faict et de l'estat que je faictz de me servir doresnavant de vous, en ce qui ce presentera, pour le bien de mes affaires, avec toute confiance. C'est pourquoy je vous prie tenir vostre compagnie de gens d'armes preste et le regiment de gens de pied que je vous ay accordé, le plus fort que vous pourrez, afin de mettre l'ung et l'autre en besongne, si l'occasion s'en presente[2], à mon arrivée par delà, et vous me ferez service très agreable. Je prie Dieu, Monsr de Dizimieu, qu'il vous ayt en sa saincte garde. Escript à Fontainebleau, le xviiie de may 1595.

HENRY.
DE NEUFVILLE.

LV

A MONS^r DE DISIMIEU...

Monsr de Dizimieu, la bonne opinion que jay tousjours eu de vous a bien encore esté confirmée par le bon recit que m'a esté faict, par mon Cousin le Connestable, de vos bons deportements et du soing que vous rendez à ce qui est de vostre charge. C'est bien une preuve que cela est

---

[1] Louis Coct, co-seigneur du Chastelard et de Champ (le Champ-près-Froges, canton de Goncelin, Isère), mari de Jeanne Rabot, par son testament du 1er décembre 1580, institua pour héritière sa fille aînée Joachime, mariée, 1582, à Mary ou Marius de Monteynard, seig^r de la Pierre, baron de Montfrin, seig^r du Chastelard et de Champ, du chef de sa femme, capitaine d'une compagnie de chevau-légers, 1593. — La branche des Alleman seigneurs de Champs, au mandement de Vizille, et de Taulignan, était tombée en quenouille, avec Antoine Alleman, seigneur de Taulignan et de Champs, mort avant 1592, laissant pour héritière sa mère, Jeanne d'Ancezune. Les terres de Champs, Saint-Georges, Rochepaviot et la Mure furent vendues, à Francois de Bonne, sg^r de Lesdiguières, 14 juillet 1609, par Louis Adhémar de Monteil, comte de Grignan, duc de Termoli, comte de Campobasso, mari de Jeanne-Françoise d'Ancezune, au prix de 12.000 et 3.500 l.

[2] Henri IV préparait la campagne de Bourgogne, contre les Espagnols unis à Mayenne, et gagnait, le 5 juin suivant, la bataille de Fontaine-Française.

mesme recongneu par mes ennemys, puisque vous leurs estes devenu si odieux et qu'ilz ont faict si mauvais desseings sur vostre propre personne, par où vous debvez estre aussy adverty de vous desfier de tous ceulx qui sont de ce party et, à ce propos, je vous veulx dire que jay de bons advis que le duc de Nemours faict tousjours estat d'avoir de bons amys et serviteurs en ladicte ville de Vienne, en laquelle je scay qu'il y en a plusieurs de son party qui y sont demeurés, soubs divers pretextes, et dont il pourroit arriver de grands inconvenients[1]. Pour ceste occasion je veulx et vous ordonne que, incontinant la presente receue, vous aiez, sans aucune remise, deslay, ny acception de personne, à faire sortir de la ville tous ceulx qui pourront estre suspects d'adherer et favoriser les affaires du duc de Nemours, et notamment le s[r] du Monestier[2], Margery, Jannot, ensemble toutes leurs familles, à ce qu'ilz n'ayent plus de subject de praticquer cy après en la dicte ville, et vous prie de me donner incontinant advis de ce que vous aurez executé pour ce regard, car c'est chose que jay en singullière affection, comme le faict m'est de grande importance et à vous aussy. Sur

[1] Le duc de Nemours, appuyé sur quelques partisans restés dans Vienne, avait tenté, en juin, de recouvrer cette ville. Mais Disimieu se tenait sur ses gardes; il découvrit le complot et fit exécuter le capitaine Lacroix qui en était le chef et plusieurs de ses complices. Le capitaine Lacroix avait servi, sous Balthazard de Disimieu, à la reprise de Morestel, sur les huguenots, 7 avril 1576.

[2] Balthazard de Combourcier, seigneur du Monestier, chevalier de l'ordre du roi, gentilhomme ordinaire de sa chambre, lieutenant de la compagnie d'hommes d'armes de Monseigneur le duc de Genevois (à son testament du 14 mai 1583), vaillant capitaine catholique, fort ennemi de Lesdiguières. Il épousa, 1560, Louise de Saint-Marcel d'Avançon, veuve de Jean Fléhard, conseiller au parlement, et mourut, juillet 1599, laissant deux fils : 1° Paul, doyen de l'église collégiale de Saint-Chef, suivant un acte du 18 juin 1589; 2° Louis, seigneur du Monestier, suivant un acte du 15 juillet 1600, plus connu sous le nom de du Terrail, qui épousa, 10 janvier 1593, à Riom, Charlotte, fille de François de la Rochefoucauld, d'où un fils Jean, tué au siège de Mardick, 1645. Vu l'âge avancé de Balthazard, le personnage, visé par la lettre du roi, peut être ce second fils Louis, décapité à Genève, 29 avril 1609, pour avoir voulu s'emparer de cette ville, au profit du duc de Savoie. — Véritable | Discours | de la descouverte de | l'entreprise de Loys de | Combourcier, sieur du Terrail, Mon- | stier, Rattier, & autres places, vicomte | de Ravel, chevalier de l'Ordre, cor- | nette blanche de Monsieur le Dauphin, | & baron de Moyssac, exécuté à Genève, | le dixneusiesme avril, mil six cens neuf. .*. A Lyon | 1609. | Pet. in-4° de 25 p.p., la dernière paginée, à tort, 26. — Autre édition : même titre, écusson de... au chevron de... accompagné en pointe d'un heaume, le tout entouré d'une couronne de feuillage portant la devise *Armata virtus*. A Rouen | chez Jean Petit, jouxte la coppie | imprimée à Lyon. | 1609. | Avec permission. Pet. in-4° de 24 p.p.

8

ce je prie Dieu, Monsr de Dizimieu, vous avoir en sa saincte garde. Escript au camp de Dijon ce premier juillet 1595.

HENRY.

FORGET.

LVI

A MONS^R DE DIZIMIEU, CAPPITAINE DE CINQUANTE HOMMES D'ARMES DE MES ORDONNANCES.

Monsr de Dizimieu, La Montagne [1] present porteur m'a rendu vos dernières lettres et m'a bien particullierement representé vostre affection et fidelle perseverance à mon service dont vous m'avez desja rendu tant de preuves et de tesmoignages. Il n'estoit pas besoing de me les confirmer davantage. Aussi vous asseureray je que vous servez un bon maitre et qui avec le temps et les occasions desire bien vous fere paroistre le contentement qu'il a de vostre bonne volonté et inclination à son service. Vivez donc en ceste attente, je vous asseure qu'en dressant l'estat des garnisons de mon pais de Dauphiné, j'auray bonne souvenance de vous et espère que vous demeurerez content du traictement que je vous feray, ne desirant pas seullement en ceste occasion, mais en toutes autres, vous tesmoigner combien je vous ayme et estime, priant Dieu, Monsr de Disimieu qu'il vous ayt en sa très saincte et digne garde. Escript au camp devant La Fere, le xixe jour de fevrier 1596.

HENRY.

DE NEUFVILLE.

LVII

A MONS^R DE DIZIMIEU...

Monsr de Dizimieu, j'escris presentement à mon Cousin le Mareschal d'Ornano que j'ay resolu de me servir, à ce quartier prochain, de ma cavallerie de Dauphiné près de ma personne, le priant de me la conduire et amener icy toute, dans la moitié de juillet, et d'advertir cependant les capitaines de tenir leurs compagnies prestes pour partir à la fin du mois prochain, et les mettre en l'estat et equipage qui doibvent estre des compagnies entretenues de longue main. Et combien que je m'asseure que pour vostre particulier vous n'y ferez point de faulte et que vous voudrez avoir

---

[1] La Montagne sergent-major au régiment de Disimieu.

de l'honneur à la vostre, toutesfois je ne veult laisser de vous admonester
et prier, par ce mot, d'y apporter le soing et l'affection que je me doibz
promettre d'un bon serviteur tel que vous m'avez toujours esté, vous asseurant, pour ce qui est de mes faveurs et gratifications, que vous me trouverez icy en disposition de vous en fere telle part que vous aurez toute
occasion de demeurer satisfaict. Sur ce, je prie Dieu, Monsr de Dizimieu,
vous avoir en sa saincte garde. Escrit au camp devant La Fere[1], le
xiii° jour de May 1596.   HENRY.

                                                          FORGET.

LVIII

A MONS^r DEZIMIEU, MON GOUVERNEUR A VIENNE.

Monsr Dezimieu, J'ay ordonné de faire tenir des sallins de Peccaix[2] les
arreraiges de la traicte de sel dont feu mon cousin le cardinal de Bourbon[3]
a jouy de son vivant, revenue par son decedz à ma disposition avec exemption
de toutes charges et impositions mises ou à mettre, pour quelque occasion
ou pretexte que ce soict. Et d'aultant que je desire que mon intention en
cest endroict soit effectuée, je vous prie tenir la main à ce que ledict sel
passe librement, sans permettre qu'il y soict donné aucun empeschement,
prins ny levé sur icelluy aucunes impositions, et où il se presenteroit quelque
difficulté, vous me ferez service très agreable de la faire cesser et y employer
en sorte ce qui est de vostre auctorité que je n'aye plus occasion de vous
escrire, ny le fermier de recourir à moy, qui m'asseurent que vous satisferez
à ce qui est de ma volonté, je prie Dieu, monsieur Dezimieu, vous avoir en
sa saincte garde. Escrict à La Fere le xxiiij° jour de may 1596.

                                                          HENRY.

                                                          FORGET.

---

[1] Après huit mois de siège, Jacques Colas, ancien sénéchal de Montélimar, déterminé
ligueur passé au service de l'Espagne, rendit à Henri IV la ville de la Fère, 22 mai 1596, et
apposa sa signature, *le comte de la Fère*, à côté de celle du roi, sur l'acte de capitulation. Blessé
à la bataille de Nieuport, 2 juillet 1600, il mourut peu de jours après.

[2] Peccais (Gard), non loin d'Aigues-Mortes, possédait des salines, d'un revenu considérable, alimentant le Languedoc, l'Auvergne, le Lyonnais, etc., par la voie du Rhône.

[3] Charles de Bourbon-Condé, 1562-1594, archevêque de Rouen, 1582; cardinal, 1583, mort
30 juillet 1594.

LIX

A MONS^r DE DISIMIEU, CAPPITAINE DE CINQUANTE HOMMES D'ARMES DE MES ORDONNANCES, GOUVERNEUR DE MA VILLE DE VIENNE.

Monsr de Disimieu, J'ay commandé à mon cousin le s^r d'Ornano mareschal de France, et mon lieutenant general au gouvernement de Dauphiné, de s'acheminer avec des forces en mon pays de Languedoc pour les occasions qu'il vous fera entendre[1]. Et parce que j'ay toujours faict beaucoup d'estat de vostre affection, je vous ay choisy pour accompagner mondict cousin audict pays avec vostre compagnie de gensdarmes, laquelle je vous prie mectre sus incontinent la plus forte et complecte qu'il vous sera possible et vous rendre avec icelle auprés de mondict cousin, pour me servir et l'assister audict voyage, vous assurant que je recongnoistray à jamais le debvoir que vous ferez en ceste occasion et que j'ai pourveu à faire payer vostredicte compagnie des deniers que j'ay ordonné estre levez en mon pays de Dauphiné pour cest effect. A quoi je me promectz qu'il n'y aura aucune faulte, priant Dieu, mons^r de Disimieu, qu'il vous ayt en sa très saincte et digne garde. Escript à St Germain en Laye, le xxixe jour d'avril 1597.

HENRY.

DE NEUFVILLE.

LX

Lesdiguières, jouissant d'une grande popularité et à la tête de nombreuses troupes dévouées à sa personne, était officiellement sous les ordres de d'Ornano, lieutenant général, en Dauphiné, ce dont il ne se souciait guère; d'où de nombreux froissements. Appelé à Paris, septembre 1596, par le roi qui préparait une campagne contre le duc de Savoie, il se vit confier la direction de cette entreprise et, par lettres du 3 février 1597, fut pourvu de la lieutenance générale au gouvernement de Dauphiné, « le commettant pour, après que le M^{al} d'Ornano sera parti ». Le roi, entre temps, cherchait à éloigner ce dernier en lui proposant un commandement en Languedoc [L. LVII], puis la lieutenance générale en Guyenne. Le Maréchal, instruit de ces menées, se rendit à Rouen, où se trouvait le roi accompagné de Lesdiguières, janvier 1597, et crut pouvoir faire appeler son rival, en combat singulier. Le roi,

[1] En représailles de la surprise d'Amiens, 11 mars, le roi avait résolu de prendre Perpignan sur les Espagnols et donné le commandement de ses troupes au maréchal d'Ornano, qui manqua l'entreprise.

averti, les envoya querir tous les deux, leur promit contentement et leur commanda d'être amis. Cette mésintelligence apparaît clairement dans une lettre écrite, par Lesdiguières, à M. de Bellievre, conseiller du roi, de Lyon, 29 mars 1597 : « Comme il a pleu au Roy avoir souvenance de l'honeur dudict seigneur (d'Ornano), je le requiers tres humblement d'avoir soing du mien et prevenir le grand mal que cela pouroit raporter au bien de son service par deçà... J'ay sceu qu'a mon depard de la cour ledict seigneur d'Ornano s'en est faict ouyr. »

Le duc de Savoie avait cru pouvoir profiter de cette situation pour attirer d'Ornano à son parti, mais ce dernier ne s'y prêta pas. « Monsieur de Savoye, croiant que Monsieur des Diguieres et moy (d'Ornano) veuillons venir aux armes par une querelle generale de particuliers, a despeché M[r] le conte de Crolles [1] (Grôlée) vers M[r] le conte de Viriville, son cousin germain[4], qui estoit en une sienne maison appelée Chappeau-Cornu, port proche dudict (Grôlée) n'y ayant que le Rosne entre deux, et luy fist voir des lettres que ledict sieur de Savoye et le conte de Martinengues [2] luy escrivoient, le priant de s'aboucher avec ledict sieur conte de Viriville... (suivent divers avis et promesses). Aussy ay je dit audict sieur conte (de Viriville), pour le faire rapporter audict sieur de Grolée, que je remercyois ledict sieur de Savoye de sa bonne volonté qu'il la gardast pour un aultre que moy... Alphonse d'Ornano, Moras[3], 17 may 1597. A M. le connetable de Montmorancy. » Lesdiguières avait eu vent de ces intrigues et il dépêcha son parent, le sieur d'Auriac[4], à Sa Majesté, pour lui en rendre « un fort particulier compte », 28 mai 1597.

Disimieu, en sa qualité de vieux capitaine catholique, était fort attaché à d'Ornano et en froid avec Lesdiguières ; en outre, sa parenté avec les Grôlée, négociateurs pour le duc de Savoie, pouvait s'accommoder avec des soupçons malintentionnés qui n'altérèrent en rien la confiance de Henri IV, comme le prouve la lettre suivante

[1] Il s'agit ici non pas d'un *comte de Crolles*, inconnu, comme il est dit dans la Correspondance de Lesdiguières, mais de Claude de Grôlée, seigneur de Lhuis, marié à Claire de Montluel, 25 janvier 1570. La terre de Grôlée fut érigée en comté, en sa faveur, par le duc Charles-Emmanuel de Savoie, 25 juin 1580. — Groslée, sur la rive droite du Rhône, canton de Lhuis, arrondissement de Belley, Ain.

Le personnage, dit le comte de Viriville, devrait être Jacques de Grolée, comte de Viriville, capitaine catholique qui avait longtemps servi sous d'Ornano, fils aîné de Francois de Grôlée, comte de Viriville, tué à Montcontour en 1569, et de Sébastienne de Clermont, et neveu de Disimieu, vivant en 1612 ; il pouvait être en séjour, à Chapeau-Cornu, chez son frère cadet, Anthoine de Grôlée, seigneur de Gerboules et de Chapeau-Cornu, par héritage de son père, François de Grôlée, comte de Viriville ; marié à Marguerite d'Urre ; commandant une compagnie sous Maugiron, 1585 ; vivant en 1613 ; il est peu conforme aux coutumes de l'époque qu'Antoine soit qualifié comte de Viriville.— Chapeau-Cornu, sur Saint-Chef, canton de Bourgoin, Isère.

[2] Marc-Antoine Martinengo, comte de Villa-Chiara, officier général pour le duc de Savoie.

[3] Moras (Drôme, canton du Grand-Serre), petite ville dominée par un château fort, rasé en 1627 ; une des rares places sous l'obéissance de d'Ornano.

[4] Etienne de Bonne, seigneur d'Auriac, vicomte de Tallard..., capitaine de cinquante hommes d'armes, maréchal de camp des armées du roi, un des plus vaillants capitaines catholiques, fort ennemi de son cousin Lesdiguières, avec lequel il se réconcilia en 1592.

relative à ces événements, dont la conclusion est marquée par la guerre, contre le duc
de Savoie, 23 juin 1597-2 mai 1598; par l'acceptation, par d'Ornano, de la lieutenance
générale, en Guyenne, et sa nomination, octobre 1599; par les lettres de provisions
de la charge de lieutenant général, au gouvernement de Dauphiné, accordées à Lesdiguières, 12 septembre 1598, corollaires de celles de février 1597.

A MONS^R DE DIZIMIEU, CAPPITAINE DE CINQUANTE HOMMES D'ARMES DE MES ORDONNANCES ET GOUVERNEUR DE MA VILLE DE VIENNE.

Monsr de Dizimieu. J'ai eu fort agreable la resolution que vous avez
prinse sur les mouvemens que vous avez veu qui commenceoient à appa-
roistre par dela, de voulloir entendre sur ce ma volonté, et ay bien ceste
procedure pour une preuve bien asseurée de l'entiere affection que vous avez
à mon service et à ce qui est de mon contantement. Je croy que vous avez
entendu comme j'ai donné une commission, à mon cousin le mareschal Dor-
nano, pour me servir à ung desseing particulier en Languedoc où je luy ai
ordonné de s'acheminer, et ayant donné au s^r de Lesdiguieres le commandement des forces que j'ay destinées contre le duc de Savoye, et consideré qu'il
estoit necessaire, pour la commodité de ce qu'elles pourront entreprendre,
qu'il eust par mesme moien le commandement en la province de Dauphiné,
je luy en ay faict expedier le pouvoir pour y commander, aprés que mondict
cousin le mareschal d'Ornano en sera party, soit pour aller audict Languedoc
ou pour me venir trouver icy, comme je lui ay ordonné faire, en cas que le
faict pour lequel je l'envoye en Languedoc ne fust encores prest à executer.
Je me prometz que dez ceste heure il sera party et que ledict s^r Desdiguieres
aura faict publier sondict pouvoir, suivant lequel je desire que vous
recouriez à luy pour ce qui vous sera necessaire pour la seureté et conservation de ce qui est en vostre charge, et l'aidiez et assistiez aussy de vostre
part en ce dont il vous requerra, ne doubtant point que la correspondance
ne demeure très bonne entre vous, comme ce sera le grand bien de mon
service. J'ai esté en regret que vous aiez sceu une imposture qui a esté
dicte par quelqu'un de ceulx que l'on a faictz prisonniers en Auvergne, par
ce que cela n'a servy qu'à les rendre plus coupables de ce dont ils sont
accusez d'avoir voullu mettre en societé de leurs faultes mes plus particuliers
serviteurs et vous entre autres de qui je me tiens aussy asseuré que d'aucun
autre que j'aye. Je vous prie de n'en estre point en peine, ny penser que je
m'en sois aucunement esmeu que pour en demeurer plus offencé contre

eulx, desquelz je vous feray la mesme raison que je me la feray à moymesme du deservice qu'ilz m'ont voulu faire. Sur ce, me remettant à ce porteur de ce que je lui ay ordonné de vous dire, je ne vous feray pas ceste cy plus longue, priant Dieu, mons^r de Dizimieu, vous avoir en sa saincte garde. Escript à Paris le xxe jour de juin 1597[1].

HENRY.
FORGET.

[Au Connétable de Montmorency.]

Mon cousin, j'ay faict expédier au s^r de Vic[2] la commission que le s^r de Disimieu a desirée, et luy fais plus pour le contenter que pour besoing qu'il fust d'esclarcir et justifier son innocence ; car il a proceddé avec moy en toutes choses comme un homme très affectionné à mon service ; aussy le tiens-je plein de telle integrité et preud'hommie que je n'entreray jamais deffiance de ses actions, ainsy que je luy escris, en response de sa lettre ; de quoy je pense qu'il demeurera autant satisfaict comme je le suis de sa fidelité, de laquelle il m'a rendu assez de preuve pour rejecter toutes les impostures que l'on pourroit mettre en avant pour m'en faire doubter ; priant Dieu, mon cousin, qu'il vous ayt en sa saincte garde. Escript au camp devant Amiens, le iiie jour de juillet 1597.

(Berger de Xivrey. Let. Mis. de Henri IV.)

HENRY.
DE NEUFVILLE.

LXI

A MONS^r DE DISIMIEU, CAPPITAINE DE CINQUANTE HOMMES D'ARMES DE MES ORDONNANCES ET GOUVERNEUR DE MA VILLE DE VIENNE.

Monsr de Dizimieu, Par une depesche, que je viens presentement de recevoir du s^r Desdigüieres, j'ay veu que son armée s'est un peu diminuée, et que celle du duc de Savoye, au contraire, commence à se fortifier, de sorte qu'il est fort necessaire que ledict s^r Desdiguieres soit renforcé de

---

[1] Cette lettre et l'expression des sentiments du roi sont confirmées par la missive suivante adressée au connétable de Montmorency.

[2] Mery de Vic, sieur d'Ermenonville, maître des requêtes de l'hôtel, 1581, président au parlement de Bordeaux, 1597, garde des sceaux, 1621, mort 2 septembre 1622. A la demande de Disimieu, il avait été chargé d'une enquête sur les faits précédemment exposés.

l'assistance de mes bons serviteurs[1]. C'est pourquoy je vous faict ceste cy
pour vous prier de vous offrir à luy pour l'aller trouver, quant il le vous
mandera, avec la meilleure trouppe de voz amis que vous pourrez, vous
asseurant que j'auray le service que vous me ferez en ceste occasion autant
ou plus agreable que celluy que vous me ferez icy auprès de ma personne,
m'asseurant que vostre bonne volonté n'a point de besoing d'estre es-
chauffée d'autre persuasion. Je prie Dieu, mons[r] de Dizimieu, vous avoir
en sa saincte garde. Escrit au camp devant Amyens[2], le viiie jour de
septembre 1597.

HENRY.

FORGET.

LXII

A MONS[r] DE DISIMIEU...

Monsr de Disimieu, J'ay esté bien aise d'avoir entendu de vos nouvelles
tant par vostre lettre que par ce porteur, sans que pour ceste fois vous
m'en soyez venu rendre compte voùs mesme, car ayant les ennemis si
proches de vous, il n'estoit pas raisonnable que vous sortissiez de vostre
place, laquelle je tiens plus asseurée par vostre presence que par quelque
autre force qui y puisse estre. Je vous prie de continuer de veiller soigneusement et vous informer souvent, du s[r] de Lesdiguieres, de l'estat des ennemis
et entendre de luy ce que vous avez à faire pour la seureté et conservation
de vostre place, car ayant resolu de me servir doresnavant de mon cousin
le Mareschal d'Ornano, ailleurs que en la province de Dauphiné, je destine
pour le lieu qu'il y tient ledict s[r] de Lesdiguieres. Je luy ay, en attendant
qu'il ait le tiltre de ladicte charge, ordonné de prendre cependant soing de
ce qui se passera en ladicte province, pour ce qui est particulierement
conjoinct avec la guerre de Savoye dont il a la charge, comme est vostre
place qui en est à present la plus voisine, je m'asseure qu'il s'y comportera
en vostre endroict avecq tant de dilection et bonne intelligence, que vous

---

[1] L'armée du duc de Savoie comportait six à sept mille fantassins et huit à neuf cents
chevaux ; celle de Lesdiguières, six mille fantassins et six cents chevaux. Lesdiguières avait
besoin de renforts, car, après le combat indécis des Molettes, 14 septembre 1597, il appelait à
l'armée tous les gentilshommes du Dauphiné propres à porter les armes.

[2] La ville d'Amiens se rendit au roi le 25 septembre.

aurez plaisir de vous lier d'amitié particuliere avec luy[1]. Il m'a esté au reste proposé de vostre part de faire fortiffier le chasteau de la Bastie, à quoy j'auray volontiers consenty, n'estoit que cela ne se peult faire sans nouvelle despense et que le moyen n'y est pas ceste année de la pouvoir supporter, de sorte qu'il faudra remettre cela à une autre fois et suppléer cependant par soing et vigilance au default de ceste fortification à laquelle, quand le moyen y sera d'y travailler, il en faudra faire faire le desseing et l'estimation de la despense, affin de juger par là en combien de temps elle se pourra faire, et sera aussi necessaire que vous faictes envoyer en mon conseil l'estat et la recepte et despence des autres fortiffications qui ont esté faictes depuis la reduction de ladicte ville, affin de se tenir aux formes et regles qui sont pour ce ordonnées. J'ay esté aussi requis de vostre part de vous continuer l'entretenement qui vous avoit esté accordé, par mon cousin le connestable, pour les premiers six mois après la reduction de ladicte ville, ce que j'aurois faict volontiers, sinon que, ayant en ceste année faict une reduction plus haute qu'elle ne fut encores l'année passée et tant qu'il ny a lieutenant general de province qui ait plus de cent escuz le mois, sans gardes ny autres appoinctements, je ne pourois, sans trop d'enui et de consequences, vous continuer ledict appoinctement extraordinaire, et fault attendre qu'il y ait occasion de commuer ceste gratiffication en quelque autre espece[2], ce que je feray tousjours bien volontiers, car je scay que vous meritez beaucoup de mon service et en suis fort contant et satisfaict. Vous entendrez de cedict porteur ce qui se passe icy de nouveau[3]. A quoy me remettant je ne vous en feray pas ici plus long propos, priant Dieu, Monsr de Disemieu, vous avoir en sa saincte garde. Escrit de Paris, le ixe jour de fevrier 1598.

HENRY.
FORGET.

---

[1] Lesdiguières continuait la guerre contre Charles-Emmanuel et prenait le fort Barraux, près de Montmélian, 17 mars 1598. Une trève, conséquence du traité de Vervins, fut approuvée par le roi, 22 juillet 1598. — Ce n'est pas la première fois que le roi cherche à ménager un rapprochement entre Lesdiguières et Disimieu.

[2] Disimieu fut gratifié par le roi, en 1606, d'une pension de 3.600 livres.

[3] Le 18 février 1598, Henri IV partit pour la Bretagne, où le duc de Mercœur venait de se soulever.

LXIII

A MONS^r DE DISIMIEU, GENTILHOMME ORDINAIRE DE MA CHAMBRE ET
GOUVERNEUR DE MA VILLE DE VIENNE.

Monsr de Disimieu. J'ay sceu, par voz lettres du xixe du passé, que
[estant] en chemin pour me venir trouver vous avez rebroussé du costé
de [nostre ville de] Vienne, pour les raisons contenues en vos lettres, en quoy
vous m'avez faict [un plaisir] bien agreable, me promectant que tant que
vous serez en madicte ville [de Vienne, vous] veillerez tellement à la conservation d'icelle que les desseings de ceulx [qui] voudroient entreprendre
tourneront à leur honte et confusion[1]. [Veillez] donc à ce que je ne sois point
deceu de mon esperance, car je m'en [remets] entierement sur vostre fidelité
et vous asseurez que, quand il se presen[tera quelque] occasion de recognoistre voz services, vous esprouverez que j'en ay contentement, priant Dieu,
mons^r de Disimieu, qu'il vous ayt en sa saincte et digne garde. Escript à
Fontainebleau, le premier jour de [juillet] 1602.

HENRY.
DE NEUFVILLE.

LXIV

A MONS^r DE DISIMIEU, GOUVERNEUR DE MA VILLE DE VIENNE.

Monsr de Disimieu. Je suis adverti, qu'à la faveur de quelques forces
d'Espagne qui sont nagueres arrivées en Savoye, noz voisins ne perdreroyent
pas l'occasion d'entreprendre contre nous, s'ilz en trouvoient l'opportunité
et mesme qu'ilz ont des entreprinses sur aucunes des villes de noz frontieres ;
cela avec l'advis..... que les Espagnols fortiffioyent St Genix[2] qui est [près
de] vous, m'a donné subject de vous admonester, par ceste [lettre], vous tenir
sur voz gardes et veiller soigneusement à la conservation de ma ville de
Vienne, en vous gardant de surprinse et advertissant les habitans d'icelle

---

[1] Le maréchal de Biron, convaincu de conspiration contre l'Etat en se liguant avec la cour
d'Espagne et le duc de Savoie, mécontents du traité de Lyon, 17 décembre 1601, venait d'être
arrêté, 14 juin 1602. Trois mille Espagnols, appelés par Charles-Emmanuel, étaient entrés en
Savoie, ce qui obligea le roi à rassembler des troupes sur la frontière, comme le constate la
lettre suivante.

[2] Saint-Genis-d'Aoste, arrondissement de Chambéry, Savoie.

de faire le semblable, car nosdicts voysins ne nous peuvent faire mal que par ce moyen. Partant faictes y vostre debvoir, me tesmoignant en ceste occasion combien vous affectionnez ce qui est de mon contentement et de mon service. J'envoye cinq cens hommes du regiment de Bourg Lespinasse[1] au s^r Desdiguieres, pour departir où il verra et jugera estre à propoz es places de son gouvernement. Je vous... que de vostre costé vous seconderez ses bonnes intentions, de sorte qu'il n'arrivera rien au prejudice de mondict service, et je le recongnoistray en vostre endroict en toutes les occasions qui se presenteront, priant Dieu, Monsr de Disimieu, qu'il vous ayt en sa saincte garde. Escript à Juilly le vij jour de septembre 1602.

> HENRY.
> DE NEUFVILLE.

LXV

A MONSIEUR, MONSIEUR DE DIZIMIEU.

Monsieur, le bruit commun vous a desja apprins l'esperence [de la venue] du Roy à Lyon[2], et je vous donne [l'assurance] que ce sera dedans [peu et] que tost après sa desliberation est de venir en ceste province [où] il veut voir sa noblesse, de laquelle il faict beaucoup d'estat. [Il ne] faut point vous convier à ceste troupe, car y tenant comme [vous] faictes des premiers rangs, je ne doubte poinct que vous n'y [paraissiez] des premiers, encore pence je estre mon devoir de vous [advertir] comme je faict de mon intention de vous faire scavoir quant [il] sera temps de monter à cheval. Je vous faict dès ceste heure [offre] de tout ce que je puis pour vostre service auprès de sa Majesté, acceptez ceste mienne bonne vollonté de laquelle vous aurez [bon] effect, non seulement en ceste occasion, mais en tous les [divers] où vous voudrez voir la preuve du pouvoir que vous [avez], Monsieur, [de la main]

---

[1] Antoine du Maine, baron de l'Espinasse, etc., dit du Bourg-l'Espinasse, maréchal de camp, gouverneur d'Antibes, 1608; mari : 1° d'Anne de Boucé, 9 août 1586; 2° de Marie Boyer, 13 mai 1621. Lors de la campagne contre le duc de Savoie, Henri IV écrivait à M. de la Guiche, sénéchal de Lyon : « J'ay commandé au sieur de Bourg de lever et meltre sus un regiment de dix compagnies de gens de pied de cent hommes chacune et luy en faict expedier les commissions... je desire que deux desdites compagnies soient levées en ma ville de Lyon... Au camp de Chamous, le 4 septembre 1600. Henry. de Neufville. » (Chamoux, à 30 kilomètres de Chambéry, Savoie.) Ce régiment prit, en 1635, le nom d'Auvergne, puis rang parmi les cinq régiments dits *Petits Vieux.*

[2] Le roi Henri IV arriva à Lyon le dimanche 9 juillet et en repartit le samedi 12 août pour aller, à Grenoble, prendre le commandement de l'armée dirigée contre le duc de Savoie.

vostre bien humble et affectionné à vous faire service. A Grenoble ce xxviiie
juing 1600.

LESDIGUIÈRES.

LXVI

A MONSIEUR, MONSIEUR DE DISEMIEUS GOUVERNEUR DE VYENNE POUR LE ROY.

Monsieur, j'escris encore, pour la seconde fois, à ces quereleurs de me
venir trouver, pour ouyr, de leur propre bouche, les raisons qui les ont
portés à venir si avant à cette brouillerye. Je m'asseure que, mes lettres leur
estant rendues, ils ne manqueront de venir, et on essayera de les accommoder[1]. Si vous pouvez, faites cela sur les lieux, ce sera une bonne œuvre,
et ils en seront bien ayse, car ils seront, par ce moyen, hors de peyne et
moy aussi de cette fatigue. Je n'ay aucunes nouvelles de nulle part dont
vous ne sachyez les particularités. Si vous avez besoin de quelque chose
que il puisse disposer de moy, vous me trouverez tousjours prest à vous
temoigner que je suis veritablement et de tout mon cœur, Monsieur, [de la
main] vostre bien humble serviteur. Le xe Novembre 1615, à Grenoble.

LESDIGUIÈRES.

LXVII

A MONSIEUR, MONSIEUR DE DISIMIEU GOUVERNEUR DE LA VILLE ET CHASTEAUX DE VIENNE POUR LE SERVICE DU ROY.

Monsieur, quoy que vous n'ayez besoin d'user d'aucune excuse envers
moy, je ne laisse d'aprouver celle que vous avez prinse pour ne venir pas en
cette ville; Mon desir est d'en fere cesser la cause, Et pour c'est effect j'y
travaillerey avant que ce gentilhomme parte d'aupres de moy, affin qu'à son
retour vous apreniez de sa bouche ce qui aura reussi de mon dessein. Quant
au sujet du voiage que vous allez fere à la Cour, je trouve qu'il est très à

---

[1] Il sera parlé de ces querelles entre gentilshommes. L. CCLXI.

propos, & que Monsieur de Montmorency[1] a fait en cela, un digne choix
de vostre personne; Je me sens bien fort honoré de la cognoissance que vous
et luy m'en avez voulu donner. J'ay envoyé en ce pais là, depuis peu
de jours, le s[r] de Montsizet[2] à mesme fins, pour ce qui touche ce gouvernement. J'avois desja escrit, à mondict sieur de Montmorency, ce que
j'estimois que nous devions fere pour nostre entreveue de Lyon[3]; Je luy
mande encore par cette occasion la mesme chose qui est, que nous devons
attendre que le temps se soit radoussi, et rendu plus beau, et que nous
ayons apris quelz seront les succez de cette conference de Loudun ou de
paix ou de guerre[4], par ce que alors nous pourrons prendre des plus saines
et fermes resolutions pour bien servir le Roy; L'asseurant que je ne man-
querey point de le fere avertir, par homme expres, du jour auquel il sera
apropos que nous nous rendions à Lyon. Voylà ce qu'il me semble que nous
devons fere et que je puis vous dire par cete cy, Me remettant du surplus à
ce que vous fera scavoir ce gentilhomme. Pour fin je vous supplierey me
continuer en vostre affection, et je prierey Dieu qui vous vueille bien
conduire en vostre voiage. Auquel je vous souhaitte tout bon heur comme
estant, Monsieur, [de la main] Vostre bien humble et plus affectionné serviteur. A Grenoble le xxvɪ feuvrier 1616.

LESDIGUIERES.

---

[1] Henri II, duc de Montmorency, à la mort de son père, Henri I, duc de Montmorency,
connétable de France, 2 avril 1614, s'était rendu en Languedoc, dont il avait le gouvernement
en survivance, accompagné de César de Disimieu, son oncle. [Voir lettres de Montmorency ᴄʟxxɪx-ᴄxᴄv.]

Le prince de Condé et le duc de Bouillon, déclarés rebelles, 10 septembre 1615, s'étaient
abouchés avec les religionnaires assemblés à Nîmes, au mois d'octobre, et avaient conclu
alliance avec eux, 27 novembre. Le maréchal de Lesdiguières, qui leur était fort suspect,
avait eu une conférence avec Montmorency, au Pont-Saint-Esprit, à la fin de décembre.

Certains sous-entendus de cette lettre peuvent s'expliquer par l'attitude, en Milanais, des
Espagnols qui, travaillant à la rupture du traité d'Ast, armaient en secret contre le duc de
Savoie; mais il était à craindre que Lesdiguières ne fît avancer ses troupes au secours du
Piémont.

[2] Claude Dauphin, sieur de Montsizet, près de Crémieu, capitaine au régiment de Lesdiguières, gouverneur de Crémieu, par lettres de provisions du 16 février 1622, décédé célibataire
en 1623.

[3] L. ᴄʟxxxɪɪɪ.

[4] La conférence de Loudun, 30 février 1616, aboutit à l'édit de pacification donné à Blois,
2 mai, favorable à Condé et aux protestants.

LXVIII

A MONSIEUR, MONSIEUR DE DISIMIEU...

Monsieur, Le sieur de Verdun[1] m'a rendu vostre lettre du 10e de ce moys, et m'a fait entendre le particullier point que. vous aviez remis à sa creance. Sur quoy vous entendrez ma responce de sa bouche à laquelle je l'ay remise. Je vous supplie donc d'y ajouster foy comme si vous l'apreniez de moy mesme qui vous conjure de me continuer en vostre souvenir et me croire tousjours comme je suis, [de la main] Vostre bien humble serviteur. A la Vulpillière[2] le xxviie Avril 1616.

LESDIGUIERES.

LXIX

A MONSIEUR MONSIEUR DE DIZIMIEU GOUVERNEUR POUR LE ROY DE LA VILLE DE VIENNE.

Monsieur, Je receus, yer au soir sur les huit heures, celle que m'aves escripte à vostre arrivée, Estimant que ce soit de Vienne encore que vostre lettre n'en face point de mention, où j'ay veu les nouvelles dont m'aves faict part; J'avois sceu une partie des discours que sa Majesté a tenu à la Royne sa mère à l'antreveue que l'on a faicte, depuis son depart pour Blois[3]; Je ne laisse de vous remercier bien humblement vostre souvenir de la faveur que vous me faites de m'en donner l'advis, sy jetois en lieu aussy favorable que vous estes, je m'en revencherés de bon cœur, Mays je supleray à ce

---

[1] Jean de Gilbert, sieur de Verdun, un des plus vaillants officiers de Lesdiguières, mari, 1583, de Françoise de Glane de Cugie, sa veuve en 1603.
Augustin de Gilbert, sieur de Verdun, leur fils, gentilhomme ordinaire de la chambre du roi, 1626, mari de Lucie-Marcel de Bauvezel ; il jouissait de la confiance de Lesdiguières, qui l'employa en diverses missions.
[2] La Verpillière, arrondissement de Vienne, Isère. Château appartenant à Lesdiguières, d'où plusieurs de ses lettres sont datées.
[3] A la suite de l'assassinat du maréchal d'Ancre, Marie de Médicis fut reléguée à Blois, 3 mai 1617.

deffault en quelque ocasion où vous me jugerés propre pour vostre service, comme etant d'affetion, Monsieur, [de la main] vostre bien humble et affectioné serviteur. A Grenoble le xi May 1617.

LESDIGUIERES.

LXX

A MONSIEUR MONSIEUR DE DIZIMIEU, GOUVERNEUR DE VIENNE POUR LE ROY, A VIENNE.

Monsieur, vous m'avés faict beaucoup de faveur de vous souvenir de moy par la letre que le cappitaine Lacombe [1] m'a rendue, l'asseurance qu'elle m'a donnée de la continuation de vostre amytié me rend beaucoup vostre obligé, & certes les excuses que vous me faites sont gentilles pour moy, car j'aurois regret qu'à ma consideration vous vous fussiez esloigné de Madame de Disimieu, mesmement au temps que vous me marqués, & que vous ussiés perdu l'ocasion de voir Monsieur de Montmorancy. Je seray tousjours bien satisfait de vostre bien veuillance & que vous me la continués avec l'affection [2] que je desire d'estre tousjours, Monsieur, [de la main] vostre bien humble et affectioné serviteur. A Grenoble le xiiie Novembre 1617.

LESDIGUIÈRES.

LXXI

A MONSIEUR MONSIEUR DE DISEMIEUX GOUVERNEUR POUR LE ROY DE LA VILLE DE VIENNE.

Monsieur, J'eusse bien desiré que vous eussiez veu Monsieur le Marquis de Portes [3] à Valence ou vous le pensiez voir, Mais que Monsieur de Mont-

[1] Le capitaine La Combe servait dans le régiment du sieur de Verdun, précité, 1598. Il pouvait appartenir à la famille du capitaine La Combe, commandant à la Roche-des-Arnauds, tué en 1576.

[2] Les bonnes relations entre Lesdiguières et Disimieu et leur réconciliation sont confirmées par cette lettre et par d'autres.

[3] Antoine-Hercules de Budos, marquis de Portes, vice-amiral de France, lieutenant général en Gévaudan, tué au siège de Privas, 1629; beau-frère du connétable de Montmorency et de César de Disimieu.

morancy attende le jour et le lieu de l'assignation, ainsi qu'on vous a dit, c'est une nouvelle qui n'est pas veritable, Car je resolus, avec le s^r Espinaud[1] qu'il m'avoit depesché, que je recevrois de luy ladicte assignation quand sa commodité seroit de me la donner. Nous n'avons point de nouvelles depuis que le Roy est à la Flesche[2]. Je vous demande la continuation de vostre bonne grace et demeure tousjours, Monsieur, [de la main] vostre bienhumble et affectioné serviteur. Le 13 Aoust 1620 à Grenoble.

LESDIGUIÈRES.

LXXII

A MONSIEUR MONSIEUR DE DISEMIEU GOUVERNEUR DE LA VILLE ET CHASTEAUX DE VIENNE POUR LE ROY.

Monsieur, Je vous rends mille graces de la part que vous m'avez fait des nouvelles que Monsr de Montreal[3] vous a laissées, je vous supplye de continuer à mesure que vous aprendrez quelque chose de nouveau. Nous attandons d'heure à autre les particularitez qui se sont passées à la prise du pont de Sé ou l'on tient que le Roy a fait un des beaux exploits qui se puisse dire[4]. Pour voz affaires dont Mon s^r de Pezieu[5] estoit chargé il vous dira ce qu'il y a peu avancer. Il ne tiendra jamais a moy que je ne me porte

---

[1] Jean d'Espinaud, père de Jean, Louis et Nicolas, anoblis par lettres de novembre 1620. Jean Espinaud, habitant à Tezan, diocèse de Béziers, gentilhomme ordinaire de la chambre du roi, marié, 26 avril 1630, à Isabeau de la Tude, teste 26 janvier 1633.

[2] Louis XIII, après avoir dissipé, en Normandie, les troupes commandées par le duc de Longueville, s'arrêta à la Flèche, 4-5 août 1620.

[3] Guillaume de Balazuc, d'une famille chevaleresque du Vivarais, dit M. de Sanilhac, puis M. de Montréal, après la mort de son père Jean, 1590 ; gentilhomme ordinaire de la chambre du roi, maréchal de camp, marié, 17 janvier 1580, à Françoise du Roure ; testent l'un et l'autre, 25 octobre 1625 ; il mourut à Montréal, à son retour de la campagne du Piémont, vers 1629 ; d'où : 1° Jean de Balazuc, sieur de Montréal, maréchal de camp, gouverneur de Villeneuve-de-Berg, marié, 1620, à Marguerite de Rhodes d'Auriac ; 2° Gaspard de Balazuc, sieur de Montréal, commandant pour le roi à Chomerac, marié, 15 octobre 1614, à Marguerite de la Mure.

[4] Louis XIII battit au Pont-de-Cé, 7 août 1620, les troupes levées en faveur de la Reine Mère, sous la conduite de d'Epernon et de Mayenne.

[5] De Longecombe, sieur de Peyzieu. L. cxi.

à toutes choses resonnables concernant vostre contantement, pour vous tesmoigner que je suis, Monsieur, [de la main] vostre bien humble et affectioné serviteur. Le 16 Aoust 1620 à Grenoble.

LESDIGUIÈRES.

LXXIII

A MONSIEUR MONSIEUR DE DISEMIEUX GOUVERNEUR DE LA VILLE DE VIENNE POUR LE ROY.

Monsieur, Je vous dois ce bien humble remerciement des tesmoignages de bonne volonté que vous m'avez rendus, par la faveur de vostre lettre. Je serois marry qu'à ma consideration vous eussiez la moindre incommodité du monde et tiens vos excuses superflues, ainsy que vous pourrez plus particulierement voir par ce que Mr de Chastelier[1] vous escrit, auquel me remettant pour ce regard, je n'allongeray cette lettre que des asseurances que je vous donne d'estre de tout mon cœur, Monsieur, [de la main] Vostre bien humble et affectioné serviteur, le 28 7bre 1623 à St Germain en Laye[2].

LESDIGUIERES.

LXXIV

Monsieur, Je crois d'avoir donné occasion de contentement aux consuls de Vienne par le decret que je leur ay accordé, puisque logeant la compaignie du s^r de Buel[3] dans la ville, avec ordre de payer les denrées suyvant

---

[1] Jean de Chastellier, sieur de Milieu, etc., en Dauphiné, intendant et contrôleur général des finances, etc., dit le général Chastellier, mort au camp devant la Mure, 9 novembre 1580 ; marié, 7 mars 1558, à Hippolyte de Scaravelli, dame de Cérisolles, dame d'honneur de Catherine de Médicis. Cette famille avait son tombeau aux Frères Prêcheurs de Valence.

Son troisième fils, Charles de Chastellier, sieur de Cérisolles et de Beaumont, né vers 1577, gentilhomme ordinaire du roi Henri IV, puis de Louis XIII, 1615, servit en Languedoc et sous Lesdiguières ; il testa 25 mars 1643 et mourut vers 1647.

[2] Le connétable de Lesdiguières fit à cette époque un long séjour à la cour qu'il quitta, juillet 1624, pour prendre le commandement de l'armée destinée à chasser les Espagnols de la Valteline et à s'emparer de Gênes, de concert avec le duc de Savoie.

[3] Claude de Bueil, sieur de Trescourt, chambellan de Gaston, duc d'Orléans, blessé à la bataille de Castelnaudary, 1632, mort 1644 ; frère de Jacqueline, comtesse de Moret, maîtresse

le taux que j'y ay faict, il n'y peut avoir aucune perte ny desordre. Je voudrois pouvoir faire davantage pour leur soulagement et pour la consideration de votre prière qui aura tousjours en mon endroit tout le pouvoir que peut promettre, Monsieur, [de la main] vostre bien humble et bien affectioné serviteur, A Grenoble ce 15 juin 1626[1].

LESDIGUIÈRES.

(Manque la feuille de suscription).

LXXV

A MONS[r] DE DIZIMIEU CAPPITAINE DE CINQUANTE HOMMES D'ARMES DE MES ORDONNANCES ET GOUVERNEUR DE MA VILLE DE VIENNE.

Monsr de Dizemieu, Cettecy est pour vous advertir du triste accident qui est ajourdhuy arrivé au Roy, Monseigneur et père, qui a esté blessé d'un coup de couteau duquel il est decedé[2]. L'on a prins le malheureux qu'a commis cet acte, pour apprendre qui l'a meu d'entreprendre cette meschanceté dont je vous feray scavoir dans deux jours plus amples nouvelles. Cependant donnez ordre de contenir toutes choses, en ce qui est de vostre charge, au debvoir et obeyssance qui m'est deu, sans y estre rien alteré ni entreprins et tenez la main que les Edictz de pacification soient tousjours gardez et observez, afin qu'il n'arrive aucun trouble ni division pour ce subject. Vous serez à toute heure advertis par le Gouverneur de la province de ce que vous aurez à fere pour mon service, à quoy vous vous

de Henri IV, dont le fils, Antoine de Bourbon, comte de Moret, disparut ou fut tué au même combat.

Honorat de Bœil, sieur de Racan, né en 1589, page du roi Henri IV, 1605, et gentilhomme ordinaire de sa chambre, commandait la compagnie d'Effiat, au siège de la Rochelle, 1628 ; un des quarante de l'Académie française.

[1] Peu après, Lesdiguières, arrivé à Valence pour réprimer une rébellion des protestants du Vivarais, mourait dans cette ville, 21 septembre 1626, âgé de quatre-vingt-trois ans.

[2] Le roi tomba sous le couteau de Ravaillac, le vendredi 14 mai, vers 4 heures du soir. La sècheresse de cette communication officielle, émanant de l'entourage de Marie de Médicis, dominée par Concini, est à considérer. On fit courir bien des bruits à propos de l'assassinat de Henri IV ; Tallemant des Réaux s'est fait l'écho de l'un des plus méchants en disant : « Il y en a qui ont soupçonné la Reine Mère d'avoir trempé à sa mort. »

conformerez. Sur ce je prie Dieu, Monsr de Dizemieu, vous avoir en sa saincte garde. Escrit à Paris ce XIIIe jour de May 1610.

LOUIS.

PHELYPEAUX.

LXXVI

[*Au dos*]. Sujet du dernier voyage que M^r (de Disimieu) a faict en Languedoc, en l'année 1613, au mois de mars de ladicte année [1].

Le Roy, assisté de la Royne regente sa mère, ayant cydevant fait representer à monseigneur le duc de Montmorency, pair et connestable de France, gouverneur et lieutenant general en Languedoc, les difficultez et impossibilitez qu'il y avoit de remettre et establir le s^r de Berticheres [2] dans Aiguesmortes, suyvant l'arrest qui a esté cydevant donné en sa faveur, sans veoir une grande rumeur parmy ses subjects, non seulement dans ladicte province de Languedoc, mais aussy en divers endroicts de ce royaume, dont il a tant de particuliers advis qu'il luy reste assez de subjet pour y apporter consideration et ne mectre au hazard le repos general de son estat, pour le contentement d'un seul particulier. Luy ayant aussy esté proposé que sa majesté estoit conseillée, pour eviter touttes les difficultez et traverses qui se peuvent rencontrer aux autres expediens qui se sont mis en avant pour l'accomodement de ces afferes, d'y restablir le s^r d'Arambures [3] que le feu

---

[1] Disimieu, envoyé par Louis XIII en Languedoc auprès du connétable de Montmorency, son beau-frère, est chargé d'aplanir certaines difficultés relatives à la nomination du gouverneur d'Aigues-Mortes. Le roi fait une vive allusion aux inquiétudes soulevées par les projets ambitieux du duc de Savoie, par la succession du duché de Mantoue et aussi par le mécontentement des grands du royaume, qui s'apprêtent à s'unir au prince de Condé et à exciter une nouvelle guerre civile.

[2] Abdias de Chaumont, seigneur de Bertichères, troisième fils d'Antoine de Chaumont, seigneur de Quitry, gouverneur d'Aigues-Mortes ; il avait épousé Madeleine, fille d'Antoine du Pleix, baron de Lecques, gouverneur de la même place.

[3] Jean d'Harambure, baron de Picassary, etc., fort aimé de Henri IV, avec lequel il avait été élevé ; gentilhomme ordinaire de la chambre du roi ; commandant sa compagnie de chevaulégers ; gouverneur de Vendôme et d'Aigues-Mortes ; servait encore, sous Louis XIII, en 1624. Il avait perdu un œil à l'assaut d'une bicoque et jouissait d'une grande réputation de bravoure. — « Harambure, pendés vous de ne point vous estre trouvé près de moy en un combat que nous avons eu contre les ennemys, où nous avons faict rage (Fontaine-Fran-

roy avoit choisy pour cette charge, et qui y estoit demandé et désiré de tous.
Sadicte Majesté ayant voulu avoir sur ce l'advis de mondict s^r le connestable, au paravant que d'y prendre aucune resolution, et ayant esté advertye
que mondict s^r le connestable estoit entierement ferme à ne consentir, en
sorte quelconque, le restablissement dudict s^r Darambures, a de rechef faict
mectre cest affere en deliberation, en la presence des princes et principaux
seigneurs qui se sont trouvez près d'elle.

Où après avoir encores fait representer les inconveniens que l'on pro-
posoit, tant sur l'establissement dudict s^r de Berticheres que de telz autres
que l'on pouvoit cheoisir pour estre pourveuz du gouvernement de ladicte
place, et que l'on a consideré la ferme resolution que mondict s^r le connestable a de ne souffrir le restablissement dudict s^r d'Arambures, il a esté
advisé que le plus expedient seroit, pour s'accommoder à l'intention de
mondict s^r le connestable, de prolonger encores pour quelque temps le depost
de ladicte place entre les mains du s^r de Chastillon [1], afin que les choses
demeurant en l'estat qu'elles sont, il ne s'alterast rien au prejudice du
service de sa majesté et repos de ses subjectz qu'elle desire maintenir et
conserver de tout son pouvoir. Estant certain que la moindre rumeur et
esmotion qui pourroit arriver seroit, sans comparaison, plus importante à
la conservation de son auctorité que le manquement de faire executer
l'arrest qui a esté donné en faveur dudict s^r de Berticheres. Cependant l'on
croit que temps produira des moyens plus convenables pour accommoder
cet affaire, au contentement des ungs et des autres.

Et par ce que sa majesté a desiré que mondict sieur le connestable soit
plustost informé de cette resolution qu'elle ne soit sceue ny divulguée
de deça ny declarée à ceux qui font poursuitte et solicitation sur cet affaire,

---

çaise)... A Dieu, Borgne. xiiie juin (1595) à Dijon. Henry. — Borgne, si les ennemys n'ont
point passé (l'armée du duc de Parme), vous m'aurés demain matin... j'espère que nous nous
battrons bien tost... de l'Hermitage, ce xxixe aoust (1590). Henry. Le chancelier des Quinze-
vingts vous baise les mains ; gare l'œil, car vous seriez aveugle. » Berger de Xivrey. Let.
Miss. de Henry IV.

[1] Gaspard de Coligny, seigneur de Châtillon-sur-Loing, né en 1584 ; gouverneur d'Aigues-
Mortes, 10 mars 1616, amiral de Guyenne, gouverneur de Montpellier ; mari d'Anne de
Polignac, 11 août 1615 ; mourut le 4 janvier 1646. En 1616, il prit parti, avec les religionnaires
et le prince de Condé, et fut nommé, par l'assemblée de Nîmes, général des églises, en Bas-
Languedoc ; en 1622, il fit sa soumission et rendit Aigues-Mortes au roi qui le nomma maréchal
de France.

elle a commandé au sʳ de Dizemieu de l'aller trouver en diligence, pour la luy faire entendre & le disposer de l'approuver et confirmer, comme le moyen qui a seul esté trouvé et jugé propre pour contenir touttes choses en mesme estat et sans aulcune alteration, puisqu'il n'a voulu approuver celuy du restablissement dudict sʳ d'Arambures qui pouvoit produire le mesme effet et plus advantageusement, pour le service de sa majesté et pour le bien, contentement & manutention de l'auctorité de mondict sʳ le connestable, s'il eust esté bien consideré. L'intention de sadicte majesté estant tousjours de finir ce depost, lorsque l'on luy proposera ung expedient qui soit tel qu'il puisse estre suyvy, sans rumeur ny alteration.

L'on ne represente point icy les inconveniens et difficultez qui se peuvent rencontrer, tant au restablissement du sʳ de Berticheres que de tel autre qui pourroit estre choisy pour cette charge, et ce qui est à considerer sur ce subjet, parce que le tout a esté desja amplement desduit par ung memoire cydevant envoyé au sʳ president Faure, pour estre representé à mondict sieur le connestable. L'on y adjouste seulement que plus l'on va en avant et plus l'on recongnoist l'importance desdictes considerations, mesmes si l'on veult avoir esgard aux mouvemens qui se passent, tant dedans le royaulme que à present dehors iceluy, et parmy les plus proches alliez de cette couronne, qui obligent sa majesté de surceoir ses propres affaires, pour y pourveoir.

Ledict sʳ de Dizemïeu se ressouviendra que l'on differera autant que l'on pourra à faire paroistre cette resolution, afin que si mondict sieur le connestable changeoit d'advis, & qu'il aymast mieux le restablissement dudict sʳ d'Arambures, l'on en peust estre adverty, assez à temps pour y prendre resolution à son contentement. Faict à Fon^bleau le xxijᵉ jour de may 1613.

LOUIS.
PHELYPEAUX.

LXXVII

A MONSᵃ DE DIZIMIEU conseiller au conseil d'estat du roy monsieur mon fils cappitaine de cinquante hommes d'armes de ses ordonnances et gouverneur de sa ville de vienne.

Monsʳ de Dizemieu, sur ce que mon cousin le duc de Montmorency m'a faict entendre la prière que mon cousin le connestable vous a faicte de venir avec luy, en ceste court, pour l'assister de voz bons et prudens conseils et advis, aux occurrences qui en peuvent survenir[1]. M'ayant en consequence de ce prié de vouloir agreer ce desir de mondict cousin le connestable, Je vous escriz celle cy sur ce subject et vous diray que j'auray tousjours à plaisir que vous veniez en ceste court, non seulement pour ce subject mais aussy pour y servir le Roy, Monsieur mon filz, et moy aux occasions qui s'en offriront ; donc après avoir pourveu à la garde et seureté de la place que vous avez en charge, J'auray à plaisir que vous vous acheminiez de deçà où vous serez tousjours le très bien venu, et n'estant celle cy pour autre effect, Je prie Dieu, Monsr de Dizimieu, quil vous aye en sa saincte garde. Escrit à Paris le xxxe jour de Janvier 1614.

MARIE.
PHELYPEAUX.

LXXVIII

A MONS^r DE DIZIMIEU CONSEILLER AU CONSEIL D'ESTAT DU ROY MONSIEUR MON FILZ CAPITAINE DE CINQUANTE HOMMES D'ARMES DE SES ORDONNANCES ET GOUVERNEUR DE LA VILLE DE VIENNE.

Monsr de Disimieu, j'ay receu la lettre que vous m'avez escripte du xxiiiie du mois passé, et vous diray que j'ay bien agreable que, sur ces mouvements et occurences, vous demeuriez par de là, et que vous n'en partiez point que vous n'ayez aultres nouvelles de moy, scachant bien que vostre presence n'y peut estre que très utille pour le bien du service du Roy, monsieur mon filz. Cependant je vous prie de donner ordre à contenir en debvoir et en la fidellité et obeissance deus au roy, mondict sieur et filz, tous ceux qui sont soubz vostre charge, et si les afferes viennent à passer plus avant, je pourvoiray à vous donner plus de moyen que vous n'avez pour conserver vostre place, de laquelle je me prometz que vous aurez tel soing qu'il n'en arrivera aucun inconvenient, au prejudice du service du Roy, vous scaurez au reste

---

[1] Le connétable de Montmorency, à la clôture des états de Languedoc, avait résolu de se rendre à la cour ; mais il fut retenu par la maladie à Pézenas où il mourut, le 2 avril 1614, à l'âge de quatre-vingts ans.

César de Disimieu jouissait alors de la confiance et de la faveur de la reine mère, régente du royaume, qui venait de le nommer conseiller d'Etat et avait érigé en comté sa terre de Disimieu, par lettres de juin 1613.

que mon neveu le prince de Condé[1] et les autres princes qui sont avecq luy se doibvent rendre, au premier jour, en la ville de Soissons où nous envoyons aussy mon cousin, le duc de Vantadour[2], et les srs de Thou[3], president Jeannin[4] et de Boissize[5], pour conferer avecq lesdicts princes, sur touttes les afferes et entendre ce qui est de leurs diverses pretentions. Sur quoy je prendray, puis après, la resolution que j'estimeray à propos et convenable pour la conservation de l'auctorité et service du Roy, mondict sieur et filz, dont je feray advertir ses serviteurs, entre lesquels vous ne serez pas oublyé, comme estant de ceux que je tiens des plus affidez et affectionnez à sondict service, C'est ce que je vous diray pour ceste fois, Priant Dieu, Monsr de Dizimieu, vous avoir en sa saincte garde, escript à Paris ce iiiie d'avril 1614.

MARIE.
PHELIPEAUX.

LXXIX

A MONSr DE DIZIMIEU conseiller au conseil d'estat du roy
monsieur mon fils, capitaine de cinquante hommes d'armes de ses ordonnances et gouverneur de la ville de vienne.

Monsr de Dizimieu, Vous apprendrez, par le retour de ce porteur, l'ordre que j'ay donné pour vous faire deliverer quelques poudres à canon de Lyon, pour mettre dans la place que vous avez en garde, comme aussy l'ordon-

---

[1] Le prince de Condé, les ducs de Vendôme, de Nevers, de Longueville, de Mayenne, etc., soutenus par le duc Bouillon, s'étaient unis et avaient pris les armes, sous prétexte du bien public. Les négociations entamées à Soissons, 14 avril 1614, les concessions de la cour et ses largesses pécuniaires confirmées par le traité de Sainte-Menehould, le 15 mai suivant, ramenèrent les mécontents à l'obéissance.

[2] Anne de Levis, duc de Ventadour, etc., lieutenant général pour le roi, en Languedoc, mort 1622, avait épousé, 26 juin 1593, Marguerite, fille du connétable de Montmorency et de sa première femme, Antoinette de la Marck.

[3] Jacques-Auguste de Thou, baron de Meslai, président à mortier au parlement de Paris, savant historien, fut employé dans de nombreuses affaires, par Henri IV et Marie de Médicis ; il mourut à Paris, le 7 mai 1617, à l'âge de soixante-trois ans.

[4] Pierre Jeannin, conseiller du roi en ses conseils d'État et privé, premier président au parlement de Bourgogne, surintendant et contrôleur général des finances, dit le président Jeannin. Fort attaché à Henri IV qui l'estimait et l'aimait, puis à Marie de Médicis, il fut chargé d'importantes missions et mourut le 31 octobre 1622.

[5] Jean-Robert de Thumery, seigneur de Boissize, conseiller au parlement de Paris, 1605, conseiller d'État, mort 1633, marié à Marguerite Texier, 22 juillet 1612.

nance que j'ay fait expedier, pour l'entretien de quelques soldats extraordinaires pendant un mouvement. Si les choses passent plus avant, j'adviseray
à ce qu'il conviendra y faire de plus, pour la seureté et conservation de
ladicte place. Mais nous sommes maintenant en quelque esperance de veoir
ces affaires s'accommoder, car les depputez que nous avions envoyez, à
cette conference de Soissons, m'ayant fait entendre que la longueur que
l'on apportoit à y prendre quelque resolution estoit fondée sur quelques
demandes particulieres, l'octroy desquelles sembloit importer au service
du Roy, Monsieur mon fils. J'ay voulu, auparavant que de rien resouldre,
les faire proposer en son conseil, où j'ay fait retrouver, avec les princes
et officiers de la Couronne, plusieurs personnages qualifiez, en mesme
temps quelques ungs des cours souveraines, pour y prendre un bon advis
qui a esté en fin de donner sur cela contentement à mon nepveu le prince
de Condé, plustost que de se mettre au hazard des malheurs et desolations
qui procedent ordinairement d'une guerre civile. Tellement que sy mondict
nepveu et ceux qui l'assistent ont l'inclination aussy portée à ce qui est
du bien et repos de cet estat, comme je leur faics congnoistre que je l'ay
de ma part, nous avons quelque occasion d'esperer une bonne issue de
cette conference dont l'on ne peult tarder que l'on ne voye, dans peu de
jours, une finalle resolution, laquelle je vous feray aussy tost scavoir.
Cependant je vous prie de veiller tousjours à ce qui se passera par delà,
et continuer d'aporter pour le service du Roy, mondict sieur et filz, en ce
qui deppendra de vostre charge, le soing et affection que vous debvez,
ainsy que vous avez accoustumé de faire. Vous verrez bien tost mon
cousin le duc de Montmorancy, à son passage allant en Languedoc. J'ay
toutte occasion d'esperer tout advantage et prosperité aux affaires et service du Roy, Monsieur mon filz, soubz son auctorité et conduitte, vu la
sincerité du zèle et affection qu'il y tesmoigne, auquel je scay qu'il y sera
tousjours confirmé par le bon conseil que vous luy en donnerez, comme
je vous en prie, et de vous asseurer tousjours de la bienveillance du Roy,
mondict sieur et filz, et de la mienne. Priant Dieu, Monsr de Dizimieu,
qu'il vous ayt en sa saincte garde[1]. Escrit à Paris, le viie jour de may 1614.

MARIE.

PHELIPEAUX.

[1] Cette lettre confirme la précédente.

LXXX

A MONS. DE DIZIMIEU...

Monsr de Dizimieu, Mon cousin le duc de Montmorency[1] m'ayant prié d'avoir agreable que vous l'accompagnassiez pour quelque temps au voyage qu'il va faire en Languedoc, et recongnoissant combien vostre conseil et assistance pourront estre utiles au près de luy, à ce commenceman de l'exercice et function quil fera de sa charge. Je vous fais celle cy pour vous dire que, si vous recongnoissez que vostre absence ne puisse apporter prejudice à la seureté et conservation de vostre place, Je trouveray bon que vous accompagniez mondict cousin et demeuriez quelque temps au près de luy & l'assistiez de vos bons et prudens advis, aux occasions qui s'en pourront presenter, vous asseurant que les services que vous rendrez près de luy au Roy, Monsieur mon filz, me seront tousjours très agreables. Priant Dieu, Monsr de Dizimieu, quil vous aye en sa saincte garde. Escrit à Paris le vIII^e jour de may 1614.

MARIE.

PHELYPEAUX.

[Sur la dernière lettre de ce dossier, réuni par un lacet de parchemin et une vieille épingle, et semblant conservé dans son état primitif, on lit d'une écriture du temps : « 23 Lettres du Roy et de la Raine ».]

[1] Se reposant sur la fidélité et l'expérience de César de Disimieu et sur l'autorité que lui donnait sa qualité d'oncle, la régente lui remet en garde le jeune duc de Montmorency, alors âgé de dix-neuf ans, qui se préparait à aller exercer, en Languedoc, la lourde charge de gouverneur.

Henri II de Montmorency, fils de Henri I, duc de Montmorency, connétable de France, et de Louise de Budos, sa seconde femme, né à Chantilly le 30 avril 1595, filleul de Henri IV; duc de Montmorency et de Damville, pair et maréchal de France, 1630; amiral de France, 1612; gouverneur du Languedoc, 1614; chevalier du Saint-Esprit, 1619; vaillant et habile homme de guerre, dit la *Gloire des braves*. Entraîné par le duc d'Orléans dans sa révolte, il perdit la bataille de Castelnaudary, où il fut blessé et fait prisonnier, 1er septembre 1632. Condamné comme criminel de lèse-majesté par le parlement de Toulouse, il fut décapité dans la maison de ville, le 30 octobre suivant. Ses biens confisqués furent laissés, à défaut d'enfant issu de son mariage avec Anne-Félicie des Ursins, à ses héritiers naturels : Charlotte, femme de Charles de Valois, duc d'Angoulême ; Marguerite, femme de Anne de Levis, duc de Ventadour, ses sœurs consanguines, et à Charlotte, sa sœur germaine, femme de Henri II, prince de Condé, en faveur duquel la seigneurie de Montmorency fut érigée en duché-pairie, 9 mars 1633. Un arrêt de septembre 1689 porta érection du duché-pairie d'Enghien, par commutation de nom

LXXXI

A ·MONS^a LE COMMANDEUR DE DIZIMIEU, COMMANDANT POUR
LE SERVICE DU ROY MONSIEUR MON FILZ EN L'ABSENCE DU S^r DE
DIMIZIEU SON FRÈRE EN LA VILLE DE VIENNE.

Monsr le commandeur de Dizimieu [1], ayant apris le voyage que le s^r de
Dizimieu vostre frere a faict, avecq mon cousin le duc de Montmorancy, en
son gouvernement, selon que je luy avois escrit, et scachant combien il peu
estre encores utille pour le service du Roy, monsieur mon filz, près mondict
cousin, Je desire quil y face encores quelque sejour. Ce que je luy mande
presentement, vous ayant bien voulu fere celle cy pour vous prier cependant
de continuer à prendre soing de la seureté et conservation de la ville de
Vienne, selon le debvoir de la charge que vous y avez en son absence, en
sorte quil ne si passe rien au prejudice du Roy, mondict sieur et filz, vous
asseurant que, comme j'ay tout contentemen de ce que vous vous en estes
bien acquicté jusques icy, vous augmenterez par ce mesme debvoir ma
bienveillance en vostre endroit, priant Dieu, Monsr le chevalier de Dizimieu,
vous avoir en sa saincte garde. Escrit à Paris, le xixe de juing 1614.

MARIE.

PHELYPEAUX.

LXXXII

MONSIEUR DE DIZIMIEUX CONSEILLER EN MON CONSEIL D'ESTAT
CAPPITAINE DE CINQUANTE HOMMES D'ARMES DE MES ORDONNANCES ET
GOUVERNEUR DE MA VILLE DE VIENNE.

Monsr de Dizemieu, Dieu n'ayant faict la grâce de me fere parvenir à
laage de ma majorité et ayant, selon les loix de cèt estat, pris des mains de

du duché de Montmorency, en celui d'Enghien, pour le prince de Condé, le nom du duché de
Beaufort ayant été changé en celui de Montmorency, septembre 1689, en faveur de Charles
de Montmorency-Luxembourg.

Par décret impérial du 14 mai 1864, Victor-Raoul-Adalbert de Talleyrand-Périgord fut
pourvu du titre transmissible de duc de Montmorency, éteint en la personne d'Anne-Louis-
Victor, duc de Montmorency, son oncle, décédé sans postérité le 18 août 1862.

[1] Antoine de Disimieu, né 1569, frère cadet de César, chevalier de Malte, commandeur de
Villefranche-sur-Cher.

la royne, Madame ma Mère, le gouvernement et conduicte de mon royaume[1],
Je vous ay bien voulu fere ce mot pour vous en advertir et vous dire aussy
que, madicte dame Mère m'ayant faict savoir le soing et affection que vous
avez aportés, par cy devant et pendant ma minorité, au bien de mes afferes
et service, il m'en demeure tout contentement et vous en scay fort bon gré,
vous priant de continuer en ce bon debvoir en mon endroit, avecq l'affection
et fidellité que vous avez fait jusques icy, et vous asseure que j'auray de ma
part bonne souvenance de reconnoistre voz services, et ne perdray aucune
occasion de vous fere paroistre des effectz de ma bienveillance en vostre
endroit. Priant Dieu, Monsr de Dizemieu, vous avoir en sa saincte garde.

Escrit à Paris ce iiiie d'octobre 1614.

LOUIS.
PHELYPEAUX.

LXXXIII

A MONS^r DE DIZIMIEU...

Monsr de Dizemieu, ayant suivant les loix de cet estat remis entre les
mains du Roy, Monsieur mon filz, la charge administration et gouvernement
des affers de mon royaume, comme estant parvenu à laage de sa Majorité,
Je vous ay bien voulu escrire celle cy pour le vous fere scavoir afin que, aux
occurences qui s'offriront pour son service, vous vous adressiez desormais
à luy et luy donniez advis de ce que vous jugerez le meriter, luy ayant de
ma part bien particulierement representé le zele et affection que vous portez
à sondict service et les tesmoignages que vous en avez jusques icy renduz,
dont vous debvrez estre asseuré qu'il conservera la memoire pour vous en
reconnoistre, en touttes les occasions qui s'en presenteront, auxquelles vous
pouvez aussi croire que je intercederay tousiours bien volontiers envers luy
pour ce qui sera de vostre bien et contentement. Cependant je vous prie de
continuer à l'advenir le soing que vous avez jusques icy aporté pour son
service et le bien de ses affaires, avecq ceste mesme affection que vous y
avez tousjours faict paroistre, Et sur ce je prie Dieu, Monsr de Dizemieu,
vous avoir en sa saincte garde, escrit à Paris ce iiiie d'octobre 1614.

MARIE.
PHELYPEAUX.

[1] Louis XIII, dans sa quatorzième année, est déclaré majeur en parlement, le 2 octobre.

LXXXIV

MONSIEUR DE DIZIMIEU...

Monsr de Dizemieu, la particuliere affection que je scay que vous avez tousjours monstrée au bien de mon service, et ce que vous m'en avez encores tout recentement fait representer, me fait y prendre toutte confiance et que vous continuerez en ceste bonne intention et devotion, en mon endroit, comme je vous en prie, et croire que vous me trouverez aussy tousjours disposé à vous departir toutte faveur et assistance, et avoir soing de vous en toutes occasions qui s'en offriront, ainsy que ce porteur vous pourra encores plus particulierement rapporter et asseurer de ma part qui, sur ce, prie Dieu, Monsr de Dizemieu, vous avoir en sa saincte garde. Escrit à Paris, ce xxiiie d'octobre 1614.

                                                      LOUIS.
                                                      PHELYPEAUX.

LXXXV

A MONS^r LE CHEVALIER DE DIZIMIEU, COMMANDANT POUR MON SERVICE EN LA VILLE DE VIENNE EN L'ABSENCE DU S^r DE DIZIMIEU GOUVERNEUR DICELLE.

Monsr le chevalier de Dizimieu, la Royne, madame ma Mere, m'ayant faict un bon rapport de l'affection et fidelité que vous avez tousjours portée à l'endroict du feu Roy, Monseigneur et père, et de moy et des preuves et bons effects que vous en avez faict paroistre en toutes occasions, Je vous ay bien voullu tesmoigner par celle cy le bon gré que je vous en scay et la confiance que je prens aussy en vous mesme, sur ce qui m'a encores esté depuis peu represente de vostre part, de vostre zelle et devotion envers moy, En quoy je vous prie continuer et vous asseurer, en ce faisant, que je scauray tousjours faire estime et considerasion de vos services quilz meritent, et pourrez attendre de moy tout support et assistance en ce qui se presentera, et vous employerez pour mon service, Ainsy que vous dira encores plus particulierement de ma part ce gentilhomme present porteur, auquel je m'en remettray pour prier Dieu qu'il vous ayt, Monsr le chevalier, en sa saincte garde, escript à Paris le xxiiie d'octobre 1614.

LOUIS.
PHELYPEAUX.

LXXXVI

A MONS^r DE DIZEMIEU CONSEILLER EN MON CONSEIL D'ESTAT CAPPI-
TAINE DE CINQUANTE HOMMES D'ARMES DE MES ORDONNANCES ET GOU-
VERNEUR DE MA VILLE DE VIENNE.

Monsr de Dizimieu, Encore que je scache combien vostre presence est utille pour le bien de mon service en la charge que vous avez par delà, et pour y contenir touttes choses en debvoir, Neantmoins mon cousin le duc de Montmorancy m'ayant faict congnoistre le desir quil a de vous veoir près de luy, en ma province de Languedoc [1] où il est tousjours, et considerant que vostre sejour et residence y peu tousjours servir sur les afferes et occurances qui sy presentent ordinairement, Je vous fais celle cy pour vous dire que j'auray bien agreable que vous alliez trouver mondict cousin en ladicte province de Languedoc, pour demeurer près de luy et l'accompagner et assister par delà aux occasions qui sy offriront, Vous recommandant d'y porter les vos bons conseilz que vous verez estre requis par l'advantage de mes afferes et service, selon vostre soing et affection acoustumés, donnant aussy ordre avant que partir à ce qui sera necessaire pour la seureté et conservation de la place que vous aurez en charge, pendant vostre absence, Mesme à ce que le s^r chevalier de Dizimieu, vostre frere, ne s'en esloigne point et y prenne garde de sa part, selon quil doibt, afin qu'il n'en puisse arriver aucun inconvenient et n'estant la presente, à autre effet, Je prie Dieu, Monsr de Dizimieu, vous avoir en sa saincte garde, Escrit à Paris ce xviie de novembre 1614.

LOUIS.
PHELYPEAUX.

[1] Le jeune gouverneur du Languedoc pouvait réclamer l'assistance de Disimieu à l'occasion de la tenue des états de la province qui allaient s'ouvrir, à Pézenas, le 24 novembre.

LXXXVII

A MONS^r DE DIZIMIEU...

Monsr de Dizimieu, J'ay esté bien aise de veoir par la lettre que m'avez escripte du xiiᵉ du passé, comme vous vous acheminiez pour aller trouver mon cousin le duc de Montmorency, selon que je le vous avons mandé, m'asseurant que vous serez tousjours bien utille pour mon service près de luy, pour l'assister et luy departir voz bons conseilz et advis, aux occasions qui pourront survenir par delà, ainsy que vous l'avez fait par cy devant, vous recommandant de vous y employer avecq vostre affection accoustumée, et croire que j'auray tousjours les services que vous me rendrez, pendant que vous serez par de là, en bonne estime et consideration et vous en scauray fort bon gré. Et n'estant ceste cy sur autre subjet, je prieray Dieu, Monsr de Dizimieu, vous avoir en sa saincte garde. Escript à Paris ce xviᵉ de Janvier 1615.

LOUIS.

PHELYPEAUX.

LXXXVIII

A MONS^r DE DIZIMIEU...

Monsr de Dizimieu, ayant permis à mon cousin le duc de Montmorency[1] de revenir près de moy, et sur ce que j'ay entendu que vous desiriez aussy venir par deçà et l'accompaguer, je vous ay voulu fere celle cy pour vous dire que vous pourrez vous acheminer avec mondict cousin, et que j'auray bien agreable de vous veoir, pour vous y fere connoistre le particulier contentement que j'ay de voz bons et fidelles services et ce qui est de ma bienveillance en vostre endroit, dont vous prendrez cependant toutte asseurance, et d'en recevoir des effectz aux occasions qui s'offriront. Sur ce je prie Dieu, Monsr de Dizimieu, vous avoir en sa saincte garde. Escrit à Paris, ce xvᵉ de febvrier 1615.

LOUIS.

PHELYPEAUX.

---

[1] Montmorency, après avoir visité les places de la province, où les esprits étaient toujours en fermentation, et tenu les états à Pézenas, novembre 1614-janvier 1615, fit un court voyage à la cour, d'où il ramena la duchesse, son épouse, à Pézenas, en juin 1615.

LXXXIX

A MONS^r LE COMMANDEUR DE DIZIMIEU, COMMANDANT POUR MON SERVICE EN MA VILLE DE VIENNE, EN L'ABSENCE DU S^r DE DIZIMIEU SON FRÈRE.

[*au dos*]. Lettre du Roy à Monsieur le commandeur de Dizimieu, du 3o juillet 1615, receue à Vienne dans un despeche et avec une lettre de Monsieur de Lesdiguieres, le 14 aoust suyvant.

Monsieur le commandeur de Dizimieu, estant prest de partir pour fere mon voyage de Guyenne[1], et ayant à pourveoir à ce que, pendant mon esloignement, il n'arrive aucun mouvement qui puisse troubler et alterer le repos de mes bons subjectz, Mesme sur l'occasion du reffux que mon cousin le prince de Condé, assisté de mes cousins les ducz de Longueville, de Mayenne, comte de St Pol et mareschal de Bouillon, m'a faict de m'accompagner audict voyage. Ce qui ne peu que me mettre en desfiance de leurs intentions, J'ay advisé qu'il estoit bien à propos de fere prandre soigneusement garde à la seureté et conservation de touttes mes villes et places, et que lesdicts princes, seigneurs ny autres s'advouant d'eux n'y entrent, sans lettre ou passeport de moy, en sorte que les habitans et ceux qui ont charge de ma part y demeurent tousjours les plus fortz et qu'il ne s'y face aucunes pratiques et menées, pour y susciter du trouble et mouvement n'y fere autre entreprise prejudiciable à mon arreté et service et au repos et tranquilleté publique, desirant pour cet effet que chacune desdictes villes face fere desormais garde aux portes dicelles avecq tel ordre et moderation ; Neanmoins qu'elles ne prennent umbrage ny allarme les unes des autres et que les habitans continuent à vivre ensemblement, avecq toutte amitié et concorde, soubz l'observation de mes edictz, c'est ce qui me faict vous escrire ceste cy, afin que vous donniez ordre que ceste mienne intention soit suivie en la ville ou vous commandez, et aportiez au sur plus ce qui sera de vostre soing et vigillence pour la seureté et conser-

---

[1] Louis XIII, parti de Paris le 17 août 1615, arriva à Bordeaux le 7 octobre et y épousa le 25 Anne d'Autriche, fille de Philippe III, roi d'Espagne, dont le fils Philippe, prince des Asturies, reçut la main d'Elisabeth de France, sœur du roi. — Le prince de Condé, à la tête des mécontents opposés au mariage du roi, œuvre de la politique de Marie de Médicis, prit les armes pour arrêter ce voyage, mais sans succès.

vation dicelle, et pour maintenir lesdicts habitans en l'entière obeissance et
fidellité quilz me doibvent, suivant la charge que vous y avez et qu'il est de
vostre debvoir. Aquoy m'asseurant que vous ne mancquerez de sattisfere, Je
prieray Dieu, mons^r le commandeur de Dizimieu, vous avoir en sa saincte
garde, escript à Paris ce xxxe de juillet 1613.

LOUIS.
PHELYPEAUX.

XC

A MONSIEUR DE DIZIMIEU CONSEILLER EN MON CONSEIL D'ESTAT, CAPPITAINE DE CINQUANTE HOMMES D'ARMES DE MES ORDONNANCES ET GOUVERNEUR DE MA VILLE DE VIENNE.

Monsr de Dizimieu, Je scay le soing que vous prenez tousjours, auprès de
mon cousin le duc de Montmorancy, à ce que vous jugez estre du bien de
mon service. Je vous ay voulu faire ce mot pour vous tesmoigner le bon gré
que je vous en scay et vous prier de continuer. Je ne vous escriray point icy
ce qui se passe par deçà, m'asseurant bien que mondict cousin vous en fera
part, et m'en remettray sur les despeches que je luy en fait presentement.
N'ayant autre subjet de vous fere celle cy plus longue que pour prier Dieu,
Monsr de Dizimieu, vous avoir en sa saincte garde, escrit à Tours[1] le xxixe de
janvier 1616.

LOUIS.
PHELYPEAUX.

XCI

A MONSIEUR DE DISIMIEU...

Monsieur, J'ay receu la lettre qu'il vous a pleu m'escrire. J'ay parlé de
vostre retour en Dauphiné ; l'on remest celà après que les estats de Languedoc auront esté tenus, où cependant l'on croit bien que vostre presence
auprès de monsieur de Montmorency ne sera pas inutille. Vous aprendrez,
par les lettres qui luy sont escrites et par la bouche de ce porteur, tout ce
qu'il y a de nouveau de deçà. L'on se prepare à vouloir contraindre mons^r de

---

[1] La cour, au retour du voyage de Bordeaux, s'était établie à Tours, au mois de janvier,
d'où le roi surveillait les négociations avec les princes. L'édit de pacification de Blois, 2 mai
1616, rétablit la tranquillité.

Nevers[1] par la force à se remectre en son debvoir, dont il semble qu'il s'esgare. S'il se passe quelque chose, j'auray soing d'en tenir monsieur de Montmorency adverty, et vous aussy. Je ne vous escris rien pour les affaires que vous avez avec mes[rs] des finances, car c'est chose où je n'ay guères de credit ; je y porteray tousjours volontiers mes recommandations, et c'est tout ce que je puis. Je vous baise très humblement les mains et demeure, Monsieur, votre très humble et affectionné serviteur. A Paris, ce xviie janvier 1617.   P. PHELIPEAUX.

XCII

A MONS[r] DE DIZIMIEU...

Monsr de Dizimieu, Je ne doubte point que vous ne vous trouviez empesché sur le retardement qu'il y a au payement des deux compagnies qui sont en garnison à Vienne, dont les assignations, pour ce qui est deu l'année dernière, ne se sont pas trouvées si promptes qu'il estoit à desiré ; j'ay commandé à ceux de mes finances d'en prendre soing et d'adviser à faire donner contentement auxdictes deux compagnies, et aussy de faire veoir à quoy il tient que leurs garnisons ordinaires qui sont dans les chateaux ne sont payées. Je vous prie de continuer à employer la vigilance et l'affection que vous avez tousjours faicte par le passé, et ayder à contenir ceux qui trop legerement se laissent porter aux mauvais desseins, discours et persuasions de ceux qui desirent le trouble et le desordre[2], et de croire que je mettray tousjours vos bons et recommandables services en la consideration qu'ilz meritent, pour m'en souvenir aux occasions qui se presenteront pour votre bien et contentement. Sur ce je prie Dieu, Monsr de Dizimieu, vous avoir en sa saincte garte. Escrit à Paris, ce xxve d'avril 1617.   LOUIS.

PHELYPEAUX.

[1] Charles II de Gonzague, duc de Nèvers, Mayenne, Bouillon, Vendôme, etc., ayant pris les armes contre la cour, furent sommés de licencier leurs soldats le 17 janvier 1617, déclarés criminels de lèse-majesté le 13 février et attaqués en mars par les troupes royales. Nevers fut chassé des places sur l'Aisne et vit le Nivernais occupé. La mort du maréchal d'Ancre, 24 avril, réconcilia tous les partis.

[2] Le maréchal d'Ancre venait d'être tué au Louvre, 24 avril.

XCIII

A MONS^r DE DIZIMIEU...

Monsr de Dizimieu, Je ne doubte point que vous n'ayez esté adverty de ce qui s'estoit passé touchant le Mareschal d'Ancre [1], et que mon cousin le Mareschal Desdiguieres vous aura faict part de l'advis que je lui en donnois, et aussi que vous n'ayez bien aprouvé ceste action, pour laquelle j'ay receu de tous costez ung aplaudissement general, la paix s'en estant ensuivie, au mesme temps que la nouvelle en feut respandue, les princes qui s'estoient esloignez de moy s'etant aussy tost remis en leur debvoir et envoyé icy, pour me protester toute fidellité et obeissance, dont ilz me sont venuz eux mesmes confirmer les asseurances, soudain que je leur ay faict reconnoistre de l'avoir agreable, après avoir licentié les gens de guerre qu'ilz avoient levez [2]. Comme j'ay fait aussi mes armées et les troupes nouvelles et extraordinaires que j'avois faictes en ces dernieres occurences, de sorte que tous mes subjectz jouissent maintenant du bonheur de la paix et du repos tant souhaité de tous les gens de bien. Je suis maintenant à près pour les y maintenir et establir un bon ordre dans les affaires, en quoy j'espère que dieu favorisera mes sinceres intentions, par les bons conseilz des anciens Ministres des affaires du feu Roy [3], Monseigneur et père, que j'ay rappellez près de ma personne pour m'assister, en la conduite des miennes. Je me prometz que tous mes autres fidelles et affectionnés serviteurs et subjetz y contribueront, chacun en sa condition et qualité ce qui dependra d'eux, et m'asseure que vous vous y employerez de vostre part aux occasions qui s'en offriront, avecq la mesme affection que vous avez tesmoignée jusqu'à present au bien de mon service, de laquelle comme j'ay tout contentement, vous debvrez aussi croire que je m'en ressouviendray volontiers, pour vous en reconnoistre en ce qui sera de vostre contentement et advantage, par les

---

[1] Concino Concini, maréchal d'Ancre, fut tué le 24 avril par Vitry, capitaine des gardes.

[2] La mort du maréchal d'Ancre mit fin à la guerre civile. César de Vendôme, les ducs de Bouillon, de Mayenne, de Nevers, de Longueville, etc., firent leur soumission. Le prince de Condé avait été enfermé à la Bastille le 1er septembre 1616.

[3] Villeroy, Sillery, du Vair, Jeannin, Loménie, Puysieux et autres disgraciés furent rappelés. La reine mère partit pour Blois le 3 mai.

effectz de ma bienveillance en vostre endroit, sur ce je prie Dieu, Monsr de Dizimieu, vous avoir en sa saincte garde. Escrit à Paris ce xiiie de may 1617.

LOUIS.

PHELYPEAUX.

XCIV

A MONSIEUR DE DIZIMIEU, CONSEILLER DU ROY EN SON CONSEIL D'ESTAT, CAPITAINE DE CINQUANTE HOMMES D'ARMES DE SES ORDONNANCES ET GOUVERNEUR DE VIENNE.

Monsieur, j'ai reçeu vostre dernière sans dabte, neantmoins j'ay reconnu, par la lecture d'icelle, que vous n'avez point encores eu la nouvelle de ce qui est arrivé touchant le mareschal d'Ancre, depuis vous n'aurez pas manqué de l'aprendre, et mesme par la voye de monsieur le mareschal Desdiguières à qui le Roy donnoit charge d'en faire part à ses principaux serviteurs de la province, du nombre desquels sa Majesté vous tient. Touttes fois elle n'a pas voullu laisser de vous en escrire, par ceste commodité, et de ce qui s'est passé ensuitte de ceste action, que je vous diray encores qui a reussi si heureusement, pour le bien de ses affaires, qu'il n'estoit pas possible de plus, touttes choses s'en estant en un moment remises en meilleur estat que l'on ne les eust jamais osé esperer. L'on se promet qu'elles iront tousjours de bien en mieux, et c'est à quoy sadicte Majesté travaille avecq tous soing et affection. Pour ce qui est du particulier de vostre lettre, encores que les affaires ayent tellement changé de faire qu'il ne soit point de besoing de ramentevoir le passé, neantmoins, pour ce qui est des mauvais bruits que vous me mandez avoir esté adverty qui courent de monsieur de Montmorancy [1], c'est chose dont je n'ay point ouy parler, en la sorte dont vous m'escrivez, sa Majesté ayant tousjours eu en telle impression des bonnes intentions de mondict sieur qu'il peut desirer, comme elle a eu particulierement des vostres, et en pouvez avoir l'esprit entierement en repos, vous pouvant asseurer que sadicte Majesté a toutte bonne inclination en vostre endroit, et que vous en verrez les effectz, quand les occasions s'en presenteront. A quoy, si je suis utile en quelque chose, je vous supplie de

[1] Lettre civ et note.

croire que je m'y employeray tousjours, de toute mon affection, de laquelle je vous baise bien humblement les mains et suis, Monsieur, vostre très humble et affectionné serviteur. A Paris, ce xve May 1617.

                                                    P. PHELIPEAUX.

XCV

A MONS^r DE DIZIMIEU...

Monsr de Dizimieu, Sachant que le s^r de la Baume[1], s'en retournant vers mon cousin le duc de Montmorancy, vous verra en passant, je l'ay voulu charger de ce mot, pour tousjours vous continuer les asseurances de ma bienveillance, et vous prie de prendre tousjours soing de ce qui est de mon service et perseverer à me rendre des effectz du zele et devotion que vous y portez, aux occasions qui s'en pourront offrir. Ledict s^r de la Baume vous pourra informer, de la resolution que j'ai prise de donner, à ma cousine la princesse de Condé, le contentement qu'elle desiroit, ayant voulu en celà avoir consideration à la supplication qui m'en avoit esté faite, plusieurs fois, par mondict Cousin le duc de Montmorancy[2]. Je ne vous en feray icy plus longue lettre que pour prier Dieu, Monsr de Dizimieu, qu'il vous ait en sa saincte garde. Escrit à Paris le xxvII^e jour de may 1617.

                                                    LOUIS.
                                                    PHELYPEAUX.

XCVI

A MONSIEUR DE DIZEMIEU...

Monsieur, les lettres que monsieur de Montmorency et vous avez escrites au Roy et à moy, par ce porteur, ont eté veues, leues et releues à diverses fois par sa Majesté et ceux de son conseil, et s'est-on trouvé en peine

---

[1] Rostaing de la Baume, comte de Suze, vaillant capitaine catholique et royaliste, servit en Dauphiné, en Provence, en Languedoc, maréchal de camp, bailly des Montagnes de Dauphiné, mort en 1622; il avait épousé : 1° Madeleine des Prez de Montpezat, 1583; 2° Catherine de Grôlée-Meuillon, d'où une nombreuse postérité. Par ses mariages, il était allié à la maison de Lorraine et aux plus grandes familles de la cour.

[2] Le prince de Condé avait été mis prisonnier à la Bastille, 1er septembre 1616; le 26 mai 1617, Charlote-Marguerite de Montmorency, sa femme, obtint de partager la captivité du prince qui fut transféré à Vincennes le 15 septembre et remis en liberté le 20 octobre 1619.

de la responce qu'elle y voudroit faire, parce que, en même temps et depuis, l'on luy a donné divers advis qui ne luy plaisoient pas et que l'on se mettoit en oppinion de faire esclatter et de mectre au jour beaucoup de subjects de mescontentement que l'on pouvoit, et lesquels l'on a depuis supprimés, et s'est-on contenté de vous en escrire seulement ce que vous en verrez par la lettre de Sa Majesté, à laquelle il ne m'appartient pas de rien augmenter ny diminuer, puisque Sa Majesté l'a luy mesme ainsy commandé, et se l'est faict relire deux ou trois diverses fois. Vous pouvez croire que j'ay beaucoup de deplaisir d'avoir à escrire de semblables lettres, mais j'espère que tout subject en cessera desormais, puis mesmes que de deçà toutes choses sont fort accomodées et se portent à un grand repos. Nous receusmes, il y a deux jours, vostre lettre du xvᵉ de ce mois; celles que monsieur de Montmorency escrivit, de mesme datte, ont aydé à adoucir l'humeur de Sa Majesté et a faict oster, de sa lettre et de la vostre, quelques particularités qui n'y servoient de rien. Je vous baise humblement les mains et vous supplie me croire tousjours, Monsieur, vostre très humble et affectionné serviteur, A Tours, ce xxviᵉ May 1617. [1]

P. PHELIPEAUX.

XCVII

A MONSᵉ DE DIZIMIEU...

Monsieur, Monsʳ de la Baume me rendit à son arrivée en ce lieu vos lettres du dernier du mois passé, et depuis deux jours j'ay receu celles du xxiiᵉ du present qui sont quasi toutes deux sur mesme subjet. Je vous supplie de croire que je ne manque pas de parler de vos necessités et de celles de vostre garnison et des compagnyes qui sont à Vienne. Mais la peine où l'on est icy d'argent, pour les affaires plus pressantes, fait que l'on n'est pas escouté quand l'on parle de celles qui sont plus eslongnées. Neantmoins j'en parleray encores, et m'en rendray solliciteur, comme aussi pour la commission que vous desirez pour faire travailler à la fortiffication et reparation de vos places, qui est tout ce que je puis faire pour vous sur ce subjet. Je ne vous diray rien icy des nouvelles que l'on y a

---

[1] Au sujet du mécontentement du roi, voir Lettre civ, note.

voulu faire courir de Monsr de Montmorency, lequel on voulait faire croire
s'eslongner de son devoir et qui s'attachoit aux persuasions et passions de
ceux qui desireroient bien se servir de son nom pour se rendre plus
considerables. Mais la verité est que leurs Majestés ne l'ont point creu et
s'asseurent tousjours de sa bonne intention. Bien est vray qu'une lettre qu'il
a escrite, depuis peu de temps, a un peu esfarouché les esprits de delà,
parce qu'il mandoit qu'il avoit fait arrester les deniers des gabelles et de la
foraine, pour s'en servir, en cas de necessité, pour le service du Roy, ou
pour le moings empescher que ses ennemys ne s'en prevallussent pas.
Ce discours a esté fort chatouilleux et fort sensible à leurs Majestés et a
causé une depesche, sur ce subjet, qui ne luy aura pas esté agréable. Et
quant à moy je ne puis croire que son service ayt en celà bien interpreté
son intention. Je vous baise humblement les mains et remetray au s^r de la
Baume, qui vous verra en passant, de vous dire toutes nouvelles des
quartiers de deçà où tout est en assez bon estat, Dieu mercy, les amis
du Roy prosperant de tous costés. Je vous prie de me croire tousjours,
Monsieur, vostre très humble et affectionné serviteur. A Paris, ce xxix^e
mai 1617.

P. PHELIPEAUX.

XCVIII

A MONS^r DE DIZIMIEU...

Monsr de Dizimieu, En voyant à courrier à mon cousin le duc de Montmorency pour lui faire scavoir, qu'apres la closture des estats de Languedoc, j'auray agreable qu'il me vienne trouver, selon qu'il m'a faict entendre le desirer[1]. J'ay bien voullu vous faire ce mot pour vous dire que je
m'attends aussy de vous voir avecq luy, suivant la volonté que vous m'avez
mandé en avoir. Vous asseurant que vous serez le bien venu et que je vous
veuray volontiers. Mais auparavant que de partir, je vous prie de donner
ordre à ce que sera necessaire pour la conservation de vostre place, affin
que pendant vostre absence il n'en puisse arriver aucun inconvenient. Je

[1] Les états réunis à Béziers, le 29 décembre 1616, se séparèrent le 8 juin 1617.
Marie-Félicie des Ursins, mariée à Henri II, duc de Montmorency, par contrat du
29 novembre 1612, fit une entrée solennelle à Montpellier, au mois de juin 1617.

partz demain pour m'en aller à Fontainebleau où je sejourneray, Jusques
à ce que les chaleurs m'en facent retirer, et croy que vous m'y pourrez
bien encores trouver. C'est ce que je vous diray par ceste cy, Priant
Dieu, Monsr de Dizimieu, vous avoir en saincte garde. Escript à Paris, le
vi^e jour de juin 1617.   LOUIS.

                                                    PHELYPEAUX.

XCIX

A MONSIEUR DE DIZIMIEU...

Monsieur, Je n'ay pas voulu laisser partir ce courrier que le Roy envoye
vers monsieur le duc de Montmorency et qui vous porte aussy les lettres de
Sa Majesté, sans vous faire ce mot, pour vous faire part des nouvelles de
deçà. Et vous diray que Sa Majesté, sur les advis qu'elle a des grandes levées
que le roy d'Espagne faisoit pour aller en Piedmont, et des forces qu'il y a
desjà faict acheminer, a faict dire et a dict elle mesme au duc de Monteleon,
ambassadeur dudict roy d'Espagne près sa Majesté, que sy le duc de Savoye
refusoit les conditions qui sont necessaires pour l'establissement d'une bonne
paix entre eulx, elle joindroit ses forces avec celles dudict roy d'Espagne,
pour l'y contraindre. Mais que sy elle reconnoissait que ledict roy d'Espagne
eut intention d'oprimer ledict duc de Savoye, qu'elle estoit obligée, pour
la reputation de ses affaires et pour la consideration de ses propres inthe-
rests, de le secourir et assister. Que sur ce subjet, elle se resolvoit de faire,
dès à present, aprocher des frontières de delà une partie de ses trouppes,
attendant ce qu'elle auroit à faire, quand elle seroit plus particulierement
informée des intentions de l'un et de l'autre. Voilà en quels termes est à
present ceste affaire, de laquelle j'ay creu que vous seriez bien aise de
scavoir, et d'autant plus que sy les choses ont à passer plus loin, ce sera en
voz quartiers que ce feront principalement les preparatifs de la guerre.
C'est ce que je vous puis aprendre par celle-cy, que je finiray pour vous
baiser bien humblement les mains et vous asseurer que je suis, Monsieur,
votre très humble et affectionné serviteur. A Paris ce vi^e juing 1617.

                                                    P. PHELIPEAUX.

C

A MONS^r DE DIZIMIEU...

Monsr de Dizimieu, L'on m'a icy faict entendre les mauvais traitements que les pères Jesuistes de ma ville de Vienne reçoivent en icelle, tant en leurs personnes que biens[1], de quoy je suis demeuré estonné, veu le fruict et utilité qu'ilz aportent au publicq en tous les lieux où ilz sont establiz, par leur doctrine et bon enseignement. C'est pour quoy, desirant pourveoir qu'ilz soient cy après en seureté en ladicte ville, je vous ay bien voulu fere ceste lettre pour vous prier de les maintenir et conserver en icelle, et employer l'auctorité que vous y avez pour empescher qu'il ne leur soit fait aucune opression ny desplaisir, en sorte qu'ilz puissent, avec liberté, vacquer à ce qui est de leur fonction et debvoir, et m'asseurant que vous aporterez en celà ce qui dependra de vous, ainsy que je le desire, Je ne vous en feray ceste cy plus longue, priant Dieu, Monsr de Dizimieu, vous avoir en sa saincte garde. Escript à Paris ce xie de no^{bre} 1617.

LOUIS.

PHELYPEAUX.

CI

A MONS^r L'ARCHEVESQUE DE LYON PRIMAT DES GAULLES CONSEILLER EN MON CONSEIL D'ESTAT AYANT CHARGE DE MES AFFERES EN COURT DE ROME.

Monsr l'archevesque de Lyon[2], Je vous prie presenter, à nostre s^t père le Pape, la lettre que je luy escritz presentement, et suivant icelle interceder, vous employer et tant faire envers sa sainteté que le bon plaisir d'icelle soit, à ma nomination, prière et requeste, pourveoir Me Claude

---

[1] Les Jésuites établirent un collège à Vienne par lettres patentes de Henri IV, 28 février 1604. Les consuls dotèrent cet établissement d'une rente de 4.000 livres, augmentée de 600 livres, par traité du 26 septembre 1617. Sa construction, sur un emplacement occupé par plus de deux cents maisons, suscita de nombreux litiges. Leur église, dite de Saint-Louis, fut livrée au culte en 1725.

[2] Denis-Simon de Marquemont, archevêque de Lyon, 1612-1626.

Vallier prestre chanoine de l'eglise de St Pierre de Vienne [1], docteur en theologie, en l'abbaye seculière et collegialle de St Aphrodize de Besiers, diocèse dudict lieu, à present vacante, tant par le. decedz de feu Me Pierre Dalmas que par l'incapacité et deffault d'aage de Me Henry de Disimieu [2], clerc du diocèse de Vienne, à la charge touttes fois de trois cens livres de pension, par chacun an, au proffict de Me Hercules de Gailhac [3], docteur en theologie, clerc du diocèse d'Agde, sa vie durant, sur les fruictz et revenuz de ladicte abbaye, en faisant à ceste fin expedier et delivrer audict Vallier touttes les bulles et provisions apostoliques qui, pour ce, luy seront necessaires, suivant les memoires plus amples qui vous en seront adressez de sa part. Ausquelz me remettant, je ne vous feray ceste lettre plus longue sinon pour prier Dieu, Monsr l'archevesque de Lyon, qu'il vous ayt en sa saincte garde. Escrit à Villers Coteretz le dernier jour de sep^{bre} 1618.

LOUIS.
POTIER.

CII

A MON COUSIN LE CARDINAL DE URSINO [1] COMPROTECTEUR DES AFFÈRES DE FRANCE EN COUR DE ROME.

Mon Cousin, Je vous prie, suivant la lettre que j'escrizt presentement à nostre S^t père le Pape, tenir la main vous employer et tant faire envers sa Saincteté que le bon plaisir d'icelle soit, à ma nomination, prière et requeste, pourveoir Me Claude Vallier prestre chanoine de l'eglise St Pierre de Vienne, docteur en theologie de l'abbaye seculliere et collegialle de St Aphrodize du Besiers, diocèse dudict lieu, à present vacante, tant par le

---

[1] La famille dauphinoise de Vallier a fourni plusieurs chanoines au chapitre de Saint-Pierre de Vienne ; Claude de Vallier, auquel la recommandation royale ne put faire obtenir l'abbaye de Saint-Afrodise, chanoine et sacristain de Saint-Pierre de Vienne, fonda en cette église la chapelle de Saint-Claude, 7 juillet 1643.

[2] L'abbaye de Saint-Afrodise de Béziers, de l'ordre de Saint-Benoît, d'un revenu de 1.000 livres, à la mort de l'abbé Pierre de Dalmas, 1603-1616, passa à Henri de Disimieu, fils de César, né en 1606, auquel elle fut disputée par Dominique de Bonzy, coadjuteur de l'évêque de Béziers. Par résignation de Disimieu, Jean de Pierre fut nommé abbé, 1619-1676. — L. CLXIII.

[3] De Gaillac, seigneurs du Puy-Saint-Pierre ; famille de Toulouse.

[4] Alexandre Orsini, diacre-cardinal, 1615-1629.

decedz de feu Me Pierre Dalmas que par l'incapacité et deffault d'aage de
Me Henri de Disimieu, clerc du diocèse de Vienne, à la charge toutesfois
de trois cens livres de pension, au proffict de Me Hercules de Gailhac,
docteur en theologie, clerc du diocèse d'Agde, sa vie durant, sur les fruictz
et revenuz de ladicte abbaye, en octroyant et faisant à ceste fin expedier et
delivrer audict Vallier touttes les bulles et provisions apostolicques qui pour
ce luy seront necesseres, selon les memoires et supplications plus amples
qui en seront representez à sa Sainteté, et vous ferez chose qui me sera
bien agreable, priant Dieu, Mon Cousin, qu'il vous ayt en sa saincte garde.
Escrit à Villers Coterestz, le dernier jour de septembre 1618.

LOUIS.

POTIER.

CIII

A MONS^r DE DIZEMIEU, conseiller en mon conseil d'estat, capitaine de cent hommes d'armes de mes ordonnances et gouverneur
de vienne.

Monsr de Dizimieu, Croyant que vous serez maintenant près mon cousin
le duc de Montmorancy, je vous ay voullu fere ce mot, par le retour du
s^r de la Baulme, qui vous dira de mes nouvelles et ce qu'il a veu et apris
de deçà [1]. A quoy je n'adjousteray rien, sinon que j'attendz, en bonne
devotion, des vostres sur l'estat de ma province de Languedoc et les bonnes
intentions ausquelles je veux croire que vous aurez trouvé mondict cousin
le duc de Montmorancy [2]. Je ne vous feray donc plus longue lettre que
pour prier Dieu, Monsr de Dizimieu, vous avoir en sa saincte garde. Escrit
à St Germain en Laye, le xxiie jo^r d'avril 1619.

LOUIS.

PHELYPEAUX.

CIV

A MONS^r DE DIZEMIEU...

Monsr de Dizemieu, J'ay receu la lettre que vous m'avez escritte, du

---

[1] La reine mère s'était échappée du château de Blois à l'aide du duc d'Epernon, 22 février
1619, et s'était retirée en Angoumois.

[2] Le roi continue à s'en rapporter à Disimieu, à l'effet d'être instruit des agissements de
Montmorency, envers lequel il manifeste discrètement son mécontentement plus amplement
indiqué dans la lettre suivante.

premier de ce mois[1], et veu les deux que vous avez addressées au s[r] de Pontchartrain[2], de mesme date, par où vous mandez que vous avez trouvé en mon cousin le duc de Montmorancy de très bonnes et sincères intentions au bien de mon service, dont j'ay eu beaucoup de contentement, et le veux ainsy croire pour l'y avoir tousjours recongneu bien disposé. Mais je ne puis que je n'impute de grandes faultes à ceux dont il s'est conseillé, qui luy ont, possible, persuadé et porté à faire des choses dont j'ay grande occasion de demeurer mal satisfait, et aurois beaucoup de subjet d'entrer en ombrage et defiance de ses intentions, sy je ne voullois plustost rejeter celà sur ceux dont il se sert que sur luy mesme. Les allés et venues qu'il a fait faire vers la plus part des Princes et Grandz et mesmes de quelques parlemens et communaultez, soubz pretexte de les exciter et esmouvoir sur le subjet de la liberté de mon cousin le Prince de Condé, sans m'en avoir donné aucun advis, et les coppies de letres qu'il a faict imprimer, coppier et courir de part et d'autre et plusieurs autres praticques et menées qui ont esté faictes, soubz son nom, en suitte de ce, ne me peuvent estre que desagreables et n'advancent pas ce qu'il veult que l'on croye qu'il desire pour le contentement de mondict cousin le Prince de Condé. Aussy ne sera ce point, ny en sa faveur, ny en sa consideration, ny de quelque autre que ce soit, que j'en auray soing et que je le traicteray comme je doibs, ce sera pour l'affection particulière que je luy porte et par ce que sa conservation m'est très chère. Ce n'est point donc à mondict cousin, le duc de Montmorancy, de s'entremettre de ceste affere là, ny d'en escrire et parler ailleurs que avecq moy, et quand il en usera autrement, après ce que vous luy en aurez representé, J'auray occasion de luy faire congnoistre combien

[1] Disimieu s'acquittait correctement de sa royale mission auprès de son neveu, en l'aidant de ses conseils et en rendant, à la cour, bon témoignage de sa conduite ; mais ces rapports favorables contrecarraient les ambitions de de Luynes, qui redoutait l'influence que pouvaient prendre sur le roi les Condé et les Montmorency. Pour inspirer les vifs reproches contenus en cette missive, le favori avait su habilement exploiter auprès du roi, fort ombrageux, les marques d'affection données, par le duc, à Condé, son beau-frère, et à sa sœur, en prenant fait et cause pour les prisonniers, et, d'autre part, son attachement, de longue date, à la personne de la reine mère. Quant aux insinuations concernant certaines mesures présupposées suspectes, depuis la clôture des états de Languedoc, décembre 1618, le duc et sa jeune femme visitaient la province, plus occupés de fêtes et de réceptions à Béziers, Narbonne, Carcassonne, Toulouse, que des artifices de la politique.

[2] Paul Phélypeaux, sieur de Pontchartrain, secrétaire d'État, 1610-1621.

je le trouve mauvais. J'adjousteray à celà que j'ay de continuels advis
qu'il faict porter et transporter des armes, pouldres et munitions, en diverses places et lieux de son gouvernement, et fait ci devant porter grande
quantité de petardz à Beaucaire, et commandé au s^r de Perault[1] et à d'autres de tenir des gens de guerre prestz pour mettre en campagne, à point
nommé, ainsy que ledict Perault mesme l'a dit en divers endroictz, et sans
que de tout celà il m'ayt rendu compte, ny donné aucun advis du subjet
pourquoy il en usoit ainsy, et cependant il a allarmé touttes les villes de
son gouvernement et la pluspart de mes subjets que j'ay eu assez de peine
de retenir en la confiance que j'ay desiré qu'ils eussent tousjours en luy.
Il a fait aller le s^r de Montreal[2], Annibal[3] et autres dans plusieurs villes,
lieux et endroictz de son gouvernement, lesquelz ont tenu des parolles du
tout contraires au devoir et à la fidelité que de bons subjectz doibvent à
leur roy, et plus tost tendantes à faire praticquer et mener contre mon
auctorité que à maintenir la province en repos, et mesmes je vous cotteray
que ledict s^r de Montreal a voullu persuader plusieurs villes & particuliers,
de se joindre avecq ledict duc de Montmorancy, soubs pretexte, dit il que,
pendant son absence de la Court, l'on luy pourroit avoir rendu de mauvais offices qui l'obligeroient de se mettre en estat de se desfendre, en cas
qu'il fust attaqué. Touttes ces allées et venues, ces discours et ces mauvaises
proceddures, le peu d'accueil et d'affection qu'il tesmoigne aux seign^{rs}, gentilzhommes et particuliers qui luy font paroistre n'avoir autre but que le bien
de mon service, la bonne chère qu'il fait à beaucoup d'autres, les plainctes
qu'il a voullu faire contre aucuns, pour avoir seullement escrit ou parlé de
s'attacher et d'affectionner ce qui est de mon service, et beaucoup d'autres
actions que j'ayme mieux taire que dire et qui seroient longues à desduire,
avecq ce que je ne me veux plus souvenir des lettres qu'il a escrittes à la

---

[1] Henri de Fay, baron de Peyraud, marquis de Vezenobre, né le 26 juin 1581, marié :
1° à Jeanne de Chambon de Saint-Christophe, 25 juin 1605 ; 2° à Marguerite-Anne de la Fare,
14 septembre 1624 ; maréchal de camp, gouverneur de Beaucaire, 1630, révoqué 1632 ; il suivit
la faction de Montmorency ; testa 4 octobre 1637 et mourut à Narbonne le 23, des suites d'une
blessure reçue à Leucate. Il était fils de Jean de Fay, baron de Peyraud, etc., marié, 7 mars
1576, à Marie, fille naturelle du connétable de Montmorency.

[2] G. de Balazuc, sieur de Montréal. L. LXXII.

[3] Annibal, fils naturel de Henri, connétable de Montmorency, dit « M. d'Annibal »·
L. CCLXXVIII.

Reyne, Madame ma Mère, et au duc d'Espernon, et de celles qu'il en a receues, à plusieurs & diverses fois, lorsqu'il a creu que nous estions en mauvaise intelligence, sans m'en informer, comme celà me donneroit assez de subjet de doubter de ses bonnes intentions à mon endroit, mais je veux croire que cela vient plus tost d'ailleurs que de son particulier mouvement, & m'asseure bien que s'il se servoit, en ses conseilz, de ceux ausquelz il scait que j'ay particulière confiance et qui me sont affectionnez serviteurs, et qu'il n'en tinst point d'autres que avec eux, il me donneroit par ses actions plus d'occasion de contentement qu'il n'a fait. Je l'ay tousjours aymé et affectionné et le feray encores à l'advenir, mais il faut qu'il me fasse paroistre plus de candeur et de sincerité en son procedé et qu'il ayme ceux qu'il scait estre mes serviteurs et en qui je me confie, ce que je suis bien certain qu'il fera, s'il suict les bons advis et conseils que vous luy donnerez. J'ay voullu m'en ouvrir de ceste sorte avecq vous, afin que vous luy en parliez franchement et librement & luy faciez congnoistre que, sy ces allées et vennues et ces factions et menées contynuent, je seray obligé de faire congnoistre publicquement ce que, jusques icy j'ay caché, qui est le mecontentement que j'en avois, et de fere scavoir, à tous mes bons serviteurs et aux villes et communaultez de son gouvernement, qu'ils prennent garde à ses actions et à leur seureté. C'est la responce que je feray, pour le present, aux lettres que ce porteur m'a rendues de vostre part, ce que je finiray, priant Dieu, Monsr de Dizemieu, qu'il vous ait en sa saincte garde. Escrit à Amboise, ce xxviie jour de May 1619.

LOUIS.

PHELYPEAUX.

CV

A MONSIEUR, MONSIEUR DISIMIEU...

Monsieur Disimieu. J'ay receu, à particulier tesmoignage de vostre affection, celle que vous m'avez escrite avec l'occasion du s^r Disimieu vostre filz, que j'ay esté très aise de veoir. Quand vous et luy aurez besoing de moy, vous me pourrez librement employer, car j'auray à grand plaisir de vous faire recognoistre que je suis, monsieur Disimieu, Vostre très affectionné à vous servir, à Paris, ce 18 jan^{er} 1620.

HENRY DE BOURBON.

1 Henri de Bourbon, prince de Condé, dont la femme, Charlotte-Marguerite de Montmorency, était nièce de C. de Disimieu, sortit de prison le 20 octobre 1619.

CVI

A MONS^R DE DIZIMIEU, CONSEILLER EN MON CONSEIL D'ESTAT, CAPI-
TAINE DE CINQUANTE HOMMES D'ARMES DE MES ORDONNANCES ET GOU-
VERNEUR DE MA VILLE DE VIENNE.

Monsr de Dizimieu, Jay sceu comme sur l'advis que vous avez eu des
affaires qui se passoient à Privas[1], Vous vous estes rendu prez mon cousin
le duc de Montmorancy, pour l'assister en ceste occurence de voz bons
advis et conseilz et de vos amis, s'il en eust esté besoing, En quoy vous
avez tesmoigné l'affection que vous portez au bien de mon service, dont je
vous scay fort bon gré. Ce que je vous ay bien voulu fere connaistre par ceste
cy, Et vous dire que je trouveray bon, quand les occasions le requeront
pour mondict service, que vous continuiez à luy despartir l'assistance que
dependra de vous, pour la creance que je say que vous avez près de luy et
la confiance que je prends en vostre fidellité, Vous asseurant que j'auray
tousjours vos services en la consideration quilz meritent, pour les reconnoistre en ce que vous aurez à desirer de ma faveur et bienveillance à
vostre endroit. Sur ce je prie Dieu, Monsr de Dizimieu, vous avoir en sa
saincte garde. Escript à Paris le xvi jour de may 1620.

                                        LOUIS.
                                        PHELYPEAUX.

CVII

A MONSIEUR DE DIZIMIEU...

Monsieur, j'ay receu la lettre qu'il vous a pleu m'escrire, du xxve du mois
passé, par laquelle vous me mandez comme vous estiez en deliberation
d'aller trouver monsieur de Montmorancy, pour l'assister en l'affaire de
Privas, ce que vous avez depuis faict et tesmoigné, en cette occurence, l'affection que vous avez au service du Roy, dont je vous puis asseurer que
sa Majesté a eu contentement et vous en scay le bon gré que vous pouvez

---

[1] Le mariage de Paule de Chambaud, veuve en 1617 de René de la Tour-Gouvernet, avec
Claude d'Hautefort, vicomte de Cheylane, fils de René, vicomte de Lestrange, suscita,
27 décembre 1619, une prise d'armes à Privas et divers mouvements chez les protestants du
Vivarais. Montmorency, arrivé devant Privas, le 30 avril 1620, se rendit maître de la ville
et en partit le 3 mai, après avoir accordé la paix aux rebelles.

desirer. J'ai veu aussy les autres particularitez de vostre lettre, sur lesquelles je n'ay rien à vous dire, sinon que je vous prie de croire, qu'en ce qui me concerne de deçà, je vous y serviray tousjours de toutte mon affection, de laquelle, vous baisant bien humblement les mains, je demeure, Monsieur,

Monsieur, comme j'estois prest à faire fermer ceste lettre, j'ay receu la vostre du vıₑ de ce mois, par laquelle vous me mandez le voyage que vous avez faict auprès de monsieur de Montmorancy et vostre retour à Vienne, ce que le Roy a bien agreable, lequel est grandement content du bon succès que monsieur de Montmorancy a eu, en cest affaire de Privas. Je vous prie de me croire tousjours vostre très humble et affectionné serviteur, A Paris, ce xvıₑ May 1620.

P. PHELIPEAUX.

CVIII

A MONSIEUR LE COMMANDEUR DE DIZIMIEU.

Monsieur le commandeur de Dizimieu, ayant appris que mon cousin le grand Mₑ de Malte[1] vous a mandé, pour vous donner commandement sur quelque gallaires, je vous fais cette cy, pour vous dire que je vous permetz de faire ce voyage, et vous dispense cependant de la function de vostre charge de lieutenant au gouvernement de Vyenne, M'asseurant, incontinant que vous aurez satisfaict à ce qui vous sera ordonné par mon cousin, ou que je vous manderay, que vous ne manquerez de revenir en vostre charge et m'y continuer le service que vous m'y avez rendu. Et n'estant cette cy pour autre subjet. Je prie Dieu, Monsₑ le commandeur de Dizimieu, vous avoir en sa saincte garde. Escrit de Paris ce xııı jour de decembre 1620.

LOUIS.

PHELYPEAUX.

CIX

A MONSIEUR DE DIZIMIEU, CONSEILLER EN MON CONSEIL D'ESTAT CAPPITAINE DE CINQUANTE HOMMES D'ARMES DE MES ORDONNANCES ET GOUVERNEUR DE MA VILLE DE VIENNE.

Monsₑ de Dizimieu, jay esté bien aise d'apprendre que vous vous soyez

[1] Aloph de Vignacourt, grand maître de Malte, 1601-1622.

retrouvé près mon cousin le duc de Montmorancy, sur les occurences qui se presentent en ces quartiers[1], et de là m'asseurant que, selon l'experience que vous avez en semblables affaires, vous scaurez bien l'assister de vos bons et prudents conseilz, sur ce qui sera à faire pour le bien de mon service et la manutention de mon auctorité, Je vous prie de m'y rendre les effectz que je promectz de vostre sincere affection, et de croire aussi que je vous conserveray tousjours la bonne estime et recommandation que vous meritez, pour vous en donner des marques en tout ce qui s'offrira pour vostre contentement. Sur ce, Je prie Dieu, Monsr de Dizimieu, vous avoir en sa saincte garde. Escrit à Paris, ce xxie jour de febvrier 1621.

LOUIS.

PHELYPEAUX.

CX

A MONS^r DE DIZIMIEU...

Monsr de Dizimieu, Vous ayant ordonné pour servir de l'ung des mareschaux de camps[2], sur les trouppes qui sont sur pied, au bas Languedoc soubs la conduite de mon cousin le duc de Montmorancy, Je vous fais ceste lettre, pour vous dire que je desire que vous vous acheminiez près de luy, estant asseuré que, pour l'assistance qu'il recevra de vos bons conseils et de vostre experiance, il en reussira de bons effectz pour l'advantage de mon service[3], quant à ce qui regarde le commandement en vostre absence dans ma ville de Vienne, J'auray à plaisir que vous le commetiez au s^r de Pezieu[4], auquel vous donnerez si bon ordre, pour la conservation de cette place, qu'elle puisse estre maintenue et conservée en repos et tranquilité soubs mon obeissance, à quoy m'asseurant que vous pourvoirez, selon

---

[1] Les religionnaires réclamaient la tour dominant le château de Privas, comme propriété de la ville; la vicomtesse de Cheylane soutenait le contraire. Le roi envoya un exempt de ses gardes pour tenir la tour en dépôt. Ce n'était là que les préliminaires d'une révolte qui ne devait s'éteindre qu'à la prise de Privas et à la paix conclue, à Aix le 27 juin 1629.

[2] César de Disimieu fut créé maréchal de camp par brevet du 16 décembre 1621.

[3] Louis XIII partit de Paris, le 21 mars 1622, pour continuer la guerre contre les protestants en Poitou, en Saintonge et en Languedoc. Le traité du 19 octobre 1622 mit fin à cette lutte opiniâtre.

[4] Voir la lettre suivante.

votre prudence accoustumée, Je ne vous feray icy plus longue lettre que pour prier (Dieu), Monsr de Dizimieu, vous avoir en sa sainte garde, Escrit à Paris le dernier jour de febvrier 1622.

LOUIS.

PHELYPEAUX.

CXI

A MONS^R DE PEZIEU, COMMANDANT POUR MON SERVICE AUX CHATEAUX DE VIENNE.

Monsr de Pezieu [1], J'ay commandé au s^r de Dizimieu de s'acheminer vers mon Cousin le duc de Montmorancy, pour servir en la charge de Mareschal de camp sur les trouppes que j'ay faict lever en ma province de Languedoc [2], et d'autant qu'en son absence il sera necessaire que quelqu'ung prene soing de la seurté et conservation de madicte ville soubz mon obeissance, j'ay mandé audict s^r de Dizimieu de vous commettre cette chargè et aux habitans de vous y recognoistre. Vous faisant cette cy pour vous dire que vous ayez, suivant l'ordre qui vous sera prescript par ledict s^r de Dizimieu, à veiller soigneusement à la garde de ladicte place, empescher qu'il ne s'y fasse aucunes entreprises prejudiciables à mon service et au repos des habitans de ladicte ville, vous conduisant avec telle prudence que il m'en revienne aucune plaincte. De quoy m'asseurant que vous vous aquicterez suivant mon intention, je prie Dieu, Monsr de Pezieu, vous avoir en saincte garde. Escript à Paris, le dernier jour de febvrier 1622.

LOUIS.

PHELYPEAUX.

[1] La famille de Longecombe de Peyzieu était fort ancienne en Bresse et Bugey. François-Philibert de Longecombe, sieur de Peyzieu et de Thoy (sur Arbignieu, canton de Belley, Ain), gentilhomme de la maison du roi, épousa Françoise de Disimieu, née le 13 novembre 1549, fille de Balthazard, sœur de César, d'où, entre autres : Balthazard de Longecombe, sieur de Peyzieu et de Thoy, capitaine de gens de pied aux régiments de Bardonnenche et de Disimieü, lieutenant au gouvernement de Vienne et capitaine du château de Pipet ; il épousa Jeanne Armuet de Bonrepos, fille de Guillaume et de Catherine de Loras, d'où postérité.

[2] Louis XIII, après la levée du siège de Montauban, 17 novembre 1621, s'était rendu à Toulouse, à Bordeaux et de là à Paris. Montmorency, Guise et Lesdiguières se préparaient à attaquer les protestants révoltés, dans tout le Languedoc, sous les ordres de Rohan et de Soubise.

CXII

A MONS⁺ DE DIZIMIEU, CONSEILLER EN MON CONSEIL D'ESTAT, CAPPI-
TAINE DE CINQUANTE HOMMES D'ARMES DE MES ORDONNANCES ET GOU-
VERNEUR DE MA VILLE DE VIENNE.

Monsr de Dizimieu, Ayant donné ordre, à mon cousin le duc d'Alvyn[1],
de faire conduire et descendre sur la riviere du Rosne les ɪɪɪᶜˢ lansquenetz
que je faiz venir avec quelques munitions de guerre, pour m'en servir sur
les occasions qui se presentent, je vous faiz cette lettre pour vous dire que
vous ayez à les assister de tout ce qui sera necessaire pour leur passage et
la continuation de leur voyage, selon que mondict cousin vous fera entendre estre de mes intentions, à quoy m'asseurant que vous satisferez, Je prie
Dieu, Monsr de Dizimieu, vous avoir en sa saincte garde. Escrit du camp
devant St Antonin[2], le xvɪɪɪᵉ jour de juin 1622.

LOUIS.
PHELYPEAUX.

CXIII

A MONS⁺ DE DIZIMIEU...

Monsr de Dizimieu, J'estime que vous serez à present arrivé à Vienne
où je veux croire que vous avez esté adverty de la reduction de ma ville
de Lunel en mon obeissance, et comme je faisois estat de faire attaquer
Sommieres[3] et m'y acheminer en passant, pour faire advancer le siège,
maintenant je vous diray que la place a esté si vivement pressée que, le
lendemain que je me suis rendu en ce lieu, ceux de dedans ont commancé
là parlementer et ensuitte sont sortis de la place, sans autres armes que

---

[1] Anne, duchesse de Halwin, héritière de sa maison, avait épousé, en 1620, Charles de
Schomberg, marquis d'Espinay, à la personne et descendance duquel la duché-pairie de Halwin
fut attachée, par lettres du 9 décembre 1620. Le duc de Halwin se trouvait à Toulouse,
novembre 1621, à la suite du roi ; il fut blessé au siège de Sommières, août 1622.

[2] Louis XIII était au camp, devant Saint-Antonin, 16-23 juin 1622. — *La prise et réduction
de la ville de Saint-Anthonin à l'obéissance du Roy, Sa Majesté y estant en personne...* Paris,
P. Rocollet, 1622.

[3] La ville de Lunel capitula le 5 août ; celle de Sommières le 16 du même mois, en présence
du roi, qui revint à Aigues-Mortes et à Lunel.

leurs espées, par ceste reduction la campagne de ceste province est entierement deschargée des rebelles qui sont à present renfermés dans les trois villes de Montpellier, Nismes et Usès, sans esperance d'estre secoureuz, et pour leur oster encores davantage, j'envoye mon Cousin le duc de Montmorency, avec cinq ou six mil hommes et de l'artillerie, dans les Sevennes pour remettre en mon obeissance quelques places où les rebelles de ceste contrée ont toujours pris leur retraicte et qui leur donne communication avec ceux de ce pais. De ma part, je prendray resolution d'emploier mon armée en ceste province, que je pourray fort aisement faire vivre, parce que mon cousin le Connestable a asseuré en mon obeissance la ville et les chasteaux de Bais sur le Rosne[1] et rendu la navigation de la rivière entierement libre. C'est ce qui se passe par deçà, dont vous informerez ceux de mes serviteurs que vous jugerez à propos, continuant vostre soing accoustumé à ce qui sera du bien de mon service. Sur ce, je prie Dieu, Mons* Dizimieu, qu'il vous ait en sa saincte garde. Escrit à Lunel, le xviii* jour d'aoust 1622.

LOUIS.
PHELYPEAUX.

CXIV

A MONSIEUR DE DIZIMIEU...

Monsieur, j'ay receu les lettres qu'il vous a pleu m'escrire des iii, xix et xxi du mois passé, par lesquelles vous me faites particulierement cognoistre le deplaisir que vous avez ressenty de la perte de feu monsieur de Pontchartrain, mon frère, et la consolation que vous avez receu de ce qu'il a pleu au Roy me faire succéder en sa charge. En quoy je reçois un singulier tesmoignage de vostre affection et bonne volonté en mon endroit. Je vous supplie nous la continuer et de prendre asseurance, qu'outre l'inclination particulière que j'ay tousjours eüe à vous honorer et servir, je conserveray la mesme affection que feu mon frère portoit à vos interestz et à tout ce qui vous regardoit, et vous en rendray les effectz en tout ce qui s'offrira pour vostre contentement. J'ay parlé à Sa Majesté de ce que vous m'escri-

---

[1] Après la mort du duc de Luynes, 15 décembre 1621, le maréchal de Lesdiguières reçut l'épée de connétable le 16 juillet 1622. Les places du Pouzin et de Bays-sur-Bay lui avaient été remises, 17 mars 1622, par Hector de Forest, sieur de Blacons, un des plus braves officiers des armées huguenotes.

viez par vostre dernière lettre, touchant la permission que vous demandez
pour aller servir près de monsieur de Montmorency, en la charge que vous
avez dans l'armée de Languedoc, et l'ordre que Sa Majesté desire estre
observé pour commander dans Vienne, en vostre absence. Sur quoy je vous
diray que Sa Majesté aura à plaisir que vous vous acheminiez vers mondict s^r de Montmorency, et qu'en vostre absence vous commettiez la conduitte et le commandement de ladicte ville à mons^r de Pezieu, vostre neveu, y establissant, avant que de partir, si bon ordre qu'il n'y puisse
arriver aucun inconvenient. Je vous envois, pour cet effect, les lettres que
vous avez desirées. Neantmoins l'on laisse à votre discretion d'en user
comme vous le jugerez à propos, et demeurer à Vienne jusqu'à ce que le
Roy s'achemine vers vos quartiers, comme nous estimons qu'il fera le
mois prochain. Vous me donnerez, s'il vous plaist, des nouvelles de vostre
resolution. Cependant je vous baise très humblement les mains et vous
supplie de me croire, Monsieur, vostre très humble serviteur. Paris, ce
premier mars 1622.

PHELIPEAUX[1].

CXV

A MONSIEUR DE DISIMIEU...

Monsieur, vos lettres des III et XVIIe du mois passé m'ont esté rendues,
lesquelles j'ay fait veoir au Roy. Sa Majesté a apporté bonne consideration sur les instances que vous faites pour l'augmentation des garnisons des
chasteaux de Vienne, ce qui sera resolu lorsque les estats en seront dressez.
Quant à la permission que vous demandez de venir pardeça, sa Majesté n'a
pas estimé à propos de la vous accorder, et estime que vostre presence
sera beaucoup plus utile, soict en la ville de Vienne ou près monsieur de
Montmorency, vers lequel vous pourrez vous acheminer, après avoir estably si bon ordre pour la conservation de ladicte ville, qu'il n'en puisse en
vostre absence mesarriver. C'est ce que je vous manderay en responce de
vos lettres, vous baisant bien humblement les mains et demeurant, Mon-

---

[1] Reymond Phelypeaux, sieur d'Herbault, mari de Claude Gobelin, succéda comme secrétaire d'Etat, 1621-1629, à Paul Phelypeaux, sieur de Pontchartrain, son frère cadet, 1610-1621.
Tous les deux contresignent, en la forme *Phelypeaux*, les lettres du roi, CXIII-CX, et signent
leurs lettres particulières, l'un, P. *Phelipeaux* ; l'autre, *Phelipeaux*, XCIV-CXIV, etc.

sieur, vostre bien humble et plus affectionné serviteur. A Paris, ce iiie jour de febvrier 1622.

PUYSIEULX.[1]

CXVI

A MONS^r DE DIZIMIEU, CONSEILLER EN MON CONSEIL D'ESTAT ET GOUVERNEUR DE MA VILLE DE VIENNE.

Monsr de Dizimieu, Je vous ay fait sçavoir, par ma derniere lettre, ce qui se passoit en cette province, depuis mon cousin le Connetable s'est rendu pres de moy qui m'a fait entendre les deliberations prises, entre luy et le duc de Rohan, en la conference qu'ilz ont tenue ensemble, par ma permission[2], pour me faire rendre, par les villes rebelles qui restent en cette province, l'obeissance qu'ilz me doibvent, ce que j'avois volontiers escoutté, mais comme j'attendois l'esfect de ce qui avoit esté resolu, ceux de Montpellier, au lieu de suivre les advis qui leurs estoient donnez, pour leur bien et repos, ont fait cognoistre de vouloir perseverer en leur rebellion. C'est pourquoy Je me suis resolu d'assieger ceste ville, ainsy que j'ay desja commencé[3] et espere, dieu aydant, y apporter une telle dilligence que, dans peu de temps, ceux qui sont dedans ressentiront les chastiments que leur audace et imprudence merite. Je vous informeray de ce qui si passera. Cependant je vous donneray advis que le comte de Mansfeld[4] s'est remis avec les troupes qui restent de son armée à mon service, ayant confié à mon cousin le duc de Nevers sa personne, son artillerie et tout son equipage, tellement que l'assistance que les rebelles attendoient de cette part

---

[1] Pierre Brulart, marquis de Sillery et de Puisieux, conseiller d'État, né 1583, mort 1640, se retira des affaires après la mort de Nicolas Brulart de Sillery, son père, 1624.

[2] Lesdiguières et le duc de Rohan avaient arrêté des articles de paix, avril-mai 1622, mais ils ne furent point acceptés sans restriction par le roi qui, ayant pris les mesures les plus rigoureuses contre les protestants du Languedoc, rendit tout accord impossible.

[3] Louis XIII investit Montpellier et commença le siège le 1er septembre 1622 ; il y coucha le 20 octobre, en conséquence du traité de paix.

[4] Ernest, bâtard de Charles, comte de Mansfeld, à la tête d'une armée de 18.000 hommes, venue du Palatinat, était entré en Champagne, juillet 1622, dans l'intention de piller le pays, encouragé par les protestants qui comptaient sur lui pour opérer une diversion utile à leur fortune. Le duc de Nevers, gouverneur de la province, entama avec Mansfeld des négociations auxquelles la lettre fait allusion, destinées à gagner du temps et à lui permettre de rassembler des troupes. Une portion de cette armée allemande se dissipa ; l'autre, se dirigeant sur les Pays-Bas, fut battue par les Espagnols.

tournera à leur confusion. C'est ce que je vous manderay pour le present, priant Dieu, Monsr de Dizimieu, vous avoir en sa saincte garde. Escrit au camp devant Montpellier, le premier jour de septembre 1622.

LOUIS.

PHELYPEAUX.

CXVII

A MONSIEUR DE DISIMIEU...

Monsr de Dizimieu, je vous envoye ung memoire de ce qui s'est passé par deçà, depuis le commencement de ce siège, par lequel vous verrez les plus considerables particularitez et le grand advancement qui est ordonné pour la reduction de cette place. Faictes en part à ceux de mes serviteurs que vous jugerez à ce propos, et continuez vostre soing et affection accoustumée à tout ce qui sera du bien de mon service. Sur ce je prie Dieu, Monsr de Dizimieu, vous avoir en sa saincte garde. Escrit au camp devant Montpellier, le xv de septembre 1622. *(Signature du Roi omise.)*

PHELYPEAUX.

A MONSIEUR DE DISIMIEU...

Monsieur, vous recevrez, avec la lettre du Roy, ung memoire succinct de ce qui s'est passé depuis le commencement de ce siège, auquel j'adjousteray seulement que Monsr de Montmorency a esté si bien traicté qu'il est sur le poinct de monter à cheval, pour revenir en ce camp[1]. Je m'asseüre que vous aurez du contentement d'apprendre ceste bonne nouvelle. Je vous baise très humblement les mains et vous prie me croire, Monsieur, vostre très humble serviteur, Au camp devant Montpellier, ce xve septembre 1622.

PHELIPEAUX.

CXVIII

A MONS^R DE DISEMIEU, CONSEILLER EN MON CONSEIL D'ESTAT, GOU-VERNEUR DE VIENNE ET PAIS VIENNOIS.

Monsieur de Dizemieu, vous recevrez ceste lettre par mon cousin le

---

[1] Lors du siège de Montpellier, à l'affaire du bastion de Saint-Denis, le 2 septembre, en repoussant l'ennemi, le duc de Montmorency « emporta deux coups de pique ». Soigné par le médecin du roi, puis porté à Pézenas, il monta à cheval quinze jours après.

comte de Soissons, pair et grand maistre de France, gouverneur et lieutenant general en Dauphiné[1], lequel s'en allant en madicte province pour
y tenir les estats d'icelle et y faire les autres fonctions de sa charge,
j'auray à plaisir et desire que vous preniez soing de le faire recevoir,
en ma ville de Vienne, avec les honneurs, debvoues et respectz que vous
scavez estre deubz à sa qualité, à sa charge et à son merite, vous ordonnant de le recognoistre et luy obeir en ce qu'il vous fera scavoir estre du
bien de mon service, comme personnage qui, outre les considerations de
sa naissance et de sa charge, m'est en affection et singulière confiance.
De quoy m'asseurant que vous vous acquitterez, selon ma volonté, ce
que vostre debvoir vous y oblige, Je prie Dieu, Monsr de Dizemieu, vous
avoir en sa saincte garde. Escrit à St Germain en Laye, le xxve jour de
Juillet 1623.
                                                        LOUIS.
                                                PHELYPEAUX.

CXIX

A MONSIEUR DE DIZIMIEU...

Monsieur, j'ay receu la lettre qu'il vous a pleu m'escrire, du xvie de ce
mois, par laquelle vous me mandez la bonne reception que vous avez faite,
à Vienne, à monsieur le Comte, et ce qui s'est passé à son entrée à Grenoble, et à l'ouverture des estats. Ce que j'ay fait entendre au Roy qui a
receu beaucoup de contentement de toutes ces premieres actions. Nous
avons à desirer que la conclusion des estats soit aussi heureuse, à quoy il
sera bien à propos que tous les serviteurs de Sa Majesté contribuent ce qui
despendra d'eux. Sa Majesté a fait, par ses precedentes depesches, entendre
à monsieur le Comte ce qui estoit de ces intentions sur ce subjet, elle luy
reytère la mesme chose, par le retour de monsieur Salier. Nous esperons
que monsieur le Comte tiendra la main que la volonté de Sa Majesté soit
suivie. Dieu veuille que l'evenement responde à nostre attente. J'ay representé au Roy le desir que vous aviez de vous retirer, pour venir luy
continuer vos services, près sa personne. Sa Majesté remet cela à vostre
discretion et à vostre commodité. Vous pouvez croire qu'elle aura tousjours

[1] Voir Lettre cxxiii.

à plaisir de vous veoir, et pour mon particulier je recevray à contentement de vous pouvoir tesmoigner, par mes services, combien je suis, Monsieur, vostre plus humble et affectionné serviteur. A Paris ce xxix novembre 1623.

PHELIPEAUX.

CXX

MONS^R DE DIZIMIEU, CONSEILLER EN MON CONSEIL D'ESTAT, CAPITAINE DE CINQUANTE HOMMES D'ARMES DE MES ORDONNANCES ET GOUVERNEUR DE MA VILLE DE VIENNE.

Monsr de Desimieu, encores que les grandes et extraordinaires despences que jay eu à supporter, pendant les mouvements passez, pour maintenir mon auctorité et conserver la paix publicque, ayant de telle sorte alteré le fondz de mes finances que j'aye esté obligé de retrancher entierement les pentions à ceulx de mes serviteurs à qui je les avois accordées, neantmoins faisant consideration sur les bons et recommandables services que vous m'avez tousjours renduz aux occurences qui se sont offertes, et desirant vous inviter dautant plus à me les continuer, Je vous ay accordé, par forme de gratiffication, la somme de trois mil livres pour l'année dernière, au lieu de la pention que vous soulliez avoir, dont je vous ay bien voulu donner advis par cette cy, affin que vous donniez charge à quelqu'un de fere par deça la poursuitte du payement auquel je donneray ordre qu'il soit pourveu à vostre contentement, et comme je veux croire que vous recevrez ce bien faict avec la gratitude et obligation que vous debvez. Aussy vous pouvez vous asseurer que s'il offre subject de vous departir de plus grandz advantages, vous m'y trouverez autant disposé que vos services le meritent. Sur ce je prie Dieu, Monsr de Dezimieu, vous avoir en sa saincte garde. Escrit à Paris, le xxve jour de feb^r 1624.

LOUIS.
PHELYPEAUX.

CXXI

A MONSIEUR DE DIZIMIEU...

Monsieur, J'ay receu la lettre qu'il vous a pleu m'escrire, du xviiie de ce mois, par laquelle j'ay veu que dans le voyage que vous avez fait pour accompagner monsieur de Montmorency jusques à Usez, vous avez pris

soing de vous informer de quelques assemblées que l'on disoit avoir estés
tenues à Privas et en Dauphiné, par ceux de la religion pretendue refformée,
mais puisqu'elles sont de petite consideration, et mesmes que l'une d'icelles
a esté faite pour un mariage, où il s'est retrouvé ung officier du Roy de
ladicte religion, je ne vous respondray pas autre chose sur ce subjet, sinon
qu'ayant representé à Sa Majesté ce que vous m'en mandez, elle a receu
en bonne part le tesmoignage que vous luy en avez rendu en cela de vostre
vigilance et affection au bien de son service. Vous verrez, au surplus, par
la lettre cy enclose, qu'elle vous escrit, qu'ayant reservé quelques gratiffi-
cations[1] à aucuns de ses particuliers serviteurs, pour l'année dernière, au
lieu des pensions qu'ilz souloient avoir, qu'elle a esté contraincte de retrancher entièrement, elle vous a compris en ce nombre, et bien que vos services vous ayent rendu assez recommandable pour obtenir ce bien fait de
Sa Majesté, Je n'ay pas laissé neantmoings d'y contribuer les offices qui
ont dependu de moy, ainsy que je feray tousjours, en autre occasion qui
se pourra presenter, mesmes pour faire faire le payement de la somme
qui vous est ordonnée, à celuy qui aura charge de le soliciter et le recevoir
de vostre part. Nous n'avons aussi aucune nouveauté qui merite de vous
estre escritte. Le roy et la royne sont tousjours en très bonne santé. Leurs
Majestés ont dansé ces jours derniers leurs balletz; maintenant que ces
exercices de joye sont passez, nous commenceons à entrer en ceux de la
devotion convenables au temps. Sur ce, je vous baise humblement les
mains et demeure, Monsieur, vostre très humble et affectionné serviteur.
A Paris, ce xxvie febvrier 1624.

PHELIPEAUX.

CXXII

A MONS^r DE DIZEMIEU, GOUVERNEUR DE MA VILLE ET CITADELLE DE VIENNE.

Monsr de Dizemieu, Ayant veu par la lectre que vous avez escritte
au s^r d'Herbault[2], du xe de ce mois, le desir que vous avez de faire un voyage

---

[1] Cette lettre du secrétaire d'Etat confirme la précédente émanée du roi.
[2] Reymond Phelypeaux. Lettre cxiv.

de deçà, tant pour me confirmer les asseurances de vostre fidellité et affection au bien de mon service, que pour vacquer à la poursuitte de quelques affaires qui vous important, je vous ay voullu faire cestecy pour vous dire que c'est chose que j'auray bien agreable, et pourrez vous y acheminer quant vous vouldrez, vous asseurant que j'auray à plaisir de vous veoir pour vous tesmoigner ce qui est de ma bienveillance en vostre endroit. Sur ce, je prie Dieu, Monsr de Dizemieu, vous avoir en sa saincte garde. Escrit à St Germain en Laye, le xxxe d'octobre 1624.

LOUIS.
PHELYPEAUX.

CXXIII

Louis par la grace de Dieu roy de France et de Navarre, daulphin de Viennois, comte de Valentinois et Dyois, à tous ceux qui ces presentes lettres verront, salut.

Estant depuis nagueres arrivé le decedz du s^r [Antoine] de Disimieu, chevalier de l'ordre St Jean de Hierusalem[1], qui estoit pourveu de la charge de gouverneur de nostre ville de Vienne et des chasteaux qui sont en icelle, et pareillement de nostre pays et bailliage de Viennois, ensemble de la tour et bourg de Ste Colombe, à condition de survivance de luy et du s^r de Disimieu son frère, ledict s^r de Disimieu nous auroit à present très humblement faict supplier de pourveoir de ladicte charge le s^r Hierosme, baron de Disimieu, son filz, à la mesme condition de survivance. En quoy desirant luy tesmoigner la satisfaction qui nous demeure de ses fidelz services et les recognoitre tant en sa personne qu'en celle de ses enfans, aux occasions qui s'en presenteront pour leur bien et advantage, mesmes en celles dudict s^r baron de Disimieu, sur l'assurance que nous prenons qu'il se rendra digne inmitateur de la vertu, fidelité et affection à nostre service de sondict père, Scavoir faisons que nous, pour ces causes et autres bonnes considerations à ce nous mouvans, et à plain confians de ses suffisance experiance

---

[1] Antoine de Disimieu, frère cadet de César, compris dans le traité de la réduction de Vienne, 1595, remplaça, à plusieurs reprises, son frère, dont il avait la survivance, dans le gouvernement de Vienne ; cette charge, à son décès, passa à Jérôme de Disimieu, son neveu, en survivance de César de Disimieu.

au faict des armes et bonne dilligence, avons à iceluy baron de Dizimieu et
sur la demission de sondict pere, donné et octroyé, donnons et octroyons
par ces presentes l'estat et charge de gouverneur de nostredicte ville de
Vienne et des chasteaux qui sont en icelle, et pareillement de nostredict
pays et bailliage de Viennois, ensemble de la tour et bourg de Ste Colombe,
pour icelle charge avoir, tenir et doresnavant exercer, en jouir et user par
ledict s^r baron de Disimieu, à la condition de survivance avec ledict s^r de
Dizimieu son père, et en l'absance l'un de l'autre, aux honneurs, auctoritez,
prerogatives, preeminances, franchises, libertez, estatz et appoinctementz
qui y appartiennent, avec pouvoir de commander aux habitans desdicts
lieux, ensemble aux gens de guerre qui y sont et seront cy apprès establis
en garnison ; ce qu'ilz auront à faire pour le bien de nostre service, seureté
et conservation desdictes places en nostre obeyssance, faire vivre lesdicts
habitans en bonne union et concorde les uns avec les autres, et lesdicts
gens de guerre en bon ordre et police, suivant nos ordonnances millitaires ;
et generalement faire tout ce qui sera et dependera du faict de ladicte
charge, et sans qu'advenant le decedz de l'un ou de l'autre, ladicte charge
puisse estre declarée vacante ny impetrable sur le survivant des deux, auquel
nous l'avons reservée et reservons par cesdictes presentes tant qu'il nous
plaira. Le tout ainsy que l'avoit et tenoit ledict s^r chevalier de Disimieu
son oncle, et soubz l'auctorité du gouverneur et nos lieutenans generaux
en nostre province de Daulphiné, et en leur absence dans iceluy pays et
bailliage de Viennoys. Sy donnons en mandement à nostre très cher et
bien amé cousin le comte de Soissons, pair et grand maistre de France,
gouverneur et nostre lieutenant general audict pays de Daulphiné [1], et en
son absence à nostre aussy très cher et bien amé cousin le duc Desdiguieres, pair et connestable de France, nostre lieutenant general audict gouvernement que, dudict s^r baron de Disimieu, pris et receu le serment en
tel cas requis et accoustumé, ilz le mettent et instituent ou face mettre et
instituer de par nous en possession et saisine de ladicte charge de gouverneur de nostre ville de Vienne, chasteau et lieux dessusdicts, et d'icelle,

[1] Provisions de gouverneur et lieutenant général de sa Majesté en Dauphiné pour Louis
de Bourbon, comte de Soissons, par le décès de Charles de Bourbon, comte de Soissons, son
père, Paris, 12 décembre 1612. Il fut tué à la Marfée, 6 juillet 1641, dans les rangs de l'armée
impériale.

ensemble des honneurs, auctoritez, pouvoir, preeminance et appoinctementz, droictz, proffictz, revenus et esmolumens desusdicts, le facent,
souffrent et laissent jouir à ladicte condition de survivance, et en l'absence
de sᵣ de Disimieu son père, plainement et paisiblement, et à luy obeyr et
entendre de tous ceulx et ainsy qu'il appartiendra es choses touchans et
concernans ladicte charge. Mandons en outre à noz amez et feaulx les
tresoriers de nostre espargne et tresoriers generaux de l'extraordinaire de
nos guerres que, lesdicts appellés à ladicte charge appartenans ilz facent,
après le decedz seullement dudict sᵣ de Disimieu son père, payer, bailler
et dellivrer par chacun an, audict sᵣ baron de Disimieu filz, aux termes et
en la maniere accoustumée et rapportant par eux ces presentes, ou coppies
d'icelles deuement collationnées, avec quittance dudict baron de Disimieu
sur ce suffisante. Nous voulons lesdicts appellés et tout ce que payé, baillé
et dellivré luy aura esté, à l'occasion susdicte, estre passé et alloué en la
despence de leurs comptes desduit et rabatu la recepte d'iceulx, par noz
amez et féaulx les gens de nos comptes, ausquelz mandons ainsy le faire
sans difficulté ; car tel est nostre plaisir, nonobstant quelconques editz et
declarations pour revocquations de survivance et autres choses à ce contraires, ausquelles nous avons desrogé et desrogeons, par cesdictes presentes,
ensemble aux derogations des derogations y conténues. En tesmoin de quoy
nous avons faict mettre nostre scel à icelles données à Paris, le deuziesme
jour de janvier l'an de grace mil six cens vingt cinq, et de nostre reigne le
quinziesme, signé Louis, et sur le reply, Par le roy daulphin, Phelipeaux,
et scellé du grand sceau de cire rouge. Et sur le reply est escript, Aujour-
d'huy vingt septiesme jour de janvier 1625, le sᵣ Hierosme baron de Desimieu a faict et presté le serment de fidelité qu'il doibt au roy, pour raison
de l'estat et charge de gouverneur des ville, chasteaux de Vienne, pays et
bailliage de Viennois, tour et bourg de Stᵉ Colombe, dont sa Majesté l'a
pourveu à la survivance du sᵣ de Desimieu son père, et en la maniere
accoustumée, es mains de monseigneur le comte de Soissons, gouverneur
et lieutenant general pour sa majesté en Daulphiné, moy son secretaire
present signé, Bresson.

La presente coppie a esté collationnée à son original par moy advocat
au conseil privé du roy soubzsigné, Demontz.

CXXIV

A MONS^s, MONS^s DE DIZEMIEU, GOUVERNEUR DES VILLE & CHAS-
TEAUX DE VIENNE, ET LIEUTENANT GENERAL POUR LE ROY EN VIENNOIS.

Monsieur, Il y a un differend[1] entre M. de Sassenage[2] et M. Ferrand[3]
conseiller au parlement de Grenoble, pour raison d'une abbaie de relligieu-
ses, que j'eusse bien desiré de veoir icy terminer devant moy, au contentement de tous leurs amis, comme je me promettois d'y mettre la bonne
main. Mais cela estant impossible, quant à present, à cause que mesdames
de Sassenage principales parties ne sont pas icy, j'ay jetté les yeux sur
vous, et vous nomme pour y tenir mon lieu et place et les accommoder
ensemble. Je vous prie d'en prendre la peine, et de juger au reste à quoy
je puis estre utile pour m'y employer, s'il vous plaist et me croire tousjours, Monsr, vostre très affectionné amy à vous servir. A Paris, ce xxij^e
juin 1626.

                                            LOUIS DE BOURBON.

CXXV

A MONS^s LE COMTE DE DEZIMIEU, GOUVERNEUR DE MA VILLE DE
VIENNE.

Monsr le comte de Dezimieux, Sur ce qui m'a esté representé du desir
que vous avez de venir faire un voyage par deçà, je vous en ay bien
volontiers accordé la permission, me promettant que vous sçaurez sy bien
pourveoir à la seureté et conservation de la place et de ma ville de Vienne
que mon service ne recevra aucun prejudice de vostre absence. Priant sur

---

[1] A propos de ces querelles entre gentilshommes, voir lettre CCLXI.

[2] Gaspard de Sassenage, marquis du Pont-en-Royans, par lettres de janvier 1617, blessé à
l'affaire du Pont-de-Cé, commandant une compagnie de cavalerie au siège de la Rochelle,
bailli du Viennois, 1635-1644, mourut à Paris en 1649 d'une opération de la pierre. Il avait
épousé, 1628, Antoinette, fille de Pierre d'Albon, seigneur de Saint-Forgeux, et d'Anne de
Gadagne, et veuve de François de la Guiche, seigneur de Saint-Géran ; à sa mort sans postérité,
les biens substitués de sa maison passèrent à Alphonse, baron de Sassenage, marquis du
Pont, seigneur de Montélier, etc.

[3] Octavien Ferrand, sieur de Saint-Ferjus, conseiller au parlement de Dauphiné, décédé
10 décembre 1663, épousa Marie de Gilbert de Verdun.

ce nostre Seigneur qu'il vous ayt, Monsr le Comte de Dizimieu, en sa saincte et digne garde. Escrit à St Germain en Laye, le xxiiie jour d'octobre 1626.

LOUIS.

. LE BEAUCLERC.

CXXVI

A MONS^R LE COMTE DE DIZEMIEU, GOUVERNEUR DE VIENNE.

Monsr de Dizimieu, Par vostre lettre du xi du present mois, vous me faictes entendre l'aprehention en laquelle vous estes à l'ocasion de l'ouverture, qu'a voulu fere fere le s^r Archevesque de Vienne[1], d'une des portes de la ville qui aboutist aux murailles, laquelle vous avez faict murer pour eviter les surprises qu'on pourrait avoir au prejudice de mon service, tant du dedans que du dehors de mon royaume. Sur quoy j'ai jugé à propos de vous ordonner qu'en ce temps cy, où on doibt estre en deffiance de plusieurs endroits, vous faciez bouscher ladicte porte qui doibt demeurer en cet estat jusques à ce que ledict s^r Archevesque et vous ayez envoyé vos raisons, de part et d'autre, à mon secretaire d'estat qui fera juger, en mon conseil, le different que vous pourriez avoir sur ce sujet. Vous satisferez donc à cette mienne intention et veillerez à la seureté de madicte ville, en telle sorte qu'il n'en arrive aucun inconvenient, et je prieray Dieu qu'il vous ait, Monsr de Dizimieu, en sa saincte et digne garde. Escrit au camp devant la Rochelle, le xxviie jour d'octobre 1628.

LOUIS.

LE BEAUCLERC.

CXXVII

[*Au dos*], Commission du Roy au sieur comte de Disimieu, pour les voitures des bleds en Piedmont.

De par le roy dauphin,

Sa Majesté ordonne au s^r comte de Dizmieu, gouverneur de la ville et chasteaux de Vyenne et Balliage de Viennois, de faire prendre tant en ladicte ville et Balliage qu'ez lieux circonvoisins, toutes les bestes de

---

[1] Pierre de Villars, archevêque de Vienne, 1626-1662.

voictures de charge qui si trouveront, avec les hommes necessaires pour les conduire, pour porter les bledz que sa Majesté fait dessendre, sur les rivieres de la Saone et du Rosne pour la nourriture de son armée, depuis ladicte ville de Vyenne jusqu'en celle de Grenoble, à la charge de payer lesdictes bestes et ceux qui les conduiront, selon le prix raisonnable que sera convenu par ledict sᵣ de Dizmieu, auquel sadicte Majesté donne pouvoir d'user de touttes contrainctes necessaires pour l'execution de la presente. Donné à Montluel¹, le xıᵉ jour de fevrier 1629.

LOUIS.

PHELYPEAUX.

CXXVIII

A MONSᵉ DE DIZIMIEU, conseiller en mon conseil d'estat et gouverneur de ma ville et citadelle de Vienne.

Monsᵣ de Dizimieu, Ayant apris que la maladie contagieuse s'est jetté dans Vienne², et que les prisonniers dont je vous ay donné la garde n'y pouroient pas demeurer sans courre hazard de la prendre, j'ay jugé à propos de les envoyer au chasteau de Quirieu, vous ordonnant pour cet effect de les faire conduire, soubs bonne et sauve garde, et les mettre entre les mains du sᵣ de Sᵗ Julien³, auquel je escrit sur ce sujet. A quoy m'asseurant

¹ Louis XIII, parti de Paris, le 4 février 1629, pour se mettre à la tête de l'armée destinée à soutenir Charles de Gonzague, duc de Nevers, héritier du duché de Mantoue, que lui disputaient le duc de Savoie et l'empereur, franchit le Pas-de-Suze, 6 mars, et imposa au duc de Savoie le traité de Suze, 11 mars.

« Le Roy, dit le P. Ménestrier, allant en Piedmont, descendant de Mâcon, et laissant Lyon à cause de la peste, passa le Rhône au port d'Anton. » Cette phase du voyage est confirmée par cette lettre, la petite ville de Montluel (Ain), sur la rive droite du Rhône, étant située à peu de distance du village d'Anthon (Isère), sur la rive gauche, d'où l'on pouvait facilement rejoindre la route de Grenoble où le roi arriva le 19 février. Les *Mémoires* de Richelieu disent à tort que le roi passa à Lyon, le 14 février.

² La peste éclata à Vienne avec intensité, au commencement de 1628. Le 21 juillet 1629, Louis XIII, à son retour de Languedoc, parti de Roussillon, évita Vienne à cause de la peste, dîna à Jardin et alla coucher à Mions (villages de l'arrondissement de Vienne), dans la maison de Charles de Neufville, marquis de Villeroy et d'Alincourt.

³ Melchior de la Poype, baron de Réaumond, seigneur de Saint-Jullin, servit en Piémont, en Languedoc; capitaine d'une compagnie de chevau-légers, 1641; député de la noblesse de Dauphiné; épousa, 12 octobre 1613, Anne, fille de Pierre de Granet, conseiller au parlement de Grenoble. Il était fils de Gabriel de la Poype, gouverneur pour la Ligue de Crémieu, Quirieu, Morestel, qu'il rendit à l'obéissance de Henri IV, 17 février 1591. — Quirieu, terre dépendant du domaine delphinal, port et château sur la rive gauche du Rhône (Bouvesse-Quirieu, canton de Morestel, Isère).

que vous satisferez, je prieray Dieu qu'il vous aye, Monsr de Disimieu, en sa saincte et digne garde. Escrit de St Germain en Laye, le xxie jour d'aoust 1629.

LOUIS.

LE BEAUCLERC.

CXXIX

A MONS^r DE DEZIMIEU, GOUVERNEUR DE MA VILLE DE VIENNE ET EN SON ABSENCE A CELUY QUI Y COMMANDE.

Monsr de Desimieu, Ayant sceu que le s^r de Virieu[1] doibt passer à Vienne, avec le regiment du Marquis de Villeroy[2], j'ay resolu de l'y faire arrester, vous faisant la presente affin que vous ayez à user de toute la vigilance et dexterité que vous jugerez necessaire pour vous asseurer de sa personne, y apportant aussy tel soing à la garde que vous m'en puissiez respondre, ce que je me prometz que vous scaurez très bien executter, selon les preuves que vous m'avez rendu de vostre affection, en plusieurs autres occasions, aussy je m'en remetz entierement à vous que je prie Dieu, Monsr de Dizimieux, avoir en sa saincte et digne garde. Escrit au camp d'Aix[3], le xxiiie jour de May 1630.

LOUIS.

DE LOMENIE.

CXXX

A MONS^r DE DIZEMIEU, GOUVERNEUR DE MES VILLE ET CHASTEAUX DE VIENNE.

Monsr de Desimieu, Plusieurs chefz de marque ayant esté arestez et

[1] Gabriel de Fay, baron de Virieu, sieur de Malleval, Chavanay, en Forez, mort le 5 avril 1661, épousa, 8 août 1631, Marguerite de Murat de Lestang, son héritière, par testament du 5 mars 1656. « Le roi avait été bien faché de la perte de Pondesture (Pontestura, sur la rive droite du Pô)..., on attendait Virieu pour le châtier... Il y avait en cette place, où Virieu commandait, dix compagnies du régiment de Villeroy ; attaquée, le 19 avril, par les Espagnols, elle fut emportée le 22, ayant été très lâchement et très honteusement défendue. » *Mémoires* de Richelieu.

[2] Le régiment de Villeroy, levé en 1616 par Nicolas de Neufville, marquis d'Alincourt et de Villeroy, gouverneur du Lyonnais, passa, en 1631, à son frère, Lyon-François de Neufville, chevalier de Malte, maître de camp du dit régiment, devenu le régiment de Lyonnais 1635, qui fut tué au siège de Turin, 3 août 1639.

[3] Louis XIII, allant à l'armée de Piémont levée pour le secours du duché de Mantoue, était à Aix, en Savoie, le 22 mai.

pris prisonniers, tant en voullant s'opposer au passage de mon armée en Piedmont qu'en la prise du chasteau de Saluces[1], lesquelz estant très important au bien de mon service de mettre en lieu pour les faire garder soigneusement, j'ay creu vous devoir envoyer à ces effects les cappitaines Cosfetari et Quibrin ensemble deux sergents, sur la confiance que j'ay que vous scaurez pourveoir à leur garde, en telle sorte qu'il n'en pourra arriver aucun inconvenient. De quoy me reposant sur vostre soing, prieray Dieu qu'il vous ayt, Monsr de Desimieu, en sa saincte et digne garde. Escrit au fort de Barrault, le vᵉ jour d'aoust 1630[2].

LOUIS.
DE LOMENIE.

CXXXI

A MONSᴿ DE DISIMIEU, CONSEILLER EN MON CONSEIL D'ESTAT, CAPPITAINE D'UNE COMPAGNIE DE CINQUANTE HOMMES D'ARMES DE MES ORDONNANCES ET GOUVERNEUR DE MA VILLE DE VIENNE.

Monsr de Dizimieu, Ayant sceu que mon cousin le comte de Soissons, gouverneur et mon lieutenant general en Dauphiné, vous a choisy pour la conduitte de la noblesse que je luy ai donné ordre d'assembler en ladicte province, avec pouvoir d'en commettre la conduite à un personnage de qualité et d'expérience necessaires pour s'en acquitter dignement, j'ay eu bien agreable le choix qu'il a faict de vostre personne pour cet employ, scachant comme vous m'y pouvez servir utilement. Ce que j'ay bien voulu vous tesmoigner par cette lettre, et vous dire que je me promets de recevoir de vous des preuves de la fidelité et affection que vous avez tousjours faict paroistre pour mon service, vous asseurant que celuy que vous me rendrez en ce subject me sera en particulière consideration. Sur ce, je prie Dieu, Monsr de Dizimieu, vous avoir en sa saincte garde. Escrit à Lion, ce xᵉ aoust 1630.

LOUIS.
BOUTHILLIER.

---

[1] Saluces capitula le 25 juillet 1630. « Le capitaine Balbien, quelques autres personnes de condition et trois cents soldats se rendirent et furent déclarés prisonniers de guerre. »

[2] Le 7 août 1630, Louis XIII revint à Lyon, où il tomba gravement malade le 22 septembre ; le 30, on le tint pour mort ; il partit pour Paris à la fin d'octobre.

CXXXII

MONSIEUR DE DEZIMIEUX, GOUVERNEUR DE LA VILLE DE VIENNE.

Monsieur, je vous envoie la lettre du Roy qui vous fera congnoistre comme il a agreé le choix que J'ai faict de vous pour commander la noblesse de mon gouvernement[1], à laquelle, par une despeche expresse quilz ont de moy, Ilz doivent estre prestz au xxv⁰ et, Parceque le service de sa majesté requiert d'eux un plus bref secours, Je vous prierai de les faire advancer et donner ordre à une dilligence extraordinaire, Affinque sa majesté demeure satisfaicte du soing qu'y aportez, et moy de l'affection qu'ilz tesmoigneront avoir en cette occasion pour son service. Assuré qu'estes qu'en touttes aultres, Je vous tesmoingnerai que Je suis, Monsieur, votre bien affectionné à vous faire service. A Lyon ce 10 aoust 1630.

LOUIS DE BOURBON.

LE ROY.

CXXXIII

A MONS⁰ DE DIZIMIEUX, GOUVERNEUR DE MES VILLES ET CHASTEAUX DE VIENNE.

Monsʳ de Desimieu, Voullant pourvoir à la seuretté et conservation de ma ville et chasteau de Vienne, pendant que le bien de mon service vous appelle à un autre employ, j'ay jugé à propos que vous remettiez et restablissiez le lieutenant qui y estoit cy devant[2], et que vous teniez dans ladicte place jusques à trente hommes, en sorte qu'il n'en puisse arriver aucun inconvenient. A quoy m'asseurant que vous scaurez donner bon ordre devant vostre depart, Je prieray Dieu qu'il vous ayt, Monsʳ de Desimieux, en sa saincte et digne garde. Escrit à Lyon le xxv⁰ jour d'aoust 1630.

LOUIS.

DE LOMENIE.

---

[1] Louis de Bourbon, comte de Soissons, gouverneur du Dauphiné, 1612, accompagna Louis XIII à la guerre d'Italie, 1630 ; son influence et celle du duc de Montmorency, neveu de Disimieu, qui fit aussi cette campagne, ne furent point étrangères à cette nomination. Mais l'autorité du roi, celle de ces grands personnages, la valeur militaire de Disimieu n'empêchèrent point la noblesse dauphinoise de témoigner son mécontentement de ce choix, contraire à ses privilèges, et d'en obtenir le retrait, ainsi que l'indiquent les documents suivants.

[2] B. de Longecombe, sʳ de Peyzieu. L. cxi.

CXXXIV

A MONSIEUR LE COMTE DE DISIMIEUX, GOUVERNEUR DE MES VILLES ET CHASTEAUX DE VIENNE ET MARESCHAL DE CAMP EN MES ARMÉES.

Monsieur le Comte de Disimieux, j'ay faict convocquer la noblesse de mon pays de Daulphiné, de tous les bailliages et seneschaussées qui le composent, en intention de m'en servir pour un effect très glorieux et necessaire pour conserver la reputation du nom françois en Italie, en la faisant acheminer, soubz la conduite d'aucuns desdicts baillifs et seneschaux. J'ay estimé que, pour en tirer plus d'advantage, il la failloit soubmettre à la conduitte d'un chevalier plein d'estime et d'experience, lequel par sa capacité sceu mesnager leurs courages et, ayant aucthorité au dessus de tous lesdicts baillifs et seneschaux, contienne toute ceste noblesse en ordre, affin que ceux qui commandent mon armée s'en puissent advantager, lorsqu'il fauldra entreprendre quelque chose de grand et de signalé. J'ay jeté les yeux sur vous pour vous donner cette commission, ayant consideré vostre naissance, la charge que vous avez audict pays et que vous estes l'un des mareschaux de mes camps et armées, et avant tout celà, vostre experience, estimant que ceste qualité de Mareschal de camp, joincte aux autres que vous possedez, feroit qu'un chascun desdicts baillifs et seneschaux vous obeyra avec satisfaction d'eux et de toute ma noblesse. J'attends qu'ils vous rendent l'obeissance qui vous est deue et estably pour les commander [1], et de vous la mesme envers ceux qui commandent mes armées, et que par vostre prudence vous conduirez leur valeur et par vostre dexterité leur affection. C'est en celà que vous aurez principallement à travailler, affin que le desir de revoir leurs maisons ne leur donne des impatiences qui ralentissent d'ordinaire le courage. Du vostre et du leur je me prometz des merveilles et que Dieu, qui assiste ceux qui sont armés pour la liberté du public, ne me desniera sa protection que j'ay ressentie en toutes mes entreprises. Lequel je prie vous avoir, Mʳ le Comte de

---

[1] Le roi, averti de la résistance de la noblesse à accepter Disimieu pour la conduire, adresse à ce dernier une nouvelle lettre destinée, en relevant son prestige, à paralyser l'opposition aux ordres de la cour.

Disimieux, en sa saincte et digne garde. Escrit à Lyon, le 6ᵉ jour de septembre 1630.

LOUIS.
DE LOMENIE.

CXXXV

A nos très chers et bien aimez les Baillifs de Grésivodan Viennois, de Valentinois et de Sᵗ Marcellin et aux Gentiz-hommes de nostre province de Dauphiné convoquez à Bourgoin.

Très chers et bien aimez, vous avez cet advantage, qu'ayant une forte guerre sur les bras pour la liberté de l'Italie, vous seulz avez esté convoc-quez, et l'estime que nous faisons de vostre vertu a donné lieu à cela. Nostre province de Dauphiné abonde en nombre de Gentilzhommes vaillants, sages et renommez par toute la terre, ainsy avons nous à esperer un grand effect en le nombre et la qualité de tous. Nous envoyons le sʳ de Crou-silles[1], l'un de nos Maistres d'hostel ordinaires, vers vous pour vous dire, en premier lieu, la satisfaction qui nous reste de la diligence que vous avez apporté à vous rendre aux lieux que nous vous avons donnez pour vous assembler, Ce que nous esperons de vostre generosité et, avec charge de nous rapporter fidellement le nom de tous ceux qui seront nommez et en quel esquipage ilz sy sont rendus, affin qu'en ayant congnoissance, le re-souvenir nous en demeure gravé en nostre esprit et que vous en esprouviez l'effect, aux occasions qui se presenteront de vous bien faire; les grandes victoires celebrées par l'antiquité et qui ont donné à la France le renom d'in-vincible ont esté gaignées par nostre noblesse convocquée de diverses pro-vinces, et la posterité, exaltant l'action où vous serez employé, jugera de vostre valeur avec gloire, et ne vous en attribuera pas une petite, que du nos-tre regne, où plusieurs grandes occasions ont esté vues, sans que nous ayons suivy cet exemple. Nous l'ayons voulu renouveller par vous qui, en celle cy,

---

[1] Le sʳ de Croisilles, maître d'hôtel du roi, envoyé vers l'assemblée de la noblesse, à Bourgoin, devait, tout en la louant de son zèle, confirmer auprès d'elle l'expression de la volonté royale en ce qui concernait la nomination de Disimieu. — « Le sieur de Croisilles, le fils, est tué à la défense du camp devant Arras, attaqué par les Espagnols, 2 août 1640. » — Jeanne, fille de Georges de Montmorency, baron de Croisilles, apporta la seigneurie de Croisilles à Philippe de Mérode, son mari; de cette union vinrent : Georges de Mérode, mort 1613, et Philippe de Mérode, baron de Croisilles, né le 4 octobre 1609.

donnerez des preuves de vostre courage aussy remarquables qu'en diverses
Nous avons esprouvé celles de vostre fidelite ; Une seule chose nous reste
à desirer qu'ayant pris soing de vous armer, vous laissiez celuy de vostre
vertu à ceux que nous avons preposez pour vous conduire et pour vous
commander, en quoy consiste le succez de l'entreprise où dieu benira nos
desseings, puys qu'ilz ne tendent que pour la liberté du monde, sans que
nous y cherchions autre advantage que celuy là, auquel comme Roy très
chrestien nous sommes tenuz, qui prions le createur vous avoir, très chers
et bien aimez, en sa saincte et digne garde. Escrit à Lyon, le vı^e jour de
septembre 1630.

LOUIS.

DE LOMENIE.

CXXXVI

AUX BAILLIFS, seneschaux et gentilshommes du dauphiné.

Tres chers et bien aymés, nous avons sceu par le sieur de Croisilles,
l'un de nos maistres d'hotel ordinaire, la bonne disposition en laquelle il
vous a treuvé de satisfaire à ce qui vous seroit ordonné pour notre service, dont nous sommes resté très satisfaict, qui eussions bien desiré que
les voyes de la plus part eussent esté suivies par aulcuns, lesquels, ayant
la mesme affection au service, ne laissent d'en recueillir l'effect et d'en diminuer la grace, recherchant de s'eslire un chef, ce qui blesse nostre authorité, et d'aultant plus que desjà nous en avons destiné ung. Aussi les Roys
nos predecesseurs, en toutes occasions, en ont establi ung pour commander. Car si bien les noblesses des provinces convoquées sur le ban doivent
estre menées par nos baillifs et seneschaux, si est ce que ceux là obeissent
tousjours à ceux qui commandent nos armées et à ceux ausquels nous les
voullons soubmettre, aultrement au lieu de tirer advantage de leur assemblée, la confusion qui s'y rencontreroit causeroit ung mal qui surpasseroit
l'effect du service, et que peuvent souetter nos ennemis, sinon d'apprendre que ceux qu'ils ont redoubtés contestent entre eux et soient sans obeissance. Pour eviter ces inconveniens, ayant permis aux baillifs et seneschaux de faire leur charge, selon leur semble, nous avons choisy pour
commander, au dessus d'eux, à toute la noblesse de nostre pays du Daulphiné, le sieur Comte de Disimieux dont la naissance, l'aage et la capacité
le rendent digne de ce commandement et d'ung plus grand. Aussi voulons-

nous que, sans y former plus de difficulté, ung chascun se conforme à nos intentions, et comme celluy qui s'y opposera descherra de la grace qu'il peult acquerir en nous servant et tombera en un crime. Ceux qui s'y rangeront nous tesmoigneront leur fidelité, se rendront dignes de nos bienfaits et faveurs, ainsy que le sieur de Croisilles vous le fera ·plus particulierement entendre de nostre part. Sur lequel nous remettant, nous prions Dieu..... scellé à Lyon, le 7ᵉ septembre 1630 ¹.

LOUIS.
DE LOMENIE.

CXXXVII

Le septiesme jour du moys de septembre mil six cent trente, au lieu de Bourgoind², les soubzignés en corps de noblesse ont nommé et deputé vers sa majesté les seigneurs de Pusignat³, la Roche de Grane⁴, de Lestang⁵ et de Montferrier⁶, pour tesmoigner à sadicte majesté les bonnes vollontés

¹ En copie.

² Nonobstant les ordres, la lettre du roi et les observations de M. de Croisilles, l'assemblée de la noblesse persista à demander discrètement la conservation de ses privilèges concernant l'arrière-ban.

³ Jacques de Costaing, seigneur du Palais et de Pusignan, en Viennois, fils de François, qui acquit Pusignan de la famille du Fay, 1573, et de Catherine de Rostain, mariés 2 mai 1568; gardier de Vienne, 1595; hommage Pusignan, 1605, renouvelle les fondations de la chapelle des Costaing, à Saint-Maurice de Vienne, 1622; il avait épousé Anne de Costaing, fille de Jacques de Costaing, sʳ de Belvey, en Dombes, coseigneur de Feyzin, et de Catherine de Trye; d'où : Aymar, sʳ de Pusignan, lieutenant général de la grande fauconnerie de France, chef de deux vols pour le milan; il teste 22 janvier 1676; héritier, son frère, Claude de Costaing, marquis de Pusignan, par lettres de novembre 1679, baron de Belvey, colonel du régiment du Languedoc, maréchal de camp, mort 1ᵉʳ mai 1689 d'une blessure reçue au siège de Londonderry; Marie-Anne de la Poype, sa veuve, hommage Pusignan, 1705. La terre de Pusignan passa à Claude de Camus d'Arginy, fils de Charles et de Catherine de Costaing, mariés 23 janvier 1637, sœur de Claude.

⁴ Louis de Beaumont, coseigneur d'Autichamp, héritier de son père Gaspard, teste à la Roche-sur-Grane, en Valentinois, le 17 août 1648, en faveur de son neveu François de Beaumont, seigneur d'Autichamp et de la Roche-sur-Grane, mort 1644, qui épousa, 1ᵉʳ septembre 1609, Françoise de Florance de Gerbeys.

⁵ Jacques de Murat de Lestang, seigneur de Lens, Moras, etc., gentilhomme de la chambre du roi Henri IV, chevalier de Saint-Michel, colonel d'un régiment d'infanterie, marié, 15 février 1606, à Sébastienne-Laurence, fille de Jacques de Grôlée, comte de Viriville, d'où, entre autres : Antoine de Murat, marquis de Lestang, par lettres de juillet 1643, maréchal de camp, 1653; né 1608, teste 28 août 1652; marié à Marguerite de Montagny, héritière de sa maison, 9 avril 1631, d'où postérité.

⁶ Sébastien de Pourroy, seigneur de Montferrier, Cras, Vaulserre, etc., vice-sénéchal de Crest, 1615, conseiller au parlement, 1621, président à mortier, 1629, meurt 1663; il avait épousé Béatrix-Robert, fille de Gaspard, seigneur de Bouquéron.

qu'ils ont à son service, et offrent, non seullement le service auquel ils sont obligés pour la convocation de l'arriere ban, mais encore un volontaire, aveq très humble supplication de leurs en accorder l'honneur, soubz les formes ordinaires de la province pour ledict arriere ban, et pour les volontaires, conformement à celluy que toute la noblesse de France a acoustumé de luy rendre et que ladicte noblesse ast tousjours rendu aux predecesseurs rois de sadicte majesté.

CXXXVIII

Chemyn que tiendront partye de la noblesse de Daufiné qui font leur assemblée à Bourgoing, pour aller en Piemont.

Partans dudict Bourgoing[1] pour loger au Pont de Beauvoysin[2], auquel lieu leur sera fourny estappes.

A Chamberry, auquel lieu leur sera fourny estappes.

Passeront au port de la Gache[3], et iront loger à Ste Heleyne du Lac[4].

prendront du pin en passant à Chapareillan[5] pour trois jours, attendu qu'il n'y a poinct d'estappes audict Ste Heleyne, à Bourgneuf[6] et Epierre[7], dudict Ste Heleyne iront à Bourneuf.

passeront au pont d'Argentyne et logeront à Epierre.

à St Julien[8], auquel lieu il leur sera fourny estappes de pin, viande et foin, et pour cest effect, envoyront devant à St Jehan de Morianne au s^r Cocquet, pour en prendre l'ordre.

à Braman[9], auquel lieu il leur sera aussy fourny estappes comme dessus.

passeront au petit Mont Senys, et dessendront à la Novalleze[10], sans

---

[1] De Bourgoin, Isère, au Pont-de-Beauvoisin, Isère et Savoie, 33 kilomètres.

[2] Du Pont-de-Beauvoisin à Chambéry, 29 kilomètres.

[3] La Gache, au-dessous du fort Barraux, sur la rive droite de l'Isère.

[4] Sainte-Hélène-du-Lac, canton de Montmeillan, Savoie, à 18 kilomètres de Chambéry.

[5] Chapareillan, canton du Touvet, Isère.

[6] Bourgneuf, canton d'Aiguebelle, Savoie, à 30 kilomètres de Chambéry (route par la vallée de l'Arc).

[7] Epierre, canton d'Aiguebelle, Savoie, à 50 kilomètres de Chambéry.

[8] Saint-Julien, canton de Saint-Jean-de-Maurienne, Haute-Savoie, à 77 kilomètres de Chambéry.

[9] Bramans, canton de Saint-Jean-de-Maurienne, à 103 kilomètres de Chambéry.

[10] La Novalleze, Novalesa, sur l'ancienne route du mont Cenis à Suse, Italie.

entrer dedans, et envoyront devant, à cellui qui commande à Suze, pour prendre par ses mains quartier et l'ordre de ce qu'ilz auront à faire.

Faict à Lion le vi° septembre 1630. Descures.

CXXXIX

A MONS^R LE COMTE DE DISIMIEU, MARESCHAL DE MES CAMPS ET ARMÉES ET GOUVERNEUR DE MA VILLE ET PLACE DE VIENNE.

Monsr le Comte de Desimieu. Il me demeure une entiere satisfaction du soing, deligence et affection que vous avez tesmoigné pour la conduite de la noblesse de mon païs de Dauphiné en mon armée de Piemont, fasché de ce que vostre indisposition[1] et vos forces ne vous ont peu permettre d'entreprendre un si long voyage et d'executter l'entreprise de laquelle je vous avoyes donné le commandement, pour la particulière confiance que j'ay de vostre longue experience et valleur, dont vous m'avez donné des preuves en tant de diverses occasions qu'en celles qui s'offriront. Je seray tousjours très ayse de faire cognoistre l'estime que je fay de vous et je prieray Dieu, Monsr le Comte de Desimieux, avoir en sa saincte et digne garde. Escrit à Lyon, le xxi° jour de septembre 1630. LOUIS.

DE LOMENIE.

---

[1] Quelque fort qu'il fût de l'autorité du roi, C. de Disimieu ne put ou ne crut pas devoir persister dans l'exercice du commandement de l'arrière-ban, rendu délicat et difficile par l'opposition de la noblesse, et invoqua l'état précaire de sa santé pour le résigner honorablement. La conclusion de cette affaire est fournie par le président D. de Salvaing de Boissieu, dans son *Traité des Fiefs* : « En l'année 1630, le Roi ayant convoqué l'Arriereban de Dauphiné, pour le secours de Casal, et donné le commandement au comte de Disimieu, gouverneur de Vienne, bailly de Viennois, une partie de la Noblesse, assemblée à Bourgoin, députa quatre gentilshommes à Sa Majesté qui étoit alors à Lyon, pour lui faire des très humbles remontrances, qu'elle n'avoit jamais été commandée que par le gouverneur de la province ou par le lieutenant de Roi, ou par celui qu'elle-même nommait de son corps. Et comme j'étais jeune et sans charge, je fus député à l'autre partie de la Noblesse assemblée à Goncelin, pour la disposer à prendre la même résolution, ce qu'elle fit. Ensuite de quoi Sa Majesté agréa que Monsieur le comte de Sault, lieutenant du roi, commanda l'Arriereban. » On pourrait aussi croire que la naissance de Disimieu fut trouvée un peu mince et que le souvenir de son infidélité au duc de Nemours pesa sur les résolutions de l'assemblée peu disposée à sacrifier, en pareille conjoncture, ses antiques privilèges qui, en fin de compte, furent respectés par le roi.

Au secours de Casal, 17 octobre, la noblesse dauphinoise qui faisait quatre cents maîtres, sous les ordres du comte de Sault, fut destinée, pour en être toujours, à *la bataille*, partie de l'armée placée entre les deux ailes.

CXL

. A MONS^R DE DESIMIEUX, CAPPITAINE D'UNE COMPAGNIE DE CHEVAUX LEGERS ET EN SON ABSENCE A CELUY QUI LA COMMANDE.

· Monsr de Desimieux[1], Après l'heureux et glorieux succès de mes armes en Itallie[2], j'ai jugé à propos, dans la rigueur du temps où nous allons entrer, de retirer une partie des troupes que j'y ay, comme aussy estant arrivées dans mon royaume, de les faire licentier pour le soulagement de mes subjectz et finances, vous en ayant bien voulu donner advis par la presente affin, qu'ayant faict rendre en ma ville de Lion vostre compagnie de chevaux legers, vous ayez à faire separer les cavalliers d'icelle, deux à deux, ou quatre à quatre tout au plus, aux lieux de leur demeure, sans commettre, par les chemins, aucune insolence qui puisse donner sujet aux prevosts des Mareschaux de leur courir sus, ainsy que je leur ay commandé de faire à ceux qui entreprendront d'aller en plus grande trouppe, et de veiller aux desordres. J'ay aussy pourveu à ce qu'il soit fourny, aux chefs et officiers presents et efectifz de ladicte compagnie, une monstre de leurs estats et appointements, avec assurance, qu'aux occasions qui s'offriront, je me souviendray du service qu'ils m'ont rendu. Et en vostre par, vous esprouverois tousjours les effectz de ma bonne volonté. Priant sur ce Dieu qu'il vous ayt, Monsr de Desimieux, en sa saincte et digne garde. Escrit à St Germain en Laye, le VIIIe jour de decembre 1630.

LOUIS.
BOUTHILLIER.

CXLI

A MONS^R DE DISIMIEU, GOUVERNEUR DE MA VILLE ET CHASTEAU DE VIENNE ET PAYS DE VIENNOIS.

Monsr de Dizemieu, ayant esté adverty qu'il se faict diverses assemblées de personnes de toutes qualités dans ma province de Dauphiné, sous des

---

[1] Jérôme de Disimieu, capitaine d'une compagnie de chevau-légers. Suivant un ordre de route donné au camp de Fouy, 3 décembre 1630, signé Schomberg, divers régiments, dont la compagnie de Disimieu, devaient se rendre de Casal à Lyon.

[2] Le traité de Ratisbonne, 13 octobre 1630, termina la guerre d'Italie et conserva au duc de Nevers le duché de Mantoue.

pretextes recherchez, dans lesquelles il se peut faire des propositions dont il seroit à craindre qu'il n'arriva de mauvaises suittes qui seroient capables de troubler le repos de ladicte province, de quoy voullant estre particullierement esclairçy pour y donner l'ordre necessaire, Je vous faicts cette lettre, par le s^r baron de Dizimieu vostre fils qui s'en retourne par de là, pour vous dire que, sachant combien vostre presence peut estre utille ausdictes assemblées pour y contenir chascun au debvoir, Je desire que vous vous y trouviés pour entendre ce qui se traictera et proposera, empeschant qu'il ne s'y prenne des resolutions prejudiciables au bien de mon service. De quoy je me prometz que vous vous acquitterez fidellement et que vous serez soigneux de me donner advis de ce que vous y aurez remarqué, ainsy que je vous y exhorte[1]. Ce qu'ayant faict, j'auray plaisir, lorsque le beau temps sera venu, que vous me veniez trouver, là par où je seray, pour apprendre par vostre bouche l'estat des affaires en ladicte province, Et ce que vous y aurez recogneu concernant mondict service. Asseuré que je vous verray du bon œil et vous temoigneray vollontiers ce qui est de mon affection en vostre endroit, ainsy que le baron de Dizimieu vous dira plus particullierement, sur lequel me remettant, je prieray Dieu, Monsr de Dizimieu, vous avoir en sa garde. Escrit à Paris le vIII^e febvrier 1631.

LOUIS.

PHELYPEAUX.

CXLII

A MONS^r DE DIZEMIEUX, GOUVERNEUR DE MA VILLE ET CHASTEAU DE VALLENCE (VIENNE), OU EN SON ABSENCE A CELUY QUI COMMANDE AU CHASTEAU.

Monsr de Dizimieux, Je vous faict cette lettre pour vous dire, qu'incontinant icelle receue, vous ayez à remettre au prevost Thomé tous les prisonniers de guerre pris en Italie dont vous pouvez avoir esté chargé, lesquelz

---

[1] Le roi pouvait alors redouter quelques mouvements motivés, à la suite de la *Journée des Dupes*, par le départ, 30 janvier 1631, de Monsieur, Gaston son frère, pour Orléans, dans l'intention d'engager les hostilités. Le duc d'Orléans témoignait une bienveillance particulière au maréchal de Créquy, lieutenant général en Dauphiné, que Richelieu ne considérait ni comme ami, ni comme ennemi; cependant, les ducs de Créquy et de Montmorency l'assistèrent, lors de sa prestation de serment, en qualité de duc et pair, 5 novembre 1631.

je luy ay commandé de mener et conduire à Pignerol, pour les rendre, suivant ce qui a esté convenu par le traicté de paix d'Italie[1]. A quoy vous n'aporterez aucune difficulté ny retardement, pour quelque cause et occasion que ce soit, surtout que c'est chose que je desire et qui importe à l'execution de ladicte paix. Sur ce je prie Dieu, Monsr de Dizimieux, vous avoir en sa saincte garde. Escrit à Fontainebleau, le iiie de may 1631.

LOUIS.

BOUTHILLIER.

[*Au verso décharge*]. Monsieur le comte de Desimieu, Suyvant l'ordre du Roy du troisiesme du present, m'a remis les sieurs Coffetiere, Guerin, Gallien, de Perlingt prisonniers de guerre, pour les conduire à Pignerol, pour estre rendus, suyvant le traicté de paix. Faict ce jourd'huy, dixneuviesme jour de may 1631.

THOMÉ.

CXLIII

A MONS^r DE DISIMIEU, CONSEILLER DU ROY EN SON CONSEIL D'ESTAT, CAPPITAINE DE CINQUANTE HOMMES D'ARMES DE SES ORDONNANCES, ET GOUVERNEUR DE LA VILLE DE VIENNE.

Monsieur, pour respondre aux trois poincts contenus en la lettre qu'il vous a pleu m'escrire, du premier de ce mois, je vous diray, pour ce qui regarde les prisonniers de guerre que vous aviez en garde, et lesquels vous avez mis ez mains du s^r Thomé, suyvant l'ordre du Roy, c'est chose que Sa Majesté a bien agreable, ainsy que vous l'aviez appris d'ailleurs. Mais pour la despence que vous avez advancée pour lesdicts prisonniers, je n'ay pas creu en debvoir parler, puisque Sa Majesté n'a pas accoustumé de porter pareilles despences, et que les autres prisonniers qui estoient à Beaucaire, Lyon et ailleurs ont satisfait leurs hostes, ainsy que vous scavez estre l'ordinaire, de manière que, pour ce regard, il sera bien à propos que vous cherchiez les moiens de faire paier à ces Messrs les advances qui ont esté

---

[1] Par le traité de Quierasque, 6 avril 1631, conclu entre le roi, Ferdinand II et le duc de Savoie, le duc de Nevers avait reçu l'investiture du duché de Mantoue, le duc de Savoie gardait une partie du Montferrat et la France conservait Pignerol.

faites pour leur nourriture et entretennement..... Vostre très humble et
plus affectionné serviteur. A S* Germain en Laye le ix⁰ juillet 1631.

LA VRILLIÈRE¹.

CXLIV

A MONSIEUR, MONSIEUR DE DIZIMIEUX, GOUVERNEUR POUR LE ROY A VIENNE.

Monsieur, je ne scaurois assez vous tesmoigner le contentement que le
Roy a du zelle que vous faites paroistre en l'occasion presente avoir à son
service, qui luy confirme la creance qu'il en a tousjours eue. Sa Majesté
part pour aller droit à Lyon, où elle vous fera cognoistre le gré qu'elle
vous en scait et pourvoiera à tout ce qu'elle jugera estre necessaire pour
la seureté de vostre place. Cependant je vous prie de croire que là où
j'auray lieu de vous faire paroistre l'estime que je fais de vous, vous avouerez
que je suis, Monsieur, vostre très affectionné à vous rendre service. De
Paris, ce 13⁰ aoust 1632².

LE CARD. DE RICHELIEU.

CXLV

A M⁰ DISIMIEU.

M⁰ Dizimieux, j'ay receu, par la bouche de votre fils, les asseurances
que je m'estois tousjours promis de votre fidelité, en ayant eu assez de
tesmoignages par le passé, pour n'en faire aucun doubte à present ; soyez
asseuré que j'en suis très satisfaict. Je vous prie aussy de continuer à me
bien servir, où vous estes, et de croire que je vous tesmoigneray aux occa-

---

¹ Louis Phélipeaux, s⁰ de la Vrillière, mort 5 mai 1681, âgé de quatre-vingt-trois ans,
secrétaire d'état, second fils de Reymond Phélipeaux, s⁰ d'Herbault.

² Gaston d'Orléans, entré en Champagne, 13 juin 1632, à la tête de 2.000 Espagnols joints
à ses partisans, traversa la Bourgogne, évita le Dauphiné et, par l'Auvergne, entra en Languedoc où, à l'assemblée des Etats, 22 juillet, Montmorency et tous les députés se déclarèrent
en sa faveur. Cette trahison rendait fort délicate la position de Disimieu, oncle et conseiller
du duc ; sa fidélité ne s'ébranla pas et les assurances qu'il en donna, ou fit transmettre à la
cour par son fils, furent agréées par le roi et le tout-puissant cardinal.

Par lettres de provisions du 18 février 1632, enregistrées le 16 février 1633, César de
Disimieu avait été pourvu de l'office de bailly du Viennois, vacant par la résignation de
Alexandre Alleman, vicomte de Pasquier (originaux sur parchemin).

sions l'estime que je fais de votre personne et de votre affection [1]. Aussy je prie Dieu vous avoir, Mr Dizimieux, en sa saincte garde. Escrit à Fontainebleau, ce xvie jour d'aoust 1632.

LOUIS.

CXLVI

A MONS^r LE COMTE DE DIZIMIEU, CONSEILLER EN MON CONSEIL D'ESTAT, GOUVERNEUR DE MA VILLE DE VIENNE ET PAYS DE VIENNOIS.

Monsr le Comte de Dizimieu, J'ay receu vostre lettre du iie de ce mois, par laquelle et par ce que le s^r Baron de Dizimieu, vostre fils, m'a faict entendre, j'ay veu les asseurances que vous me donnez de vostre ville et devotion à mon service, sur les occurences qui sont surveneues en Languedoc, dont je vous puis asseurer n'estre jamais entré en doubte, m'estant tousjours promis, quelque mouvement qui peust arriver de ce costé là, que rien ne seroit jamais capable de vous divertir de la fidelité et de l'obeissance qui m'est deue [2]. Je ne vous fay point de responce sur l'instance que vous me faictes, par ladicte despeche, tant que d'obtenir quelque augmentation de garnison dans vostre place, que pour pourvoir à ses necessitez, estant en chemin pour aller vers voz quartiers, où je m'advance en

[1] A ce moment, on s'occupait, à la cour, de la promotion dans l'ordre du Saint-Esprit qui devait s'effectuer le 14 mai 1633 et comprendre quarante-trois chevaliers. Antérieurement, César de Disimieu, appuyé par la reine mère, Marie de Médicis, fort affectionnée à la maison de Montmorency, avait été l'objet d'une proposition, suivant le *Catalogue officiel des chevaliers du Saint-Esprit, dressé par les soins de l'Ordre*, Paris, 1760, qui l'inscrit au nombre des chevaliers nommés en 1615 et non reçus. La présence effective à la cérémonie d'investiture étant indispensable, conformément aux statuts, le motif de son exclusion semble établi par son absence. Porté à nouveau sur la liste préparatoire dressée par Louis XIII, sa mauvaise fortune, accrue peut-être par la révolte de son neveu, le duc de Montmorency, dérouta une seconde fois ses glorieuses espérances. Il constate lui-même son échec, dans une lettre écrite à son fils Jérôme, alors à Paris : « ... Pour ce qui est des chevailliers qui se doibvent faire, vous ne vous debvés en aulcune fasson inquietté, car encore que le Roy me l'auroit accordé et commandé d'y allé, pour recepvoir cet honneur, je ne l'aurois pas peu faire, à cause de mon indisposition qui ne me permet plus de faire de si long voyages ; c'est pourquoy vous pouvés vous soullager de la peine où vous pourriés estre... A Vienne, le 5 may 1633. » Le nom de Disimieu ne se trouve sur aucune des listes officielles. Pourtant, vers cette époque et en divers actes, il est qualifié chevalier de l'ordre du Saint-Esprit; mais ce n'était là qu'un titre de courtoisie dont se plaisaient à se parer par avance les personnages proposés, ce dont on rencontre plusieurs autres exemples.

[2] Allusion à la révolte du duc de Montmorency.

la plus grande diligence qu'il m'est possible, que je remetz, lors que je seray sur les lieux, à faire là dessus la consideration necessaire pour le bien de mon service[1]. Cependant je vous exhorteray de continuer tousjours à veiller soigneusement à la conservation de vostre place, et sur les actions de ceux que vous reconnoistrez n'avoir pas les intentions sy saines qu'il seroit à desirer, affin qu'il ne se passe rien par de là au prejudice de mon authorité. Ce que me promettant de vostre affection acoustumée, je prie Dieu qu'il vous ait, Monsr le Comte de Dizimieu, en sa saincte garde. Escrit à Fontainebleau le xviiie jour d'aoust 1632.

LOUIS.

PHELYPEAUX.

CXLVII

A MONS^R LE COMTE DE DIZIMIEU...

Monsieur, Je ne suis point en doutte que vostre place n'ait les deffaultz que vous me marquez par vos lettres des xxvii juillet dernier et du iie du present mois, et qu'il ne fust très à propos, pour le service du Roy d'y apporter du remède, aussy n'ay je poinct manqué de les representer à sa Majesté et de vous faire, auprès d'elle et de Messrs les ministres, tous les offices que vous scauriez desirer de moy pour ce regard, mais comme le mal qui est à present en Languedoc est ce qui presse le plus, et que, pour le Dauphiné ny les autres provinces, l'on ne voit pas qu'il y ait beaucoup à craindre, pourveu que chacun se tienne soigneusement sur ses gardes, comme l'on s'asseure icy que vous faictes ; sadicte Majesté et ces Messrs tournent toutes leurs pensées de ce costé là, où la necessité paroist plus grande et plus urgente, de sorte que je ne puis vous dire autre chose sur ce sujet sinon que sadicte Majesté, ayant à passer par vos quartiers, vous pourrez profficter de ce rencontre, tant pour luy faire considérer l'estat de vostre place et les reparations qu'il est besoing d'y faire, pour sa seureté, que pour luy representer les incommodités que le Viennois a souffertes au passage des trouppes de M. le Marechal de la Force, affin de procurer à ce

---

[1] Louis XIII, parti de Paris pour aller en Languedoc, arriva à Lyon le 5 septembre et y apprit la nouvelle de la bataille de Castelnaudary, 1er septembre 1632, en laquelle Montmorency fut battu par le maréchal de Schomberg et fait prisonnier. Le roi coucha à Vienne le 9 septembre et le 10 à Saint-Vallier.

pays un peu de soulagement, par le moyen duquel il puisse reprendre quelque sorte de vigueur, pour supporter, plus commodement, les autres logements de gens de guerre qui auroient à y passer durant ces occurences. En quoy je vous puis asseurer que je contribueray très volontiers ce qui dependra de mes soings, pour vous faire connoistre que je prens part à tout ce qui vous regarde, et que je suis, Monsieur, vostre très humble et affectionné serviteur. De Fontainebleau, le xviiie d'aoust 1632.

LA VRILLIÈRE.

CXLVIII

A MONSIEUR LE BARON DE DISIMIEU.

Mon fils, je n'ay point eu des nouvelles, despuis vostre despart de ce lieu, et n'ay laissé de vous escrire, may je crois que vous n'avés pas receu mes lettres, vous m'en manderés quand vous vouldrés ou quand vous pourrés. Je n'ay rien à adjouster au memoire que vous avés, sinon que je n'ay point abandonné ce lieu depuis le despart du Roy, à cause de la multitude des troupes qui ont passé les unes, par les ordres de Sa Majesté, les aultres, sous des blanc seings que monsieur le Mareschal de Crequy a laissé, quand il est parti, et Monsieur le premier president, à ce que l'on m'a dict, s'ingere d'en donner en ce balliage, au prejudice de la deffense qu'il en a du Roy [1] ; il y en a d'autres qui n'ont point d'ordres pour tout, en sorte que c'est une confusion et ruine toutalle du pays et retarde le service du Roy, si bien que je croirois, qu'après que vous auriés faict entendre cette confusion, que si le Roy voulloit estre servi et soulager son peuple..... j'eusse, par patante ou lettre de cachet, commandement de voir les ordres et de les faire observer, soit en qualité de gouverneur du Viennois ou de ballif ou marechal de camp, et les choses en iroient mieux, mesme n'ayant point de lieutenant dans la province ; et vous vous gouvernerés sellon le sentiment de ceux qui peuvent donner ordre ; je vous diray [que j'ai donné] cents livres aux bastelliers qui ont mené [Monsr] de Saint-Chamond [2], lesquels ne m'ont peult estre [rendus], il faut que vous les

---

1 Voir sur ce conflit de pouvoirs lettres CLVII et suivantes.
2 Louis Mitte de Chevrières de Saint-Chamond avait été gratifié par le roi d'un régiment qu'il organisait en août 1632. Il mourut à Grenoble, le 16 juillet 1639, à l'âge de vingt-sept ans.

demandiés au capitaine, dont vous avez la promesse, et vous faire payer, et
quand il se rendroit difficile, le dire à Monsieur de Saint-Chamond et au
besoing au Roy et à Monsieur le Cardinal, pour faire voir le soing que je
prend de faire marcher les troupes ; tout cela ne peut être que bien receu,
à mon advis ; je vous en laisse pourtant la conduitte, sellon que vous le
jugerés à propos, comme aussi tout le reste ; et qu'il ne vous face pas
oublier le service de dieu et ce que vous me debvés, et vous asseureray que
de ma part je raporteray tousjours ce que je pourray pour vous et demeu-
reray vostre bon père à vous parfaittement aymé. A Vienne, ce 27 septembre 1632.   DISIMIEU.

CXLIX

A MONSIEUR LE BARON DE DISIMIEU.

Mon fils, je n'ay receu que deux de vos lettres, despuis vostre despart,
l'une qui datte du 22 du mois passé (septembre), et l'autre du vingt huict,
par lesquelles j'ay veu que vous ne pouvés encore guière advancer aux
affaires, à quoy je ne vous puis respondre aultre chose, sinon que vous faciés
ce que vous pourrés, et mesme à present sur cellà de la prise de Messieurs
de Chamon, par le sieur Cezille, lieutenant des gardes de Sa Majesté en la
prevosté de son hotel, qui les a amené en cette ville et remis prisonniers
dans le chasteau de cette ville, par ung commandement qu'il a faict à
Beaud, moy estant allé voir vostre mère malade, de la part du Roy, sans
luy faire voir aulcune commission, à quoy il a obei assez legerement, qui
me met beaucoup en peine, pour ne voir pas bien clairement les vollontés
du Roy, sur ce subjet, et d'ailleurs que ce lieu là est une très mauvaise
prison et tout plein de suitte dangereuse qui peuvent arriver ; et pour les
bien garder il fauldra faire une grandissime despence, que si j'en suis aussi
mal recompensé que des aultres, c'est pour me beaucoup incomoder ; ce
que vous avés donc à faire la dessus c'est d'en parler au Roy, à Monsieur le
Cardinal et au sieur de la Vrilliere, pour avoir commandement bien exprès
de les garder, ou de les delivrer à celuy qui luy plaira, et leur rendés tous
les bons offices que vous pourrés, il le faut faire genereusement autant que
le temps et la raison vous le permettront, et cela vous servira de pretexte
de demander les sommes qu'on vous avoit promis, et dire au Roy que je

faict continuer les gardes icy à l'acoustumé ; il y en a beaucoup d'aultres qui sont allarmé qui je crois n'ont pesché qu'en parolles, comme ceux cy. Au surplus, je suis bien aise que vous ayez..... compliment, comme je vous paye la despence qu'on vous a faict, vous continuerés.... [comme] la raison et le debvoir le vouldra, avec la discretion et la prudence necessaire.... vous me donnerés advis de ce que vous aprendrés[1].... que l'occasion presente me donne sujet vous escrire, sinon de pour vous asseurer que je suis vostre bon père à vous parfaittement aymé.

DISIMIEU.

Prenez soing d'envoyer responce de toutes les lettres que j'escris, si vous pouvez. Celles qui sont separée dans ung paquet sont des messieurs de Chamon, prenez soing de les rendre et de voir les sentimens que l'on a pour ce qui les regarde. Excusés vostre mère si elle ne vous escrit, je l'ay laissé à Disimieux encore ung peu incomodé. A Vienne, ce 17 octobre 1632.

CL

A MONS^r LE COMTE DE DIZIMIEU, CONSEILLER EN MON CONSEIL
D'ESTAT, GOUVERNEUR DE MA VILLE DE VIENNE ET PAYS VIENNOIS.

Monsr le Comte de Dizimieu, Ayant resolu, sur l'instance qui m'en a esté faicte de fere sortir du chasteau de Vienne le s^r de Chamon et son frère[2] qui y ont esté mis prisonniers, depuis quelques jours, à la charge toutesfois qu'ilz n'iront point en Dauphiné, se rendront à Paris en mesme temps que moy, et auront leur chemin à ma suitte pour prison, en atten-

---

[1] A ce moment, se poursuivait, devant le parlement de Toulouse, le procès du maréchal de Montmorency qui fut condamné pour crime de lèse-majesté et décapité, le 30 octobre 1632. Dans les importants dossiers provenant des archives des Disimieu, il ne s'est trouvé aucune pièce concernant ce triste événement intéressant à bien des titres l'oncle et le cousin de la victime. La crainte inspirée par le terrible cardinal peut avoir motivé une prudente suppression.

[2] Chivallet, Chivalet, famille établie à Saint-Chef, en Viennois, dès le xiiie siècle. Laurent de Chivalet, seigneur de Chamond, écuyer de Gaston d'Orléans, vivant 1650. — Pierre de Chivalet, dit le commandeur de Chamond, mort à Bourgoin, 3 août 1656. — Jacques de Chivalet, seigneur de Chamond, mari de Claude Favrès, teste 26 décembre 1642, habitant à Bourgoin. — Gaspard de Chivalet, s^r de Chamond, marié à Jeanne de Soliers, 1617. L'emprisonnement de MM. de Chamond semble motivé par leur participation à la révolte de Gaston d'Orléans.

dant que j'en aye autrement ordonné. Je vous fais cette lettre pour vous dire, qu'incontinent icelle receue, vous ayez à les mettre en liberté, leur enjoignant très expressement, de ma part, de satisfere exactement aux conditions susdictes, sur peyne de descheoir de la presente grace et de desobeissance. Et n'estant cette cy à autre effect, je ne la vous feray plus expresse, priant dieu vous avoir, Monsr le Comte de Dizimieu, en sa saincte garde. Escrit à Thoulouze, le xxve jour d'octobre 1632.

LOUIS.
PHELYPEAUX.

CLI

A MONS^r LE COMTE DE DIZIMIEU, COMMANDANT POUR NOTRE SERVICE DANS NOSTRE VILLE DE VIENNE.

Monsr de Disimieux, Ayant estimé à propos de faire razer Pipet et la Bastie et d'en licentier la garnison, pour descharger ma province de Dauphiné de la despance qui a esté faicte jusques à present, pour la conservation de ladicte place soubs mon obeissance [1], je vous fay cette lettre pour vous dire que vous ayez à assister de vostre authorité les s^{rs} de Moric [2], de la Rochette [3] et de Simiane [4] que j'ay commis pour mettre à execution l'arrest de mon conseil et faire proceder à la demolition tant de ladicte

---

* La vue de Vienne ci-contre est une reproduction réduite d'une planche dessinée par Hoefnagel, gravée sur cuivre, largeur 455 millim., hauteur 182 millim., insérée dans le tome V^e de : G. Braun, *Théâtre des cités du monde...* (*Civitates orbis terrarum*), Cologne, 1572-1618, 6 tomes en 3 volumes grand in-folio. Elle semble dater des premières années du xviie siècle, vu l'état de la forteresse réparée, soit par Maugiron, soit par Disimieu.

[1] Par déclaration du roi du 31 juillet 1626, les fortifications des villes et châteaux qui n'étaient point sur la frontière devaient être rasées. — Un arrêt du Conseil d'Etat, 26 janvier 1633, ordonna la démolition des châteaux de Pipet et de la Bâtie et de vingt autres forteresses du Dauphiné. — Le roi, par lettre du 24 février 1633, avertissait les consuls de Vienne que le rasement devait être opéré aux frais de la ville et que les matériaux en provenant lui seraient attribués à titre d'indemnité.

[2] Le s^r de Moricq, conseiller d'Etat, créature de Richelieu, avait été rapporteur au procès du maréchal de Marillac, 1632.

[3] Ennemond Fustier, s^r de la Rochette, conseiller au parlement de Grenoble, 1606, décédé en 1665, marié à Louise de Simiane.

[4] Abel de Simiane, s^r de la Garde, fils puîné de J.-B. de Simiane, s^r de la Coste; trésorier de France, 13 novembre 1628; finance 45.000 livres; résigne 1634; président à la chambre des comptes de Grenoble, 3 mars 1633; finance 48.000 livres; résigne 1637; il avait épousé Anne, fille de Jean de la Croix, seigneur de Pisançon, et d'Anne Bally, d'où postérité.

LA VILLE ET LES CHASTEAUX DE VIENNE*.

place que de plusieurs autres dont la conservation m'a semblé inutille dans ma dicte province, desirant que vous preniez toutte creance en ce qui vous sera dict de ma part sur ce sujet, par les commissaires ou celuy d'entre eux qui vous rendra cette lettre, en quoy faisant vous satisferez à ce qui est de mes intentions, et je prieray Dieu qu'il vous ayt, Monsr le Comte de Disimieux, en sa saincte garde. Escrit à Saint Germain en Laye, le xxviie jour de febvrier 1633.

LOUIS.

PHELYPEAUX.

CLII

Description de l'assiette et importance de la ville et chasteaux de Vienne pour le service du roy et le bien de l'estat.

Premierement, elle est à cinq lieu de Lyon, sur le bord du Rosne la Saulne joincte, dans ung fond commandé de plusieurs parts, avec ung pont qui peult donner communication, sans passer riviere, presque par toute la France, commençant, en Lyonnois, Bourgougne, Champagne, L'isle de France, Auvergne, Berry, Poitoux, Guienne, Languedocq et Savoye.

Plus elle se treuve frontiere de cinq provinces, dont le Languedocq et Vivaretz n'en est qu'à troys lieux et demy, où il y a encor quantité de ceux de la religion ; Saincte Colombe, ung des faulbourg en Lyonnois, et la ville est dans le Daulphiné, à une journée de Savoye, sans estre couverte d'aulcune place, ni riviere, ni difficile pays, pour empecher les advenues, au contraire d'une part c'est tout plaine, et à cousté ung rideau de paysage tout boys, pour favoriser le desseing de ceux qui vouldroient entreprendre, soit en gros ou en detail, comme je feray voir par le recit des occasions passées, dans les premiers troubles, tant contre ceux de la religion que ceux de la ligue, et de quelle importance la conservation de cette place est necessaire qui ne peult estre que par le moyen des chasteaux, comme on verra par cy après.

En premier lieu, il fault considerer qu'il ne se fera jamais desseing dans le royaulme contre le service du roy qu'il n'en y aye sur cette place, pour l'importance de l'assiette, laquelle ne se peult conserver que par le moyen des chasteaux, attendu qu'elle est si foible qu'avec mil hommes, en plein jour elle se peult forcer, et qu'elle sera tousjours desirée pace qu'il n'y a que trois ponts sur le Rosne, dont celluy là en est ung, et les villes des

aultres qui est Lyon et Saint Eprit sont du costé du royaulme, et celle là
des ettrangers, sans estre consulté de rien.

Et pour monstrer comme les chasteaux sont necessaires, non pas seullement d'estre conservés mais fortiffiés, munis et bien gardés : du temps des
premiers troubles, l'on avoit negligé la garde, le baron des Adres et Moyan
la surprirent en plein jour et le chasteaux de la Bastie, là dessus il se
treuvat ung honneste homme, bon serviteur de roy, avec huict hommes
dans le chasteaux de Pipet, il se deffendit si bien qu'il donnat loisir, à
monsieur de Nemours père de celluy-icy, de le venir secourir avec l'armée
du roy, et chasserent les ennemis, reprirent laditte ville et le chasteaux
de la Bastie, par le moyen de Pipet[1].

Plus à ses derniers troubles ceux de la ligue, la treuvant aussi mal gar-
dée qu'au temps passé, prirent encor laditte ville avec le chasteaux de la
Bastie. Le baron de Maugeron se jettat dans Pipet et donnat moyen aux
forces du roy de le venir secourir, par monsieur le connestable de Lesdiguieres, dont il se fist ung traitté que cette place demeureroit neuttre, et le
chasteaux de Pipet rasé. Ce qui fust entrepris de faire, mais l'assiete se
treuvat si difficile que, quelque rasement que l'on fit, le sieur de Maugeron trois mois après se jetta dedans, avec sept ou huict gabions, et la rendit plus forte qu'elle n'avoit point esté[2], si bien que je ne crois pas qu'elle
se puisse raser, sans abattre toute une montagne, qui cousteroit un prix
inestimable, sans ce que la ville demeureroit toute ouverte du cousté de la
ville, le rocher demeurant en son entier, qui est de vingt toises d'aulteur.

Après toutes ses raisons cy dessus alleguées veritables, en voici la plus
forte : c'est que l'assiette qui joinct le chasteaux de la Bastie se treuve une

---

[1] Les protestants, sous les ordres de des Adrets, surprirent Vienne, le 2 mai 1562 ; le
chevalier de Bray, qui gardait Pipet pour le roi, en fut chassé le 22 par François Terrail, sr de
Bernin. Le 27 septembre suivant, Laurent de Maugiron entrait dans Vienne où le rejoignait
Jacques de Savoie, duc de Nemours ; Bernin, réfugié dans Pipet, capitula le 4 octobre. Les
fortifications de Pipet furent alors réparées. — Pour la deuxième fois, les protestants, com-
mandés par Paul de Richieud, sr de Mauvans, s'emparèrent de Vienne, le 4 octobre 1567 ;
Nemours et Maugiron, à la tête des troupes royales, occupèrent le château de Pipet, intré-
pidement conservé par le chanoine Claude de Dorgeoise, et forcèrent les huguenots à évacuer
la ville, le 14 novembre.

[2] Jacques Mitte de Chevrières, à la tête des ligueurs lyonnais, entra dans Vienne, en plein
midi, le 5 octobre 1589. Cinq cents royalistes, sous les ordres de Timoléon de Maugiron, se
jetèrent dans Pipet et s'y défendirent ; le 13 février 1590, T. de Maugiron occupait à nouveau
Vienne, la Bâtie, la tour de Sainte-Colombe et faisait réparer le château de Pipet.

des meilleurs places du royaulme, pour estre de trois parts precipices, la teste ung terre plein naturel de l'auteur de deux piques, pour ne pouvoir estre subjet ni à la sape ni à la mine, parce que le fond est rocher et le dessus terre, la place de douze centz pas de longueur et huict centz de largeur, troye fontaines dedans, laquelle commande entierement la ville, le pont et deffand le Rosne, à coup de mousquetz [1].

CLIII

A MONSIEUR MONSIEUR CHAUCHARD, PRETTRE AU COLLEGE DE NARBONNE POUR FAIRE TENIR A MONSIEUR LE BARON DE DISIMIEUX, A PARIS.

Mon fils, pour respondre à celle que vous m'avez escritte, du 20e, qui m'a esté rendue en cette ville le premier du present, par laquelle j'ai remarqué deux choses : que vostre abolition est celle dont je loue Dieu. Il n'y a pourtant rien qui presse pour l'enterînement; l'aultre de l'alarme où vous estes pour le rasement des places, que sonts choses qui donnent plus de desplaisir que tout ne vault [2]. Neantmoins je crois que le Conseil n'est pas utille pour le service du roy et qu'il n'y est grandement prejudiciable, comme je crois que vous luy debvez faire entendre en cette ville, premierement que je vous ay mandé l'importance de la place en trois facons : l'une, qu'elle n'est qu'à une petite journée de Savoye et qu'il n'y a rien qui la couvre; l'aultre, qu'il y a ung pont sur le Rosne, comme le roy scait, et l'aultre une des belles assiettes de l'Europe qui ne se peult demollir ni destruire, et frontiere de quatre provinces; et de plus que toute la garnison ne coustera que deux mille livres, tous les ans, qui n'est pas de grande consideration. [En marge] — Que s'il plaisoit à sa majesté d'envoyer homme que entendit

[1] Brouillon d'un *Mémoire* apologétique envoyé, par César de Disimieu, à son fils Jérôme pour être communiqué au roi. Les lettres de Disimieu à son fils sont, pour la plupart, déchirées et maculées.

[2] Le rasement des châteaux de Vienne était une mesure pénible pour Disimieu qui, du rang de gouverneur d'une place forte, passait à celui de « commandant pour le roi » dans une ville dépourvue de garnison ; en outre, sa situation de gouverneur du Viennois se trouvait également compromise. Ses lettres à son fils, alors à la cour, et les diverses pièces qui les accompagnent témoignent amplement de ses inquiétudes, tant à l'égard du démantèlement qu'au sujet de sa position honorifique et pécuniaire. Malencontreusement, le texte a été fortement endommagé par la moisissure.

les fortiffications..... il n'y en feroit la un fort, dont si luy plait me permettre..... [prendre un] congé, pourveu que ma parole me le permette, je
luy en ferois comprendre les raisons importantes au bien de son service. —
Que s'il ne treuve pas la place asseurée entre mes mains, qu'il la donne en
garde à ung aultre, car je ne veux prendre aulcun interest que celluy de
son service, et vous luy pouvez parler en ces termes-là. Et si vous treuvez
à propos, par la response de la vostre, que j'escrive au roy et à monsieur le
cardinal sur ce subjet, vous me le manderez, car j'aurois trop de regrets
qu'il eut fallu rebastir après avoir demolli, comme je ne doubte pas qu'il
n'y.....; d'ailleurs toutes les reparations qui y ont esté faittes, c'est de mon
temps, et le roy n'y a fourni que deux mille livres, les canons et toutes les
munitions sont à moy, et d'ailleurs que l'on l'a voulu raser autrefois, que
quatre gabions les rendirent aussi forts qu'auparavant.

Il faut appuyer cette affaire, jusques que j'aye vostre responce et celle
que vous aurez de M. le cardinal auquel vous en parlerez; et selon que vous
me manderez m'y conduire, bien que les medecins font difficulté de me
dispenser, pour des si longs voyages. Toutefois je ne voudrois pas aller pour
recepvoir ung reffus. Monsieur de Vesnes[1] a obtenu la sienne, M. le mareschal celles des Montagnes[2]. Je crois que Montelimart en est aussi exempt[3].
Vous seriez bien malheureux si vous ne le pouvez faire aussi bien qu'eux.
Vous pouvez dire au roy que cella porteroit prejudice à nostre honneur.....

Vous me mandez que vous en avez parlé au roy; mais vous ne me dites
point ce qu'il vous a repondu. Je vous diray aussi, qu'estant en cette ville,
il y eut ung tresorier de France qu'il me dict que, s'il y avoit quelque appre-
hension pour mon eschange avec le roy, pour le faire passer, il seroit d'advis
que, pour y apporter de la facilité, l'on offrit quelques setiers de rente ;

[1] Il est à supposer, malgré l'obscurité de la phrase, qu'il s'agit d'exceptions au démantèlement général. — L'identification des nombreux seigneurs et coseigneurs de Veynes étant
malaisée, à citer, sous réserve: Let. de provis. de gouverneur de la ville et citadelle de Valence,
en la survivance de M. de Veynes, pour M. Edme-Claude de Simiane, comte de Moncha,
25 juin 1651. — Jean de Veynes, coseigneur de Veynes, 1600, mari de Louise de la Colombière, laquelle teste 17 janvier 1643, d'où : Jean et Abel, coseigneurs de Veynes, ledit Abel,
mari de Claudine de l'Hérisse, tué à Landrecies, 1637.

[2] Le maréchal de Créquy-Lesdiguières, lieutenant général au gouvernement de Dauphiné,
avait pu obtenir la préservation de quelques forteresses.

[3] François de Grôlée, comte, puis marquis de Viriville, gouverneur de la ville et du
château de Montélimar, 1625, résigne, 1650, en faveur de Charles, son fils aîné.

davantage, si l'on ne..... faict par le dict eschange ce qu'il fault avoir, quand je seray à Vienne, je vous feray ung ample despeche[1]. Asseurez vous que je seray tousjours..... Vous ne vous servirez des considerations que j'ay marqué à la marge qu'à toute extremité. Par le premier despeche, je feray responce à vostre frère et à monsieur du Bouchet et au sieur Chauchard. A Grenoble, ce 5 febvrier 1633.

DISIMIEU.

CLIV

Mon fils, je vous advertis comme [les] commissaires pour la demolition [des] chasteaux sont arrivé icy, depuis..... jours, lesquels m'ont rendue la [lettre] du roy dattée, comme vous verrez [par] la coppie de la lettre que je vous [envoie], joinct à l'arrest qui est esté fait [au] conseil qui ne leur ordonne [autre] chose, sinon de charger la ville [de] faire les rasement à leur despens, [en] se servant du debris qui en pro[viendra]. La commission ne porte point de [prejudice] aux interretz des particulliers, si bien que je vous faict ce despeche en..... ce pour avoir de vos lettres, avant [qu'ils] commencent. D'ailleurs j'ay veu, [par] l'arrest du conseil, comme l'on m'a..... retrenché l'ettat de gouverneur du Viennois, qui me blesse plus que t[out le] reste[2] et de cella vous en pouvez [parler] au roy, en ses termes.

C'est que le feu roy son pere m'en [avoit] donné la charge avec les apo[intements] et l'hautorité, pour l'exercer, ce [que je ne] scaurois faire à present.

Il me l'at confirmé plusieurs fois par lettre, mesme en ayant escrit à monsieur le premier president. Je vous le juge à propos de le dire que l'on croit que c'est monsieur de Bullion qui la faict, pour favoriser monsieur le mareschal, desirant qu'il fust seul dans la province, vous en userés modestement[3].

---

[1] Echange, avec le Domaine delphinal, de certains droits et terres, à Disimieu.

[2] A partir de 1632, Disimieu est simplement qualifié « commandant en la ville de Vienne ». Une pension lui fut accordée en compensation.

[3] Claude de Bullion, sʳ de Bonnelles, surintendant des finances, 1632 ; il dut sa fortune à Chrestienne d'Aguerre, femme : 1° d'Antoine de Blanchefort-Créquy ; 2° de François-Louis d'Agoult, comte de Sault, et mère du maréchal de Créquy ; « elle mourut, en 1611, et légua 6.000 livres de rente à Bullion, en payement des bons offices qu'elle en avait reçus. Dans les occasions importantes, Créquy eut en lui un secours qui ne lui manqua jamais », dit l'historien Chorier. Lettre CLXXXIV.

19

Puisque le roy me faict l'honneur de me donner une pansion, j'aymerois mieux qu'il me la donnat en qualité de gouverneur de Viennois qu'aultrement. Vous ferez l'instance que vous pourrez sur ce subjet, tant envers le roy que monsieur le cardiñal, comme aussi d'obtenir permission de retirer ce qui m'apartient dans le chasteaux, de ceux qui entreprendront la demolition, en cas que l'on ne me donne bonne recompence, sur tout il fault faire..... la recompense, car il est à craindre que, si elle valt dans des longueurs, qu'elle ne demeure en arriere et que nous n'en soyons frustré. Si le roy vous voulloit remettre en l'estat de gouverneur de Viennois, il..... de faire subsister..... par le moyen d'une lettre de cachet, à nossieurs les commissaires, pour faire surseoir l'execution, mandé moy promptement ce que j'en doibs esperer.

Mandé moy aussi si l'estat des garnisons de l'année passé est faict, que les doibt payer, parce que l'on m'a dict que c'est Mr Ferron, et il me l'at desavoué. Informé vous soigneusement et scachez ce que l'on fera de la tour de Saincte Colombe et si elle subsiste, si l'on y entretiendra garnison[1].

Je vouldrois bien que vous vous informatiez aussi si messieurs de la noblesse peuvent faire des assemblés, sans m'en donner advis, parce que j'estime qu'il ne le peuvent que par mes ordres, en la qualité que je suis[2]; et en cas qu'il ne puissent, il fauldroit..... faire donner arret au conseil, mais ce sera après tous les..... affaires.

Il faut prendre soing de me faire scavoir promptement vostre responce sur la presente; aultrement les choses passeront oultre et il ne sera plus temps.

Je vous ay escrit, par le dernier despeche, que je n'avois point receu l'arrest contre monsieur de la Pierre, mandé moy à qui vous l'avez donné. Je suis vostre bon père à vous parfaittement aymé. A Vienne, le 28 apvril 1633.

DISIMIEU.

---

[1] Philippe de Valois, par lèttre du 19 mars 1334, unit à son royaume, malgré les réclamations de l'Eglise de Vienne, le bourg de Sainte-Colombe, situé sur la rive droite du Rhône, le fit fortifier et bâtit une tour pour défendre l'entrée du pont ; elle ne fut pas démolie en 1633 ; devenue la propriété d'un particulier en 1790, elle subsiste encore aujourd'hui, quoiqu'en fort mauvais état.

[2] Disimieu avait été créé bailly du Viennois, par let. de prov. du 18 février 1632.

CLV

Memoire pour la recompence de monsieur de Disimieu touchant le demolissement des chasteaux de Vienne et aultres chouses qui ensuivent[1].

Pour les apointemens de gouverneur de Viennois, oultre ceux des gouverneur et lieutenant au gouvernement de Vienne que le roy a esté très humblement suplié de conserver audict sieur de Disimieu, suivant les estatz de sa majesté faictz presedament[2].

Pour des bastimens faicts à Pipet, pour le logement du gouverneur, pour les reparations faictes aux corps de garde, murailles, guerittes, tours et auctres flans dudict lieu.

Comme aussy des tairains qui ont esté raportez audict Pipet pour la fortiffication des murailles, le tout aux despens dudict sieur de Disimieu.

Pour les meubles servans aux officiers et soldatz, comme litz, matellas, couvertures, draps et auctres ustancilles usés dans ladite places pour le service du roy.

Pour les munitions de bouche et de guerre qui mises à diverses fois

---

[1] Les commissaires au rasement des châteaux de Vienne arrivèrent le 27 avril 1633 ; conformément aux plans de l'ingénieur du roi, l'adjudication des travaux fut passée le 3 mai. Du superbe château de la Bâtie il ne resta qu'un pan d'une tour, compris dans l'enceinte et conservé à l'usage de la perception des péages et des douanes. La solidité des constructions de Pipet retarda leur ruine; une nouvelle ordonnance du 15 novembre en exigea la complète destruction, mais, de l'avis de l'ingénieur lui-même, il fut impossible de démolir les substructions romaines, dont les murs avaient plus de 7 mètres d'épaisseur, et devinrent par la suite une carrière de pierres.

[2] D'après un compte de 1625, les appointements de Disimieu comprenaient :

La paye de 5o hommes à pied françois establys aux chasteaux de Vienne, Pipet et la Bâtie . . . . liv. 5.800
Les appointements de gouverneur de Vienne, pour 8 mois. 800
—   de gouverneur du Viennois, pour 8 mois. 1.600
Pour Mʳ le baron de Disimieu, comme lieutenant de Vienne, pour 8 mois. . 800
Pour les gages du grand maistre des Eaux et Forest de Dauphiné. 400
— Suivant recus du 15 février 1628 :
Appointements pour le gouvernement de Vienne, en 1626 . . . . 1.000
—   du Viennois. 2.000
—   pour le lieutenant au gouvernement de Vienne 1.000
—   pour les gages de grand maistre des Eaux et Forests . . . 400
Pour le payement de 5o hommes. 5.880

par le sieur de Disimieu, pour la conservation de ladicte plasse, dont ledict
sieur n'a receu que deux mil livres, durant le temps de trente sept ou trente
huict années[1].

Pour la canons de fonte qui sont dans lesdictes places, faictes et achep-
tées aux despens dudict sieur de Disimieu[2].|

Comme aussy pour les afeus et auctres reparations desdictz canons,
tant de bateries que aultres, dont la despence a esté faicte par ledict sieur
de Disimieu.

CLVI

A MONSIEUR LE BARON DE DISIMIEU, a paris.

Memoire pour mon fils le baron, à la cour.

Premierement pour ce qui regarde les apointements de gouverneur de
Viennois. Si on ne peult obtenir faveur et justice de Monsieur de Bullion
auquel le Roy vous a renvoyé, de penser s'il sera à propos de faire entendre,
à sa Majesté, comme il avoit pleult au feu Roy m'honorer de la charge et
m'y maintenir contre les vollontés de Mr de Lesdiguieres et que se sont les
plus grandes marques de gouverneur et qu'à peine se pourront en maintenir aultrement, et si l'on avoit retrenché cette qualité pour l'espargne, il
vauldrait mieux faire mettre les apointements de gouverneur de Viennois
sur celluy de Viennois, parce qu'il serait plus asseuré et honorable.

Plus pour l'eschange, faire ce que l'on pourra conformement aux
memoires amples que vous avez[3].

Plus voir si l'on pourrai obtenir du Roy commandement, à Monsieur d'Agde[4], de donner les beneffices qu'il possedait, avant que d'estre

[1] Les chefs militaires faisaient souvent la guerre à leurs dépens et des avances dont ils
attendaient longtemps le remboursement. Jérôme de Disimieu, son fils, suivant arrêt du
conseil, 9 juin 1639, reçoit 8.000 livres restant des réparations de Pipet et la Bâtie.

[2] Disimieu pouvait avoir acheté des canons, mais deux pièces appartenaient au comte de
Maugiron. L. ccxxxi.

[3] Les seigneuries de Crémieu, Quirieu, la Balme, acquises par César de Disimieu de
Lesdiguières, 1602, furent réunies au domaine delphinal, 1612, d'où divers échanges en 1615
et postérieurement. C. de Disimieu avait échangé avec le roi une rente 100 florins d'or due aux
Augustins de Crémieu, contre quatre feux de justice, proche de Disimieu, suivant acte du
18 novembre 1634.

[4] Fulerand de Barrez, évêque d'Agde, 1630-1643. — Disimieu, comme tous ses contem-
porains, était friand des biens de l'Eglise.

evesque, à quelqu'ung de vos freres[1], ou quelque pension, puisqu'il avoit pleult au Roy tesmoigner que sa vollonté estoit telle.

Plus voir s'il y auroit moyen d'obtenir une prolongation de deux jours pour la foire de La Perrière[2], attendu que cela augmentera le revenu de ma terre.

Plus s'il y a moyen d'obtenir du Roy quelques lettres de faveurs au grand Maistre, pour vostre frere allant à Malte[3].

Plus scavoir l'estat où est l'affaire de l'habaye de St André de Vienne.

Plus pour les affaires de Monsieur de la Pierre, oultre les memoires fort amples qui y sont et come il apert par actes des frais et despences que j'y ay faict, il faut considerer que la terre de Meynes est si importante audict sieur de Montfreins qu'il donnera tout pour la reavoir et y rentrer[4].

Plus se souvenir, quant on parlera des affaires de Monsieur de Sainct-Jean avec Madame des Portes, des interets de vostre mere[5].

Plus se souvenir, lorsque les depputez de la Noblesse ne seront plus à Paris, de remonstrer au Roy que Messieurs de la Noblesse veullent, toutes les foys qu'ils feront des assemblées, s'eslire ung chef qui presidera, parmi eux et à leur fantaisie, et ne veullent recognoistre ni les vibaillifs comme officiers du Roy, ni moy en qualité de baillif, qui prejudicieroit grandement aux interets du Roy et aux prerogatives et privileges de laditte charge et repugneroit aux ordonnances de sa Majesté qui sont formelles, pour cella que veult et entend que les baillifs president dans leur assemblée et qu'il ne s'assemble sans l'adveu dudict baillif, le tout se doibt faire par conseil[6].

Plus mandés veritablement les inclinations que vous aves, pour madame de Visigmieux, sœur de monsieur de Beauvaix, après avoir considéré.....

---

[1] Balthazard de Disimieu, chanoine de Saint-Pierre de Vienne, teste 22 octobre 1644.

[2] La Perrière, hameau dépendant de Disimieu.

[3] Antoine de Paul, grand-maître de Malte, 1623-1636. — Antoine-Hercules de Disimieu, chevalier de Malte, commandeur de Villefranche-sur-Cher et des Bordes (Cher), par provisions du 24 octobre 1633.

[4] Meynes, canton d'Aramon, Gard ; terre comprise dans l'érection en marquisat de la seigneurie de Montfrin, 17 septembre 1658, en faveur d'Hector de Monteynard, fils de François, baron de Montfrin, seigneur de la Pierre, etc.

[5] Succession de Budos.

[6] Les assemblées de la noblesse se constituaient de l'autorité du gouverneur de la province ou de ceux qui commandaient en son absence.

[7] Marguerite, baptisée 20 juillet 1603, fille de Georges de la Baume de Suze, baron

ses commoditez vont à quarante mille escus, la moitié en meubles ou en argent dans Lyon, dont les parents luy en font payer les interests..... le surplus est deubt par sa belle seur..... qui luy remettant une terre, ce qui se peu..... accomoder ; pour les qualités du corps et de l'esprit elles sont parfettement bonnes pour..... encore meilleure, si bien qu'après avoir considéré toutes ses raisons et advantages, et enfin le tout est en argent comptant ou bons debtes, sauf deux ou trois mil escus, j'estime le parti convenable et advantageux, faittes scavoir franchement vos intentions, car ne les sachant pas sella nous arreste.

Pour ce qui est de la partie que Monsieur de Toux[1] vous a presté, je ne la scaurois payer qu'à la Sainct Jean, et si vous voullés et sellon que vous me marquerés je vous envoyeray une lettre de change sur Monsieur Doract, payable à la Sainct Jean, car je ne la puis remplacer qu'en ce temps là, mais puisque vous en payé l'eschange et les interests, au dict sieur, dont vous vous en pourrés accomoder avec le dict Dorat, pourveu que je ne sois obligé que de les payer à la Sainct Jean. Ce memoire vous fera cognoistre toutes mes vollontez sur toutes les affaires, à quoy vous respondré soigneusement de point en point, et croiré que je suis tousjours vostre bon père à vous parfettement aymé. 5 mars 1634.

DISIMIEU.

CLVII

Sire,

L'honneur et le bien qu'il a plu à vostre Majesté de me faire par le souvenir et remboursement des depenses que j'avois faictes, pour vostre service dans les places de Vienne[2], m'obligeroit à aller faire moy mesme le remerciement à vostre Majesté, si l'obeissance que je doibs à ses comman-

---

d'Aps, etc., et de Jeanne de Maugiron ; elle épousa, en 1631, Charles de Bourbon-Busset, baron de Vésigneux, mort en 1632 ; resta veuve et, par son testament du 26 novembre 1644, fit un legs important à l'hôpital de Vienne, laissant pour héritiers ses frères : Timoléon de la Baume de Suze, baron d'Aps, et Scipion, seigneur de Beauvoir-de-Marc, dit le s^r de Beauvais-Plaisians, tué à Nordlingen, laissant, par testament militaire du 8 août 1645, ses biens du Dauphiné à Claude de Maugiron, son cousin. Voir Lettre cclxxv. Elle est dite Mme de Vésigneux.

[1] François-Auguste de Thou, baron de Meslay, décapité 1642, grand-maître de la bibliothèque du roi. — Jacques-Auguste, son frère, baron de Meslay, président aux enquêtes du parlement.

[2] Voir Lettres cli-clvi.

dements ne m'arrestoit dans la province, pour empecher le desordre des gens de guerre[1]. Mais afin de ne paroistre ingrat, j'envoye expres mon fils pour asseurez vostre Majesté de ma reconnoissance et pour l'advertir que la confusion des ordres que donne M[r] le premier president, en cette province, a faict prendre plus de liberté aux soldatz et moins de soing aux chefs de faire observer la discipline. Le commandement estroit que vostre Majesté m'a faict, par ses patentes, de donner seul les ordres dans le Viennois, en l'absence de Messieurs les gouverneurs et lieutenants generaux, avec deffenses audict s[r] president de s'en mesler[2], engagent m'a fidellité de pourvoir à ce desordre et d'attendre, par mon filz, ce qu'il plaira à vostre Majesté m'ordonner, en qualité de vostre tres humble et très fidelle [serviteur[3]].

DISIMIEU, Mai 1634.

CLVIII

A MONS[r] FRERE, CONSEILLER EN MES CONSEILS D'ESTAT ET PRIVÉ, PREMIER PRESIDENT EN MA COUR DE PARLEMENT DE GRENOBLE.

Monsr Frere [4], Je vous ay cy devant faict scavoir les plaintes que m'avoit faictes le s[r] de Dizimieu, sur ce que donnant les ordres dans ma province de Dauphiné, en l'absence de mes gouverneurs et lieutenants generaux en

---

[1] Les mouvements de troupes avaient pour causes la guerre de Lorraine, 1633, et la continuation de celle contre l'Espagne, 1634.

[2] Ce conflit d'attributions avec le premier président du parlement de Grenoble, gouverneur de la province en l'absence du gouverneur et du lieutenant général, Lettre CXLVIII, est tranché par le roi, en faveur de Disimieu, par les deux lettres suivantes.

[3] Les titres et qualités de César de Disimieu sont rappelés dans un certificat donné à Vienne, 12 février 1634, à Bertrand Castrel, dit Castin de Gascongne, ayant servi, sous les ordres de ce chef, dix ans comme caporal dans les armées du roi, trente-cinq ans comme sergent du château de Pipet :

« Le seigneur de Disimieu, comte dudit lieu, conseiller du Roi en ses conseil privé et d'estat, capitaine de cinquante hommes d'armes de ses ordonnances, maréchal de camp de ses armées, grand maître des eaux et forests en Dauphiné, ballyf de Viennois, et gouverneur pour Sa Majesté de la ville et pays de Viennois. »

[4] Frère, famille originaire de Lyon. — 28 février 1553, testament de Simon Frère, marchand citoyen de Lyon, mari de feue Françoise Lambert ; legs à Claude, Jehan, François, Louis, Benoit et Giraud, ses fils; héritiers, Pierre et Simon, ses fils. — Giraud Frère, consul de Valence, 1560, mort jeune, laissant Claude, son fils, sous la tutelle de son oncle Louis Frère, marchand à Valence, 1574. — Claude Frère, professeur à l'Université de droit de Valence, 1592, s'attacha à Lesdiguières ; maître des requêtes de l'Hôtel du roi, 1602; premier président au parlement de Grenoble, 1616; anobli 1618; mort 1641; homme habile, mais peu scrupuleux ; mari de Catherine de Plovier, d'où huit enfants.

icelle, pour le passage et logement des gens de guerre qui y sont establys,
vous entreprenez sur ce qui depend de son gouvernement du Viennois, en y
donnant semblables ordres qu'aux autres endroictz de la province, encores
qu'il soit presan en sa charge, bien que vous ayez sceu, en mesme temps,
ce qui estoit de mon intention, j'aprends que vous continuez à le troubler
en la fonction de sa charge, ce que ne pouvant aprouver ny souffrir cette
entreprise, je vous ay voulu faire cette lettre, pour vous dire que vous ayez
à vous abstenir de donner aucuns ordres dans l'estendue du bailliage du
Viennois, concernant le passage et logement des gens de guerre, pendant
que ledit s^r de Dizlmieu sera present en sa charge, si vous voulez faire chose
qui me soit agreable et suivre en celà mon intention, à laquelle m'asseurant
que vous vous conformerez, je ne vous feray celle cy plus expresse. Priant
Dieu, Monsr Frere, qu'il vous ayt en sa saincte garde. Escrit à Fontainebleau, le 15e jour de may 1634.

                                            LOUIS.

                                                  SERVIEN.

CLIX

A MONSIEUR, MONSIEUR LE BARON DE DISIMIEU, A PARIS.

Mon fils. La presente est pour vous donner advis comme l'arrest du
cadastre qui at esté donné au conseil at esmeu beaucoup de personne, parmi
ceux de nostre ordre, sans qu'il paroisse pourtant qu'il ayt aulcune vollonté
ny pouvoir de mal faire[1]. Il se treuve bien quelques discoureux que l'on
tachera de ramener par les voix de la justice. Il est bien vray que s'il y
avoit quelque chose à doubte du costé de Savoye, et que l'on ne fust pas
bien asseuré des bonnes intentions[2], il fauldroit representer à monseigneur

---

[1] La lutte du tiers état contre les privilèges du clergé et de la noblesse, au sujet de la
répartition des tailles, engagée dès 1537, reprit avec acuité en 1583. Après des phases
diverses marquées par l'édit de 1602, maintenant les privilégiés dans une portion de leurs
immunités et par celui de 1613, relatif à la vérification et réduction des dettes des communautés, la guerre opiniâtre fut virtuellement close par l'arrêt du 31 mai 1634, déclarant la
taille réelle et prédiale, en Dauphiné, ordonnant l'établissement d'un cadastre de tous les
biens, sans égard à la qualité des personnes, sauf pour ceux possédés avant 1628 par les nobles, qualifiés tels avant 1579, ou par des anoblis antérieurement à 1602, et révoquant tous les
anoblissements postérieurs à 1601. Les principaux défenseurs furent : pour la noblesse, Aquin,
Expilly, Musy ; pour le tiers état, Marchier, Lagrange, Bezançon, Rambaud, Vincent, Guérin
et, en première ligne, Claude Brosse, auteurs de plaidoyers et de pamphlets devenus rares.

[2] Cette phrase peut être un argument à l'appui des revendications de Disimieu ; en

le cardinal qu'il seroit à propos de faire veiller, affin qu'il n'arrivast rien contre le service du roy et que je suis bien asseuré que, si l'on faisoit quelque desseing, que l'on jetteroit l'œil dessus Vienne, à cause de l'assiette de Montsallomon[1], importante, comme vous scavez, et d'ailleurs que celle de Pipet est de mesme dans un estat que l'on ne scauroit jamais destruire, au contraire elle se peut remettre sans que nous puissions empeché, ou il fauldroit avoir une armée dans la ville.

Vous donnerez parellement advis, à mondict seigneur le cardinal, qu'il se faict des assemblées où je n'ay peu assister, n'y pouvant pas recepvoir l'honneur qui est deub à ma charge ni au service du roy, parce que l'on m'at retrenché la qualité de gouverneur de Viennois qui me donoit la preheminence et moyen de servir sa majesté utillement, si bien qu'il fault que vous proffittiez, auprès de mondict seigneur, à le suplier de me remettre en laditte qualité avec quelques apointemens, ou du moins faire que ceux que j'ay et qu'il me reste soit pour la charge de gouverneur de Vienne, ou de Viennois tout ensemble, sans parler maintenan de l'office de ballif de Viennois pour lequel je vous envoyeray, en peu de jour, l'acte que j'ay faict faire, à la Verpilliere, à la noblesse dans la derniere assemblée, où les deputtés doibvent responde au long, dans l'assemblée generalle qui se faict desmain à Grenoble. Prené soing de dire toutes les particullarités à mondict seigneur, car je scay que plusieurs se mellent de luy donner des advis, et prenez la peine de m'escrire ung peu plus souvent que vous ne faittes pas, car il y a ung mois que je n'ay point receu de vos lettres, et me marquez les particullarités de vostre heritage et des nouvelles de la court.

Vous pourrez dire encore, à mondict seigneur le cardinal, que j'ay envoyé à ses assemblées, pour savoir de quelle authorité elles estoient faittes, et ce qui s'y passeroit qui regarderoit le service du roy. On m'a respondu que c'estoit de la part du parlement qui avoit donné la permission, et l'on verra comme il se dispense de faire les gouverneurs, mesme monsieur le premier president qui donne les ordres contre la deffense que sa majesté lui en a faitte.

réalité, le duc Victor-Amédée Ier était en fort bons termes avec la France et devait, le 11 juillet 1635, signer le traité de Rivoli contre l'Espagne.
[1] Mont Salomon, Sospolium, Salutis Mons, à Vienne, camp romain commandant la route et le Rhône; son circuit, 1.400 mètres environ, avait été fortifié; Lesdiguières disait que l'on pouvait y établir une des meilleures forteresses de l'Europe.

20

Il ne m'a point paru qu'on eust prins aucune conclusion, dans la susdicte assemblée que pour envoyer des deputés à la cour pour voir si, par de très humbles remonstrances, ils pourroient faire reformer cet arrest[1]. Celluy qui a tenu quelques discours insolents n'est point gentilhomme; il se tient à Sirrisin[2] et s'appelle du Frene ettrangier[3]. L'on m'a dict qu'il se faict d'autres assemblées secretes. Je tacheray d'apprendre ce qui s'y sera traitté; le bruit court, en ses cartiers, qu'il se faict une grande ligue desprin ces ettrangiers contre le service du roy. Vous verrez par là dedans si vous y pourrez proffitter quelque chose, et mesme pour vous mettre en seurté. Ne communiquez cette lettre à personne, s'ils ne sont point de vos amis, et brullez mes lettres après les avoir leues.

Advertissez messieurs de la noblesse de prendre garde aux discours qui se tiendront, car le tiers estat en feroit pour ce plus de faulx que de veritables, pour tacher à nuire à tout le corps de la noblesse.

L'on m'a voulu dire que vous estiez de ceux qui avoient caballé pour faire perdre l'evesché à monsieur l'archevesque de Vienne[4]. Je n'en ay rien voulu croire. Ne vous meslez point de cellà, et vous en esclaircissez, et me croyez toute ma vie.

Vostre bon père à vous parfettement aymé. A Vienne, ce 4 juillet 1634.

DISIMIEU.

CLX

A MONS^r FRERE, CONSEILLER EN MON CONSEIL D'ESTAT, PREMIER PRESI-
DENT EN MA COUR DE PARLEMENT DE GRENOBLE.

Monsr Frère, Le s^r de Dizimieu m'a faict plainte que donnant les ordres dans ma province de Dauphiné, en l'absence du gouverneur et mes lieute-

---

[1] Peu après la publication de l'édit de 1634, la noblesse avait envoyé une députation chargée de présenter ses doléances qui ne furent point admises par la cour.

[2] Sérézin, à 17 kilomètres de Vienne et 12 kilomètres de Lyon. — L'ardent syndic des communautés villageoises, au cours du procès des tailles, « noble Claude Brosse, seigneur de Sérézin, en Dauphiné », vendit à noble Pierre de Fenoyl, avocat général au parlement de Dombes, la terre et seigneurie de Sérézin par acte du 28 février 1625.

[3] Le s^r du Frène peut appartenir à la famille de Claude-Jean Le Clerc, s^r de Frène, marié, 13 décembre 1652, à Marie Durandeau, confirmé dans sa noblesse et anobli, en tant que besoin serait, par lettre de novembre 1674 ; mort gouverneur de la Fère.

[4] Pierre de Villars, archevêque de Vienne, 1626-1662. Il fut en butte à certaines hostilités pour avoir voulu supprimer des abus existant dans son église.

nants generaux en icelle, pour le passage du logement des gens de guerre
qui y sont establis, vous faictes le semblable dans le bailliage de Viennois
qui est de son gouvernement, encore qu'il soit present en sa charge. Et
parce que je ne puis approuver cette entreprise, je vous faictz cette lettre
pour vous dire que vous vous absteniez de donner les ordres auxdicts gens
de guerre, audict bailliage de Viennois, laissant à la disposition dudict s^r de
Dizimieu de faire les departements, comme chose qui deppend de la fonction
de sa charge, de laquelle je veulx et entendz qu'il puisse sans y estre empesché. Et m'asseurant que vous vous conformerez à ce qui est sur celà de mon
intention, je ne la vous ferray plus expresse. Je prie Dieu, Monsr Frère,
vous avoir en sa garde. Escrit à St Germain en Laye, le xixe de juillet 1634[1].

LOUIS.
PHELYPEAUX.

CLXI

De par le Roy Dauphin.

Chers et bien amez; Nous aurions pourveu notre cher et bien amé le
baron de Disimieu, dès l'année 1625, de l'estat et charge de gouverneur
de nostre ville de Vienne et de nostre pays et bailliage de Viennois, à condition de survivance avec nostre cher et bien amé le s^r de Disimieu son père,
et en l'absence l'un de l'autre, soubz l'auctorité du gouverneur et noz lieutenants generaux en nostre province de Dauphiné, par leur absence dans
lesdicts pays et bailliage de Viennois, et par ce qu'à cause de divers empeschements que ledict baron a euz depuis ce temps là, il n'a pû se faire recevoir
et installer en ladicte charge, nous luy avons presentement donné noz lettres
patentes necessaires pour cet office. En mesme temps, nous avons bien voulu
vous faire cellecy, par laquelle nous vous mandons et très expressement
enjoignons de le recevoir et recongnoistre en ladicte charge, avec tout le
respect et l'honneur que vous debvez et qui a accoustumé d'estre rendu à
ceux qui en ont esté pourveux, et de luy obeyr, en l'absence du s^r de Disi-

[1] Voir les deux lettres précédentes.

mieu son père et à sa survivance, à toutes les choses qu'il vous commandera
et fera entendre, de nostre part pour nostre service[1]. Si n'y faictes faute,
car tel est nostre plaisir. Donné à Chantilly[2] le xviie juillet 1634.

LOUIS.

SERVIEN.

CLXII

Louis de Bourbon, conté de Soissons, pair et grand maistre de France,
gouverneur et lieutenant general pour le roy en Dauphiné, veu par nous les
lettres pattentes du roy en forme de rellief de surannation données, à St
Germain en Laie le troisieme du mois de febvrier de la pñte année, signées
Louis et plus bas Servien, et scellées sur simple queue du grand sceau de
cire rouge, par lesquelles sa majesté veult qu'encores que le s^r Jherosme
baron de Dezimieu auroit, dès le deuxieme du mois de janvier m vi^c xxv,
esté pourveu de l'estat et charge de gouverneur des ville et chasteau de
Vienne, pais et bailliage de Viennois, tour et bourg de Ste Coullombe, par
la desmission volluntaire que le sieur de Dezimieu son pere luy en avoit
faicte, à condition touttesfois de survivance, et de ladicte charge faict et
presté le serment en noz mains, le xxviie dudict mois de janvier de ladicte
année, sans s'estre faict installer ny pris possession d'icelle charge, à cause
des divers emplois qu'il a eus depuis ce temps là pour le service de sa
majesté, et que pour ce nous pouvions faire à present dificulté de le recepvoir, lesdictes lettres de provision se trouvant surannées: Mandant à cest
effect, sadicte majesté, à tous ses gouverneurs et lieutenans generaulx en
la province de Dauphiné, que sans s'arester à ladicte surannation dont elle
a relevé et relleve ledict s^r baron de Dezimieu, de le mettre et instituer en
possession et saizine de ladicte charge de gouverneur de ladicte ville de
Vienne, pais et bailliage de Viennois, ensemble de la tour et bourg de S^{te}

---

[1] Ces lettres confirment Hierosme de Disimieu dans la charge de gouverneur de la ville de
Vienne, pays et bailliage de Vienne, en survivance de son père, à lui accordée après la mort
d'Antoine de Disimieu, son oncle, qui en était titulaire par lettres du 2 janvier 1625. Voir
Lettre cxxiii.

[2] Chantilly, par sa situation et ses chasses, était une des plus belles maisons de France.
Après la condamnation du duc de Montmorency, ses biens ayant été confisqués, Louis XIII
vint souvent dans ce château, d'autant plus que le château de Saint-Germain, résidence habi-
tuelle de la cour, était fort incommode et déplaisait au roi.

Coullombe avec les honneurs, pouvoirs, privilleges et auctorittez quy y appartiennent. Nous consentons que, conformemement auxdictes lettres de rellief de surannation, ledict sʳ Jherosme baron de Dezimieu jouisse de l'effect d'icelles, sellon leur forme et teneur. Mandons et commandons, à tous officiers du roy et autres que besoin sera dans l'estendue de nostre gouvernement, qu'ilz aient à lui obeir ès choses qui concernent ladicte charge, sans donner aucun empeschement ny y apporter difficulté. En tesmoing de ce, nous avons signé la presente de nostre main, et à icelle faict mettre le cachet de noz armes. Donné à Paris, le xxvᵉ jour de juilliet mil six cens trente quatre.

LOUIS DE BOURBON[1].

Par mond. seigneur : LEROY.

CLXIII

A MONSʳ DE DIZEMIEU, GOUVERNEUR DE MA VILLE DE VIENNE EN DAUPHINÉ.

Monsʳ de Dizimieu ayant resolu de faire mettre à la fonte les pieces d'artillerie eventées de mon royaume, je vous fais cette lettre pour vous dire que vous ayez à faire remettre sans difficultez, ez mains du sʳ Fevrier commissaire ordinaire de mon artillerie, à ce commis par mon cousin le sʳ de la Melleraye[2] grand maistre et cappitaine general de l'artillerie de France, deux pieces de campagne qui se sont trouvées dans le chasteau de la Bastie de ma ville de Vienne, Lors de la demolition d'iceluy, pour estre conduites où et ainsy qu'il luy a esté ordonné, et moyennant la presente et le reçu que vous en retirerez dudict Fevrier, vous en demeurerez vallablement deschargé. A quoy m'asseurant que vous satisferez selon mon intention, je ne la vous feray plus expresse, priant dieu vous avoir, Monsʳ de Dizimieu, en sa saincte garde. Escrit à Sᵗ Germain, le xxvɪɪɪᵉ jour de decembre 1634.

LOUIS.

SERVIEN.

---

[1] Lettres de provisions données par Louis de Bourbon, comte de Soissons, gouverneur du Dauphiné, au même titre que les précédentes. Jérôme de Disimieu y est qualifié, en plus, gouverneur de la tour et bourg de Sainte-Colombe.

[2] Charles de la Porte, duc de la Meilleray, grand maître de l'artillerie, 1632.

Il est parlé à plusieurs reprises des canons, dans les pièces concernant le rasement des châteaux de Vienne. L. ᴄᴄxxxɪ.

CLXIV

A MONS^r LE COMTE DE SAUT, CHEVALIER DE MES ORDRES ET MON
LIEUTENANT GENERAL EN MA PROVINCE DE DAUPHINÉ.

Monsr le Comte de Sault, Ayant donné pour lieu d'assemblée, à la compagnie de chevaux legers du s^r Comte de Dizimieu[1], la ville de Crest[2] en ma province de Dauphiné, j'ay voulu vous en donner advis par cette lettre, afin que, suivant mon intention, vous donniez ordre que ladicte compagnie y soit receue et logée sans difficultés durant le temps de dix jours seulement, et que les vivres et aultres commoditez necessaires soient fournies aux chevaux legers d'icelle presentz et effectifz, seulement pendant ledict temps. Tant dans ledict lieu d'assemblée que autres portez par la route que j'en ay faict expedier, dans l'estendue de vostre gouvernement, en payant raisonnablement conformement à mes derniers reglementz. Et n'estant la presente à autre fin, Je prieray dieu vous avoir, Monsr le comte de Sault, en sa saincte garde. Escrit à St Germain en Laye, le viie jour d'avril 1635.

LOUIS.
SERVIEN.

CLXV

MONS^r LE COMTE DE DIZIMIEU, CAPPITAINE D'UNE COMPAGNIE DE
CHEVAUX LEGERS POUR MON SERVICE.

Monsr le comte de Disimieu, Ayant choisi vostre compagnie de chevaux legers pour estre du corps de l'armée que je faict assembler aux environs de Langres[3] et que je commanderay moy mesme bientost en personne, je vous faict cette lettre pour vous dire, qu'aussytost que vous l'aurez receue, vous ayez à la faire acheminer à St Beron des fossez, aux environs dudict Langres suivant la route cy joincte, d'où vous envoyerez au s^r de Bellefondz[4]

---

[1] César, comte de Disimieu, étant mort au début de janvier 1635, ses titres et ses offices passèrent à son fils Hierosme ou Jérôme, auquel sont adressées les lettres postérieures à cette date.

[2] Crest, Drôme.

[3] A l'appui de la déclaration de guerre à l'Espagne, mai 1635, le roi avait levé cinq armées.

[4] Charles Gigauld de Bellefonds, s^r de Merlus, gouverneur du Castellet, maréchal de camp, fils de Jean de Bellefonds, s^r de Varennes, et de sa troisième femme, Marie Mautrot, 1584; il mourut célibataire.

mareschal de mes camps et armées que j'ay envoyé par advance audict Langres, pour recueillir toutes les troupes de ladicte armée, pour scavoir de luy ce que vous aurez à faire pour mon service. Je m'asseure bien, qu'ayant à paroistre devant moi, vous ne perdrez point de temps à mettre vostre dicte compagnie au meilleur estat qu'il se pourra. Sur ce je prie Dieu vous avoir, Monsr le Comte de Disimieu, en sa saincte garde. Escrit à Peronne, le vi^e jour de mai 1635.

LOUIS.

SERVIEN.

CLXVI

A MON COUSIN LE PRINCE DE CONDÉ, PAIR DE FRANCE, GOUVERNEUR ET MON LIEUTENANT GENERAL EN BOURGOGNE ET EN BRESSE, ET EN SON ABSENCE AU S^R DE LA BERCHERE, CONSEILLER EN MON CONSEIL D'ESTAT ET PREMIER PRESIDENT EN MA COUR DE PARLEMENT DE DIJON[1].

Mon cousin, Ayant ordonné que la compagnie de chevaulx legers du s^r Comte de Dizimieu s'acheminera du coté de Langres, j'ay faict expedier la route par laquelle vous verrez les lieux de l'estendue de vostre charge, par où ladicte compagnie aura à passer. Vous ayant voullu faire ceste cy pour vous dire que vous ayez à tenir la main à ce que ladicte compagnie soit retirée et logée ès dicts lieux, et luy soit administré à son passage les vivres et les commoditez nécessaires, en payant suivant mes derniers reglements, Sur ce je prie Dieu, mon Cousin, vous avoir en sa garde. Escrit à Peronne, le viiie jour de may 1635.

LOUIS.

PHELYPEAUX.

CLXVII

A MONS^r LE COMTE DE DIZIMIEU, CAPPITAINE D'UNE COMPAGNIE DE CHEVAUX LEGERS POUR MON SERVICE.

Monsr de Disimieu ayant trouvé bon, pour le bien de mon service, de faire passer vostre compagnie de chevaux legers de là les monts, je vous faictz cette lettre pour vous dire que vous ayez à la faire partir des lieux de

---

[1] Pierre le Goux de la Berchère, marquis d'Intéville, etc., premier président aux parlements de Bordeaux, de Dijon, 1630, puis à celui de Grenoble, 1644, mort le 29 novembre 1653; il avait épousé, 15 août 1627, Louise, fille d'Antoine Joly, baron de Blaisy. Denis de la Berchère, son frère, lui succéda, suivant lettres du 17 octobre 1653.

ma province de Bresse, où elle est en garnison, et que vous la faciez acheminer vers Pignerol, suivant la route qui vous en sera donnée dans la
Bresse par le vicomte de Tianges, mon lieutenant general en cette province[1],
et dans le Dauphiné par mon cousin le duc de Crequy[2], duquel vous recevrez les ordres, y estant arrivé, de ce que vous aurez à faire pour mon
service. Auquel m'asseurant que vous satisfferez, je prie dieu vous
avoir, Monsr de Disimieu, en sa saincte garde. Escrit à Monceaux le xiii[e]
juin 1635.

                                          LOUIS.
                                                SERVIEN.

CLXVIII

A MONS[r] LE BARON DE DIZIMIEU.

Monsr le baron de Dizimieu, ayant esté adverty de la continuation de
vostre querelle, contre le s[r] de Sassenage[3], et des assemblées qui se font de
vostre coté et du sien pour vuidez voz differentz par la voye des armes, au
lieu de celles de la douceur que j'entendz estre employées entre gentilzhommes, lesquels j'affectionne et tiens pour mes serviteurs particuliers, et
que c'est ce qui vous empesche d'aller à vostre charge en mon armée d'Italie, Je vous faiz cette lettre pour vous dire que j'auray très agreable que
vous vous disposiez à vous remettre amiablement en bonne intelligence
avec ledict s[r] de Sassenage, et que, quoy qu'il en soit, vous ayez à vous
rendre au plustost en vostre compagnie de chevaux legers pour m'y servir,
comme je m'asseure que vous ferez avec vos soins et vostre affection ac-

---

[1] Charles Damas, marquis de Thianges, maréchal de camp, lieutenant général en Bresse...,
mort 1638.

[2] Le maréchal de Créquy entra en Piémont, le 15 août 1635, pour rejoindre les ducs de
Savoie et de Parme, alliés de la France, et attaqua les Espagnols en Milanais. Disimieu, à la
tête de sa compagnie, se distingua particulièrement au siège de Valence, 18 septembre, levé
le 28 octobre. Après la prise de Candie, 17 novembre, les troupes prirent leurs quartiers
d'hiver.

[3] Gaspard de Sassenage, marquis du Pont, suivit le parti de la reine mère et fut blessé à
l'affaire du Pont-de-Cé, 1620 ; commanda une compagnie de cavalerie au siège de la Rochelle,
1628, et mourut, à Paris, des suites d'une opération de la pierre, en 1649 ; il avait épousé,
1628, Antoinette, fille de Pierre d'Albon, seigneur de Saint-Forgeux, et d'Anne de Gadagne,
et veuve de Geoffroy de la Guiche, dont il n'eut pas d'enfant. G. de Sassenage avait été pourvu
de la charge de bailli du Viennois, vacante par le décès du comte de Disimieu, par lettres de
provisions du 31 janvier 1635. Jérôme de Disimieu fut évidemment froissé de cette nomination, motif probable de la querelle ; il succéda comme bailli, à Sassenage, en 1644. Lettre CLXX.

coustumée[1], vous deffendant très expressement de faire aucun appel ny rencontre sur les peines de mes edictz et ordonnances, et m'asseurant que vous satisferé en ce qui est en celà de ma volonté, je prie Dieu vous avoir, Monsieur le baron de Dizimieu, en sa saincte garde. Escrit à Fontainebleau, le xve jour de juin 1636.   LOUIS.

                                                  SUBLET.

CLXIX

A MONS[r] LE COMTE DE DIZIMIEU, GOUVERNEUR DE MA VILLE DE VIENNE ET PAYS VIENNOIS.

Monsr le Comte de Dizimieux. Ayant plû à Dieu d'adjouster à une infinité de graces et de benedictions qu'il a respandues depuis mon advenement à la couronne sur ma personne et sur mon Estat, celle de la naissance d'un fils (Louis XIV) que sa divine bonté a accordé à mes vœux, à ceux de tous mes subjects et alliez et je puis le dire de tous les autres qui ayment le repos et la tranquillite publique de l'Europe, je me recognois si etroittement obligé de luy en rendre mes actions de grace et de convier mon Peuple à en tesmoigner la recognoissance envers la Providence, et les ressentiments de joye que je scay qu'il aura avec moy, qu'au mesme temps que cette grace m'arrive et que je commance à m'acquitter moy mesme de mon debvoir, J'ay bien voulu vous envoyer en diligence cette depesche que je vous fais expres, pour vous donner part d'une si grande et heureuse nouvelle, et par mesme moyen à tous mes subjects de l'estendue de vostre gouvernement, afin que vous et eux apportiés en cette occasion toutes les solennités et marques de debvoir envers Dieu et de recognoissance generale que je croy me pouvoir assurement promettre de tous, en particulier assistance au *Te Deum* que j'entends estre solennelment chanté en toutes les eglises de mon royaume et lieu de mon obeissance, faisant des feux de joye et toutes autres demonstrations d'une satisfaction veritable et publique, A quoy vous aurés principalement à tenir la main ainsy qu'il est de vostre charge. Cependant je prie Dieu qu'il vous aye, Monsr le Comte de Dizimieu, en sa saincte garde. Escrit à St Germain en Laye, le cinquieme jour de septembre 1638.   LOUIS.

                                              BOUTHILLIER.

[1] La compagnie de chevau-légers de Disimieu se distingua au combat du Tésin, qui dura quatorze heures, 22 juin 1636.

                                                  21

CLXX

Monsieur de Disimieux ayant sceu que la querelle que vous avez despuis longtemps, contre le sieur de Sassennage, ne peut estre accommodée dans le Dauphiné, pour beaucoup de considerations qui vous sont incognues, et desirant absolument vous reconcilier ensemble dans les termes dont chacun aura subject d'estre comptant, je vous faictz ceste lestre pour vous dire que je veux absolument, qu'aussi tost icelle receue, vous ayez à vous acheminer par deçà, vous asseurant que vous ferez chose qui me sera très agreable. Sur ce je prie Dieu qu'il vous ayt, Monsieur de Disimieux, en sa saincte garde. Escript à St Germain en Laye, le dernier de mars mil six cent trente neuf [1].

LOUIS.

SUBLET.

CLXXI

A MONS^r DE DIZIMIEU, GOUVERNEUR DE MA VILLE DE VIENNE.

Monsr de Dizimieu, Ayant accordé au s^r de la Flesche, maréchal des logis de mon cousin le cardinal duc de Richelieu [2], en consideration de ses services, le droit de passage sur le pont de Vienne [3], qui debvoit estre achevé le mois de juillet dernier, ou celui de la traille servant audict port de Vienne, pendant la construction dudict pont, pour jouir par luy, ses heritiers et ayant cause, pendant trente années consecutives, dudict droit, ainsy que le

---

[1] En copie du temps. L. clxviii.

[2] Jean-Baptiste Galinard, s^r de la Flèche, maréchal des logis du cardinal de Richelieu, capitaine de la garde de l'hôpital royal de Marseille et lieutenant de Sa Majesté dans une galère, concessionnaire du droit de traille sur le Rhône, entre Vienne et Sainte-Colombe, par lettres du 1er juin 1638.

[3] Le pont de Vienne, d'origine romaine, comportait seulement cinq arches fort étroites ; il fut partiellement ruiné à multiples reprises et réparé, soit en pierre, soit en bois. Frédéric de Saint-Séverin, cardinal et archevêque de Vienne, pour subvenir à ces dépenses, permit aux fidèles de son diocèse de faire gras le lundi et le mardi de carême prenant, devenus le lundi et le mardi gras, moyennant une aumône de trois deniers, applicables à cette œuvre, 1508. Deux piles s'écroulèrent en 1617, deux autres en 1635. La première pierre d'une pile, du côté de Sainte-Colombe, fut posée le 19 avril 1638. Il fut presque entièrement détruit en 1647 et 1651 et devint impossible à réparer ; il fallut établir un bac à traille qui fut remplacé, seulement en 1829, par un pont suspendu. Les concessionnaires du bac furent : Guérin, le cardinal de Richelieu, de la Flèche, le prince de Monaco, 1647-1792, puis divers fermiers de la ville.

contiennent plus amplement les lettres patentes que je luy en ay fait expédier, j'escris au s^r de Lauzon, qu'en attendant que ledict pont soit parachevé, il ayt à mettre ledict la Flesche en possession de ladicte traille, et à l'en faire jouir. Et j'ay bien voulu vous faire cette lettre, pour vous dire que mon intention est que vous teniez la main, en tout ce qui dependra de vous, pour l'effet de ce qui est en celà de ma volonté. Et la presente n'estant pour autre sujet, je prie Dieu qu'il vous ayt, Monsr de Dizimieu, en sa saincte garde. Escrit à St Germain en Laye, le xe may 1639.

LOUIS.

SUBLET.

CLXXII

De par le Roy

A tous gouverneurs et noz lieutenants generaux en noz provinces et armées, marechaux de noz camps, cappitaines et gouverneurs particuliers de noz villes et places, maires, consulz et eschevins d'icelles, prevostz, juges, leurs lieutenants, à tous autres noz justiciers, officiers et subjects qu'il appartiendra, Salut. Ayant permis au s^r Comte de Dizimieux, cappitaine d'une compagnie de chevaux legers pour nostre service, d'aller à Sedan, pour traicter de quelques affaires particulières, avec nostre très cher et très amé cousin le Comte de Soissons¹, nous voullons et vous mandons que vous ayez à le laisser passer seurement et librement, par chacun de voz pouvoirs, juridictionz et destroictz, sans luy faire ny permettre luy estre faict, mis ou donné aucun trouble ny empeschement, avec toute faveur et assistance si besoin est, et requis aujourd'hui, car tel est nostre plaisir. Donné à St Germain en Laye, le xxiie febvrier 1640.

LOUIS.

Par le Roy : SUBLET.

CLXXIII

Monsr de Dizimieux, la crainte que j'ay que certains bruictz qui s'espandent, depuis peu de temps, des nouvelles factions que quelques uns de mes subjectz taschent de faire pour troubler le repos de mon estat, vous don-

¹ Louis de Bourbon, comte de Soissons, gouverneur du Dauphiné. A la suite du siège de Corbie, octobre-novembre 1636, au cours duquel un complot avait été ourdi contre la vie du cardinal, le comte de Soissons s'était, avec l'agrément du roi, retiré à Sedan, où il jouissait de ses appointements et de ses charges.

nent de la prehention pour n'en scavoir pas les particularitez, m'a faict resouldre de vous en donner advis et vous faire congnoistre en mesme temps
que, la descouverte estant un des principaux remedes de telz maux, vous
n'avez rien à craindre, graces à Dieu, des mauvais desseins qui se descou-
vrent maintenant [1].

Dieu qui a fait paroistre, en diverses occasions, la singulière protection
qu'il prend de ce Royaume, a permis que, depuis un an, quelques uns de ceux
qui ont esté envoyez par les s^{rs} de Soubize [2] et de la Valette [3], pour corrompre
la fidelité de diverses personnes de mes subjects, soient tombez entre mes
mains et que, par leur moyen, J'aye apris que lesdicts de Soubize et de la
Valette, faisant croire au Roy d'Espagne qu'ilz pouvoyent fere soulever
quelques unes de mes provinces, quoy que leur fidelité soit entierement
asseurée, traictoyent avec luy, pour fere avec ses armées, une dessente en
Bretagne, en Aulnix ou en la rivière de Bordeaux, qu'au mesme temps que
ce project, ourdy dans le temps que la dame de Chevreuse [4] estoit en Espagne, auroit son effect, on leur faisoit esperer que, du costé de Sedan, une
armée conduitte par d'autres de mes subjectz entreroit par la Champagne,
en suitte des negotiations faictes à cette fin par l'abbé de Mercy [5], qui soubz

---

[1] Cette curieuse lettre politique a trait à la révolte fomentée à Sedan, en haine du cardinal
de Richelieu, par Louis de Bourbon, comte de Soissons, les ducs de Bouillon, de Guise, etc.,
unis à l'Espagnol. Malgré la qualité de gouverneur du Dauphiné, du comte de Soissons, la
province ne fut pas émue par ces événements. Les forces combinées des rebelles se heur-
tèrent, à la Marfée, contre les troupes royales qui furent battues, le 6 juillet 1641. Jamais la
perte du cardinal n'avait été si imminente ; mais la mort du comte de Soissons, tué à la fin de
la bataille, rompit l'union des conjurés qui dispersèrent leurs troupes.

[2] Benjamin de Rohan, seigneur de Soubise, un des plus renommés capitaines protestants,
chassé des îles de Ré et d'Oléron par Montmorency, en 1625, s'était réfugié en Angleterre, où
il mourut peu après 1641. La Richerie, un de ses gentilshommes, avait été pris et trouvé
porteur de lettres adressées à M. d'Epernon et au marquis de la Force.

[3] Bernard de Nogaret, duc de la Valette, fils aîné du vieux duc d'Epernon, à la suite de
l'échec du siège de Fontarabie, fut déféré à une commission, jugé par contumace et décapité,
en effigie, en place de Grève, 8 juin 1639 ; il s'était réfugié en Angleterre, aux côtés de la reine
mère, de Mme de Chevreuse, du duc de Vendôme, de la Vieuville, actifs et habiles ennemis
du cardinal.

[4] Marie de Rohan, né en 1600 ; femme : 1° de Charles d'Albert, duc de Luynes, 1617 ;
2° de Claude de Lorraine, duc de Chevreuse. Exilée à diverses reprises, elle conspira partout,
en France, Lorraine, Espagne, Angleterre, Flandre, et mourut à Paris à l'âge de soixante-
dix-neuf ans. En 1641, elle était à Bruxelles, appuyant de toutes ses forces la révolte du
comte de Soissons.

[5] L'abbé de Mercy, frère de François, baron de Mercy, général au service du duc de

differendz pretextes, a faict diverses allées et venues en Allemagne, à Sedan
et à Bruxelles.

J'avois mesprisé et tenu ces desseins comme impuissants, ainsy que j'ay
faict, depuis deux ans, les sollicitations faictes à des Maistres de camp tant
de pied que de cheval de mes armées, pour les faire manquer à la fidelité
qu'ilz me doibvent, les offres de brusler mes vaisseaux, l'envoy faict à
Brest pour recongnoistre les moyens, et une entreprise sur Metz que le duc
de la Valette vouloit faire tomber entre les mains des Espagnols, au prejudice de son propre sang, mon cousin le cardinal de la Valette son frère,
dont la fidelité estoit telle que beaucoup attribuent sa mort au desplaisir
qu'il conceust d'une telle trahison[1], si leur continuation ne me faisoit congnoistre que ce que j'attribuois au commencement à la legereté est une
suitte d'une malice noire et enracinée, à laquelle je suis d'aultant plus
obligé de remedier que ceux qui en sont autheurs ont tousjours abuzé de
mon indulgence.

Je n'eusse jamais crû qu'après avoir pardonné au comte de Soissons,
mon cousin, la mauvaise trame qu'il fit contre mon service en 1636, lorsque je confioys mes armées entre ses mains[2], il se fust embarqué de nouveau dans desseins pareilz à ceux qui sont venus depuis quelques temps à
mon congnoissance ; Mais la capture de plusieurs factieux envoyez dans
mes provinces pour y lever des gens de guerre contre mon service, des-
baucher ceux qui sont enroolés dans mes trouppes et esbranler la fidelité
de mes subjectz, les levées publicques qui se font au Liege soubs le nom et
soubs les commissions de mondict cousin, les hostilités commises contre
les corps de gardes establis par les gouverneurs dans mes frontieres, jusques
à tuer des soldatz qui n'avoient autre ordre que d'empescher la sortie des
bledz de mon Royaume, l'entreprise ouverte sur le montolimpe[3] dont le

Bavière ; agent de l'Espagne, *hombre agudo y activo*, avait été envoyé à Sedan, en 1641, par
l'infant cardinal, pour traiter avec le comte de Soissons.

[1] Louis de Nogaret, cardinal de la Valette, pourvu de grandes charges militaires, entièrement dévoué à Richelieu, mourut à Rivoli, en Piémont, le 28 septembre 1639, à l'âge de
quarante-sept ans.

[2] Lors de l'investissement de Corbie, septembre 1636, dont les Espagnols s'étaient
emparés, on avait formé le dessein de se défaire du cardinal de Richelieu, à Amiens, au sortir
du conseil. Le comte de Soissons, empêché par les hésitations de Gaston d'Orléans, n'osa pas
agir, et le cardinal échappa au plus grand danger qu'il eût jamais couru.

[3] Mont-Olympe, forteresse sur la Meuse, vis-à-vis de Charleville.

complot a esté non seulement faict dans Sedan, Mais qu'on a tasché par deux foyes d'executer avec les trouppes qui sont dans cette place, joinctes à celles du Roy d'Espagne, ce que la notorieté a faict congnoistre à toute ma frontiere de Champagne et qui est authenticquement veriffié, par lettres originalles, par la capture de quelques prisonniers employés à cette affaire et par la deposition de ceux qu'on a voulu corrompre à cette fin.

L'envoy d'un nommé Vauxelles[1], à mon frere le duc d'Orleans, qui semble n'avoir été permis de Dieu que pour me donner lieu de recevoir de nouveaux tesmoignages de la fidelité de mondict frere et des princes, d'aultant plus notoire de la malice de ceux qui le vouloyent perdre, que ledic Vauxelles estant tombé entre mes mains, lorceque s'en retournant à Sedan il pensoit avoir esvité tout peril, recongnoist avoir esté envoyé pour faire scavoir à mondict frere que le comte de Soissons, le duc de Guyse et le duc de Bouillon ont traicté avec le Cardinal Infant, pour le Roy d'Espagne, que ledict cardinal leur promis de notables sommes de deniers, dont ils ont deja touché partie, pour faire des levées de gens de guerre qui, joinctes à d'autres troupes, doibvent agir contre la france, et qu'au cas que mon frere refuse le commandement de ladicte armée, ledict sieur comte en doibt estre le chef.

Le voyage publicq du duc de Guyse[2] à Bruxelles, pour plus grande seureté du traicté, m'ont donné une si claire congnoissance de ce dont j'estois bien ayse de doubter que je n'ay pû, sans manquer à ce que je doibs à mon Estat et à moy mesme, differer davantage de vous faire scavoir que ledict comte de Soissons, les ducs de Guyse et de Bouillon s'étant declarez mes ennemis par les actions cy dessus speciffiées, actions daultant plus infames qu'elles les unissent à ceux qui n'ont aultre fin que la ruine de cet estat, Je veux qu'ils soyent recongnus de mes subjectz pour en estre ennemis declarez si, dans un mois, ils ne recongnoissent leur faulte et n'ont recours à ma clemence.

---

[1] Vauchelles, gentilhomme du duc de Guise, envoyé à Blois, auprès de Gaston d'Orléans, pour l'engager dans le complot de Sedan, était en réalité un espion du cardinal.

[2] Henri de Lorraine, archevêque de Reims, 1629-1641, duc de Guise à la mort de son père Charles, 30 septembre 1640. Sous prétexte qu'il était marié avec Anne de Gonzague, Richelieu voulut lui ôter ses bénéfices ; il se retira brusquement à Sedan sans prendre congé du roi et se joignit aux rebelles ; il arriva de Sedan à Bruxelles le 20 mai.

Comme le soin que je doibs avoir de ce Royaume m'oblige à n'oublier aucune precaution necessaire à la conservation de son repos, l'asseurance que j'ay de vostre fidelité et affection à mon service, faict que je ne doubte poinct que vous ne fassiez ce que je puis desirer de vostre vigilance, voulant que, s'il se descouvre quelque suitte de cette malheureuse trame en mes provinces, vous fassiez si promptement saisir ceux qui y tremperont, que leurs mauvais desseins ne soyent pas plustost esclos que chastiez, moyennant cette conduitte de vostre part et la benediction de Dieu, à qui je recongnois debvoir tous les bons succez qui m'arrivent, Je ne crains point de vous asseurer que la malice de ces mauvais espritz ne fera tort qu'à eux mesmes, et que vous en retirerez un grand advantage, en ce que les ennemis de cet estat se destrompant à leurs despens des esperances qu'ilz ont pû concevoir, jusques à present, des vaines propositions qui leur ont esté faictes par les susnommez, se rendront aussy disposez à une bonne paix qu'ilz s'en sont esloignez jusques à cette heure, demandant ce bonheur à Dieu de tout mon cœur, Je le prie qu'il vous aye, Monsr de Dizimieu, en sa s^te garde. Escrit d'Abbeville le xiie jour de juin 1641.

LOUIS.

SUBLET.

CLXXIV

Extraict des registres du conseil du roy.

Sur la requeste presentée au roy en son conseil par Hierosme Disimieu comte dudict lieu et gouverneur pour sa Majesté de la ville de Vienne et pais de Viennois, contenant que, par l'establissement de la cour des aydes de Dauphiné en ladicte ville de Vienne, le nombre des habitans y est fort augmenté, le commerce restably et tous les corps de communauté en sy bonne intelligence qu'il ne reste à desirer, pour le service de sa Majesté, que la continuation de ce bonheur, neantmoins le suppliant aprehende que les difficultés que ladicte cour des aydes a faictes jusques à ce jour de luy rendre les defferences deues à sa personne en qualité de gouverneur, mesme le premier president en icelle de faire visitte en son logis, n'alterent cette commune paix et harmonie publicque, requis ou attendu que, dans les processions, audiances de ladicte cour, assemblées et autres rencontres, tel proceddé pourroit aporter scandalle et faire querelle, au grand mespris des ordonnances de sa majesté, il pleust à sadicte majesté, en conservant audict suppliant les rangs, honneurs et pouvoirs deubs à la qualité de gouverneur, ordonner de la presseance et difficulté d'entre les parties. Veu ladicte requeste, ouy le raport et tout consideré, le roy en son conseil ayant esgard à ladicte requeste, a ordonné et ordonne que le suppliant aura seance dans ladicte cour des aydes au dessus du doyen de ladicte compagnie, tant aux audiances qu'en la chambre du conseil et lorsque ladicte cour ira aux processions ou autres lieux publicqs, pourra ledict suppliant prendre son rang et place entre le premier et le second president d'icelle ; et sera ladicte seance observée en tous lieux publicqs et particuliers esquelles ledict gouverneur se rencontrera. Faict sa majesté deffence aux officiers de ladicte cour des aydes de s'opposer ny contrevenir au present reglement. Faict au conseil d'estat du roy tenu à Paris, le neufvieme jour de mars mil six cens quarante un.

BORDIER.

Louis par la grace de Dieu roy de France et de Navarre, dauphin de Viennois, comte de Valantinois et Dyois au premier des huyssiers de nostre conseil ou autre huissier ou sergent sur ce requis, nous te mandons et commandons que l'arrest dont l'extraict est cy attaché, soubz le contrescel de nostre chancellerie, ce jourdhuy donné en nostre conseil d'estat sur la requeste de Hierosme Dizimieu, comte dudict lieu et gouverneur pour nous de la ville de Vienne et pays de Viennois, tu signiffies à nostre procureur general en nostre cour des aydes de Dauphiné et à tous autres qu'il apartiendra, à ce qu'ilz n'en pretendent cause d'ignorance de fai, la deffence y contrevenir et tous commandemens, sommations et autres actes plus necessaires, sans demander autre permission, car tel est nostre plaisir. Donné à Paris le neufvieme jour de mars l'an de grace mil six cens quarante un, et de nostre regne le trente ung. Par le roy dauphin[1].

BORDIER.

[1] La cour des Aydes et Finances, détachée du parlement de Grenoble, malgré les protestations de ce dernier, fut établie à Vienne par édit de janvier 1638. Les conseillers s'étant refusés à laisser le gouverneur de la ville prendre séance parmi eux, privilège dont jouissait cependant le gouverneur de la province vis-à-vis du parlement, le conflit fut réglé en faveur de Disimieu, personnellement par les arrêts suivants et en général par un arrêt d'août 1641, révoquant certaines prérogatives des gouverneurs des provinces, mais laissant subsister celle de prendre rang au parlement. La cour des Aydes de Vienne fut supprimée et réunie au parlement par édit du mois d'octobre 1658. Les conseillers furent remboursés par lettres de

CLXXV

A MONS^r DE MUZY, CONSEILLER EN MON CONSEIL D'ESTAT, PREMIER PRESIDENT EN MA COUR DES AYDES DE VIENNE.

Monsr de Muzy[1], Par arrest de mon conseil d'Estat du IXe mars dernier, ayant reglé le rang et la sceance du gouverneur de ma ville de Vienne à l'esgard des officiers de ma cour des aydes establie en icelle, en general et en particulier, je vous faictz cette lettre pour vous dire que vous ayez à vous conformer de vostre part et teniez la main à ce qu'il soit gardé et observé selon la forme et teneur, et parce que les visites sont plustost de civilité particulieres que de l'ordre des compagnies, neantmoins comme elles contribuent beaucoup à la fin dudict subject qui a esté d'establir la bonne intelligence necessaire entre ceux qui ont l'honneur de me servir, en un mesme lieu dans les principalles charges, et que ladicte cour estant nouvellement establie, il semble raisonnable que le gouverneur soit visité le premier. J'ay bien voullu adjousté audict arrest que, pour faire cesser toutes difficultez à cet esgard entre vous et ledict gouverneur, mon intention est que vous le visitiez le premier, et qu'en toutes occasions vous teniez bonne correspondance avec luy. C'est ce que je vous diray par cette lettre, priant dieu qu'il vous ayt, Monsr de Muzy, en sa saincte garde. Escrit à St Germain en Laye, le XVIe d'avril 1641.

LOUIS.

SUBLET.

CLXXVI

Extrait des registres du conseil privé du roy.

Sur la requeste presentée au roy en son conseil par Hierosme de Dizimieu comte dudict lieu et gouverneur pour Sa Majesté en la ville de Vienne et pays Viennois, contenant que par deux arrestz du conseil, des neufiesme

provisions d'offices en la cour souveraine de Bourg-en-Bresse, 20 février 1659, puis, par un nouvel édit de mai-novembre 1661, incorporés au parlement de Metz.

Ces deux pièces, sur parchemin et scellées, ont été imprimées. 3 pages in-4°.

[1] Georges de Musy, vi-bailly de Vienne, 1620, procureur général au parlement, 1624, premier président à la cour des Aydes de Vienne, 16 août 1640, finances 75.000 livres ; mari de Catherine, fille de François de Chaponay et de Jeanne de Gault, 19 janvier 1621. Il était seigneur de la Tour-du-Pin, etc., et mourut janvier 1657. Pierre de Musy, son fils aîné, lui succéda comme premier président à la cour des Aydes; passa en la même qualité à la cour de Bourg et fut nommé président à mortier au parlement de Metz, 1662.

22

mars et vingt quatre octobre mil six cens quarante un, il a esté ordonné
que ledict suppliant aura Seance dans la cour des aydes et finances du Daulphiné, tant aux audiances qu'en la chambre du conseil, et lorsque ladicte
cour ira aux processions ou autres lieux publicqz, il pourra prendre son rang
et place entre le premier et second president d'icelle en ladicte seance, observée en tous lieux publicqz et particuliers, esquelz le suppliant se rencontrera, en prenant lettres pour cet effect, ce à quoy il a satisfaict. Et il
a pleu à sa majesté, par ses lettres pattentes du vingtiesme decembre an
dernier, luy conserver ledict rang et seance, et outre elle a voullu et ordonné
que, tant aux audiances qu'en la chambre du conseil de ladicte cour, le suppliant aye veoix et opinion delliberative et jouisse des mesmes honneurs
qu'ont accoustumé de jouir les conseillers d'icelle, conformement audict arrest du neufvieme mars, sans neanmoingz pouvoir participer aux droictz
et esmolumens et espèces attribuées ausdicts officiers, avecq injonction à
ladicte cour des aydes de faire jouir ledict suppliant du contenu esdictes
lettres plainement et paisiblement, conformement audict arrest du conseil
dudict jour vingt quatriesme octobre audict an. Et ores que ladicte cour des
aydes aye deue ordonner que lesdictes lettres seroient registrées, pour jouir
par le suppliant du contenu en icelles, selon leur forme et teneur, neanmoingz par un equivocque faict à dessein, elle a ordonné seullement, par son
arrest du trentiesme may dernier, que lesdictes lettres seroient enregistrées
pour en jouir par le suppliant, conformement aux susdictz arrestz desdictz
jours neufvieme mars et vingt quatriesme octobre mil six cens quarente un ;
ce qui n'est pas satisfaire entierement à l'intention de sa majesté, en tant
que demeurant aux termes de l'arrest de ladicte cour des aydes qui se
conforme seullement ausdicts arrestz du conseil, le suppliant ne pourroit
jouir que de la seance et rang y contenu et non de la veoix et opinion delliberative parce que lesdicts arrestz n'en font pas mention.

Lesdittes lettres pattentes depuis obtenues par le suppliant, le vingt
deuxiesme decembre an dernier. Du contenu desquelles il seroit privé pour
ce qui est de ladicte veoix et opinion delliberative, sy ledict arrest de la
cour des aydes avoit lieu. A ces causes auroit le supliant requis qu'il pleut
à sa majesté ordonner, en tant que besoin seroit, que le supliant jouira non
seullement de la seance et rang à luy octroié par lesdicts arrestz du conseil,
desdicts jour ixe mars et vingt quatre octobre 1641, mais aussy de la veoix

et opinion delliberative portée par lesdictes lettres pattentes, du xx⁰ decembre audict an, avecq très expresses inhibitions et deffences à tous qu'il appartiendra de à ce luy donner aucun trouble ny empeschement, à peine de IIIᶜ l. d'amendes. Veu ladicte requeste signée de Montel advocat audict conseil, copie desdicts arrestz du conseil desdicts jours IXᵉ mars et XXIIIᵉ octobre derniers, lesdictes lettres pattentes de sa majesté expediées en consequence en faveur du supliant, arrest de ladicte cour des aydes de Vienne XXXᵉ may dernier portant enregistrement d'icelles pour jouir du contenu en icelles, conformement ausdicts arrestz du conseil, ouy le rapport du sʳ.., et tout consideré, le roy en son conseil ayant esgard à ladicte requeste, a ordonné que ledict comte de Dizimieu jouira du rang et seance à luy accordée par lesdictes lettres patentes de sa majesté et conformement à icelles, sans s'arrester à l'arrest de regestrement, aura veoix delliberative tant aux audiances que chambre du conseil de ladicte cour des aydes et finances de Dauphiné. Fait au conseil privé du roy tenu à Paris, le treiziesme jour de juing mil six cens quarente deux.

POTEL.

CLXXVII

Louis par la grace de Dieu roy de France et de Navarre, dauphin de Viennois, comte de Vallentinois et Dyois, à noz amez et feaux conseillers les gens tenans nostre cour des aydes et finances en dauphiné salut. Nous vous mandons et expressement enjoignons que l'arrest cy attaché, soubz le contresel de nostre chancellerie, cejourdhuy donné en nostre conseil privé sur la requeste presentée par nostre bien amé Hierosme de Dizimieu, comte dudict lieu, et gouverneur pour nous de la ville de Vienne et pays de Viennois, vous ayez à faire lire, publier et registrer ez registres de ladicte cour, pour par ledict supliant jouir du rang et seance à luy accordée par noz lettres pattentes du vingᵉ decembre m vIᶜ quarente un. Et conformement à icelles, avoir veoix deliberative tant aux audiances que chambre du conseil; et ce nonobstant et sans s'arrester à vostre arrest d'enregestrement desdictes lettres y enoncées, de ce faire vous donnons plain pouvoir. Commandons au premier nostre huissier ou sergent, sur ce requis, faire pour l'entiere execution de nostre dict arrest toutes signiffications, actes et exploitcz requis et

sans demander autre permission ny pareatis : car tel est nostre plaisir.
Donné à Paris, le treiziesme jour de juing l'an de grace mil six cens
quarante deux, et de nostre reigne le xxiiie. Par le roy dauphin en son
cónseil.   POTEL.

CLXXVIII

A MONSIEUR, MONSIEUR DESDIGUIERS, DUC ET PAIR DE FRANCE
GOUVERNEUR ET LIEUTENANT GENERAL POUR LE ROY EN DAUPHINÉ.

Monsieur. Affectionnant comme je faicts les interests de mr de Dezimieux, j'ai bien voulu vous faire la presente pour vous supplier, ainsy que
je fis lors de vostre depart de cette ville, de les avoir en particuliere recommandation et de luy despartir aux occasions vos assistances, vous asseurant que la faveur qu'il recepvra de vous me sera très chere, et m'obligera
à demeurer d'aultant plus, Monsieur, Vostre bien humble serviteur. De
Paris, ce 6 octobre 1644.   HENRY DE BOURBON[1].

[*de la main*] Ceus de la court des aides de Vienne tachent à facher en
force choses Mr de Disimieu et ne luy rende rien de ce qu'ils luy doivent
et qui a esté convenu entre eus. Je vous suplie y mettre la main et vous
en mesler et mesmes les acomoder s'il se peut, je vous en seray obligé.

CLXXIX

A MONSIEUR, MONSIEUR DE DISIMIEU, GOUVERNEUR DE VIENNE.

Monsieur mon oncle, j'attendais vostre venue, de jour à autre, sur la
croyance que j'avais de vous avoir prié, par ma precedente, de prendre la
peine de me venir trouver. Mais Mr le president du Faure[2] m'ayant dict que
vous lui aviez escrit que je vous avois faict scavoir mon intention, Je vous
ay voulu supplier par cestecy de me venir assister de vos bons conseils[3]

---

[1] Henri II de Bourbon, prince de Condé, chef du conseil pendant la minorité de Louis XIV,
mai 1643. Il avait épousé Charlotte-Marguerite, fille du connétable de Montmorency et de
Louise de Budos, sa seconde femme, et cousine germaine de Jérôme de Disimieu.
[2] Le président du Faure. Lettre CLXXXIV.
[3] L'assistance de César de Disimieu, aux bons conseils et à l'expérience duquel le roi s'était
plu à confier le jeune duc de Montmorency, était, de fort bonne grâce, réclamée par ce dernier.
Nombreuses lettres de LXXVII à CXXIII, de CLXXIX à CXCV. Lesdiguières, LXVII.

en ces occurences[1]. On me mande de Thoulouze que Messrs de Rohan, de Sully[2], de Boyse[3] & de Chambret[4] sont pretz d'en venir aux environs et ont donné le rendez-vous à Rasac[5] à tous leurs amys ; si celà est, il est à craindre que ces mouvements ne viennent jusques à nous qui sommes pour encore assez tranquilles. L'assemblée qui est à Nismes[6] ne tesmoigne point encore de mauvaises intentions. Et m'ayant asseuré par les deputez d'estre porté au bien, Dieu veuille que leurs effectz respondent de leurs paroles. Je remettray à vostre arrivée toutes mes nouvelles, vous suppliant cependant de me croire, Monsieur mon oncle, vostre très affectionné nepveu[7] & serviteur. Beaucaire ce xii d'octobre 1615.

MONTMORENCY.

CLXXX

A MONSIEUR MON ONCLE, MONSIEUR LE COMTE DE DIZI-MIEU, GOUVERNEUR DE VIENNOIS.

Monsieur mon oncle, Je viens d'avoir advis asseuré que l'abbé de Saint Aphrodize de Besiers[8] est en telle extremite de maladie qu'on le tient hors d'esperance d'en pouvoir relever. Et croit on qu'il ne passera pas ce jour.

---

[1] Condé, à la tête de la faction des princes contraire à la reine Marie de Médicis et au maréchal d'Ancre, s'était déclaré opposé à l'union du roi avec Anne d'Autriche et prenait les armes, pour mettre obstacle au voyage de la cour à Bordeaux ; les protestants, rassemblés à Nîmes, attendaient pour se soulever l'arrivée de l'armée des princes qui passa sur la rive gauche de la Loire, le 30 octobre 1615.

[2] Henri, duc de Rohan, chef des protestants en Guyenne, avait épousé la fille du duc de Sully qui, disgracié par la reine régente, s'était rapproché des protestants et avait fourni quelques troupes à l'armée des princes.

[3] Escodeca, Pierre d', baron de Boesse-Pardaillan, commande un régiment d'infanterie de son nom, 1592 ; celui de Navarre 1594-1616 ; maréchal de camp, 1619 ; assassiné, 1621 ; il s'était battu en duel vingt-deux fois et avait toujours tué son adversaire.

[4] Louis de Pierre-Buffières, dit le brave Chambret, marié vers 1609 à Marie de la Noue, mort vers 1615. Au commencement de l'année 1602, Charles de Créquy eut une querelle avec Chambret, gentilhomme d'auprès de Bordeaux, l'un des plus braves de la cour ; Lesdiguières l'accommoda et les fit embrasser. — Jean de Pierre-Buffières, marquis de Chambret, épousa Marie de Castelnau, 22 mai 1642. — Benjamin de Pierre-Buffières, marquis de Chambret, commandait des troupes à Bordeaux, en 1652.

[5] Razat, en Périgord.

[6] L'assemblée de Nîmes se déclara pour le prince de Condé, le 27 novembre 1615.

[7] Pour la parenté entre les Disimieu, Budos, Montmorency, etc., v. l'Introduction.

[8] Saint-Aphrodize. Lettre ci.

Il a neantmoins signe la procuration que je vous envoye, de quoy je vous ay voulu advertir afin que vous impetriez ladicte abbaye, soit en vertu de ladicte procuration ou comme vacquante, ainsy que vous verrez estre pour le mieulx. J'ay pressé le sieur de Paulian[1] qui s'en alloit à journées et qui estoit desja party de prendre la poste pour affaire d'importance, sans toutefois le luy declarer. Et luy ay promis par la lettre que je luy ay escrite qu'il serait payé de son voyage. C'est pourquoy je vous supplie de faire en sorte qu'il en soit payé, par sa Majesté ou par vous. Demeurant sur ce, Monsieur mon oncle, [*de la main*] vostre très affectionné nepveu et serviteur. A Pezenas, ce xiii mars 1616.

MONTMORENCY.

CLXXXI

A MONSIEUR LE COMTE DE DISIMIEU, GOUVERNEUR DE VIENNOIS.

Monsieur, le service que je vous ay voué et le tesmognaige que j'ay receu de vostre affection m'a occasionné à vous fere supplication, en cas Monsieur Hureau feroit difficultés compter à Sercamanen, donneur de la presente, vous interveniés pour luy fere tenir la lettre d'eschange que je luy escriptz, ensemble acister et favoriser, en tout ce que vostre faveur pourra, ledict Sercamanen pour les autres afferes qui me consernent, et à l'occasion desquelz Monsieur de Montmorency le fait aller devers vous, et au rencontre, je vous prie me croire éternellement, Monsieur, vostre très affectioné serviteur. A..., le xxie mars 1616.

LE COMMANDEUR DE MONTMORENCY.

CLXXXII

A MONSIEUR, MONSIEUR LE COMTE DE DIZIMIEU, GOUVERNEUR DE VIENNOIS.

Monsieur mon oncle, J'ay este très aise d'avoir apprins, par vostre lettre

---

.[1] Gaspard de Roquart, sr de Malijac et de Paulian, mari de Anne de Fortia, veuve en 1633, d'où : François, sr de Paulian, mari de Anne de Damians. Famille originaire de Bollène, au Comtat.

[2] Jules, bâtard de Henri 1er de Montmorency, fils de Catherine Guillens de Chastellet, chevalier de Malte, 1578.

du xiiii de ce mois, que vous soyez party pour la cour, tant pour y donner ordre à ce que je vous avois prié que à ce qui peust estre de vostre intherest en l'abbaye de St Aphrodize de Beziers[1], sur le subject de laquelle je vous avais despeché en diligence. L'abbé est decedé et, sur ce que le chapitre a voulu proceder à la nomination d'un autre, je leur ay envoyé Cercamanen pour les en divertir, Et suys attendant leur reponce. Je n'ay point cy devant escrit à mondict de Pontchartrain, par ce que je scavois qu'il n'estoit à la cour. J'y satisffais à present, Et fais travailler en diligence aux mémoires et estats de mes avances de fournitures, Et à ramasser toutes les pièces justificatives, Et vous envoyeray le tout aussy tost qu'on aura achevé. L'office de Bailly en ma terre de Meru[2] est venu à vacquer, Madame la Connestable me demande la nomination. Je vous prie de savoir de mon conseil si je le doibs faire et quelle somme de deniers je puys tirer de cest office, afin que j'en dispose selon quilz me le conseilleront. Je vous baise sur ce, de tout mon cœur, les mains et vous supplie de me croire tousiours.

Monsieur, Despuys la presente escrite, Cercamanen est de retour qui m'a rapporté qu'on avait déjà faict la nomination de la personne de l'Evesque de Cesarée, nepveu de Monsieur le cardinal de Bonzy[3], lequel on dict avoir eu despuys quelques années la coadjutorerie. Ayez en promptement don par mort, car pour ceste nomination, on m'asseure que c'est peu de chose. J'envoye à Mirman copie de la lettre que j'escris au Roy. Vostre très affectionné nepveu et serviteur. A Montpellier, ce xxiii Mars 1616.

MONTMORENCY.

CLXXXIII

A MONSIEUR, MONSIEUR LE COMTE DE DIZIMIEU.

Monsieur mon oncle, Je vous fais cestecy à la veille de mon despart pour Lyon où je fais estat de me rendre, environ le xxe du prochain, à

[1] Saint-Aphrodise. Lettre CLXXX.
[2] Meru, Seine-et-Oise. Terre appartenant aux Montmorency.
[3] Dominique de Bonzi, coadjuteur de Jean de Bonzi, évêque de Béziers.

l'effect de la conference projectee entre MM^{rs} des Diguieres[1], le Grand[2] & d'Alincourt[3]. Je ne vous entretiendray point des affaires de mon gouvernement parce que vous les apprendrez fort particulierement, par la lettre que j'en escris à sa Majesté, dont jenvoye copie à Mirman. Je vous diray seulement que les affaires de Lombers se sont accommodez par la douceur[4] et instante prière que m'en ont faict ceulx de la Religion Pretendue reformée, après que le vicomte de Panat[5] est sorty de mon gouvernement, Et que les gens de guerre qu'il avoit mis dans Lombers s'en sont allez, et que la ville a esté mise au pouvoir d'un gentilhomme que j'ay nommé. Mon cousin de Chastillon[6] a voulu fere ma charge dans Montpellier, par le moyen d'une ordonnance qu'il a faicte, comme vous verrez par la lettre de sa Majesté à laquelle il demande confirmation de sadicte ordonnance, ce que je vous prie d'empescher qu'il n'obtienne. Et tenir la main que j'aye promptement response sur le subject de la prinse de Beaulieu[7] & d'Assas[8], lequel mondict cousin de Chastillon me demande, l'advouant son domestique despuys six mois. Vous scaurez la responce que je luy ay faicte par ladicte copie, avec tout ce que je pourrois vous escrire

[1] Suivant Videl, *Histoire de Lesdiguières*, Lesdiguières, les ducs de Montmorency et de Ventadour, le marquis d'Alincourt, s'étaient réunis, 9 décembre 1615, au Pont-Saint-Esprit, pour maintenir, dans leurs provinces, l'autorité du roi menacée par la révolte des princes; suivant cette lettre et une autre de Lesdiguières, LXVII, une nouvelle réunion devait avoir lieu, à Lyon, le 20 mai 1616.

[2] Roger de Saint-Lary, de Termes, duc de Bellegarde, 1619, grand écuyer de France, premier gentilhomme de Gaston d'Orléans, ce qui lui attira quelques disgrâces.

[3] Charles de Neufville, dit le marquis d'Alincourt, jusqu'à la mort de son père, 1617, gouverneur de Lyon, etc., mort en 1642.

[4] Le vicomte de Panat, à la faveur des troubles, s'était emparé de Lombers, au diocèse d'Albi. Le duc de Montmorency fit assiéger la ville qui se rendit, au prix de 2.000 livres.

[5] David de Castelpers, vicomte de Panat, mari d'Anne de Vernède, de Corneillan; d'où une fille unique qui porta les vicomtés de Panat et de Cadars à son cousin, Louis de Brunet de Castelpers, qu'elle épousa, 27 octobre 1631.

[6] Gaspard de Coligny, seigneur de Châtillon-sur-Loing, amiral de Guyenne, gouverneur de Montpellier et d'Aigues-Mortes, 10 mars 1616, maréchal de France, 1622, mort en 1646, arrière-petit-fils de Gaspard de Coligny et de Louise de Montmorency, servait alors dans les rangs des religionnaires.

[7] Le s^r de Beaulieu, envoyé par le duc de Savoie auprès de Coligny, fut arrêté, au commencement de l'année 1616, à Roquemaure. Le duc de Savoie avait promis à Châtillon une somme d'argent, mais les porteurs furent pris, au pont de Lunel, au mois de mars.

[8] Jacques Assas, s^r de Marcassargues, coseigneur de Saint-Jean, au pays de Nîmes, marié, 4 avril 1614, à Esther Saunier, téste 2 avril 1624. — Paul Assas, s^r de Mourmoirac, vivait au même temps.

des aultres affaires Ce qui me fera finir, en vous suppliant de me croire tousjours, Monsieur mon oncle, [*de la main*] vostre très affectionné nepveu et serviteur. A Thoulouse le xxi avril 1616.   MONTMORENCY.

CLXXXIV

A MONSIEUR, MONSIEUR LE COMTE DE DIZIMIEU...

La lettre de Sa Majesté cy jointe n'est que pour l'offrir au premier president [*au dos*].

Monsieur mon oncle, J'ay escrit en creance sur mon oncle de Portes[1] & sur vous à Monsr le Mareschal d'Ancre, lequel je vous prie de supplier de ma part de vouloir favoriser Mr de Bulion[2] pour l'amour de moy, en tout ce quil luy sera possible, à mesure qu'il l'en requerra. Et luy faire comprendre que je luy en auray une très estroite obligation. Je vous supplie donc de vous employer en sorte envers luy pour ce subject, que ledict sieur de Bulion cognoisse que mon entremise ne luy aura esté infructueuse. Ce que me promettant, Je ne vous feray cestecy plus longue que pour vous asseurer que je suis tousjours, Monsieur Mon oncle,

J'escris à sa Majesté en faveur de Mr le President du Faure[3], sur la vacance de l'office de premier president de Grenoble, Je vous prie d'en parler et affectionner cest affaire, en mon nom, comme chose qui me touche grandement, pour les considérations que vous savez. Vostre très affectionné nepveu et serviteur à... le xxx Avril 1616.   MONTMORENCY.

CLXXXV

A MONSIEUR, MONSIEUR DE DIZIMIEU, GOUVERNEUR DE VIENNE.

Monsieur mon oncle, vous m'obligerez grandement de m'achepter les

---

[1] Antoine-Hercules de Budos, marquis de Portes, vicomte de Saint-Jean, lieutenant général en Gévaudan, etc., tué au siège de Privas, 1629. Il était frère de Louise de Budos, seconde femme du connétable de Montmorency et mère du duc, et de Marguerite de Budos, femme de César, comte de Disimieu. Voir Introduction.

[2] Bullion. Lettre CLIV.

[3] François du Faure, sr de la Rivière, procureur général au parlement de Grenoble, 1594, président à mortier, 1609-1628, conseiller d'État, intendant de justice et des finances au gouvernement de Languedoc, près Montmorency, 1613, testa 18 juillet 1627; il avait épousé, 29 janvier 1608, Justine, fille de Th. Dalphas et d'Emeraude Truffet, d'où postérité. — Artus

armes[1] contenues au memoire que vous m'avez envoyé, au prix qui a esté
arresté, à la charge du tiers ou de la moitié comptant, et le surplus en
asseurance de payement. Je vous supplie donc d'y satisffaire promptement, en vertu de la presente, en suyte de laquelle je ne manqueray de
pourvoir à vostre indemnité. Et m'asseurant que me ferez ce plaisir, je
ne vous la feray plus longue que pour vous confirmer que je suis, Monsieur mon oncle, vostre très affectionné nepveu & serviteur. A Pezenas,
ce xxviiie mars 1617.   MONTMORENCY.

CLXXXVI

A MONSIEUR, MONSIEUR LE COMTE DE DISIMIEU, GOUVER-
NEUR DE VIENNE.

Monsieur mon oncle, je vous ai escrit par le sr de Villars[2] et maintenant je n'ay rien à vous mander, si non que la bonne diligence dont a usé
mon oncle de Portes en Gevaudan, et l'heureux succès dont il a esté
accompagné au glorieux combat qu'il a faict, avec deux cens hommes ra-
massez, contre quatre cens d'Andredieu barricadez en un village, ont esté
cause de fere dissiper les deux mil et tant d'hommes que ledict d'Andredieu et d'Assas avaient levez & conduictz audict Gevaudan, ledict Andredieu s'etant retiré à Greze[3], avec cinq cens hommes seulement. De sorte
que je crois qu'on ne donnera plus grande besoigne de de là à mondict
oncle, duquel j'attends encore des nouvelles, par Coussergues que je luy
ay envoyé et qui sera de retour dans peu de jours, j'attends aussi des nou-

Prunier de Saint-André, premier président au parlement de Grenoble, mort 4 mai 1616, fut
remplacé, le 25 juillet suivant, par Claude Frère.

[1] Voir Lettre CLXX.
Les séditions de Nîmes et de Montpellier et l'expédition des Cévennes, pour laquelle les
états votèrent 75.000 livres, nécessitèrent de nombreuses levées.

[2] Emmanuel des Prez de Montpezat, marquis de Villars, fils de Melchior des Prez... et
d'Henriette de Savoie, marquise de Villars, blessé au siège de Montauban, 2 septembre 1621,
et mort peu après.

[3] Grèzes, arrondissement de Marvejols, Lozère. Andredieu, gentilhomme auvergnat, chef
de bandes protestantes, s'empara, en mars 1617, du château de Grèzes, s'y fortifia et, attaqué
par le marquis de Portes, capitula en avril, n'ayant pu être secouru par d'Assas, autre capitaine
révolté dont les huit à neuf cents soldats, réunis aux environs de Saint-Pons, avaient été
battus et dispersés.
Les états du Gévaudan, juillet 1617, accordèrent au marquis de Portes une gratification
de 6.000 livres pour le zèle et le dévouement avec lesquels il avait servi le pays.

velles de ce qui sera resolu ez assemblées de ceulx de la Religion P. R.
d'Uzes & de Marvejols, lesquelles se tiennent presentement, pour estre bien
tost suyvies de celles de Montauban et de la Rochelle, où l'on estime que
se prendront leurs finales resolutions pour la paix ou pour la guerre. Je
vous feray scavoir ce que j'en auray apprins. Cependant je vous baise de
tout mon cœur les mains et vous supplie de me croire tousjours, Monsieur
mon oncle, vostre très affectionné nepveu et serviteur. A Pezenas, ce premier d'avril 1617.   MONTMORENCY.

CLXXXVII

A MONSIEUR, MONSIEUR LE COMTE DE DIZIMIEU, GOUVER-NEUR DE VIENNE.

Monsieur mon oncle, Je vous envoye ma procuration pour la req(uête)
de quatre centz mousquetz et cinq cens picques. Je vous supplie que je les
reçoive au plus tost, car je ne manqueray de satisfaire au payement du
prix et au temps que vous aurez convenu[1]. Faictes moy donc ce plaisir, et
de me conserver en vos bonnes graces, puisque je ne desire rien tant que
de vous tesmoigner, en tout ce que j'en pourray avoir le moyen, que je suis,
Monsieur mon oncle, [de la main] vostre affectionné nepveu et serviteur.
A Pezenas, le xve avril 1617.   MONTMORENCY.

CLXXXVIII

A MONSIEUR, MONSIEUR LE COMTE DE DIZIMIEU, GOUVER-NEUR DU PAYS DE VIENNE.

Monsieur mon oncle, je suis marry que l'indisposition de ma tante vostre
femme m'aye privé du contentement que je me promettois avoir de la voir
icy avec vous, pour vous y tesmoigner l'obligation que je vous ay à tous
deux de l'honneur & bonne chère que vous avez faict à ma femme à son
passage, de laquelle je vous rends mille graces. Je n'attends que le retour de
la Baume[2], pour m'acheminer incontinant après à la cour, où je me serois

---

[1] Lettre CLXXXV.
[2] Georges de la Baume de Suze, capitaine de cinquante hommes d'armes, marié, 26 décembre 1595, à Jeanne de Maugiron. Timoléon, baron d'Aps ; Annet, seigneur de Meyrieu ;
Scipion, seigneur de Beauvoir-de-Marc, ses fils.

desja rendu, sans le commandement que sa Majesté m'a faict d'attendre la fin et closture des Estats de ceste province[1], J'espere que j'auray le bien de vous voir en passant, cependant je vous baise les mains & à Madame ma tante et suys, Monsieur mon oncle, vostre très affectionné nepveu et serviteur. De Beziers ce iiii° juin 1617.   MONTMORENCY.

[de la main] J'espere que vous vous disposerez à venir à la court avec moy, je vous en supplie et vous conjure de m'aimer tousjours et me croire vostre très affectionné serviteur.

CLXXXIX

Mon cher oncle, j'escris à M. le Cardinal et à M. de Schomberg sur le subject porté par vostre lettre. Celle que je fais au dernier, comme il est fort de mes amis, est pleine aussi de confiance sur ses bons offices. C'est donc à luy que vous vous addresserez particulierement et auquel vous tesmoignerez avoir tout vostre recours. Mais comme je ne croy pas qu'il ay esté parlé de la chose et que les apprehensions en celà ne peuvent estre que nuisibles, je ne suis pas d'advis et vous prie de ne point rendre mes lettres que vous ne soiés certainement assuré. Je voudrois, puisque vous estes à la cour, y souvent estre avec vous, afin de vous y servir, et en ceste affaire et en toutes autres, selon la passion que j'en ay. Ma femme, aussi bien que moy se porte bien et n'a point du tout esté malade. Je vous souhaite et à ma tante une santé esgalle, et vous conjure de me croire vostre serviteur bien humble et neveu très affectionné[2]. A Privas, le xi no^bre 1631.   MONTMORENCY[3].

CXC

A MADAME, MADAME DE DISIMIEU, ma tante.

Madame ma chaire tente, je n'ay pas voulu laisser partir mon oncle de

---

[1] Les états de Languedoc, tenus à Béziers, se séparèrent le 8 juin.
[2] Montmorency, après un séjour à la cour, arriva en Languedoc sur la fin d'octobre 1631.
[3] Les lettres de la main du duc de Montmorency portent le signe ℬ fermée, fermesse, fermeté, souvent employé dès le xvi° siècle.

Sᵗ Jean, sens vous conjurer de me conserver vos bonnes graces que je tiendray toujours aussi chaires que ma vye, et vous asseurer que vous me recognoistrés toujours pour la personne du monde qui vous aime et honore le plus, comme estant, Ma tente, vostre affectionné neveu et obeissant serviteur.   MONTMORENCY.

CXCI

MONSIEUR LE COMTE DE DISIMIEU.

Mon cher oncle, Je vous remercie du soing que vous avez eu de m'envoier ce sac qu'ais. J'escris à Mad. la princesse[1] et à Mᵉ la Connestable[2], en la substance que vous pouvez croire. Je vous prie de me faire la faveur, comme vous me le promettez, de faire tenir mes lettres à Mᵉ la Connestable. Soudeilles[3] arriva hier de la cour qui ne m'a apporté autres nouvelles que l'execution du traité de Serache[4], et que le roy vient à Moulins. De Monsieur, tous les advis que j'en ay assurent qu'il va entrer dans le Limousin[5]. Celà fait que n'ayant plus d'esperences qu'il vienne en ces quartiers, après y avoir donné les ordres necessaires pour le service du roy, je m'en retourne à Pezenas pour finir l'affaire des estats[6], et de là me tenir prest des lieux où je pourrois avoir nouvelles que mondict seigneur

----

[1] Charlotte-Marguerite de Montmorency, fille du connétable et de sa seconde femme, Louise de Budos, et sœur du duc, épousa, par contrat du 2 mai 1609, au Louvre, en présence de Henri IV, Henri II de Bourbon, prince de Condé. Le roi était follement épris d'elle. Elle mourut le 2 décembre 1650.

[2] Laurence de Clermont-Montoison, mariée : 1ᵉ 18 janvier 1589, à Jean de Disimieu, tué à la prise de Givors, 1ᵉʳ juillet 1591 ; 2ᵒ au connétable de Montmorency, 19 juin 1601, qui se sépara promptement d'elle ; elle mourut, le 24 septembre 1654, à l'âge de quatre-vingt-trois ans.

[3] Le sʳ de Soudeilles, capitaine des gardes du duc de Montmorency, chercha vainement à détourner son maître du parti de Gaston d'Orléans. Famille du Bas-Limousin. Le sʳ de Soudeilles, à son retour de la cour, rencontra à Bagnols le duc de Montmorency qui revenait du Bousquet, aux Cévennes, où il était allé s'assurer le concours de la noblesse du pays, vers le mois de juillet.

[4] Le traité de Quierasque (Chierasco), avril 1631, reçut sa complète exécution par la cession de Pignerol à la France, 15 mai 1632.

[5] L'armée de Gaston d'Orléans, entrée en Bourgogne au mois de juin, gagnait le Languedoc par le Bourbonnais et le Rouergue. Monsieur rejoignit le duc de Montmorency à Lunel, le 30 juillet.

[6] Les états de la province s'étaient assemblés à Pézenas, le 12 décembre 1631, en un certain état d'effervescence motivé par la suppression du droit de voter et de lever les impôts et la création des élus, suivant l'édit de 1629 qu'ils se refusèrent à enregistrer, ce qui les fit

s'approche de mon gouvernement. Et pour l'affaire de succession qui regarde Mad° de Portes[1], je vous donneray precisement advis lorsqu'elle s'accommodera avec mon oncle de St Jean[2]. Vous scavez ce que c'est que de parler d'argent aux femmes. Je vous conjure de m'aismer tousjours et de me croire parfaitement vostre très affectionné neveu et serviteur.

MONTMORENCY[4].

CXCII

A MADAME, MADAME DE DIXIMIEU.

Ma chère tante, je ne veus leser retourner Mr de la Baume, sans l'accompagner de celle si qui est pour vous reconfirmer les assuranses de mon service et de mon afecsion qui est très parfete, obligés moy ma chère tante de me conserver la vostre que je desire avec pasion et que vous me creisés, comme veritablement je suis, vostre très afectionée niesse à vous fere service.

ƆC.

Je vous suplie de me permetre d'asurer ma cousine que je suis à son servise. Je la prie de m'emer tousjours[4].

CXCIII

A MONSIEUR, MONSIEUR LE COMTE DE DISIMIEU...

Monsieur mon cousin, Je n'esperois pas de moindres marques de vostre

---

supprimer en 163o. Le maréchal d'Effiat et d'Emery, agents du cardinal, avaient proposé de rétablir les anciens usages, à condition d'accepter six commissaires en remplacement des élus et de payer 3.885.ooo livres pour le remboursement des offices des élus. Le mécontentement des états se traduisit, le 22 juillet, sous l'influence de Montmorency, par une déclaration en faveur de Gaston d'Orléans, après quoi ils se séparèrent.

[1] Louise de Crussol d'Uzès avait épousé A.-H. de Budos, marquis de Portes, 28 octobre 1626.

[2] Henri de Budos, comte de Saint-Prix, seigneur de Saint-Jean-de-Valériscle, Gard, mari de Périnne de la Barre de la Forest, 1612, dit Monsieur de Saint-Jean, frère du marquis de Portes, mourut en 1651 sans postérité.

[3] Cette lettre sans date semble avoir été écrite en juin 1632.

[4] Lettre de Charlotte-Marguerite de Montmorency, femme de Henri de Bourbon, prince de Condé.

bon naturel que ceus que vous me donnez, par la part que vous prenez en la cause de mon affliction[1], mes enfants[2] et moy vous en sommes très obligez, et m'asseure que, dans cette convintture, vous m'en donnerei des preuves conformes aux offres et à l'affection dont vostre lettre est remplye, et que vous croirés aussy, comme je vous en prie, qu'il n'y a personne au monde qui soit avec plus de cordialité que moy, Monsieur mon cousin, vostre très affectionnée cousine à vous servir.   ɔꞇ DE MONTMORANCY[3].

CXCIV

A MADAME DE DISIMIEU, MA TANTE.

Ma chere tante, Ayant appris que mon cousin vostre fis avoit desein de rechercher la fille de Mr de Coulange[4], et croiant que vous serés très particuliereman informée de se qui est de son bien, par se que mon frère[5] vous an mande, j'ai creu vous devoir dire se que j'ay tousjours reconnu de l'umeur de la fille, qui est très sage et très vertueuse et for douse et retenue. Vostre fils est fort amoureus, mes je m'asure qu'il preferera tousjours vostre contanteman au sien, et moy je ne desire an selà et toute autre chose que vostre satisfacsion et les ocasions de vous temoigner que je suis, ma chere tante, vostre très afecsionée niepse et servante. De Paris, se 21 de fevrier (1630?).   ɔꞇ DE MONTMORANCY.

[1] Cette lettre, sans date, peut faire allusion à l'exécution de François de Montmorency, seigneur de Boutteville, décapité en Grève, le 22 mai 1627 ; la princesse de Condé était allée elle-même porter au cardinal la lettre de son mari implorant la clémence royale en faveur de son cousin.

[2] Ses enfants : Anne-Geneviève de Bourbon, née en 1619; Louis, le grand Condé, né en 1621 ; Armand, prince de Conti, né en 1629.

[3] Lettre de Charlotte-Marguerite de Montmorency, princesse de Condé, à Jérôme de Disimieu. Elle signe très nettement Montmorancy, comme son père le connétable, et non Montmorency, comme le duc son frère.

[4] Philippe de Coulanges, conseiller d'État, mort 1636, mari de Marie de Besze, d'où trois fils et deux filles : 1° Marie de Coulanges, femme de Celse-Bénigne de Rabutin, baron de Chantal, d'où : Marie, baptisée 6 février 1626, mariée à Henri de Sévigné, 1er août 1644 ; 2° Henriette de Coulanges, mariée à François le Hardy, seigneur de la Trousse, 22 septembre 1631, qui semble être l'objet des recherches de Jérôme de Disimieu.

[5] Le duc de Montmorency.

CXCV

A MONSIEUR, MONSIEUR DE DISIMIEU.

Monsieur mon cousin, Je crois que sy Monsieur Bonneaud ne vous a veu, qu'il vous verra au premier jour, pour vous parler, de la part de Madame la Princesse[1], de l'affaire de Monsieur Pierre, lequel s'en va à Paris, pour remettre à ma dite dame l'affaire, et de la facon qu'il parla, il desire de vous donner, et à Monsieur vostre frère, toutte sorte de satisffaction. Je crois qu'il en recepvra une entière de vous, se mettant à la rayson, comme il fait. C'est de quoy je vous supplie très humblement et de croire que je suis très desireux de vous rendre mes services, estant avec une parfaite affection, Monsieur, vostre très humble cousine et servante. De Mollin, ce premier de l'an 1645.

DES URSINS[2].

CXCVI

CRÉQUY-LESDIGUIÈRES

I. Jean VIII de Créquy, seig^r de Fressin, Canaples, Poix..., mari de Marie d'Acigné, 1525, mort en 1555, d'où : Jean IX, Antoine, Louis, tué à la bataille de Saint-Quentin, 1557, et Marie.

II. Jean IX, de Créquy, prince de Poix, seig^r de Canaples..., mort à la bataille de Saint-Quentin, 1557, sans alliance, laissant pour héritier son frère Antoine.

II *bis*. Antoine de Créquy, évêque d'Amiens 1561, cardinal 1565, héritier de ses frères Jean IX et Louis, dernier représentant de la branche aînée, passa tous les biens de sa maison, à charge de porter les noms et armes de Créquy, à son neveu Antoine de Blanchefort, fils de sa sœur Marie; il mourut 5 juin 1574.

Marie de Créquy épousa, 4 janvier 1543, Gilbert de Blanchefort, seig^r de Saint-Janvrin..., d'où entre autres :

III. Antoine de Blanchefort, dit de Créquy, seig^r de Fressin, Canaples..., prince de Poix, par héritage de son oncle Antoine de Créquy, cardinal, épousa Chrestienne d'Aguerre, novembre 1572, d'où entre autres Charles (IV).

Chrestienne d'Aguerre épousa, en secondes noces 1578, Francois-Louis d'Agoult,

---

[1] Ch.-Marguerite de Montmorency, princesse de Condé.

[2] Marie-Felice des Ursins (Ursini), mariée à Henri II, duc de Montmorency, 28 novembre 1612, se retira, deux ans après l'exécution du duc, au monastère de la Visitation de Moulins, dans l'église duquel elle fit élever un superbe mausolée à la mémoire de son mari; elle y prit l'habit religieux en 1657, mourut supérieure, le 5 juin 1666, à l'âge de soixante-six ans, et fut enterrée auprès du duc son époux.

comte de Sault, d'où entre autres, Louis d'Agoult, comte de Sault, mort sans postérité, laissant pour héritière, sa mère qui transmit le comté de Sault à Charles
de Blanchefort de Créquy, fils de son premier mariage; elle mourut, à Paris, le
7 avril 1611.

IV. Charles de Blanchefort, de Créquy, de Canaples, prince de Poix... dit le
comte de Sault, puis duc de Lesdiguières; lieutenant général au gouvernement de
Dauphiné, en survivance à son beau-père, 27 mai 1606; maréchal de France, 1621,
tué devant Brême, 17 mars 1638; Charles avait épousé : 1er mars 1595, Madeleine
de Bonne, née 1576, morte 1620, fille de François de Bonne de Lesdiguières et de
Claudine de Bérenger du Guâ, mariés 11 novembre 1556, morte en 1608; d'où
François (V) qui suit; Charles II de Créquy, seigr de Canaples (V bis); Françoise,
femme de Maximilien de Béthune, marquis de Rosny, 1609; Magdelaine, femme de
Nicolas de Neufville duc de Villeroy, 1617; 2e 3 décembre 1623, Françoise de Bonne
de Lesdiguières, née en 1604, fille de Marie Vignon, maîtresse, puis femme de Lesdiguières, 16 juillet 1617; sans postérité.

V. François de Blanchefort, de Créquy de Bonne... duc de Lesdiguières, comte
de Sault, marquis de Ragny, né 13 octobre 1598, mort 1 janvier 1677, lieutenant
général en Dauphiné, à la mort de son père, 1638, puis gouverneur et lieutenant
général, par lettres du 3 juillet 1642, épousa : 1o 10 février 1619, Catherine de
Bonne de Lesdiguières, sa tante, fille de Lesdiguières et de Marie Vignon, morte
sans postérité en 1621; 2o 13 décembre 1632, Anne de la Magdeleine de Ragny,
morte 1656, d'où : François-Emmanuel (VI); Charles-Nicolas de Créquy, marquis
de Ragny, lieutenant général en Dauphiné, 22 avril 1670, mort sans alliance,
28 novembre 1674, des suites de ses blessures, au combat de Senef.

VI. François-Emmanuel de Blanchefort, de Créquy, de Bonne..., comte de
Sault, duc de Lesdiguières, né janvier 1645, pourvu de la charge de gouverneur et
lieutenant général en Dauphiné, en survivance de son père, 3 novembre 1651, mort
3 mai 1681, à l'âge de trente-six ans, épousa, 12 mai 1675, Paule-Françoise-Marguerite de Gondy, duchesse de Retz, d'où :

VII. Jean-François-Paule de Blanchefort, de Créquy, de Bonne..., comte de
Sault, duc de Lesdiguières, pourvu à la mort de son père du commandement du régt
de Sault, 1681, brigadier des armées du roi, par brevet du 23 décembre 1702, né le
3 octobre 1678, épousa, 17 janvier 1696, Louise-Bernardine de Durfort, et mourut
à Modène, le 6 octobre 1703, sans laisser de postérité ; avec lui s'éteignit la branche
aînée des Blanchefort, de Créquy..., ducs de Lesdiguières et comtes de Sault.

V bis. Charles II de Blanchefort, de Créquy, seigneur de Canaples, fils puîné
de Charles I, duc de Lesdiguières (IV), tige de la branche cadette, dite de Canaples,
tué devant Chambéry, mai 1630; mari d'Anne de Beauvoir du Roure, 31 mai 1620,
d'où entres autres :

VI bis. Alphonse de Blanchefort, de Créquy, comte de Canaples, devenu duc
de Lesdiguières, 1704, après la mort de son cousin Jean-François-Paule (VII) ; il
avait épousé Gabrielle-Victoire de Rochechouart, 12 septembre 1702, et mourut,
sans postérité, le 5 août 1711, âgé de quatre-vingt-cinq ans, dernier représentant
de la maison de Blanchefort, de Créquy, de Bonne, de Lesdiguières.

L'immense fortune des Lesdiguières parvint aux Neufville-Villeroy, leurs descendants par les femmes (IV). Nicolas de Neufville, duc de Villeroy, héritier du duché de Lesdiguières, 1712, le vendit, en 1719, à Camille d'Hostun, duc de Tallard; la même année, la ville de Grenoble lui acheta l'hôtel de Lesdiguières et ses jardins; Paule-Françoise-Marguerite de Gondy, veuve de son cousin, François-Emmanuel duc de Lesdiguières (VI), morte en 1716, lui laissa les terres de l'Oisans, de la Mateysine et le marquisat de Vizille, vendu à Claude Périer, riche négociant de Grenoble, en 1775, par Gabriel-Louis-François de Neufville, dernier duc de Villeroy, mort sur l'échafaud révolutionnaire, 28 avril 1794.

La maison de Créquy, l'une des plus anciennes et des plus illustres de l'Artois, s'était continuée par ses branches cadettes et, en dernier lieu, par celle de Hémont. Louis-Marie de Créquy, marquis de Créquy, de Hémont, de Canaples..., né 1705, mort 1741, avait épousé, 11 mars 1737, Renée-Caroline-Victoire de Froullay, née 19 octobre 1714, morte à Paris, 2 février 1803; ses *Souvenirs* apocryphes, publiés en 1834, puis en 1840, sont l'œuvre de M. Cousin de Courchamps. Charles-Marie, marquis de Créquy et de Hémont, leur fils, né 1738, épousa Marie-Anne-Thérèse de Félix de Muy, dont un fils Tancrède décédé avant son père; avec le marquis de Créquy, mort sans postérité, en 1801, s'éteignit l'antique maison de Créquy.

A MONSIEUR, MONSIEUR DE DIZIMIEU, GOUVERNEUR DE VIENNE POUR LE ROY, ETC.

Monsieur. J'ay receu deux de vos lettres et vous remercie bien affectionnemant le soing qu'il vous plait prandre de me fere part de voz nouveles. Je vien tout astheure d'en recepvoir de l'arrivée de monsieur le comte de Soissons à Lyon, hyer au soir[1] J'estime que vous l'avés sceu le premier par ce que vous estes plus près. Ce sera vous aussy, à mon opinion, quy serez le premier à luy randre des debvoirs dans la province. Je dezirerois bien avoir ceste faveur que vous vinssiés ayder aux nostres, après que vous vous serés aquité des vostres. Je vous y invite et demeure cepandant tousjours, monsieur, vostre très humble serviteur. A Grenoble, le xxvij° octobre 1623. SAULT[2].

Monsieur. Je vous suplie vouloir prandre la payne de fere tenir les lettres cy jointes à leurs adresses, par la voie des postes ou des communautés.

[1] Louis de Bourbon, comte de Soissons, gouverneur du Dauphiné, fut solennellement reçu à Vienne, 27 septembre 1623, puis à Grenoble, d'où il revint à Lyon.

[2] Le signataire de cette lettre est Charles de Créquy, comte de Sault, maréchal de France, lieutenant général au gouvernement de Dauphiné. Lettre ccı.

CXCVII

A MONSIEUR, MONSIEUR DE DIZIMIEU, GOUVERNEUR DE VIENNE POUR LE ROY, OU A CELLUY QUI Y COMMANDE EN SON ABSENCE.

Monsieur. Il y a quelque temps que je n'ay point heu de voz nouveles, et je n'en veux pas laisser passer davantage, sans vous raffraichir les asseurances de mon service bien affectionné & vous demander la continuation de vostre amityé. Si je scavais quelque chose de nouveau quy meritast d'aller à vous, je vous en tiendrois adverti. Si aussy il se passe quelque chose en vostre gouvernement ou quy vienne d'allieurs en vostre cognoissance, vous m'obligerés beaucoup de m'en fere part & de croire que je seray tousjours de toute mon affection, monsieur, vostre très humble serviteur. A Grenoble, le xxxᵉ d'octobre 1625.　　　SAULT.

CXCVIII

A MONSIEUR, MONSIEUR DE DIZIMIEU, GOUVERNEUR DE VIENNE POUR LE ROY, ETC.

Monsieur. J'ay receu vostre lettre par le sʳ Pelisson [1] et vous remercie de tout mon cœur des asseurances que vous me donnés de vostre bonne volonté et des nouvelles dont vous me faittes part, vous priant bien fort de continuer en l'un & en l'autre, et croire que sy je puis quelque chose pour vostre service & contantemant je m'y employeray aveq soing, ayant deschargé la ville de Vienne du passage des gents de guerre, comme vous le deziriés, et c'est seulement pour vous tesmoigner qu'en quelque chose de plus considerable vous me treuverés entièrement, monsieur, vostre très humble serviteur. A Grenoble le xxᵉ de noᵇʳᵉ 1625.　　　SAULT.

[Sur le repli] « Lettre de monsʳ le comte de Saut receu ce 23 novembre pour la route des troupes ».

---

[1] Geoffroy Pellisson servit dans les armées, puis devint maître aux comptes, 6 février 1631, par résignation d'Estienne du Prat, mari de Françoise Pellisson, sa sœur. Les représentants de la famille Pellisson étaient alors fort nombreux à Vienne. Paul Pélisson, de l'Académie Française, était issu d'une branche passée à Toulouse, vers 1536. Louis Pellisson, père de Geoffroy, avait été anobli par lettres de juillet 1611.

CXCIX

A MONSIEUR, MONSIEUR DE DIZIMIEU, GOUVERNEUR DE VIENNE POUR LE ROY, ETC.

Monsieur. Sachant combien vous aymez le service du roy et l'affection particuliere que vous avez pour monsieur le connestable et monsieur le mareschal de Crequy mon père, j'ay voulu donner advis de la glorieuse victoire que les armes de sa majesté ont obtenue sur celle de l'espagnol, en lui faisant quitter honteusement le siege et la veue de Verrue[1]. Tous les bons françois ont subject de s'en resjouir, et je m'asseure que vous en recepvrez beaucoup de contantement. Le mien est d'estre tousjours, monsieur, vostre très humble serviteur. A Grenoble, ce xxv° novembre 1625.

SAULT.

CC

A MONSIEUR, MONSIEUR DE DIZIMIEU, GOUVERNEUR DE VIENNE POUR LE ROY, ETC.

Monsieur. Monsr de Navalies[2], estant arrivé à Lyon aveq son regiment, m'a envoyé demander une route pour passer en cette province. Mais je la luy ay reffuzée, par ce que ledict regiment est des troupes de la conduite de mons^r de Vignoles[3] et doibt suivre mesme route que celles quy ont passé en Bresse. Et neantmoingtz craignant qu'il se veulie jetter dans le Daufiné, je vous ay fait cette lettre pour vous prier bien affectionnemant, sy cela echoit, de vous y opposer & y resister, m'en donnant cependant advis, s'il vous plait, affin que j'y aporte de mon costé ce quy sera necessere pour le service du roy & et le soulagement du peuple, et m'asseurant que vous prandrés ce soing, je demeure, monsieur, vostre très humble serviteur. A Grenoble le vij° decembre 1625.

SAULT.

Monsieur. En achevant cette lettre j'ay receu la vostre du ij° de ce moys, à laquelle je n'ay à vous respondre aultre chose sinon que j'ay promis aux

---

[1] Les Espagnols furent battus devant Verrue, en Piémont, le 17 novembre 1625.

[2] Bernard de Montault, seigneur de Ponthous, dit le sieur de Navailles, commandant le régiment de Navailles, tué devant la Mothe, en Lorraine, 4 juillet 1634.

[3] Bertrand de Vignolles, dit la Hire, marquis de Vignolles, premier maréchal de camp des armées du roi, mort à Péronne, 5 octobre 1636.

communautés des lieux où l'on voudra loger, sans ordre du roy & mon atache, de courre sus à ceux quy les y voudront contraindre, et s'il vous plait de les y fere assister, ce sera servir le roy et le public.

CCI

MONS⁵ DE DISIMIEU.

Monsieur. Si l'ordre qui a esté prins, pour le soulagement des lieux qui souffrent le logement des gents de guerre en cette province, avoit quelqu'exception, je vous supplie de croire que ce seroit pour n'y mettre en ayde aucune de voz terres. Mais vous pouvez cognoistre ce qui en est, puisque touttes les mienes y sont entierement tirées, et qu'à mesme temps que je pourray faire quelque chose pour elle, je feray la mesme chose pour les vostres, affin que vous cognoissiez quelle part je prends à voz interests et que je suis veritablement, Monsieur, vostre très humble serviteur. A Grenoble, ce 24 fev. 1627.   LESDIGUIERES.[1]

CCII

A MONSIEUR, MONSIEUR DE DISIMIEUX.

Monsieur. J'avois desja veu le discours de ce qui s'est passé entre monsieur d'Hallincourt[2] et monsieur de la Baume[3]. Mays la part que vous m'en avez faict & la lettre qui l'acompaignoit a esté receüe de moy à faveur singuliere venant de vous. Cet affere sera suyvie de quelque progrez pire que le commencement, si, celon la cognoissance que vous en prendrez, vous jugez que mon intervention y soit necessere, donnez m'en aviz, je vous supplye. Cependant pour satisfere à vostre desir, je vous diray qu'il me semble que vous ne devez pas refuser à monsieur d'Hallincourt l'assistance qu'il demande de vous. Parmy cela vos prudens conseilz pour-

---

[1] A la mort du connétable de Lesdiguières, 1626, Charles de Créquy, dit le comte de Sault, prit le nom de Lesdiguières et le titre de duc auxquels il avait été substitué par son beau-père; il signe indifféremment Créquy ou Lesdiguières.

[2] Nicolas de Neufville, dit Monsieur d'Alincourt, marquis, puis duc de Villeroy, maréchal de France, 1646, né 1598, mort 1685, avait épousé, 11 juillet 1617, Magdeleine, fille de Charles de Créquy et de Magdeleine de Bonne. Il se tenait presque toujours à la cour et à l'armée.

[3] Balthazard d'Hostun, de Gadagne par testament de Guillaume de Gadagne, son oncle maternel, 1600, marquis de la Baume, sénéchal de Lyon, marié à Françoise, 18 juin 1613, fille de Just-Louis de Tournon.

ront de beaucoup servir à ne point porter les choses à l'extremité. C'est
à quoy il est bon de veiller. Faictes (s'il vous plaist) asseuré estat que
je suis, monsieur, vostre bien humble serviteur. A Grenoble, le xxiii[e]
mars 1627.   CREQUY.

Monsieur. Sur le poinct que je voulais fere fermer cete lettre, j'en ay
receu une de monsieur de St Chaumont[1] sur ce mesme subject, et aprins de
celuy qui me l'a rendue que monsieur le comte de Tournon[2] va sur cete
occasion vers ledict s[r] de St Chamont. S'il vous plaisoit vous aprocher
d'eulx puis de monsieur d'Hallincourt, pour sentir s'ilz auroient agreable
que mon entremise fust employée à la conciliation de leur different, je me
rendrois à la Verpilliere[3] ou en autre lieu que vous me marqueriez & où
aussy vous prendriez la peine de vous rendre, affin que je peusses savoir
de vous comme j'aurois à y procedder. J'attendray sur ce de voz nouvelles : donnez les moy le plustost que vous pourrez[4].

CCIII

A MONSIEUR, MONSIEUR DE DIZEMIEUX, GOUVERNEUR DE LA
VILLE DE VIENNE POUR LE ROY, ETC.

Monsieur. Ayant eu advis qu'il se fait des secretes entreprises contre
le service du roy en cette province, et qu'on a du dessein sur quelques
places[5], j'ay bien voulu vous dire de nouveau que quoy que les advis ne

---

[1] Melchior Mitte de Chevrières, marquis de Saint-Chamond, comte de Miolans et d'Anjou,
né 19 septembre 1586, mort 10 septembre 1649, maréchal de camp, 1628, lieutenant général
au gouvernement de Provence, 1632, lieutenant général des armées du roi, plusieurs fois
ambassadeur, épousa, 30 janvier 1610, Isabelle, fille de Just-Louis de Tournon.

[2] Just-Henri, comte de Tournon et de Roussillon, commandant un régiment d'infanterie de
son nom, 1622, chevalier des ordres du roi, 1633, lieutenant général en Languedoc, maréchal
de camp, 1635, marié : 1° à Charlotte de Levis, 9 juin 1616 ; 2° à Louise de Montmorency-
Bouteville, 17 février 1620 ; mourut 14 mars 1643.

[3] La Verpillière, Isère, ou Vulpillière, terre et château au mandement de Falavier, provenant de la succession du connétable de Lesdiguières.

[4] On retrouve dans ces *Lettres* plusieurs indications de querelles entre gentilshommes
soumises au gouvernement de la province. Voir Lettre CCLXI.

[5] A la fin de 1627, les réformés tentèrent quelques mouvements dans le Gapençais ; le
prince de Rohan luttait en Languedoc contre Condé et Montmorency et, maître du Vivarais,
songeait à traverser le Rhône, à jeter ses bandes dans le Dauphiné et à soulever les religionnaires de cette province pour faire diversion au siège de la Rochelle.

me viennent pas d'un lieu fort asseuré, je ne laisse pas de vous exhorter à veiller soigneusement à la conservation de ce que vous avez en garde, et de tenir pour cet effet vostre garnison complette, pour estre en estat de vous opposer vigoureusement aux ennemys de sa majesté. C'est en attendant vostre responce, monsieur, vostre bien humble et afectionné serviteur. A Grenoble, le 16 de jan^{er} 1628.   CREQUY.

CCIV

A MONS^r DE DIZIMIEU...

Monsieur. L'estime que je fais de vostre merite et la facon dont vous avez prins la peine de m'escrire, en faveur des consuls de Vienne, me feroyent accorder ce qu'ils desirent que vous demandiez, si je le pouvois presentement; mais ayant comme vous scavez un regiment de cavalerie dans la province, et celuy d'infanterie de Dauphiné[1] estant distribué avec le meilleur ordre que j'ay peu, dans les villes qui seules peuvent le supporter, il faut par necessité qu'elles ayent un peu de patience cependant que d'aillieurs l'on travaille pour leur soulagement, mesmes en ce qui regarde cette despance qui ne continuera pas long temps.

Pour ce qui est de l'ordre que j'ay faict publier, datté du quatriesme fevrier, il porte l'explication de sa cause qui est affin de prevenir les desordres aux logements. C'est pourquoy si quelque trouppe arrivoit à Vienne sans mon attache, je n'entends pas que par ce deffaut on l'oblige de loger à la campagne et aux metairies, mais l'on peut donner advys aux officiers d'envoyer à moy, et cependant les recevoir sans les faire setourner, Sur quoy mesme je vous envoyerois volontiers mes ordres et routtes en blanc, si mons^r l'intendant de Lyon, à qui j'ay accoustumé de les envoyer, n'avoit encores desiré la mesme chose. C'est pourquoy je les luy addresse, et cela pourroit prevenir toute sorte d'inconvenient. Je vous supplie, monsieur, de me continuer l'honneur de vostre affection et de croire que la mienne sera tousjours très parfaicte à vous asseurer que personne n'est plus veri-

---

[1] Le régiment de Sault, dont les Créquy-Lesdiguières étaient titulaires, est appelé parfois le régiment de Dauphiné. « Le régiment de Sault, autrement Dauphiné. » 1629.

tablement que moy, monsieur, vostre trés humble serviteur. A Grenoble, ce 16 mars 1628.

LESDIGUIERES.

CCV

A MONSIEUR, MONSIEUR DE DIZIMIEU, GOUVERNEUR DE LA VILLE DE VIENNE ET CHASTEAUX DE VIENNE POUR LE ROY, ETC.

Monsieur. Les ennemys sont entrés en cette province du costé de Loriol[1], comme vous avez peu scavoir. J'ai esté depuis ce temps là si fort pressé d'affaires, que je n'ay pu vous en donner plustost advis. Je me metz en estat de les en chasser, et crois d'estre dans huict jours à Vallence, si la ville de Vienne est, comme je m'asseure, en tel estat que vous croyez pouvoir la quitter sans danger, je seray bien ayse de vous avoir auprés de moy et de prendre vos advis. Au surplus, le roy m'a fait l'honneur de m'escrire que j'auray au plustost des commissions pour lever huit mille hommes de pied et huit centz chevaux ; s'il vous plaist prendre part en l'un ou en l'autre, je vous l'offre toute entiere et telle qu'il vous plairra, vous honorant et éstimant comme je fay autant que personne du monde. C'est sur quoy j'attends de vos nouvelles et demeure, monsieur, vostre bien humble et très afectionné serviteur. A Grenoble, le 9 d'avril 1628.

CREQUY.

CCVI

A MONSIEUR, MONSIEUR DE DIZIMIEU, GOUVERNEUR DE LA VILLE ET CHASTEAUX DE VIENNE, POUR LE ROY, ETC.

Monsieur. Je ne l'airray [laisseray] pas retourner par delà le s^r de Pellisson[2] qui vous rend cette lettre, sans vous faire part de nos nouvelles. Pour commencer je vous diray comme les ennemys se sont retirez de Loriol[3] où ils estoient au nombre de deux mil cinq cents hommes et trois

---

[1] Le duc de Rohan, établi au Pouzin, où il s'était fortifié, fit passer le Rhône à 1.200 fantassins et à 100 cavaliers, pour ravitailler son armée. Le Pouzin fut assiégé et pris par Montmorency, 25 mai-3 juin 1628.

[2] Pellisson. Lettre CXCVIII.

[3] Loriol (Drôme), petite ville située sur la rive gauche du Rhône, en face du Pouzin, maintes fois prise et reprise par les catholiques et les protestants ; elle fut peu après abandonnée par Rohan.

cents chevaulx, n'ayantz laissé que quatre centz hommes à la Poulle[1] où
ils font un fort, dont le travail a cessé neantmoins depuis deux jours, soit
que les ennemys ayent d'autres desseins, ou bien comme on croid qu'ils
n'ayent pas assés de gens pour garder ce qu'ils prennent. Ils se sont saisis
de Bays, et font, dit on, contenance d'assieger la Voute[2]. Mais monsieur le
duc de Vantadour[3] y a fort bien pourveu. Quant à moy je descens à Vallence, lundy dixseptiesme de ce moys au plus tard. Et aussy tost que j'y
auray peu assembler deux ou trois mil hommes de pied, j'iray assieger ce
fort, qui ne nous donnera, je m'asseure, pas beaucoup de peyne. Pour cet
effect, je fay descendre quatre canons qui arriveront à mesme temps que
moy; et j'ay pourveu à ce que nous ayons des vivres pour un moys. Si
Vienne ne court point de fortune, et que vous vueilliez, monsieur, estre
de la partie, je prendray vos bons advis, et vous feray toute la part des
honneurs de l'armée que peut desirer un homme de vostre condition et de
vostre merite, et que j'honore parfaittement. Au surplus, ayant ordonné
aux dix villes[4] de mettre chascune sur pied une compagnie de cent hommes, et d'en donner la conduite à ceux que je leur ay nommez, j'envoye
mesme ordre aux consulz de Vienne, leur nommant pour cappitaine le sieur
de Pellisson que voicy, et qui est, comme vous scavez, fort honneste
homme. Prenez, s'il vous plaist, soin que mes ordres soient executtez, et
me conservez l'honneur de vos bonnes graces, puisque je suis, monsieur,
vostre bien humble et très afectionné serviteur. A Grenoble, le 11 d'avril
1628.   CREQUY.

Monsieur. Vous aurés peut estre des mouvemens de ne quitter pas

[1] La Poule, la Poulle, Pole. Un des bras du Rhône porte encore le nom de bras de la
Poule; ce fort, sur la rive gauche, était destiné à faciliter le passage du Vivarais en Dauphiné. — Le nombre des religionnaires indiqué par Créquy est bien supérieur à celui marqué
par le « Voyage de M. de Rohan en Vivarais ». Les détails fournis par ces lettres renseignent
exactement sur ces incidents peu connus.

[2] Baix ou Baix-sur-Baix, la Voulte, sur la rive droite du Rhône.

[3] Henry de Lévis, duc de Ventadour, lieutenant général de Languedoc; il avait épousé
Marie-Liesse de Luxembourg, princesse de Tingry; par consentement mutuel, elle se fit
carmélite au couvent de Chambéry et son mari prêtre, en 1631, et chanoine de Paris.

[4] Les dix villes de Dauphiné, Grenoble, Vienne, Valence, Romans, Embrun, Gap, Saint-
Marcellin, Crest, Montélimar et Briançon, jouissaient de certains privilèges; leurs consuls
siégeaient, aux états de la province, après l'ordre de la noblesse; les trois ordres se réunis-
saient aussi en assemblée des dix villes supprimée, vers 1628, ainsi que celle des états de
Dauphiné.

Vienne que je ne puis pas connoistre ; aussy remets je cela à vostre discretion. Il y a des [remuements] en Savoye[1] ; mons[r] le conte et mons[r] le
prince Thomas[2] sont à Chambery, et je sais Grenoble et ses environs très
bien garnis.

CCVII

A M. DE DISIMIEU.

Monsieur. Puisque le sieur de Pézieu vostre neveu se trouve absent de
Vienne, je vous supplye de n'en point partir, car aussy bien m'en allant
comme je fay à Valence, lundy prochain asseurement, je ne pourrois avoir
le bien de vous voir icy, d'où je suis contraint de partir plustost que je ne
pensois. Vous donnerez s'il vous plaist tous les ordres que vous jugerez necessaires à la conservation de vostre place, vous asseurant que j'approu-
veray tout ce que vous ferez pour ce regard là. Je vous demande la continuation de l'honneur de vos bonnes graces, et demeure, monsieur,

Monsieur, je m'en vas à Valence et pense soulager mons[r] de Rohan
de la peine qu'il prend dans le Daufiné, dont j'espere sortir les troupes
dans huit jours après mon arivée. N'oubliez rien pour bien garder vos
chasteaux ; faictes les reparer de touts les defauts que les rendroient dan-
gereux d'une surprise, et j'apreuveray tout se que vous aurés faict. Vostre
bien humble et très afectionné serviteur. Le 14e d'avril 1628, à Grenoble.

CREQUY.

CCVIII

A MONSIEUR, MONSIEUR DE DIZIMIEU, a vienne.

Monsieur. Je feray tousjours, pour l'amour de vous et pour le soulagement de la ville de Vienne, tout se qui sera en ma puissance. J'espere d'estre
demain à disner audit Vienne. Je ne demande à la ville que leur cœur et

---

[1] Charles de Gonzague, duc de Nevers, héritier de Vincent de Gonzague, duc de Mantoue,
décédé 26 décembre 1627, prit possession de Mantoue le 17 janvier suivant, malgré le duc de
Savoie et les Espagnols qui mirent le siège devant Casal, 25 février 1628.

[2] Thomas-François de Savoie, prince de Carignan, marié à Marie, fille de Charles de Bourbon, comte de Soissons, 6 janvier 1625, combattit tour à tour pour le duc de Savoie, son
neveu, et pour le roi de France ; il était en fort mauvais termes avec Richelieu.

leur bonne volonté, et leur defens absolüement d'entrer en aulcune despence pour me recepvoir. Je n'ay voulu d'entrée d'aulcune des villes depuis la mort de feu mons' le connestable. Il y a trop longtemps que j'ay l'honneur de commander pour le roy en Daufiné, pour commencer à ceste heure ses ceremonies, Sy je pouvois aussy bien les delivrer de toute sorte d'aultre despence comme de celle là, asseurés les de ma part que je le ferois de bon cœur. Je vous rends mille graces de la courtoise ofre qu'il vous plaist me faire de vostre logis. Je ne sejourneray à Vienne que tout demain, tellement qu'une hostellerie ou quel logis qu'il vous plaira me faire donner ne sera que trop pour moy qui ressens comme je doibs vos civilités, et voudrois par quelque bon service vous pouvoir tesmoigner que je suis, monsieur, vostre bien humble et très afectionné serviteur.

CREQUY.

CCIX

A MONSIEUR, MONSIEUR LE COMTE DE DIZIMIEU, GOUVERNEUR DE LA VILLE ET CHASTEAUX DE VIENNE POUR LE ROY, ETC.

Monsieur. J'ay pourveu au logement des deux compagnies de cavallerie que le roy vous avoit ordonné de faire recevoir aux faulx bourgs de Vienne, et leur ay donné quartier à Cremieu[1], desirant à vostre consideration de tesmoigner à mess's de Vienne que je veux prendre soin de leur soulagement. C'est en vous supplyant de croire que je suis tousjours, monsieur, vostre bien humble serviteur. A Grenoble, le 3 d'aoust 1628.

CREQUY.

CCX

A MONSIEUR, MONSIEUR LE BARON DE DISIMIEU, GOUVERNEUR DE LA VILLE DE VIENNE POUR LE ROY, ETC.

Monsieur. Si j'avois la disposition libre des personnes à qui je puis procurer de l'employ, comme à M. le baron de Coursan[2], il n'y en a point qui receut de moy en cet endroict là plus de contentement que luy. Mais vous

---

[1] Crémieu, arrondissement de la Tour-du-Pin, Isère.

[2] Abel de la Poype, comte de Serrières, par lettres de juin 1646, baron de Corsant, en Bresse, etc., capitaine au régiment d'Annibal, 1620, lieutenant de la compagnie de gens

verrés, monsieur, par la copie de la lettre du roy joincte à cette ci, comme sa
majesté nomme elle mesme ceux à qui elle destine les quatre regimentz
qu'elle veut estre levés en cette province, tellement que, pour tenir ma promesse à M. le baron de Coursan, il faut que j'attende l'occasion d'avoir à
mon choix les personnes qui peuvent desirer de l'employ. C'est ce que je luy
escry, avec nouvelle promesse que je luy fay de me souvenir de luy en ce
temps là et de le prefferer à tout autre; s'il vous plaist prendre la peyne de
venir en cette ville d'icy à dix jours, j'espere d'y estre encore; sinon je
pourray avoir le bonheur de vous voir à Vallence, où (comme partout) je
prendray toute sorte de soins de vous tesmoigner qu'il n'y a personne dont
les interestz me touchent plus que font les vostres. Sur cette verité je vous
asseure que je suis tousjours, monsieur, vostre bien humble et très afectionné serviteur. A Grenoble, le 5 de no^{bre} 1628.

CREQUY.

CCXI

A MONSIEUR, MONSIEUR LE BARON DE DISIMIEU, GOUVER-
NEUR DE LA VILLE DE VIENNE POUR LE ROY, ETC.

Monsieur. Quelque instance que vous puissent faire les trouppes qui
sont autour de Vienne pour avoir entrée dans le Daufiné, je vous prie de
ne la leur point donner qu'ils n'en ayent receu l'ordre; autrement les affaires du roy tumberoient en une confusion qui pourroit estre cause de leur
ruyne, joint que sa majesté veut que, sur toutes choses, il y soit gardé la
meilleur regle que faire ce pourra, et que, si ses intentions n'estoient pas
suivies, il s'en pourroit prendre à ceux qui y doivent tenir la main[1]. Pour
le regard de l'establissement de l'estappe de Vienne, le desseing en a esté
prix, pour tant de raisons et depuis si longtemps, que qui voudroit entreprendre de le faire changer, ce seroit se donner une peyne inutile, ny ayant
pas raison de le pouvoir esperer, vous asseurant que, s'il y avoit tant soit
peu de lieu de vous faire recepvoir le contentement que vous desirez, que

---

d'armes du comte de Disimieu, 1621, maître de camp d'un régiment d'infanterie en Flandre,
1635 ; il avait épousé, 10 mars 1617, Claudine, fille de César, comte de Disimieu, et de Marguerite de Budos, d'où postérité.

[1] Louis XIII, à la tête de 22.000 hommes de pied et de 3.000 chevaux, entra en Piémont
pour soutenir le duc de Mantoue et secourir Casal, au mois de février.

j'essayerois à vous le procurer, vous estimant uniquement comme je fays. J'adresse au s^r de la Grange, ayde de camp[1], les ordonnances qui ont esté resolues au conseil du roy pour l'entrée des trouppes, lesquelles il vous communiquera, et dont vous favoriserez, s'il vous plaist, l'execution en tout ce qui vous sera possible, prenant aussy le soing de faire tenir un controolle, sur le pont de Vienne, du nombre de gens d'où se trouveront composée les trouppes, et en le certiffiant le faire bailler aux munitionnaires, affin qu'ils ne puissent distribuer des vivres que la juste quantité de ce qu'il en faudra pour les effectifz. Je suis, monsieur, vostre très afectionné serviteur. Ce 18 fevrier 1629 à Grenoble.

CREQUY.

CCXII

A MONSIEUR, MONSIEUR LE COMTE DE DIZIMIEU, GOUVERNEUR DE VIENNE, SON LIEUTENANT, OU A CELUY QUI COMMANDERA EN LEUR ABSENCE.

Monsieur. Des considerations importantes au service du roy, jointes aux ordres que j'ay de S. M. m'obligeants de veiller extraordinairement à la seureté de cette province, menacée de quelques secretz mouvements, j'ay jugé à propos de loger dans la ville de Vienne le regiment de mons^r d'Aiguebonne[2], pour y tenir garnison, attendant ordre nouveau, vous supplyant de le recevoir et fere loger, conformement aux ordres que les consuls en ont de moy, pour l'execution desquels vous apporterez s'il vous plaist l'authorité de vostre charge. Je vous demande la continuation de l'honneur de vos bonnes graces, et demeure, monsieur, vostre très afectionné serviteur. A Grenoble, le 24 de juin 1632.

CREQUY.

[1] Les fonctions d'aide de camp étaient remplies par de jeunes officiers. Le sieur de la Grange, aide de camp, est tué à la défaite de 1.200 Croates de l'armée du cardinal Infant, près d'Aire, août 1639.

[2] Rostain-Antoine d'Urre, seigneur d'Aiguebonne, lieutenant du roi en Provence, maître de camp d'un régiment d'infanterie levé en 1628, maréchal de camp, 1636, conseiller d'État, 1650, mort à Paris, 9 mai 1656 ; il avait épousé Huguette, fille de Jean Liotard, président à la chambre des comptes de Dauphiné, et de Marguerite de la Mure, d'où, entre autres : François d'Urre, baron d'Aiguebonne, maître de camp, 1634, du régiment d'Aiguebonne, licencié en 1658 ; tué au combat de Vigenano, septembre 1636. Rostain-Antoine avait acquis, 23 avril 1648, de François de Créquy, duc de Lesdiguières, le marquisat de Treffort, en Bresse. Son frère, Antoine d'Urre de Cornillan, seigneur du Puy-Saint-Martin, etc., chevalier des ordres du roi

CCXIII

A MONSIEUR, MONSIEUR DE DIZIMIEUX, GOUVERNEUR DE LA VILLE DE VIENNE POUR LE ROY, ETC.

Monsieur. Faisant bonne consideration à ce que vous m'avez escrit, j'ay fait un ordre par lequel je rappelle les compagnies du regiment de Sault[1], qui sont à Vienne, pour les envoyer à Cremieu, ne pouvant les eloigner à cause des ordres que j'ay du roy de les donner à monsieur le mareschal de la Force[2], et je m'en vais envoyer par delà celles qui sont icy. Je vous supplye de croire que personne ne scauroit estre plus que moy, monsieur, vostre bien humble serviteur. A Grenoble, le 9ᵉ juillet 1632.

CREQUY.

CCXIV

Le DUC DE CREQUY, pair et mareschal de France, lieutenant general pour le roy en Dauphiné et en son armée d'Italye.

Il est ordonné, aux consuls et habitants de Sᵗ Rambert et le Peage de Romans[3], de recevoir la compagnie de chevaux legers du sʳ compte de Dizimieu[4] et de luy fournir logis et vivres, chacun pour une couchée et disnée du lendemain, en payant conformement aux ordres de sa majesté, le tout à peyne de desobeissance. Fait à Grenoble le xxvjᵉ may m vj ᶜ trente cinq.

CREQUY.
VIDEL.

et son ambassadeur en Savoie, épousa Baptistine, fille de Louis de Simiane, seigneur de Truchenu, veuve de Georges Vassadel, seigneur de Vacqueiras, d'où postérité.

[1] Le régiment de Sault, levé et commandé, 1580, par François-Louis d'Agoult de Montauban, comte de Sault, gentilhomme de la chambre du roi, 1574, chevalier de l'ordre du roi, 1585, mort 1608. Il avait épousé : 1° Diane de Clermont ; 2° Chrétienne d'Aguerre, veuve d'Antoine de Blanchefort, de Créquy (Lettre cxcvi). Ce régiment passa aux Créquy, comtes de Sault, qui en donnaient les commissions ; il était au rang des Petits-Vieux, 1666, et prit le nom de Tallard, 1714.

[2] Jacques-Nompar de Caumont, duc de la Force, maréchal de France, 1622, marcha à la tête d'une armée de 10.000 gens de pied et de 1.200 chevaux, en Languedoc, contre Gaston d'Orléans et le duc de Montmorency, 1632.

[3] St-Rambert-d'Albon, Drôme ; le Péage-de-Romans, sur la rive gauche de l'Isère, Drôme.

[4] Les compagnies de cavalerie légère commencèrent à être constituées en régiments et en escadrons en 1635 ; les compagnies de gens d'armes furent supprimées, pour la plus grande partie, sous Louis XIII.

CCXV

Le DUC DE CRÉQUY, pair et mareschal de France, lieutenant
general pour le roy en Dauphiné et en son armée d'Italie.

Nous certiffions, à tous qu'il appartiendra, que le s^r comte de Dizimieu
sert actuellement le roy en sadicte armée, en qualité de capitaine d'une
compagnie de chevaulx legers[1] et, d'aultant que telle est la verité, nous luy
avons accordé le present certifficat signé de nostre main et scellé du cachet
de noz armes, avec le contresing de nostre secretaire, pour lui servir en
tant que besoing sera. Faict au camp devant Ast[2], ce dixhuict^me juillet
m vi^c trente sept.

LE DUC DE CRÉQUY.

Par mondict seigneur : DE CHARMOYS.

CCXVI

A MONSIEUR, MONSIEUR LE COMTE DE DESIMIEU, GOUVER-
NEUR POUR LE ROY DE LA VILLE DE VIENNE.

Monsieur. Je loue extremement le soing que vous aves d'empescher les
broulieries dans vostre voisinage, et vous remercie de tout mon cœur de
l'advis que vous m'aves donné de celle de messieurs de Genas et de Gandy[3].
Dernierement on m'en dit quelque chose, et je leur escrivi de prandre la
payne de venir icy pour les remettre bons amys ; mais parce qu'ilz me
firent response tous deux que ce n'estoit qu'une affere civile qu'ilz avoient
ensemble, et qu'elle ne les avoit encore portés à aucune aigreur, j'avois
creu qu'il n'y avoit rien à craindre. Et maintenant que vous m'asseurez du
contrere, j'ay estimé qu'il ne pouvoit point avoir de meileur ny de plus
promt remède que de vous donner la payne de cognoistre de leur affere et
de les accomoder, c'est pour celà que je leur escri les lettres cy jointes et

---

[1] Lettres CLXVIII-CLXX. Jérôme de Disimieu, à la suite d'une querelle, avait reçu du roi
ordre de rejoindre sa compagnie.

[2] Le maréchal de Créquy avait rassemblé son armée autour d'Asti que les Espagnols
avaient voulu surprendre et de là surveillait le passage du Tanaro.

[3] Ennemond de Loras, baron du Saix, s^r de Chamagnieu, Azieu, Genas, etc., mari de Marie
Gontal, mort 1674, vendit vers 1648 les terres d'Azieu et de Genas à Jean-François de Gandil,
d'une famille originaire de Genas, en Viennois, mort le 18 janvier 1665, après avoir testé en
faveur des fils de Bonne de Gandil, sa sœur, femme de Girard de Reviliasc.

que je vous fay ceste bien affectionée priere d'en vouloir prandre le soing, et sy davanture il s'y rancontre des difficultés quy l'empechent, les obliger à venir icy. Je m'asseure que ceste occupation ne vous sera pas desagreable, non plus qu'à moy les occasions de vous tesmoigner que je suis, monsieur, votre très humble serviteur. De Grenoble, le viie mars 1640.

LESDIGUIÈRES [1].

CCXYII

Le DUC DE LESDIGUIÈRES, pair de France, lieutenant general pour le roy en Daufiné.

Le roy voulant fortifier son armée, non seulement des troupes qu'elle y envoie de sa province de Languedoc et d'ailleurs, mais encore de celle qu'elle espere de tirer de celle-cy qui luy en a fourni, en des occasions bien moins considerables que celle du siege de Thurin [2], et dont le succès ne regarde pas moings l'interest de ceste province que la gloire des armes de sa majesté, nous ayant fait l'honneur de nous commander, par sa lettre de cachet escrite à Amiens le 27e du mois passé, laquelle nous a esté rendue par monsieur de Graves [3] qu'elle a envoyé exprès pour cest effect, de fere promptement et dilligemment la levée de la milice de ce gouvernemant et la fere passer les monts au plustost; Nous, satisfaisant aux intentions de sadicte majesté, mandons et ordonnons très expressement, aux esleus des eslections de ceste province, de fere la levée d'un homme pour chacun feu, chacun endroit soy, et dans l'estandue de leur ressort sur les contribuables aux talies, et de tenir soigneusement la main que les chas-

---

[1] François de Créquy-Lesdiguières, fils de Charles de Créquy-Lesdiguières, tué à Brême, 17 mars 1638, signataire de cette lettre et des suivantes.

[2] Thomas de Savoie, prince de Carignan, oncle du jeune duc Charles-Emmanuel, sous la tutelle de Christine de France, sa mère, réclamait la régence. Allié aux Espagnols, il s'empara de Turin, 27 juillet 1639, sans pouvoir chasser de la citadelle la garnison française. Le 16 mai 1640, le comte d'Harcourt mit le siège devant Turin où il entra le 24 septembre.

[3] Graves ou Grave, ancienne famille de Languedoc, a fourni un grand nombre d'officiers aux armées. — Bernard de Graves, seigneur de Félines, lieutenant des gardes du cardinal, gentilhomme du duc d'Orléans, capitaine d'une compagnie de gens d'armes, marié : 1° 14 mai 1620, à Anne de Reboul ; 2° 3 mars 1631, à Anne de la Vergne de Tressan. — Henri de Graves, marquis de Villefargeau, aide de camp à l'armée du duc de Weimar, 1637, maréchal de camp, 20 décembre 1651, mort vers 1680 ; il avait épousé, 16 août 1656, Marie de Grave, sa nièce, d'où postérité.

telains, consuls et officiers des lieux procedent incontinant et sans remise, toute haine et faveur cessant, à la nomination et eslection de ceux de leur communaulté qui seront les plus capables à porter les armes, lesquelles ils leur fourniront, scavoir un tiers de piques, et les aultres deux tiers de mousquetz et de bandolures, et qu'ils ayent à les conduire dans la ville d'eslection dont ils seront ressortissants, au quinziesme de ce moys precizemant, et les consigneront entre les mains desdicts esleus, lesquels nous envoyeront le rolle et les remetront aux gouverneurs, sergeantz majours, consuls et officiers de ladicte ville, que nous rendons responsables de leur evasion, et ordonnons ausdicts consuls et officiers de ladicte ville, de fournir aux effectifs de vivres selon les reglements du roy, durant trois jours seulement apprès celluy de leur rendevous ; passé lesquels, ils commanceront à marcher, selon les ordres que nous leur envoyerons, et en cas de negligence, manquemant ou connivance desdicts consuls et officiers desdictes communautés, enjoignons aux esleus de les fere prandre et saisir au corps et les fere conduire, soubs seure garde, dans ladicte ville d'eslection, pour alor servir eux mesme en personne, et sy le nombre n'est pareil à celluy qu'ils y sont obligés de fournir, fere vendre leurs biens, bestail sur le champ, et l'acomplir des deniers en provenans. Mandant en oultre, ausdicts gouverneurs des villes où se feront lesdictes assamblées, d'employer leur authorité et contribuer tout ce qui depanda d'eux pour la facilité de l'execution de cest ordre[1]. Fait à Grenoble le cinquiesme juillet 1640. Lesdiguieres. Et plus bas, par mondict seigneur, Galle. Colationé à l'original.

GALLE.

CCXVIII

Le DUC DE LESDIGUIERES, pair de France, lieutenant general pour le roy en Dauphiné.

Sa Majesté ayant resolu d'assister puissamment son armée d'Italie pour qu'elle puisse, soubs la conduite de monsieur le comte d'Arcourt, rehaussir

---

[1] Neuf armées avaient été levées en 1640. — Cette ordonnance du duc de Lesdiguières est une des premières réglant le recrutement de la milice, les gens de guerre étant levés, à l'ordinaire, par commissions accordées par le roi à des chefs nommément désignés. La milice, qui devait devenir un des plus importants éléments des armées, fut régulièrement constituée par le règlement du 29 novembre 1688.

aussi glorieusement, au siege de Thurin, quelle a fait en la deffaite des
ennemis devant Cazal, faisant pour cest effect passer les monts à quantité
de troupes de sa province de Languedoc et d'ailleurs, ayant estimé que de
celle-cy, comme la plus proche et la plus interessée pour sa conservation au
succès de ce siege, elle pouvoit attandre ung secours considerable, et notamment de sa noblesse de laquelle, ayant receu en plusieurs occasions de sy
signalés tesmoignages de leur zele et affection à son service, elle n'en doibt
pas moins attandre en une rencontre de sy grande importance, nous auroit
faict l'honneur de nous commander, par sa lettre de cachet escripte à Amiens
le vingt septiesme du mois passé, laquelle nous a esté randue par le sieur de
Graves qu'elle a envoyé exprès pour cest effect, et la convocquer promptemant ; à quoy satisfaisant, nous mandons de la part de sadicte majesté, et
en vertu du pouvoir dont il luy a pleu de nous honnorer dans ce gouvernement, enjoignons très expressemant à tous et chacuns les gentilhiaumes
d'icelluy, sans nulle exemption, de se randre le chacun bien monté, armé,
equipé et prest à servir, dans la ville du balliage ou senechaussée d'où il
sera ressortissant, au quinsiesme de ce mois sans falir, pour de là suivre les
ordres et routes que nous leurs envoyerons, ordonnant aux sieurs ballifs et
senecheaux de ceste province, ou leurs lieutenans, de faire promptemant et
dilligemment publier et notiffier cest ordre, non seulement dans les audi-
toires des balliages et senechaussées, mais encore dans l'estandue de leur
ressort, chacun endroit soy, et icelluy faire observer et executer ponctuelle-
ment, nous tenant soigneusement advertis des noms et du nombre de ceux
qui y satisferont et de l'estat auquel ils se seront mis, comme aussy de ceux
quy manqueront, s'il y en a aucun, pour en advertir le roy, à paine de respondre eux mesmes du retardemant du service de sa majesté, et d'encourir
les paynes portées par les reglements et ordonnances de sa majesté par leur
deshobeissance ; le tout conformemant aux reglemans en dernier lieu faits
par sa majesté pour la convocation du ban et arriere ban[1]. Faict à Grenoble le cinquiesme julliet m vi^c quarante. Lesdiguieres, et plus bas par
mondict seigneur Galle. Colationé à l'original.

GALLE.

---

[1] La levée du ban et de l'arrière-ban avait été réglée par un arrêt du 3o juillet 1635.

CCXIX

Le DUC DE LESDIGUIERES, pair de France, lieutenant general pour
le roy en Dauphiné.

D'aultant qu'encore que, par les ordonnances du roy et plusieurs ordres
faits ensuite pour l'observation d'icelles, il soit expressement prohibé à toutes sortes de personnes, et particulierement aux marchands, de fere aucuns transports ou voiture d'or ou d'argent monoyé, hors du royaume, sans
permission, neantmoins aucuns d'iceux, croyants de fere des grands profits
en portant les especes legeres aux pays estrangers, en font des grands amas
à ce dessain ; dont sa majesté ayant esté informé, et voulant remedier tels
abus, par l'exacte observation de ses ordonnances et somere chastimant de
ceux quy lors confondront, nous ayant mandé d'y tenir la main dans l'estandue de ce gouvernemant, dont il a pleu à sa majesté de nous honorer,
sur ce subject faisons très expresses reyterées inhibitions et deffances à
toutes personnes, soient marchands ou aultres de ceste province, de fere
aucun transport ou voiture d'aucunes especes d'or ou d'argent pesant ou
leger, ni mesme en lingots, à paine de confiscation d'icelles, ensemble de
toute la voiture de marchans où ils s'en trouvera, des chevaux et mulets
quy la porteront et de punition corporelle, mandant aux gouverneurs,
viballifs, juges royaux, chastelains, consuls et officiers des lieux de fere
publier et observer cest ordre, chacun endroit soy, et tenir soigneusement
la main à l'execution d'icelluy, à peine d'en respondre. Fait à Grenoble
le xxv⁰ novembre m vj⁰ quarante. Lesdiguieres. Par mondict seigneur,
Galle. Colationé à l'original par moy secretaire de mondict seigneur.

GALLE.

CCXX

A MONSIEUR, MONSIEUR LE COMTE DE DIZIMIEUX, GOU-
VERNᵗ DE VIENNE.

Monsieur. Je suis si pressé de m'en aller à Paris que je n'ay pas le
loisir de passer à Vienne et de m'y arrester, pour faire enregistrer à la cour
des aydes mes provisions de la charge de gouverneur et lieutenant general

pour le roy en ceste province, dont il a plû à sa majesté de m'honorer[1]. C'est ce qui me donne la liberté de vous supplier, comme je fais de tout mon cœur, de vouloir prendre ceste peine pour moy. J'ose me promettre ceste faveur de vous par la cognoissance que j'ay de l'honneur que vous me faictes de m'aymer. J'en escris à M^rs de la cour et à Mrs de Musy[2] et procureur general[3], et vous envoye mes lettres ouvertes, par mon secretaire qui vous rendra celle cy, laquelle je ne feray plus longue, sinon pour vous asseurer que c'est avec passion que je suis, Monsieur, vostre très humble serviteur. De Grenoble, ce 9 decemb^re 1642.

LESDIGUIÈRES.

CCXXI

A MONSIEUR, MONSIEUR LE COMTE DE DIZIMIEU, GOUVERNEUR DE VIENNE.

Monsieur. L'advis que je viens de recevoir qu'il y a de la maladie contagieuse à Vienne m'oblige à vous faire ces lignes, pour vous prier d'y donner si bon ordre qu'elle ne face aucun progrés dans la ville où vous commandez. Je m'asseure bien que vous n'y oubliez rien, mais je ne laisse pas de vous en conjurer encores, y allant de la conservation de toute la province. Sur tout je crois qu'il est necessaire de faire faire des cabanes au dehors et de pourvoir à la nourriture et medicamens des malades, en telle sorte qu'ils ne soient pas obligez d'aller chercher leur vie et des remedes dans les lieux voisins ; par ce moyen on peut empescher la communication du mal et s'en garentir[4].

---

[1] François de Créquy, duc de Lesdiguières, etc., gouverneur et lieutenant général en Dauphiné par lettres du 3 juillet 1642.

[2] Georges de Musy, seigneur de la Tour-du-Pin et de Diemoz, marié à Catherine, fille de François de Chaponnay et de Jeanne de Gault, 19 janvier 1621, premier président à la cour des Aides de Vienne, 5 juillet 1640, mort 3 janvier 1657.

[3] François du Fossé, s^r de la Fosse, procureur général à la cour des Aides, 27 mai 1638. — Louis Courtin, procureur général à la cour des Aides, par lettres du 18 avril 1640, reçoit 150 livres d'augmentation de gages, outre 1.500 livres d'anciens gages ; il exerçait ces fonctions à titre provisoire, car il est pourvu de ladite charge par lettres du 30 octobre 1642 ; sur sa résignation, il est remplacé par Laurent du Boys, suivant lettres du 25 octobre 1645.

[4] La peste parut à Vienne, au mois de mai 1640, et dura jusqu'à la fin de l'année ; elle se répandit de nouveau en octobre 1641 ; des cabanes furent disposées pour recevoir les pesti-

J'ay parlé à M. Letellier[1] pour vos lettres patentes, conformement à ce qu'a desiré de moy celluy qui en faict les poursuites et sollicitations à la cour. Asseurez vous, s'il vous plaist, qu'il ne se presentera point d'occasion de vous tesmoigner l'estime que je fais de l'honneur de vostre amitié ou je ne vous face paroistre que je suis véritablement, Monsieur, vostre très humble serviteur. A Paris, ce 14 juillet 1643.

LESDIGUIÈRES.

CCXXII

A MONSIEUR, MONSIEUR LE COMTE DE DISIMIEU, GOUVER-NEUR POUR LE ROY EN LA VILLE DE VIENNE, OU A CELUY QUI COM-MANDE EN SON ABSENCE.

Monsieur. La lettre qu'il a plû au roy de m'escrire, et dont je vous envoye la coppie, m'ayant faict savoir l'heureuse conclusion de la paix avec l'Empire, qui faict esperer à la France de jouir bientost d'un repos entier, m'oblige à vous prier de tenir la main à ce que les choses que sa majesté ordonne soient executées, pour rendre graces à Dieu de ce bien et pour en tesmoigner une resjouissance publique. Je continueray à vous faire part des nouvelles que j'apprendray de la cour, et tousjours je vous assureray d'estre, monsieur, vostre très humble serviteur. A Grenoble, le .. mars (sic) 1644.

LESDIGUIÈRES.

Monsieur. Touttes les lettres que je recois de la cour m'asseurent que les affaires sont acheminées à un bon accommodement de la conclusion duquel j'attends les nouvelles de jour à autre[2].

---

férés, en janvier 1642 ; le 20 mai 1643, les écoles et les établissements publics furent fermés ; la contagion se calma, en juillet, pour reparaître en 1647.

Le roi Louis XIII était mort, le 14 mai 1643, dans sa quarante-deuxième année.

[1] Michel le Tellier, marquis de Barbesieux, seigneur de Louvois, etc., intendant aux armées d'Italie et en Dauphiné, 1640 ; secrétaire d'État, 13 avril 1643 ; chancelier de France, 1677 ; mort 1685.

[2] Louis XIV succède à son père, le 14 mai 1643, à l'âge de cinq ans ; la reine Anne d'Autriche est nommée régente le 18 mai ; le cardinal Mazarin, premier ministre, au mois de décembre.

La France, alliée à la Suède et à la Hesse-Cassel, conclut un nouveau traité avec les Hollandais, 1er mars 1644 ; les conférences ouvertes à Munster, 10 avril, n'eurent pas de résultat ; la guerre contre la maison d'Autriche et l'Espagne continue.

CCXXIII

A MONSEIGNEUR, MONSEIGNEUR DESDIGUIÈRES, DUC ET PAIR DE FRANCE, GOUVERNEUR ET LIEUTENANT GÉNÉRAL POUR SA MAGESTÉ EN DAUPHINÉ.

Supplie humblement messire Herosme de Disimieu, comte dudict lieu, gouverneur pour sadicte majesté dans la ville et chasteaux de Vienne, pais et baillage de Viennois[1], qu'il a pleu au roy, par ses lettres patentes de l'année derniere mil six cens quarante trois, dire et declairer que le suppliant en ladicte qualité peut commander et donner tous ordres dans ledict pais et baillage de Viennois et lieux en deppendans en tous soubs vostre authorité, monseigneur, et en vostre absence et de monsieur le lieutenant general, conformement à ses lettres de provisions, et nonobstant à la declaration du mois de juillet mil six cents vingt, lesquelles lettres de mil six cents quarante trois vous sont adressées, monseigneur, pour l'en faire jouir et cesser tous empeschements. C'est pourquoy, monseigneur, il recourt à vostre grandeur à ce qu'il vous plaise ordonner qu'il jouira du contenu ausdictes lettres, selon leur forme et teneur, n'ayant peu se pourvoir plustost à cause de vostre absence notoire, et il continuera de prier Dieu pour vostre properité et grandeur.   DISIMIEU.

Veu les lettres de declaration enoncées en la requeste cy dessus, nous avons octroyé acte au suppliant de la presentation d'icelles, pour luy servir en temps et lieu ce que de raison. Faict à Grenoble le xiij⁰ jour d'aoust 1644.   LESDIGUIÈRES.

Par monseigneur : JULIARD.

CCXXIV

A MONSIEUR, MONSIEUR LE COMTE DE DISIMIEU, GOUVERNEUR DE VIENNE.

Monsieur,

J'ay receu, par celle que vous m'avez escrite du xii⁰ de ce mois, une preuve que j'attendois de l'honneur de vostre affection, touchant l'accou-

---

[1] Jérôme de Disimieu, gouverneur de Vienne en survivance de son père, mort 1635, avait été confirmé dans cette charge par divers actes relatés plus haut.

chement de Mad⁰ d'Esdiguieres et la naissance d'un filz[1] que Dieu m'a faict
la grace de me donner. Mais ce n'est pas la seule, puisque vous m'en avez
baillé beaucoup d'autres. Il est vray que c'est sur un sujet qui m'est extremement sensible, de sorte qu'il faut que je vous die que ceste circonstance
augmente l'obligation que je vous en ay. Je rechercheray les occasions de
m'en revancher et en proffitteray, de sorte que vous ne pourrez pas douter
que je ne sois, Monsieur, [de la main] Vostre très humble serviteur. A
Paris ce 20 janvier 1645.

LESDIGUIÈRES.

CCXXV

M. LE C. DE DISIMIEU.

Monsieur. J'ay receu celle qu'il vous a plu de m'escrire sur le sujet de
la charge de juge de ma terre de la Verpillere[2], laquelle vous me marquez
ne pouvoir plus estre tenue et exercée par le sʳ Corbet[3] qui en est titulaire,
à cause qu'il s'est faict pourvoir de celle de procureur du roy au baillage de
Vienne, incompatible avec l'autre par les ordonnances de sa majesté ; Sur
quoy, après vous avoir remercié de tout mon coeur de l'interest que vous
tesmoignez prendre aux choses qui me touchent, je vous diray que je fais
estat de m'en retourner bientost en Dauphiné, et qu'y estant je verray de
regler celle là. Et comme je ne doute point que celluy que vous me pro-
posez pour ladicte charge, venant de vostre main, ne soit honneste homme
et capable de s'en bien acquitter, je vous asseure que j'auray grand esgard
à la priere que vous m'avez faicte en sa faveur. Cependant je vous conjure
de me croire tousjours, Monsieur, Vostre très humble serviteur. A Paris,
cé 30 may 1645.

LESDIGUIÈRES.

---

[1] François-Emmanuel. Lettre cxcvi (vi).

[2] Par son testament du 26 mars 1624, le connétable de Lesdiguières avait légué à Françoise de Bonne, sa fille, femme du maréchal de Créquy, et à François, comte de Sault, son
petit-fils, entre autres terres, celles de la Verpillière, où il faisait de fréquents séjours, Collombier, Fallavier, Saint-Laurent-de-Mure, en Viennois. Le duc de Lesdiguières était à Vienne
le 22 octobre 1645.

[3] César Corbet, procureur du roi au bailliage de Vienne, par lettres du 31 janvier 1645,
teste 18 août 1694 ; mari de Marguerite Ronin, d'où postérité connue, au parlement, sous le
nom de Corbet de Meyrieu.

CCXXVI

Monsieur. Estant sur mon despart pour me retirer en Dauphiné où j'espere d'avoir le bien de vous voir, dans peu de jours, je vous prie d'agreer
que je remette à ce temps là ma responce à la lettre que vous prins la paine
de m'escrire, sur le suject de la judicature de Collombier[1], en laquelle vous
pouvez croire que je seray très aise de favoriser celuy pour lequel vous vous
employez, puisque je n'ay point de plus grande passion que de vous asseurer en toutes occasions et par effaict que je suis, Monsieur, Vostre très
humble serviteur. A la Tour d'Aigues[2], ce 6 9bre 1646.   LESDIGUIÈRES.

CCXXVII

Mr DE DEZIMIEU.

Monsieur. Le sr Verdier[3] s'en retourne avec la commission que vous
aviez demandé en sa faveur, dont je ne doubte pas qu'il ne s'aquitte fidelle-
mant puis que vous l'avez nommé, et je vous prie de croire qu'il n'y aura
jamais occasion en laquelle je puisse vous servir que je ne m'y employe,
avec autant de passion que vous scauriez desirer de celuy qui est entierement, Monsieur, Vostre très humble serviteur. A Grenoble, ce 24 xbre 1646.

LESDIGUIÈRES.

CCXXVIII

Mr LE COMTE DE DISIMIEU.

Monsieur. La lettre qu'il vous a plu de m'escrire, du 28 du present mois,
m'a appris avec grande joye vostre retour en cette province, où il y a appa-
rance que monsieur le prince[4] se rendra bientost ; ce qui est cause que je

---

[1] Lettre ccxxv.
[2] La Tour-d'Aigues, Vaucluse, faisait partie de l'héritage de Louis d'Agoult, comte de
Sault, parvenu, du chef de sa mère, à Charles de Blanchefort de Créquy. Lettre cxcvi.
[3] Pierre Verdier, sergent major de la ville de Vienne, anobli 1663.
[4] Louis, duc d'Enghien, prince de Condé, à la mort de Henri son père, 26 décembre 1646,
après l'échec de Lérida, la prise d'Ager, 9 octobre 1647, et quelques minces succès, quitta la
Catalogne et rentra à Paris, le 27 novembre suivant.

joins à vostre affection pour son service la priere, que je vous fais, de rapporter tous les soins possibles pour recevoir une personne de sa qualité et de son merite, me promettant de me donner l'honneur de l'aller saluer à Lyon, et je vous supplie de croire qu'il n'y a personne plus veritablement que moy, Monsieur, Vostre très humble serviteur. A Grenoble, ce dernier octobre 1647.

LESDIGUIÈRES.

CCXXIX

Mᵃ DE DISIMIEU.

Monsieur. Le sʳ Colimbel desirant de remettre sa charge de cappitaine d'un quartier de la ville de Vienne, en faveur du sʳ advocat Borin[1] son gendre, je vous prie de l'obliger en cette rencontre qui donnera sujet, à l'un et l'aultre, de vous servir avec un redoublement d'affection, et à moy de me dire et d'estre tousjours, Monsieur, Vostre très humble serviteur. A Grenoble, ce 7 mars 1648.

LESDIGUIÈRES.

CCXXX

MONSIEUR DE DISIMIEU.

Monsieur. Pour satisfaire à monsieur le cardinal Mazarin, qui a pris la peine de m'escrire, sur ce que les recreües de son regiment d'infanterie italienne[2] passants à Vienne, il s'y perd quantité de soldats, pour avoir leurs logis fort escartez, qui se conserveroient mieux s'ils estoient logez en un mesme quartier et de proche en proche, je vous prie de tenir la main à cela; de quoy j'escris aussy aux consuls. Et je seray toutte ma vie avec beaucoup de passion, Monsieur, Vostre très humble serviteur. A Grenoble, ce 2 avril 1648.

LESDIGUIÈRES.

---

[1] La ville de Vienne, faubourgs et banlieue, étaient divisés en dix-neuf quartiers ; les capitaines pennons, nommés anciennement par les consuls, le furent depuis par les gouverneurs. — Léonard Borin, élu de Vienne, 26 octobre 1628, assesseur au bailliage de Vienne, résigne 1668. Pierre Borin, conseiller du roi en l'élection de Vienne, 1650.

[2] Mazarin-cavalerie, régiment étranger levé en 1644, licencié en 1666; Mazarin-Italien-infanterie, levé en 1642, dit d'Orléans en 1660.

CCXXXI

M. LE C. DE DISIMIEU.

Monsieur. Ayant receu une lettre de cachet du roy pour l'execution des intentions de sa majesté portées, tant par icelle que par son ordonnance et par celle de monsieur le mareschal de la Meilleraye, grand maistre de l'artillerie de France, sur la refonte et vante du metail des deux pieces de canon[1] qui sont à Vienne, pour en estre le prix delivré et mys ez mains de mons. le comte de Maugiron. Je n'ay peu reffuser à cela mon consentement ny l'advis que je vous en donne, vous priant d'y satisfaire et de me conserver l'honneur de vostre affection, comme je conserveray toute ma vie la passion avec laquelle je suis, Monsieur, Vostre très humble serviteur. A Grenoble, ce 12 juin 1648.

LESDIGUIÈRES.

CCXXXII

A MONSIEUR, MONSIEUR DE DISIMIEU, CONSEILLER DU ROY ET BAILLIF DE VIENNOIS, ET EN SON ABSENCE A MONSIEUR, MONSIEUR LE VIBAILLIF DE SAINCT MARCELLIN[2].

Monsieur. Je vous envoye les coppies des lettres qu'il a pleu au roy de m'escrire sur le suject de sa sortie de la ville de Paris[3], affin qu'apprès les

[1] Timoléon de Maugiron, comte de Montléans, commandant dans le Viennois, avait acheté, de ses deniers, au duc de Ventadour, pour fortifier Pipet, deux canons au prix de 3.000 écus et des balles, à un écu d'or chacune, pour 660 écus d'or, le 6 septembre 1590 ; suivant un certificat de Jérôme de Disimieu attestant que les deux canons qui sont dans le château de Pipet ont appartenu à Timoléon de Maugiron, 2 mars 1638.

A propos des canons, voir Lettres XVI, XXXVII, CLIII, CLV, CLXIII.

« Mon fils... Pour ce qui est des canons que vous desirés scavoir comme je les pretend à moy, c'est qu'ils estoient à M⁰ʳ de Maugeron quand Monsieur de Nemours y entra, et les avois achepté de M⁰ʳ du Pelloux, et ne sont point de la fonte du Roy, où ses armes ne sont point, et l'on m'avois permis par le traitté general de cette ville de les luy rendre, et quelques temps après le Roy vollu que je quittasse des assignations que j'avois en lyonnois dont j'ay encore des mandats pour mille escus... pour les pieces (autres) je n'y demande rien, par ce qu'elles ont esté tousjours de cette ville... à Vienne 22 mars 1633. Disimieu. »

[2] Henri de Garagnol, vibailli de Saint-Marcellin, aux gages de 500 livres, 1628, et gouverneur de ladite ville par décès du sʳ de Verdun, 10 janvier 1653, avait épousé, 1645, Françoise, fille de Jean Gilbert, sʳ de Verdun.

[3] La cour, redoutant une nouvelle insurrection des Frondeurs, quitta Paris le 6 janvier 1649, à 5 heures du matin, et se retira à Saint-Germain-en-Laye.

avoir veuës, vous preniez la peine, comme je vous en prie, d'en faire part
aux personnes de condition du ressort de vostre bailliage, et particulierement aux gentilshommes à qui sa majesté ordonne de se mettre en estat et
equipage, pour marcher au premier ordre qui leur en sera donné, adjous-
tant à ces nouvelles, qu'encores que le depart de sadicte majesté ayet excité
de la rumeur dans Paris, neanmoins les deputés de la chambre des comptes et de la cour des aydes sont venus le trouver à St Germain, pour luy
protester au nom de leurs compagnies toutte sorte de fidelité et d'obeissance. Le parlement de Rouën a faict la mesme chose, et toutes les villes
et provinces continuent en leur devoir, et en la resolution de servir le roy,
et de contribuer de tout leur pouvoir au maintien de son authorité et au
bien de l'estat. Ce qui me faict esperer que ces brouïlleries seront bientost
dissipés, et que dans peu de temps la France jouïra d'une heureuse paix au
dedans et au dehors par la prudence de la reyne, comme sa bonté promet
le soulagement à cette province, aussitost que la declaration du roy aura
esté verifiée. Cependant quoyque je m'asseure que tous les Dauphinois sans
exception sont unaniment portez à la continuation de leur obeissance et
fidelité envers le roy, je vous prie neanmoins d'exhorter et de maintenir
ceux de vostre ressort en ce devoir et de me donner advis de ce qui se
passera, croyant que l'exemple de la ville de Grenoble qui a voulu de nouveau me donner des asseurances de sa parfaicte soubmissions aux commandements du roy et à mes ordres, par une conclusion escritte et signée
avec serment en l'assemblée generale du conseil des notables, conviera les
habitans de la ville de St Marcellin à faire la mesme chose ; les effects de
cette protestation attireront les graces du roy, et je m'employeray tousjours avec soing pour cela et pour vous asseurer en particulier de la verité
avec laquelle je suis, Monsieur, Vostre très affectionné serviteur. A Grenoble, ce   jan^{er} *(sic)* 1649.   LESDIGUIÈRES.

CCXXXIII

A MONSIEUR, MONSIEUR LE COMTE DE DISIMIEU, GOUVER-
NEUR POUR LE ROY EN LA VILLE DE VIENNE, OU A CELUY QUI COM-
MANDE EN SON ABSENCE.

Monsieur. Comme la justice des armes du roy contre les Parisiens fait
esperer à tous les fidelles sujetz un bon succez de cette entreprise, je doibs

vous faire part de ce qu'il a plû à sa majesté de m'escrire, sur le sujet de la prise de Charenton[1] et de la desfaite de huict regimens parisiens, par les trouppes commandées par monsieur le duc d'Orleans, m'asseurant que l'affection, que vous avez tousjours eüe pour son service, vous fera recevoir cette nouvelle avec joye, en attendant d'apprendre que ceux qui causent les mouvemens reviennent en la connoissance de leur devoir et donnent moyen à sa majesté d'employer ses armes contre les ennemys de son estat. Je vous prie de croire que je seray tousjours veritablement, Monsieur, Vostre très humble serviteur. A Grenoble, ce   feb. *(sic)* 1649.

LESDIGUIÈRES.

CCXXXIV

Mon cousin. Comme Dieu a tousjours pris en sa protection singuliere cette monarchie, aussy il n'a peu voir eslever la rebellion de quelques uns de mes subjez qu'il n'ayt aussy tost fait cognoistre combien ce crime offence la majesté divine, ayant toutte benediction à mes armes, despuis qu'elles sont employés à le reprimer : ce qui vient particullierement de paroistre dans l'execution d'un dessein qui estoit de très grande importance pour faire reusir celluy auquel les factieux de Paris m'ont engagé pour les ranger dans leur devoir, et sy mes armes avoient remporté, sur les estrangers ennemis de cest estat, l'avantage qu'elles ont heu en cette occasion, la joye que j'ay subjet d'en recevoir seroit toutte entiere, au lieu qu'il ne se peult qu'elle ne soit meslée de beaucoup d'amertume, pour la qualitté de ceux qu'il a fallu combattre malgré moy, et parce que j'ay jugé à propos de vous informer de ce qui s'y est passé, je vous diray qu'ils avoient envoyé des trouppes, des levées qu'ils ont faictes contre mon service, s'emparer du bourg de Charenton situé, comme vous scavez, à l'embouchure de la riviere de Marne dans celle de Seyne, et qu'ils en avoient aussy envoyé en la ville de Brie comte Robert qui est à quatre lieux audessus dans la plaine de Brie, à la faveur desquelz postes ils tiroient, facillement et presque sans obstacle, les blés et autres vivres des provinces de Champagne et de Brie, ce qui leur a donné lieu jusques icy de soubstenir leur desobeissance et de s'y opiniastrer, sans

---

[1] Le 8 février, le prince de Condé prit Charenton sur les Frondeurs. La lettre suivante fournit plus de détails sur cette affaire.

grande incomodité. Et comme ce costé seul leur restoit ouvert pour recevoir quelque assistance de la campagne, ils n'avoient rien obmis pour bien for-tiffier Charenton, y ayant incessamment travallié pendant plus de quinze jours, ils y avoient mis quatre pieces de canons et douze cents hommes de pieds choisis dans touttes leurs trouppes, dont mon oncle le duc d'Orleans estant bien adverti et ayant resolu de les en desloger, il alla attaquer ce poste, le huictiesme du present mois, avecq les forces de l'un des quartiers de mon armée quy est à Saint Deny, sans le laisser mesme despourveu des gens de guerre necessaires pour la deffence. Et bien que ceux de Paris, ayant heu advis de la marche de mes trouppes, eussent heu le temps de renforcer la garnison de Charenton de plus de quinze cents hommes, oultre ceux quy y estoient, neantmoins elles l'ont emporté en plain jour de vive force. Et pour rendre cette action aussy glorieuse qu'elle estoit importante, elle a esté faicte à la veue de touttes les trouppes de cavallerie et infanterie qu'a peu faire la ville de Paris, quy estoient sorties soubs tous leurs generaux, lesquels s'estans mis en presence de mes trouppes, elles leur offrirent le combat, Mondit oncle estant à leur teste avant qu'il eust fait faire l'attaque de Charenton, sans qu'ils ayent osé rien tanter pour s'y opposer ; ce que vous verrez plus particullierement par la relaction que je vous envoye. Mais ce qui est le plus à considerer et qui m'a donné le plus de satisfaction, dans un evenement qui peult beaucoup contribuer à remettre les factieux dans leur devoir, est que chacun a veu que mon oncle le duc d'Orleans s'y est porté avec cette grande affection, fermeté et generosité qu'il tesmoigne en tout ce quy importe au bien de mon estat, et que mon cousin le prince de Condé l'y a secondé avecq toutte la vigeur possible, sans que les instances pressentes et reiterées de la reyne regente, madame ma mere, les ayent pu divertir du dessain d'aller en personne à cette entreprise, ny vaincre les santimans qu'ils ont eu en cette occasion, declarans qu'en exposant leur vie pour soubstenir mon autorité contre les factieux quy la veullent destruire, et quy ont entrepris la ruyne du royaume et de sacrifier, pour leur interest particullier, le repos de la seurté du peuple de Paris, ils deffendoient leur propre cause aussy bien que la mienne ; ce que j'ay bien volu vous faire scavoir par cette lettre et vous dire, par l'advis de la reyne regente maditte dame et mere, que vous ayez à en donner part à tous mes bons et fidelles subjez de l'estendue de vostre charge, leur faisant cognoistre, comme j'espere et je souette de tout mon cœur, que ce coup que Dieu a frappé, pour advertir ceux quy se sont precipités dans le malheur de la desobeissance, serve à les ramener à leur debvoir, affin que j'aye lieu de leur faire plustost esprouver ma clemance et bonté que de leur faire ressentir des effez de mon indignation, telz que leur crime merite. C'est ce que je vous diray par cette lettre, priant Dieu qu'il vous ayt, mon cousin, en sa saincte et digne garde. Escript à Saint Germain en Laye, le xij jour de feb^er 1649. Signé Louis, et plus bas Le Tellier, et audessus est escript : A mon cousin le duc de Lesdiguieres, pair de France, gouverneur et mon lieutenant general en ma province de Dauphiné.

CCXXXV

Monsieur. Après avoir oüy les contestations d'entre les consuls de Vienne et le mareschal de logis de la compaignie du sieur Du Pin, pour les interests tant de ladicte compaignie que de celle du sieur de Rieutor[1], j'ay pensé, qu'estant sur le lieu et ayant prins cognoissance particuliere de touttes ces difficultés, vous pourrez plus facilement y donner quelque temparament dans l'observation des reiglements, dont l'explication modérée peut donner quelque satisfaction aux officiers, sans estre tirée à consequance. Je ne doute pas que vous ne mesnagiez celà, selon vostre prudence ordinaire, et que vous ne favorisiez de vostre affection celuy qui fera toujours particulierement profession d'estre, Monsieur, vostre très humble serviteur. A Grenoble, ce 5 mars 1649.

LESDIGUIÈRES.

CCXXXVI

Monsieur,

J'ai cru devoir vous faire part, dans cette despeche, des nouvelles que j'ay receues de la Cour, afin que vous sachiez que les advantages des armes du Roy n'empeschent pas que sa bonté ne paroisse très grande, à l'endroit de ses sujets qui ont tourné les leurs contre luy[2]. Je souhaite, avec impatience

---

[1] Le sieur de Riotor peut appartenir à une branche cadette des de Villemur, barons de Pailhès, en Languedoc, continuée par François, marquis de Villemeur-Riotor, né 1645, mort 14 octobre 1735, lieutenant général, 8 mars 1718.

[2] Après divers petits combats plus favorables aux Royalistes qu'aux Frondeurs, on ouvrit des conférences à Ruel et la paix y fut conclue le 11 mars.

que nous apprenions bientost qu'ils se soient mis dans l'obeissance qu'ils doivent, et de rencontrer les occasions de vous tesmoigner que je suis, Monsieur, votre très humble serviteur. A Grenoble ce 10 mars 1649.

LESDIGUIÈRES.

CCXXXVII

A M. DE DISIMIEU.

Monsieur. J'ai receu la lettre que vous avez pris la peine de m'escrire sur le sujet de l'accommodement que vous avez moyenné entre les consuls de la ville de Vienne et le sieur Du Pin[1] ; lequel ayant oüy, sur ce qui reste à resoudre pour le passé et jusques au jour dudict accommodement, j'ai appris par luy que, si lesd. consuls ont accordé à son hoste quelques rations de cavalier, outre celles qui luy estoient deües, ils ont fait cela à son insçeu, et pour dedommager l'hoste de l'incommodité qu'il souffroit en ce logement, qui interrompoit son commerce et son hostelerie. Ce qui ne doit pas estre compté, ny tenir lieu de fourniture faite aud. sieur Du Pin, qui eut pû loger ailleurs, où cette incommodité n'auroit pas été considerée. C'est pourquoy, comme il vous remet ses interet, je crois que lesd. consuls doivent aussy vous remettre les leurs, pour prendre quelque temperament en cette difficulté, où je vous prie de rapporter vostre soin et d'ordonner ce que vous treuverez estre raisonnable, comme aussy de me croire tousjours, Monsieur, vostre très humble serviteur. A Grenoble, ce 18 mars 1649.

LESDIGUIÈRES.

CCXXXVIII

M. DE DISIMIEU.

Monsieur. Ayant par le dernier ordinaire receu une lettre du roy contenant l'heureux succez de la conferance faite à Ruel[2] et l'accommodement qui a esté resolu et signé, avec la satisfaction entiere de sa majesté, je n'ay

---

1. Etienne de Bousquet, baron de Montlaur, seigneur de Château-du-Pin, etc., dit le s⟨r⟩ du Pin, capitaine d'une compagnie de chevau-légers, maître de camp d'un régiment d'infanterie par commission du 24 juin 1649, marquis de Montlaur, en Languedoc, 1679, épousa, 12 février 1662, Marie du Faur, dame de Manteyer, en Gapençais, d'où postérité. Lettre ccxxxv.

2. Lettre ccxxxvi.

pas voulu differer à vous en envoyer quelques coppies, m'asseurant que le
zele que vous avez tousjours eu pour le service du roy, vous fera recevoir
cette nouvelle avec beaucoup de joye, pour en faire part à vos amis et à ses
bons serviteurs en vos quartiers. J'espere de vous en faire sçavoir les particularités au premier jour, et que vous me ferez la faveur de conserver en
vos bonnes graces celuy qui ne cedera jamais à personne la qualité, Monsieur, de vostre très humble serviteur. A Grenoble, ce 24 mars 1649.

                                                    LESDIGUIÈRES.

CCXXXIX

M. DE DESIMIEU

Monsieur. La lettre que les consuls de Vienne m'ont escritte, sur la difficulté qu'ils craignent que monsieur l'abbé d'Esnay[1] fasse à recevoir le regiment de Languedoc en Lyonnois, m'ayant esté rendue avec la vostre qui
est sans datte, par laquelle vous me marquez qu'il ne desire pas de recevoir
les trouppes qui viendront, sans ordre du roy à son attache, pourroit luy
servir d'explication, si je ne scavois que vous ne recevez pas les ordres de
monsieur l'abbé d'Esnay et, qu'en ce particulier, vous jugez bien que je n'ay
pas donné les miens au regiment de Languedoc, sans avoir receu ceux du
roy. J'en escris encore presentement, à mondict sieur l'abbé, par ce garde
que j'envoye exprès, et pour luy faire voir la lettre que j'ay receue de sa
majesté, affin qu'il en soit esclairé, au cas que l'officier qui commande ledict
regiment ne luy eut pas envoyé par advance et ne luy eut faict voir lesdicts
ordres du roy. Mais après avoir faict de mon costé tout ce qui est possible,
je vous prie en tout cas de mettre les choses en estat et de faire en sorte
que ledict regiment sorte de la province par le pont de Vienne, sans toutesfois user d'aucune violence, desirant bien de faire cognoistre le respect que
j'ay pour monsieur le duc d'Orleans, soubz le nom duquel ce corp a l'honneur de marcher ; mais scachez que son intention est qu'il obeisse aux ordres. Je suis et seray tousjours parfaitement, Monsieur, Vostre très humble
serviteur. A Grenoble, ce d^er mars 1649.

                                                    LESDIGUIÈRES.

---

[1] Camille de Neufville de Villeroy, né à Rome 22 août 1606, abbé d'Ainay, 1611, de l'Isle-
Barbe; 1618, lieutenant général au gouvernement de Lyonnais en l'absence de son frère Nicolas,
duc de Villeroy ; archevêque de Lyon, 1653, mort 13 juin 1693.

CCXL

M. DE DISIMIEU.

Monsieur. Aprez vous avoir escrit sur l'acheminement des affaires de Paris à un bon accommodement[1], je vous en fais maintenant sçavoir la conclusion, tant par la coppie de la declaration du roy que par celle de la lettre qu'il luy a plu de m'escrire sur ce sujet, par laquelle vous verrez que sa majesté, qui a donné en touttes façons des singulieres marques de sa bonté à ses sujetz, leur en fait encores esperer davantage, en recherchant les moyens de contraindre les ennemys de son estat à une paix generale, pour laquelle joignant mes voeux à tous ceux de ses serviteurs, je vous prieray avec cela de croire que je seray tousjours dans une passion particuliere, Monsieur, Vostre très humble serviteur. A Grenoble, ce 14 avril 1649.

LESDIGUIÈRES.

CCXLI

A M. DE DISIMIEU, A VIENNE.

Monsieur. Vous recevrez, avec cette lettre, un ordre que j'ay fait pour la reveüe des trouppes qui sont aux villes de cette province, auquel j'ay voulu joindre la priere, que je vous fais, de prendre soin de celle qui doit estre faite à Vienne, de l'extraict de laquelle vous prendrez aussy, s'il vous plait, la peine de m'envoyer une coppie. C'est ce que je me promets, en cette rencontre, de vostre affection au service du roy, comme en toutte autre vous pouvez estre asseuré que je vous tesmoigneray d'estre veritablement, Monsieur, Vostre très humble serviteur. A Grenoble le 15 feb[er] 1650.

LESDIGUIÈRES.

CCXLII

M. DE DISIMIEU

Monsieur. J'ay beaucoup de regret de l'indisposition qui vous a retenu

---

[1] Paix de Ruel, 11 mars 1649.

28

si long temp dans le lict[1], me resjouissant neantmoins de ce qu'elle vous a esté et que, ne vous en restant que la foiblesse, il y a lieu d'esperer que vous en soyez bien tost remys. C'est ce que je souhaicte de tout mon coeur et que vous me favorisiez tousjours de vostre affection, laquelle je tascheray de meriter, en vous faisant cognoistre en toutte sorte de rencontres que je suis passionement, Monsieur, Vostre très humble serviteur. A Grenoble, ce 8 jour de may 1650.

LESDIGUIÈRES.

CCXLIII

M. LE COMTE DE DIZIMIEU.

Monsieur. Quoy que je n'aye aucun advis qu'il y aye rien à craindre en cette province contre le service du roy, neanmoins comme il n'y a rien à negliger en un temps où l'estat n'est pas entierement calme[2], et que le despart des trouppes qui estoient en cette province pourroit faire naistre quelque mauvaise pensée, s'il se trouvoit des esprits qui en fussent susceptibles, je vous prie d'y prendre garde sans le faire paroistre et de me donner advis particulierement si vous apprenez quelque chose, ce que je ne doute pas que vous ne fassiez avec soin, selon vostre zele au service de sa majesté, et selon l'affection que vous avez tousjours tesmoignée à celuy qui ne sera jamais autre, Monsieur, que

A Grenoble, 12 aoust 1650.

[de la main] Monsieur. Despuis ma lettre escrite j'ay receu la vostre des mains du Sr Ronin[3], et après ce que vous l'aviez chargé de me dire, notamment à l'esgard des poudres quy ce font proche de Vienne. Sur quoy il importe que vous ayiés l'oeil. Pour cest effect, je croirai vostre presance necessaire dans Vienne et que vous sceussiés du maistre poudrier ce qu'il faict desdites poudres, luy ordonnant de nous advertir par advance des

---

[1] Jérôme de Disimieu, déjà malade, devait mourir le 17 mars 1653.

[2] Les princes de Condé et de Conti, le duc de Longueville avaient été arrêtés et mis à Vincennes, 18 janvier 1650 ; la cour, après avoir pacifié la Normandie et la Bourgogne, se dirige sur la Guyenne, menace Bordeaux et conclut la paix avec les rebelles, à Bourg, au mois de juillet. Le 5 août, Turenne marche sur Vincennes pour délivrer les princes transférés à Marcoussis.

[3] Ronin, famille de Vienne. César Ronin, avocat du roi au bailliage de Vienne, 1628, aux gages de 300 livres, au capital de 4.500 livres, mort 1635. — Jérôme Ronin, lieutenant particulier civil et criminel au bailliage de Vienne, mari de Suzanne Triballau, 1689.

ventes qu'il en faïra, affin que l'on sceut sy ce sont personnes quy n'ont pas accoutumé de faire de pareils achepts, et quoy que l'on croye qu'il n'y a pas à craindre aucun mouvement dans cette province, ce sera bien fait... les choses, à un point que sur le premier soupzon raisonnable que vous auries d'un mouvement, vous peussiès vous asseurez desdittes poudres, faisant voir au maistre que c'est son advantage Je crois qu'il est bon addroittem... ce qu...... et de n'en faire pas parler dans Vienne sans un plus aparant sujet dont je vous donneray advis dès que je sauray bien, peut-on estre exact à scavoir quy va et vient, soubs le pretexte du mal de province et celuy de la vostre Je suis Vostre très humble serviteur.

LESDIGUIÈRES.

CCXLIV

A M. DE DISIMIEU.

Monsieur. Encore que l'estime que j'ay tousjours faicte de vostre merite et le desir que j'ay de vous servir m'ayent faict voir avec regret la resolution que vous avez prinse de nous quitter pour quelque temps[1], neantmoins, puisque la necessité de voz affaires vous y oblige, je n'ay que vous prier de me conserver tousjours l'honneur de vostre affection et de croire, Monsieur, que j'attendray le bien de vous revoir avec autant d'impatience que je suis avec passion, Monsieur, Vostre très humble serviteur. A Grenoble, ce 3 decemb 1650.

LESDIGUIÈRES.

Monsieur. Je tiendray à faveur si, pendant vostre absance, vous me faictes naistre les occasions de vous servir.

CCXLV

A MONSIEUR, MONSIEUR LE COMTE DE DISIMIEU, GOUVERNEUR POUR LE ROY EN LA VILLE DE VIENNE, OU A CELUY QUY COMANDE EN SON ABSENCE.

Monsieur. Ayant pleu au roy de me faire scavoir ce qui se passe dans les affaires du temps, par la lettre dont sa majesté m'a honnoré du 29 d'aoust,

---

[1] Par lettre du roi du 14 juillet 1650, le comte de Disimieu avait été autorisé à se rendre à la cour. Lettre CCXLVIII.

comme elle faict paroistre sa clemence, envoyant à mess^{rs} du parlement d'enregistrer sa declaration d'oubly de ce qui est arrivé dans ces derniers troubles, Je vous envoye coppie de ladicte lettre, selon l'ordre que j'en ay receu, afin que vous preniez aussy la peine d'en donner part en vostre voisinage, esperant de vous faire scavoir dans peu de jours la resolution d'un bon accommodement, à quoy les choses semblent estre disposées, puisque le roy ne peut rien accorder d'aventage que ce qu'il accorde [1], et m'asseurant que vous continuerez vostre affection au service de sadicte majesté et celle dont vous tesmoignez de me favoriser, Je seray aussy tousjours, Monsieur, Vostre très humble serviteur. A Grenoble, ce xi 7bre 1652.

LESDIGUIÈRES.

CCXLVI

A MONS^r LE COMTE DE DIZIMIEUX, GOUVERNEUR DE MA VILLE DE VIENNE.

Monsr le Comte de Dizimieux, ayant sceu que quelques personnes de ma ville de Vienne, meues de pieté, ont intention d'establir un couvent d'Augustins Deschaussés en icelle [2], et desirant contribuer ce qui sera en mon pouvoir pour un si bon dessein, J'ay bien voulu vous tesmoigner par cette lettre, et vous dire par l'advis de la Royne regente, Madame ma Mere, que j'auray à plaisir que vous favorisiez l'establissement desdicts Religieux en madicte ville, en ce qui deppendra de vous. Et la presente n'estant pour autre fin, je prie Dieu qu'il vous ayt, Monsr le Comte de Dizimieux, en sa saincte garde. Escrit à Paris le premier febvrier 1645.

LOUIS.
LE TELLIER.

---

[1] La guerre de la Fronde continue contre les princes et les Parisiens ameutés ; Turenne, revenu au roi, bat Condé à Etampes et au faubourg Saint-Antoine, 2 juillet 1652 ; le 9 août, le parlement transféré à Pontoise détermine le roi à éloigner Mazarin ; le 21 octobre, le roi rentre à Paris et accorde une amnistie générale.

[2] Les Augustins déchaussés avaient été favorisés de la protection du roi Louis XIII qui se déclara fondateur de leur couvent établi, à Paris, après la prise de la Rochelle, sous le nom de N.-D. de la Victoire. En 1644, dix religieux de cet ordre avaient sollicité l'autorisation de construire un couvent à Vienne ; elle leur fut refusée par les consuls. Soutenus par la faveur

CCXLVII

A MONS¹ LE COMTE DE DIZIMIEUX, GOUVERNEUR DE LA VILLE DE VIENNE POUR LE ROY, MONSIEUR MON FILZ.

Monsʳ le conte de Dizimieux, Vous verrez par la lettre que le Roy Monsieur mon filz vous escrit, que vous ferez chose qui luy sera bien agreable de favoriser, en ce qui dependra de vous, l'establissement des Augustins deschaussez dans la ville de Vienne. Mais comme l'affection que je porte à cet ordre me faict desirer de le veoir estably en divers lieux de ce royaume, j'ay bien voulu vous tesmoigner par celle cy le contentement que je recevray des bons offices que vous rendrez à ces bons religieux, et de la favorable reception qui leur sera faicte en ladicte ville. Vous asseurant que je seray bien aise d'avoir, par cette consideration, plus de subject de vous donner des marques de ma bonne volonté envers vous que je prie Dieu avoir, Monsʳ le conte de Dizimieux, en sa saincte garde. Escrit à Paris le septiesme jour de febvrier 1645.

ANNE.

REGNIER.

CCXLVIII

A MONS¹ LE COMTE DE DIZIMIEU, GOUVERNEUR DE MA VILLE DE VIENNE.

Monsʳ le Comte de Dizimieu, Ayant sceu le besoin que vous avez, pour vos affaires particulieres, de venir par deçà, je vous faictz cette lettre, par l'advis de la Reyne regente, Madame ma mère, pour vous en donner la permission et vous dire que je trouve bon que vous fassiez ce voyage, lorsque vous le desirerez, donnant ordre, avant vostre depart, aux choses qui despendent de vostre charge, ensorte que vostre absence ne puisse prejudicier à mon service, et la presente n'etant pour autre fin, Je prie Dieu, qu'il vous ayt, Monsʳ le Comte de Dizimieu, en sa saincte garde. Escrit à Compiègne le xiiiᵉ juillet 1650.

LOUIS.

LE TELLIER.

royale, l'archevêque Jérôme de Villars et un legs important de Marguerite de la Baume de Suze, veuve de Charles de Bourbon-Busset, baron de Vésigneux, ils s'installèrent, le 30 décembre 1645, dans une maison située sur une partie de la place de l'hôtel de ville actuel.

CCXLIX

MONS^r DE THOY, COLONEL D'UN REGIMENT D'INFANTERIE ESTRANGERE
ET EN SON ABSENCE A CELUY QUI LE COMMANDE.

Monsr de Thoy[1], ayant donné au capitaine Disimieu[2], entretenu dans le
regiment d'infanterie estrangere que vous commandez, la compagnie qui y
est vacante par la mort du capitaine d'Arvillars[3], je vous ecris cette lettre
pour vous dire que vous ayez à le faire recevoir et faire reconnoistre, en
qualité de capitaine de ladicte compagnie, de tous ceux et ainsy qu'il appartiendra, avec le rang qu'il y a tenu jusqu'à present, dans ledict regiment,
en vertu de la commission de capitaine, et la presente n'estant pour autre
fin, je prie Dieu qu'il vous ayt, Monsr de Thoy en sa saincte garde. Escrit à
Versailles, le premier septembre 1700.

LOUIS.

LE TELLIER.

CCL

A MONSIEUR, MONSIEUR LE COMTE DISIMIEU, GOUVERNEUR
POUR LE ROY DE LA VILLE DE VIENNE, A VIENNE.

Monsieur. J'ay receu la lettre qu'il vous a pleu m'escrire, et veu par
icelle les asseurances de vostre affection pour mes interestz, dont je vous
remercie. Vous ne scauriez m'en rendre de meilleurs tesmoignages, dans
l'occasion des affaires presentes, qu'en maintenant un chacun de vostre gou-

---

[1] Antoine-Balthazard de Longecombe, marquis de Thoy, s^r de Peyzieu, né en 1649, mort
12 mars 1726; fils de François de Longecombe, mort de ses blessures à la guerre de Guyenne,
1649, et de Marguerite de la Font de Savines, mariés 11 avril 1648; il était cousin des
Disimieu (Lettre cxi); commandant le régiment d'Angoumois, 1685, puis le régiment de Thoy,
de son nom, formé de soldats étrangers tirés des régiments de Piémont réformés, 26 septembre 1690; maréchal de camp, 1696; lieutenant général, 1704, il se démit de son régiment;
gouverneur de Belle-Isle, 1722. Sans postérité, il laissa pour héritier son neveu Joseph, fils
de Joseph-Henri de Longecombe et de Louise-Françoise de Ponceton.

[2] Antoine de Disimieu, baron de Saint-Béron, seigneur de Sure et de Cordieu, capitaine
au régiment de Thoy, suivant un testament du 2 janvier 1700, mari de Marie-Louise de Constant, 17 mars 1707; par un autre testament, 4 juillet 1712, il laisse pour hériter son fils
Louis-Angélique. — Son frère Claude de Disimieu, capitaine de grenadiers au régiment de
Thoy, avait été tué au siège de Charleroi, octobre 1693. Lettre cccxxix.

[3] Millet d'Arvillars, famille savoisienne. Pierre d'Arvillars, s^r de Montréant, fils de Silvestre,

vernement avec tous voz amys dans la resolution de servir le roy et la reyne, comme je fais en mon particulier qui suis, monsieur, Vostre très affectionné à vous servir. De St Germain en Laye le xie febvrier 1649.

LOUIS DE BOURBON[1].

CCLI

Au plus fort de la lutte contre la Fronde, la cour avait convoqué, 22 janvier 1649, les états généraux à Orléans pour le 15 mars ; cette concession imprévue manqua son effet. La noblesse, assemblée à Paris, dans le couvent des Cordeliers, février 1651, s'était jointe au clergé, 15 mars, au profit des princes, contre Mazarin et le parlement dont ces deux corps voulaient supprimer les usurpations. La reine régente manda, le 16 mars, que le roi, sur leur réclamation, accordait la convocation des états généraux, pour le 1er octobre, à Tours, reportée, le 4 avril, au 8 septembre. La majorité de Louis XIV échéant le 5 septembre, on jugea que la reine se réservait de faire annuler cette convocation par le roi majeur ; la cour, en effet, cessa d'agiter ce fantôme, lorsque ce besoin ne s'en fit plus sentir. Les pièces adressées au comte de Disimieu, à cette occasion, feront mieux connaître la mise en action de cet appel aux trois états qui ne se renouvela pas avant 1789.

A NOSTRE AMÉ ET FEAL LE BAILLY DE VIENNOIS, ET EN SON ABSENCE A SON LIEUTENANT.

De par le Roy,

Nostre amé et feal, nous vous avons adressé despèche, du xxiie janvier, pour la nomination des deputez de vostre bailliage qui auroyent à se trouver à l'assemblée des Estatz generaux que nous avons convoqués en nostre ville d'Orleans, au xve du mois de Mars prochain. Et parce que nous avons advis qu'il seroit impossible que, dans les bailliages esloignez, il y eust assez de temps pour choisir et instruire les deputez, entre icy et ledict jour, nous avons resolu, par l'advis de la Reyne regente, nostre très honorée dame et

---

marquis d'Arvillars et d'Anne-Marie-Françoise de la Fléchère, né 10 avril 1665, capitaine au régiment de Thoy, mort de ses blessures à Douai, 17 août 1700 ; il avait testé, 11 août 1691, en faveur de ses frères, Jean-Louis-Gabriel, marquis d'Arvillars, François-Amédée, évêque d'Aoste, Pierre-François, archevêque de Tarantaise.

[1] Louis de Bourbon, prince de Condé, à la tête de l'armée royale, avait mis le blocus devant Paris et battu, à Charenton, les troupes de la Fronde, 8 février 1649. — Voir Lettres de Lesdiguières, CCXXXII, CCXXXIV, CCXXXVI, CCXXXVIII.

mère, de remettre la tenue des Estatz, au quinze du mois d'avril prochain, en ladicte ville d'Orleans. Ce que nous avons bien voullu vous faire scavoir, par cette lettre, et vous dire que vous preniez soin et teniez la main à ce que les deputez de vostre bailliage ne manquent pas de se rendre audict jour, xve du mois d'avril prochain, en nostre dicte ville, bien informez de toutes les choses qu'ilz auront à nous representer dans lesdicts Estatz generaux. Et la presente n'estant pour autre subjet, nous ne vous la ferons plus longue, ny plus expresse, n'y faictes donc faulte, car tel est nostre plaisir. Donné à St Germain en Laye, le xxie febvrier 1649.

LOUIS.
LE TELLIER.

CCLII

Lettre du Roy, escrite à Monsieur le Comte de Disimieu, gouverneur & bailly du Viennois, pour la convoquation des États generaux.

De par le Roy Dauphin.

Nostre amé & feal, ayant jugé qu'il n'y avoit point de moyen plus prompt, ny plus asseuré pour arrester le cours des desordres des longues guerres estrangeres, & quelques mouvemens intestins ont causé dans le Royaume, que de convoquer les Etats generaux ; pour, sur leurs plaintes & supplications, & par leurs bons aduis, y apporter les remedes convenables : Nous vous avons ordonné, dès l'année 1649, d'assembler les gens des trois Ordres de votre Ressort, pour en vostre présence estre procedé à l'élection des Députez, & indiquer l'Assemblee desdits Estats, au quinzième Mars de ladite annee en nostre Ville d'Orleans : Depuis par nos Lettres du 31 Feurier aud. an 1649. nous l'aurions remis au 15. d'Auril de la mesme annee en nostredicte Ville d'orléans, mais les troubles arrivez en aucunes de nos Provinces nous ont obligé de retarder pour un temps ladite Convoquation ; sans toutefois nous départir de la resolution que nous avions formée de la faire le plus promptement qu'il nous seroit possible : Et maintenant que par l'assistance Divine nous avons restably la tranquilité dans toutes nos Provinces, desirant l'affermir de plus en plus, Nous vous avions mandé, par nos Lettres du 17. du mois de Mars dernier, que nous aurions arresté de faire l'ouverture desdits Estats, en nostre Ville de Tours, au premier jour d'Octobre prochain, afin que vous en advertissiez les Deputez nommez pour y assister, sans proceder à nouvelles Nominations; sinon en cas qu'il fust besoin de remplir la place de ceux desdits Deputez qui seraient decedez. Et d'autant qu'il nous a esté representé que, pour diverses considerations, il serait utile d'avancer le terme desd. Estats, & qu'en outre, en quelques Baillages, ceux des trois Ordres ont tesmoigné desirer que nous leur permissions de tenir de nouvelles Assemblées particulieres, pour continuer ceux qui avoient esté Deputez en vertu de nos premiers Ordres, ou pour en élire d'autres, selon qu'ils le jugeront à propos. Nous avons resolu d'indiquer l'Assemblée desd. Estats, au huictiéme septembre prochain, en nostredite Ville de Tours, où nous nous acheminerons incessamment, après avoir fait la publication de nostre Majorité en nostre Cour de Parlement. Et nous avons voulu donner satisfaction, en cette occasion, à tous nos sujets : C'est pourquoy nous vous faisons cette Lettre, par laquelle nous vous mandons & ordonnons, de l'advis de la Reyne Regente, nostre très honnorée Dame & Mère, qu'incontinent que vous l'aurez receuë, vous ayez à mander pardevant vous, dans le plus bref temps que vous pourrez, les Ecclesiastiques, les Nobles, & ceux du tiers Estat de votre Ressort, pour leur faire entendre nostre resolution, pour le temps, & le lieu de la tenue des Estats generaux de ce Royaume : Et que nous trouvons bon qu'ils continuent les Deputez qui ont cy-devant esté nommez pour assister ausdits Estats, ou bien qu'ils en establissent d'autres au nombre accoustumé : Voulant que les Procurations des absens, qui ont droit d'intervenir à cette Assemblée particuliere, soient receuës si elles arrivent à temps, pour y compter leurs voix en la forme & manière qui se doit : Et que vous advertissiez ceux qui auront esté Députez, de se rendre en nostredite Ville de Tours audit jour, huictième septembre prochain, chargez de memoires & instructions sur ce que ils auront à nous proposer & representer, concernant le Bien général de nostre Royaume; ne doutant pas qu'ils ne soient tous bien disposez à y contribuer avec nous; ne desirant rien tant que le repos & le soulagement de nos sujets; lequels nous esperons de leur procurer, dans peu de temps, par la Paix generale; veu le bon estat des forces de nos armées, & la bonne disposition de nos Peuples à concourir, avec nous, pour ce qui est necessaire à leur seurté & conservation. Et nous asseurant que vous satisferez promptement & ponc-

29

tuelement à nostre intention, nous ne vous faisons la presente plus longue, ny plus expresse; Si n'y faites faute. Car tel est nostre plaisir. Donné à Paris le 4 avril 1651. Signé Louis.

Nous adjoustons ce mot pour vous dire que, sur ce que nostre très cher & bien aymé Cousin, le Duc Delesdiguieres, nous a fait entendre les difficultez qui se rencontrent, en nostre province de Dauphiné, pour la nomination des Deputez qui auront à se trouver ausdits Estats generaux, à cause qu'en pareilles occasions les Depuitez ont esté nommez par les Estats de nostre Pays de Dauphiné : Nous mandons à nostredit Cousin, comme nostre intention est que lesdits Deputez de chaque Baillage & Seneschaussée de ladite Province soient choisis, dans l'Assemblée particulière qui sera tenuë à cet effet par devant vous, comme il se fait en nos autres Provinces ; pour en suitte estre les Deputez de chaque Baillage & seneschaussée, Assemblée pardevant nostredit Cousin, & convenir devant luy de la nomination de trois ou quatre Deputez de chaque Baillage et seneschaussée de nostredit Pays de Dauphiné : Surquoy nous remettant à ce qui vous sera plus particulierement prescrit par nostredit Cousin. Nous vous ordonnons très-expressement de vous y conformer.

Signé : LOVIS.

Et plus bas : LE TELLIER[1].

CCLIII

A NOSTRE AMÉ ET FEAL LE BAILLY DE VIENNOIS, ET EN SON ABSENCE A SON LIEUTENANT.

De par le Roy Dauphin.

Nostre amé et feal. Nous avons cy devant, pour plusieurs grandes considerations importantes au bien de nostre estat et de nostre service, resolu la convocation des estats generaux de nostre Royaume, ainsy que nous vous l'avons faict scavoir, par nos lettres closes du xxiie janvier 1649, par lesquelles nous vous avons mandé d'assembler, par devant vous, le Clergé, la Noblesse et le tiers estat de vostre ressort, pour en vostre presence, proceder à la nomination des depputez de chaque ordre, au nombre et

---

[1] Les Lettres cclii (conservée en forme originale), ccliv et cclvi ont été imprimées en 6 pages in-4° s. l. (Grenoble).

selon la forme accoustumées, qui auroyent à se rendre en nostre ville d'Orleans, au xv⁰ mars ensuivant, avec les pouvoirs et instructions necessaires sur ce qu'ilz auroyent à proposer concernant le bien general de nostre Royaume. Depuis, par nos lettres du xxi⁰ febvrier, audict an, nous vous avions ordonné d'advertir les depputez, qui avoyent esté choisis, de differer à se rendre, en ladicte ville, jusques au xv⁰ avril, et en suitte, nous aurions differé la tenue desdictz estatz jusques à nouvel ordre, jugeantz que, pendant les mouvementz arrivez dans aucunes de nos provinces, nous n'en pourrions tirer les advantages que nous nous estions promis d'une assemblée libre et tranquille desdicts estatz. Mais à present que, par l'infinie bonté de Dieu, ilz sont entierement cessez, nous desirons singulierement de voir reuscir le bien que l'on se doibt promettre de ladicte assemblée, et avons resolu d'en faire l'ouverture, au premier du mois d'octobre prochain, en nostre ville de Tours et, pour cet effect, nous vous mandons et enjoingnons, par l'advis de la Reyne regente, nostre très honorée dame et mère, de faire scavoir incontinent, à ceux des depputez desdicts trois ordres qui ont esté desjà nommez, qu'ilz ayent à se trouver à l'assemblée des estatz en nostre ville de Tours, au lieu de celle d'Orleans, et s'y rendre avant le premier octobre prochain, auquel jour nous ferons nous mesmes l'ouverture de ladicte assemblée, pour y entendre tout ce qui y sera proposé à l'advantage de nostre Royaume, et pourvoir au soulagement de nos subjectz, par les voyes les plus convenables. Et en cas de decedz d'aucuns des depputez cy devant nommez, en sorte que, sans nouvelle depputation, ceux de vostre bailliage desdicts ordres ne pussent se trouver en ladicte assemblée, vous aurez à en indicquer une particuliere de l'ordre dont estoit le depputé qui sera decedé, et y faire proceder promptement à la nomination d'un autre digne de remplir la place, par les bonnes qualitez de sa personne, et surtout zelé au bien de nostre service. Et sy vous n'aviez encores faict proceder, en vertu de noz premières lettres, à la nomination des depputez qui doibvent assister auxdicts estatz, vous aurez, incontinent après la presente receue, à faire assembler nos subjectz des trois ordres de vostre ressort pour, en vostre presence, proceder, ainsy qu'il se doibt, à ladicte nomination et à l'execution de ce qui est en celà de nostre volonté. A quoy nous asseurant que vous satisferez, selon vostre bonne conduicte et affection accoustumées, nous ne vous ferons la presente plus longue ny plus expresse, n'y faictes donc faute, car tel est nostre plaisir. Donné à Paris, ce xviiᵉ mars 1651.

LOUIS.

LE TELLIER.

CCLIV

Lettre du Roy à Monsieur le Duc Delesdiguières, Pair de France, Gouverneur & Lieutenant general pour le Roy en Dauphiné.

Mon Covsin, ayant veu le memoire que vous avez dressé au sieur Le Tellier, Secretaire d'Estat, concernant la Deputation qui doit estre faite par ma Province de Dauphiné, pour les Estats generaux de mon Royaume; J'ay bien voulu, par l'advis de Reyne Regente, Madame ma Mère, vous faire cette Lettre pour vous dire que je trouve bon & desire que les Assemblées particulières de chaque Baillage de ladite Province soient faites pardevant les trois Baillifs ou Seneschaux des Montagnes, du Viennois, & du Valentinois, ou leurs Lieutenans, en leur absence; ne pouvant y avoir aucune difficulté qui soit bien fondée, de la part desdits Baillifs ou leurs Lieutenans, comme Presidans en ladite Assemblée, veu que cette mesme forme se prattique par tout le Royaume, & que la Convoquation desdites Assemblées appartient ausd. Baillifs, & en leur absence, à leurs Lieutenans par le Tiltre, l'authorité & les fonctions de leurs Offices, si bien que ceux qui ne sont point Baillifs, ou Seneschaux, ou leurs Lieutenans ne peuvent pretendre legitimement de presider à ces Assemblées.

Qu'en celle qui sera ainsi faite, dans chacun des trois Baillages, il soit choisi & nommé 6 ou 4 Deputez de chaque Ordre.

Qu'en suite de ce, les Deputez se rendent au plutost par devant vous, au lieu que vous leur prescrirez, pour faire le choix & la nomination de 3. ou 4. d'entr'eux, de chaque Ordre, pour assister ausdits Estats generaux.

Que dans l'Assemblée que les Deputez desd. trois Baillages tiendront devant vous, ils resoluent & dressent leurs memoires & instructions concernans le general de la Prouince, dont les Deputez qui viendront ausdits Estats generaux seront chargez, pour en representer le contenu ausdits Estats generaux.

Quant aux frais des assemblées particulieres dans chaque Baillage, & de celle qui sera faite pardevant vous : comm' aussi du voyage & sejour des Deputez qui viendront audits Estat generaux, mon intention est que ce qui

se prattique, pour meme sujet, dans les Baillages & Provinces de mon
Royaume, soit executé ; desirant que vous en preniez une particulière connoissance, que vous en donniez vos ordres necessaires pour cet effet : pour
la validation desquels je feray faire toutes les Expeditions que vous deman-
derez : Et me reposant, sur vostre prudence, & bonne conduite accoustumée
de tout ce que je vous pourrois prescrire plus particulierement sur ce sujet,
Je ne vous feray la presente plus longue, que pour prier Dieu qu'il vous ait,
mon Cousin, en sa saincte & digne garde. Escrit à Paris le 26 jour de May
1651. Signé Louis. Et plus bas Le Tellier. Et au dessus est ecrit, A mon
Cousin le Duc De Lesdiguieres, Pair de France, Gouverneur & mon Lieutenant general en ma Province de Dauphiné.

CCLV

Monsieur, après qu'il a pleu au Roy me rendre la fonction de ma charge,
j'ay consideré l'estat des affaires dans le royaume que les mouvement, qui
convienent, depuis longtemps, ont beaucoup alteré et causé des bien grands
desordres, que sy n'y est pourveu, sans doubte, les suittes en seront très
dangereuses, et l'on a subjet de craindre que nos meaux ne s'augmentent,
en negligeant d'y donner les remedes, autant que la constitution de l'estat
les peut permettre, et l'on a pensé qu'il n'y avoit point de moyen de restablir
toutes choses que ceux que l'on a pratiqués depuis long temps, dans ce
royaume, d'assembler les trois ordres, pour cognoistre plus particulierement le mal qu'il y a dans chaque province, et entendre les propositions des
moyens qu'ils jugeront les plus justes et convenables pour y remedier. J'ai
trouvé, en rentrant dans les fonctions de ma charge, que l'on avoit pris
cette resolution et que l'on avoit escrit, dans les provinces, pour les deputations. Mais comme cest ordre peult estre grandement utille à l'estat et
qu'il en peult recepvoir de grands advantages, si l'on en use bien, et que
dans les provinces l'on fasse le choix des personnes pour estre depputtées
qui ayent la prudence et l'aeffction de servir utillement en une occasion si
importante, Aussy ceste assemblée des Estats peut prodhuire et causer de
grands maux et augmenter ceux que nous avons, si l'on ne veille soigneusement à ce que ceux qui seront depputtez ayent touttes les bonnes qualités
requises pour servir utillement. C'est ce qui m'oblige de vous escrire celle

cy, pour vous advertir, si la deputation n'est pas faicte, de veiller aveq soing à ce que le choix des personnes soit tel, que le Roy en puisse esperer l'affection et la fidelitté que l'on doibt à son service; que si la depputation est faicte, vous prendrez la peyne de m'envoyer au plutot le nom et la qualité des depputés, quelle a esté leur condhuicte, dans tous ces temps fascheux, et sy l'on peut se promettre les services que l'on s'est proposé pour le bien de l'estat. Il faut aussy que vous preniez la peine de vous informer des propositions qui seront faictes pour composer les cahiés de vostre bailliage et m'en donner advis, affin que cognoissant de bonne heure les subjets des plaintes, l'on se prepare pour y apporter les remedes convenables. Je ne doubte point que vous ne travaillez avec soing et prudence à rendre ce service au Roy, que je desire de vous; vous cognoistrez l'estime que l'on en fera, et qu'outre la satisfaction que vous aurez d'avoir servy la chose publiq, vous meritterez la recognoissance que pouvez attendre de la bonté de Sa Majesté qui saura bien estimer la fidellité et l'affection à son service de ses officiers. En mon particullier, je me sentirey obligé du soing que vous prendrez d'executter promptement les ordres que je vous donne, et cognoistrez que je les resepvrey avecq l'estime que vous pouvez attendre de vostre zèle au service de Sa Majesté. Vous asseurant que je suis, Monsieur, vostre plus affectionné à vous faire service. A Paris, ce 22 juin 1651[1].

CCLVI

Monsieur, Quoy que les Depesches du Roy, ausquelles celle-cy sera joincte, vous temoignent assez les intentions de sa Majesté sur le sujet de l'Assemblée qu'elle veut estre convoquée par devant vous, pour nommer des Deputez à celle des Etats generaux, dont elle mesme fera l'ouverture au huictieme jour du mois de Septembre prochain, en sa Ville de Tours, ayant esté obligée de la remettre à ce temps-là, par les affaires qui sont survenus : Je vous diray neanmoins que, comme sa bonté a tousiours parû, par les soins qu'elle a prins pour donner la Paix à la Chrestienté, ses sujets ne scauroient en recevoir particulierement de plus grandes marques que par

_____

[1] Cette instruction, en copie du temps et sans signature, semble émaner d'un secrétaire d'Etat, Léon Bouthillier de Chavigny ?

ceux qu'elle rapporte, par les sages conseils de la Reyne Regente, à faire
cesser les abus & desordres qui se sont glissez depuis quelque temps dans
son Royaume, à y remettre la Justice, Police, & Discipline en leur ancienne
splendeur, & à procurer le repos & soulagement de son peuple : Et comme
elle a jugé que, pour parvenir à ces effets, l'on ne scauroit travailler par
aucune voye plus vtilement que par l'Assemblée des Estats generaux, laquelle estant composée de personnes intelligentes & zelées, ne peut faire
que des propositions très-avantageuses : Je vous prie de prendre soin en
particulier à ce que les intentions de sa Majesté soient suivies, premierement en convoquant par devant vous, en cette ville de Grenoble, au quinzième du mois de Juillet prochain, l'Assemblée du Clergé, de la Noblesse,
& de ceux du tiers Estat, du Ressort de votre Charge, que l'on a accoustumé
d'appeller en pareilles Assemblées, pour proceder separement par chacun
Ordre, si bon leur semble, aux choix & à la nomination de quatre ou cinq
personnes de chacun desdits Ordres, qui seront jugées les plus propres
& zelées au bien & repos public, & au service du Roy : lesquelles, ayans
estés ainsi choisies, apporteront des Coppies de la Conclusion par laquelle
ils auront estés nommez, avec les Memoires dont ils seront chargez, & se
rendront, au vingt huitieme dudit mois de Juillet, au lieu de Sainct-Mar-
cellin, que j'ay choisi à cause de la commodité de sa situation, qui est au
milieu de la Province; pour avec ceux qui auront esté pareillement nommez aux Assemblées des autres Baillages, & Seneschaussées, s'assembler
de nouveau par devant moy, tant pour reduire le nombre de tous lesdits
Deputez, à celuy de trois de chaque Ordre, qui iront & assisteront aux Estats generaux, que pour resoudre & dresser les Memoires & instructions de
ce qu'ils auront à representer ausd. Estats pour le general de cette Prouince,
& pour le particulier desdits Ordres & des Baillages & Seneschaussées s'il
est necessaire, le Procureur, Sindic du Pays, & les autres officiers conservez pour avoir soin des affaires d'iceluy, ayant la faculté d'assister aus-
dites Assemblées, si bon leur semble. Je me promets de recevoir, dans peu
de jours, de vos nouvelles sur le sujet de cette Depesche, par le zele que vous
avez tousjours tesmoigné en ce qui regarde le service du Roy, & le bien
public, & par l'affection particuliere dont vous me favorisez, & dont les
effects m'obligent d'estre, Monsieur, Vostre très humble serviteur. A Grenoble, le dernier juin 1651.   LESDIGUIÈRES.

CCLVII

Monsieur, Ayant pleu au Roy, par sa bonté, d'ordonner pour le bien public la Convocation des Etats generaux, dans la Ville de Tours, au huictième de septembre prochain, & sur ce sujet m'ayant honoré de Sa Lettre du 4. d'Avril de cette année, je vous en envoye la Coppie, de mesme que de celle que Monsieur le Duc de Lesdiguieres, Gouverneur de cette Province, m'a fait la grâce de m'escrire pour le mesme effect, du dernier de Juin passé, vous apprendrez par leur lecture quelles sont les intentions de sa Majesté, & l'ordre qu'il y a de se rendre, le 15. de ce mois de Juillet, à Grenoble, pour commencer à travailler au choix des Deputez qu'il est necessaire de nommer, pour assister à ces Etats généraux. C'est à quoy j'estime que vous ne manquerez pas, & à donner en cette occasion des preuves de vostre obeissance ordinaire aux volontez de sa Majesté, & de vostre zele au bien de l'Estat : Comme ces deux motifs sont très puissans sur vous, je croy qu'il n'y a pas lieu de vouloir vous dire rien de plus pressant pour vous y porter, ny d'adjouster aucune chose à ce qui est porté par ces Lettres, si ce n'est qu'en mon particulier je vous y convie encor, par le deub de ma Charge & en qualité de, Monsieur, Vostre trés-humble Serviteur, à Disimieu 6 juillet 1651.

DISIMIEU[1].

CCLVIII

[Sur une feuille volante, en écriture de l'époque :]

Deputez de Dauphiné pour les Estats generaux de France, le 2 aoust 1651 :

De l'esglise

Les depputez pour la nommination ont estez divisez en deux partis, d'une part ils ont nommé :

Monsr l'Archevesque d'Embrun[2],

---

[1] Lettre de convocation adressée par le comte de Disimieu, en sa qualité de bailli de Grésivaudan, aux membres des trois ordres appelés à élire les députés aux états généraux. La signature, la provenance et la date sont manuscrites, le texte est imprimé.

[2] Georges d'Aubusson, 1649-1668.

M^r l'Abbé de la Coste[1],

De l'autre part, ils ont nommé :

Monsr l'Evecque de St Paul[2],

Mr de Pluvinel, conseiller clerc au parlement[3],

Outre ce, le corps du pays a fait nomination, scavoir :

Monsr l'Evesque de Grenoble[4],

M^r le doyen de Nostre Dame[5],

    De la Noblesse

Pour le Viennoys, M^r le comte de Tonnerre[6],

Pour le Valentinois, Mr de Paris[7],

Pour les Montagnes, M^r d'Argilliers[8],

Pour les gentilhommes sans fief, Mr de Champfleury[9],

    Du Tiers ordre

Pour le Viennois, Ronyn premier consul de Vienne[10],

Pour le Valentinois, Mr Patin, advocat et substitut de M^r le procureur general en parlement[11],

    Pour les Montagnes, Mr Rolland juge de Gap[12],

Pour les Villages, Mr du Freney chatelain de la Beaume en Gresivo-dan[13].

---

[1] Louis de Simiane de la Coste, abbé de la Gran, grand vicaire de Grenoble, né en 1593, vivant en 1656.

[2] Jacques de Castellane, Adhémar de Monteil, de Grignan, évêque de Saint-Paul-Trois-Châteaux, 31 août 1643, évêque d'Uzès, 18 février 1660, grand ami de Mme de Sévigné.

[3] Louis de la Baume-Pluvinel, doyen de la cathédrale de Die, conseiller clerc au parlement, mort en 1676.

[4] Pierre Scarron, sacré 1620, mort 1668.

[5] Gaspard de Briançon de Varces, doyen, 1649-1681.

[6] François, comte de Clermont et de Tonnerre, lieutenant général des armées du Roi, chevalier de ses ordres, mort en 1679, âgé de soixante-seize ans.

[7] Laurent d'Urre, sieur de Paris, par héritage des Brotin, marié, 6 avril 1614, à Isabeau de Libertat, d'où Jean-Baptiste, marquis de Montanègre ; Antoine, sieur de Venterol.

[8] Gaspard de Perrinet, s^r d'Arzeliers, auditeur aux comptes, 1598, président, 1620, mort au château de Laragne, « le plus beau qui soit en province », en 1654.

[9] Charles du Roux, s^r de Champfleury, mari de Magdeleine de Révillasc, 1er novembre 1637, teste 4 mai 1675 ; lieutenant du Roi, au fort Barraux, 1667.

[10] Voir Lettre CCXLIII.

[11] Jean-Antoine Patin, né à Chabeuil (Drôme), mort vers 1675.

[12] Guiffrey, s^r du Freney, famille établie en Grésivaudan.

[13] Etienne Rolland, juge épiscopal de Gap, 1640-1662.

CCLIX

A MONSIEUR, MONSIEUR LE COMTE DE DESIMIEUX.

Monsieur. J'ay receu de si frequentes preuves de vostre affection, pour tout ce qui regarde mes interestz, que j'ay sujet d'ene sperer la continuation en l'occasion qui se presente, & en laquelle le secours et l'assistance de mes amis m'est necessaire, pour me garantir des entreprises qui se font contre ma personne. Je vous prie d'employer pour cela vostre pouvoir & celuy de vos amis, particulierement dans vostre gouvernement. Vous asseurant qu'aux occasions qui me donneront le moyen de m'en revancher, & de vous en temoigner ma reconnoissance, je m'y porteray tousjours avec la mesme passion que je suis, monsieur, Vostre très affectionné à vous servir. De St Maur, le 18e juillet 1651.   LOUIS DE BOURBON[1].

CCLX

A MONSIEUR, MONSIEUR LE COMTE DE DISIMIEUX.

Monsieur. Vous prendrez s'il vous plaist creance à tout ce que M. Arnaud[2] vous escrira de ma part, luy ayant donné charge de vous mander l'estat de toutes choses. Ce pendant croiez qu'il n'y a personne plus veritablement que moy, Monsieur, vostre très affectionné à vous servir. De Paris, le 14e jour d'aoust 1651[3].   LOUIS DE BOURBON.

[1] Le prince de Condé, menacé dans sa vie et sa liberté, par l'entourage d'Anne d'Autriche, se retire en son château de Saint-Maur-des-Fossés, 6 juillet, prépare la guerre civile, la déclare, 15 septembre, et entre en Guyenne. Par cette lettre et par la suivante, le prince cherche à attirer, dans son parti, Jérôme de Disimieu, son cousin.

[2] Isaac Arnaud de Corbeville, ami de Condé, maître de camp général des carabins, 1622, par démission de son oncle Pierre Arnaud; maréchal de camp, 1644, servit sous le prince de Condé en Allemagne, 1645, en Catalogne, 1647, blessé au siège de Leridas en Flandre, 1648, au blocus de Paris, 1649, et mourut de la jaunisse au mois d'octobre 1651.

[3] Le prince de Condé n'en venait pas moins souvent à Paris, juillet-août, secrètement, pour conférer, avec Gaston d'Orléans, et donner cours à ses intrigues, publiquement, accompagné d'une suite nombreuse, pour négocier avec la reine et se montrer au Parlement, où, le 21 août, la séance fut fort orageuse, en sa présence.

CCLXI

Les contestations concernant le point d'honneur étaient réglées, primitivement, par le connétable, puis par le tribunal des maréchaux de France constitué, sous le nom de connétablie, suivant divers édits, 1602-1679. Règlements de Messieurs les Mareschaux de France sur les diverses satisfactions et réparations d'honneur. Conformément à l'édit du Roi du 7 septembre 1651. Paris, 22 août 1653, signé : d'Estré, de Gramon, la Motte, l'Hospital, Plessis-Pralin, Villeroy, de Grauset, d'Albert, de Clarembaut et plus bas, Guillet, 5 f. f. m. s. Les gouverneurs des provinces, par délégation, étaient chargés de prévenir et d'accommoder les querelles particulières dont souvent leurs efforts et la sévérité des édits contre les duels ne pouvaient tempérer les suites fatales. (Lettres LXVI, CXXIV, CLXVIII, CLXX, CCII, CCXV, CCXVI.)

Les motifs du démêlé, entre MM. de Flévins, de Digoine et Chappoton, peuvent être empruntés aux circonstances suivantes. A la fin de 1652, Molière se trouvait en représentations à Lyon où il recruta de Brie, Raguenaud, Mlles du Parc et de Brie, appartenant à une troupe locale. Antoine-Marcellin Damas, baron de Digoine, que l'on peut supposer veuf, à cette époque, et entraîné par son beau-frère, Servin, de mœurs libertines, était le tenant de Madeleine Béjart et suivait l'*Illustre Théâtre*. Par acte du 18 octobre 1652, passé en son logis, le baron prenait à bail, de Mathieu Noyrat de Rouville, une maison, écurie et remise pour le carrosse, situées au quartier de Bellecour, rue Sainte-Hélène, joignant le noviciat des Jésuites, au prix de 400 livres, à l'usage de la troupe. Le 15 octobre 1653, Pierre Meissimi, jardinier, louait à « Siprian Raguenaud, dit de l'Estang, tireur d'or, demeurant à Lyon », une chambre, galerie et jardin, au même lieu, au prix de 30 livres, sous la caution du baron de Digoine. Par quittance du 20 mai 1654, P. Meissimi déclare avoir reçu du « sieur Siprian Raguenaud, bourgeois de Lyon, absent », par les mains de A.-M. Damas, baron de Digoine, la somme de 15 livres tournois. Siprian Raguenaud mourut à Lyon, au mois d'août 1654 ; sa fille, femme de chambre de Mlle de Brie, épousa le comédien Lagrange, leur compagnon. François Chappoton, poète et auteur dramatique, avait naturellement ses entrées au théâtre de Molière, dont il avait fait la connaissance à Paris et à Vienne, par l'entremise de Pierre de Boissat, l'académicien, et s'y rencontrait avec les Digoine, père et fils, Noyrat de Rouville et autres amateurs. Fort peu circonspect, il se prit de querelle avec Abel de Buffevent, sieur de Flévins, mousquetaire du roi, et sur le refus de ce dernier de croiser le fer avec un aussi mince personnage, dut recourir aux bons offices de son jeune ami, Claude, baron de Digoine, ainsi appelé à tenir son lieu et place sur le terrain. L'affaire semble s'être arrangée, par l'entremise de Lesdiguières, de Disimieu et d'autres gentilshommes, parents et amis des adversaires.

A MONSIEUR, MONSIEUR LE COMTE DE DISIMIEU, GOUVER-
NEUR POUR LE ROY DE LA VILLE DE VIENNE.

Monsieur, L'advis qui m'a esté donné de la brouillerie qui est arrivé
entre les sieurs de Flevins[1] et Chapoton[2], conseiller en la cour des aydes,
duquel le sieur de Digoine[3] a prins les interets, m'ayant fait despecher deux
soldats de mes gardes, affin de prevenir quelque malheur, et pour prier les
partyes de vous remettre leurs interests. Je vous prie aussi de prendre la
peine d'en cognoistre et de les terminer amiablement, vous remettant à cet
effet toutte l'autorité que j'ay du Roy, pour en user comme si j'y estois en
personne, et au lieu que vous jugerez à propos. Je vous en auroys une particuliere obligation. Et comme vous m'avez tousjours fait l'honneur de
m'aymer, je m'en prometz la continuation, pour laquelle je feray en touttes
occasions ce qui me sera possible, selon la passion que j'ay de vous asseurer
que je suis, [de la main] Monsieur, vostre très humble serviteur. A Grenoble 6 dec^hre 1652.   LESDIGUIÈRES.

[En marge] Monsieur en cas que les partyes ou quelquune d'elles rap-
portent des deffensses à l'accommodement, vous pourrés les renvoyer à
moy et cependant continuer les deffances d'attenter aucune chose.

CCLXII

Monsieur, Dès l'instant que j'ay receu vostre paquet, je suis alé veoir le
sieur Chapoton qui c'est rencontré estre en ceste ville, auquel j'ay rendu,
Monsieur, vostre lettre avecq la coppie de celle de Monsieur le duc Desdiguieres. Je luy ay faict entendre vostre volonté, qu'il a receu avecq grand
honneur et faveur, de ce qu'il vous plaict prendre la peyne de terminer leurs
differens, vous remettant, Monsieur, tout entierement ses interests entre les

---

[1] Henri de Buffevent, s^r de Flévins, Ternay, la Castillère…, capitaine des gardes du duc
de Lesdiguières, 1627, mari de Anne de Costaing, veuve en 1666, d'où : 1° Abel, s^r de Flévins…, sous-brigadier aux mousquetaires du Roi, tué à Maestricht, 1676, mari de Laurence
Mitalier, sœur de Benoîte Mitalier, femme de Guy de Claveyson ; les deux filles d'Antoine
Mitalier, maître aux comptes, 1649 ; 2° Pierre, tué en Flandre au même temps ; 3° Anne,
femme de Louis du Bourg de Césarges, tué à la bataille de l'Espine, 1703.

[2] Lettre CCLXIV, n.

[3] Lettre CCLXXV, n. — Noyrat de Rouville, Lettre CCLXXX, n.

mains, et vous donne sa parolle qu'il ne bougera aucunement qu'il ne n'aye
de vos nouvelles. Après cela, je suis allé à Ternay[1], chez Monsr de Flevin,
auquel j'ay pareillement rendu la vostre, et d'abord qu'il la heu leu, il m'a
dit qu'il n'avoit aucun demeslé avecq ledict sieur Chapoton, bien estoit vray
qu'il luy avoit faict faire un apel, par Monsieur le baron de Digoine, lequel
il n'avoit voulu accepter, attendu qu'il n'estoit de sa condicion ny de sa
proffession, et que pour lors, ledict sieur de Digoine luy repartit qu'il aurait
donc affaire avecq luy, et qu'il en faisoit son propre interest, dont ils demeu-
rerent d'accord. Monsieur le duc estant adverty de cellà, leur a envoyé des
gardes, neantmoins Monsieur de Flevins m'a tesmoigné, avecq une grande
civilité, avoir à gré la faveur que vous luy faicte, Monsieur, de vouloir
prendre ceste peyne, vous donne sa parolle et vous remet tous ses interests
entre les mains. A mon retour de Ternay, je suis allé voir ledict sieur baron
de Digoine, en son logis, lequel j'ay prié, Monsieur, de vostre part, de me
vouloir donner sa parolle, ce qu'il m'a accordé de très bonne grace et avecq
beaucoup de civilité, si bien qu'ils sont tous demeuré d'accord de se treuver
en ceste ville, au temps que vous marquez par la vostre. Voilà, Monsieur,
tout ce qui se passe, ne scachant autre chose qui meritte vous escryre, après
vous avoir assuré que je suis et seray esternellement, Monsieur, vostre très
humble, très obeyssant et très fidelle serviteur.   VERDIER[2].

CCLXIII

A MONSIEUR, MONSIEUR LE COMTE DE DISIMIEU, GOUVER-
NEUR DE VIENNE.

Monsieur, je feray tout mon possible pour rendre les respects que je
doibs à Monsieur le duc, et pour cest effect j'iray demain apprendre des
nouvelles de mes amys, n'ayant peu plustost leur donner advis de ce renvoy
puisque vostre lacquais est arrivé une heure de nuict. Je seray ravy qu'il
s'offre quelq aultre ocasion où je vous puisse rendre des preuves de mes
respects et comme je suis, Monsieur, vostre très humble et plus obeissant
serviteur. Ce 3 x[bre] 1653.   FLEVYNS.

[1] Ternay, à 13 kilomètres au nord de Vienne.
[2] Pierre Verdier, sergent-major de la ville de Vienne, anobli 1663.

CCLXIV

A MONSIEUR, MONSIEUR LE CONTE DE DISIMIEU, GOUVERNEUR POUR LE ROY DE LA VILLE DE VIENNE. A DISIMIEU.

Monsieur,

Je m'estime si heureux de l'honneur qu'il vous a pleu de me fere, par une lettre que Monsieur le majour m'a rendu de vostre part, qu'il m'est presque impossible de vous le tesmoigner. J'ay appris qu'il vous playsoit de vouloir prandre la peyne de terminer le different qui est entre Monsieur de Flevins et moy, dont la cause est très legitime, ainsy qu'elle sera recognue par vous, Monsieur, à qui je remets tous mes interest, comme au plus juste et plus equittable arbitre que j'auroys jamais pu choysir et, pour cest effect, je me rendray tousjours au lieu ou il vous plaira de me l'escrire, pour vostre commodité; Monsieur Verdier m'a dict que, de dix ou douze jours, vostre maladie ne vous permettroit pas de nous escoutter, c'est ce qui m'oblige de vous prier, sur la parole que je vous donne de ne rien innover, tant pour le respect des deffenses de Monsieur le duc que des vostres, Monsieur, me permettre un voyage de 3 jours à Lyon, où j'ay une affere importante, et de vouloir cependant congedier le garde qui semble repugner à ma profession, que je fais sur la foy que je vous donne, en qualitté, Monsieur, de vostre très humble et très obeissant serviteur. A Vienne ce XIIIᵉ xᵇʳᵉ 1652.   DE CHAPPOTTON[1].

---

[1] Chappoton, famille du Vivarais ; Pierre de Villars, marchand de Lyon, bourgeois de Condrieu, ancêtre du maréchal de Villars, épousa, 11 février 1515, Suzanne Jobert, veuve de honorable Jehan Chappoton, capitaine châtelain de Condrieu. François Chappoton, conseiller à la cour des Aydes de Vienne, nommé en 1648, après diverses fluctuations, fut suspendu de ses fonctions par arrêt du 24 juillet 1657 et réintégré le 1ᵉʳ octobre suivant. Chorier, dont il était l'ami, dit dans ses *Adversaria :* « Chapoton avait écrit une tragédie de *Coriolan, la Descente d'Orphée aux Enfers* et avait donné au théâtre français plusieurs autres pièces ; il était compté parmi les bons poètes. Il avait obtenu depuis quelques années la charge de conseiller, mais (le président) de Musy lui refusa l'entrée de la cour, et avec raison, car autant il avait de talent, autant son esprit était turbulent et déréglé. Cependant, je fis tant, par mes prières et par la faveur dont je jouissais, que de Musy se laissa fléchir. Enfin, Chapoton obtint ce qu'il désirait. Il manquait d'érudition, aimant mieux le vin que la vraie gloire. [Vers 1653] ». Noble François Chappoton, pourvu d'un office de conseiller du roi à la cour des Aydes de Vienne, testa le 5 août 1642 : legs à sa femme Constance Duboys, à ses enfants posthumes ; héritier noble Hugues Chappoton, son fils.

CCLXV

A MONSIEUR, MONSIEUR LE COMTE DE DISIMIEU, a disimieu.

Monsieur, j'ay receu, avec les ressentiments que je doibs, l'honneur de la vostre, et soubs la resolution de vous remettre tous autres interests, mais n'ayant rien à desmeler avec Chappoton, puisque Monsr de Digoine a faict son affaire de ce dernier, j'ay creu que vous n'aurez pas desagreable la consideration que j'en ay donnée à Monsr Verdier, je vous en supplie très humblement et de croire que ce n'est point par addresse ny par une ponctille, mais par une pure justice, je me la promets entiere de vos cognoissances parfaictes, et seray tousjours soubsmis à ce que vous ordonnerez, puisque je suis d'ame et de cœur, Monsieur, vostre très humble et très obeissant serviteur. A Ternay ce 13 x^{bre} 1652.   FLEVYNS.

CCLXVI

A MONSIEUR, MONSIEUR LE COMTE DE DISIMIEU, gouverneur pour le roy de la ville de vienne. a vienne.

Monsieur, Quoyque je m'asseure, qu'en suyte de la prière que je vous ay faicte d'employer vos soins pour accommoder la brouillerie qui est entre les sieurs de Flevins et Chapoton, duquel le sieur de Digoine a prins les interetz, vous n'aurez pas différé de travailler à cela, si est que, n'en ayant encore receu aucunes nouvelles, et voyant mesme que mes gardes y sont encore, j'ay creu que vous aggreerez que je vous en demande et que je vous reitere la mesme priere, pourveu que cela n'incommode point vostre santé laquelle j'apprends, avec regret, estre alterée, je souhaite qu'elle soit bien tost parfaictement restablye et que vous me croyez toujours que je suis avec passion, Monsieur, [de la main] vostre très humble serviteur. A Grenoble ce 16 dec^{bre} 1652.   LESDIGUIÈRES.

CCLXVII

Monsieur,

J'ay esté extremement surpris d'avoir sceu, par l'ocasion du garde de Monsr de Digoine qui est venu seullement pour retirer son compagnon, que sans ma parolle autre que celle d'une deference à ce que vouz ordonneriez, Monsr de Digoine soit en liberté. Ce m'est un subject de plaintes que vous ayés mis de la difference plus grand encores en ce que mon garde n'a point voulu se retirer, quelq instance que je luy en aye faicte, Je dis mesmes, avec des grands ressentimens, que je luy aurois tesmoigné daventage, sans le respect que je doibs à Monsieur le Duc. Le desplaisir m'est très sensible puisque j'ay toujours esté, Monsieur, vostre très humble et très obeissant serviteur. A Ternay ce 17ᵉ xᵇʳᵉ 1652.   FLEVYNS.

CCLXVIII

Monsieur,

Je me suis trouvé chez Monsieur de Flevins, l'hors que le garde que vous havés levé à Monsr le baron de Digoine y est arrivé, pour prendre son compaignon, pour avec luy se retirer à Grenoble, mais ce compaignon qui est auprès de Monsieur de Flevins, ayant esté present, aussi bien que Messieurs de Claveson, de Cesarges et de Montbrun, lorsque le s^r Verdier a parlé au dict s^r de Flevins, il a dit qu'il ne se pouvait point retirer que (les) parties ne fussent accommodées, puisque mondict sieur de Flevins n'avoit donné aulcune parolle au s^r Verdier qui sçait bien, par la lettre que vous havez escritpte, vous avez marqué à Monsieur de Flevins que, sur la parolle qu'il vous avoit donné, vous luy leviez son garde. Neantmoins le garde, qui a ouy tout ce qui se dict, lorsque Monsieur Verdier fut icy, asseure que n'y aiant heu aulcune parolle donné par Monsieur de Flevins, quoy que l'on vous aie voulu faire entendre le contraire, il ne se peut retirer ny l'abandonner. C'est de quoy j'ay creu, de mon chef, vous debvoir donner advis, à cause des inconveniens qui en pourroient arriver. Mondict s^r de Flevins se fache fort d'estre tout seul gardé et faict son possible pour estre en liberté. J'ay voulu parler de cest affaire, avec Monsieur de Flevins, lequel dict qu'aiant demandé, au s^r Verdier, s'il avoit la parole du baron de Digoine, il luy repondit que non, et mesme qu'il n'avoit ordre de la fere, ce qui est cause qu'il luy refusat la sienne. Je ne doute pas que, si comme vostre lettre le porte, vous havez parole dudict s^r de Digoine, que si vous envoiés demander celle de Monsieur de Flevins, qu'il ne vous la donne, du moins je raporteray mon possible à vous la faire donner. Excusés, Monsieur, ma liberté et soiés asseuré que je rechercheray, toute ma vie, les occasion de vous tesmoigner combien je suis, Monsieur, vostre très humble, très obeissant et très obligé serviteur. De Ternay ce 17ᵉ 10ᵇʳᵉ 1652.   PUTOD[1].

[*En marge*] Si vous pouviés havoir le baron de Digoine dont le père demeure à Lion, je ne doute pas que, sur vos ordres, Mʳ de Flevins n'alat à Cremieu ou ches vous, où là où vous luy ordonneriés, sans vous donner la paine de venir à Vienne.

CCLXIX

Monsieur, sur le different qui est arrivé entre Monsieur de Flévin et Monsieur Chapotton, Monsieur le duc leurs ayant envoié dès gardes, avec ordre de soubmettre à votre sentiment la satisfaction qu'ils pretendent, il y a huict jours qu'ils attendent vos volontés sur ce subject, ce qui m'oblige, soit pour satisfaire à l'impatiance qu'ils ont de scavoir à quoy en estre, soit parce que la letre de Monsieur le duc m'a esté remise entre les mains et depuis, par moy, mise entre les mains des consuls de ceste ville, pour vous la faire tenir, de vous envoier cest homme exprès, pour joindre mes prières aux leurs de les sortir de l'esclavage où les tient l'incertitude où ils sont du jour et du lieu où il vous plaira de terminer ce differant. La suitte des gardes les importune fort, vous agreerés qu'à cest advis je joigne l'asseurance de mes très humbles services et la prière que je vous fait de me croire à vous en qualité de, Monsieur, vostre très humble et très obeissant serviteur. A Vienne ce 13 xᵇʳᵉ 1652.   DE BAZEMONT[2].

---

[1] Putod, famille ancienne à Saint-Symphorien-d'Ozon, en Viennois, Jacques Putod, conseiller au parlement, 1622, par résignation de Pierre, son père, résigne 1645 ; mari d'Anne-Louise Coste, vivant 1655. Sa fille unique, Anne, épousa Antoine de Garadeur, marquis de l'Ecluse, 7 février 1646.

[2] Louis II de Bazemont, sʳ de Francayes, Saint-Egrève, etc., vi-bailli de Vienne, conseiller au parlement de Grenoble, 1655, mort 1691. « C'était un très digne magistrat, joignant la meilleure conduite à beaucoup de savoir. »

CCLXX

Monsieur,

Pour response à celle qu'il vous a pleu de m'escrire, j'ay creu d'estre obligé de vous advertir que les amis de ses messieurs, les voyant sans garde, craignent que la parole que vous avés tiré d'eux ne puisse empescher qu'ils ne se satisfacent, quoique ce ne soit qu'un simple soupçon sans fondement, et n'estoit que je scais qu'ils vous ont engagé leurs paroles qui doibt estre inviolable, estant fié à une personne de vostre sorte revestue du pouvoir de Monsieur le duc, joinct aux autres advantages de vostre personne et de vostre condition, je tomberois dans leurs sens, ce qui me faict prandre la liberté de vous dire que, pour sortir d'inquietude tant de personnes qui prennent part à l'evenement de ceste affaire, si vous escriviez à ces messieurs de se randre auprès de vous, je crois qu'ils seroient bien aises de defferer le lieu et toutes choses, à vostre commodité et à vostre sentiment; j'ai prié les gardes d'arrester en ceste ville, jusque à ce que vous leur envoiassiés vos ordres, aiant jugé leurs secours necessaires pour eviter les malheurs qu'on aprehende, Monsieur de Digoine estant parti pour Lion, l'on m'a dict que les amis de part et d'aultre avoient faict quelque dessein de chasse, je ne scai si ce ne seroit poinct pour se joindre, c'est à vous à leurs envoier ordre pour l'empescher, et à moi de rechercher toutes les occasions à vous randre preuve des obeissances que je vous ai voué, en qualité Monsieur, vostre très humble et très obeissant serviteur. A Vienne ce 17 x^bre 1652.

                                                            DE BAZEMONT.

CCLXXI

Monsaignieur,

La gloire de obeir à vos ordres m'est trop chere pour ne pas rapporter tous mes soins à terminer le different, ainsi que vous me l'aviez ordonné, quoyque je feusse très incommodé, dans le temps de la reception de vostre lettre. Je n'ay pas laissé que d'aler à Vienne pour ampecher qu'il n'ariva rien qui peut alterer le differan que ces Maisieurs avoit. Je ni ay pas eu de la paine, puisque toutes les parties sont demeuré dans le respect que doivent randre à vos commendemens, et je suis obligé de vous dire la verité et vous assurer qu'il ne s'est fait aucune chose, ni d'une part ni de l'autre, et la parole que Monsieur le baron de Digoyne m'avois donné a esté si inviolablement observé, qu'il a mieux aymé manquer à son sanc qu'à ce qu'il m'avoit promis, aiant quelcun de ses proches qui avoit querelle, pour venir au temps donné ; il est vray que une cheute qu'il fit le retarda deux jours, après lequel, m'ayant fait l'honneur de me venir voir, il a resprit vostre garde, avec la resolution d'obeir absolument à ce qu'il vous playra luy ordonner. M\r de Chapoton et M\r de Noyra vont aussi à vous, Monsaigneur, dans unne paraille resolution, et doyvent partir le troisiesme de ce mois. J'ay escrit à M\r de Flevins de partir aussi, et demeure M\r de Cesarges[1] qui est interessé dans l'affaire, à ce qu'il y eut quelque parolle avec M\r Noyra, comme il est le plus éloigné, je luy ay donné plus de temps, l'ayant prié et ordonné de vostre part de se trouver à Grenoble, auprès de vostre personne, le sisieme de ce mois. J'ay beaucoup de deplaisir de n'avoir peu efectuer, en l'occasion de ce diferan, ce qui vous avoit pleu desirer de mes services pour terminer. Mais ayant veu que Monsieur de Flevins ne s'est jamais voulu engager à me remestre ses interests, et ce procedé me donnant subject d'aprehender qu'il ne me cru suspect, cette consideration m'a fait croire qu'il me seroit impossible de pouvoir reussir. Ce ne sera jamais que mon malheur qui m'empêchera d'executer vos commandemens, puisque ma volonté sera toujours de paroistre, Monsieur le duc de Lesdiguieres, votre très humble et très obeissant serviteur.

[DISIMIEU. Brouillon de lettre].

CCLXXII

A MONSIEUR, MONSIEUR LE CONTE DE DISEMIEU.

Monsieur

Le respect que je doibz et la particuliere obligation que j'ay, à plusieurs gentilzhommes de mes amys, par la forte part qu'ilz ont pris en mon desplaysir de la prompte levée du garde de Monsieur le Duc, quy mesmes feurent presens au ressentiment que je vous ay tesmoigné par l'envoy de ung de mes lacquais, qu'empeschent maintenant de m'engager que de leur

---

[1] Louis du Bourg, s\r de Césarges, mari d'Anne de Buffevent, sœur d'Abel et de Pierre de Buffevent, s\rr de Flévins ; il teste le 5 mai 1681 et est tué à la bataille de l'Espine, 1703.

advis, et de vous faire une prescise responce. Cependant je vous demeure très obligé du soing qu'il vous a pleu prendre de mesclaircir sur le juste doubte que j'avois, comme aussy je vous supplie très humblement de ne doubter point de mes respects, et que je ne suis parfaictement, Monsieur, vostre très humble et obeissant serviteur. A Ternay ce 20 x^{bre} 1652.

FLEVYNS.

CCLXXIII

A MONSIEUR, MONSIEUR LE COMTE DE DISIMIEU, GOUVERNEUR DE VIENNE, A DISIMIEUX.

Monsieur. Aussi tost que j'eus receu vostre pacquet, je montis à cheval pour rendre à Monsieur de Flevins la lettre que vous luy adressiés, et luy hay, par mesmes, faict voir la lettre du s^r Verdier, lequel a bien recogny son manquement en ce que, mercredi, il fut voir Monsieur de Flaivins et luy demandat sa parolle, ainsy que Monsieur de Digoine l'avoit donnée, et declarat, en presence de plusieurs gentilshommes, que quoy qu'il vous eust escribt de l'havoir, ce n'avoit esté qu'à intention de la venir prendre, après avoir sceu celle dudict s^r de Digoine, mais qu'il ne l'avoit peu, à cause d'un demeslé qui luy estoit survenu, avec un officier des troupes qui sont à Vienne. De plus, il adjouta que Chapoton, avec ses amis, devoit venir chasser par ses pais, outre que l'on scavoit que le baron de Digoine n'estoit bougé de Lion, où il est encores, quoiqu'il deubt aller en Bourgoigne et que le garde qui est icy declarat ne se pouvoir retirer que par l'ordre de Monsieur le duc de Lesdiguieres, ou de son commendant, jusques à ce que la querelle fust terminée. Toutes lesquelles choses considérées par les amis dudict s^r de Flevins, joinct à ce la difference que vous haviez faict entre luy et le baron de Digoine, en levant le garde au dernier, deux jours avant que celuy de monsieur de Flevins eust ordre de se retirer, ils furent tous d'advis que ledict s^r de Flevins ne pouvoit poinct donner de parolle, puisqu'aussi bien, quant il l'avoit donnée, il ne se trouveroit etre dechargé de son garde, le baron de Digoine estant en liberté, et que vostre procedé le blessoit si fort qu'ils n'estimoient pas que, à la suite, il eu doubte esperer toute la satisffaction qu'ils estiment qu'il eut droit retirer, et trouverent à propos qu'il vous en escribvit. Monsieur de Flaivins vous faict response à vostre lettre, et moy je vous asseure que je suis très parfaictement et avec passion, Monsieur, Vostre très humble, très obeissant et très affectionné serviteur. De Ternay, ce 20ᵉ de 10ᵇʳᵉ 1652.

PUTOD.

[*en marge*] Je vous diray neantmoins que si vous mandiés au baron de Digoine de se rendre auprès de vous, je me promettrois la mesme chose de Monsieur de Flevins, et crois que le plus tost seroit le meilleur de leur mander, et à l'un et à l'autre, puisqu'il est à Lion, puisque dans le retardement il pourroit en arriver du mal, sur la nouvelle grimasse et demarche de Chapoton.

CCLXXIV

Monsieur,

Le desir que j'avois d'obeir aux ordres de Mᵣ le duc de Lesdiguieres et l'envie de vous randre services m'avoit fet venir avec empressement, à Vienne, pour m'y rencontrer au temps de l'assignation donnée et, comme j'ay veu que je n'avois aucunnes nouvelles de Mᵣ le baron de Digoine, j'ay envoié à Lion pour savoir si quelque acciden inopiné ne l'auroit point retenu, et m'estant trouvé obligé, pour affere qui m'importe, de me retirer à Disimieu, j'ay voulu me donner l'honneur de vous le fer savoir et vous suplier très humblement de croire que je ne manque pouin de souin à vous delivrer de l'importunité où une longue suite de jours, sans rien avancer, vous peut mestre. Je vous prie de me donner encores quelques temps de vostre patiance, vous protestant que je vous envoyray au plus tost des nouvelles et que je ne manqueray jamais à la passion que je dois avoir de vous servir et de paroistre comme je suis, Monsieur, vostre très humble et obeissant serviteur. A Mᵣ de Flevins à Ternay.

[DISIMIEU. Brouillon de lettre].

CCLXXV

A MONSIEUR, MONSIEUR DE DISIMIEU, GOUVERNEUR DE VIENNE A VIENNE.

Monsieur, Lorsque mon fils parti de cette (ville) pour aller à une de mes maison..... chasser, il me dict qu'il seroit de retour dans Vienne, le jour qu'il avoit promis. J'envoye au lieu où il est un homme expretz pour le

faire haster; et au moment qu'il sera arrivé, je vous en donneray advis.
Faictes moi la grace de m'escrire. Je suis, Monsieur, vostre très humble et
obeissant serviteur. Ce 22 decembre 1652.   DIGOINE[1].

CCLXXVI

Monsieur, La parolle que M^r le baron vostre fils m'a donné m'a fait
engager la mienne à M^r le duc de Lesdiguieres, en ostant à M^r vostre fils le
garde qui avoit esté auprès de sa personne. Me treuvant obligé par honneur
à savoir le subjet qui me rend si malheureux de n'avoir aucunne de ses
nouvelles, après deux jours de passé du terme convenu, j'ay voulu avoir de
v^{re} chef à vous M^r pour en aprandre ,de nouvelles et pour soulager mon
inquietude. Je vous suplie de me fere savoir s'il ne luy seroit pouin arrivé
quelque accidan ou par chutte de cheval en ce mauvais temps, ou par quelque autre axidant de maladie. De me pouvoir imaginer qu'il m'eut voulu
menquer, après l'honneur qu'il me fit de me donner sa parolle de si bonne
grasse, je ne me le peus pas persuader. L'honneur que M^r le duc m'a fet de
m'ordonner a prandre souin qu'il ne se passat aucunne chose en ce rencontre qui peut alterer les affaires jusques à ce qu'elles fussent terminé par
acommodement, m'oblige à vous anvoyer le guarde de Monsieur de Lesdiguieres et à vous suplier que, lorsque Monsieur vostre fils sera arrivé, qu'il
luy plaise de vouloir le reprendre et de me fer donner advis, en mesme
temps, à Disimieu où j'ay esté (conduit) pour des afferes qui m'importe de
me .... . J'espere que vous me feres ceste grace et de me croyre, Monsieur, vostre tres humble et obeissant serviteur.

[DISIMIEU. Brouillon de lettre.]

[1] Théophile Damas, baron de Digoine, en Charolais, etc., servit pour la Ligue et fut tué au
siège de Verceil, 1617 ; mari de Madeleine de la Tour-Saint-Vidal, d'où :

    1° Antoine-Marcellin Damas, baron de Digoine, seigneur d'Ancredeys, etc., mari de Made-
leine-Angélique Servin, fille de Louis Servin, s^r de la Grève, avocat général au parlement de
Paris, et de Françoise-Anne de Rambures, 31 octobre 1632, d'où :

        a) Claude Damas, baron de Digoine, marié à Suzanne d'Aulgerolles, d'où un fils
    unique, Jacques, mort jeune, après son père ; sa mère, héritière substituée des biens de
    son mari, vers 1674, épousa, en secondes noces, N... de Bay, laissant, à un fils issu d'un
    premier mariage de ce second mari, la baronnie de Digoine. Claude se substitua à F. Chap-
    poton dans la querelle dont il s'agit.

        b) Jean-Théophile, né 22 mars 1635, mort jeune.

    2° Benjamin Damas, baron de Digoine, maître d'hôtel du roi, 1653, mort sans postérité.

CCLXXVII

A MONSIEUR, MONSIEUR LE COMTE DE DISIMIEU, GOUVER-
NEUR POUR LE ROY EN LA VILLE DE VIENNE, A VIENNE.

Monsieur, La lettre que vous avez pris la peine de m'escrire, du 21 de ce
mois, ne m'ayant esté rendue qu'hyer sur le tard, j'ay sujet de croire que
vous ne receuvrez la presante qu'après avoir accommodé le different d'entre
les sieurs de Flevins, de Digoine et Chapoton, pour lequel vous m'aviez
marqué vous seriez à Vienne le 23ᵉ; vous y aurez receu sans doute une lettre
que je vous avois escritte depuis peu de jours, sur le mesme sujet et sur
l'advis qui m'avoit esté donné que les sieurs de Digoine et Chapoton, sur la
parolle desquelz vous aviez rettiré mon garde, qui neantmoins estoit demeuré
à Vienne, estoyent venu chasser proche de la maison du sieur de Flevins,
ce qui estoit une contrevention à la parolle qui vous avoit estée donnée, et
une offance contre moy, laquelle je m'asseure que vous leur aurez faict
connoistre. Ainsy il ne me reste qu'à vous reitterer ce que je vous ay desjà
escrit, et à vous prier, qu'en cas que vous treuviez trop de difficulté en cest
accommodemᵗ, vous me renvoyez les parties, en leur laissant mes gardes
et en leur continuant les deffences de rien alterer, et leur donnant advis de
ne mener avec elles que ceux de leurs amis qui soyent interessez en l'affaire,
sans se charger d'un plus grand nombre. Je me promets que vous prendrez
la peine de m'escrire ce qui aura esté faict et que vous me favoriserez toujours de vostre affection, comme je seray toujours particulierement, Monsieur, [de la main] vostre très humble serviteur. A Grenoble ce 24 xᵇʳᵉ 1652.

LESDIGUIÈRES.

CCLXXVIII

A MONSIEUR, MONSIEUR DISIMIEU.

Monsieur,

Vous aves heu raison de croire qu'il estoit arrivé a..... à mon fils, ou
bien qu'il estoit detenu. Le comte de Moᵗ... son oncle, ayant querelle contre

---

1 Léonore, fille de Jean Damas-Digoine et d'Antoinette Bouton de Chamilly, épousa,
29 septembre 1641, F. L. Palatin de Dio, comte de Montpéroux, oncle à la mode de Bretagne
de Claude Damas-Digoine précité. Lettre CCLXXV.

Monsieur le comte de Busseul[1], le retint estimant qu'il n'estoit pas necessaire qu'il si treuva, puisqu'il n'estoit que second et Monsieur Chapotton
autheur. Neanmoins il a mieux aimé manquer à son sang que de manquer
à la parolle qu'il vous avoit donnée, se derobant d'eux de nuict et ayant
prins des chevaux tels que les a pu rencontrer plus tost. Il n'a pu efectuer
sa parole et la faute est à ses amis et non pas à luy, parce qu'il est de naissance et d'humeur de mourir plus tost que de fausser sa parolle, non pas à
un simple soldat, à plus forte raison à un homme de condition tel que vous
estes. Je vous l'envoye et suis, Monsieur, vostre très humble et obeissant
serviteur. De Lion ce 3o Decembre 1652.   DIGOINE.

CCLXXIX

A MONSIEUR, MONSIEUR LE COMTE DE DISIMIEU.

L'honneur de vos soings et de vos civilités est extremement obligeant,
vous ne debvez pas aussy doubter de mes respects et que je n'aye pour vous
toutes les deferences que je doibs, Je n'ay rien à demander au baron de
Digoine, et vous reconfirme de demeurer aux termes que vous avez resoullu,
avec Monsieur de Claveyson[2]. Ce me sera tousjours honneur et joye de vous
tesmoigner..... effect de ma vie, que je suis sans reserve, Monsieur,
votre très humble et plus obeissant serviteur. A Ternay, ce dernier jour
de l'année 1652.   FLEVYNS.

CCLXXX

Monsieur

Le dernier jour de l'année passée, Mʳ le Baron de Digoine arriva à
Cremieu et me fit connoistre les justes raisons qui l'avoit fait retardé deux

---

[1] François de Busseul, comte de Saint-Sernin, d'une famille du Charollais, marié à Anne
de Cours ; leur fille, Anne-Henriette, dame de Saint-Sernin et de la Bâtie, épousa, 2 mars
1699, Antoine le Prestre, comte de Vauban, lieutenant général des armées du roi.

[2] Une branche la famille de Claveyson subsistait à Chavannes, dépendance de la terre de
Bouvesse, en Viennois. François de Claveyzon, sʳ de Chavannes, vivant 1666. — Guy de Claveyson, sʳ de Chavannes, veuf de Benoîte Mitalier en 1686, et beau-frère d'Abel de Buffevent, sʳ de Flévins. Lettre ccLxi. — Michel de Claveyson, à Valence, 1649. — Michel de Claveyson, chanoine de Saint-Pierre de Vienne, 1696.

jours, après le terme qu'il avoit pris de permis. Monsieur Chapoton et
Mr Noyra [1] me firent ensuite l'honneur de venir, en ce lieu, recevoir les
ordres que Mr le duc de Lesdiguieres m'avoit prescrit de vous faire savoir
et à eux aussi, ce que je leurs ay fait voir par la lettre dont ils ont fait
lecture et de laquelle je vous envois ceste copie, par où vous verrez qu'il
m'ordonne de vous dire, de sa part, que vous preniez la peine d'aller à
Grenoble avec vos amis qui sont attachés à vos interets, ne desirant pas
que vous ayez multitude d'amis en ce voyage, et comme, par le recit que
l'on m'a faict, j'ai peu apprendre que il n'y avoit que M. de Cesarges qui
s'estoit engagé de parler à vos partis, c'est de luy seul que j'estime qu'il
seroit à propos qu'il se rencontra pour vous y accompagner seul, et que je
prends la liberté de vous dire, Mr de la part de Mr le duc, vous priant
ensuite de considerer les defenses qu'il vous fit de ne vouloir rien alterer
en cette affaire. J'ay dit la mesme chose à Mr le baron de Digoine et à
Mr Chappoton, comme aussi à Mr Noyra, lesquels partiront pour Grenoble,
dans le temps que je leur ay donné de la part de Mr le duc, vous agirez
que de la mesme part : je vous prie de vouloir vous trouver à Grenoble
auprès de Mr le duc, le... qui est le temps que j'ay mandé à M. le duc de
Lesdiguieres, que je vous avois donné de sa part, après luy avoir rendu
compte du commandement qu'il m'avoit fait sur ce subject. J'ay beaucoup
de regrets de n'avoir esté assez heureux de vous rendre les services que
mon inclination me porte de vous tesmoigner. Je seray peut être plus
heureux dans quelque autre rencontre et en tout temps, si vous me faites la
grace de me croyre vostre très humble et obeissant serviteur.

    A Monsieur de Flevins.   [DISIMIEU].

---

[1] Mathieu Noyrat de Rouville, petit-fils de Charles Noyrat, échevin de Lyon, 1593, 1604, et
de Louise de Rouville, fille cadette de Guillaume de Rouville (Rouille), le célèbre imprimeur
lyonnais, épousa, 18 mai 1653, Antoinette de Lamarre, d'où une fille unique, Marie-Françoise,
femme, 9 janvier 1673, de Gaspard Metrat. Il était en relations avec le baron de Digoine.
Lettre CCLXXI.

— Par son testament du 17 décembre 1586, Guillaume de Rouville, mort en 1589, avait
légué, à sa fille Drevonne, sa maison de l'Ange (54, rue Mercière, à Lyon), dont les revenus,
capitalisés tous les cinq ans, devaient être attribués à ses descendants les plus nécessiteux,
à condition d'adjoindre à leurs noms celui de Rouville. A la mort de Drevonne, cette maison
devait appartenir à l'Hôtel-Dieu. Les administrateurs sont, encore aujourd'hui, chargés de
cette distribution.

CCLXXXI

A MONSIEUR, MONSIEUR DE DIZIMIEUX, GOUVERNEUR POUR LE ROY A VIENNE.

Monsieur. J'eusse bien desiré que nous vous eussions eu davantage en ce pais ; mais vous ne pouvez ainsi qu'estre utille pour le service du roy auprès de m^r de Momoranci. J'ay eu de ses nouvelles, par m^r de la Chapelle[1] qui est passé vers m^r le grand[2], et attands de jour en aultre son retour. L'on dit que plusieurs travaillent à la paix, et que m^r le prince monstre y estre disposé[3]. Ce seroit un grand bien. J'eux hier des lettres de la cour du 2e de ce mois, où il n'y avait rien, sinon que m^r de Rohan avoit assiegé et pris Lestoure, qui est une ville de celles donnée aux huguenotz et dont le gouverneur qui estoit dedans estoit de la religion, tellement qu'ils se menagent l'un l'aultre[4] ; m^r de Guise[5] estoit arivé à Bayonne, avec ma dame, sans rencontre, la jeune royne devoit entrer en France le 3e de ce mois, et le roy faisoit estat de partir de Bordeaux, pour retorner vers Paris, le xxe de celuy cy. Mr de Barrault le filz[6] a tué en duel m^r de la Bor-

---

[1] Jean de Carbonnières, seigneur de la Chapelle-Biron, gentilhomme ordinaire de la chambre du roi, commandant un régiment d'infanterie, maréchal de camp. — Charles, son frère, tué au siège de Monheur, sur la Garonne, novembre 1621. — Louis, leur frère, tué au siège de la Rochelle, 1628.

[2] Roger de Saint-Lary, duc de Bellegarde, grand écuyer de France, mort 1646.

[3] Henri de Bourbon, prince de Condé. Conférence et paix de Loudun, 13 janvier, 3 mai 1616.

[4] Henri II, duc de Rohan, avait pris la ville et le château de Lectoure, où il avait été reçu par Fontrailles, qui était d'intelligence avec lui. — Michel d'Astarac, s^r de Fontrailles, sénéchal d'Armagnac, 1573, gouverneur de Lectoure, mari : 1° d'Isabelle de Gontault, 1570 ; 2° de Paule de la Barthe ; 3° d'Eléonore de Lauzières ; il teste 9 octobre 1604. Son fils Benjamin d'Astarac, baron de Fontrailles, sénéchal d'Armagnac, gouverneur de Lectoure, marié à Marguerite de Montesquiou, 11 janvier 1596, mort 23 mars 1623 ; son fils Louis d'Astarac, marquis de Fontrailles, ami de Cinq-Mars et compromis dans sa conjuration, mort 15 juillet 1677, sans alliance.

[5] Charles de Lorraine, duc de Guise, avait accompagné à Bayonne Madame Elisabeth, sœur de Louis XIII, mariée à Philippe IV, et ramené Anne d'Autriche, sa sœur, mariée à Louis XIII ; l'échange des princesses se fit sur la Bidassoa, le 9 novembre.

[6] Aymery Jaubert, comte de Barrault, ambassadeur du roi en Espagne, 1601, mari de dame Guyon de la Mothe, d'où : 1° Jean, évêque de Bazas, 1612, archevêque d'Arles, 1630 ; 2° Antoine Jaubert, comte de Barrault, mari de Claude de Saulx de Lugny, d'où une fille unique mariée à Noël de Saulx, marquis de Tavannes et de Miribel. Antoine Jaubert, comte de Barrault, avait déjà eu à Bordeaux une querelle retentissante avec Antoine de Roquelaure, lieutenant

desiere¹. Voila toutes les nouvelles de ce pais là. Si je scay que vous
demeuriez encore quelque temps an ce pais, je vous donneray advis de
ce que scaurey, vous priant de me conserver voz bonnes graces et me
croire tousjours, monsieur, vostre très humble et [très] aff^né serviteur. De
Lion, ce x^e de novembre 1615.   HALINCOURT².

Monsieur. J'ay prié de vous doner, pour le payement de vos soldats,
et vous serviray en cela, come en toute aultre chose.

CCLXXXII

A MONSIEUR, MONSIEUR DE DIZIMIEU, GOUVERNEUR DE VIENNE,
ESTANT A PRESENT EN COUR.

Monsieur. C'est pour accuser la reception d'une de voz lettres que j'eus
ces jours passez, de vostre part, & vous remercyer de vostre souvenir.
Vous aurez sceu la peyne que donne le vicomte de Panat³ à monsieur de
Montmorancy : lequel m'ayant donné advis de ce mouvement & du re-
mede qu'il y apporte, j'ay, aussytost avoir eu ceste nouvelle, despeché le
comte de la Voulte⁴, mon filz, vers Montpellier, Nysmes & Usés, pour
empecher le secours qu'on craingt de ce cousté là, pour ledict Panat. Mays
si mondict sieur de Montmorancy me croyt, il differera son entreprinse,
puisque dangereuse en ce temps, & que la punition dudict Panat ne peult
manquer, vous pryant, pour fin, de faire estat de mon service & de me

---

général en Guyenne, juillet 1612 ; ambassadeur du roi Louis XIII en Espagne, il mourut à
Paris, janvier 1655, âgé de soixante-dix-huit ans.
    ¹ Georges Babou, seigneur de la Bourdaisière, comte de Sagonne, capitaine des 100 gen-
tilshommes de la maison du roi, fils de Georges et de Madeleine du Bellay ; il avait épousé
Jeanne Hennequin, d'où une fille, Louise, morte jeune.
    ² Charles de Neufville de Villeroy, marquis d'Alincourt, etc.
    ³ Lettre CLXXXIII, n.
    ⁴ Henri de Levis, comte de la Voulte, puis duc de Ventadour, mari de Marie-Liesse de
Luxembourg, princesse de Tingry ; sans enfants et par consentement mutuel, il se fit prêtre,
1631, passant son titre à Charles, son frère, marquis d'Annonay ; sa femme devint religieuse
carmélite au couvent de Chambéry, fondé par elle. Le comte de la Voulte était le fils aîné
d'Anne de Levis, duc de Ventadour, lieutenant général en Languedoc, signataire de cette
lettre, mort 1622, et de Marguerite de Montmorency, fille du connétable Henri de Montmorency et de sa première femme, Antoinette de la Marck.

croire, monsieur, vostre plus humble allié à vostre service. Du xxııj° d'apvril, à la Voulte [1616].

VANTADOUR.

CCLXXXIII

A MONSIEUR MOUTON, banquier pour faire tenir a MONSIEUR LE COMTE DE DISIMIEUX, a vienne, a lyon.

... Pour de nouvelles : la paix de la Reyne Mere est faite, le Roy luy accordoit tout ce qu'elle demandoit, à la condition qu'elle allat à Florence, mais elle n'a pas voulu l'accepter[1] ; le mariage de M[r] l'archevesque de Rheins n'est pas encore en estat[2]; madame la princesse arrive icy demain pour plaider... contre M[r] le duc de Mantoue son neveu[3] ; M[r] le mareschal de Crequy est en liberté, c'est à dire sur la terasse depuis deux ou trois jours, le père Joseph a gagné ce point là, mais nonobstant cella, on dit qu'on lui faira le procès[4]; Monsieur le prince part après demain pour

---

[1] Marie de Médicis, fort compromise dans divers complots contre le cardinal de Richelieu, fut internée à Compiègne d'où elle s'échappa et se réfugia à Bruxelles, 1631. Poursuivie par l'animosité du puissant ministre, aux Pays-Bas et en Angleterre, elle demanda à plusieurs reprises, mais sans succès, l'autorisation de rentrer en France, se refusant de se retirer à Florence. Elle mourut dans la misère à Cologne, à l'âge de soixante-neuf ans, le 3 juillet 1642.

[2] Henri de Lorraine, archevêque de Reims, 1629, se démit de son archevêché et devint duc de Guise à la mort de son père Charles, 30 septembre 1640. Il épousa : 1° 1639, Anne de Gonsague ; ce mariage, auquel Richelieu s'était opposé, fut annulé ; 2° 11 novembre 1641, Honorine de Grimberghe. Il suivit le parti de Gaston d'Orléans, en haine du cardinal, se raccommoda avec la cour, 1643, marcha à la conquête de Naples, rentra en France, 1655, et mourut sans postérité, 1664.

[3] Marie-Louise de Gonzague-Clèves, princesse de Mantoue. — Charles III de Gonzague-Clèves, duc de Mantoue à la mort de son père Charles II, 1631.

[4] Charles de Créquy, duc de Lesdiguières, maréchal de France, aurait été quelque peu compromis à la Journée des Dupes, 11 novembre 1630 ; le duc d'Epernon disait, le 23 février 1631, « qu'il avait été mis sur le tapis d'arrester luy, le mareschal de Créquy et moy (Bassompierre) ». Ce dernier fut en effet mis à la Bastille, le 25 février. Or, au début de 1637, Créqui, venu à la cour, à la fin de demander des renforts pour l'armée d'Italie qu'il commandait depuis 1635, « fut renvoyé à Turin, comblé de louanges, de promesses et d'espérances. Le Roy, à ce que l'on remarqua, dit son historien Chorier, ne l'avoit jamais si bien loué, ny le cardinal tant caressé. » Il défendit Asti et battit les Espagnols à Montebaldo, le 8 novembre ; le 17 mars 1638, il était tué, à Brême, d'un coup de canon. Le nom de Créquy serait donc un lapsus échappé au correspondant ; il s'agirait, vraisemblablement, de Nicolas de l'Hôpital, marquis puis duc de Vitry, maréchal de France, 24 avril 1617, en récompense de l'assassinat

Compiègne, son voyage en Guienne estant rompu par la fuite des espagnols[1] ; le president Vignié est allé faire des informations à Tours contre
l'archevesque et le lieutenant général accusés d'avoir (travaillé) à l'évasion
de Madame de Chevreuse[2]... A Paris ce 10 novembre (1637).

                                                    BONNAUD.

Id.

... Monseigneur le prince est parti ce matin pour Compiègne, Monseigneur le prince de Conty[3] estant hors de danger, dieu graces ; le Roy
est à Saint-Germain, M[r] le cardinal est arrivé icy ; le roy d'Ethiopie est
sorti du Chastellet[4]... ; la paix de la Reyne mère est rompue, elle n'a
pas voulu accepter la condition d'aller à Florence ; le Roy a baptizé M[r] le
duc d'Halvin du nom de mareschal de Chombert[5]... à Paris, ce 13 nov.
1637.   BONNAUD.

---

du maréchal d'Ancre. Au cours d'une discussion, provoquée par l'échec de l'expédition contre
les îles de Sainte-Marguerite et de Saint-Honorat, il s'oublia jusqu'à bâtonner l'archevêque de
Bordeaux, Henri de Sourdis, et fut de ce fait mis à la Bastille, le 27 octobre 1637, pour n'en
sortir que le 19 janvier 1643. Les promenades sur les terrasses de la forteresse constituaient
une faveur réservée à certains privilégiés, sous la surveillance du gouverneur, Leclerc du
Tremblay, frère du père Joseph, l'éminence grise.

[1] Le roi avait confié le commandement de l'armée de Guyenne, 7 octobre 1637, à Henri de
Bourbon, prince de Condé, qui ne se pressa pas d'obéir et la rejoignit seulement en mars 1638.

[2] Marie de Rohan, née en décembre 1600, veuve en 1621 du duc et connétable de Luynes
remariée, en 1622, à Claude de Lorraine, duc de Chevreuse, amie et confidente de la reine
Anne d'Autriche, fort compromise dans les cabales contre Richelieu, fut reléguée à Tours,
1633, d'où elle s'enfuit en Espagne, le 6 septembre 1637, déguisée en cavalier. Elle avait
tourné la tête au vieil archevêque de Tours, Bertrand de Chaux, mort en 1641, âgé de quatre-
vingt-six ans. Le président Vignier, affidé du cardinal, fut envoyé pour lui porter l'autorisation
de résider à Tours, en pleine liberté, avec l'espérance de revenir bientôt à son château
de Dampierre ; mais il ne put rattraper la belle fugitive dont Richelieu lui-même était
fort épris.

[3] Armand de Bourbon, prince de Conti, né le 11 octobre 1629, légèrement contrefait, était
d'une santé délicate.

[4] Zaga-Christ, dit le roi d'Ethiopie, venu à Paris en 1635 sur le conseil du maréchal de
Créquy, alors ambassadeur à Rome. Cet intrigant enleva la femme du conseiller Saulnier, mais
fut arrêté avec elle à Saint-Denis et mis au Fort-l'Evesque, d'où il sortit sous caution ; il
mourut en 1638, âgé de vingt-huit ans, à Ruel, où le cardinal de Richelieu l'admettait en
son château.

[5] Charles de Schomberg, marié : 1° à Anne, duchesse de Halwin, 1621 ; 2° à Marie d'Hautefort, objet de l'amour platonique de Louis XIII, 14 septembre 1646 ; duc de Halwin, 1620,
nom sous lequel il était connu ; maréchal de France, à la suite de l'exploit de Leucate, par
provision du 26 octobre 1637 ; mort le 6 juin 1656.

CCLXXXIV

A MONSIEUR, MONSIEUR DESIMIEUS,

Monsieur. Je suis au desespoir d'estre party sans vous estre alé asseuré de mon service, mais vos affaires en sont cose, car pour moy j'ay esté chés vous, sens vous y avoir trouvé. Je vous envoie le chevau leger que m'avés fait la faveur d'accepter. Je suis près de party, en sorte que je ne puis rien faire pour luy, mais s'il a besoin de quelque chose, vous me ferez grande grace de luy faire donner, ay en passant à Lion il vous le rendra. Adieu, Monsieur, faites je vous supplie état de moy ay que je suis, Monsieur, vostre très humble serviteur.   ACHILLE DE LORRAINE[1].

CCLXXXV

... On a point de nouvelles de Monsieur le duc d'Anguien, depuis vendredi, quoique six courriers differents ayent esté despechés, consequutivement, pour rapporter l'estat de sa maladie que vous avez sceu estre très dangereuse[2]. Madame la princesse est inconsolable... L'on ne parle à Paris que des edits du Roy[3] et de la misère du peuple. On dit que nous avons été battus en Catalogne[4]. Toute la cour est absente. Messieurs du

---

[1] Achille, bâtard de Lorraine, comte de Romorantin, général des Vénitiens, tué devant Candie, 1648, marié à Anne-Marie de Salms. Il était un des cinq enfants de Louis de Lorraine, archevêque de Reims et cardinal, mort en 1621, et de Charlotte des Essarts, ancienne maîtresse de Henri IV, mariée, 4 novembre 1630, à François de l'Hôpital, comte de Rosnay, dit Monsieur du Hallier, maréchal de France, et morte le 8 juillet 1651. Le maréchal épousa, en secondes noces, 25 août 1653, Marie-Françoise-Claudine Mignot, lingère de Grenoble, dite la Lhauda, veuve et héritière de Pierre de Portes, receveur général en Dauphiné, qui épousa en troisièmes noces, 14 décembre 1672, Jean-Casimir, roi de Pologne, et mourut fort âgée, à Paris, aux Petites-Carmélites, le 30 novembre 1711.

[2] Après la victoire de Nordlingen, 3 août, le duc d'Anguien avait mis le siège devant Heilbronn, lorsqu'il fut pris d'une fièvre violente et dut être transporté à Philisbourg, aux premiers jours de septembre ; il quitta cette ville, où il avait failli mourir, le 25 du même mois, et arriva à Chantilly, au commencement d'octobre 1645.

[3] Le 7 septembre 1645, Louis XIV, âgé de sept ans, avait tenu un lit de justice et fait enregistrer dix-neuf édits bursaux par le parlement.

[4] Le comte d'Harcourt, après avoir gagné la bataille de Llorens, 23 juin, assiégea la ville de Balaguer qui, après diverses tentatives de ravitaillement, capitula le 20 octobre 1645.

Clergé travaillent très lentement et à peine auront ils achevé, à ce qu'on dit, au caresme. Monsieur l'archevesque de (de Vienne) est fort satisfaict et il en a sujet, Monsieur de Lyon estant president, de ses amis, ne manque pas de luy donner les meilleures commissions [1]. On luy a escrit que Monsieur de Richon gouvernoit maintenant les Ursules de Vienne [2]... A Paris le 18 7bre (1645).

                                                                    CHAPPUIS [3].

CCLXXXVI

A MONSIEUR LIVET, MAISTRE DE LA POSTE DE VIENNE [4], POUR FAIRE TENIR A MONS^R LE COMTE DE DISIMIEU, A VIENNE.

J'ay receu vos deux lettres en mesme temps, la première du 21 novembre et l'autre du 27. J'ay envoyé vos deux lettres, scavoir celle de Monsr le duc de St Simon [5] et celle de Monsr le marquis du Pui du Fou [6]

---

[1] Pierre de Villars, le quatrième des cinq archevêques de Vienne du nom de Villars, 1626-1662, assista à l'assemblée du clergé de France, 1645, présidée par Alphonse-Louis de Richelieu, archevêque de Lyon et cardinal.

[2] L'établissement des Ursulines à Vienne date de 1615 ; leur couvent fut définitivement installé, près du monastère de Saint-André-le-Haut, en 1636.

[3] Chappuis Jean, religieux bénédictin au monastère de Saint-André-le-Bas, de Vienne ; savant et brillant orateur, il prêcha en Dauphiné, à Paris, en Bretagne, en Languedoc. « Je me suis engagé de me rendre à Bret-sur-Seine pour prescher l'Avent et le caresme, 1645. » Il fut chargé par le cardinal Mazarin de remettre l'ordre dans l'abbaye de Saint-Michel-en-l'Herm, en Poitou, dont les revenus avaient été attribués au collège Mazarin, en 1671. Sa famille noble, originaire de Condrieu, était ancienne à Crémieu (Isère). « Si vous allez à Crémieu, vous m'obligerez fort de voir ma mère, 1645. » Il pouvait être parent de Disimieu par Geoffray Chappuis, marié à Jeanne Martin qui, devenue veuve, teste le 18 juin 1507. N^e Pierre Chappuis, s^r de Bien-Assis, épouse Marguerite, fille donnée de César de Disimieu, 19 novembre 1606. Le P. Jean Chappuis est auteur de : *Oraison funèbre de Madame Catherine de Disimieu, abbesse de Sainte-Claire de Vienne de l'ordre de Saint-Benoît, prononcée en la nouvelle église de cette abbaye, le 12e jour de juin 1679.* Lyon, J. Certe, 1679, in-4°, 22. pages. Il mourut, à Vienne, à la fin du mois d'août 1679. Ses lettres au comte de Disimieu traitent principalement d'affaires.

[4] 25 juillet 1659, établissement d'un messager, de Vienne à Grenoble, transportant les lettres, au prix de deux sous ; il partait le lundi de Vienne et devait être de retour de Grenoble, le samedi suivant.

[5] Claude de Rouvroy de Saint-Simon, duc de Saint-Simon, janvier 1635, mort en 1693, âgé de quatre-vingt-cinq ans, avait épousé en premières noces, 26 septembre 1644, Diane-Henriette de Budos de Portes, morte le 2 décembre 1670 à l'âge de quarante ans ; elle était cousine germaine de Jérôme de Disimieu et fille de Antoine-Hercule de Budos, marquis de Portes, et de Louise de Crussol d'Uzès qui épousa en secondes noces, 14 septembre 1634, Charles, marquis de Saint-Simon, frère aîné de Claude précité.

[6] René du Puy du Fou, marquis de Combronde, 1637, mari de Diane de la Touche, père

ausquels on les a donné en main propre... On a faict hier le service de la
Reine d'Espagne, avec grande pompe funebre, toutes les cours souveraines y ont assisté [1]. Mad[e] la connestable et Mad[e] du Riage [2] sont en
bonne santé, dieu mercy... ce 6e decembre 1644.   DE GRIMANCOURT.

CCLXXXVII

Monsieur,

J'estois sur les termes d'aller faire un tour à Meru voir Mad[e] la connestable, mais la nouvelle de la maladie de Monseigneur le duc d'Anguien,
qu'on a transporté de l'armée à Philisbourg, nous donne bien de l'in-
quiétude. Il a une fiebvre avec redoublement et un flux de ventre ; nous
en attendons tous les jours des meilleures nouvelles avec impatience [3]...
Le Roy est allé il y a huit jours au parlement où on a enregistré les edits,
on en a autant fait à la chambre des comptes... Votre très humble et très
affectionné serviteur. Ce 15 septembre 1645.   DE GRIMANCOURT [4].

CCLXXXVIII

Monsieur

J'avois deja fait porter mon paquet à la poste, lorsque l'homme de
Monsieur de Brienne m'est venu dire que votre brevet [5] estoit fait et

d'Anne, femme de Jérôme de Disimieu, et de Gabriel du Puy du Fou, marquis de Combronde,
baron de Champagne, qui épousa, en 1630, Madeleine de Bellièvre.

[1] Philippe IV avait épousé en premières noces Elisabeth de France, fille de Henri IV,
morte 6 octobre 1644, d'où, entre autres, Marie-Thérèse d'Autriche, née en 1638, mariée à
Louis XIV, 9 juillet 1660.

[2] Lettre ccxc, n.

[3] Lettre cclxxxv.

[4] Lambert, famille chevaleresque originaire de Condrieu. Jaucerandus Lamberti de Con-
driaco Miles, 1234, a formé, entre autres branches, celle des seigneurs de la Roche et de
Mions, en Viennois. Gaspard Lambert, s[r] de la Roche, suivit à Paris le connétable de Montmorency après le mariage de celui-ci avec Laurence de Clermont, veuve de Jean de Disimieu,
1599. Jean, dit de la Roche-Lambert, seigneur de Grimancourt, en Valois, épousa Anne-
Oronce, fille de Claude Fine, secrétaire de la chambre du roi. « Mes aieuls ont esté autrefois
seigneurs de la terre de Mions, à deux lieues de Vienne, dont Monsieur de Villeroy est à
présent propriétaire », dit M. de Grimancourt dans une lettre du 16 janvier 1645.

La maison de la Roche-Lambert, en Auvergne, est différente de celle-ci.

[5] Conseiller du roi en ses conseils d'État et privé.

signé, en bonne forme, c'est à dire portant droit de seance et voix deliberative aux conseils de sa Majesté, jouissance des mesmes honneurs,
authorité, prerogatives, preeminences, gages, dons et pensions dont jouissent les autres conseillers de ses conseils &. Je crois qu'il n'y a rien a
desirer, j'avois ouy dire qu'il y en avoit de plusieurs façons, mais il m'a
assuré que non. Il est vray qu'il vous donne commitimus[1] aux Requestes
de l'Hotel, il me le vouloit aller querir, mais comme je ne le connais pas
extremement, je luy ay dit que vous mettriez ordre à lui donner satisfaction, en le fesant retirer. Vous n'estes pas obligé de remercier Monsieur
le comte de Brienne[2], en façon que ce soit. Vostre pension sera sollicitée
par le mesme homme que je feray agir le plus que je pourray. Il m'a dit
que M[r] le comte de Brienne vouloit dire, par la reponse qu'il me fit, qu'il
vous feroit passer, s'il pouvoit, au nombre de ceux qui servent. Si tost
que j'auray eu de vos nouvelles, je vous envoiray ledit brevet. Si l'on n'a
rien autre chose à faire, vous aurez à prester serment entre les mains de
Monsieur le Chancelier [1645].   CHAPPUIS.

A Monsieur, Monsieur le Comte de Disimieu, gouverneur de Vienne
et pays de Viennois.

CCLXXXIX

... Monsieur l'archevêque (de Vienne) a toujours la goutte. Le bruit
court que Monsieur de Magaloti est mort[3]. Le mariage de Mademoiselle
d'Ornane avec un des Messieurs d'Elbeuf est conclu[4]. Messieurs du parlement travaillent maintenant. Messieurs du clergé furent, il y a quelques
jours, voir la Reyne, Monsieur le cardinal de Lion qui harangua luy fit peur,

---

[1] Le *Commitimus* constituait, pour certains privilégiés, le droit de plaider en première
instance aux requêtes de l'Hôtel ou du Palais.

[2] Henri-Auguste de Loménie, comte de Brienne, secrétaire d'Etat, mort 1666.

[3] Pierre de Magalotti, Italien au service de la France, maître de camp d'un régiment de
cavalerie de son nom, 1641 ; maréchal de camp à l'armée de Flandre, 1643 ; à celle de Champagne, 1644 ; blessé mortellement au blocus de la Mothe, en Lorraine, 20 juin 1645 ; lieutenant
général, 30 juin, peu après sa mort.

[4] Anne, comtesse de Montlor, marquise de Maubec, baronne d'Aubenas, fille et héritière
de H.-F.-A. d'Ornano, seigneur de Mazargues, premier écuyer de Gaston d'Orléans, et de
Marguerite de Montlor, fut fiancée, le 12 juillet 1645, à François de Lorraine, duc d'Elbeuf,
comte d'Harcourt, etc.

33

par trois ou quatre exemples qu'il luy dit des punitions de Dieu, sur ceux
qui se prevalent du bien de l'eglise. Les Jésuites de Vienne travaillent pour
avoir le prieuré de Terney[1]. A Paris ce 24ᵉ (1645).   CHAPPUIS.

CCXC

Monsieur,

... J'avois veu Monsieur d'Osier[2] lorsque j'ay receu vostre lettre, je ne
luy encore peu parler, attendu qu'il n'est chez luy que très rarement. La
Colombière a ramassé dans son livre presque toutes les bonnes maisons de
l'Europe, et comme il a trois entreprises, il ne dit que très peu de chose de
chascune; de la maison de Disimieu et du Puy du Fou, il a nommé les
armoiries, comme des autres, et rien de plus; il n'a mis les escussons dans
son livre, ce que je ne crois pas; il est assez beau, mais l'on m'a dit qu'il
y avoit plusieurs menteries[3]... Monsieur l'archevesque de Vienne[4] a la
goutte très mauvaise, depuis quelques jours. Il m'a prié de vous faire ses
baise mains et à Madame et à Mademoiselle, m'ayant longtemps parlé du
desir qu'il a de faire amitié estroite avec vous, mais il desireroit que vous
le crussiez un peu quelque fois en vos affaires. C'estoit au sujet du feu de
joye qu'il disait celà. Je vous promets qu'il a receu grand accueil de tous
ses confreres, et en deux heures que je demeuray chez luy, il fut visité
de Messieurs de Narbonne, de Valence, de Sᵗ Pol, d'Arles, de Grace, de

---

[1] Ternay, au diocèse de Vienne, prieuré dépendant de l'abbaye de Cluny.

[2] Pierre d'Hozier, né à Salons, 1592, mort à Paris, 1660; généalogiste du roi, et juge surintendant des blasons et armes de France.

[3] Marc Vulson, sʳ de la Colombière, d'une famille originaire de Saint-Jean-d'Hérans, en
Trièves, fils de Jean et de Madeleine Borel de Pontaujard, né en 1607, avocat à Grenoble
qu'il abandonna, 1638, pour prendre parti dans une compagnie de chevau-légers, gentilhomme
ordinaire de la maison du roi et chevalier de l'ordre de Saint-Michel, 1642, épousa Louise
Arthaud et mourut à Paris, vers 1655, dans un état voisin de la misère. Ecrivain héraldique,
il mit en œuvre les documents fournis par le président Denis de Salvaing de Boissieu, expert
en la matière et empressé à produire dans le monde ses vaniteuses prétentions. Ils peuvent
être considérés comme les révélateurs des hachures destinées, dans la lecture des armoiries,
à différencier les couleurs et les métaux. *Recueil de plusieurs pièces et figures d'armoiries*,
Paris, 1639, in-fol. — *Cartes méthodiques du blason*, 4 feuilles grand in-fol., Paris, Mariette,
1645-1647, etc. Dans la *Science Héroïque*, Paris, 1644, in-fol., les armes des Disimieu sont
blasonnées, sans être gravées.

[4] Pierre de Villars, archevêque de Vienne, se trouvait à Paris lors de l'assemblée du
clergé, 1645; il jouissait d'une grande considération due à ses mérites et aux souvenirs
laissés par les trois archevêques du nom de Villars, ses prédécesseurs.

Lion et du comte de Rebé[1]. Il fut mesme très bien veu de Monsieur le
Cardinal Mazarin, qui est fort reservé en ses caresses. L'Assemblée
durera plus de deux mois, à ce que l'on croit, et l'on travaille encore à
regler les deputations, Monsieur de Viviers, qui la disputoit à Monsieur
l'Archevesque, a esté contraint de s'en departir, et il le vint voir hier, fort
civilement. Messieurs du Parlement ont encore esté chez la Reine qui
les a renvoyés fort mescontents; ils n'entrent point encore[2]. On dit que
Rose[3] est aux abois et que Mr de Turenne, en fuyant, ayant esté secouru
par le landgrave de Hesse, a pris Jean Duvert qui le poursuivoit[4].
Mesdames la Connestable[5] et d'Uriage[6] sont allées passer l'esté à la campagne... On vient de me dire que Monsieur l'Archevesque de Reims est
mort, de mort subite[7]. Beaucoup de personnes sont en peines pour avoir
ses benefices...   CHAPPUIS.

CCXCI

Monsieur,   A Paris le 28 juillet [1645].

... Le bruit est grand icy que Monsieur le Mareschal de Turenne[8] a

---

[1] François de Rebé, fils de Guillaume et de Françoise Papillon, chanoine-comte de Saint-
Jean de Lyon, 1623, abbé de Belleville, etc., mort à Mâcon, 11 février 1665.

[2] Continuation de l'agitation parlementaire créée par l'enregistrement des édits bursaux.

[3] Roses ou Rosas, en Catalogne, assiégée par César de Choiseul, comte du Plessis-Praslin,
alors lieutenant général, capitula le 26 mai 1645.

[4] Après la déroute de Marienthal, Turenne se replia sur la Hesse, 5 mai 1645, d'où, en
compagnie du duc d'Enghien, il se porta sur Nordlingen, 3 août; au cours de cette bataille,
l'illustre Merci fut tué et Jean de Weert, pendant la nuit, s'enfuit vers le Danube.

[5] Laurence de Clermont-Montoison, veuve, en 1591, de Jean de Disimieu, était devenue la
troisième femme du connétable de Montmorency qui s'en lassa bien vite et la relégua au
château de Méru; elle mourut, à Villiers-le-Bel, le 27 septembre 1654. Voir Introduction.

[6] Thomas de Boffin, conseiller du roi, secrétaire en la connétablie, acquit, en 1639, de
Gaspard Alleman, la baronnie d'Uriage; il avait épousé, 11 juin 1595, Ennemonde, fille de
Denis de Bouvier et d'Anne de Salvaing; il testa en 1648 et sa femme en 1650. « Madame la con-
nestable et mad[e] du Riage sont en bonne santé, dieu mercy, 6 décembre 1644. De Grimancourt. »

[7] Léonor d'Estampes de Valençay, né le 6 février 1589, abbé de la Couture, revenu
18.000 livres, de la Cour-Dieu, 600 livres, de Bourgueil, 17.000 livres, de Champagne, 3.800 livr.,
de la Pelice, 6.000 livres, de l'Espau, 4.000 livres, de Saint-Martin-lès-Pontoise, 12.000 livres,
évêque de Chartres, 1621, archevêque de Reims, 1641, mourut à Paris le 8 avril 1651; sa mauvaise santé, qui l'obligea, en 1649, à se retirer dans son abbaye de Bourgueil, peut servir
d'excuse à cette nouvelle prématurée.

[8] Le maréchal de Turenne, battu à Mariendal, 5 mai 1645, rejoignait l'armée du duc d'En-

esté tué dans un combat où Monsieur le duc d'Anguien a perdu du monde, mais il est demeuré maistre du champ de bataille et du bagage. Monsieur le duc d'Orleans doit arriver demain. Madame est accouchée aujourd'huy d'une fille[1]... Votre très humble et très obeissant serviteur.   CHAPPUIS.

On dit encore que Monsieur de Gassion[2] est blessé en trois parties.

CCXCII

A Paris 14 juillet [1645].

... L'on donna hier le baston de marechal de France à Monsieur du Plessis Praslin[3]. Aujourd'huy l'on fait la ceremonie de feu Monsieur de Bordeau[4], en laquelle Messieurs les Evesques de l'assemblée on disputé à Messieurs les cardinaux Bichi, de Lion et Mazarin, une seance qu'ils pretendoient d'avoir à part, sur des sieges qu'ils avoient fait eslever hors du chœur, proche de l'autel, Messieurs les Evesques alleguant qu'ils devoient faire corps avec le reste du clergé et occuper seulement les places du chœur ; là dessus, les trois cardinaux allerent chez Monsieur l'Archevesque de Vienne, où ils delibererent de ce qu'ils feroient. Monsieur le Cardinal Mazarin se mit un peu en colere. Après le diner de Messieurs, les Evesques, après

---

ghien, le 2 juillet. Ce faux bruit pouvait être motivé, soit par la prise de Rottembourg, 16 juillet, soit par divers mouvements précédant la bataille de Nordlingen, 3 août.

[1] Marguerite-Louise, dite Mademoiselle d'Orléans, fille de Gaston d'Orléans et de sa seconde femme, née à Paris le 28 juillet 1645, épousa, 19 avril 1661. Cosme de Médicis, grand-duc de Toscane.

[2] Jean, comte de Gassion, maître de camp d'un régiment de son nom, 1635, maréchal de camp, 1638, maréchal de France, 1643 ; il prit Mardik, 10 juillet 1645, et fut blessé à l'attaque du fort de Link. Atteint d'un coup de mousquet au siège de Lens, 28 septembre 1647, il mourut le 2 octobre.

[3] César de Choiseul, comte du Plessis-Praslin, né 1602, maître de camp d'un régiment d'infanterie de son nom, 1616 (régiment de Poitou), maréchal de camp, 1635, lieutenant général à l'armée de Catalogne, 1645, maréchal de France, 20 juin 1645, prêta serment le 13 juillet ; duc de Choiseul, 1665 ; il mourut le 23 décembre 1675.

[4] Henri d'Escoubleau de Sourdis, évêque de Maillezais, 1623, succéda à son frère François, cardinal de Sourdis, à l'archevêché de Bordeaux, 1628 ; commandeur du Saint-Esprit, 1633 ; président du conseil du roi en son armée navale, 1636 ; député de sa province à l'assemblée du clergé de France, il mourut à Auteuil le 18 juin 1645 ; ses obsèques furent célébrées avec magnificence en l'église des Grands-Augustins, où Denys de la Barde, évêque de Saint-Brieuc, fit son oraison funèbre, le 14 juillet.

lui avoir refusé ce qu'il avoit demandé, l'accorderent, assez mal à propos, à ce qu'on dit, pour ce qu'ils ne le devoient pas refuser, ou l'ayant fait, tenir bon...

CHAPPUIS.

CCXCIII

... L'on espousera la princesse Marie[1], dans le Palais Royal, sans ceremonies, les difficultés du rang entre les princes n'ayant pas permis que la chose se fit à Notre Dame, comme on l'avoit proposé. L'ambassadeur a donné, de la part du Roy de Pologne, à la princesse Marie, une croix de diamant de deux cents mille livres. Toute la cour se prepare à un bal où toute la vanité françoise doit esclatter... Paris, 3 novembre.

CHAPPUIS.

CCXCIV

... Enfin pour [ce qui est] de la mode des habits, j'en ay parlé à quelques... mesme à quelques braves de la cour qui m'ont dit que l'on portoit à la cour du velours plein... avec des dentelles en quantité; si la... n'est pas noire, elle est fort obscure, mesme pour les jeunes gens. D'autres m'ont dit qu'on ne porteroit plus de dentelles et qu'assurement la Reine les aloit deffendre; on ne porte point de passe poil ni de doublure d'or, mais de quelque satin figuré, de quelle couleur que l'on veut; pour la façon de l'habit, elle n'est point changée. On porte encore, sur les habits de campagne surtout, quantité de boutons et de boutonnieres, les boutons sont plats et assez larges; toujours grande quantité de rubans autour de la bande et à costé des chausses et sur les poignets qui se font ronds. Le chapeau un peu moins plat qu'à l'ordinaire et des galants à costé des esperons. L'on fait quantité de ces casaques à boutons qui ont des manchès; chascun au reste suivant sa fantaisie en cela[2]... Paris 17 9bre.

CHAPPUIS.

---

[1] Louise-Marie, née vers 1612, dite la princesse Marie, fille de Charles de Gonzague, duc de Nevers et de Mantoue, et de Catherine de Lorraine-Mayenne ; elle fut mariée, le 6 novembre 1645, dans la chapelle du Palais-Royal, à Ladislas IV, roi de Pologne. L'ambassade des Polonais fut magnifique, quoique un peu extraordinaire. A la mort de Ladislas, 1648, Jean-Casimir, devenu roi de Pologne, épousa sa veuve, qui mourut à Varsovie, 10 mai 1667.

Du 12e juillet 1643 :

[2] Memoire de ce que j'ay faict et fourny pour Monseigneur le comte de Dizimieux.

CCXCV

... Au cas que vous veniez à Paris, vous y verrez tous ces messieurs, plus chargés de coups que de lauriers, et vous devez estre assuré que la plus

Premierement, pour avoir faict un habit de drap de sattin gris avec les bas et un grand manteau de drap de Berry, le tout garny d'un galon or et argent, pour le paiement :

Premier, pour trois aunes et demy drap de Berry, à 10 livres l'aune . . .	35 livres.
Pour deux aunes 1/3 drap de sattin fin pour l'habit et les bas, à sept livres douze solz l'aune.	17 l. : 15
Pour quatorze aunes galon or et argent pour l'habit, manteau et bas, pesant 4 onces, à 3 livres 17 solz l'once	14 l. : 8
Pour deux aunes 3/4 taffetas fort gris pour l'habit et le parement du devant du manteau, à 55 solz l'aune.	7 l. : 12
Pour quatre douzaines boutons or et argent, à 6 solz la douzaine	1 l. : 4
Pour les poser et boustoner.	0 l. : 9
Pour..... galons de soye	0 l. : 9
Pour toille du haut de chausses.	0 l. : 19 : 6
Pour..... or et argent pour le colet du pourpoint.	0 l. : 6
Pour le.....	1 l. :
Pour douze aunes rubans larges pour faire des flotz au haut de chausses, à six solz l'aune.	3 l. : 12
Pour la rentoillure d'un manteau	0 l. : 18
Pour un tour de col	0 l. : 8
Pour la soye de l'habit et manteau.	1 l. : 5
Pour la façon de l'habit, manteau et bas	8 l. : 10
Pour ly avoir refait un habit de bures d'Arles garny de nompareilles d'argent	
Pour la soye	0 l. : 15
Pour 3 aunes de taffetas pour doubler les basties.	2 l. : 17 : 6
Pour neuf aunes de roban large pour garnir les hau de chausses, la ceinture et le devant, à 6 solz	2 l. : 15
Pour la façon de l'habit	3 l. :
Monte les deux habits et manteau	102 l. : 15

Du onziesme novembre 1645

Pour avoir faict quatre habits avec les cazacques pour quatre laquais, garnis de deux passements par tout, pour dix aunes futaine..... Monsieur Roy, à 30 solz. . . .

	15 l. :
Pour sept aunes soye pour quatre habits bas à cazacques, à 24 solz l'un .	8 l. : 8
Pour dix huit douzaines de boutons, à 3 solz la douzaine.	2 l. : 4
Pour..... des quatre habits, à dix sept solz chacun	3 l. : 8
Pour 4 paires grandespoches avec les grands boutons.	1 l. : 16
Pour la garniture des quatre habits	0 l. : 8
Pour les agraffes.	0 l. : 8

part de vos amis tiennent que vous estes bien heureux d'estre de gare d'un service si ingrat, comme est celuy d'à present, ou chascun mange le sien, et où l'on se fait assommer, tous les jours, comme le pauvre Bauvais[1],

Pour six aunes toille de..... pour les hau de chausses, à 15 solz l'une. . .	4 l. : 4
Pour quatre vingts aunes ruban vert pour faire..... douzaine d'esguillettes, à 4 solz l'aune.	16 l. :
Pour le ferrage de 16 douzaines, à 2 solz la douzaine	1 l. : 12
Pour 8 aunes rubans pour le devant des hau de chaussems, ou le chapeau. .	1 l. : 12
Pour quatre tours de col pour les cazacques, à 6 solz piece	1 l. : 4
Pour la façon de quatre habits, bas et casacque, à 8 livres chacun. . . .	32 l. :
Pour dix aunes de futaine pour les quatre pourpoints, pour la double fu- taine vert, à 15 solz l'aune.	7 l. : 10
Pour quatre aunes rubans de flores pour souliers.	0 l. : 16
Pour avoir faict un grand manteau de cocher aussy garny de passements, pour la soye	0 l. : 18
Pour la façon	3 l. : 5
Pour avoir faict un juste au corps..... garny de passements et de boutons à queüe.	
Pour deux douzaines et demy de boutons à queüe, à 18 solz la douzaine. .	2 l. : 5
Pour la soye	0 l. : 10
Pour les agraffes du devant	0 l. : 4
Pour la façon	2 l. : 5
Monte.	106 l. : 15
Plus pour argent donné à Monsieur le Comte.	
Plus pour avoir faict mettre	8 l. : 10
Plus pour en avoir fait mettre quatre noires	4 l. : 5
Pour avoir fait recommoder un castor, donné au chapellier	1 l. : 10
Pour..... chapeau.	0 l. : 5
Pour dix aunes de nompareilles argent fin	1 l. :
Monte tous les comptes à la somme de	223 l. : 10
Sur ce j'ay receu en deduction du present compte..... quatre pistoles à Dizimieux.	40 l. :
Plus au logis des Trois Tournelles, quatorze realles.	40 l. : 12
Plus à Vienne, six escus d'or, à 5 livres 5 solz la pièce.	31 l. : 10
Monte.	112 l. : 2

[1] Georges de la Baume-Suze, baron d'Aps, seigneur de Plaisians, aux Baronnies, etc., mari de Jeanne, fille de Laurent de Maugiron, 26 décembre 1595, eut, entre autres enfants : Scipion de la Baume-Suze, seigneur de Beauvais et de Plaisians, dit Monsieur de Beauvais. M. de Beauvais, fils de M. de Plezian, eut un cheval tué sous lui devant Villeneuve-de-Berg. — Le comte de Disimieu, Plesian, Lestang, tous Dauphinois, commandaient des compagnies de chevau-légers en Italie ; le sr de Beauvais-Plaisians, gentilhomme du cardinal Mazarin, se distingua au siège de Tarragone, 1644. Le sieur de Beauvais-Plezian est porteur d'ordres du roi à Turenne, mai 1645, et blessé à la bataille de Nordlingen, 3 août 1645. Par son testament

Chabou[1] et Malin[2], que si vous y aviez esté, vous ne seriez eschappé que par miracle, ce qui pourtant vous semble une belle chose, mais vos pauvres serviteurs auroient bien donné au diable la guerre et la bataille de Nortlinguen... (1645). Paris 8 7bre (1645).

CHAPPUIS.

CCXCVI

Ce vingt huictieme jour du mois de juillet 1634, nous soubsignés avons convenu que Mr le baron de Dizimieu tiendra la premiere chambre et la garde robe ensemble la premiere chambre, à raison de douze escus par mois, y compris le giste du laquais, escurie pour quatre chevaux et place du carrosse, à la charge neantmoins que ledict seigneur se servira de sa vaiselle et linge, et moyennant ce, la dame hostesse fera blanchir et essuyer lesdicts linge et vaiselle et donnera lieu propre à bucher et charbon. Faict à Paris, lesdicts jour et an, dans le logis où pend pour enseigne le plat de gelée, en la rue du Louvre[3].

militaire du 8 août 1645, le sieur de Beauvais-Plesian lègue ses biens de Dauphiné au sieur de Maugiron, sa maison de Vienne aux PP. Augustins réformés, etc., « et luy présentant pour signer, il lui a pris un grand vomissement de sang par la bouche, avec lequel il a rendu l'âme à Dieu... Despines prévot général de l'armée ».

« Le pauvre Bauvais » pourrait être aussi Jean-François de Berton de Crillon, dit le sieur de Beauvais, un des sept enfants de François de Berton de Crillon, seigneur de Montmeyran, en Valentinois, du chef de sa femme Anne des Alrics, 1606, fille de Charles des Alrics et de Marguerite de Grôlée-Viriville ; cette dernière, fille de François de Grôlée-Viriville et de Sébastienne de Clermont, sœur de Claudine de Clermont, femme de Balthazard de Disimieu.

[1] Chabo, Chabou, famille de la Côte-Saint-André; en Viennois, anoblie, 1577, a fourni un grand nombre de braves officiers. François Chabo, sr de Nantoin, marié à Françoise, fille de Thomas Salignon, 5 mai 1612, d'où neuf enfants. Le sr de Chabo, capitaine des gardes du maréchal de Grammont, est tué à la bataille de Nordlingen, 1645. Le maréchal fut fait prisonnier ; le capitaine de ses gardes resta mort sur la place ; le lieutenant fut blessé et fait prisonnier ; le cornette, le maréchal des logis, toute la compagnie de ses gardes, qui était de cent maîtres, à la réserve de douze, aussi pris, quatre aides de camp, trois de ses pages et tous ses domestiques qui l'avaient suivi furent tués à ses côtés.

[2] Malin, maison forte sur Villemoirieu, à 2 kilomêtres de Crémieu, non loin de Dizimieu. Noble Antoine Thupinier, dit Quincieu, gendarme de la compagnie de M. de la Valette, épousa, 28 avril 1582, Catherine, fille de Jean de Maleysieu et d'Antoinette Fayer, fille et héritière de Barthélemy Fayer, seigneur de Malin. Par transaction du 13 juin 1593 avec Méraude de Maleysieu, sœur de sa femme, Antoine Thupinier acquit la terre de Malin. Jude-Laurent de Thupinier, seigneur de Malin, son fils, eut de Laurence Chausson : Benoît, sr de Malin, et Marc, morts aux armées.

[3] Auberge du Plat de Gelée, rue du Louvre, près des pères de l'Oratoire.

Je soubsigné confesse avoir eu et receu de Monsr Duran, pour Monsieur le baron de Disimieu, pour quatre petits portraitz et celuy de Monsr le baron, quatre pistolles d'Espagne. (Ledit portrait de Monsr Disimieu je promets le rendre à son retour.)

Item pour sept aultres petits portraitz, trois pistolles et demie.

Item pour un portrait de Mme la Vve de Mr de Disimieu, deux escus.

Sur quoy je avois reçu, de mondit s^r Desimieu, dix livres traize solz.

Item pour deux tableaux sur cuivre, ledit s^r Duran m'a paié vinct et quatre livres, qui font en tout quatre vinctz traize livres quinze solz, de laquelle somme je quitte ledit s^r Disemieu et Duran. Faict à Paris le dix-huitiesme Aoust 1634. Pour la somme de 93 l. 15 s.

MARTIN.

CCXCVII

Je prie monsieur l'abé de la Vergne[1] en passant à Vienne de voir madame la contesse de Disimieux et luy tesmoigner que j'aurois une extreme joie si les propositions qui luy ont esté faicte par mademoiselle de Portes[2] pouvoient reussir, et si on pouvoit adjouster cette nouvelle liaison à la proximité qui est desja entre nous. 9bre 1663.

A. DE BOURBON[3].

[*Au dos*]: Billet de Mg le prince de Conti sur une proposition de mariage pour ma fille la M. Daix.

---

[1] Pierre de la Vergne de Trèssan, de la R. P. R. né le 11 avril 1615, se convertit, quitta la cour, se fit prêtre et missionnaire, en Languedoc, Provence et Dauphiné. Aumônier du roi, prieur de Rouen, il devint directeur particulier de Marie-Anne Martinozzi, princesse de Conti, et de plusieurs autres personnes de qualité. Au cours d'une mission, dans les Cévennes, en quittant le château de Térargues, où il avait été reçu par Marie-Félicie de Budos, marquise de Portes, il se noya avec son valet, dans un torrent, 1er avril 1684. La marquise lui fit élever un tombeau dans la chapelle du château.

[2] Probablement, Marie-Félicie de Budos, m^{ise} de Portes, s'occupant d'un mariage pour Marie-Angélique, fille de Jérôme de Disimieu et d'Anne du Puy du Fou, alors veuve de Maurice, marquis de la Chambre et d'Aix, remariée, 1664, à Alexandre-Girard Scaglia, comte de Verrue. Voir Lettre cccxxxiii.

[3] Armand de Bourbon, prince de Conti, fils puîné d'Henri, prince de Condé, et de Char-lotte de Montmorency, fille du connétable de Montmorency et de Louise de Budos; cette dernière était sœur de Marguerite de Budos, femme de César de Disimieu et de A.-H. de Budos, marquis de Portes, dont la fille aînée, Marie-Félicie, m^{ise} de Portes, morte sans alliance, en 1698, laissa pour héritier universel le prince de Conti.

34

CCXCVIII

MONSIEUR DE DESIMIEU, GOUVERNEUR DE MA VILLE DE VIENNE.

Monsieur de Disimieu, ayant advisé d'envoyer à Vienne les compagnies des capitaines Hannibal[1] et Saint Pierre du regiment de Navarre[2], pour y tenir garnison, je vous escris ceste lettre afin que vous donniez ordre qu'elles y soient receues et logées sans difficulté, suivant le commandement que j'en fais aux habitants. Priant Dieu, Monsr de Disimieu, qu'il vous ayt en sa saincte et digne garde. Escript à Paris, le xxiiiie jour d'octobre 1614.

LOUIS.
BRULART.

CCXCIX

MONS^r DE DIZIMIEU, CONSEILLER EN MON CONSEIL D'ESTAT, CAPPITAINE DE CINQUANTE HOMMES D'ARMES DE MES ORDONNANCES ET GOUVERNEUR DE MA VILLE DE VIENNE.

Monsr de Dizimieu, ayant commandé au baron d'Estissac de mener et conduire, en mon pays de Provence, quatre compagnies de gens de pied de

---

[1] *Troupes*, voir Lettres : VI, LXIV, LXX, CXII, CXIV, CXXVII, CXXIX, CXXXXIII, CXL, CLXIV à CLXXII, CLXXXV, CXCVIII, CC, CCIV, CCVI, CCIX à CCXV, CCXVII, CCXVIII, CCXX, CCXXV, CCXXX, CCXXXVII, CCXXXIX, CCXL, CCXLIX, CCLXXXIV. Hannibal, ou Annibal (le s^r d'), fils naturel du connétable de Montmorency ; il commanda, par la suite, le régiment dit d'Annibal, qui servit presque constamment sous le duc de Montmorency en Languedoc, 1622 ; Montmorency, après la prise de Lunas, 1629, nomma Annibal, « son frère naturel », gouverneur de cette place, pour le dédommager de la prise de son château de Mous, près d'Alais, saccagé par le duc de Rohan, 1628 ; à l'une des attaques contre Privas, le régiment d'Annibal eut plusieurs officiers et plus de 100 soldats mis hors de combat, 26 mai 1629 ; fort de dix compagnies de 100 hommes et commandé par son maître de camp, ce régiment, lors du secours de Casal, se distingua à la bataille de Veillane, gagnée par Montmorency sur les Espagnols, 10 juillet 1630. Le s^r d'Annibal, maître de camp, fut tué sous Leucate, en Roussillon, septembre 1637. Les religionnaires, à la prise d'Alais, 1621, mirent en pièces le cadavre de la dame d'Annibal qu'ils avaient exhumé. Marguerite-Felice de Montmorency, dame de Mous, fille de H. et P., seigneur Annibal de Montmorency, épousa, 21 juillet 1639, en présence de Marie-Felice des Ursins, veuve du duc H. de Montmorency, Charles de Molette, marquis de Morangiès, bailli du Gévaudan.

[2] Le régiment de Navarre, un des quatre vieux corps de l'armée royale, avec Picardie, Champagne et Piémont. Ces régiments, ainsi que les cinq Petits Vieux, avaient le privilège de n'être point réformés ou licenciés à la paix.

cent hommes chacune[1], et advisé de les faire descendre sur le Rosne,
jusques à Tarascon, et de les faire loger, suivant la routte que je luy ay
prescritte, aux fauxbourgs de ma ville de Vienne, je vous ay bien voulu
faire ceste lettre pour vous en donner advis et vous dire que vous ayez à
tenir la main à ce que, suivant et conformément à celle que j'escris aux
consuls et habitants de ladicte ville, ils ayent à recevoir et loger lesdicts gens
de guerre aux fauxbourg d'icelle, et leur administrer par estappes les vivres
et autres commoditez necessaires pour leur passage, pendant ung jour seulement, et n'estant cestecy pour autre sujet, je prie Dieu, Monsr de Dizimieu, vous avoir en sa saincte garde. Escrit à St Germain en Laye, le
xxviiie jour de novembre 1615.

                                                              LOUIS.
                                        PHELYPEAUX.

CCC

A MONSIEUR, MONSIEUR LE CONTE DE DISIMIEU, CONSEIL-
LER DU ROY EN SES CONSEILZ PRIVÉ ET D'ESTAT, GOUVERNEUR DE VIEN-
NOYS, A VIENNE.

Sur ce qui a esté remonstré au roy, par le procureur scindic general des
estats de Daulphiné, [que] les gens de guerre qui ont passé delà les monts
ont commis beaucoup de ravages & desordres et de violances, ausquelles
s 'yl ne luy estoit promptement pourveu, il seroit à craindre de voir une
ruine et desolation entiere dudict pays, sa majesté estant en son conseil,
desirant remedier à ce que semblables desordres n'arrivent à l'advenir, a
ordonné et ordonne que nouvelles routes seront faictes, nouveaux lieux
assignez pour le passage et logement desdictes troupes, les plus com-
modes qui seront advisés par le gouverneur ou lieutenant general de ladicte
province se treuvant sur les lieus. Ordonne aussy sad. majesté que, pour
eviter la confusion et la violance qui c'est praticquée jusques icy, ne passeront à la fois dans ladicte province que trois compagnies composées de
cent hommes la chascune, ny ne pourront loger daventage qu'une nuict en
chacun lieu, ausquelz les villes et villages destinez pour leurs logements

---

[1] Ce régiment levé, 27 décembre 1615, par Benjamin de la Rochefoucauld, comte d'Estissac, puis incorporé dans celui de Lauzières, reprit, en 1621, le nom d'Estissac, son nouveau
maître de camp. Ces troupes étaient destinées à arrêter le prince de Condé qui se dirigeait
sur Bordeaux pour s'opposer au mariage du roi.

seront obligez de fournir tous vivres necessaires, en payant au taux arresté
en son conseil, assavoir pour chacun soldat, par jour, deux livres et demy
de pain entre bis et blanc, à neuf deniers la livre, et un pot et demy de
vin, mesure dudict lieu, à neuf deniers le pot, une livre et demy de cher,
moytié beuf moytié mouton, à quinze deniers la livre l'une pourtant l'autre, ne revenant le tout qu'à cinq solz par jour, pour chacun soldat ; et
quant aux membres, le capitaine ne pourra prendre que pour huict, au
taux susdict, le lieutenant pour six, l'enseigne pour quatre, et à chasque
sergent pour deux. Et pour la cavallerie sera fourny à chacun cheval leger,
pour jour, demy quintal de foin, à raison de dix solz le quintal, six
mesures d'avoyne, à six deniers la mesure, six livres de pain, trois pots
de vin, trois livres de cher, moytié beuf moytié mouton, au mesme pris
que dessus, et revenant le tout, par jour, chacun cheval leger, qu'à dix
huict solz. Et quand aux membres, le cappitaine ne pourra prendre que
pour huict, au taux susdict, le lieutenant pour six, le cournette pour
quatre, le mareschal des logis pour trois, enjoignant très expressement
sadicte majesté à tous cappitaines & lieutenants, mesmes aux commissaires
conduisantz lesdictes trouppes, de faire observer lesdicts taux et empecher
qu'il ne soit excedé, à paine d'en respondre à leur propre et privé noms,
ny que lesdictes villes et villages puissent estre contraincts de fournir audict taux, que pour le nombre porté par leursdictes commissions, et pour
les chef et soldats effectifz tant seulement, lesquelles commissions lesd.
cappitaines et commissaires seront obligez, à cest effect, d'exiber à ceux
qui seront commis, de la part des estatz dudict pays, pour la conduicte
desdictes troupes, après qu'ilz auront retiré l'attache du gouverneur ou
lieutenant general en ladicte province, sans que, pour quelque cause et
occasion que ce soit, eux ny autres personnes puissent imposer ny permettre imposés ou levées, pour ce regard, aulcuns deniers, sur les subjects dudict pays, sans expresse permission de sa majesté, sur les paines
portées par lesd. ordonnances. Et affin que les ordres, de tout temps pra-
tiquez dans ledict pays pour le rambourcement des surtaux et avances
faictes par lesd. villes et villages, soient observez, sa majesté ordonne que
celuy qui sera commis par les estatz, pour la conduite des gens de guerre,
arrestera avec lesdictes villes et villages, dans deux jours après pour tout
deslay, le nombre des soldatz qui y auront logé : lesquelz en après rappor-

teront aux premiers estats une copie de la commission des cappitaines &
certifficat des commissaires et dudict commis, pour estre sur lesdicts actes,
les despences et surtaux arrestez sans fraiz par lesdicts estats, et esgales
et imposez sur le general de la province, en vertu des commissions de sa
majesté et non autrement, voulant sad. majesté que le present reglement
soit exactement observé, mesme·pour la despence des troupes qui ont
passé en ladicte province, et parce que l'impunité des crimes et desordres
passez pourroient à l'advenir augmenter la licence des gens de guerre,
S. M. veult et entend que les cappitaines, lieutenantz et commissaires
soient obligez de remettre, à la premiere requisition qui leur en sera faicte
par les commis des estatz, les soldatz insolantz et contrevenantz au present
arrest, entre les mains de la justice, sur paine d'estre poursuivys, en
leurs propres et privez noms, et d'estre chastié selon la rigueur des lois
du royaume. A cause de quoy S. M. ordonne, au gouverneur et lieutenant
general & officiers de ladicte, province, de tenir la main soigneusement à
l'execution du present reglement et enjoinct, au procureur scindic general
des estats dudict pays, de le faire enregistrer où besoin sera, à ce que
personne n'en pretende cause d'ignorance. Faict au conseil d'estat du roy,
sa m. y estant, tenu à Fontaineblau, le dix huictiesme jour d'aoust 1625[1].

PHELYPEAUX.

CCCI

MONS^r DE DIZIMIEU, GOUVERNEUR DE MA VILLE DE VIENNE.

Monsr de Dizimieu, ayant resolu, pour le bien de mon service, de faire
acheminer, de Honfleur et Pont de l'Arche, à Villeneufve lez Avignon,
quatre compagnies de gens de guerre à pied corses[2], et de les faire passer
par ma ville de Vienne, mesmes, pour la plus grande dilligence, de les faire
descendre depuis madicte ville jusques à Valance, sur la rivière du Rosne,

---

[1] 1625. Guerre contre les protestants en Languedoc, en Bretagne, à la Rochelle ; les
troupes françaises et savoisiennes battent les Espagnols en Piémont, font quelques conquêtes
dans l'État de Gênes et les perdent. — Cette ordonnance sur les gens de guerre fut confirmée
et amplifiée par l'édit du 15 janvier 1629.

[2] Jean-Baptiste d'Ornano, comte de Montlor, colonel général des Corses, 1595, lieutenant
général en Normandie, gouverneur de Quillebeuf, de Pont-de-l'Arche, du Pont-Saint-Esprit,
gouverneur de Gaston d'Orléans, maréchal de France, 7 avril 1626, mort prisonnier au
château de Vincennes, le 2 septembre suivant.

j'ay bien voulu vous faire ceste lettre, pour vous en donner advis et vous dire que vous ayez à donner ordre à ce que lesdicts gens de guerre soient receuz et logez aux fauxbourgs de madicte ville de Vienne, et qu'il leur soient administré les vivres et autres commoditez qui leur seront necessaires, en payant suivant le taux qui sera fait avec les consulz et habitants de madicte ville, par le commissaire ordonné à la conduicte desdictes compagnies, desirant en outre que vous ayez à leur faire fournir et bailler les batteaux necessaires, pour descendre depuis ledict lieu de Vienne jusques à Valance. A quoy m'asseurant que vous satisferez, je ne vous en feray cestecy plus expresse, priant Dieu, Monsr de Dizimieu qu'il vous aie en sa saincte garde. Escrit à Blois, le ixe jour de juing 1626.

LOUIS.

LE BEAUCLERC [1].

CCCII

MONSIEUR DE DIZIMIEUX, GOUVERNEUR DE MA VILLE DE VIENNE.

Monsr de Dizimieux, ayant jugó necessaire, pour le bien de mon service, de faire venir cinquante hommes de pied et seize carabins [2], de ma ville de Montpellier à celle de Calais, pour y tenir garnison, j'ay fais expedier la routte qu'ils doivent tenir, et pour ce qu'ilz doibvent loger aux fauxbourgs de Vienne, je vous faict la presente pour vous dire que vous donniez ordre que les estappes leur soient données, tout ainsy qu'aux trouppes de gens de guerre qui y ont cy devant passé, et que vous les laissiez librement loger aux lieux portez par leur dicte routte. Priant Dieu qu'il vous aye, Monsr de Dizimieux, en sa saincte et digne garde. Escrit à Paris, le xxve jour de janvier 1627.

LOUIS.

LE BEAUCLERC.

CCCIII

MONSIEUR DE DIZIMIEUX, GOUVERNEUR DE MA VILLE DE VIENNE.

Monsr de Dizimieux, retirant de la Valteline les dix compagnies de mon

---

[1] Charles le Beauclerc, s^r d'Achères, secrétaire d'État, 1624, mort 12 octobre 1630.

[2] En 1627, la guerre avait été déclarée avec l'Angleterre. — Carabins, cavaliers armés d'une carabine, attachés aux compagnies de cavalerie.

regiment de Normandie[1], pour m'en servir ailleurs, j'ay ordonné qu'elles aillent loger aux fauxbourgs de Vienne, à St Rambert et à Tin[2], dont je vous donne advis par la presente, afin que vous ne fassiez poinct de difficulté de leur donner passaige et logement, aux lieux susdicts, suivant l'ordre porté par la route que j'en ay faict expedier. Et prieray Dieu qu'il vous ayt, Monsr de Dizimieux, en sa saincte et digne garde. Escrit à Paris, le xiiie jour de febvrier 1627.

CCCIV

Les pièces suivantes constituent le cahier des ordres communiqués à J. de Disimieu, capitaine d'une compagnie de chevau-légers, au cours de la guerre contre les religionnaires du Languedoc, de 1627 à 1629.

Louis par la grace de Dieu roy de France et de Navarre, à nostre cher et bien aymé le sieur de Dizimieu[3], salut. Saichant qu'il n'y a rien quy donne une paix plus assurée à nostre estat que l'entretien d'un bon nombre de gens de guerre, affin d'intimider ceux qui auseroient entreprendre d'en troubler le repos, s'ilz nous voyent despourveus de forces, nous avons resolu de mettre encorres sur pied quelque compagnye de cavallerye et d'en bailler la charge à des personnes dont les services et affections nous soyent cognenes; et d'aultant que, pour commander une compagnye de chevaux legiers, nous ne saurions faire une plus digne ellection que de la vostre, sur l'assurance que nous avons de vostre fidellité et affection à nostre service et experiances aux faics des armes : A ces causes, nous vous avons commis, ordonné et deputé, commettons, ordonnons et deputons par ces presantes signée de nostre main, pour lever et mettre sus, incontinant et le plus dilligemment qu'il vous sera possible, le nombre de cinquante hommes de guerre montés et armés à la legere, des plus agueriz que vous pourez trouver et choisir, lesquelz vous conduirez et exploicterez, soubz l'authoritté de nostre très cher et bien aymé cousin le conte d'Allaix, collonel general

---

[1] La guerre de la Valteline fut terminée par le traité du 5 mars 1626. — Le régiment de Normandie avait pris rang par faveur, 1619, à la suite des quatre vieux corps.

[2] Saint-Rambert-d'Albon, sur la rive gauche du Rhône (Drôme), 28 kilomètres de Vienne ; Tain (Drôme), 25 kilomètres de Saint-Rambert.

[3] Jérôme de Disimieu, fils de César, comte de Disimieu, et cousin germain du duc de Montmorency et de Henri de Bourbon, prince de Condé.

de nostre cavallerye legere[1], selon qu'il vous sera, par nous ou noz lieutenans generaux, commandé et ordonné pour nostre service, et nous vous
ferons payer ensemble vosdictz hommes de guerre de leurs soldes, estatz
et appoinctemens, en la forme et maniere accoustumée, donnant ordre qu'ilz
vivent sy modestement qu'il ne nous en vienne aulcune plaincte. De ce
faire, vous avons donné et donnons plain pouvoir, puissance, auctoritté,
commission et mandement spetial, mandons et commandons qu'à vous, en
ce faisant, soit obey, car tel est nostre plaisir. Donné à Niort[2], le dixiesme
jour d'octobre, l'an de grace mil six centz vingt sept et de nostre regne le
dixhuictieme. Louis. Par le roy, Le Beauclerc.

Le mareschal de Crequy duc de Ledisguires *(sic)*, pair de France,
lieutenant general pour le roy en Daulphiné.

Ayant pleu au roy, par ses lettres du dixiesme d'octobre dernier, donner
commission, au sieur barron de Dizimieu, de mettre sur pied une compagnye de chevaux legers composée de cinquante hommes, les chefz et officiers y comprins, et nous ordonner, par lettre particulliere, de donner
quartier en ceste province au sieur de Dizimieux, pour faire la levée de
ladicte compagnye, nous luy avons donné le lieu de Beaurepaire[3], enjoignant pour cet effect, aux consulz et habitans dudict lieu, de fournir logis et
vivres à lad. compagnye pour quinze jours tant seullement, conformement
au taux que nous en avons faict cy joinct, à payne de desobeissance, et
seront iceulx habitans remboursés de la despance qu'ilz feront, pour ce
regard, par le general de ladicte province. Faicte à Grenoble le... novembre
mil six centz vingt sept. Crequy. Videl.

Taux des vivres qui seront fournis à la compagnye de chevaux legers
du sieur barron de Dizimieux par le lieu de Beaurepaire, conformement à

[1] Charles de Valois, duc d'Angoulême, fils naturel de Charles IX et de Marie Touchet ;
colonel général de la cavalerie légère, mort 1650 ; son fils, Louis, comte d'Alais, puis duc
d'Angoulême, colonel général de la cavalerie légère, 1624, gouverneur de Provence, mort 1653.

[2] A l'automne de 1627, le duc de Rohan avait, à nouveau, soulevé les protestants du
Languedoc. Louis XIII, qui surveillait, de Niort, les troupes anglaises débarquées en l'île de
Rhé, nomma, le 10 octobre, Henri de Bourbon, prince de Condé, commandant de son armée,
en Languedoc, et le duc de Montmorency, son lieutenant général.

[3] Une fraction de la compagnie de Disimieu, levée dans le Viennois, partit de Beaurepaire
(Isère) et, suivant la rive gauche du Rhône, rejoignit, près de Valence, l'autre portion venue
de Sainte-Colombe-lès-Vienne (Rhône), par la rive droite.

nostre ordre de ce jour, estant lad. compagnye composée de cinquante maistres, les chefz et officiers y comprins.

Sera fourny à chacun chevaulx leger, par jour, demy quintal de foin, à raison de dix solz le quintal, dix picottins d'avoyne, à six deniers le picottin, six livres de pain entre bis et blanc, à neuf deniers la livres, trois potz de vin du cru du lieu, à neuf deniers le pot, trois livres de chair moictié bœufz moictyé mouton, à quinze deniers la livre, sy mieux lesdictz habitans n'ayment payer, à chacun desdictz chevaux legers, quarente cinq solz par jour.

Le capp^{ne} prenant pour huict, le lieutenant pour six, le cornette pour quatre, le mareschal des logis pour trois. Faict à Grenoble le.... 1627. Crequy. Videl.

Consulz et habitans de Beaurepaire, c'est pour vous dire que j'ay donné quartier à monsieur le barron de Dizimieux sur vostre lieu, pour y assembler la compagnye de chevaux legers qu'il a pleu au roy luy donner de mettre sur pied pour son service, à laquelle vous fournirez logis et vivres, conformement à mon ordre. De quoy m'assurant, je demeure, consulz et habitans de Beaurepaire, à Grenoble le... 1627, Vostre meilleur amy, Crequy.

Routte que tiendra la compagnye de chevaux legers du sieur barron de Dizimieu s'en allant à Vallance pour le service du roy, estant ladicte compagnye de cinquante hommes, les chefz et officiers y comprins.

Partant du lieu de Beaurepaire où elle est à presant, elle yra pour la premiere journée à :

St Roman d'Albon,

De St Roman d'Albon à Tain[1],

De Tain à Vallance, où elle recepvra ordres de monsieur le prince.

Il est mandé et ordonné, aux consulz et habitans des lieux de la susdicte routte, de fournir logis et vivres à ladicte compagnye, pour une couchée et disner du lendemain tant seullement, à payne aux reffusans de desobeissance. Faict à Grenoble le xiij de decembre 1627. Crequy. Videl.

Le bourg et viguerye de Mandroin[2] de Saincte Coulombe sont ordonnez,

---

[1] Saint-Romain-d'Albon, Tain, Valence (Drôme).
[2] Le Mandran, près de Sainte-Colombe (Rhône).

pour la compagnye de chevaux legers de monsieur le barron de Dizimieux, pour y demeurer jusques à nouvel ordre. Faict à Vienne, ce huictiesme decembre 1627. Regnaudin.

La compagnye de monsieur le barron de Dizimieux, partant de Saincte Colombe, s'en yra loger à Verlieu et Sainct Michel[1]. De là à Vernoz.

De Vernoz à Estable[2], et envoiront à Vallance prendre ordre de ce qu'ilz auront affaire. Faict ce douziesme decembre 1627. Regnaudin.

Les compagnyes de chevaux legers de monseigneur le prince et du sieur barron de Dizimieux passeront ensemble la riviere du Rosne, à Tournon[3], sabmedy prochain, et yront loger à Beaumont Le Monteux, près Chateauneuf d'Isere;

à Louriol, le dimanche dix neuf;

à Chateauneuf du Rosne[4], le lundy vingtiesme;

le mardy vingt ungiesme, passeront au Pont Sainct Esprit et yront loger à St Alexandre

le mercredy vingt deuxiesme, à Montfaucon.

duquel lieu, ils envoiront à Villeneufve d'Avignon prendre ordre de ce qu'ilz auront à faire. Faict à Vallance, ce jeudy seiziesme decembre mil six centz vingt sept. Regnaudin.

Il est ordonné, aux compagnye de chevaux legers de monseigneur le prince et du sieur barron de Dizimieux, de sejourner demain mercredy à Saint Estienne et Venejan, où ils sont ce jour logez, et envoiront à Bagnault prendre ordre de ce qu'ilz auront affaire. Faict au St Esprit, ce mardy vingt deuxiesme decembre mil six centz vingt sept. Regnaudin.

La compagnye de monsieur le barron de Dizimieux, ayant faict l'escorte à Laroque, s'en yra loger à Venejan, et sera fourny à la despance par les habitans de Sainct Laurens de Cornolz et St Nazaire; demain vendredy, se rendront à sept heures du mattin à Clavelette sur le Rosne, auquel lieu ils recepvront ordre de ce qu'ilz auront affaire. Faict à Bagnolz, ce jeudy vingt troisiesme decembre mil six centz vingt sept. Regnaudin.

Le bourg et paroisse de Saze est ordonné pour la compagnye de chevaux

[1] Verlieu; Saint-Michel (Loire).
[2] Vernosc; Etables (Ardèche).
[3] Tournon (Ardèche), sur la rive droite du Rhône.
[4] Beaumont-Monteux, Châteauneuf-d'Isère, Loriol, Châteauneuf-du-Rhône (Drôme).

legers de monsieur le barron de Dizimieux, pour ce jourdhuy vendredy et demain sabmedy jour de Noel; envoiront à Avignon prendre ordre de ce qu'ilz auront affaire. Faict au camp de Clavelette, ce vendredy vingt quatriesme decembre mil six centz vingt sept. Regnauldin.

La compagny de chevaulx legers de monsieur le baron de Dizimieux ira demain dimanche logé à Fournez, envoiront à Avignon prendre ordre de ce qu'ilz auront affaire. Faict à Avignon, ce sabmedy vingt cinquiesme decembre mil six centz vingt sept. Regnauldin.

La compagnye de chevaux legers de monsieur le barron de Dizimieux se rendra, demain lundy à huict heures du mattin, en bataille viz à viz de Monfrain, dela Leguerdon[1], auquel lieu ilz auront ordre de ce qu'ilz auront affaire. Faict à Avignon, ce vingt sixiesme decembre mil six centz vingt sept. Regnauldin.

La compagnye de monsieur de Dizimieux retournera, ce jourdhuy lundy, à Fournez, et se rendra demain à huict heures au mesme lieu où elle a estée ce jourdhuy en bataille, viz à viz de Monfrain. Faict au rendevous dudict Monfrain, ce vingt-septiesme decembre mil six centz vingt sept. Regnauldin.

Monsieur le barron de Dizimieux marchera après monsieur de Montgon[2], et en plaine son escadron marchera adroict des bataillons, le bagage suyvra après l'infanterye en pays estroit et en plaine, à gauche des bataillons. Faict ce vingt neufviesme decembre mil six centz vingt sept. Regnauldin.

La compagnye de monsieur le barron de Dizimieux envoira dix maistres, sur le hault viz à viz de la porte Mazel, pour favoriser le passage des bagages ; lesquelz passeront le pont de Sainct Gilles et s'aresteront dans la plaine au bout dudict pont, et le corps de ladicte compagnye s'acheminera deans ladicte plaine, sur le chemain de main droicte au bout dudict pont. Faict ce jourdhuy trentiesme decembre mil six centz vingt sept. Regnauldin.

La compagnye de chevaux legers de monsieur le barron de Dizimieux ira ce jourdhuy jeudy loger à Lunel le Viel, auquel lieu elle attendra l'ordre de monsieur le marquis de Portes, pour son acheminement à leur garnison,

[1] Pont-Saint-Esprit, Saint-Alexandre, Montfaucon, Villeneuve-lès-Avignon, Saint-Etienne-des-Sorts, Vénéjean, Bagnols-sur-Cèze, la Roque, Saint-Laurent-la-Vernède, Saint-Nazaire, Clavelette, Saze, Fournès, Montfrin (Gard) ; le Gard, ou Gardon, affluent du (Rhône).

[2] M. de Montgon, commandant une compagnie de 100 chevau-légers (Charles-Louis de la Rochefoucauld, m^is de Montendre, s^r de Montguyon). — Condé, arrivé à Valence le 11 décembre 1627, après divers succès, rejoignit Montmorency à Aigues-Mortes, le 29 décembre.

envoiront, demain à neuf heures, à Montpellier prendre leur ordre. Faict ce sixiesme janvier mil six centz vingt huict. Regnauldin.

La compagnye de monsieur le barron de Dizimieux ira, demain sabmedy, logé à Villeneufve de Maguelonne, auquel lieu ils attendront les ordres de monsieur le marquis de Portes, mareschal de camp. Faict ce septiesme janvier mil six centz vingt huict. Regnauldin.

Il est ordonné à la compagnye de monsieur le barron de Dizimieux d'aller loger à Lunel[1]. Demontmorancy.

Messieurs les consulz de Lunel. Vous congnoissez assez la main de monseigneur de Montmorency : c'est pourquoy je me contanterey de vous assurer, par son commandement et en l'absence de monsieur le marquis de Portes, que son intention est que vous recepviez la susdicte compagnye et luy administrez logis et vivres, jusques à ce que par ledict sieur marquis il en soit aultrement ordonné. A Montpellier, ce dixiesme janvier mil six centz vingt huict. Vostre plus humble et affectionné serviteur. Dufaure.

Il est ordonné à la compagnye de chevaux legers de monsieur le barron de Dizimieux de prendre pour logement le lieu de Beauquaire, pour deux nuictz tant seullement, et sera par ledict lieu de Beauquaire administrés logement et vivres, pour lesdicts deux nuitz. Faict ce septiesme febvrier mil six centz vingt huit. Rentiere, mareschal des logis de l'armée dans le departement de monseigneur le marquis de Portes.

Il est ordonné à la compagnye de chevaux legers de monsieur le barron de Disimieu de prendre pour logement le lieu de Roqueffort, aujourdhuy mercredy, pour une nuict tant seullement. Faict à Beauquaire ce neufviesme febvrier mil six centz vingt huict. Rentiere, mareschal des logis de l'armée, dean le departement de monseigneur le marquis de Portes.

Il est ordonné à la compagnye de chevaux legers de monsieur le barron de Dizimieux de prendre pour logement le lieu de Rochemore, pour leur estre par ledict lieu administrez logis et vivres, et envoiront aux nouvelles à Bagnaulx pour prendre noureau ordre. Faict à Beauquaire, ce neufviesme febvrier mil six centz vingt huict, pour servir à demain dixiesme. Rentiere, mareschal des logis de l'armée, deans le departement de monseigneur le marquis de Portes.

---

[1] Saint-Gilles (Gard) ; Lunel, Villeneuve-lès-Maguelonne (Hérault).

Il est ordonné à la compagnye de chevaux legers de monsieur le barron de Dizimieux de prendre pour logement le lieu de Lodun[1], attendant nouvel ordre. Faict à Bagnaux, ce quinziesme febvrier mil six centz vingt huict. Rentiere mareschal des logis de l'armée, deans le departement de monseigneur le marquis de Portes, pour servir à demain seiziesme, et la maison de monsieur Ambrun[2] exceptée de logement, par ordre de mondict seigneur, Rentiere.

Il est ordonné à la compagnye de chevaux legers de monsieur le barron de Dizimieux de prendre pour logement le lieu de Montfrain, où il leur sera administré vivres et logement, attendant nouvel ordre, et envoiront aux nouvelles à Beauquaire. Faict à Lodun, ce dixhuictiesme febvrier mil six centz vingt huict. Rentiere, mareschal des logis de l'armée, dans le departement de monseigneur le marquis de Portes, pour se rendre audict Montfrain, ledict jour dixhuictiesme.

Henry de Bourbon, premier prince du sang, premier pair de France, lieutenant general des armée du roy en Provance, de Languedoc, Daulphiné, Lionnois et Guienne, aux consulz, scindic et deputtez du dioceze d'Uzès. Estant très important et necessaire, pour le bien du service de sa majesté et utillitté publicque, de faire vivre avec ordre dicipline les trouppes de gens de guerres, tant infanterye que cavallerye, que nous avons jugez à propoz de laisser au Bas Languedoc, pour s'opposer aux entreprinses des rebelles et ennemis de sa majesté et de l'estat, maintenir, conserver en seuretté les villes quy sont en son obeyssance et garentir d'oppressions ses subjectz, et avons recherché les moyens plus adventageux pour servir à la nouritture desdictz gens de guerre, nous n'en avons poinct trouvé de plus propre que de faire payer, en denier comptant, lesdictes troupes et par ce moyen esvitter les foulles et desordres qu'ilz apportent, lors qu'ilz sont logez par les habitans des lieux de leur garnison quy seulz portent et souffrent ceste despance, laquelle se trouve reglée et esgallée, en l'observation du susdict ordre et aultres suivantz, assavoir que les habitans des lieux, où lesditz gens de guerres logeront, ne seront tenuz leur fournir que le convert

---

[1] Beaucaire, Rochefort, Roquemaure, Laudun, Bagnols (Gard).
[2] Guillaume d'Hugues, natif du Poujol, au diocèse de Béziers; archevêque d'Embrun, 1612, mort 27 octobre 1648.

et le feu. Les commissaires et controlleurs, ordonnez et desputtez à la conduicte desdictz gens de guerres, tiendront la main à faire payer, par lesdictz gens de guerres, les danrés vivres et fourages qu'ilz achepteront, au pris commung et ordre desdictz lieux. Quand lesdictz gens de guerres partiront des lieux de leurs garnisons, lesdictz officiers feront reparer les tortz qu'ilz pouroient avoir faictz à leurs hostes et payer comptant les vivres et aultres choses qu'on leur aura fourny et venduz, que les deniers destinez à la nourritture et entretenement desdictes trouppes seront, par les commis à ce depputtez, distribués ausdictz gens de guerres, à la presance et adsistance desdictz commissaires et controleurs et à la bancque, de huict en huict jours, et ne seront paiés effectifz et actuellement servantz, mandant au sieur de Portes mareschal de camp et ausdictz commissaires et controleurs de le faire observer, promectant ausdictz consulz et scindicq dudict dioceze de despartir, tel que bon leur semblera, pour assister à la distribution desdictz deniers et observation dudict ordre. Et en cas de contrevenantz, sera informé par le premier juge royal, sur ce requis, pour y estre par nous pourveu. A ces causes, nous vous mandons et ordonnons de payer incontinant et sans delley ez mains de Mr Pierre Massauri par nous commis à la levée et distribution desdictz deniers destinez pour la nourritture desdictz gens de guerres, et par chacun mois de la presante année, et jusques au premier jour de mars prochain, ou qu'autrement par nous en soit ordonné, la somme de douze mil cent vingt sept livres à laquelle revient la portion dudict dioceze, pour la nourriture et entretement d'ung mois desdictes trouppes. Et pour subvenir audict payement, vous pourrez emprunter, de telles personnes qu'advizerez la somme sur ce nécessaire, pour le remboursement de laquelle nous vous avons permis et permettons icelle asseoir et imposer sur tous et ung chacung les habitans et contribuables de vigueries et dioseze, en la forme et maniere accoustumée, de laquelle somme vous serez remboursés des premiers deniers quy seront destinez, par sa majesté, pour le payement desdictz gens de guerres, et en reffuz et dellez de payementz, au premier commandement qu'il vous en sera faict, vous y serez contrainctz par emprisonnement de voz personnes, vente et delivrance de voz biens propres et ainsy qu'est accoustumé pour les propres deniers et affaires de sa majesté, par le premier prevost, archers, huissiers sur ce requis, ausquelz nous commandons aussy ce faire, sans retardation, des deniers de sa majesté. Enjoinct à tous capp^{nes} gouverneurs des places, consulz, magistratz et autres officiers et subjetz du roy prester toutes aydes et main fortes pour l'execution des presantes. Donné à Adde[1], le neuf-viesme jour de janvier mil six centz vingt huict. Henry de Bourbon, Nesmond, par monseigneur, Peraud ainsy signé. Collationné à l'original, par moy con^{er} du roy, con^{eur} ord^{re} et prouvisial des guerres en Languedoc soubzsigné, Massant signé. Extraict de la coppye signé Massane, par moy greffier du dioseze d'Uzez soubz^{né}, Chabert.

Le marquis de Portes[2], chevallier des ordres du roy, lieutenant pour sa majesté ez pays de Gevauldan, Sevenes et mareschal de ses camps et armée.

Il est ordonné, au sieur barron de Dizimieux, d'aller loger, demain vendredy dixhuictiesme de ce mois, au lieu de Monffrain, avecq sa compagnye de chevaux legers, enjoignant aux consulz et habitans dudict lieu de les recepvoir et leurs administrer logis et vivres, à payne de desobeissance, sy mieulx ilz n'ayment leur bailler et payer, à chacung cavallier au nombre de cinq^{te}, les chefz nom comprins, quarante six solz par jour, pour leur entretenement, avec le feu et le couvert : le capp^{ne} prenant pour huict, le lieutenant pour six, le cornette pour quatre, le mareschal des logis pour trois, et les six bas officiers pour quatre. De laquelle despence, lesdictz consulz et habitans de Monffrain seront remboursés des deniers qui seront fournis par le scindic du dioceze d'Uzez, ez mains dudict Massans commis à la recepte des deniers destinés pour l'entretenement des gens de guerres. Faict à Bagnolz, ce dixseptiesme febvrier mil six centz vingt huict. Portes. Par monseigneur Portes ainsy signé.

Le lieu de St Jean est ordonné, pour logement, à la compagnye de chevaux legers de monsieur le barron de Dizimieux, et les habitans tenuz à leurs administrer vivres et fourages, et pour les desputez seront esgallement controllés pour desdommager lesdictz habitans des fraiz, suivant une deliberation. Faict au Bourg, ce vingt cinquiesme mars mil six centz vingt huict. Montreal.

<hr>

[1] Agde, Bagnols (Hérault) ; Montfrin (Gard).
[2] A.-H. de Budos, marquis de Portes, oncle de J. de Disimieu. Voir Introduction.

Le lieu de St Pons, la Roche chery[1], pour ayde, sont ordonnez pour logement à la compagnye de chevaux legers de monsieur le barron de Dizimieux, et pour les desputés du pays suyvant leurs deliberations, tenuz d'en controller la despence, pour en desdomager les habitans desdictz lieux, attandant nouveau ordre. Faict à Villeneufve, le vingt sixiesme mars mil six centz vingt huict. Montreal[2].

Lettre de monsieur de Vantadous[3] à monsieur le barron de Dizimieux.

Monsieur. J'ay ordre, de monseigneur le prince, de me servir en ce pays de vostre compagnye de chevaulx legers, et ayant apris que vous esties auprès de monsieur de Montreal, je vous supplye de m'y attendre avec vostre compagnye, où vous me verrez bien tost, desirant de vous faire congnoistre que je suis, Monsieur, vostre plus affectionné serviteur, Vantadous, d'Anonnay, ce xxviij mars 1628.

Coppye de l'ordre donné par monseigneur le prince.

Nous ordonnons, aux compagnyes de gensdarmes de M. d'Halincourt[4] et de chevaux legers des sieurs de Dizimieux et du Hallier[5], d'obeir et servir à ce quy leur sera ordonné pour le service du roy, où monsieur de Ventadous leur ordonnera. Faict à Tholouze, le xxiij mars 1628. Signé Henri de Bourbon, et escript de la main de monseigneur le prince. Collationné à son original, par moy secretaire dudict seigneur duc. Girard.

Il est ordonné à la trouppe de Dizimieux quy est à Vanniguiere de desloger, selon l'ordre qu'ilz en ont de ce matin, et que s'il y est demeurée quelquesuns de ladicte compagnye audict lieu, de nous venir trouver presentement. Faict à Viviers, ce vingt cinquiesme apvril 1628. Montmorency.

[1] Saint-Jean-le-Centenier, Saint-Pons, la Roche-Chérye, Bourg-Saint-Andéol (Ardèche).

[2] Guillaume de Balazuc, sieur de Savilhac, gentilhomme ordinaire de la chambre du roi, maréchal de camp, dit Monsieur de Montréal, à la mort de son père, Jean de Balazuc, seigneur de Montréal, 1591 ; il épousa, 17 février 1580, Françoise du Roure, se distingua à la prise de Privas, 1629, et mourut la même année. Savilhac et Lestranges furent les deux grands chefs de la Ligue en Vivarais. Lettre LXXII.

[3] Henri de Levis, duc de Ventadour. Lettre CCLXXXII — Annonay (Ardèche). — Le duc, arrivé à Beaucaire, 12 février 1628, battit à plusieurs reprises les religionnaires du Bas-Languedoc et du Vivarais.

[4] Nicolas de Neufville, marquis d'Alincourt et de Villeroy. Lettres CXXIX-CCCXII.

[5] François de l'Hôpital, dit Monsieur du Hallier, maréchal de France. Lettre CCLXXXIV.

Le lieu de la Vanniguiere est desparty pour nourrir et entretenir, ceste nuict, le bagage de la compagnye du sieur barron de Dizimieux. Et au cas que ledict bagage n'y puisse aller loger, nous ordonnons aux consulz dudict lieu de la Vanniniere de rembourser la despance que ledict bagage aura faict au lieu où il aura logé, à payne de deshobeissance. Faict à Viviers, le vingt cinquiesme jour d'apvril mil six centz vingt huict. Montmorency.

Monseigneur, monseigneur le duc de Montmorency et de Dampville, pair de France, gouverneur et lieutenant general pour le roy en Languedoc.

Vous remonstre treshumblement le sieur barron de Dizimieux, commandant à une compagnye de chevaux legers dans vostre armée, qu'ayant sabmedy dernier eu ordre, de monsieur de Vantadous, d'aller loger au lieu de la Vanniniere, il s'y seroit acheminé avec sadicte compagnye, où estant arrivé et faict voir ledict ordre aux consulz dudict lieu, ilz au lieu d'y obeir auroient reffusez de les loger, ce quy auroit obligé le supplyant de faire aller sadicte compagnye à Villeufve de Berc[1], où tous les chefz et cavalliers d'icelle auroient vescuz à leurs despens, pandant deux jours qu'ilz auroient faict sejour audict lieu. Et d'aultant qu'il ne seroit raisonnable qu'ilz, quy n'ont faict encorre aulcune monstre, supportassent cette despence, plaise, monseigneur, ordonner qu'au premier commandement qu'il sera faict ausdictz consuls, ilz payeront et rembourseront audict supplyant ce qu'ilz et lesdictz cavalliers ont payé pour leurs despanses et qu'à ce faire, en cas de reffus, ilz seront contrainctz par toute voye de droict et par corps, neanmoings que de la desobeissance et mespris par eulx faict au roy il sera informé, par le premier mareschal royal qu'il vous plaira de commettre pour ce faict, et l'inquisition rapportée, estre procedé contre les coulpables par les voye ordinaire, et ledict supplyant prira Dieu pour vostre prosperité et sancté.

Nous ordonnons que lesdictz consulz de la Vanniniere payeront et rembourseront incontinant, au supplyant, la somme de deux centz soixante livres, pour les frais de la despence que luy et les cavalliers de sa compagnye ont faicte au lieu de Villeneufve de Berc, pendant deux jours, à cause du reffus faict par lesdictz consulz de les loger, suyvant l'ordre qu'ilz en

_____

[1] Valvignères, Villeneuve-de-Berg, Viviers (Ardèche).

avoient, et à faulte d'y satisfaire, ilz y seront contrainctz par toutes voyes de droict et par corps, commettant le premier mareschal royal requis, pour informer de la desobeissance et mespris renduz par lesdictz consulz. Faict à Viviers, le xxvj[e] jour d'apvril mil six centz vingt huict. Montmorency. Par monseigneur, Hureau.

Le duc de Montmorency et de Dampville, pair de France, gouverneur et lieutenant general pour le roy en Languedoc.

Il est ordonné, à partye de la compagnye de chevaux legers du sieur barron de Dizimieux quy est à Tresque, de desloger incontinant dudict lieu et de s'en aller loger au lieu de Gaujart[1], avec les aydes ordonnez au lieu de Tresques, enjoignant aux consulz et habitans de la recepvoir et luy administrer logis et vivres, durant le sejour qu'elle y fera, à paine de desobeissance. Faict à Bagnolz, le dernier jour d'avril mil six centz vingt huict. Montmorency, et scellée par monseigneur, Berger.

Le duc de Montmorency et de Dempville, pair de France, gouverneur et lieutenant general pour le roy en Languedoc.

Il est ordonné, à la compagnye de chevaux legers du sieur barron de Dizimieux, de s'en aller en nostre ville de Bagnolz pour y tenir garnison jusques à nouvel ordre, enjoignant aux consulz et habitans de la recepvoir, et à ceux des vigueries dudict Bagnolz, Sainct Esprit et Rocquemore de payer, au sol et livre, la despence quy sera faicte par ladicte compagnye, quy est composée de soixante sept maistres, les chefz officiers et leurs appointemens y compris, à raison de quarente huict solz par jour, pour chacung desdictz maistres, exemptant nostredicte ville de Bagnolz de sa part et portion des logemens, que des aultres despances qu'elle a faictes par nostre ordre, ordonnant que les sommes quy seront, pour cest effect, payés par les consulz et habitans desdictes vigueries leurs seront remboursé par le scindicq du dioceize d'Uzez : à quoi il sera contrainct, et en cas de reffus, par toutes voyes deues et raisonnables, et comme pour les propres deniers et affaires de sa majesté. Faict à Bagnolz, le douziesme jour de may mil six centz vingt huict. Montmorency. et sellé et plus bas par monseigneur, Hureau.

---

[1] Tresques, Gaujac (Gard).

Le duc de Montmorency et de Dampville, pair de France, gouverneur et lieutenant general pour le roy en Languedoc.

La ville de Bagnolz est ordonnée pour loger la compagnye de chevaux legers du sieur barron de Dizimieux, enjoignant aux consulz et habitans de la recepvoir, et à ceux des villes et lieux des viguerie dudict Bagnols, Rocquemore et St Esprit, de payer au sol et livre ce à quoy se trouvera monter l'entretement de ladicte compagnye, à raison de quarente huict solz par jour, pour chacun maistre present et effectifz, à la charge que cest despense sera rejectée sur le general du dioceize d'Uzez, au payement de laquelle le scindic sera constrainct, comme pour les propres deniers et affaires de sa majesté, deschargeant ladicte ville de Bagnolz du payement de sa part et portion, tant en consideration du logement qu'à cause des grandes despences qu'elle a faicte pour le service du roy, de notre commandement. Faict à Bagnolz, le douziesme jour de may mil six centz vingt huict. Montmorency. et scellée et plus bas par monseigneur, Hureau.

Il est ordonné à monsieur le barron de Dizimieux de prendre pour logement, pour dix maistres de sa compagnye et pour son bagage, le lieu de Connault, où les habitans leur fourniront le couvert tant seullement, et au reste de sa compagnye ; incontinant l'ordre ressus partir pour se rendre au camp de Pousin, où ilz prendront nouvel ordre, l'ordonnance de monseigneur pour son entretenement, sur les vigueries, continuant jusques à ce qu'il en aye aultrement ordonné. Faict au camp à Baye, ce vingtiesme may mil six centz vingt huict. Rentiere, mareschal des logis de l'armée.

Il est ordonné à la compagnye de chevaux legers de monsieur le barron de Dizimieux, partant de Bagnols, de prendre pour logement la ville de Bourg où il leur sera administré vivres et logement, pour une nuict tant seullement, et le lendemain se rendront au camp. Faict à Baye, ce vingt ungieme may mil six centz vingt huict. Rentiere, mareschal des logis.

Le duc de Montmorency et de Dampville, pair de France, gouverneur et lieutenant general pour le roy en Languedoc.

Il est ordonné aux consulz des villes de Rocquemores et Bagnols de faire les advances, pour huict jours, des sommes quy seront necessaires pour l'entretenement de la compagnye de chevaux legers du sieur barron de Dizimieux, suivant l'ordre par nous faict, à la charge qu'ilz en seront remboursés par les consulz et habitans des lieux despendant des vigueries dudict Rocquemore et Bagnols, suyvant noz ordonnances, à quoy les reffusans seront contrainctz par corps, en cas de reffus. Faict à Baye, le vingtquatriesme jour de may mil six centz vingt huict. Montmorency, et sellé plus bas, Hureau.

Le duc de Mont[mo]rency et de Dampville, pair de France, gouverneur et lieutenant general pour le roy en Languedoc.

Il est ordonné aux consulz et habitans de Largentiere, paroisse de Chassis, son mandement et le restant de la baronnye, avec les villages de Baubiac subjectz du sieur du Sault, de payer et contribuer à l'entretenement de la compagnye du sieur barron de Dizimieux composée de cinquante chevaux legers, les chefz et officiers non comprins, durant le temps qu'elle demeurera aux faubourgs de Villeneufve de Bercq, et ce à raison de quarente solz par jour, pour chacun maistre, enjoignant aux consulz dudict Villen[eu]fve de fournir, à ladicte compagnye, le couvert et le feu tant seullement, à payne de desobeissance. Faict au camp de Pousin, le cinquiesme jour de juing mil six centz vingt huict, au sol et livre [sic]. Montmorency. et scellé et plus bas Berger.

Il est ordonné, aux consulz et habitans des lieux d'Ussel et St Privatz, de recepvoir et loger, en leurs maisons et villages, la compagnye de chevaux legers de monsieur le barron de Dizimieux composée de cinquante maistre, sans leur fournir aultre chose que le logement, qu'ilz observeront exactement jusques à nouvel ordre, à payne de desobeissance. Faict à Villeneufve de Bercq, le seiziesme jour de juing mil six centz vingt huict. Montmorency.

Il est ordonné à la compagnye de monsieur le barron de Dizimieux de se rendre au camp de Mirabel[1], aussy tot cest ordre ressue, le dixseptiesme juing mil six centz vingt huict. Vittes.

Le duc de Montmorency et de Dampville, pair de France, gouverneur et lieutenant general pour le roy en Languedoc.

[1] Roquemaure, Bagnols, Conneaux (Gard); le Pouzin, Baix, Bourg-Saint-Andéol, Largentière, Chassiers, Baubiac?, Saint-Privat, Ussel, Mirabel (Ardèche). — Montmorency prend Chomérac, 20 mai 1628 ; le Pouzin, 26 mai ; Mirabel, 15 juin.

Nous faisons très expresses inhibitions et deffannces, à celluy quy commande à la compagnye de chevaux legers du sieur barron de Dizimieux, de prendre, sur les lieux que nous avons ordonnez pour son entretenement, que pour le nombre de soixante dix maistres, messieurs les chefz y compris, faisant inhibition et deffances aux consulz desdictz lieux de payer pour plus grand nombre, à payne de desobeissance. Faict à Villen[eu]fve d'Avignon, le deuxiesme juillet mil six centz vingt huit. Montmorency. et scellé, et plus bas par monseigneur, Hureau.

Le lieu de Mayne est ordonné pour logement à la compagnye de monsieur le barron de Dizimieux, jusques à nouvel ordre. Faict à Beaucaire, ce vingt troisiesme juillet mil six centz vingt huict. Rentiere, mareschal des logis de l'armée.

Il est ordonné à la compagnye de chevaux legers de monsieur le barron de Dizimieux de partir demain de Mayne et prendre pour logement le lieu de Gaujac, attandant nouvel ordre : auquel lieu ilz vivront, suyvant l'ordre que monseigneur en a donné. Faict à Beaucaire, ce vingt cinquiesme juillet mil six centz vingt huict. Rentiere, mareschal des logis de l'armée.

La compagnye de monsieur de Dizimieux, partant de Bagnols ou du lieu où elle est, yra couché à Monfrain, le landemain yra disner à St Gilles et coucher à Lunel, où elle demeurera jusques à nouvel ordre, enjoinct aux consulz et habitans de la recepvoir et luy administrer vivres, à payne de desobeissance. Faict à la Conne, le seiziesme septembre mil six centz vingt huict. Montmorency. et scellé, et plus bas Berger.

Le lieu de Monfrain est ordonné pour servir de logement à la compagnye de cavallerye de monsieur de Dizimieux, jusques à nouvel ordre. Partant est enjoinct aux consulz et habitans dudict lieu de Monfrain de les recepvoir, loger et administrer vivres, à payne de desobeissance. Faict à Villeneufve d'Avignon, le vingt deuxiesme jour du mois de septembre mil six centz·vingt huict. Vantadous. et plus bas par mondict seigneur, Girard.

Il est ordonné, aux consulz et habitans du lieu d'Aramon[1], de payer la nourriture et entretenement de la compagnye de chevaux legers du sieur barron de Dizimieux ayant son logement, pour le couvert et ustancille tant

---

[1] Lunel, la Caune (Hérault). — Villeneuve-lès-Avignon, Beaucaire, Meynes, Gaujac, Aramon, Montfrin (Gard). — Montmorency poursuit le duc de Rohan, le bat aux environs de Nîmes et rentre à Beaucaire, 15 juillet, 13 septembre 1628.

seullement, au lieu de Monffrain, et ce à raison de quarente huict solz par jour, pour chacun maistre effectifz et les chefz presantz. A quoy les susdictz consulz et habitans dudict lieu d'Aramont seront contrainctz et satisferont, à payne de desobeissance. Faict à Beaucaire, le vingt cinquiesme septembre mil six centz vingt huict. Vantadous. et plus bas, par mondict seigneur, Girard.

Il est ordonné aux consulz et habitans du lieu d'Aramon de satisfaire à nostre ordre, du vingt cinquiesme septembre dernier, pour le payement, nourritture et entretenement de la compagnye de chevaux legers du sieur barron de Dizimieux, sans avoir esgard à l'acte de saisye faict par les habitans de Monfrain, en datte du second de ce mois, à la charge et condition que ledict sieur barron de Dizimieux payera la despance faicte audict lieu de Monfrain, aussy tost qu'il aura esté payé et satisfaict par lesd. consulz d'Aramon. Et attendu les despances extraordinaires faict par le susdict lieu d'Aramon, nous ordonnons que la susdicte despance sera rejectée sur le general du dioceize, au remboursement de laquelle le scindic et desputez seront contrainctz, par toute voye deubz et raisonnable, comme pour les propres affaires de sa majesté. Faict à Beaucaire, le troisiesme octobre mil six centz vingt huict. Vantadous. et plus bas, par mond. seigneur, Girard.

Lettre de monsieur de Ventadous à monsieur le barron de Dizimieux.

Monsieur. Despuis vostre despart de ceste ville, monsieur de Montreal est arrivé, avec lequel et plusieurs aultres nous avons tenuz le conseil de guerre, et tous ensemble avons jugés apropos et necessaire que vous partiez, avec vostre compagnye de chevaux legers, pour vous en aller, avec la compagnye de monsieur du Hallier, trouver monsieur le duc de Montmorency au lieu où il sera, pour y servir le roy en ceste occasion presente. C'est de quoy je vous supplye, de tout mon coeur, puis qu'il s'agit du service du roy et de vous tenir prest pour partir, lors que vous en recepvrez l'ordre dudict sieur de Montreal, comme mareschal de camp, ce que me promettant de vous, je demeurerey toute ma vye, Monsieur, vostre plus affectionné cousin et serviteur. Vantadous. A Beaucaire, ce troisiesme octobre mil six centz vingt huict.

Lettre de monsieur de Montreal à monsieur le barron de Dizimieux.

Monsieur. Je vous supplye voulloir partir un peu advant le jour, demain jeudy, avec tout vostre trouppes, et vous rendre à la porte de ceste ville, mais il est necessaire d'estre à cheval une heure devant le jour, et en attendant de vous veoir, je vous donne mil bons soir et reste pour jamais, Monsieur, vostre très humble serviteur. Montreal. A Beaucaire, ce mercredy au soir.

Il est ordonné à la compagnye de monsieur le barron de Dizimieux de ce rendre en ceste ville, aujourdhuy mercredy quatriesme de ce mois, à deux heures après midy, avec leurs armes et bagages. Faict à Beaucaire, le jour susdict, mil six centz vingt huict. Montreal. Monsieur, vous verrez, par la lettre de monsieur de Ventadous, comme il ce charge de vous faire payer aux habitans d'Aramont, et par ses lignes qu'il est le plus obeissant serviteur que vous aurez jamais. Montreal.

Lettre de monsieur de Vantadous à monsieur le barron de Dizimieux.

Monsieur. Vous aurez des nouvelles de monsieur de Montreal, pour l'heure qu'il vous faudra partir pour ce seoir, à quoy je vous prye de tout mon coeur de ne poinct mancquer et de n'estre en soing de vostre payement, parce que je y ay donné bon ordre de facon que je croy que vous serez bien, satisfaict de tout. Cependant je vous prie de me continuer vostre bonne affection, puisque je suis entierement, monsieur, vostre plus affectionné cousin et serviteur. Vantadous. A Beaucaire, ce quatriesme octobre mil six centz vingt huict.

Il est ordonné à la compagnye de chevaux legers de monsieur de Dizimieux de ce rendre aujourdhuy à Sommiere[1], auquel lieu ilz attendront nouvel ordre, enjoignant aux consulz et habitans dud. lieu de leurs administrer vivres et logement, à payne de desobeissance. Faict à Lunel, ce sixiesme octobre mil six centz vingt huict. Montmorency.

Il est ordonné au sieur barron de Dizimieux de partir de Sommière, avec sa compagnye, et ce rendre au lieu où le sieur marquis de Bussy luy dirra de nostre part, ensemblement avec le regiment dud. sieur de Bussy[2]. Faict à Lunel, ce sixiesme octobre mil six centz vingt huict. Montmorency.

Il est ordonné au lieu de Sommiere de fournir de vivres, pour la compagnye de monsieur de Dizimieux, et le leur faire apporter deans le camp

---

[1] Sommières (Gard).
[2] Pierre Huaut, marquis de Bussy de Vaires. Lettre cccxii.

de Galargue, ce huictiesme octobre mil six centz vingt huict. Montmorency.

La compagnye de chevaux legers de monsieur le barron de Dizimieux yra, ce jourdhuy, loger à Boisezon, laissant quelq'un quy viendra à Lunel prendre ordre de monsieur de Montreal mareschal de camp, pour demain, et logeront avec eulx la compagnye de monsieur le marquis de Portes. Faict au camp du pont de Lunel, ce unziesme octobre mil six centz vingt huict. Regnauldin.

Routte que tiendra la compagnye de chevaux legers de monsieur le barron de Dizimieux.

Partant demain de Boissezon[1], iront coucher à Castelnaut et Clappiers — mardy à Pignan, où ilz auront un jour de sejour — jeudy à Gignac — vendredy à Caux — sabmedy à Sissenou — dimanche à St Pons, où ilz auront des nouvelles, et à tous les lieux du logement leur sera fourny d'ordonnance, par le mareschal de camp, portant taxe de leur foulle quy leur sera tenue en compte par le dioceze, suivant la deliberation quy en a esté prinse. Fait à Fontaine, ce dimanche quinziesme octobre mil six centz vingt huict. Rentiere, mareschal des logis.

Il est ordonné à la compagnye de chevaux legers de mons^r le barron de Dizimieux de partir de Castelnau à Clappiers, et ce rendre à Gignen[2] où elle attendra nouvel ordre, sa routte ayant été changée, par nouvel ordre de monseigneur. Faict à Crespian, ce lundy seisiesme octobre mil six centz vingt huict. Rentiere mareschal des logis de l'armée.

Le lieu d'Agnane est ordonné pour loger la compagnye de chevaux legers de nostre cousin de Disimieux, jusques à nouvel ordre, enjoignant aux consulz et habitans de la recepvoir et luy administrer logis et vivres, à payne de desobeissance. Faict à Montpellier, le seiziesme jour d'octobre mil six centz vingt huict. Montmorency.

Il est ordonné au sieur barron de Dizimieux de se rendre aujourdhuy au lieu de Cornon Terail, avec sa compagnye, et y sejourner deux jours en attendant noz ordres, enjoignant aux consulz et habitans dudict lieu de leur administrer logement et vivres, à paynes de desobeissance. Faict à

---

[1] Galargues, Boisseron (Hérault). — Montmorency prend Galargues le 11 octobre.
[2] Lunel, Castelnau-le-Lez, Clapiers, Pignan, Gignac, Caux, Saint-Pons, Fontaine, Gigean (Hérault).

Montpellier, ce dix septiesme octobre mil six centz vingt huict. Mont-morency.

Le lieu d'Agnane est donné pour logement de ce jourdhuy à la compa-gnye de mons^r le barron de Dizimieux et attendant là nouvel ordre. Faict à Montpellier, ce vingtiesme octobre mil six centz vingt huict. La Roule.

Le duc de Montmorency et de Dempville, pair de France, gouverneur et lieutenant general pour le roy en Languedoc.

Il est ordonné à la compagnye de chevaux legers de nostre cousin de Dizimieux d'aller coucher, incontinant (avr) avoir receu cest ordre, demain à La Ribes, le lendemain à Lodeve et de Lodeve à Clermont, où elle atten-dra nostre ordre, enjoignant aux consulz et habitans de la recepvoir et luy administrer logis et vivres, à payne de desobeissance. Faict à Gignac, le troi-siesme jour de novembre mil six centz vingt huict. Montmorency. et plus bas, par monseigneur, Berger.

Il est ordonné à la compagnye du barron de Dizimieux de partir des faubourgs de Clermont, le lendemain qu'elle y sera arrivée, et d'aller coucher à Montarnault, d'où elle envoira aux nouvelles à Montpellier. Faict ce sep-tiesme novembre mil six centz vingt huict. Montmorency.

Le lieu de Manguio[1] est donné, pour logement de demain dimanche, à la compagnye de monsieur de Dizimieux, enjoinct aux consulz et habitans de leur administrer vivres. Faict à Sommiere, ce sabmedy unziesme novembre mil six centz vingt huict. La Roule. Feront passer à Montpellier aux nou-velles quelcun de leurs cavalliers.

Il est ordonné à la compagnye de chevaux legers de monsieur le barron de Dizimieux de prendre aujourdhuy pour logement le lieu de Montferrier, et demain dixseptiesme le lieu d'Agnyane, où les habitans leur fourniront logis et vivres, jusques à nouvel ordres, aux effectifz tant seullement. Faict à Sommieres, ce seiziesme novembre mil six centz vingt huict. Montmo-rency.

Il est ordonné à la compagnye de chevaulx legers de monsieur le bar-ron de Dizimieux de prendre aujourdhuy pour logement le lieu de Pignans,

---

[1] Crespian (Gard), Aniane, Cornon-Terral, les Rives, Lodève, Clermont, Montarnault, Mauguio (Hérault).

et mandront aux nouvelles à Montpellier. Faict ce dixiesme decembre mil six centz vingt huict. Rentiere.

Le lieu de Castelnault est ordonné pour la compagnye des chevaux legers de monsieur le barron de Dizimieux, et envoiront aux nouvelles à Montpellier, faict ce neufiesme decembre mil six centz vingt huict. Rentiere.

Le lieu de Cavillargue est ordonné pour logement à deux cornettes de cavallerye, pour ung soir et demain matin tant seullement, et les habitans tenuz de leurs administrer logis et vivres, à payne d'en respondre. Faict à la Bruyre, le vendredy au soir, le vingt deuxiesme decembre mil six centz vingt huict. Montreal. Le logement aura lieu, nonobstant qu'il y en ayent quelques aultres, et pour ung soir tant seullement. Montreal.

Le lieu de St Victor de la Coste est ordonné pour logement, pour troys jours tant seullement, à la compagnye de chevaux legers de monsieur le barron de Dizimieux, et les habitans tenuz de leur administrer logis et vivres et aultres choses necessaires, pour ledict temps quy leurs forniront à leur deslogement, à payne de desobeissance. Faict à la Bruyre, ce sabmedy vingt troisiesme decembre mil six centz vingt huict. Montreal.

Le lieu de Montferrier est ordonné, pour une couchée, à la compagnye de chevaux legers de monsieur le barron de Dizimieux partant de Sommiere[1] pour aller à leur garnison. Faict ce sabmedy vingt troisiesme decembre mil six centz vingt huict. Rentiere.

Il est ordonné à la compagnye de chevaux legers de monsieur le barron de Dizimieux de suyvre l'ordre quy luy a esté porté, à se matin, de la part de monsieur le marquis de Portes, par ung de ses gardes, quy portoit de prendre, avec celle de monsieur du Hallier, le lieu de Extezargue, pour logement, et le lendemain à Sommiere, et de là à Agniane, lieu de sa garnison, sans retardement aulcun, à payne d'en respondre. Faict ce sabmedy vingt troisiesme decembre mil six centz vingt huict. Rentiere.

Il est ordonné à la compagnye de monsieur le barron de Dizimieux logée à Aniane de desloger, demain vendredy neufiesme febvrier, pour s'en aler coucher à Lodeue et sabmedy aux Ribes, d'où elle ne bougera

---

[1] Montferrier, Pignan, Castelnau-le-Lez (Hérault); Cavillargues, la Bruguière, Saint-Victor-de-la-Coste, Sommière (Gard).

jusques à nouvel ordre, et y fera vivre ladicte compagnye, suivant le reglement faict par monseigneur de Montmorency, enjoignant aux consulz et
habitans desdictz lieux de les recepvoir, à paine de desobeissance, et ce
suivant le pouvoir à nous donné par mondict seigneur. Faict à St Andrée;
ce huictiesme febvrier mil six centz vingt neuf. Ainsy signé, Hanibal de
Montmorency.

Il est ordonné au lieu du Caylar de loger la compagnye de chevaux legers
de monsieur le barron de Dizimieux, enjoignant aux consulz et habitans de
les recepvoir, et c'est suivant l'ordre et pouvoir que monseigneur nous a
donné, et vivre conformement à son ordre et reglement, jusques à nouvel
ordre. Faict ce douziesme febvrier mil six centz vingt neuf. Ainsy signé,
Hanibal de Montmorency.

Il est ordonné que les consulz et habitans du lieu du Caylar advence-
ront les choses necessaires à l'entretenement de la compagnye de chevaux
legers de monsieur de Dizimieux, jusques à tant qu'ilz ayent ressus leurs
payement, sur payne de desobeissance. Faict à St Martin devant Lunas, ce
vingt uniesme jour de febvrier mil six centz vingt neuf, en vertu du pouvoir à nous donné par monseigneur le duc de Montmorency. Ainsy signé
Ponsal, par mondict sieur Mahaure.

Il est ordonné que le lieu de la Ribes logera huict maistres de la compagnye de chevaux legers de monsieur de Dizimieux, enjoignant aux consulz et habitans de les recepvoir et leur advancer les vivres necessaires pour
leurs entretenement, jusques à tant qu'ilz ayent receux leurs payement, sur
payne de desobeissance. Donné à St Martin devant Lunas[1] ce vingt uniesme,
jour de febvrier mil six centz vingt neuf, en vertu du pouvoir à nous donné
par monseigneur le duc de Montmorency. Ainsy signé Poujol. par mondict
sieur Malaure.

Il est ordonné aux villages quy seront nommez par le mareschal des
logis de la compagnye de monsieur le barron de Dizimieux, sur le Larsac,
de prendre les armes, pour empescher les mauvais dessains des ennemis, et
s'assembler au lieux qu'il leur sera marqué par ledict mareschal des logis,
et prendront ordre de luy, en cas de combat ou de disputer ung passage, ou

---

[1] Estézargues (Gard); Lodéve, les Rives, Saint-André-de-Sangonis, le Caylar, Saint-André-
de-Lunas, Saint-Martin-de-Combes (Hérault).

ce qu'il sera par luy advizé pour le service du roy. Faict à Jausselz, ce premier mars mil six centz vingt neuf. Hanibal de Montmorency[1].

Il est ordonné que la compagnye de monsieur le barron de Dizimieux prendra son logement aujourdby le mas de Cabrier, et mandron prendre leur ordre au pas de Lascaz, à ung gentilhomme qu'il a en son pouvoir pour le leur bailler, nommé monsieur Barriere. Faict à Jausselz, ce seiziesme mars mil six centz vingt neuf. Hanibal de Montmorency.

Il est ordonné que la compagnye de chevaux legers de monsieur le barron de Dizimieux logera à Casilbat, ce dix huictiesme jour de mars mil six centz vingt neuf. Poujol. Par mondict sieur, Malaure.

Il est ordonné que la compagnye de monsieur le barron de Dizimieux logera au lieu de las Ribes, enjoignant aux habitans dudict lieu de les recepvoir et leur administrer vivres et logement, conformement aux ordres de monseigneur de Montmorency, et ce pour une nuict tant seullement. Faict au camp devant Lunas, ce vingt deuxiesme jour de mars mil six centz vingt neuf. Poujol, par mondict seigneur, Malaure.

Il est ordonné à la compagnye de chevaux legers de monsieur le barron de Dizimieux, logée au Cailar, d'en desloger et se rendre à Sainct Felix près Clermond, enjoignant aux consulz et habitans dudict lieu de la recepvoir et leur administrer logis et vivres, pour une nuict tant seullement, et le lendemain se rendront à St George prés Montpellier, d'où ilz viendront prendre ordre audict Montpellier, faisant mesme enjoinction aux consulz et habitans dud. St George, sur payne de desobeissances. Faict à Pesenas[2], ce vingt neufiesme jour de mars mil six centz vingt neuf. Poujol, par mondict seigneur, Malaure.

Nous ordonnons à la compagnye du sieur barron de Dizimieux, quy avoit ordre d'aler loger à Sainct Felix, de prendre pour logement le lieu de St Adournis, demain dimanche premier d'apvril et le lundy de mesme mois, à la place de Sainct George, le lieu de Grabelz[3], enjoignant aux consulz et habitans desdictz lieux de les recevoir et leur administrer logis et vivre, sur

---

[1] Lunas fut pris par Montmorency le 26 février 1629. — Annibal, ou Hannibal, fils naturel du connétable de Montmorency. Lettre ccxcviii.

[2] Joncels, Larzac, mas de Cabrié, Lecas, Cazillac, les Rives, le Caylar, Saint-Félix-de-Lodève, Saint-Georges-d'Orques, Pézenas (Hérault).

[3] Saint-Aunès-d'Auroux, près de Montpellier?, Saint-Georges-d'Orgues, Grabels (Hérault).

payne de desobeissance. Faict à Montpellier, ce trente uniesme mars mil six centz vingt neuf. Poujol.

A cause des affaires important le service du roy, nous ordonnons que la compagnye de chevaux legers de monsieur le barron de Dizimieux continura son logement au lieu de Caila et de la Ribes, scavoir les Ribes pour huict et le Caila le reste de la troupe, pour tout ce moys, et c'est suivant l'ordre qu'elle a de monseigneur le duc de Montmorency, enjoignant aux consulz et habitans desdictz lieux d'y satisfaire, sur payne de desobeissance. Faict au camp devant Lunas, ce dix neufiesme jour de mars mil six centz vingt neuf, en vertu du pouvoir de mondict seigneur Poujol. par mondict sieur, Malaure.

En suyvant le pouvoir à nous donné par monseigneur de Montmorency, il est ordonné que la compagnye de chevaux legers de monsieur le barron de Dizimieux ira loger à Sonmiere[1], enjoignant aux consuls et habitans de les ressepvoir et leurs aministrer logis et vivre, suyvant les ordres et reglement de mondict seigneur de Montmorency, sur payne de desobeissance. Faict à Montpellier, ce troisiesme jour d'apvril mil six centz vingt neuf. Poujol.

Ayant donné congé au sieur barron de Dizimieux, capitaine d'une compagnye de chevaux leger, au sieur d'Autouilles son cornette, à Salomon, Sabloniere, Dubourg Bienassis, Fabvre et Deschenault[2], cavallier de ladicte compagnye, d'aller faire un voiage en leurs maisons, nous ordonnons qu'ilz seront payez, absans comme presans, par les consulz de la ville d'Aniane ou ceux quy feront le payement de ladicte compagnye, et ce tant pour le passé que pour l'advenir, enjoignant auxdictz consulz et autres commis audict payement d'y satisfaire, à payne de desobeissance. Faict à Montpellier le vingt deuxiesme jour de janvier mil six centz vingt neuf. Montmorency. par monseigneur, Hureau.

Routte que tiendront vingt chevaux legers de la compagnye du sieur

---

[1] Sommières (Gard).

[2] Abel de la Poype, sʳ d'Antouillet, hommage cette terre, 1621, et meurt le 5 janvier 1638, — N. Chappuis, sʳ de Bienassis, peut être un des fils de Pierre Chappuis, mari de Marguerite. fille donnée de C. de Disimieu. Lettre cccลxxxv. — Louis du Bourg, sʳ de Genevray, fils de Claude.

barron de Dizimieux s'en allant au Sainct Esprit, pour le service du roy, soubz la conduicte dudict s^r de Dizimieu.

Partans de Vienne, ilz yront pour la premiere journée à Rossillon. — De Rossillon à St Vallier. — De Sainct Vallier à Livron. — De Livron au Mont Limart. — De Mont Limart à Pierrelatte. — Et de Pierrelatte[1] au Sainct Esprit, où ilz recevront nouvel ordre.

Il est mandé et ordonné aux consulz et habitans des lieux de la susdicte routte de fournir logis et vivres, auxdictz vingt chevaux legers, pour une couchée et disne du lendemain tant seullement, à payne de desobeissance. Faict à Grenoble, le dix huitiesme de febvrier mil six centz vingt neuf. Crequy, et sellé et plus bas, Videl.

La recreue de la compagnye du sieur barron de Dizimieux, partant de Pierrelatte, yra couché à Sainct Alexandre, le landemain à Sainct Victor de la Coste[2] où elle attendra noz ordres, enjoignant aux consulz et habitans de la recepvoir et luy administrer vivres, à payne de desobeissance. Faict à Beaucaire, le treiziesme mars mil six centz vingt neuf. Montmorency, par monseigneur, Hureau.

Il est ordonné aux quarente deux lieux, par nous cy devant declarez contribuables à Soumieres, de fournir, au sol la livre, à l'entretenement de trente cavalliers de la recreue de la compagnye de chevaux legers du sieur barron de Dizimieux, à raison de quarente huict solz par jour chacun, durant ung mois à commancer de ce jourdhuy, ordonnans aux habitans de la religion pretendue et refformée de la ville de Sommieres de les nourir et faire les avances dudict entretenement, sauf leurs remboursement sur lesdictz lieux contribuables, à quoy faire seront les refusantz contrainctz comme pour les propres affaires de sa majesté. Faict à Beaucaire, le vingt quatriesme jour de mars mil six centz vingt neuf. Montmorency. par monseigneur, Hureau.

En attendant qu'il soit pourveu par sa majesté à l'entretenement des trouppes que nous avons laissez au bas Languedoc, soubz la charge de nostre frere d'Anibal, et de la compagnye de chevaux legers du barron de Dizimieux, nous ordonnons que les consulz et habitans des lieux, où les

---

[1] Vienne, Roussillon (Isère) ; Saint-Vallier, Livron, Montélimar, Pierrelatte (Drôme).
[2] Pont-Saint-Esprit, Saint-Alexandre, Saint-Victor-de-la-Coste (Gard).

troupes et compagnyes se trouveront logés, après le vingt deuxiesme du presant mois, fourniront par advance l'entretenement d'icelles, jusques au dernier dudict mois, pour les soldatz et chevaux legers quy seront presantz et effectifz en iceux, estant seullement pour estre après rembourcés desdictes advances, soit par sa majesté ou par les messieurs des dioseizes quy seront obligez de faire leurs entretenement, jusques audict jour vingt neufiesme, suyvant noz ordonnances et reglement. Faict à Beaucaire, le quatriesme febvrier mil six centz vingt neuf. Signé Montmorency, et plus bas, Hureau. Collationné en son original et expedyé par moy frere Laurent, privolz du regiment de Surmiains, soubzsigné, le vingt quatriesme febvrier mil six centz vingt neuf. f. Laurent.

Nous avons dechargé et deschargeons, par ses presantes, de l'entretenement de la compagnye de chevaux legers de nostre frere du Hallier, estant cy devant en garnison en la ville de Sommieres, les habitans de la religion pretendue et refformée de ladicte ville, ensemble les quarente deux villages que nous avions cy devant ordonnez pour ledict entretenement, despuis le jour que ladicte compagnye en est partye pour aller à Monfrain[1], ordonnons neantmoins que lesdictz habitans de ladicte religion dudict Sommiere fourniront les advances necessaires pour l'entretenement de celle du sieur barron de Dizimieux, qui y est à presant en garnison, à raison de quarante huict solz par jour pour chacun cavallier, et ce pour les presantz et effectifz tant seullement, à compter du jour que ladicte compagnye y a prins logement, jusques à nouvel ordre : de quoy ilz seront remboursés, scavoir de vingt cavalliers de la recreue, par lesdictz quarente deux villages, et du restat de ladicte compagnye, par le scindicq du dioseize de Montpellier, des deniers que ledict dioseize est obligé de contribuer pour l'entretenement de nos trouppes, auxquelz nous enjoignons d'y satisfaire, à payne d'y estre contrainctz comme pour les propres affaires de sa majesté. Faict au camp devant Soyon, le septiesme apvril mil six centz vingt neuf. Montmorency signé, et plus bas par Monseigneur, Hureau, signé à l'original.

Extraict collationné sur son original, par moy nottaire royal soubz signé,

---

[1] Montfrin (Gard); Soyons (Ardèche).

exibé et retiré par les sieurs consulz dudict Sommiere, ce quatorziesme apvril mil six centz vingt neuf. Signé, Cointe.

Conventions faictes entre monsieur de Serviere [1], lieutenant de la compagnye de chevaux legers de monsieur le barron de Dizimieux, et les sieurs consuls et habitans de la ville de Sonmiere et depputez, touchant l'entretement de leur compagnye.

Qu'il sera payé à chacun cavallier effectifz quarante huict solz par jour pour son hoste, à condition que le foing quy leur sera fourny sera rabattu, à raison de vingt cinq solz le quintal, et le quintal de la paille à dix solz, l'emine de l'avoyne à vingt solz, sans que lesdictz cavalliers puissent contraindre leursdictz hostes à fournir aulcung foing, s'il ne s'en trouve deans la ville, mais bien de la paille et l'avoyne au pris susdict, au choix du cavallier ; et en cas qu'il ne vouldroient prendre ledict fourrage de leursdictz hostes, au pris et conditions susdictes, iceulx hostes seront obligés leur bailler lesdictz quarante huict solz, et oultre ce fournir les ustancilles suivant le reglement ; et moyenant ce, ne pourront lesdictz cavalliers pretendre aulcung surtaux des vivres. Faict et arresté ès presances de monsieur de Lisle [2], gouverneur de la ville et chasteau de Sonmiere, dans ledict chasteau, le neufiesme apvril mil six centz vingt neuf. Ainsy signé, Lisle, Serillac, Serviere, St André, Antoulier, Gauterroy et Gatan consulz.

A monseigneur monseigneur de Vantadou.

Supplye le sieur barron de Dizimieux, cappitaine d'une compagnye de chevaux legers pour le service du roy.

A vous remontre qu'il y a quelque temps que la compagnye dudict sieur suplyant, partye de Villeneufve de Vert, suyvant l'ordre de monsieur de Montreal, pour aller loger à Rocquemorette [3], ce que la ville n'aurait voullu faire, quy auroit obligé ledict sieur de Dizimieux de recourir à vous pour avoir nouveau ordre, ce qu'ilz n'auroient encorres voullu faire, et durant l'espace de six jours auroient faict camper la compagnye dudict sieur barron, à ses despens, au prejudice, domage et interestz du sieur

---

[1] Abel de la Poype, comte de Serrières, gendre de C. de Disimieu. Lettre ccx.
[2] Le s^r de l'Isle, gouverneur de Sommières, agent du duc de Rohan à la cour.
[3] Villeneuve-de-Berg, Roquemaurette (Ardèche).

suplyant, et en peril d'estre tous taillés en pieces : ce qui ne doibt estre
tolleré.

C'est pourquoy, monseigneur, vous estes très humblement supplyé d'ordonner que ladicte ville de Rocquemorette sera tenue et obligée de payer
ledict sieur barron de Dizimieux, pour le temps qu'ilz l'auroient faict camper
ladicte compagnye à ses despens, et qu'ilz soient condempnez à une amande
pour la rebellion, et il continura à prier Dieu pour vostre saincte prosperité et longue vye. Ainsy signé, de Dizimieux.

Le susdict lieu de Rocquemorette sera contrainct de payer et satisfera
à ce quy se trouveront estre obligez, en suitte de nos ordonnances, à quoy
les consulz et habitans seront contrainctz par toute voye, comme pour les
affaires du roy. Faict à Villeneufve d'Avignon, ce vingt deuxiesme may mil
six centz vingt huict. Ainsy signé, Ventadou, et plus bas, Girard.

Il est ordonné à la recreue de la compagnye de chevaux legers du
sieur barron de Dizimieu de desloger incontinant du lieu de St Victor de
la Coste, de s'en aller en Aramon [1], enjoignant aux consulz et habitans de
la recevoir et luy administrer logis et vivres jusques à nouvel ordre, à payne
de desobeissance. Faict à Beaucaire, ce vingt deuxiesme jour de mars
mil six centz vingt neuf. Montmorency.

Les bagages de monsieur le barron de Dizimieu, avec les autres bagages
de l'armée, iront ce seoir loger à Trinquetaille, duquel lieu ils partiront
demain matin, passeront la riviere en Arles [2], la tourneront passer à Beaucaire, pour de la s'en aller loger à Montfrain, auquel lieu leur sera donné
logement et vivres, fors le pain quy leur sera fourny en Arles, pour trois
jours. Faict à St Gilles, ce mercredy neufviesme may mil six centz vingt
neuf. Regnauldin.

Il est ordonné à la compagnye de chevaux legers de monsieur le barron
de Dizimieux de faire tenir prest dix maistres, à l'heure de midy presize-
ment, et se rendront à la teste du camp, pour scavoir ce qu'ils auront à
faire. Faict au camp de Rondillan, ce vingtiesme juing mil six centz vingt
neuf. Le Large.

[1] Saint-Victor-la-Coste, Aramon, Saint-Gilles (Gard).
[2] Trinquetaille, Arles (Bouches-du-Rhône).

Il est ordonné à la compagnye de chevaux legers de monsieur le barron de Dizimieu de faire monter deux ou trois maistres à cheval pour aller, ung peu par dela le pont du Care, battre lestrades jusques vers le seoir, pour scavoir ce quy va et vient au cartier du roy. Faict au camp de Rondillan, ce vingt huictiesme juing mil six centz vingt neuf. Le Large.

Il est ordonné aux compagnyes de cavallerye de messieurs le barron de Dizimieu et du Hallier d'aller ce jourdhuy loger à Maynes, pour ceste nuict seullement, et passeront demain matin l'eau au port de Montfrain, où ilz viendront prendre leurs despartement. Faict au camp de Rondillan, ce vingt neufviesme juing mil six centz vingt neúf. Feuguiere.

Il est ordonné aux compagnies de messieurs le barron de Dizimieux et Canisson[1] d'aller loger à Manduel[2], et sejourneront jusques à nouvel ordre et envoiront à Monfrain au nouvelles de ce qu'ilz auront à faire. Faict audict Monfrain, ce trentiesme juing mil six centz vingt neuf. L'ordre qui a été donné pour les denoms ne servira de rien. Faict cedict jour cy dessus. Feuguieres.

Il est ordonné à la compagnye de monsieur le barron de Dizimieux de se rendre demain, à six heures du matin presisement, entre Manduel et Rodessen où est le rendevous general de toute l'armée[3]. Faict au camp de Monfrain, ce premier jour de juillet mil six centz vingt neuf. Le Large.

Il est ordonné que la compagnye de monsieur de Dizimieux, toute entiere, fera garde toute la nuict à la teste du cartier, deans le champ de bataille, et envoiront deux cavalliers battre lestrades du costé de la montaigne, deux autres dans le grand chemin de Nismes, et encores deux aultres vers le Vestries, allant vers le chemin d'icy à Caysargues, en cas de rencontre d'ennemis en troupe, en donneront advis en diligences et sans allarmes. Faict au camp de Millault[4], ce troisiesme juillet mil six centz vingt neuf. Le Large, et envoiront dix mestres jusques aux portes de Nismes.

---

[1] Jean-Louis I de Louet, b^ron de Calvisson, puis marquis 1644, mort 19 jauvier 1667, mari, 19 décembre 1625, de Françoise de Saint-Bonnet, sœur du maréchal de Toiras.

[2] Montfrin, Saint-Gilles, Rodilhan, Pont du Gard, Meynes, Manduel (Gard). — Après la prise de Privas, 27-29 mai 1629, le roi, à la tête d'une armée de 15.000 hommes, accompagné de Montmorency, soumit la région entre Privas et Nîmes, qui capitula le 16 juin.

[3] La paix fut conclue à Alais le 27 juin et confirmée avec Rohan, le 14 juillet 1629.

[4] Vestric, Caissargues (Gard) ; Millau (Aveyron).

Candillargues est ordonné pour la compagnye de monsieur de Montmorency et Disimieux, pour demain mardy, et envoiront à Lunel scavoir ce qu'ilz auront à faire. Faict à Nismes, ce dixseptiesme juillet mil six centz vingt neuf. Fourgeu.

Grevel est ordonné pour les compagnyes de monsieur de Montmorency et sieur de Dizimieux, pour demain vendredy, et envoiront à Montpellier scavoir ce qu'ilz auront à faire. Faict ce dixneufiesme juillet mil six centz vingt neuf. Fourgeu.

Plessan est ordonné pour la compagnye du sieur de Dizimieux, pour demain dimanche, et envoiront à Couzac scavoir ce qu'ilz auront à faire. Faict ce vingt ungiesme juillet mil six centz vingt neuf. Fourgeu.

Lignon de Cuen est ordonné pour les compagnyes de messieurs de Montmorency et sieur de Dizimieux, pour lundy vingt troisiesme, et envoiront à St Ybery, à monsieur de Contenant[1] mareschal de camp, scavoir ce qu'ilz auront à faire. Faict à Montpellier, ce vingt deuxiesme juillet mil six centz vingt neuf. Fourgeu.

Paillet est ordonné pour les compagnyes de monsieur de Montmorency et sieur de Dizimieux, pour mardy vingt quatriesme, et envoiront à Bourgan à monsieur de Contenaut, mareschal de camp, quy leur dira ce qu'ilz auront à faire. Faict à Montpellier, ce vingt deuxiesme juillet mil six centz vingt neuf. Fourgeu, tiré à son original et par moy retiré à Liguan de Cuen, le vingt troisiesme juillet mil six centz vingt neuf. Sainct Aubin.

Paulhe est ordonné pour la compagnye du sieur barron de Dizimieux, pour demain jeudy, et envoiront à Cazous dor[2] scavoir ce qu'ilz auront à faire. Faict ce vingt cinquiesme juillet mil six centz vingt neuf. Fourgeu.

Argent est ordonné pour la compagnye du sieur de Dizimieux, pour demain dimanche, et envoiront à Couzac scavoir ce qu'ilz auront à faire. Faict ce vingt huictiesme juillet mil six centz vingt neuf. Fourgeu.

Viadelle est ordonné pour la compagnye du sieur de Dizimieux, pour demain mardy, et envoiront à Trenes scavoir ce qu'ilz auront à faire. Faict ce trentiesme juillet mil six centz vingt neuf. Fourgeu.

---

[1] Candillargues, Lunel, Graves, château près Montpellier, Plaissan, Louzac, Lignan, Saint-Thibery (Hérault). — Henri de Bauves, sr de Contenant, mareschal de camp en 1617.
[2] Pailhès, Boujan, Paulhan, Cazouls-lès-Béziers-sur-l'Orb (Hérault).

La Motte Villesecque est ordonné pour la compagnye du sieur de Dizimieux, pour demain mercredy, et envoiront à Lezonne scavoir ce qu'ilz auront à faire. Faict le dernier juillet mil six centz vingt neuf. Fourgeu.

Laforce est ordonné pour la compagnye du sieur de Dizimieux pour demain jeudy, et envoiront à Lesonne scavoir ce qu'ilz auront à faire. Faict le premier aoust mil six centz vingt neuf. Fourgeu.

Puguay est ordonné pour la compagnye du sieur de Dizimieux, pour demain vendredy, et envoiront à St Papon[1] scavoir ce qu'ilz auront à faire. Faict ce deuxiesme aoust mil six centz vingt neuf. Fourgeu.

Sainct Pierre de Gas est ordonné pour la compagnye du sieur de Dizimieux, pour demain sabmedy, et envoiront à Sainct Felix scavoir ce qu'ilz auront à faire. Faict le troisiesme aoust mil six centz vingt neuf. Fourgeu.

Saincte Malongue est ordonné pour la compagnye de chevaux legers du sieur de Dizimieux, pour demain dimanche, et envoiront à Loubeins scavoir ce qu'ilz auront à faire. Faict le quatriesme aoust mil six centz vingt neuf. Fourgeu.

Garigagues est ordonné pour la compagnye du sieur de Dizimieux et Desrosches, pour demain lundy, et envoiront à Berfeul[2] scavoir ce qu'ilz auront à faire. Faict ce cinquiesme aoust mil six centz vingt neuf. Fourgeu.

Monber est ordonné pour les compagnye des sieurs de Dizimieux et Desrosches[3], pour demain mardy, et envoiront à St Suplice scavoir ce qu'ilz auront à faire. Faict le sixiesme aoust mil six centz vingt neuf. Fourgeu.

Orgeul est ordonné pour les compagnye de messieurs de Dizimieux et Desrosches, pour demain jeudy, et envoiront à Fronton scavoir ce qu'ilz auront à faire. Faict ce huictiesme aoust mil six centz vingt neuf. Fourgeu.

Sainct Loup[4] est ordonné pour la compagnye du sieur de Dizimieux,

---

[1] Arzens, Couzac, Villarzelle, Trèves, Villesèque, Lessonne, la Force, Pugnay, Saint-Papoul (Aude).

[2] Saint-Pierre-d'Aigots, Saint-Félix, Sainte-Malongue?, Loubens, Garrigues, Verseil (Haute-Garonne).

[3] Philippe de Châteaubriant, s^r des Roches-Baritaut. Lettre cccxii.

[4] Monbel, Saint-Sulpice, Fronton (Haute-Garonne). Orgueil, Saint-Loup (Tarn-et-Garonne).

pour ce jourdhuy, et envoiront à Fronton ou à Montauban[1] scavoir ce qu'ilz auront à faire. Faict ce vendredy dixseptiesme aoust mil six centz vingt neuf. Fourgeu.

CCCV

MONS[r] DE DIZIMIEU, CONSEILLER EN MON CONSEIL D'ESTAT ET GOU-
VERNEUR DE MA VILLE DE VIENNE.

Monsr de Dizimieu, ayant ordonné la levée de sept compagnies de gens de pied, de cent homme chacune, du regiment du s[r] de La Tour[2], pour servir sur les occasions qui s'offrent du costé de ma province de Dauphiné[3], lesquelles compagnies doibvent estre assemblées à Montsaugeon[4], en ma province de Champagne, et ont ordre de loger aux faulxbourgs de ma ville de Vyenne, j'ay bien voullu vous faire cette lettre pour vous en donner advis, et vous dire que vous ayez à tenir la main à ce qu'ilz y soient re-ceuz et logez, et qu'il leur soit fourny, par les habitants desdits faulxbourgs, par estappes les vivres et commoditez qui leur seront necessaires, à quoy m'asseurant que vous satisferez, je prie Dieu, Monsr de Dizimieu, vous avoir en sa saincte garde. Escrit au camp devant la Rochelle, le vi[e] jour de may 1628.

LOUIS.
PHELYPEAUX.

CCCVI

A MONS[r] DE DIZIMIEU...

Monsr de Dizimieu, ayant commandé au s[r] du Taillis[5] de mener et conduire, des environs d'Auxerre en Bourgogne, en ma province de Dau-

---

[1] Montauban (Tarn-et-Garonne). Richelieu et Montmorency entrèrent à Montauban, le 20 août 1629.
[2] Philippe de Torcy, marquis de la Tour, s[r] de Rueil, marié, 29 novembre 1621, à Suzanne d'Humières, veuve d'Antoine de Montsures, d'où postérité ; leva un régiment d'infanterie de son nom, 8 février 1628, qui servit en Italie jusqu'à son licenciement, 22 juin 1636 ; maréchal de camp, 1641, gouverneur d'Arras, lieutenant général, 20 septembre, mourut en février 1652.
[3] Il y eut quelques mouvements protestants dans le Gapençais ; Créquy fit occuper la ville de Die, boulevard de la R. P. R. en Dauphiné ; Rohan, maître du Vivarais, faisait des courses sur la rive gauche du Rhône, avril.
[4] Montsaugeon (Haute-Marne).
[5] Louis Estienne, s[r] du Taillis, mari de Marguerite Matropt, vers 1650.

phiné, trois cens hommes du regiment du sieur de la Tour, pour servir en les occasions qui se presenteront du coté de madicte province, et ayant ordre de loger aux fauxbourgs de ma ville de Vienne, Je vous en ay bien voulu donner advis par cestecy... Escript au camp devant la Rochelle[1], le vi[e] jour de may 1628.

LOUIS.

PHELYPEAUX.

CCCVII

A MONS[r] DE DIZIMIEU...

Monsr de Dizimieu, ayant commandé au s[r] de Monceaux[2] de conduire, en ma province de Dauphiné, trois compagnies de cinquante chevaulx legers chacune, que j'ay ordonnées estre levées et qui se doibvent assembler à Montigny, pour servir sur les occasions qui s'offrent du costé de ladicte province; lesdictes compagnies ont ordre de loger aux faulxbourgs de ma ville de Vienne, de quoy je vous ay voullu donner advis, par ceste cy, et vous dire que vous ayez à tenir la main à ce qu'elles soyent receuz et logées esdicts faulxbourgs, et leur soit fourny par estappes, par les habitans desdicts lieux, les vivres et commoditez necessaires, suivant la routte qui en a esté baillée audict s[r] de Monceaux, et n'estant ceste cy sur autre subject, je prie Dieu, Monsr de Dizimieu, vous avoir en sa saincte garde. Escrit au camp devant la Rochelle, le vi[e] jour de may 1628.

LOUIS.

PHELYPEAUX.

CCCVIII

A MONS[a] DE DIZIMIEUX, GOUVERNEUR DE MA VILLE DE VIENNE.

Monsr de Dizimieux, envoyant une recreue de mil hommes joindre mon regiment de Normandie[3], à Aiguemorte près Montpellier, je luy ay ordonné

---

[1] La Rochelle se soumit au roi le 28 octobre. Ce dernier siège coûta 40 millions.

[2] François de Monceaux, dit d'Auxy, seigneur de Villiers-Houdan, gouverneur de Dieppe, marié, 15 octobre 1618, à Jourdaine de Pellevé. — François de Monceaux d'Auxy, seigneur de Saint-Sanson et d'Hanvoile, en Beauvoisis, cousin du précédent, marié à Marie-Jeanne de Boufflers, décembre 1620. — Montigny (Oise). — Les compagnies de cavalerie furent constituées en régiments vers 1635.

[3] Normandie, régiment formé en 1615, prit rang à la suite des vieux corps, 1619.

de passer et loger aux fauxbourgs de Vienne, dont j'ay voulu vous donner
advis par la presente, afin que vous ne fassiez poinct de dificulté de l'y recevoir et loger et fournir les estappes de vivres, suivant l'ordre porté par
la route qu'en ay faict expedier. A quoy m'asseurant que vous satisferez,
je prieray Dieu qu'il vous ayt, Monsr de Dizimieux, en sa s^{te} et digne
garde. Escrit au camp devant la Rochelle, le vııı^e jour de juillet 1628.

LOUIS.
LE BEAUCLERC.

CCCIX

A MONS^R LE COMTE DE DISIMIEU, gouverneur de mes ville et
chateau de vyenne.

Monsr le Comte de Dizimieu, ayant commandé au s^r Rouhault de conduire et faire voicturer, jusques en ma ville de Vyenne, quelque quantité de
blé pour servir à la nourriture de mon armée, et de les faire descharger en
ladicte ville, J'escris aux consuls d'icelle qu'ils ayent à luy fournir les lieu
necessaires pour servir de magasin, pour la desserte desdits bleds. Vous faisant cette lettre pour vous en donner advis, afin que vous teniez la main
que mon intention soit suivie et observée, suivant ce que ledict s^r Rouhault
vous dira de ma part. Auquel me remettand, je prie Dieu, Monsr le Comte
de Dizimieu, vous avoir en sa saincte garde. Escrit à Mascon, le vıı^e jour
de fevrier 1629 [1].

LOUIS.
PHELYPEAUX.

CCCX

De par le Roy.

Sa Majesté voulant oster de la suitte de son armée toutes personnes inu-
tilles, qui sont à charge à son peuple qu'aux gens de guerre, ordonne et enjoinct très expressement à tous goujats et valets, qui suivent l'infanterie, de
se retirer, incontinant après la publication de la presente, et à tous soldatz
de porter leurs hardes et armes, marcher en leur rang, chacun auprès leurs
drapeaux, et ne bouger de leur quartier, sans aller à la picorer, le tout sur

[1] Louis XIII était parti, le 4 janvier, de Paris, pour prendre le commandement de l'armée
destinée à soutenir les droits de Charles de Gonzague, duc de Nevers, sur le duché de Mantoue. Il était à Grenoble le 14 février. Lettre cxxvıı.

peyne de la vie, tant auxdicts soldatz qu'aux goujats qui contreviendront à la presente ordonnance, à l'execution de laquelle Sa Majesté ordonne au colonel general de l'infanterie, maitres de camp et cappitaines de tenir la main. Voulant qu'icelle soit publiée à la teste de chaque regiment, à ce que personne n'en pretende cause d'ignorance. Donné à la Verpilière [1], ce xie jour de febvrier 1629.

LOUIS.
PHELYPEAUX.

CCCXI

A MONS[r] DE DIZIMIEU, GOUVERNEUR DE MES VILLE ET CHATEAUX DE VIENNE.

Monsr de Dizimieu, vous trouverez avec cettecy une ordonnance que j'ay faict dresser pour congedier tout goujats qui sont à la suitte de l'infanterie, je desire que vous preniez soin de la faire publier à la teste de chaque regiment qui passera en ma ville de Vienne, afin qu'avant leur passage en Dauphiné mes trouppes se trouvent deschargées de toutes personnes inutiles. Et la presente n'estant pour autre subject, je prie Dieu, Monsr de Dizimieu, vous avoir en sa s[te] garde. Escrit à la Verpilière, ce xie febvrier 1629.

LOUIS.
PHELYPEAUX.

CCCXII

A MONS[r] DE DIZIMIEU, GOUVERNEUR DE MA VILLE DE VIENNE.

Monsr de Dizimieu, ayant ordonné que les regiments de Navarre et Villeroy [2] iront, dimanche dix huictiesme de ce mois, passer et loger à Vienne, et les compagnies de chevaux legers des maistres de camp Valençay [3],

---

[1] La Verpillière, arrondissement de Vienne. Le connétable de Lesdiguières y avait une maison passée au duc de Créquy-Lesdiguières. Le roi, évitant Lyon, s'y était arrêté se dirigeant sur Grenoble, où il était le 14 février.

[2] Régiment levé, 13 novembre 1616, par Nicolas de Neufville, marquis d'Alincourt et de Villeroy, passé à son frère le chevalier d'Alincourt, 1631, devenu le régiment de Lyonnais en 1635.

[3] Jacques d'Estampes, marquis de Valençay, lieutenant-colonel de la cavalerie légère, etc., mort 21 novembre 1639, âgé de cinquante ans ; mari de Louise, fille d'Oudart Blondel, seigneur de Bellebrune ; d'où, entre autres, Jean d'Estampes, baron de Bellebrune, lieutenant-colonel de la cavalerie légère, tué au siège de Privas, 1629.

Bussy[1], Loriere[2], des Roches Baritault[3], et carabins d'Arnauld[4], le mercredi xxie dudict mois, et les regiments de la Grange et de Moncha[5] de les
suivre le lendemain, Jeudi xxiie. J'ay bien voulu vous faire ceste lettre pour
vous donner advis et vous dire que vous ayez à faire recevoir lesdicts regiments de gens de pied et compagnies de cavalerie en ladicte ville, et leur
faire fournir vivres dans l'estape, suivant que je l'ai ordonné par la route
qui leur a esté expediée, laquelle vous tiendrez la main à votre esgard qu'ilz
suivent, sans faire aucun sejour. Et n'estant ceste cy pour autre subjet, je
prie Dieu, Monsr de Dizimieu, vous avoir en sa s^{te} garde. Escrit à Grenoble
le xvie jour de febvrier 1629.

LOUIS.

PHELYPEAUX.

[1] Pierre Huault, marquis de Bussy de Vaires, né en 1602, servit en Languedoc, 1622, à
la Rochelle, 1628, en Piémont et au siège de Privas, 1629; capitaine d'une compagnie de
cavalerie, 1635; maître de camp d'un régiment de cavalerie de son nom, 1638; blessé au
siège de Tarragone, 1641; son régiment ayant été licencié, 1643, il en leva un autre et fut
nommé maréchal de camp, 25 février 1652; il avait épousé, 2 mars 1630, Anne de Heilly de
Pisseleu, comtesse de Jouy, d'où postérité.

[2] Claude de Pompadour, baron de Laurière, mari de Charlotte de Fumée, d'où, entre
autres, N. de Pompadour, marquis de Bourdé. A la bataille de Castelnaudary, 1er septembre
1632, Claude de Gadagne et le baron de L'aurière, capitaine d'une compagnie de cheval-légers,
chargèrent sur Montmorency pour le prendre; le duc renversa le baron de Laurière et donna
un furieux coup d'épée à Bourdé, fils du baron; Gadagne déchargea son pistolet chargé de
deux balles; le coup entra par la bouche du duc qui fut fait prisonnier.

[3] Gabriel de Châteaubriant, seigneur des Roches-Baritaut, comte de Grassay, lieutenant
général en Bas-Poitou, mari de Charlotte de Sallo, d'où : Philippe de Châteaubriant, comte
des Roches-Baritaut et de Grassay, maître de camp de cavalerie, commandant l'aile gauche
de l'avant-garde à la bataille de Lérida, 7 octobre 1642, où il fut tué; il avait épousé Suzanne,
fille d'Isaac Loaisel, s^r de Brie, président au parlement de Bretagne. — Gabriel de Châteaubriant, le jeune, capitaine au régiment de son frère, lui succéda comme maître de camp,
22 octobre 1642.

[4] Isaac-Arnaud Arnaud de Corbeville (maison près de Port-Royal), fils d'Isaac Arnaud,
mort 1617, intendant des finances, et de Marie Perrin, morte 1610. Il commandait, dès 1616,
une compagnie de carabins; maître de camp des carabins sur la démission de Pierre Arnaud,
son oncle, 1er avril 1622; il servit en Piémont et au siège de Privas en 1629; à la bataille de
Castelnaudary, 1632; maréchal de camp, 22 avril 1644; en Allemagne, 1645; en Catalogne et
en Flandre, 1647-1648, et mourut au mois d'octobre 1651. Il avait épousé Marie de Barrin de
la Galissonnière, née en 1617.

[5] Bertrand de Simiane, comte de Montcha, seigneur d'Evenos, etc., maître de camp d'infanterie, mort après 1636, avant 1639, marié, 19 décembre 1609, à Louise, fille d'Edme de
Malain, baron de Lux, et de Louise de Malain; sa sœur, Balthazare de Malain, épousa François
le Roy, s^r de la Grange, gentilhomme ordinaire de la chambre du roi, conseiller d'Etat, bailli
et gouverneur de Melun. Les régiments de Montcha savoisien, la Grange, etc., tinrent garnison à Casal, 1629.

39

CCCXIII

Il est ordonné que le regiment de Moncha *(sic)* yra, jeudi xxiiᵉ de ce mois, passer et loger à Vienne.

Vendredi xxiiiᵉ à Beaurepaire[1], avec le regiment de Moncha *(sic)*, qui se trouvera pour marcher ensemble.

Samedy xxiiiiᵉ, à Sᵗ Estienne de Sᵗ Joyre[2].

Dimanche xxvᵉ, à Voreppe[3].

Lundy xxviᵉ, à Champs et à Sᵗ George[4].

Mardy xxviiᵉ, à la Mure[5].

Mercredy xxviiiᵉ, à Corps[6].

Jeudy premier mars, à Sᵗ Laurens du Cros[7].

Vendredy iiᵉ, à Charges[8].

Sammedy iiiᵉ, à Sᵗ André et Sᵗ Sauveur[9].

Dimanche iiiiᵉ, à Guillestre et Sᵗ Crespin[10].

Lundy vᵉ, à Sᵗ Martin[11].

Mardy viᵉ, à Sezanne[12], auquel lieu ils trouveront un marechal de camp qui leur dira ce qu'ilz auront à faire.

Prendront les estappes, suyvant l'ordre estably, aux lieux cy dessus, sans prendre autre chose, sur peyne de punition. Faict à Grenoble, le xviᵉ jour de febvrier 1629.

LOUIS.

PHELYPEAUX.

---

[1] Beaurepaire (Isère), à 28 kilomètres de Vienne.
[2] Saint-Etienne-de-Saint-Geoirs (Isère), à 25 kilomètres de Beaurepaire.
[3] Voreppe (Isère), à 27 kilomètres de Saint-Etienne-de-Saint-Geoirs.
[4] Champ et Saint-Gorges-de-Commiers (Isère), à 30 et 35 kilomètres de Voreppe.
[5] La Mure (Isère), à 22 kilomètres de Saint-Georges.
[6] Corps (Isère), à 25 kilomètres de la Mure.
[7] Saint-Laurent-du-Cros (Hautes-Alpes), à 28 kilomètres environ de Corps.
[8] Chorges (Hautes-Alpes), à 27 kilomètres de Saint-Laurent.
[9] Saint-André-d'Embrun et Saint-Sauveur (Hautes-Alpes), à 26 kilomètres de Chorges.
[10] Guillestre (Hautes-Alpes), à 17 kilomètres, Saint-Crespin, à 19 kilomètres de Saint-André.
[11] Saint-Martin-des-Queyrières (Hautes-Alpes), à 21 kilomètres de Saint-Crespin.
[12] Césanne (Hautes-Alpes), à 29 kilomètres de Saint-Martin.

Ces distances sont approximatives, car les troupes prenaient souvent, en dehors des grandes routes, des raccourcis qui ont conservé, en Dauphiné, la qualification de *chemin des soldats*.

CCCXIV

A MONS^r DE DIZIMIEUX, CONSEILLER EN MON CONSEIL D'ESTAT ET GOUVERNEUR DE MA VILLE ET CITADELLE DE VIENNE.

Monsr de Dizimieux, envoyant mon regiment de Champaigne [1] tenir garnison au pont de Beauvoisin, la Tour du Pin, Cremieu et Quirieu [2], je luy ay ordonné de passer à Vienne et loger à Modye de Tourbe, à Beauvoir de Mar [3], dont j'ay voulu vous donner advis par la presente, afin que vous ne faciez aucune dificulté de le laisser passer en l'estendue de vostre charge, et loger auxdicts lieux, faisant fournir aux soldatz dudict regiment leurs estappes et vivres, suivant le reiglement porté par la route que j'en ay faict expedier. A quoy m'asseurant que vous satisfferez, Je prieray Dieu qu'il vous ayt, Monsr de Dizimieux, en sa s^{te} garde. Escrit à Fontainebleau le ve, jour d'octobre 1629 [4].

LOUIS.

LE BEAUCLERC.

CCCXV

A MONS^r DE DIZIMIEUX, CONSEILLER EN MON CONSEIL D'ESTAT ET GOUVERNEUR DE MES VILLE ET CHATEAU DE VIENNE EN DAUPHINÉ.

Monsr de Dizimieux, ayant despeché un courrier expres pour rencontrer les regiments des s^{rs} marquis de Lonjumeau [5] et de la Meilleraye [6],

[1] Le régiment de Champagne, un des quatre vieux corps, revenait du Piémont.

[2] Le Pont-de-Beauvoisin (Isère), bourg séparé de la Savoie par le Guiers. — La Tour-du-Pin (Isère). — Crémieu (Isère). — Bouvesse-Quirieu (Isère).

[3] La Détourbe, sur Moidieu (Isère). — Beauvoir-de-Marc (Isère).

[4] Louis XIII, après avoir donné, à Nîmes, l'édit de pacification, 14 juillet 1629, partit pour Paris, d'où il vint à Fontainebleau, 13 septembre.

[5] Antoine Coeffier, héritier, 1613, de son grand-oncle Martin Ruzé, s^r de Chilly et de Lonjumeau, est dit Ruzé, marquis d'Effiat, baron de Macy et de Lonjumeau, maréchal de France, 1631, mort 1632 ; il eut, entre autres enfants : Martin Coffier-Ruzé, marquis d'Effiat et de Lonjumeau, né 1612, lieutenant du roi en la Basse-Auvergne ; Henri Coeffier-Ruzé d'Effiat, marquis de Cinq-Mars, décapité à Lyon, 12 septembre 1642.

[6] Charles de la Porte, marquis de la Meilleraye, né 1602, leva un régiment de son nom, par commission du 20 septembre 1627, servit à la Rochelle, 1628, et en Piémont, 1629-1630 ; lieutenant du roi en Bretagne, 1632 ; maître de camp, 1635 ; lieutenant général, 1636 ; maréchal de France, 1639, mort 8 février 1664.

que mon cousin le prince de Condé envoye en Auvergne, et leur faire
prendre chemin du long de la Saone, pour aller, scavoir celuy de Lonjumeau à s^t Jean de l'aulne, et celuy de la Meilleraye à Auxonne [1] en garnison, avec cest ordre, que le premier rencontré prendra le premier l'estappe, et l'autre le suivra le lendemain, pour eviter la confusion des
logements. Je leur ay ordonné de passer et loger à Vienne, dont j'ay voulu
vous donner advis, par cette lettre, afin que vous donniez ordre de les y
faire recevoir sans difficulté et fournir les vivres et commoditez necessaires, conformement aux estappes de la province [2]. A quoy m'asseurant
que vous satisferez, suivant mon intention, je prieray Dieu qu'il vous ayt,
Monsr de Dizimieux, en sa saincte garde. Escrit à Dijon, le dernier jour
de mars 1631.

LOUIS
PHELYPEAUX.

CCCXVI

A MONS^r LE COMTE DE DISIMIEUX, CONSEILLER EN MON CONSEIL
D'ESTAT ET GOUVERNEUR DE MA VILLE ET CITADELLE DE VIENNE.

Monsr le comte de Dizimieux, ayant resolu de retirer de St Paul et
Pierrelatte [3] le regiment du s^r de Meillaru, pour l'envoyer en garnison à
Laneufville en Verdunois [4], je luy ay ordonné de passer à Vienne, et loger
au fauxbourg de s^{te} Coulombe, dont j'ay voulu vous donner advis par
cette lettre, affin que vous ayez à y recevoir ledict regiment et fournir aux
chefs, officiers et soldatz d'icelluy les estappes de vivres et autres como-
ditez necessaires, suivant l'ordre de la province. A quoy m'asseurant que
vous satisferez selon cette même intention, je ne vous en diray d'avantage,

[1] Saint-Jean-de-Losne, Auxonne (Côte-d'Or).
[2] Suivant ordonnance du lieutenant général de la province, 1er janvier 1631, les consuls
devaient fournir au régiment de Champagne, en garnison dans le Bas-Dauphiné, « les *vivres*
et *utanciles* », l'huile, la chandelle et le bois, sinon donner en argent à chaque capitaine
3 l. 4 s.; à chaque lieutenant, 48 sols; à chaque enseigne, 32 sols; à chaque sergent, 16 sols;
à chaque soldat, 8 sols. La livre valait alors environ 2 fr. 55; le sol, o fr. 25. Par le règlement
de 1636, des indemnités furent accordées aux communautés : 6o livres par jour pour une
compagnie de 100 fantassins; 150 livres pour une compagnie de chevau-légers de 50 maîtres, etc.
L'ustensile était devenu une sorte de prêt, 2 sols, fourni à chaque soldat par les communautés. Lettre cccxxx.
[3] Saint-Paul-Trois-Châteaux, Pierrelate (Drôme).
[4] La Neuville-au-Pont, sur l'Aisne (Marne).

si ce n'est pour prier Dieu qu'il vous aie, Monsr le comte de Dizimieux, en sa saincte et digne garde. Escrit à St Germain en Laye, le IIIe jour de juillet 1631.

LOUIS.
PHELYPEAUX.

CCCXVII

A MONS^R LE COMTE DE DIZIMIEUX.....

Monsr le comte de Dizimieux, ayant resolu de retirer, de Digne en Provence, les deux regiments de Limon et Pesselieres[1] pour les envoyer tenir garnison, scavoir Limon, à Montfaucon[2], et Pesselieres à Autruy sur Esne, en Champagne[3]; je leur ay ordonné de passer à Vienne et loger au fauxbourg de Ste Coulombe, dont j'ay voulu vous donner advis... etc. Escrit à St Germain en Laye, le IIIe jour de juillet 1631.

LOUIS.
PHELYPEAUX.

CCCXVIII

A MONS^R LE COMTE DE DISIMIEUX.....

Monsr le comte de Dizimieux, ayant resolu de retirer le regiment du s^r de Chastellier Berlot[4] de Montelimard et Ancone, pour l'envoyer tenir

---

[1] Hubert de Grivel, seigneur de Pesselières, de Grossoves, mari d'Anne de Gamaches, dame d'Ourouer, 1620, maître de camp d'un régiment d'infanterie, 3 juillet 1630, maréchal de camp, 15 avril 1652.

[2] Montfaucon (Aisne).

[3] Autry, sur l'Aisne (Ardennes).

[4] Léon du Chatelier, s^r de Barlot, fils d'Antoine, petit-fils de Joachim, né à Poiré, près Fontenay-le-Comte (Vendée), le 14 mars 1582, servit dès 1594; leva un régiment de son nom, 1615; réformé, 1617; rétabli, 1619 et 1621; réformé, 1623; rétabli, 1627; incorporé au régiment d'Artois, 1628; maréchal de camp, 1625; servit en Poitou, à la Rochelle, à Privas, 1629, en Piémont, à Castelnaudary, en Allemagne, 1633, se démit de son régiment, 1634, servit en Flandre, 1636, leva un régiment sous le nom de Poitou, passé, 1645, à son fils, René du Chatelier-Barlot, maréchal de camp, 1651. Léon du Chatelier-Barlot s'était retiré dans ses terres, en Poitou, dès 1636, et y mourut le 30 avril 1644. Il y composa *Mémoires...*, tirés du cabinet de Messire Léon du Chatelier-Barlot, chevalier des ordres du Roi..., de 1596 à 1636. Fontenay, Pierre Petit-Jean, 1643, petit in-4°. Le cardinal de Richelieu, dans le dessein de bâtir le château et la ville de Richelieu sur la paroisse de Poiré, dont du Chatelier-Barlot était seigneur, lui proposa d'acheter sa terre au prix qu'il en exigerait, en y joignant le bâton de maréchal. « Monseigneur, lui répondit-il, un bâton de maréchal ne se vend pas, on le gagne, et j'ai assez beau-jeu. » Il s'attira par là la haine du ministre et mourut sans obtenir cet honneur.

garnison à Fresne et à Vuisvre, en Verdunoys[1], je luy ay ordonné de passer à Vienne et loger aux fauxbourgs de Ste Coulombe, dont j'ay voulu vous donner advis par cette lettre, affin que vous ayez à y faire recevoir ledict regiment, faisant fournir aux chefs, officiers et soldats d'iceluy les vivres et commoditez necessaires, suivant l'ordre des estappes de la province etc. Escrit à St Germain en Laye, le IIIe juillet 1631.

LOUIS.
PHELYPEAUX.

CCCXIX

A MONS^r DE DIZIMIEUX, GOUVERNEUR DE MES VILLE ET CITADELLE DE VIENNE.

Monsr de Dizimieux, envoyant en Provence vingt-cinq cavaliers de la compagnie de chevaux legers du s^r de Chambret[2], pour y joindre ladicte compagnie, je leur ay ordonné de passer à Vienne et de loger à Auberive[3], dont j'ay voulu vous donner avis... etc. Escrit à Monceau[4], le IIIe jour de septembre 1631.

LOUIS.
PHELYPEAUX.

CCCXX

A MONS^r DE DIZEMIEU, GOUVERNEUR DE MA VILLE DE VIENNE.

Mr Deximieux, estant necessaire, au bien de mon service, d'envoïer presentement de ma ville de Lyon en celle de Vallence, pour servir en mon armée commandée par mon cousin le mareschal de la Force[5], deux

---

[1] Fresne-en-Voëvre (Meuse).

[2] Jean de Pierre-Buffières, marquis de Chambret, baron de Comborn, etc., marié, 22 mai 1642, à Marie de Castelnau, d'où une fille unique, Anne; sa veuve se remaria, 1654, à Philibert de Thurin. — Louis de Pierre-Buffières, vicomte de Chambret, dit le brave Chambret, marié, 1609, à Marie, fille de François de la Noüe, veuve vers 1615, d'où Benjamin de Pierre-Buffières, marquis de Chambret, officier à Bordeaux, 1652.

[3] Auberive (Isère), à 13 kilomètres de Vienne.

[4] Le château de Monceaux, en Brie, avait été un des séjours favoris de Louis XIII, mais la petitesse relative des bâtiments et l'inconvénient de la traversée de Paris, dans les relations avec Saint-Germain, finirent par déplaire au roi.

[5] Le maréchal de la Force défendait la vallée du Rhône, tandis que le maréchal de Schomberg entrait dans le Haut-Languedoc et, le 1er septembre 1632, battait à Castelnaudary les troupes de Gaston d'Orléans unies à celles du duc de Montmorency qui fut fait prisonnier.

coulleuvrines, avecq les munitions ordinaires et officiers necessaires pour le canon et icelles, qui seront conduictes par le s⁻ du Molin, lieutenant de mon artillerie en Lyonnois, je vous ay bien voulu donner advis, affin que vous faciez en mesme temps equipper et armer deux fregates pour facilliter le passage, et escorter ledict equippage d'artillerie jusques en madicte ville de Vallence, à quoy m'asseurant que vous ne ferez faulte, y allant de mon service, je prieray Dieu, qu'il vous ayt, M⁻ Deximieux, en sa saincte et digne garde. Escrit à Paris, le xi⁻ᵉ jour d'aoust, 1632.

LOUIS.

PHELYPEAUX.

CCCXXI

A MONS⁻ LE COMTE DE DIZIMIEU, CONSEILLER EN MON CONSEIL D'ESTAT ET GOUVERNEUR DE MA VILLE DE VIENNE ET PAYS VIENNOIS.

Mons⁻ le comte de Dizimieu, faisant acheminer, en mon armée de Languedoc, la compagnie de chevaux legers du s⁻ de Poillay, Je luy ay ordonné de loger à Ste Coulombe lez Vienne et à St Rambert [1], dont j'ay voulu vous advertir par cette lettre... etc. Escrit à Moulins [2], xxvii⁻ᵉ jour d'aoust 1632.

LOUIS.

PHELYPEAUX.

CCCXXII

A MONS⁻ LE COMTE DE DIZEMIEU.....

Mons⁻ le comte de Dizimieu, faisant acheminer, en mon armée de Languedoc, la compagnie de chevaux legers du s⁻ de Beauvau [3], Je luy ay ordonné de loger à Ste Coulombe lez Vienne et à St Rambert, dont j'ay voulu vous advertir par cette lettre... etc. Escrit à Moulins, le xxvii⁻ᵉ jour d'aoust 1632.

LOUIS.

PHELYPEAUX.

---

[1] Saint-Rambert-d'Albon (Drôme), à 28 kilomètres de Vienne.

[2] Louis XIII, se dirigeant sur le Languedoc, partit de Paris, le 12 août, et coucha à Moulins, le 27.

[3] Louis de Beauveau, s⁻ de Rivarennes, capitaine de chevau-légers, mourut à Turin, 6 janvier 1641 ; il avait épousé Marie de Fergon.

CCCXXIII

A MONS* LE COMTE DE DISIMIEU.....

Monsr le comte de Dizimieu, faisant acheminer, en mon armée de Languedoc, la compagnie de chevaux legers du s^r de Villemor[1], je luy ay ordonné de loger à Ste Coulombe lez Vienne et à St Rambert, dont j'ay voulu vous advertir par cette lettre... etc. Escrit à Moulins le xxviie jour d'aoust 1632.

LOUIS.
PHELYPEAUX.

CCCXXIV

A MONS* LE COMTE DE DIZIMIEU.....

M^r le comte de Dizimieu, faisant acheminer, en mon armée de Languedoc, le regiment du s^r marquis de Saint-Chaumond[2], Je luy ay ordonné de s'embarquer à Vienne pour descendre au pont St Esprit, dont j'ay voulu vous advertir par ceste lettre, afin que vous ayez à tenir la main à ce que les basteaux et estappes necessaires et accoutumées luy soyent fournies sans difficulté, pour aller jusques audict lieu, de quoy me reposant sur vous, Je prie Dieu... Escrit à Lyon[3], le viie jour de septembre 1632.

LOUIS.
PHELYPEAUX.

CCCXXV

A MONS* DE DIZIMIEU, GOUVERNEUR DE MA VILLE DE VIENNE, CONSEILLER EN MON CONSEIL D'ESTAT, ET CAPPITAINE DE CINQUANTE HOMMES D'ARMES DE MES ORDONNANCES.

Monsr de Dizimieu, ayant donné ordre aux regiments de Champagne

---

[1] Charles du Bouex, s^r de Villemort, en Poitou, capitaine de chevau-légers, tué au siège de Dôle, en 1636, marié, 1618, à Marie l'Huillier, d'où : François, dit le s^r de Villemors, capitaine au régiment de Mazarin, est tué sous Fribourg, août 1644 ; Robert, s^r de Villemort, mari, 1650, de Marie d'Escoubleau-Sourdis, d'où postérité, tué au siège de Candie, 1669.

[2] Louis Mitte de Chevrières, fils aîné de Melchior, marquis de Saint-Chamond, et d'Isabeau de Tournon, avait reçu du roi un régiment en 1632. En butte à la malveillance de Mazarin, il se retira en Italie et mourut à Grenoble, le 16 juillet 1639, âgé de vingt-sept ans.

[3] Louis XIII arriva à Lyon, le 5 septembre, et en partit le 9 ; le 14, la reine s'embarquait dans une galiote pour se rendre, sur le Rhône, au Pont-Saint-Esprit.

et de Cuigniac[1] de demeurer, pendant quatre jours, en ma ville de Vienne, en attendant que je les y prene en passant, en ces quartiers là, J'ay bien voulu vous en donner advis, par cette lettre, et vous dire que vous ayez à les faire recevoir et loger, et aux presens effectifz les vivres necessaires ainsy qu'il se faict pour les estappes, pendant ledict sejour, de laquelle despense les habitants de ladicte ville seront remboursez, par les ordres de mon cousin le duc de Lesdiguières[2] et des intendants[3] en ma province de Dauphiné, comme il se pratique pour les autres advances qui se font dans la province pour les estappes, à quoy m'asseurant que vous satisferez, je ne vous la feray plus longue que pour prier Dieu qu'il vous ayt, Monsr de Dizimieu, en sa s[te] garde. Escrit à St Germain en Laye[4] le xxve janvier 1642.

                                                             LOUIS.
                                                             SUBLET.

CCCXXVI

A MONSIEUR, MONSIEUR LE COMTE DE DESIMIEUX, gouverneur pour le roy de la ville de vienne[5].

Monsieur. Je vous remercie de la peyne qu'il vous a plu de prendre de m'informer de l'estat de la maladie de Vienne[6]. Je compatis extremement à leur affliction et au deplaisir que vous en recevez, et je juge bien qu'il est necessaire de changer l'estappe qui y est establie, tant pour leur soulagement que pour la conservation des trouppes et des autres estappes. J'ay expedié l'ordonnance du changement de cette estappe que j'establis à Trablin[7], et dont j'ay chargé ce porteur, comme aussy de vous asseurer que, non seulement aux occasions où il s'agist de vos interest, mais en celles

---

[1] Pierre de Caumont, marquis de Cugnac, mari de N... Turquet de Mayerne, sans postérité. Il était le troisième fils de Henri-Nompar de Caumont, dit le marquis de Castelnau, puis duc de la Force, marié, 1602, à Marguerite d'Escodeca ; petit-fils de Jacques, mort 1652, et neveu d'Armand, mort 1675, tous deux ducs de la Force et maréchaux de France.

[2] François de Créquy, duc de Lesdiguières. Lettre cxcvi.

[3] Henri de Laguette, s[r] de Chazay, intendant, 1642-1644.

[4] Louis XIII, se rendant à l'armée de Catalogne, partit de Saint-Germain le 26 janvier, séjourna à Lyon, 17-23 février, et coucha à Vienne.

[5] 1643. Mort de Louis XIII, 14 mai. Le prince Thomas de Savoie et du Plessis-Praslin font avec succès en Piémont la guerre aux Espagnols, battus à Rocroy par le duc d'Enghien.

[6] La contagion reparut à Vienne en 1640, 1642 ; le 20 mai 1643, les établissements publics furent fermés ; elle suspendit ses ravages en juillet, pour reprendre en 1647.

[7] Estrablin, à 8 kilomètres de Vienne.

qui vous toucheront en quelquautre facon, vous pouvez m'employer avec
toute sorte de pouvoir et croire que, de tout le mien, j'essayeray tousjours
de vous tesmoigner que je suis, monsieur, vostre très humble et très affectionné serviteur. De Grenoble, ce xxiij° juillet 1643.

TOURNON[1].

CCCXXVII

A MONSIEUR, MONSIEUR DE DISIMIEU, GOUVERNEUR POUR LE ROY DE LA VILLE DE VIENNE, ETC.

De Tournon, le 9ᵐᵉ aoust 1643.

Monsieur. Si le premier homme que vous m'envoiastes eut esté aussy
bien instruict que l'est celuicy, vous auries receu par luy l'ordre que je
vous envoye maintenant, pour le changement de l'estappe establie à Trablin. J'ay treuvé le lieu de Roche[2] qu'il m'a indiqué plus commode que
nul aultre : c'est pourquoy je l'y ay establie, et fait expedier un ordre aux
trois corps du regim[t] de Florinville[3], auquel j'avois déjà donné leur routte
par Trablin, pour aler loger audict Roche. Je vous suplie, monsieur, d'y
tenir la main et de me donner advis, de temps en temps, de l'estat de la
santé de Vienne et croire que je profiteray tousjours les ocasions de vous
servir avec aultant de passion que je·suis, monsieur, vostre très humble et
très affect. serviteur.

TOURNON.

[1] Just-Louis de Tournon, comte de Roussillon, commandant un régiment d'infanterie de
son nom, 20 mars 1635, servit en Languedoc, en Italie, 1638, à la bataille de la Marfée, 1641,
en Catalogne, 1642 ; sergent de bataille, 7 juin 1642; maréchal de camp, le 16 octobre suivant;
lieutenant général au gouvernement de Dauphiné, par la démission de François de Créquy,
duc de Lesdiguières, par provisions du 22 février 1643 ; sénéchal d'Auvergne, bailli du
Vivarais à la mort de Just-Henri de Tournon, son père, 14 mars 1643 ; il fut tué, à l'âge de
vingt-sept ans, au siège de Philisbourg, en faisant jeter des fascines dans un fossé, 6 septembre 1644, dernier de sa maison. Il avait épousé, en 1641, Françoise, fille de Nicolas de Neufville, duc de Villeroy, et de Madeleine de Créquy-Lesdiguières. Ses biens passèrent, par
substitution, à Marguerite de Montmorency, duchesse de Ventadour, sa grand'mère.

[2] Roche, canton de la Verpillière, Isère. — Estrablin, canton sud de Vienne.

[3] Henri de Florainville, sᵣ de Cousances, au duché de Bar, leva un régiment d'infanterie de
son nom, par commission du 6 juillet 1632, servit, avec distinction, au siège de Nancy, 1633,
en Italie, 1635, en Alsace, 1637, en Italie, 1639 ; maréchal de camp, 14 janvier 1643; gouverneur
de Tortone qu'il défendit vaillamment contre les Espagnols, février-mai 1643 ; son régiment
fut licencié, après la campagne.

CCCXXVIII

A MONSIEUR, MONSIEUR LE COMTE DE DIZIMIEU, GOUVER-
NEUR DE VIENNE.

Monsieur. La fantesie que vient mesieurs de Viene de faire entrer en
Lyonois, par Ste Coulombe[1], les compagniees de Mr le cardinal Masarin[2], à
qui je ne povois donner passage sans ordre de la court, me fesant aprehender
qu'il n'an vulie faire de mesme au regiman de Languedoq, à qui je ne suis
pas resoleu de le donner passage qu'il ne me fasse voir la route du roy ou de
S. A. R., m'obligeroit à envouier quelqun audict Ste Coulombe, pour en
garder la porte, si je ne savois que vous y coumandés, ne douttan pas qu'en
saite qualité vous ne concerviez très bien les interes du Lyonois, ce qui vous
est très facile, en observan les ordres qui le conteste par le passé : sait ce
qui m'oblige à vous envouier ce coldat, pour vous prier di tenir la main, et
sur tout de me croire, monsieu, Vostre très humble serviteur. De Lyon, le
29 may 1649.

ABBE DESNAY[3].

CCCXXIX

AU CAPITAINE DE CALIGNON, COMMANDANT UNE COMPAGNIE DANS
LE REGIMENT D'INFANTERIE DE SAULT.

Capitaine de Calignon[4], la lieutenance de la compagnie que vous com-

---

[1] Sainte-Colombe, sur la rive droite du Rhône, en Lyonnais, dépendait alors du gouvernement militaire de Vienne.

[2] Régiment de cavalerie de Mazarin-étranger, levé en 1644 ; un autre régiment de Mazarin
infanterie, français, servait également en Piémont, 1656. — L'accommodement du duc de
Modène avec l'Espagne avait momentanément rétabli la tranquillité en Italie. Le comte
d'Harcourt, à la tête de l'armée de Picardie, battait les Espagnols à diverses reprises et ter-
minait la campagne par la prise de Condé, 25 août 1649.

[3] Camille de Neufville de Villeroy, né 1606, abbé d'Ainay, 1611, archevêque de Lyon, 1653,
mort 1698. — Cette lettre, scellée de deux cachets en cire rouge, aux armes de l'abbé de
Neufville, est écrite sur un papier blanc marqué d'un filigrane, aux armes et attributs
(0,13 sur 0,13) du cardinal A. de Richelieu, alors archevêque de Lyon.

[4] Soffrey de Calignon, des seigneurs de Peyrins, capitaine, puis lieutenant-colonel au
régiment de Sault, fut tué au siège de Valence, en Milanais, 1656. Il avait épousé Justine de
Chabrières. Ce régiment, dont les Créquy-Lesdiguières étaient titulaires, se composait principalement de Dauphinois ; après avoir porté le nom de Canaples, puis de Sault, il prit celui
de Tallard et compta parmi les cinq Petits Vieux.

mandez, dans le regiment d'infanterie de Sault, étant à present vacante, par la demission d'Angellin[1], et ayant choisy pour remplir cette charge la Bastie St André[2], sur l'asseurance que j'ay qu'il s'en acquitera dignement, je vous faictz cette lettre pour vous dire que vous l'establissiez en icelle, et ayez à le faire recongnoistre, en la dicte qualité, de tous ceux ainsy qu'il appartiendra, et sur ce, je prie Dieu qu'il vous ait en sa saincte garde. Escrit à Paris, le IIIe avril 1654.

LOUIS.

LE TELLIER.

CCCXXX

De par le Roy,

Sa Ma[té] ayant donné au sieur de la Braiellere[3] la place de capitaine reformé, à la suite de la compagnie de Disimieu, dans le regiment d'infanterie estrangere de Thoy, vacante par le changement du sieur de Cesarge[4] à une autre place de capitaine reformé dans ledict regiment, Sa Ma[té] luy ordonne de se rendre à la suite de ladicte compagnie, pour y servir dornavant en cette qualité, et estre payé de ses apointements, tant et si longuement qu'il sera present audict regiment. Veut Sa Ma[té] qu'il soit reçu et reconnu de tous les officiers et soldats dudict regiment, sans difficulté. Fait au camp devant Namur, le trentieme juin 1692[5].

LOUIS.

LE TELLIER.

---

[1] Angelin, ancienne famille des Avenières, en Viennois; Symphorien et Jean d'Angelin, sieurs de Champlaneys, vivaient en 1671.

[2] Henri de Marnais de Saint-André, s[r] de la Bâtie, fils d'Antoine de Marnais, capitaine au régiment de Sault, anobli, 1629, et de Claudine de Saint-André; frère d'André de Marnais, capitaine au régiment de Normandie; capitaine, puis lieutenant-colonel au régiment de Sault, brigadier des armées du roi, 1677, gouverneur de Vienne, chevalier de Saint-Louis, 1694; marié à Louise Alleoud, veuve en 1697. — *A Monsieur, Monsieur de S. André-Marnais, lieutenant colonel au regiment de Sault... son très humble et très obeïssant serviteur et aumosnier, de Gantez.* (Discours de réception), placard in-folio, s. n. de l., d'imprim. et sans date.

[3] Antoine de Disimieu, dit le s[r] de la Brevellière, du nom d'un étang près de Cordieu (Ain), baron de Saint-Béron, seigneur de Sure et de Cordieu, puis comte de Disimieu, capitaine au régiment de Lorraine-infanterie, 20 août 1688, capitaine au régiment de Thoy, 5 janvier 1694, chevalier de Saint-Louis, 2 janvier 1703; marié, 17 mars 1707, à Marie-Louise de Constant, dame de Trièves, Marivaux, la Malmaison; il teste, 4 juillet 1712, laissant pour héritier Louis-Angélique, son fils unique. Lettre CCXLIX.

[4] François de Meffray, seigneur de la maison forte de Césarges, sur Maubec, en Viennois, fils de Florimond et d'Isabeau de Gumin d'Hautefort; né en 1670, capitaine au régiment de Thoy, décédé 26 avril 1725, marié, 1705, à Françoise-Marie de Malyvert de Conflans.

[5] Louis XIV prend la ville de Namur, le 5 juin, et le château le 30.

CCCXXXI

A MONSIEUR, MONSIEUR LE COMPTE DE DISIMIEU A VIENE.

Monsieur : vous m'usiés extremement obligé sy, estant sy proche de ceste ville, m'usiés fait la faveur de me venir voir, mais puisque vos affaires ne vous lon permis comme, de vive vois, le s^r de Peisieu vostre nepveu[1] m'a dit, je me prometz neantmoins ceste faveur, la premiere fois que viendrés à Sembron[2], et vous asseure que je tacheray de vous servir et traiter le mieux qu'yl me sera possible. Il n'este pas de besoing que me remersisiez de ce que j'ay fait pour vos sujetz de Sembron car, et eus et tous ceux qui dependeront de vous, je veus qu'ils conoise combien je vous onore et desire rendre service, vous conjurant de m'honorer de vos comendemant, afin que par l'esecusion d'iceus je puisse faire paroistre ses parolles veritables. Ledict sieur de Peisieu m'a de plus dit tout ce que l'avés charché de me dire; et certes que j'ay esté bien ayse d'avoir seu tout cela, car je vous prometz que je le feray savoir en telle sorte, là où yl est requis, et je m'asseure que l'on nous en aura de l'obbligation et le grés de menager le tout, en sorte que vous en recepviés de l'honeur et du contentemant, comme plus particulierement ledict sieur de Peisieux vous dira, auquel me remetant, je vous baise les mains et me dis veritablement, Monsieur, vostre serviteur. Chambery ce 29 8bre 1615.   SIGISMOND D'EST[3].

CCCXXXII

AU SENAT DE SAVOYE.

A nos très chers bien amez et feaux conseillers les gens tenans nostre senat en Savoye.

Le duc de Savoye

Très chers bien amez et feaux conseillers[4], Nous ayant représenté le

---

[1] Lettre cxi.

[2] Saint-Béron, seigneurie en Savoie, venue à Balthazar de Disimieu par son mariage avec Claudine de Clermont, à 32 kilomètres de Chambéry. Henri de Disimieu, second fils de César, en hérita et devint la tige de la branche dite de Saint-Béron.

[3] Sigismond d'Est, marquis de Saint-Martin, de Lanzocte, général de la cavalerie du duc de Savoie et son lieutenant général en Savoie, mort 1627.

[4] Par suite de la restitution de la Savoie à son duc, 1631, le sénat de Chambéry avait été

sieur de Disimieu, comme il avoit quantité de procès pardevant vous desquelz il est impossible que ses advocatz puissent estre bien instruictz pour
les playder, sans qu'il les puisse particulierement informer de ses bons
droictz, et ne le pouvant faire pendant les presentes occasions de guerre en
Italie, à cause de l'employ qu'il a dans l'armée de S. M^{té}, il nous auroit prié
de faire surçoyr en tous lesd^{itz} procès, durant son sesjour, et encores un
mois après son retour, ce qu'estant juste et raysonnable, nous vous ordonnons et très expressement commandons de ne rien innover en iceux, soubz
quel pretexte que ce soit, ains le laisser jouir plainement de la presente
surçoyance pour le temps susdi[1], sur peyne de nullité de tout ce qui s'en
ensuivroit au contraire, Car aynsi nous plait. Donné au camp soubz Valance,
le 22 d'octobre 1635[1].

V. AMEDEO [2].

D. MEYNIER.

CCCXXXIII

MONSIEUR DE DISIMIEU.

Monsieur. En responce de celle que j'ay receu de vostre part, je vous
puis assurer que si la necessité et l'occasion se presentera de loger des soldats dans les estats de S. A. R., je ne manqueray d'avoir en particulière
recommandation le lieu de St Beron, et ce à vostre consideration et pour le
desir que j'ay de vous servir, et pour le regard de la sortie des graines que
m'aves demandée, je me rapporte au recit que vostre fermier vous en fera,
lequel s'en est retourné satisfait de moy, vous priant de croire, qu'en toute
autre occasion, je m'emploiray en sorte que vous me connoitrés parfaitement, Monsieur, vostre serviteur. Chambery, ce 24 fev^r 1637.

D. FELIX DE SAVOYE [3].

---

reconstitué, 3 avril 1632. Jérôme de Disimieu et Henri, son frère, venaient d'hériter de César,
leur père.

[1] Une ligue offensive et défensive avait été conclue entre la France et le duc de Savoie
contre l'Espagne, à Rivoli, 11 juillet 1635. Le maréchal de Créquy et le duc de Savoie mirent
le siège devant Valence, 19 septembre, et le levèrent le 28 octobre.

[2] Victor-Amédée I, duc de Savoie, 1630-1637.

[3] Dom. Félix de Savoie, fils naturel de Charles-Emmanuel I, gouverneur de Savoie, mort
à Turin, 1644.

CCCXXXIV

* La Marquise d'Aix [1] a Mad[me] Royale.

Madame,   Mai 1655.

il est bien iuste que les premiers momans que je passe dans vos estas
soient emploiés à randre mes premiers homages à Vostre altesse roialle, et
que je luy témoigne que la gloire de vivre soubs ses loix est ce que je con-
sidère le plus, parmi les advantages que m'a procuré monsieur le marquis
daix, jespere de mieux persuader un jour cette verité à vostre altesse roiale
et de luy faire conoistre que, de tant de millions de personnes qui ont
l'honeur de luy obeir, il n'en a point qui soit avec plus de zèle et de respec
que moy, Madame, de V. A. R.[2] La très humble et très obeissante sujette et
fidelle servante.   A. DE DISIMIEU.

[1] Les dix-sept lettres suivantes marquées * proviennent des archives de l'Etat, à Turin,
paquet 20 des lettres particulières (Disimieu). Elles sont adressées aux princesses de Savoie,
par Marie-Angélique, fille de Jérôme, comte de Disimieu, et d'Anne du Puy du Fou, qui
épousa : 1° Maurice de la Chambre de Seyssel, marquis d'Aix, comte de Montréal, etc.,
gentilhomme de la chambre de son A. R. le duc de Savoie, 17 septembre 1654, mort juin 1660,
dont elle n'eut pas d'enfant ; 2° par contrat du 26 février 1664, Alexandre-Girard Scaglia,
comte de Verrue, marquis de Caluse, etc., gentilhomme ordinaire et premier écuyer de
S. A. le duc de Savoie, dont elle était veuve en 1673 ; d'où Joseph-Ignace-Auguste-Mainfroy-
Jérôme. Lettre CCCXLVIII.
Marie-Angélique, soit comme marquise d'Aix, soit comme comtesse de Verrue, était
admise à la cour de Savoie et en fort bons et affectueux termes avec les princesses Christine
et Marie-Jeanne-Christine, dont elle était dame d'honneur ; après la mort du comte de
Verrue, on la trouve à Vienne, à Lyon, à Paris, où elle était fort considérée, s'efforçant de
mettre en ordre ses affaires ; de retour en Piémont, vers 1687, elle abandonna de nouveau
cette cour, après l'éclat suscité par la liaison amoureuse du duc Victor-Amédée avec sa belle-
fille, la célèbre comtesse de Verrue. Marie-Angélique, après un séjour à Paris, se retira à
Vienne, 1691, auprès de ses parents, puis, comme religieuse, au monastère royal de N.-D. des
Colonnes en cette ville, où elle mourut le 2 mai 1722 ; elle fut inhumée aux côtés de son
père, en l'église de ce couvent, où elle avait attiré ses deux petites-filles de Verrue. Par son
testament du 11 mai 1720, son fils et ses deux petits-fils étant morts, elle institua pour son
héritier Louis-Angélique, fils d'Antoine de Disimieu, seigneur de Saint-Béron, son cousin
germain.
[2] Christine de France, fille de Henri IV, femme de Victor-Amédée I, 1618 ; régente de
Savoie pour ses fils, François-Hyacinthe, 1637-1638, et Charles-Emmanuel II, 1638-1675 ; elle
mourut le 27 décembre 1663.

CCCXXXV

* A Madame Royale.

Madame, 1er avril 1660.

Je ne puis consideré l'honeur que vostre altesse royalle me fait de se souvenir de moy, dans le temps du mariage de Madame la princesse Marguerite[1], sans resantir toute la confusion imaginable de la voir si peu merité; je say bien, Madame, qu'il n'y a rien au monde qui me put faire optenir des graces de cette nature là, et que je ne les dois jamais atandre que de l'extrême bonté de vostre altesse royalle, à laquelle on ne peut estre queternellemant redevable, joseré pourtant lasurer qu'il ne me semble pas que personne puisse consevoir un plus ardant desir de luy randre une plus exsacte obeisance et de plus profond respec, ny ayant affaires ny rien au monde qui puisse manpescher de le faire conestre à votre altesse royalle, lorsque japrandré determinemant sa volonté pour lhoneur de son service, jespère, madame, que monsieur le marquis d'aix maidera à persuader heureusemant votre altesse royalle de cette verité, et qu'elle me fera lhoneur de lestre de maime du profons respecs et du zelle pasionné avec lequel jose me dire, Madame, de V. A. R. La plus humble etc.

DE DISIMIEU.

CCCXXXVI

* A Madame Royale.

Madame,

sy dans la plus juste et sansible douleur que je pouvez resantir de ma vie, il est posible de trouver quelque soulagemant à mes peines, se ne peut estre que dans les marques que votre altesse roialle à la bonté de me donner, quelle a regretté la perte que jay faite de monsieur le marquis daix[2], et de sa compasion au deplorable hetat ou je me rancontre, ne trouvant pas de terme

---

[1] Marguerite-Yolande, fille de Victor-Amédée I, duc de Savoie, et de Christine de France, née 15 mai 1635, mariée, 29 avril 1660, à Rainuce Farnèse II, duc de Parme et de Plaisance, morte 1663.

[2] Mort de Maurice de la Chambre, marquis d'Aix, premier mari de Marie-Angélique de Disimieu.

pour luy exprimer les resantimans que jay dans lame dune telle grace, et de
lhoneur quelle me fait en suite de macorder sa protection pour toute ma
vie, je me suis touiours flatée, madame, de lesperance que vostre altesse
roialle ne deferé pas son ouvrage, mayant acseptée, sans avoir egar à mon
peu de merite, elle madvoura donc encore, sil luy plaist, toute malheureuse
que je suis, je lan suplie très humblemant, avec toute lardeur et la soumission possible, par le memoire de la personne que jay perdue, qui ne respiret
que lhoneur de son servisse, et par la forte et indispensable passion avec
laquelle je seray jusquau dernier soupir, Madame, De V. A. R. La très
humble etc. (reçue le 4 juin 1660).   DE DISIMIEU.

CCCXXXVII

* Madame,
    lhoneur que jay destre à vostre altesse royalle, et la protection qu'elle ma
fait la grace de macorder, me font prendre la hardiesse de luy representer que
je seray la personne du monde la plus redevable à ses bontés, sy dans l'ocasion de la maladie de mon oncle de disimieu, qui possede la terre de St beron
en cette province[1], je puis optenir en tout evenement la continuation de ses
graces, en macordant la gloire de pouvoir me dire doublement subjecte de
vostre altesse royalle, par des lettres de naturalité que joze luy demander,
sans quoy un jantilhomme de bresse, qui est successeur des biens de mon
oncle[2], me pouret inquieter touchant des traites, moyenant lesquels ie posede
an paix les biens que feu mon père ma laissé, sest ce que je prans la liberté
de representer à vostre altesse royalle, dans lesperance ou je suis destre
continuée dans le bonheur de se repos, par les effets ordinere de son extreme
bonté et joze, madame, assurer vostre altesse royale que, dans la multitude
des personnes qui luy sont redevable d'un pareil bonheur, il ny an aura
jamais qui face des vœux au ciel pour sa prosperité, avec plus de passion

[1] Henri de Disimieu, second fils de César; à la mort, sans enfant mâle, de Jérôme de
Disimieu, son frère aîné, 1653, il transigea avec Marie-Angélique, sa nièce, qui garda la terre
de Disimieu, en Viennois, et obtint lui-même les terres de Saint-Béron, en Savoie, et celles
de Sure et de Cordieu, en Bresse, en vertu des substitutions inscrites au testament de Balthazard de Disimieu, 11 décembre 1582.

[2] Claudine, fille de César de Disimieu, sœur de Henri, avait épousé, 11 mars 1617, Abel de
la Poype, comte de Serrières, baron de Corsant, en Bresse.

et avec plus de zelle, ny qui soit avec une plus profonde soumission que moy, Madame, de V. A. R. La plus humble... à Chambery ce 19 mars 1622.

DISIMIEU.

CCCXXXVIII

* Madame   Aout 1662

Sy je ne savez que votre altesse royale ne se lasse jamais de donner sa protection et de favoriser de ses grâces seus qui ont l'honneur destre à elle, jorés une juste crinte de luy estre importunne, dans la demandę que joze encore luy faire de lettre d'habbillitation, touchant des interets très considérable que jay en Savois, pour une partie des biens que mon oncle de disimieu posede, je say madame que je ne puis merité et ne doit rien pretandre que de la pure bonté de vostre altesse royalle, mais je sais aussy que sest par là que je dois avoir une plus forte esperance doptenir la très respectueuse suplication que je luy fais, s'est madame autant ma propre experiance que la voix publique qui me la apris, et joze protester, à votre altesse royalle, quelle ne peut honorer de ses biens fais une personne qui ait un plus veritable zelle, ny qui soit avec une plus profonde soumission que moy, Madame. De V. A. R. La très humble... Aout 1662.

DE DISIMIEU.

CCCXXXIX

* Monseigneur [1],

Quel avantage que je puisse rancontrer dans le dessin que monsieur le conte de verrue [2] me fait l'honneur davoir pour moy, je nan puis resevoir la proposition que je ne sache quil est aprouvé de votre altesse royalle, puisque, dès le momant que jantray dans ses estas, je me persuaday que je ne devois esperer dautre bonheur dans ma fortune que celuy que je reserves de ses mains, s'est pourcoy, monseygneur, votre altesse royalle me fera, syl luy plaist, conestre ses volonté sur le sujet, afin que je me conforme, avec

---

[1] Charles-Emmanuel II, duc de Savoie, 1638-1675, mari : 1° de Françoise-Madeleine d'Orléans, 1663-1664 ; 2° de Marie-Jeanne-Baptiste de Savoie-Nemours, 1665-1724.

[2] Préliminaires du mariage de Marie-Angélique de Disimieu, veuve du marquis d'Aix, avec le comte de Verrue.

tout le respect quelle peut atandre d'une personne qui est, plus véritablement et avec plus de soumission que nul auttre, Monseigneur, De V. A. R.
La très humble etc. le 23 X^bre 1663.

A. DISIMIEU.

CCCXL

* Lettre de la Ctesse de Verrue à Madame Royale[1].

Madame

Je merite si peu les bontés que vostre altesse roialle a pour moy, et particulierement les dernieres marque je viens de resevoir de sa libéralité,
que jen suis dens une extreme confusion, de sorte que ne trouvant pas de
parolles ny de termes pour pouvoir exprimer les santimans de mon ame,
sur se subjet, vostre altesse royalle agrera que, par un silance respectueux,
je luy laisse panser tout se que jaurès à luy dire, touchant la bonté et la
richessse du present, la main auguste dont il est party qui me le rans encore
infiniment plus presieux, et les très humbles remersimans que je luy en
deveré randre, se persuadant, sil luy plaist, que je naurais rien voulu
obmettre de ce quil y a à dire sur une matière si ample, si javes autant
deloquanse que jay de desir, Madame, de faire conestre, à vostre altesse
royalle, que de toute les personnes qui ont l'honneur destre à elle, il ny an
a point qui soit, avec plus de respec ny de zelle que moy, Madame, de
V. A. R. La plus humble etc. De Chambery ce 1er mai 166(5).

DE DISIMIEU-DE VERRUE.

---

[1] Marie-Angélique de Disimieu venait de se remarier avec le comte de Verrue, 26 février 1664.
— Christine, Madame Royale, régente de Savoie, était morte, le 27 décembre 1663.

Marie-Jeanne-Baptiste de Savoie-Nemours, née à Paris, le 11 avril 1644, française par ses
traditions de famille et par son éducation, allait devenir Madame Royale, en épousant, 11 mai
1665, le duc de Savoie, Charles-Emmanuel II, son cousin. Il peut s'agir de quelque présent à
l'occasion de ce mariage.

Françoise-Madeleine, fille de Gaston d'Orléans, dite Mademoiselle de Valois et *Colombine
d'amour*, à raison de sa beauté, première femme de Charles-Emmanuel II, duc de Savoie,
qu'elle avait épousé, le 5 mars 1663, était morte sans postérité, le 14 janvier 1664, âgée de
quinze ans et trois mois.

CCCXLI

*Du 28 octobre 1680. A Mad^{me} Royale[1].

Madame,

pour continuer à me donner lhoneur de randre conte à V. A. R. dese-
que je vesray an ce lieu digne de son atanssion, je me doneray celui de
luy dire que jay esté trois jours à Versallie, pour ferre voir à madame
fabrisse toute la rareté qui y sont, afin quelle puisse à son arrivée an divertir quelques momans V. A. R. ; elle a lieu destre bien contante de la reine[2]
et de madame la dofinne[3], comme elle an fera le resit à V. A., pour moy
madame, jeu lavantage que madame la dofinne me parla, demie heure, de la
cour de V. A. avec un gran plesir, jusqua me dire quun de ses plus gran
souhets avait esté de la pouvoir voire ; je truve, dans toutte les prensesses et
dame de cette cour, les santimans dune particuliere parsialité pour celle de
Savois, mes prinsipalleman pour la personne de V. A dont elle me venes
toutte demander sy elle estet ancore conservée dans son preciu souvenir.

Madame de créqui[4] et madame dhumieres[5] se sont fet un plesir de me
prie plusieurs fois d'assurer V. A. R. de leurs profons respecs. Sy sest
madame un bien sy grand pour les etrangers, jugé je vous suplie de la jois
qu'il doit coser dans vos fidèlles suiettes, et de lanpressemans avec lequel
je profitte de cette ocasion pour demander à V. A R. la continution des
graces quelle ma touiours fet lhoneur de me ferre esperer ; sest de la
madame ou je fes consister mon plus gran bonheur, et de voir quelle en
soit bien persuadée, sest de coy je la suplie, puisqu il ne se peut estre avec
plus de partialité, plus de soumission, ny plus de zelle que moy, Madame,
de V. A. R. Très humble etc.

DE DISIMIEU DE VERRUE.

---

[1] Marie-Angélique de Disimieu était alors veuve de son second mari, A.-G. Scaglia, comte
de Verrue, mort en 1673, et se trouvait à Paris, d'où elle écrivait à Madame Royale, Marie-
Jeanne-Baptiste, régente de Savoie.

[2] Marie-Thérèse d'Autriche, morte 30 juillet 1683.

[3] Marie-Anne-Christine de Bavière, femme de Louis, le grand dauphin, 7 mars 1680, morte
20 avril 1690.

[4] Paule-Marguerite-Françoise de Gondy, mariée, 12 mai 1675, à François-Emmanuel de
Créquy, duc de Lesdiguières, mort 3 mai 1681 ; morte à l'âge de soixante et un ans, 1716.

[5] Louise-Antoinette-Thérèse de la Chastre, dame du palais de la reine, mariée, 8 mars
1653, à Louis de Crevant, marquis, puis duc d'Humières, mort 1694.

CCCXLII

* Madame

Jay tousjours esperé que V. A. R. me feret grace de proteger les interests de mon fils, osy bien dans les tamps que je suis aplantte pour son éducation [1], que sy jettés aupieds de V. A. R. pour luy demander sa royalle protection. Sest ce que je prans la liberté, madame, de luy represantter dans une ocasion qui nous est de la derniere importance, et don jay esté avertie que quelques personne, peu informée des droits qui ont esté accordé à la maison de verrue, par leurs souverins, les quels mont esté renouvellé, par feu S. A. R. de glorieuse memoire, et qui mont esté interiné deux fois par le senat, depuis que jay soins des afferes de mon fils, ont optenu une chose qui contrarie toutes ses faveurs ; mon soing na esté, madame, jusqua present, qua maintenir une bonne justyse, à tenir tous les suiets de V. A. R. qui sont dans nos terres, an un grand repos ; et pour cella à ferre punir dousemant un homme qui a assassiné un offissié et qui menasse, osy bien que ses partisans, tout le reste de la terre, jusque aus eclesiastiques ; ce qui est, madame, dunne consequansse plus grande quon ne le peut representer ; sependant ils ont optenu une grace de V. A. R. et comme on ne lora pas informée de la grieveté de lafferre, ny des drois don elle a bien voullu que mon fils jouist jusqua present, je la suplie avec toute la soumission imaginable de ne permettre pas que la chose aille plus loing ; mais davoir la bonté de remettre le contte de verrue an ses drois ordinere ; et je lespere dotant plus que jay toujours conu V. A. R. plenne de generosité et de bonté à repandre sur ses sujets, et à an prevenir mesme obligammans les ocasions, janployray toute celles de ma vie aus justes remercimens qui luy an son deu, pour mon particulier, an la supliant de me crere sa plus passionnée de celle qui se dise, Madame de V. A. R. Très humble, très obeissante et très fidelle sujette et servante. A paris ce 23 decembre 1680.   DE DISIMIEU DE VERRUE.

[1] La comtesse de Verrue était tutrice de son fils unique, Joseph-Marie-Auguste-Mainfroy-Ignace-Jérôme, né en 1665.

CCCXLIII

* Du 18 octobre 1681, Madame

Je suis trop sansible à la nouvelle grace que V. A. R. vien de faire à mon beaufrère, l'abbé de verrue, pour ne prandre pas la liberté de luy an presanter, coyque de loing, mes très soumis remersimant; ma jois socmante, madame, cant je vois de nouvelles ocasions à seus de ma famille, pour enployer les momans de leurs vies et tout leur zelle au glorieu servisse de V. A. R. et je me flatte en lesperance quelle ne truvesra jamais de sujets plus antierement devoués; le contte de verrue travaille assiduement pour san randre digne; il a coumanssé son academie; le fort bernardy luy est dun gran divertisemant; s'est un jeu fort hutille à cette junesse qui se fait par là au mestié de la guerre; je soubette, madame, que le contte de verrue ce puisse randre assez parfait an toutte chosse, pour mériter bientot l'honeur dobeir aux commandemans de V. A. R. et je mestimerés fort heureuse, an mon particulier, si je pouvés par mes continuelles soumissions et respecs luy bien persuadé que personne ne peut jamais estre; avec plus de verité que moy, Madame, de V. A. R. La très humble etc.

DE DISIMIEU DE VERRUE.

Madame de brachiono[1] mest venu voir comme jecrivée cette lettre, je luy ay parlé de Madame de St Martin[2] que V. A. R. anvois pour aprandre des modes, et elle ma promis de luy dire toutte celle quelle sora; elle est fort propre; et depuys peu a le plus bau tins du monde; elle parle quelque fois de son retour à rome, mais je cre pourtant quelle se trouve assez bien de cet air issy, pour y rester tant quelle pourra.

---

[1] Anne-Marie de la Trémoille, veuve d'Adrien-Blaise de Talleyrand, prince de Chalais, épousa, 1675, Flavio Ursini, duc de Bracciano, mort 1698; elle est dite princesse des Ursins et elle mourut à Rome, 5 décembre 1722.

[2] Sigismond-François d'Est, marquis de Saint-Martin et de Landzo, au service du duc de Savoie, avait épousé, 1671, Marie-Thérèse Grimaldi, fille d'Hercules et de Marie-Aurélie Spinola.

CCCXLIV

* 1682. Madame,

Quoy que je naye pu estre des premières à randre mes très humbles actions de graces à V. A. R. pour celle quelle vient de faire à mon beau-frere, l'abbé de Verrue[1], jespere neanmoins, madame, quelle ne laissera pas destre convincue de ma profonde reconesansse, et que je considere tous les bonheurs qui arrive à notre maison, de la pure bonté de V. A. R. je nambitionne aussi, madame, que de luy faire parestre ma fidelité et ma soumission; afin quelle me fasse ancore lhoneur de me crere, avec plus de vérité et plus de respec, que personne du monde, Madame, de V. A. R. La très humble etc.   DE DISIMIEU DE VERRUE.

CCCXLV

* 14 8bre 1682. Madame,

Je naures pas cru, qu'estant éloignee de V. A R., on put goutté un solide plaisir ; sependan, madame, jan resois un très sansible, par lhoneur et la grace que V. A R a fait au conte de verrue, an luy envoyant une pattante, pour devoué ses très humbles services à son souvenir ; son inclination, madame, luy a angagé dès sa naissance, et le souvenir de V. A R. luy procure lavantage de la faire parestre : Sest ancoy nous fesons consisté, luy et moy tout nostre bonheur : je le publiray insesamant, an se peis, et auray ancore plus de joie, madame, cant je pouray estre au pié de V. A R. pour l'assurer très respectueusement que je suis, Madame, de V. A R. La très humble etc.   DE DISIMIEU DE VERRUE.

CCCXLVI

Recué le 30 Xbre 1682.

Madame,

. lhonneur et la grace que V. A R. fait au conte de verrue, an luy donnant

---

[1] Auguste-Philibert Scaglia de Verrue, dit l'abbé de Verrue, abbé de Saint-Just de Suze, etc., chancelier de l'ordre de l'Annonciade, ambassadeur en France, 1680, ministre d'Etat, teste le 8 août 1683. Saint-Simon le malmène fortement, à propos de sa folle passion pour sa nièce, la comtesse de Verrue-Luynes.

un régiment, me persuade bien de la continuation de ses bontés, je les
resans, Madame, avec tout le respec que je dois, je souhetrés pouvoir faire
parestre ma parfaite reconessansse à V. A. R. je conte sur les soing de
mon beaufrere, labbé de Verrue, pour qu'il tache de la bien represanté, en
atandant que jaye le bonheur de le faire moy mesme, supliant V. A R.
destre toujours bien persuadée de ma soumission, et que je suis, avec un
respec et un zelle sans egal, Madame, de V. A R Très humble....

DE DISIMIEU DE VERRUE[1].

CCCXLVII

*Du 28 mai 1683. La comtesse de Verrue à Mad^me Royale.

Madame,

toutte les chose avantageuse qu'on antan dire du voyage du roy ont
donné une forte curiosité au conte de verrue daller voir le camp de la
saune[2]; mais comme je souhette, madame, que toutte ses demarche et les
miennes soient dans lantière aprobation de V. A R. javé prié, il y a lon-
tant, mon beau frere, labbé de Verrue, de man donné ses avis, ne douttant pas
qui ne lauret presanty, et nayant ressu auqunne de ses reponsses, jay esté
ladessus an un très gran anbaras : mais, madame, plusieurs personnes
massure que se sera une chose fort instruisive et qui donera une belle idée,
au conte de verrue, pour se bien aquité du conmandemant que V. A R.
luy a fait lhoneur de luy donné, dans les dragons de S. A R ; sest ce qui
ma fait determiné à le laissé allé, la semaine prochenne, pour jouendre le
roy ; il reviendra après le premier campeman, et dans peu nous aurons
lavantage, lun et lauttre, de nous randre à faire nostre cour à V. A. R.
sependant madame, je prandré la liberté de luy dire que madame de Soubise[3] ma fait voir deux lettre de V. A. R. qui sont ramplies de bien des
marques de sa bonté particuliere au sujet de mon fils, je les resois, madame,
avec toute la veneration et lanpresemant posible, et je la suplie de crere
que ses volontes seront toujours tout nostre bonheur : je luy demande la

---

[1] Le jeune comte de Verrue venait d'être pourvu d'un régiment de dragons.
[2] Louis XIV avait établi dans les prairies qui bordent la Saône, au bas de Seurre, en
Chalonnais, un camp où il parut avec toute sa cour, 7, 8, 9 juin 1683.
[3] Anne de Chabot-Rohan, dame de Soubise.

grace de me vouloir prescrire tout ce que je dois faire an ce rancontre ; je
mettés atandue que monsieur labbé de verrue me lauret expliqué ; sa
reserve me procure lhoneur dan parler moy mesme à V. A. R., an luy
demandant la grace de la continuation de sa protection, et celle ausy destre
bien persuadée que personne au monde ne peut être avec une plus respectueuse soumission ny un plus veritable zelle que moy, Madame, de V. A. R.
Très humble etc. A paris ce 28 may 1683.

DE DISIMIEU DE VERRUE.

CCCXLVIII

* La comtesse de Verrue au duc [1683].

Monseigneur,

lextresme bonté que jay remarqué an V. A. R. pour ses plus affectionés
sujets, me fait esperé quelle agrera la liberté que je prans de luy parler
d'une affaire que lon propose, pour le conte de verrue [1] que jestimeray

---

[1] Joseph-Ignace-Auguste-Mainfroy-Jérôme Scaglia, comte de Verrue, fils unique d'Alexandre, comte de Verrue, et de Marie-Angélique de Disimieu, gentilhomme de la chambre du
duc de Savoie et commandant un régiment de dragons, épousa, âgé d'environ dix-huit ans,
par contrat du 25 août 1683, Jeanne-Baptiste-Geneviève, âgée de treize ans, née le 18 janvier
1670, fille de Louis-Charles d'Albert, duc de Luynes, et de sa seconde femme, Anne de
Rohan ; d'où : 1° Victor-Amédée-Joseph, dit le marquis de Caluse, né novembre 1686, mort
le 24 septembre 1703, à la suite d'une chute dans un précipice, servant dans l'armée du duc de
Savoie, au siège de Suze ; 2° Charles-Auguste, dit le comte de Disimieu, officier à l'armée
française des Pays-Bas, tué 16 août 1709 au siège de Tournay, sans alliance ; 3° Marie-Anne,
née 3 mai 1684, religieuse professe au monastère de N.-D. des Colonnes, à Vienne, 1702,
abbesse, 1720, passée au même titre à la Trinité de Caen, 1729 ; pourvue de l'Abbaye-au-
Bois à la mort de sa sœur, 1645, elle refusa cette dignité et mourut à Caen, le 15 mars 1754 ;
4° Marie-Angélique-Gabrielle, religieuse à N.-D. des Colonnes, coadjutrice de Charlotte de
Caumont la Force, au monastère d'Issy, fut nommée abbesse de l'Abbaye-au-Bois, 26 septembre 1722.

La comtesse de Verrue-Luynes, fort bien reçue à la cour de Savoie, dame d'honneur de la
régente, fit par sa beauté une vive impression sur le jeune duc Victor-Amédée II, quoique fort
sage et fort attachée à son mari. L'imprudence de ce dernier, parti pour la guerre de Hon-
grie, l'inconscience des siens l'obligèrent, en juin 1688, à aller faire une saison à Vichy et à
Bourbon, auprès de son père ; elle eut, en outre, durant ce voyage, à se défendre contre les
entreprises amoureuses de son oncle, l'abbé de Verrue. Au courant du carnaval de 1689, elle
cédait enfin aux désirs de Victor-Amédée, puis se séparait de corps et de biens avec son
mari, 1698-1701. Fort amoureux, le duc, tout en la comblant de faveurs et de cadeaux, la
tenait très enfermée, mais, fatiguée de cette situation, la comtesse, devenue fort riche,
concerta sa fuite avec son frère, le chevalier de Luynes, octobre 1700, et se réfugia à Paris,

42

avantaieuse, sy V. A. R. y donne son aprobation ; sest, monseygneur, dun
etablissement avec la fille de M^r le duc de Luisne ; elle apartiens à plusieurs
personnes des plus considerables de cette cour, qui tesmoygne tous une
partialité sy grande pour celle de V. A R. quil la prefereront très volontiers
pour leur parante, sil peuve aprandre que V. A R. le truve bon ; je voy,
monseigneur, avec jois ce panchant, puisque sest un esfait de lasandant par-
ticulié que V. A R. a sur les cœurs de tous ceux qui antande parler delle,
et de la dousse domination de Mad^{me} Royale ; jauray bientot lhonneur de
redire moy mesme tout ce qui se publie isy de glorieu pour lun et pour
l'ostre ; et nos soumissions feront conestre, an mesme tamps et toujours, que
nous an sommes les plus zellé admirateurs, et moy la plus fidelle et respectueuse de celle qui se dise avec respec, Monseigneur, de V. A R. Très
humble, très obeisante et très obligée sujette et servante

DE DISIMIEU DE VERRUE.

CCCXLIX

* Madame,

jespere que V. A. R. conestra tout ce que jay ecrit à Mr de lechoresne[1],

---

où elle se retira dans un couvent. En 1704, la mort de son mari la dégrilla ; elle prit une
maison, forma ses fameuses collections de tableaux, de livres, d'objets d'art, et, grâce à son
opulence, sut se créer une cour où se pressaient les artistes et les lettrés qui décernèrent à
la belle epicurienne le surnom de *Dame de Volupté*. Elle testa le 20 septembre 1736 et mourut
le 18 novembre suivant. De sa liaison avec Victor-Amédée vinrent deux enfants légitimés en
1701 : Victoire-Françoise, marquise de Suze, née le 9 février 1690, mariée, 7 novembre 1714,
à Victor-Amédée de Savoie, prince de Carignan, morte à Paris, le 8 juillet 1766; d'où postérité; et Victor-François-Philippe-Benoît de Savoie, marquis de Suze, né le 11 décembre 1694,
mort le 20 mars 1762; il avait épousé, fort âgé, 21 octobre 1760, Marie-Lucrèce Franchi de
Pont.

Le comte de Verrue, après cet éclat, passa en France avec sa mère et ses quatre enfants,
en 1690, se mit au service du roi, leva un régiment de dragons de son nom, par commission du
31 octobre 1690, et servit aux guerres de Flandre et d'Allemagne. Brigadier de cavalerie,
7 juillet 1703, et, par provision du même jour, commissaire général de la cavalerie, charge
acquise, 3 juillet 1703, du maréchal de Villars, au prix de 210.000 livres ; maréchal de camp,
10 février 1704, il commanda la cavalerie de l'armée de Bavière, sous le maréchal de Marsin,
et fut tué à la bataille d'Hochstedt le 13 août de la même année.

[1] Jean-François, marquis de Lescheraine, eut vingt-sept enfants, dont l'aîné Paul, marquis
de Lescheraine, conseiller d'État, sénateur de Savoie, premier président au Sénat de Savoie,
intendant de Madame Royale, mari de Louise du Four, 15 septembre 1674, mort 11 janvier 1726.

combien jay pris de soing à instruire mon beaufrere labbé de touttes les
particularité de laffaire que V. A. R. nous a fait lhoneur dapruvé pour
mon fils; tous ses austre parans la conesse fort bonne, et je cre que labbé
de verrue la doit voir aussy de mesme, par le seul agremans que V. A. R.
y donne; je croyes que madame de Soubise[1] se contanteret quon passat
des articles, dans lesquels on prandret un tamps de lannée prochenne, pour
se trouvé à lion et finir l'affaire[2]; mais elle dit que le silansse de labbé de
verrue la fait crindre, et quelle ne veut pas exposer mademoiselle sa niesse
à atandre ce qu'on travailleret peutestre à rompre; quil y a si mois que je
luy fais esperé des reponsses de mon baufrere, et que puis que je dois partir,
quelle souhette de rompre ou de conclure; je cre, Madame, qua moins dou-
blié toutte les honesteté que jay veu pratiqué a la cour de V. A R., on ne
peut balanssé à se choi, et quetant soub sa protection, on doit ardiman finir
cette affaire. Je prans la liberté de luy demandé ancore la continuation de
son aprobation, sepandant je feré consulté les plus habilles avocats, pour faire
les choses avec toute sorte dassuransse et que nos proches peuve desirer, et
pour quelle ne retarde poin aussy le dessin où est le conte de verrue de se
trouve au camp de S. A. R. et an toutte les ocasions de son devoir, le mien,
Madame, se prouvera an tous les momans de ma vie. je la suplie de les
agreé, avec la très humble prière que m[r] de lecheresne luy fera pour mademoiselle de luisne; Sy V. A R. a quelques ordre à me donner, pour lhoneur de son servisse, je man aquiteré avec autant de zelle et de passion que
je suis très veritablement et très respectueusement, Madame, de V. A R.
Très humble etc. à Paris, ce 26 juillet 1683.

                                        DE DISIMIEU DE VERRUE,

---

[1] Anne Chabot de Rohan, dame de Soubise, avait épousé, 17 avril 1663, François de
Rohan, prince de Soubise, fils du second mariage d'Hercules de Rohan, duc de Montbazon, et
frère d'Anne de Rohan, seconde femme de Louis d'Albert, duc de Luynes, morte, 29 octobre
1684, à l'âge de quarante-quatre ans; Mme de Soubise était tante des demoiselles de Luynes,
nombreuses et peu fortunées, belles pour la plupart, mais Jeanne-Baptiste, la quatrième,
l'était fort et épousa le jeune comte de Verrue.

[2] Il y eut quelques confusions dans les préliminaires de ce mariage, suivant : « Articles
d'un projet de mariage qui ne s'est pas effectué, entre Ignace-Mainfroy, comte de Verrue, et
demoiselle Catherine-Angélique d'Albert de Luynes. Signés : de Disimieu, comtesse de
Verrue ; Louis-Charles d'Albert, duc de Luynes ; Anne de Rohan, février 1683. » Catherine-
Angélique, née le 19 novembre 1668, troisième des filles du duc de Luynes, épousa, 1694,
Charles-Antoine de Gouffier, marquis d'Heilly, brigadier des armées du roi, et mourut en 1746.

CCCL

* La comtesse de Verrue à Madame Royale.

de Paris (1683).

Madame,

On ne peut recevoir des grâces, avec plus de reconesansse que jan ay pour celles que V. A. R. vien de faire par avansse, à mlle de luisne, en la fesant de ses dames ; ses soumissions qu'elle aura, Madame, feront conestre combien elle s'estimera heureuse de pouvoir meriter la continuation de la protection et bienveillanse de V. A. R. Javés cru que son mariage et son depart aurest esté cette semaine[1], mais il y a quelques jours que le conte de verrue a un eresipere, et coy qu'il soit des moins facheus, je croy pourtant qu'il nous poura retardé ; mon fils ne serés pas consolable s'il manquet le camps de S. A. R. neanmoins, Madame, je crins qu'il ne faille quinze jours, avant que cet eresiper soit entièrement disipé, et qu'il soit an estat de faire voiage : il pourra se trouver sur la fin du camps, et reparé par son aplication et son zelle son retardemant ; jan aurais, Madame, toute ma vie, un très particulier à obeir à V. A. R. et à luy faire parestre, an tous les momans qui me reste, que je suis, avec plus de vérité que personne du monde, Madame, de V. A. R. La plus humble et la plus obeissante sujette et servante.

DE DISIMIEU DE VERRUE.

CCCLI

A MADAME LA CONTESSE DE VERUE.

De Versaille, ce 17 février [1684].

Vostre lettre m'a fait grand plaisir, Mme, de voir la joye que vous avés de mon mariage[1] : vous avés raison de prendre part à ce qui me regarde, car je vous assure que j'ay beaucoup d'estime et d'amitiés pour vous. Je vous prie d'en estre persuadée ; je me faïs un plaisir de vous trouver à Turin, et aussi Mme vostre belle fille. J'espere que vous me donnerés quelque bon conseil, j'en auré grand besoint, à ce que je crois : car quand on arrive

[1] Le contrat de mariage est du 25 août 1683. Le jeune ménage arriva à Turin, le 5 octobre 1683. — Avec cette Lettre cccli, continuent les extraits des archives de Disimieu.

dans un lieux ou l'on trouve tous visage inconus, l'on est je crois bien aise
de trouver une personne comme vous.   ANNE D'ORLEANS[1].

[De sa main.]

CCCLII

A MADAME LA COMTESSE DE VERRUE, MADAME D'ATOUR [d'une autre main] ET D'HONEUR A LYON.

Madame la comtesse de Verrue. Vous m'avez fait plaisir de me donner
de vos nouvelles. Je souhaite que vous finissiez heureusement les affaires
pour lesquelles vous estes à Lyon, et que vous puissiez bientost revenir icy.
Vous scavez combien je suis satisfaite de vos services, et vous devez juger
par là que je serai toujours bien aise de vous avoir auprès de moy[2]. Je
prends beaucoup de part à la joye que vous ressentirés en apprenant que
vous avés un petit fils[3], car outre que je m'interesse particulierement en
tout ce qui regarde la maison de Verrue, je suis aussy avec estime, madame
la comtesse de Verrue, Vostre affectionnée amie.   M. J. BAPTISTE[4].

Temoignés, à madame de Connonge, que je luy suis obligé de son souvenir, et que j'ay toujours beaucoup de consideration pour elle. Montcalier,
le 15 9bre 1686.

---

[1] Anne-Marie, fille de Philippe d'Orléans et d'Henriette-Anne d'Angleterre, née le 27 août
1669, morte 26 août 1728, épousa, en la Sainte-Chapelle de Chambéry, le 5 mai 1684, Victor-
Amédée II, duc de Savoie, d'où, entre autres : Charles-Emmanuel III, duc de Savoie ; Marie-
Adélaïde, mariée, 7 décembre 1697, à Louis de France, duc de Bourgogne ; Marie-Louise,
mariée, 14 décembre 1701, à Philippe V, roi d'Espagne.

[2] Par brevet du 10 février 1687, la comtesse de Verrue, dame d'atours de Madame Royale,
fut pourvue de 2.750 livres de gages, dont jouissait auparavant, en la même qualité, la marquise de Saint-Maurice (Louise-Marie d'Aglié, femme, 24 novembre 1647, de Thomas-François
Chabod, marquis de Saint-Maurice, ministre d'Etat) :

« La duchessa di Savoia, regina di Cipro... Al consiglio della nostra casa sal : Essendo
mente nostra che la contessa di Verrua, nostra dama Datour, goda medmo stipendio di livre
due milla sette cento cinquanta, di cui godera nella sudetta qualita la marchesa di S. Mau-
ritio v'ordiniamo di porla soura il bilancio della nostra casa, in tale qualita faccendola godere
de sudito stipendio annuo di l. 2.750, a cominciare dal primo giorno del venturo mese d'aprile,
e continuare durante sua servitù, ed il nostro beneplacito, che tol e nostra mente. Dat. in
Torino il 10mo febraro 1687. M. J. Baptiste.   Delescheraine. »

Suivent deux visas du conseil et : « Gratis in toto. Delescheraine. Rre pmo AF 146 ». Sceau.

[3] Victor-Amédée-Joseph, fils du comte de Verrue et de Jeanne-Baptiste-Geneviève de
Luynes, et petit-fils de la comtesse Verrue-Disimieu.

[4] Marie-Jeanne-Baptiste, fille aînée de Charles-Amédée de Savoie, duc de Nemours, et

CCCLIII

POUR MADAME LA COMTESSE DE VERUE.

De Moncalier, le 22 9bre 1686.

Quoy que je n'ay pas esté des premiere à me rejouir avec vous de l'heureux acouchement de madame de Verüe, je vous puis assurer que j'an ey eu toutte la joye possible, tant pour savoyr celle que vous en auriés eu, que pour celle de toute la famille, où je prendrei toujours beaucoup de part à tous les hevenements. Je vous prie d'an estre bien persuadée et de croyre que je suis toutte à vous. Je vous remercie du soin que vous avés pris de m'envoyer de si beaux vers.

LOUISE[1] DS.

CCCLIV

A MAD^{e} LA COMTESSE DE VERRUE.

Madame la comtesse de Verrue. Je viens de recevoir votre lettre du 3o du mois passé ; j'y ay trouvé des temoignages de votre affection, ausquels je suis très sensible, estant bien persuadée que votre eloignement n'a pas rallenti vostre zele pour tout ce qui me regarde. J'ay presque toujours esté incommodée, depuis votre depart; je suis encor presentement au lict d'un grand rhume; la perte que j'ay faite de l'Infante de Portugal, ma niece, m'a extremement touché; le corps et l'esprit s'en sont ressenti également[2]. Je

d'Elisabeth, fille de César, duc de Vendôme, et de Françoise de Lorraine, née à Paris, 11 avril 1644, épousa, le 11 mai 1665, son cousin, Charles-Emmanuel II, duc de Savoie, veuf de Françoise d'Orléans. Sous le titre de Madame Royale, elle occupa la régence, 1675-1684, au nom de son fils Victor-Amédée II, et mourut le 15 mars 1724. Sa correspondance avec la comtesse de Verrue-Disimieu est l'indice d'une grande et intime affection réciproque.

[1] Louise-Marie-Christine, née 1629, morte 1692, fille de Victor-Amédée I, duc de Savoie, et de Christine de France, mariée, 1642, à son oncle Maurice de Savoie, mort 1657.

[2] Marie-Françoise-Elisabeth, fille de Charles-Amédée de Savoie, duc de Nemours, et sœur de Marie-Jeanne-Baptiste, avait épousé, 25 juin 1666, Alphonse VI, roi de Portugal ; le mariage ayant été déclaré nul, pour cause d'impuissance, elle épousa, 28 mars 1668, Pierre, frère du roi, régent, puis roi du Portugal, et mourut, 1683 ; leur fille unique, Elisabeth-Marie-Louise-Josephe, infante, née 6 janvier 1669, accordée à Victor-Amédée II, duc de Savoie, mourut avant la conclusion de cette union, retardée par les guerres et la politique, le 21 octobre 1690. Madame Royale avait fort à cœur ce mariage lointain qui assurait, à son fils, la couronne de Portugal, et à elle, la prolongation de son gouvernement en Savoie.

suis bien aise que vous ayez obtenu la main levée de vos terres, vous asseurant que je prendray toujours beaucoup de part dans vos interests, et que vous me trouverez dans toutes les occasions, avec estime, madame la comtesse de Verue. Vostre affectionnée amie. De Turin le 20 janᵛ 1691.

M. J. BAPTISTE.

CCCLV

MADAME LA COMTESSE DE VERRUE a vienne.

... pressante qu'elle est, ne m'empeche pas de ressentir la perte que je fais d'une personne qui m'etoit si devoüée[1]. Tout ce que je puis vous dire par cette lettre, c'est que votre eloignement ne scauroit rien ôter à l'estime que j'auray toujours pour vous, vous asseurant que je vous conserveray toujours la même part dans.....

Madame la comtesse de Verruë, Vostre affectionnée amie. De Turin, le 17ᵉ fevᵛ 1691.

M. J. BAPTISTE.

[*De la main.*] Je ne scaurois assez vous temoigner le deplesir que j'ay de n'avoir plus à mon service une personne de vostre vertu et de vostre naissance qui me servoit avec tant de zele et d'assiduité, dont je me souviendray toutte ma vie, et chercheray avec soin les occasions de vous le faire paroistre; comme je ne doute pas que vous n'escriviez à Mᵛ de Soubise[2], faites luy savoir de mes nouvelles, et l'assurez de la peyne que j'ay que ces temps malheureux m'empeche de luy en demander moy-même[3].

CCCLVI

POUR MADAME LA COMTESSE DE VERUE, a viene en dauphiné.

De Turin, le 29 avril 1691.

C'est avec bien du desplaisir que j'ay apris que les interets de vos affaire

---

[1] La comtesse de Verrue, à laquelle les aventures de sa belle-fille interdisaient le séjour de la cour de Savoie, s'était retirée à Vienne.

[2] François de Rohan, prince de Soubise. Lettre cccxlviii.

[3] La mainmise par Louis XIV sur la Savoie, 1690-1696, ne devait cesser que par le traité de Turin, 26 août 1696.

vous obliget à resté ors de ce pais. Vous ne douterés pas que ja nan eye esté touchée, conoissent vostre merite comme je fais, vous povet pourtant estre assurée, qu'en quel lieu que ce soyt que vous feriez vostre cejour, ce me serat un chagrin de ne pas vous voyr; me cella n'empecherat pas que vous ne possediés toutte mon amitié et toute mon estime.

LOUISE DS[1]

CCCLVII

A MADAME LA COMTESSE DE VERRUE, a vienne.

Madame la comtesse de Verruë. J'ay veu, dans votre derniere lettre, des marques du souvenir de madame la princesse de Soubise, qui m'ont fait un extreme plaisir. Je vous prie de l'en remercier, la premiere fois que vous luy escrirez, et de luy temoigner combien je souffre de ne le pouvoir pas faire moy même; asseurez la bien que les malheurs qui ont interrompu notre commerce n'ont rien oté à ma tendresse, et que jugeant de son coeur par le mien, je compte solidement sur la continuation de son amitié. Je souhaite que vous soyez en votre particulier persuadée de la part que vous avez toujours dans la mienne, et de l'estime avec laquelle je suis, madame la comtesse de Verruë, Votre affectionnée amie. De Turin, le 12 janr 1692.

M. J. BAPTISTE.

CCCLVIII

A MADAME LA COMTESSE DE VERRUE a vienne.

Madame la comtesse de Verruë. Vos lettres me font toujours beaucoup de plaisir, estant bien persuadée que tout ce que vous m'y escrivez part d'un zele très pur et très sincere pour tout ce qui me regarde. Les nouvelles marques que vous m'en avez donné, au sujet du jour de ma naissance[3], m'engagent à vous asseurer que j'y suis très sensible et que vous avez toujours dans mon estime toute la part que vous y pouvez souhaiter, vous asseurant que je profiteray volontiers de toutes les occasions où j'auray lieu de vous

---

[1] Louise de Savoie, femme du prince Maurice de Savoie.
[2] Rohan-Soubise. Lettre cccxlix.
[3] Marie-Jeanne-Baptiste de Savoie-Nemours, née le 11 avril 1644.

faire connoître combien je suis, madame la comtesse de Verruë, Vostre affectionnée amie. De Turin, le 26ᵉ avril 1692.   M. J. BAPTISTE.

[*De la main*] Vous n'oubliez point de me donner des marques en touttes occasions de vostre zele et de vostre affection : je vous assure que j'y suis fort sensible et que je me souviens, avec plesir et recoignoissance, des services assidus que vous m'avez rendus.

CCCLIX

A MADAME LA COMTESSE DE VERRUE, a vienne.

Madame la comtesse de Verrue. Vous ne devez pas douter que la mort de feuë madame la princesse Louise, ma belle soeur[1], ne m'aye beaucoup affligée, car outre les liens du sang qui m'unissoient à elle, je l'aymois avec beaucoup de tendresse. Je vous sçay bon gré de tout ce que vous m'avez escrit sur ce triste sujet. Faites moy le plaisir de temoigner, à madᵉ la presidente de la Porte[2], combien je suis sensible à son souvenir et à son zele. Je me prevaudray de ses offres obligeants, dans des temps plus heureux. J'ay vu ce que vous m'avez escrit sur les modes ; le deuil et l'interruption du commerce avec la France nous prive de toutes nouveautez. Je suis toujours avec estime, madame la comtesse de Verrue, Vostre affectionnée amie. De Turin, le 12ᵉ juillet 1692.   M. J. BAPTISTE.

CCCLX

A MADAME LA COMTESSE DE VERRUE, a vienne.

Madame la comtesse de Verruë. Je vous scay très bon gré de la part que vous continuez de prendre en tout ce qui me regarde, avec un zele si

[1] Louise-Marie-Christine de Savoie, femme du prince Maurice de Savoie, dont il y a quelques lettres à la comtesse de Verrue, mourut le 15 mai 1692.

[2] Charlotte-Christine, fille d'Ennemond Servien, président en la chambre des comptes de Dauphiné, 1623, ambassadeur en Savoie, 1648-1676, et de Justine de Bressac, épousa, 1669, Joseph de la Porte de Theys, seigneur d'Eydoche, Torchefellon, etc., président à la chambre des comptes de Dauphiné, 1676, premier président au parlement de Metz, 1696, mort sans postérité, 1716.

distingué. Ma santé se va affermissant; mais je me ressens encor un peu de la derniere incommodité que j'ay euë. J'ai esté bien aise de recevoir de vos nouvelles, après avoir esté si longtems sans en avoir, et de voir par tout ce que vous m'ecrivez que votre attachem^t ne s'est pas rallenti, et que vous repondez toujours à l'amitié que j'ay pour vous, par tout ce qui peut vous la conserver. Je vous asseure encor que votre eloignement n'y a rien changé, et que le souvenir des services que vous m'avez rendu ne s'effacera jamais de ma memoire, estant autant que vous le pouvez souhaiter, madame la comtesse de Verruë, Vostre affectionnée amie. De Turin, le 8e 9bre 1692.

                                                          M. J. BAPTISTE.

[*De la main*] J'ay receu avec plesir de vos nouvelles et les asseurances de la continuation de vostre zele qui m'a toujours esté très agreable : aussi devez vous conter sur mon amitié.

CCCLXI

A MADAME LA COMTESSE DE VERRUË, a vienne.

Madame la comtesse de Verruë. J'ay receu par le general Ferraris, le fils, le moulinet à café que vous luy avez adressé pour moy. Je m'en suis deja servi fort utilement, et je continueray à l'avenir ; on ne peut rien voir d'ailleurs de plus poly ny de mieux travaillé. Votre attention pour tout ce qui peut m'estre agreable m'engage à vous temoigner le gré que je vous en scay, et à vous asseurer que, si j'avois des occasions à vous distinguer et à vous marquer l'estime que je conserve pour vous, vous me trouverez toujours d'une maniere très particuliere, madame la comtesse de Verruë, Vostre affectionnée amie. De Turin, le 1er X^bre 1692.

                                                          M. J. BAPTISTE.

[*De la main*] Rien n'est plus propre ny plus joly que le moulinet que vous m'avez envoyez. Je vous en remercye et vous suis obligée de l'attention que vous avez à me donner des marques de votre zele auquel je suis très sensible.

CCCLXII

A MADAME LA COMTESSE DE VERRUE, a vienne.

Madame la comtesse de Verruë. Je suis très sensible à votre affection dont vous me donnez des marques dans toutes les occasions, d'une maniere qui ne sçaurait que m'etre agreable, connoissant comme je fais la source dont elles partent. Je vous confirme encore, comme je vous l'ay mandé plusieurs fois, que j'ay toujours pour vous l'estime que merite votre vertu, et que je ne perdray jamais le souvenir des services que vous m'avez rendu avec un attachement si solide ; vous le connoitriez plus particulierement, si vous m'en donniez les moyens, vous pouvez compter que vous me trou- verez toujours autant que vous le pouvez souhaiter, madame la comtesse de Verruë, Votre affectionnée amie. De Turin, le 10ᵉ janᵉʳ 1693.

M. J. BAPTISTE.

[*De la main*] Je ne doute ny de vos souhaits à mon egard, ny de vos sentiments : G'y reponds aussi par toutte l'estime et l'amitié que vous meritez et que vous pouvez desirer.

CCCLXIII.

A MADᵉ LA COMTESSE DE VERRUE.

Madame la comtesse de Verruë. Je recois toujours avec plaisir tout ce qui vient de votre part, et vous ne devez pas douter que les temoignages que vous m'avez donné de votre affection, dans ce renouvellement d'année, ne m'ayent eté très agreables, connoissant comme je fais le fond dont ils partent. Je vous asséure aussi que j'y reponds par toute l'estime qui est deüe à votre merite, et que le souvenir des services que vous m'avez rendu, avec tant de zele, ne s'effacera jamais de mon esprit, car je suis toujours, d'une manière très distinguée, madame la comtesse de Verruë, Votre affectionnée amie. De Turin, le 12 janᵉʳ 1695.

M. J. BAPTISTE.

[*De la main*] Je voy toujours avec plesir les marques de vostre sou-

venir et de vostre affection pour moy, qui [l'ay] toujours conuee très sincere : aussi croyez que je la recognois, par toutte l'amitié et l'estime que
vous meritez.

CCCLXIV

A MAD^e LA COMTESSE DE VERRUE.

Madame la comtesse de Verruë. C'est l'affection que vous m'avez toujours temoignée qui vous a inspirée les souhaits que vous venez de former
pour moy, au sujet de ses saintes fetes. Je vous en scay un gré bien particulier ; vous le connoistriez par des marques solides de mon estime, si j'en
avois les occasions ; vous n'avez qu'à me les fournir, et vous me trouverez
d'une maniere très sincere, madame la comtesse de Verrue, Votre affectionnée amie. De Turin, le 27 Xmbre 1695.   M. J. BAPTISTE.

[*De la main*] Je cognois vostre bon cœur et vostre affection pour moy ;
ainsi je ne doute pas des sentiments que vous me temoignez dans vostre
lettre, aussi vous puis je assurer que j'en ay une recognoissance infinie et
que je vous ayme et estime autant que vous meritez.

CCCLXV

Madame la comtesse de Verrue. Je suis très sensible aux tesmoignages
que vous m'avez donné de votre affection, au sujet de la paix et du mariage
de ma petite fille[1] ; ces deux evenements, si heureux et si honorables, m'ont
causé la plus grande joie que j'aye jamais ressentie, et elle est encor augmentée par le bonheur que cette princesse a eu de plaire au roy, qui m'a
fait l'honneur de me marquer sa satisfaction par une lettre de sa main, de la
maniere du monde la plus obligeante et la plus agreable pour elle. Je verray
volontiers ces vers, qu'on a fait pour elle à Lion. J'aurais bien souhaitté de

---

1 Le traité de Turin, 29 août 1696, restituait au duc la Savoie et Pignerol. — Marie-
Adélaïde, fille aînée de Victor-Amédée II et d'Anne d'Orléans, née le 6 décembre 1685, épousa,
7 décembre 1697, Louis, duc de Bourgogne, fils aîné du grand dauphin ; chère à Louis XIV
par son esprit et par sa grâce, elle mourut le 12 février 1712, six jours avant son mari. La
princesse, allant à la cour de France, fut reçue à Lyon, 18-21 octobre 1696.

donner des marques plus particulieres de mon estime à madame du Noier[1], qui s'est fait tant d'honneur, pendant le peu de tems qu'elle a esté icy. Je sçay bon gré à madame la presidente de la Porte de son zele, et à vous de l'atention avec laquelle vous faites paroitre le votre, dans toutes les occasions pour tout ce qui me regarde. Je n'en perdray jamais le souvenir, et seray toujours avec distinction, madame la comtesse de Verrue, Votre très affectionnée amye. Turin, le 23 9bre 1696.

M. J. BAPTISTE.

[*De la main*] Je reçoys toujours avec le mesme plesir les marques de votre amitié, et je vous suis toujours plus obligée des sentiments que vous avez pour moy, qui en echange consserveray toujours, aussi pour vous, une amitié très veritable et très sincere, et une estime toutte distinguée pour vostre merite et vostre vertu.

CCCLXVI

A MADᴱ LA COMTESSE DE VERRUE.

Madame la comtesse de Verrue. Vostre zele et vos services me sont trop present pour les oublier jamais, et toute eloignée que vous êtes, vous aurez toujours dans mon estime et dans mon coeur la place que votre merite vous y a acquis. J'ay esté bien aise d'apprendre de vos nouvelles par la demᴵˡᵉ d'Albret[2]; tout ce qu'elle m'a dit de vostre pieté et de vos occupations si chretiennes et si edifiantes ne m'a pas surpris, connoissant comme je fais la solidité de votre vertu. Contez qu'on ne peut rien ajouter aux sentiment avec lesquels je suis, madame la comtesse de Verruë, Votre affectionnée amie. De Turin, le 20e fevrier 1698.

M. J. BAPTISTE.

[*De la main*] Vos sentiments me sont tellement connus que je suis aisement persuadée de votre amitié pour moy ; vous pouvez entierement conter sur la mienne et sur ma parfaite estime pour vos vertus.

[1] Françoise, fille de François-Melchior de Faucigny-Lucinge, femme de François Rey, baron du Noyer et de Chatel, sénateur de Savoie, gouvernante de Marie-Adélaïde de Savoie, duchesse de Bourgogne, et de sa sœur, Marie-Louise-Gabrielle, reine d'Espagne ; elle mourut en 1720.

[2] Une des filles de Godefroy-Maurice de la Tour, duc de Bouillon, d'Albret et de Château Thierry, etc., marié à Marie-Anne Mancini, 20 avril 1662.

CCCLXVII

A MAD[e] LA COMTESSE DE VERRUE.

Madame la comtesse de Verruë. Votre bon coeur est toujours remply d'un zele très vif et très ardent pour tout ce qui me regarde; vous m'en donnez des marques, dans ce renouvellement d'année, qui me font un extreme plaisir et dont je vous sçay un gré très particulier. Je ne puis mieux y repondre qu'en vous asseurant que je conserve, pour votre vertu si solide et si distinguée, tous les sentimens que vous meritez, et que je suis toujours très sensible à tout ce qui vous regarde. Le souvenir des services que vous m'avez rendus avec tant d'affection ne s'effacera jamais de mon esprit, et je ne souhaite rien tant que de pouvoir vous temoigner, par quelque retour de ma gratitude, à quel point je suis, Madame la comtesse de Verrue, Votre affectionnée amie. A Turin le 10e janv[r] 1699.

M. J. BAPTISTE.

[*De la main*] Je pensse souvent à vous et à l'amitié que vous avez toujours eue pour moy, dont j'auray toutte ma vie la recognoissance que je dois, et vous le temoignerai dans touttes les occasions.

CCCLXVIII

A MAD[e] LA COMTESSE DE VERRUE.

Madame la comtesse de Verrüe. Je connois trop votre bon coeur pour douter de la part que vous prenez à la plus vive joye que je pouvois ressentir; je vous suis trés obligée des marques que vous me donnez de la votre. Ce prince, après lequel j'ay tant soupiré, est le plus aymable, le mieux formé et de la meilleur santé que nous pouvions souhaiter[1]; enfin il ne

[1] Victor-Amédée-Joseph-Philippe, prince de Piemont, né le 6 mai 1699, mort 22 mars 1715, fils aîné de Victor-Amédée II, duc de Savoie, et de sa première femme, Anne-Marie d'Orléans.

manque rien à mes consolations. Soyez persuadée que je suis, avec une estime toujours très sincere, madame la comtesse de Verrüe, Vostre affectionnée amie. De Turin, le 28ᵉ may 1699.   **M. J. BAPTISTE.**

[*De la main*] Je suis persuadée que vous pensez bien tout ce que vous me dites, dans cette heureuse occasion, et que vos prieres ont bien contribuez à obtenir du ciel un prince si sien[1] et si bien fait; continuez les moy, mais principalmᵗ croyez que je vous ayme et estime de tout mon coeur.

CCCLXIX

A MADᵉ LA COMTESSE DE VERRUE.

Madame la comtesse de Verrue. Vous ne sçauriez faire part des choses qui vous arrivent, à personne qui s'y interesse plus que moy. Je vous plaindrais encore davantage sur le sacrifice que vous allez faire genereusement à Dieu, si je ne connoissois votre courage et votre vertu, qui vous ont toujours elevé au dessus de tout ce qui peut ebranler les ames ordinaires. J'aurois bien souhaité d'avoir au moins une de vos petites filles à mon service; mais elles ont pris le bon parti, s'etant attachées au meilleur de tous les maîtres[2]. Je vous asseure que vous m'etes toujours presente par votre zele et par le souvenir que je conserve de vos soins; je suis fachée de ne pouvoir pas vous donner des marques effectives de l'estime avec laquelle vous me trouverez dans toutes les occasions, madame la comtesse de Verrue, Votre affectionnée amie. Turin le 16 8ᵇʳᵉ 1700.

       M. J. BAPTISTE.

[*De la main*] Vous avez repandu votre vertu et votre me[ri]te dans le coeur de vos petites filles qui ce donne à Dieu, d'une maniere bien exemplaire. Je me rejouis avec vous de la consolation que vous en recevez. Soyez assuré de l'amitié et estime que j'auray toutte ma vie pour vous.

---

[1] Allusion aux enfants illégitimes issus de la liaison du prince avec la comtesse de Verrue-Luynes.

[2] Les deux demoiselles de Verrue, Marianne et Marie-Angélique, avaient rejoint leur grand'mère, religieuse, au monastère de N.-D. des Colonnes, à Vienne. Cette dernière leur constitua, par acte du 16 novembre 1701, à chacune, une pension de 300 livres.

CCCLXX

A MAD^e LA COMTESSE DE VERRUE.

Madame la comtesse de Verruë. Je reçois toujours avec beaucoup de plaisir tout ce qui me vient de votre part, et vous devez par consequent être persuadée que votre lettre, sur les bonnes fetes, m'a été très agreable. Les benedictions que le ciel a repandues sur mon sang ne me laissent plus rien à desirer de ce coté là, et je ne doute pas que votre coeur, toujours si vif pour tout ce qui me regarde, ne s'interesse très particulierement à la consolation de voir mes deux petites filles si glorieusement établies, et mes deux petits fils dans une santé si parfaitte[1]. Vous avez inspiré par vos exemples, à vos deux religieuses, ce detachement du monde qui fait tout leur bonheur ; je ne puis assez estimer votre vertu et votre prudence, ny vous temoigner à quel point je suis, madame la comtesse de Verruë, Votre affectionnée amie. De Turin, le 5   1702.   M. J. BAPTISTE.
                                                    DELESCHERAINE.

[*De la main*] Je recois toujours avec beaucoup de plesir les marques de vostre souvenir ; vous pouvez conter sur mon amitié et sur celluy que j'auray toutte ma vie, pour vous et pour les services que vous m'avez rendus avec tant de zele.

CCCLXXI

A MAD^e LA COMTESSE DE VERRUE.

Madame la comtesse de Verruë. Je vous ai toujours regardée comme une bonne et prudente mere ; ce que vous venez de faire pour le comte de Verrüe, avec tant de generosité, confirme l'idée que j'avois de votre tendresse pour un fils si estimable[2] ; vous devez avoir la satisfaction de savoir

---

[1] Marie-Adélaïde de Savoie, mariée à Louis, duc de Bourgogne, 1697 ; Marie-Louise-Gabrielle de Savoie, mariée à Philippe V, roi d'Espagne, 11 septembre 1701 ; Victor-Amédée-Joseph-Philippe, prince de Piémont, né 1699 ; Charles-Emmanuel III, né le 27 avril 1701.

[2] Achat, au maréchal de Villars, par le comte de Verrue, de la charge de commissaire général de la cavalerie. Lettres cccxlviii-ccclxxiv.

que tout le monde vous loüe de l'avoir aidé dans une occasion si essentielle.
Il ne pouvoit pas rentrer dans le service par une porte plus honorable. Je
prendray toujours un très grand interest à tout ce qui aura rapport à vos
consolations, et me feray un plaisir de vous faire connoître, dans toutes les
occasions, que je suis toujours avec la même estime, madame la comtesse
de Verrüe, Votre affectionnée amie. De Turin, le 20ᵉ juillet 1703. ·

M. J. BAPTISTE.

[*De la main*] Vous me faites plesir et justice quand vous croyez que je
m'interesse veritablement à ce qui regarde vostre personne et vostre famille.
Je n'oubliray jamais vostre zele ny les services que vous m'avez rendus.

CCCLXXII

A MADᵉ LA COMTESSE DE VERRUE.

Madame la comtesse de Verrue. J'ay reçeu, aussi agreablement que
vous l'avez pu desirer, les sentimens que vous me temoignés sur le sujet de
vostre petit fils[1]. Vous pouvés estre assurée que je continueray dans les
mêmes favorables dispositions que j'ay pour tout ce qui le regarde, et que
je luy feray toujours ressentir volontiers, et à sa maison, les effets de ma
protection, et vous sçachant très bon gré du zele que vous me faites paroistre, je suis, madame la comtesse de Verrue, Vostre bien bon amy. A
Turin, le premier juin 1707.

V. AMEDÉ[2].

CCCLXXIII

A MADᵉ LA COMTESSE DE VERRUE.

Madame la comtesse de Verrue. J'ay veu, par votre lettre du 13 du
mois passé, tout ce qui fait le sujet de vos chagrins. Je vous asseure que
j'en suis fort touchée et que j'entre dans votre etat avec tous les sentimens
que vous meritez. Dieu n'exerce votre vertu que pour vous sanctifier, et

---

[1] Charles-Auguste de Verrue, dit le comte de Disimieu, héritier de sa maison après la mort
de son frère aîné, 1703, et de son père, 1704.
[2] La comtesse de Verrue-Luynes avait abandonné le duc Victor-Amédée II, depuis environ
quatre ans.

44

c'est de luy seul que vous devez attendre les secours qui se trouvent si rarement parmy les hommes. Je vous ay bien reccommandé aux ministres qui
se melent de vos interests ; ils ont deja commencé à y travailler[1]. J'espere
que ce sera avec succéz, comme je le désire, et que votre affaire sera bientost
terminée. J'y contribueray toujours ce qui peut dependre de moy, pour
vous marquer que le tems et l'eloignement n'ont rien oté au souvenir que
j'ay des services que vous m'avez rendus, non plus qu'à l'amitié et à
l'estime particuliere avec laquelle je suis, madame la comtesse de Verrue,
Votre affectionnée amie. De Turin, ce 3 7bre 1710.   M. J. BAPTISTE.

[*De la main.*] Je suis très touchée de vostre estat, je l'adouciray toujours avec plesir par tout ce qui dependra de moy, vous aymant et estimant
infiniment.

CCCLXXIV

A Mᵉ LA COMTESSE DE VERRUE.

Madame la comtesse de Verrue. Les expressions de zele et d'affection
que je trouve dans votre lettre, au sujet de la paix[2], me sont très agreables,
persuadée qu'elles repondent aux anciens sentimens de votre bon coeur à
mon égard. Je vous en scay le meilleur gré du monde, très ravie d'ailleurs
de voir que l'eloignement n'a point diminué l'attachement que vous avez
toujours eu pour moi; aussy puis je vous asseurer qu'il n'a rien changé
aux considerations que j'ay pour votre vertu et pour votre merite. Vous le
connoitrez dans les occasions où je pourray vous 'distinguer par des
marques solides de mon estime, etant cordialement, madame la comtesse
de Verrue, Votre affectionnée amie. De Turin, ce 21 juin 1713.

M. J. BAPTISTE.

---

[1] Le fils de la comtesse de Verrue-Disimieu avait été tué à Hochstedt, en 1704 ; son
petit-fils ainé à Suze, en 1703 ; son second et dernier petit-fils, devant Tournay, en 1709.
Voir Lettre cccxlviii n. Des questions d'intérêts, conséquences de ces désastres, étaient alors
pendantes avec les héritiers de la maison Scaglia de Verrue ; elles furent réglées, par
transaction du 29 octobre 1713, avec la comtesse de Verrue-Disimieu.
[2] Par le traité d'Utrecht, 11 avril 1713, Victor-Amédée II recevait le Montferrat, une partie
du Milanais et le titre de roi attaché à la possession de la Sicile ; Louis XIV lui restituait la
Savoie, 5 juin 1713.

CCCLXXV

A MADAME MADAME LA COMTESSE DE VERRUE.

J'ay apris, Madame, avec bien du plaisir la grace que le roy a faicte à monsieur le comte de Verrue[1], en luy donant l'agreement pour la charge de comissaire general de la cavalerie. C'est une marque de la bonté de sa majesté, dont on doit estre d'autant plus touché qu'il s'estoit mis, en quistant le service, hors d'estat d'esperer de pareilles graces. Il est d'une extreme consequence, pour luy, que cette affaire soit terminée sans retardement; car rien ne seroit plus facheux que si elle manquoit, faute de doner à mons.r de Vilars les suretés qu'il demande, après que l'agreement a esté obtenu. Rien ne peut se conclure sans vous, Madame, il est juste que M. le comte de Verrue vous done, sur ses terres de Piedmont, touttes les suretés que M.r le mareschal de Vilars souhaite de vous, sur celles que vous avés en France. Vous scavés, Madame, touttes les raisons que j'ay pour m'interesser à ce qui vous regarde et M. de Verue; elles m'obligent à vous faire cette solicitation pour une chose qui peut si fort contribuer à sa fortune, ayant le merite qu'il a. L'amitié que vous avés pour luy vous y engagera plus que toutte autre raison. Je vous seray bien obligé, Madame, si vous joignés à un motif si pressent l'obligation que je vous en auray. Je vous suplie, Madame, d'estre bien persuadée que je prens un interest très sensible à tout ce qui regarde vos interests et ceux de M.r le comte de Verue. A Escouen, le 3 may 1703. [*De la main.*]   HI. DE BOURBON[2].

---

[1] Le comte de Verrue, fils de la comtesse de Verrue, née de Disimieu, était passé au service de la France et avait levé, 1690, un régiment de dragons, réformé en 1698; il reprit du service en qualité de maître de camp réformé, 1700-1703, puis acquit du maréchal de Villars 3 juillet 1703, la charge de commissaire général de la cavalerie, le régiment Commissaire général et la cornette de la compagnie colonelle, au prix de 210.000 livres, dont il fut pourvu par provisions du 7 du même mois, ainsi que du brevet de brigadier de cavalerie. Lettre CCCXLIX.

[2] Henri-Jules de Bourbon, prince de Condé, était cousin des Disimieu, par sa grand'mère, Charlotte de Montmorency; mort en 1709.

INDEX ALPHABÉTIQUE

Quelques identifications de noms, omises dans le texte, sont jointes à la table.

45

46

Saint-Afrodise, abbaye, 97 n., 173 n., 175.

Saint-Alexandre, 274, 294.

Saint-André, s' de, v. Marnais, Prunier.

Saint-André, 296.

Saint-André-de-Lunas, 291.

Saint-André-d'Embrun, 306.

Saint-André-de-Sangonis, 291.

Saint-André-le-Bas, Saint-André-le-Haut, abbayes à Vienne, 149, 255.

Saint-Antoine, abbaye de, 220.

Saint-Antonin, 106 n.

Saint-Aubin, 299.

Saint-Aunès-d'Auroux, 292.

Saint-Beron, 1, 317 n., 321.

Saint-Beron, s' de, v. Disimieu.

Saint-Beron-des-Fossez, sie (Saint-Broingt-des-Fosses, Hᵗᵉ-Marne), 158.

Saint-Bonnet, s' de, v. Caylar.

Saint-Brieuc, 260.

Saint-Chamond, mⁱˢ de, v. Mitte.

Saint-Chef, abbaye, 57 n , 137.

Saint-Christophe, s' de, v. Chambon.

Saint-Crespin, 306.

Saint-Denis, 213.

Saint-Egrève, s' de, v. Bazemont.

Saint-Esprit, ordre du, 29, 31, 53, 133 n., Disimieu.

Saint-Etienne-de-Saint-Geoirs, 306.

Saint-Etienne-des-Sorts. 274.

Saint-Félix, 300.

Saint-Félix-de-Lodève, 292.

Saint-Ferjus, s' de, v. Ferrand.

Saint-Forgeux, s' de, v. d'Albon.

Saint-Genis-d'Aoste, 66 n.

Saint-Georges, 56.

Saint-Georges-de-Commiers, 306.

Saint-Georges-d'Orques, 292.

Saint-Géran, s' de, v. la Guiche.

Saint-Germain-en-Laye, lettres datées de, 13, 60, 73, 98, 111, 114, 118, 126, 129, 132, 141, 156 à 158, 161 à 163, 169, 210, 211, 214, 223, 224, 253, 267, 309, 310, 313.

Saint-Gilles, 275, 285, 297.

Saint-Honorat, 253.

Saint-Jean, s' de, v. Assas.

Saint-Jean-d'Angely, 5.

Saint-Jean-de-Losne, 308.

Saint-Jean-de-Maurienne, 127.

Saint-Jean-de-Valériscle, s' de, v. Budos.

Saint-Jean-le-Centenier, 279.

Saint-Julien, 127.

Saint-Jullin, s' de, v. la Poype, Disimieu.

Saint-Just, mont, à Vienne, 14 n.

Saint-Lary, de Termes, duc de Bellegarde, dit M. le Grand, Roger de, 176 n., 250.

Saint-Laurent-de-Mure, 207.

Saint-Laurent-du-Cros, 306.

Saint-Laurent-du-Pont, 44.

Saint-Laurent-la-Vernède, 274.

Saint-Loup, 300.

Saint-Marcel d'Avançon, Louise de, 57.

Saint-Marcellin, 47, 124, 193, 210, 211, 231.

Saint-Martin, mⁱˢ de, v. Est.

Saint-Martin-des-Combes, 291.

Saint-Martin-des-Queyrières, 306.

Saint-Martin-lès-Pontoise, abbaye, 259 n.

Saint-Maur-des-Fossés, 234.

Saint-Maurice, mⁱˢ de, v. Chabod.

Saint-Michel, 274.

Saint-Michel, ordre de, 3 n., 4, 5.

Saint-Michel-en-l'Herm, 255.

Saint-Nazaire, 274.

Saint-Papoul, 300.

Saint-Paul-Trois-Châteaux, 233, 258, 308.

Saint-Pierre-d'Aigots, 300.

Saint-Pierre-de-Moustier, 10, 11.

Saint-Pierre, de Vienne, abbaye de, 97 n., 149, 248.

Saint-Pol, cᵗᵉ de, François de Bourbon, 87.

Saint-Pons, 178, 280, 288.

Saint-Privat, 284.

Saint-Prix, cᵗᵉ de, v. Budos.

Saint-Rambert-d'Albon, 198, 271, 311.

Saint-Romain-d'Albon, 273.

47

Lyon. — Imprimerie A. Rey, 4, rue Gentil. — 63137.